ロートレアモン論

前川嘉男

国書刊行会

ロートレアモン論

イジドール・デュカス、タルブのリセ時代
（J－J・ルフレール『ロートレアモンの顔』オレイ社、1977年より）

ジョルジュ・ダゼット、タルブのリセ時代（1865年頃）
（J－J・ルフレール『ロートレアモンの顔』オレイ社、1977年より）

ロートレアモン論＊目次

II　ロートレアモン伝説　363

さまざまなロートレアモン論を時代にそって探ることで、
あったがままのロートレアモンの実像と彼の作品の実体に迫る。

これを西脇順三郎、青柳瑞穂、河盛好蔵、佐藤朔、白井浩司の諸先生の御霊前に捧げます。

こんなに遅くなりましたが、やっと出来ました。ほんとうに有難うございました。

本書を、相次ぐ新発見などによって私を励ましつづけてくれたアプフィッド（AAPPFID＝過去、現在、未来にわたるイジドール・デュカスの友の会）のジャン゠ジャック・ルフレール会長とその仲間の方々に、感謝をこめて捧げます。

二〇〇七年一〇月　前川嘉男

装画　加納光於
『ロートレアモンの肖像』
装丁　高麗隆彦

I　ロートレアモン論

第一章

はじめに、一の歌だけの
マルドロールの歌が出版された

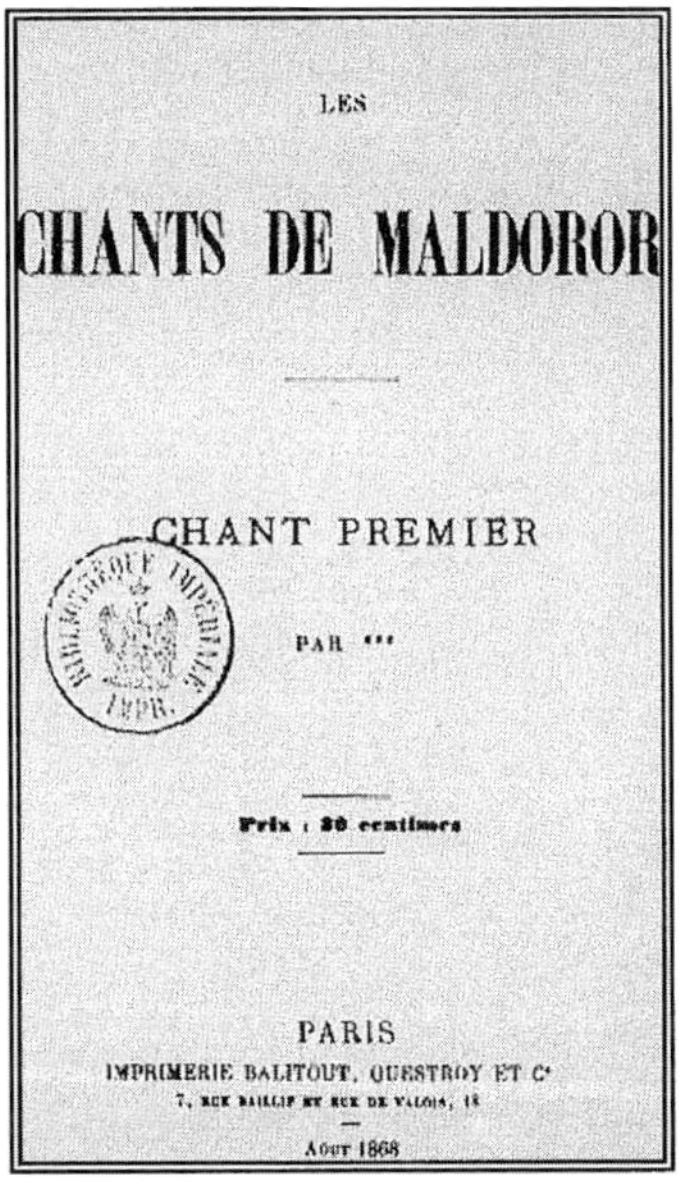

LES

CHANTS DE MALDOROR

CHANT PREMIER

PAR ***

Prix : 30 centimes

PARIS

IMPRIMERIE BALITOUT, QUESTROY ET Cᵉ

7, RUE BAILLIF ET RUE DE VALOIS, 18

Aout 1868

イジドール・リュシアン・デュカスがはじめてパリに足を踏み入れたのは、いつだったのか？ そして彼が船を降りたのは、フランスのどの港だったのか？ また、まっすぐパリに入ったのかどうか？ などと研究者のあいだでは、つい先頃までさまざまな意見が交わされていた。それどころかイジドール・デュカスの最初で最後の南米への里帰りそのものが明確になったのも、それほど遠い昔のことではない。イジドールが一九世紀のなかばに、二四年と七か月しか生きていられなかった二重国籍者だったというのに。

そしてイジドール・リュシアン・デュカスの伝記に関しては、まったく手掛かりのない時期や不明確な部分がまだいくつかは残されているものの、それらの答えはようやく一九九八年、ジャン-ジャック・ルフレール氏がまとめあげてくれた著作[1]によって、現実に確定可能なものは確定されてしまった。ところがイジドールの作品については、必要以上に難解で抽象的な、あるいは斜にかまえた形而上学風のものが多くて、平易で具体的な、しかも正面から取り組んでいるまっとうな作品論は、それらがイジドールによって書かれてからすでに一四〇年を経た今日でも、意外に少ない。ほとんどないと言ってもいい状態である。本書はそれに応えようとするものである。

イジドール・デュカスが、一度だけの里帰りをして南米東海岸のウルグワイの首都、モンテビデオをキャリオカ号で出発したのは、日付は不明だが一八六七年一二月のことである。そのキャリオカ号は三本マスト、七九一トンで船長の名はレオン・ルコント、フランス人のようである。その船は直行便ではなかったが、それにしても航海にはずいぶん日数がかかり、ルアーブル港に着いたのは翌一八六八年の四月九日であった。上陸したイジドールはパリに直行したらしく、その数日後には南米関係のフランス人によく利用されていた、その頃のパリ随一の繁華街モンマルトル大通りに近いホテル《リュニオン・デ・ナシヨン》に迷うことなく投宿した。まるで予約客であったかのように。実際その宿は、イジドールの父フランソワまたはそのパリでの代理人、銀行家のダラス氏によって、予約されていた可能性がある。フランソワ・デュカスは、息子イジドールがまだ大学へ入ってくれるものと信じていたふしがある。イジドールはそのとき、二二歳になったばかりだったが、それでも当時の若者の標準からすれば、バカロレアに合格した大学入学有資格者として、すでにほぼ三年は遅れていた。父親の希望をかなえるためには、エコール・ポリテクニイク（理工科大学）か、それが無理のようならエコール・デ・ミイヌ（鉱業大学）へ行かねばならなかった。それはまだ不可能ではなかったし、その高等下宿のようなホテルは、じっさいそういう大学を狙っている南米出身の若者も泊まるホテルだったのである。しかしホテルに落ち着くと、イジドール・デュカスはたちまち原稿の仕上げに没頭した。彼には大学へ行くことなど、もうどうでもよかったからである。この親子の思いの食い違いは、あとで大変な運命を招くこととなる。しかし本人がもう熱中していた原稿とは、『マルドロールの歌』の、一の歌だけの原稿の決定稿（それはさらにその一年後、著者自身によって、五〇個以上も修正されることになるが）だった。だがその初稿は、おそらく大西洋を往復していたに違いない。イジドールは里帰りの際、父フランソワにそれを見せて、戻っても大学へは行かないと言いたかったのであるが、うまく言い出せないままにパリに出てきてしまっていた。

そして驚いたことに、イジドール・デュカスのピレネー高原地方・タルブ市での最愛の親友ジョルジュ・ダゼットが、イジドールよりも九か月早く、もうパリに来ていたのである。それはジョルジュの父でタルブ市の有力者であったジャン・ダゼットの死が可能にしたのかもしれないが、ジョルジュは一八六七年の夏の終わりには上京し、ちゃっかりとパリの名門リセ、シャルルマーニュ校の生徒になっていたのである。まるで翌年春のイジドールのパリ入りをうながすかのように。シャルルマーニュ校には寄宿生制度がなかったので、地方からの生徒は、マレ地区の有名なマサン学塾に下宿することになっていた。ジョルジュ・ダゼットもそこに泊まっていた。イジドールはパリでのはじめての夜、ほぼ一本道で、それほど遠くもないので、ジョルジュのいるマレへと急いだ。

ここで唐突ではあるが、そのジョルジュ・ダゼットという人物と、この拙文の主人公である作品を書いたイジドール・デュカスの、二人の人物の経歴を紹介することにしたい。読者の今後の理解を円滑にするために。

ジョルジュ・ダゼット、一八五二年八月二日生まれ、一九二〇年一一月八日没は、タルブ市に生まれタルブ市で死んだ。イジドール・デュカスの死後、じつに五〇年間も生きてから。ジョルジュはその地方、つまりピレネー高原地方の名家の一つであるダゼット家に、父親ジャンの三男として生を受けた。ダゼット家の先祖はガスコーニュ人（ガスコーニュ人はフランス先住民族であり、男はガスコン、女はガスコンヌと呼ばれ、ともに抜け目なく陽気であり、おしゃべり好きなほら吹きということになっていた）だと言われていた。父親のジャンはタルブ市の要職を歴任していたから、イジドールの父フランソワを、ウルグワイ移民前に知っていた可能性があり、元小学校教師の彼がモンテビデオに着いてすぐ、フランス領事館の書記補になれたのも、ジャン・ダゼットの口ききのおかげだったのかもしれない。いずれにせよ一八五九年、イジドール・デュカスがタルブの帝立リセの寄宿生になるため、単身大西洋を渡ってきたとき、彼はタルブに着くやいなや、ダゼット家を訪問している。そのとき一三歳のイジドールは、まだ七歳になったばかりの眩ゆいほどの美少年、ジョルジュ・ダゼットにはじめて会ったのである。

それから三年して、イジドールがリセの四級生になったとき、通学生の新入七級生としてジョルジュは同じタルブのリセに上がってきた。年齢は六つ違うのに学年は三つしか違っていなかった。

一八六七年、父親ジャンの死後であったが、一五歳になったばかりのジョルジュ・ダゼットは上京し、パリの名門リセ、シャルルマーニュ校の高等部にすんなりと転校してきた。そして一八七〇年にバカロレアを受け、トゥールーズ大学に入って法律を学ぶ。彼がパリを去ったその年の冬、イジドールはフォブウル・モンマルトル七番地の自室で死んでいるのを発見された。

一八七四年、ジョルジュ・ダゼットはみごと弁護士《アヴォカ》になる。その年、イジドール・デュカスがロートレアモン伯爵のペンネームで書いた『マルドロールの歌　全六歌』が、ベルギー、ブリュッセルのジャン－バティスト・ロゼス書店から出版された。それは著者の死後四年のことであり、パリでの出来事ではなかった。

弁護士になったジョルジュ・ダゼットは、三年間見習いとして働いてから独立する。そして一八八六年、彼は立派な弁護士事務所をタルブに持つが、一八九三年、彼はその仕事を放棄してパリとチュニスで働き、一九〇一年、タルブに戻るとそれ以後タルブを離れることはなかった。

ジョルジュがその生涯をかけて情熱を注いだのは、弁護士業というよりも、むしろ政治的な左翼活動であった。フランス労働党の要職をつとめ、著書も多くあり、彼は正義のガスコンとして世に知られていた。

しかしジョルジュは二度、結婚と離婚を繰り返した。最初の結婚相手は舞台女優であり、二度目は彼女の召使いであった。子供は四人いたが、すべてひきとらず、ジョルジュは生涯、家庭にめぐまれることがなかった。

イジドール・デュカス、一八四六年四月四日生まれ、一八七〇年一一月二四日没は、南米ウルグワイの首都モンテビデオに、父フランソワ・デュカス（一八〇九―一八八八）、母ジャケット・セレスト・ダヴザック（一八二一―一八四七）の長男として生まれた。

両親はともにフランス人でピレネー高原地方の出身、父フランソワはバゼット村の農家の出、一八三三年から六年間、同地方サルニゲ町の小学校教員だったが、一八四〇年南米ウルグワイへ移民、首都モンテビデオのフランス領事館に書記補として採用された。イジドールの母となるジャケット・ダヴザックはサルニゲ町の農家の娘であり、フランソワの教え子だった可能性もある。フランソワとジャケットは一八四六年にモンテビデオで結婚したのだが、その婚姻届け出の一か月半後にイジドールが誕生してしまったのである。今日で言う出来ちゃった婚の大先輩であろうか。イジドールの洗礼はこれとは逆にたいそう遅れ、翌一八四七年一一月一六日になってしまった。イジドールの洗礼名がリュシアンである。そしてその洗礼後二二日目に、母ジャケットが死ぬ。イジドール・デュカス生誕一〇〇周年のその年、隣国アルゼンチンの新聞『ナチョン』で、地元ブエノスアイレスの精神科医、エンリケ＝ピション・リヴィエールが断言してみせた、イジドールの母ジャケットの自殺説は、それから六〇年、まだきっぱりと否定されてはいない。

イジドールは一三歳までモンテビデオで過ごした。そして一八五九年独りで大西洋を渡り、父フランソワの郷里に近いタルブの王立リセで三年間、寄宿生として学ぶ。これは当時の標準からすれば約一年遅れであろうか。それに較べてジョルジュ・ダゼットの同リセへの入学は、標準より二年ほど早かったようである。

その後イジドールは、タルブに隣接するピレネー高原地方最大の都市、ポオの王立リセに高等部から転じ、またしても寄宿舎生活を送る。そしてそれから三年、一八六五年に文科志望《エス・レットル》でバカロレアを受け、それほど悪い結果でもなかったのにポオのリセに一年残り、翌一八六六年、こんどは理科志望《エス・シャンス》でバカロレアを受けた。その結果が優秀であれば、彼はすぐさま理工科大学《エコール・ポリテクニイク》に進んでいたかもしれない。イジドールはもう二〇歳であった。

それからの九か月、イジドール・デュカスの消息はいっさい不明となる。しかしピレネー高原地方のどこかにはいたようである。この九か月間のイジドール追跡は、二一世紀の今日、進展を望むのはもう無理であろう。

一八六七年五月、タルブ市は無職の市民、イジドール・デュカスにパスポートを発行した。そして五月二日、イジドールはボルドーから船に乗り、あちこちの港に寄りながら、終点のアルゼンチン、ブエノスアイレス港に八月七日に到着し、その翌日大河ロラプラタの対岸、ウルグワイのモンテビデオにたどりつき、ひさしぶりに父フランソワとの再会をはたした。彼はもう二一歳になっていた。

この最初で最後の里帰りのとき、イジドールは父フランソワとなにを語り合ったのか？　一人息子を理工科大学《エコール・ポリテクニイク》に進学させるのが父親の長年の夢だったであろうし、それを簡単にあきらめられなかったことは想像できるし、息子のイジドールはもうすっかり文筆で身を立てようと決心し、最初の原稿まで懐にしのばせていたのである。しかしそのマルドロールの一の歌の原稿を、父親に見せる機会はなかったのである。親子の話し合いはとことん最後まですれ違いに終わり、年末に息子は、もうキャリオカ号に乗ってしまった。こうしてわれわれは、この章がさきほど展開しはじめた時点に、ふたたび到着するのである。

ひさしぶりに二人がマレで会ったその夜、イジドールとジョルジュのあいだには、どんな時がながれ、どのような会話があったのであろうか？　ジョルジュの父ジャンの死と、それにともなうダゼット家の変化、最後までたどりつけなかったイジドールの、父フランソワとのモンテビデオでの対話のあれこれ。しかしつまるところは、イジドールがジョルジュにさしだした、大西洋往復にかなりくたびれてしまい、あちこちに書き込みのある、まだ一の歌だけのマルドロールの歌の初稿に、二人の話は流れ込んだのである。

ともかくこれだけでまず出版すべきだ、というのが二人の結論であった。そしてたちまちその方策が定められていった。印刷屋はイジドールの宿の近くにすべきである。いま話題になっている『青春《ラ・ジュネス》』紙に書評を頼もう、そのことにはジョルジュが責任を持つ、などと二人の会話はそこに集中していったに違いない。夜の更けるのは早かった。

二人は翌日からさっそく動き始めた。イジドールは印刷屋に狙いを定めた。ホテルの近くのバイイフ通り七番地とヴァロア通り一八番地の角にある、バリトゥ・エ・ケスロワ印刷所である。ホテルの名と『青春』紙の書評の話がその主人を安心させて、一の歌の印刷代金は一二〇フランに決まった。

ジョルジュ・ダゼットは『青春』紙の書評担当、筆名はエピステモン氏に接近して内諾を得た。現物を見せもしないで。もし駄目な作品だったら書評は中止するという条件で。ジョルジュは印刷所に二部ほど余分に作ってもらうゲラ刷りを、すぐエピステモン氏に届けることを約束した。

『青春』紙はそのころ、発刊したばかりなのにたちまち人気の的になった、若者たちによる反帝政思想の躍動するフレッシュな新聞であり、文豪ヴィクトル・ユゴーが応援しているらしい、というのが世間のもっぱらの噂であった。

『青春』紙の主幹はアルフレッド・シルコスと称していたが、じつはそれが筆名なのであり、本名はポール・エミヨンという普通のフランス人であり、おどろいたことにまだリセ・シャルルマーニュの通学生だったのである。彼は学友四人をひきつれ、『青春』紙を出発させていた。彼らはなんとイジドール・デュカスの四歳または五歳年下の、青春まっただなかのティーンエイジャーだったのである。

しかし『青春』紙は、はやくも多くの読者を惹きつけていた。それにはポール・エミヨン自身の能力、彼のめぐまれた家庭環境のおかげでもあり、すぐれたスタッフの活躍もあった。けれども時代の流れ、反第二帝政気運の高まりという強い味方もあった。『青春』紙は一部一〇サンティームで月二回発行、ライバルはフレデリック・ダメ率いる『未来《ラヴニール》』紙なのであった。両紙は当時の若者文化のリーダーであると同時に、そのころの都市文化の寵児になっていた。

ポール・エミヨンはもちろんパリ生まれで、通学生（パリ在住者）だったが、彼の新聞仲間四人のうち二人は地方出身者で、マレ地区のマサン学塾に泊まっていた。その二人の一級下にあのタルブから転入してきた、イジドールの親友、ジョルジュ・ダゼットがいて、やはりマサン学塾からリセ・シャルルマーニュに通っていたのである。ジョルジュはエピステモンの約束をあっさりとりつけてしまった。

イジドールは、マルドロールの一の歌の原稿を仕上げると印刷所のバリトゥ氏に渡し、一八六八年七月中に見本刷りを二部受け取り、その一部をすぐジョルジュに渡すと、ジョルジュはそれをエピステモンに手渡した。そのマルドロールの一の歌は、全部で三二頁の小冊子《プラケット》に仕上げる予定であった。

こうして『青春』の一八六八年九月一日号には、エピステモンと署名の入った、『マルドロールの歌　その一の歌　著者＊＊＊〔三つの星印《アステリック》〕』のみごとな書評が掲載された。『青春』のその号には、奇しくも三か月後にイジドールが手紙を書くことになる噂の文豪、ヴィクトル・ユゴオが「青春に」と題して、たとえ月並みの言葉をつらねただけのものであっても、この時代にさきがける都市文化のいっぽうのリーダーに、ちゃっかりはげましの一文を寄せていたのである。そして『青春』がらみのこれらの出来事については、あの紅顔の美少年、昨年リセ・シャルルマーニュに来たばかりの、ジョルジュ・ダゼットの裏方としての活躍が透けて見えてくるのである。

ではそのエピステモンの書評を、長くはないので全文紹介するとしよう。

マルドロールの歌　その一の歌　＊＊＊著

これを読むことで得られる最初の効果は、驚きである。おおげさに誇張された文体、あらあらしい奇怪さ、絶望的着想の力強さ、現代のありふれた作品群とこの熱に浮かされた言葉とのコントラストが、まず精神をふかい昏迷に投げ込む。

アルフレッド・ド・ミュッセはこのような世紀病と呼ばれるものについて語っている。それは未来の不確かさであり、過去の軽視であり、また不信仰と絶望なのであると。マルドロールはそうした悪にたどりつく。懐疑的になり、性悪になる。そして全才能をあげて残虐に向かう。このチャイルド・ハロルドとファウストの従弟は、人間を識り、人間を軽蔑する。欲望が彼をむさぼり、彼のうつろな心はたえず、漠とした目的地と彼の探し求める理想とに、けっして到達できないままに、陰鬱な思考のなかでうごめく。

われわれはこの作品の踏査した地点よりも先へは進むまい。この著作に活力を与えている強力なインスピレーションと、これら不吉な頁にひろがる陰鬱な絶望とをわれわれが感じとれば、それでいいのだ。たびたび見受けられる不正確な文体や情景の混乱などに見られる、さまざまな欠点にもかかわらず、この著作はこれを、今日の時代のほかの作品といっしょくたにしてはいけないと、われわれに思わせてくれる。ほかに例を見ないこの作品の独自性は、じつにはっきりと保証されているのだ。

書評　エピステモン

この書評を書いてくれたエピステモンをわれわれはながいあいだ、『青春』の主幹アルフレッド・シルコスのもう一つの筆名だと思っていた。それが当然だと思えるほど、シルコスことポール・エミヨンは大変な才能の持ち主だったのである。

けれども二〇世紀が終わりに近づいたころ、さきに触れたジャン＝ジャック・ルフレール氏のおかげで、ようやくエピステモンの正体がつきとめられた。私はすでに、ポールは四人の仲間と『青春』を出発させたと書いたが、また、その四人のうち二人が、ジョルジュ・ダゼットと同じくマサン学塾に寄宿していたとも書いたが、その他に二人の通学生がいたわけであり、その一人がエピステモンを名乗りながらポールの右腕の役をこなしていたジャン＝クリスチャン・キャルモオだったのである。そして彼はじつに一七歳のとき、この見事な書評を書いてくれていたのである。

それにしてもこれらの『青春』紙の旗のもとに集っていた若者たちは、なんと早熟な、すばらしい才人たちの集団であったことか！　彼らはリセ・シャルルマーニュの生徒たちだった。そして彼らのすぐそばには、イジドール・デュカスの最愛の友、ジョルジュ・ダゼットがいたのである。彼らより四、五歳年上であったにせよ、パリへ出てきたばかりのイジドールは、ジョルジュのおかげで彼らとめぐり会えたことを、どれほど嬉しく思ったことか。また彼らをどれほど妬ましく感じたことか。彼らと昔からの友達のようにつきあっている、すっかり成長したジョルジュを、そのときイジドールは、どれほど頼りにしていたことか。やはりパリに出てきて、よかったのである。ジョルジュがひとあし先に、パリにきていたことも、正解だったのである。こうしてイジドール・デュカスのあわただしいパリの日々がスタートした。

三二頁しかない小冊子《プラケット》にすぎなかったが、ギュスターヴ・バリトゥ氏の印刷所で八月に出来上がった、一の歌だけの『マルドロールの歌』一八六八年版の表紙は、上から下につぎのようになっていた。

いちばん上にくるのは題名「マルドロールの歌《レ・シャン・ド・マルドロール》」（その「歌《シャン》」という名詞はそのときすでに複数になっていた）、つぎに「一の歌」、その下に著者名がくるが、それは「＊＊＊」、三つの星印であった。その下が価格で「三〇サンティーム」、これは当時の小冊子にしてはやや高めであるが、著者にすれば、それはどうでもよかったのであろう。そしてその下に印刷所名とその所在地、いちばん下の行には「一八六八年八月」と、発行月が明示されていた。このように表紙はなんの変哲もないレイアウトと内容だった。目立つのは三つの星印ぐらいのものであった。

　ところがその小冊子が、イジドールが事前に話を決めていた、そして販売してくれることになっていた、いずれもブールヴァール・モンマルトルに近い二軒の書店、プチ・ジュルナル書店とヴェイユ・エ・ブロック書店に陳列されたり、二〇部ほどがイジドールの手許に来たりしたのは、その年一八六八年の一一月になってからのことであった。

　小冊子の完成から発売までのあいだの、その三か月ほどのずれは、いったいなんだったのであろうか？　まずイジドール・デュカスがわれわれに残してくれた七通の手紙のうちの、二通を調べてみよう。そのうちの一通は、一八六八年一一月九日付けの、宛先は不明だが某書評家《ランディスト》あてに書かれたものであるが、「恐縮ですが御紙でこの同送の小冊子の書評をお願いできないでしょうか。私の意思とは無関係な諸事情のため、これを八月には出せなかったのです。そして今は、プチ・ジュルナル書店とヨーロッパ・アーケードのヴェイユ・エ・ブロック書店で売っています。私は今月末に二の歌をラクロワの所から出版させます。（後略）」とある。「ラクロワの所から」とイジドールが書いているのは、アルベール・ラクロワがそのころはもう華々しい出版人だったからであるが、二の歌の件は怪しいものである。一八六八年の冬から、イジドールがラクロワと面識があったのは、本当だったとしても。

　その翌日、一一月一〇日付けの文豪ヴィクトル・ユゴーあての手紙にはこのようにある。「拝啓、小冊子を二部送らせて頂きますが、それは私の意思とは無関係な諸事情のため、この八月には出せなかったものです。今それは大通りの二軒の書店にも陳列されていて、私は書評を頼もうと、二〇人ほどの書評家《ランディスト》に送りました。しかしながらこの九月には、『青春』紙がもう書評をしてくれていたのです！（中略）この一の歌と合わせて出版してくれるというので、二の歌の原稿をラクロワさんにあずけたのは、すでに三週間前のことです。（後略）」

これら二本の手紙の文面にある「私の意思とは無関係な諸事情」が一の歌だけの小冊子の発売を三か月ばかり遅らせたとしているのは、実際にはどんなことだったのであろうか？　この一八六八年一〇月には、イジドール・デュカスとアルベール・ラクロワとの間には、『マルドロールの歌　完全版』の出版についての話が、もう始まっていたことを示している。一の歌だけの小冊子の見本を見たラクロワの心が動いたのである。すでに自社の財務がよくないことを自覚していたラクロワは、条件さえ整えばこの完全版の出版をやってもよいと考え始めていたのである。そこで彼は小冊子の販売に待ったを一度はかけたのであろう。だが考えてみればそれは大人げのない話である。それにイジドールのすまいも、ラクロワの店や事務所も、二軒の書店も、バリトゥ氏の印刷所も、すべては御近所、御町内といえば御町内であった。あまり無理の多い話にこだわらないほうが良いと判断したラクロワは、二軒の書店以外では売らないという約束をとりつけるだけにとどめたのである。だからそれはイジドールにしてみれば、「私の意思とは無関係な諸事情」どころの騒ぎではなかったのである。ラクロワの大人げない言動に、イジドールとバリトゥ氏がふり回されただけのことであった。イジドールは、ラクロワとの完全版出版の話の中断をおそれただけのことである。そして一一月に一件落着しただけのことであった。

そして二つの手紙で食い違いをみせている「二の歌」だけか、「一と二の歌」の合本のラクロワからの出版の件であるが、これはイジドールの嘘であろう。一八六八年一〇月の時点で出来上がっていたのが「二の歌」

だけだったので、それを一〇月にラクロワに見せたということに過ぎないと思われる。『マルドロールの歌』が二の歌以後どうなっていくのか、それをラクロワが知りたかっただけのことであろう。二の歌だけが問題なのでは、もはやなかった。

そのころヴィヴィエンヌ街とブールヴァール・モンマルトル一五番地の角に、大きな書店と出版のための立派な事務所を構えていたラクロワとヴェルベックホーフェン（後者はベルギー人、ブリュッセルに印刷所を持っていた）の二人は、一八六四年にそこにやってきたばかりであった。その《国際書店《リブレリイ・アンテルナシヨナル》》には、どの客からも見えるところに、ヴィクトル・ユゴオの立派な胸像が飾られていた。

そこでイジドールは、ユゴオがその書店の持ち主なのかと思ったのではないか。少なくともイジドールは、ユゴオとラクロワとはかなり深い関係にあると思い込んでいたようである。そこであの手紙を、ユゴーに送ったのである。さっき私が省略した後半部分では、イジドールはユゴーにつぎのようなお願いをしている。「この一の歌と合わせて出してくれるというので、二の歌の原稿をラクロワさんにあずけたのは、すでに三週間まえのことです。私が他の出版人よりもラクロワさんを選んだのは、以前彼の書店であなたの胸像を見たことがありまして、あそこがあなたの書店だと知っていたからです。しかし今日まで彼はまだ私の作品を読んでくれません。とても忙しいからだと言っております。もし私に一筆書いて下されば、それを彼に見せることで、ことはもっとスムーズに進み、二つの歌を印刷してくれると信じています。もう一〇年も前から、あなたにお目にかかりたいと思っていますが、お金がないのです」。ここまででも歯の浮くような文面なのに、さらに正誤表と現住所のあと、つぎのような追伸がさらにつづく。「ほんの短い御手紙を書いて下さることで一人の人間をどんなに幸せにできるか、あなたには信じてもらえないでしょう。それに来年一月に出される御作をそれぞれ一部ずつ頂戴できないでしょうか？　こうしていまこの手紙の終わりまで書きまして、私は自分の大胆さをより冷静に理解し、あなたに手紙を書いたことに戦慄しています。私は今世紀、まだ何者でもないのに、あなたはすでにすべてであるのですから。イジドール・デュカス」

いやはや、というところである。私は『マルドロールの歌』を信じる者だが、その著者の手紙はどうも、疑ってみたくなる。

さて、イジドール・デュカスの『マルドロールの歌』の執筆速度は、ぐんぐん上がってきた。このぶんであると、パリの冬が終わるまでに、最後まで行くかもしれない。

けれども一八六八年には、この一の歌だけのマルドロールの歌についてのほかの出来事もあったのである。クルト・ミュレールという研究者が一九三九年五月、『ミノトール』誌（これは当時のシュルレアリストの機関誌で写真の多い豪華版で、アンドレ・ブルトン編集、スキラ社刊であった）の第一二、一三号合併号に、『ロートレアモン伯爵（イジドール・リュシアン・デュカス）に関する未発表資料』を発表した。それには先に紹介したエピステモンの書評をはじめ、数多くの資料がまとめて発表されたが、そこにはボルドーのエバリスト・カランスという人物の主宰する詩のコンクールと、その入選作を発表する『魂のかおり《パルファン・ド・ラーム》』誌の一件も含まれていた。

一九世紀なかばにボルドーにいたエバリスト・カランスという男が、年毎に詩のコンクールを開いていたのである。一八六八年がそのコンクールの第二回で、八月一五日からそのための作品募集が始まっていて、九月一日にはその広告が『ルヴュ・ポピュレール・ド・パリ』誌に出た。急がねばならない。イジドール・デュカスはバリトゥ印刷所で刷り上がったばかりの、一の歌だけのマルドロールの歌を、すこし直してボルドーへ送った。ユゴーへの手紙にもあった印刷ミスの訂正と、バリトゥ版の一の歌に何度も登場していた「ダゼット」という人名をぜんぶ「D・・・」に変え、句読点のわずかな変更をそえて。著者名はバリトゥ版そのままの***（三つの星印）で。そして結果は佳作の二等で、翌一八六九年一月号の『魂のかおり』誌に掲載された。

そもそもこのエバリスト・カランスの詩のコンクールだの、彼の主宰する『魂のかおり』などという雑誌は、カランスがボルドーで金銭《かね》をかせぐためにやっていたことであり、あせっていたイジドールがそれにひっかかったというだけのことに過ぎなかったのかもしれないが。

すでに御近所の印刷所のバリトゥ氏に一二〇フランを支払っていたイジドールは、その直後またボルドーのカランスにそれ以上の金額、一五〇フランほどを支払ったという話である。当時カランスよりもひどいのがあちこちにいて、作家を目指す若者たちを喰いものにしていたのである(2)。

一八六八年秋の段階で、イジドールのペンは、すでに三の歌、四の歌、ひょっとすると五の歌にまで達していたのではなかろうか。

そこで『マルドロールの歌』の著者＊＊ことイジドール・リュシアン・デュカスは、極度に変化に富んでいるが、まだ私的な青春のメモランダムでもある一の歌だけのバリトゥ版にすでに不満をもち、具体的にそれをもっと客体化し、広範囲の読者に読ませるには、どこをどうすべきかということにも、見当がついてきたのであろう。さらに著者＊＊ではまずい、適切なペンネームが必要だということにも、気付いていたに違いない。

そこであわただしい執筆などのさなか、イジドールはとりあえず「ダゼット」を「D・・・」に変えただけのことなのである。「ダゼット」がどんな若者なのか見当もつかない読者をこれからは相手にしなければならないことをわかっていたイジドールは。それに書評家にしても、ダゼットをよく知っているエピステモンのような人は、これからはもういないだろうし・・・。

そして年が変わり一八六九年一月、ボルドーで一部修正された一の歌が『魂のかおり』誌に掲載されたころ、パリでは『ルヴュ・ポピュレール・ド・パリ』誌が、『マルドロールの歌　その一の歌　著者＊＊』の発売を報じてくれていた。

またじっさい、五の歌のあたりまで書き上げたイジドール・デュカスは、一の歌だけだったバリトゥ版に、じつに五〇箇所以上も筆を入れていたのである。この著者自身による異本の解明は、つぎの章にゆずることにしてこの章を了えることにするが、この一年、イジドールがパリに入ってからの約一〇か月は、なんという忙しさであったことか。『マルドロールの歌』全六歌を書き上げるだけでも大変な作業であったろうに、その前宣伝にも、ラクロワとの出版交渉にも時間をさかねばならなかったのである。ともかくイジドールにとっては、『マルドロールの歌　全六歌』の出版が大事だった。そこに彼の全生命が賭けられていた。

こうしてついに『マルドロールの歌　全六歌』の原稿のすべてが、ロートレアモン伯爵の筆名のもとに、いまをときめく出版人、アルベール・ラクロワのところに持ち込まれる日は、刻々と近づいていた。

パリにはいつ、春がくるのか。

怪人マルドロールの活躍はどうなるのか。

（1）ジャン-ジャック・ルフレール著『イジドール・デュカス』（パリ、ファイヤール社、一九九八年）のことである。本書もそれに負うところが多いが、その書もまた《アプフィッド》Association des Amis Passés, Présents et Futurs d'Isidore Ducasse 日本語にすれば《過去、現在、未来にわたるイジドール・デュカスの友の会》と呼ばれる会の主要メンバーの活動に負うている。その会の二代目会長は、フランソワ・カラデックのあとを継いだルフレール氏であり、彼は主な会員をよくまとめている。《アプフィッド》は事実上、一九九〇年から活動が活発になったのだから、ほんのここ二〇年の発見もすくなくないのである。本当のことを言うとそれまでは、伝記についても謎の多さを楽しんでいたようである。

なおルフレール氏はまだ医学生のころに、ピレネー高原地方のタルブ市で、イジドール・デュカスをはじめ関係者の写真を大量に発掘し、『ロートレアモンの顔』（オレイ社、一九七七年）でわれわれを驚かせてくれた人でもある。

（2）このあたりの事情はマクシム・デュ・カン『文学《スーヴニール》回想《リテレール》』にくわしい。

この詩のコンクールと『魂のかおり』誌のときに、イジドールが一の歌の文中の「ダゼット」を「D・・・」に変えたことの理由を、パリにいたジョルジュ・ダゼット本人か、またはタルブのダゼット家の誰かの要請であるとするロートレアモン研究者が少なくないが、私はその意見に反対である。一八六八年夏から秋にかけての時点で、ジョルジュ本人がそのようなことを要求するはずはないし、パリでの出来事がそれほど早く、タルブに伝わるはずもない。いったい誰が知らせたというのか。この一件には時間的余裕がまったくなく、それはイジドール・デュカス一人の判断だったのである。もう彼はそのころ、パブリックな作家への道をたどり始めていたのであろう。

第二章
マルドロールの一の歌

ロートレアモンとともに、反抗がようやく青年期に達したことがわかる。爆弾とポエジイを手にしたわれらの大テロリストたちは、ようやく少年期を卒業した。マルドロールの歌は、天才と言ってもいいほどの、リセの生徒の作品である。

（アルベール・カミュ『反抗的人間』ガリマール社、一九五一年、「ロートレアモンと平俗《バナリテ》」の章の一〇七—一〇八頁）

完全な『マルドロールの歌』、つまりマルドロールの歌全六歌の原稿が、著者であるロートレアモン伯爵ことイジドール・リュシァン・デュカスから、まだまだ人気上昇中だった出版人、アルベール・ラクロワの手に渡ったのは、一八六九年四月なかばであったと考えられる。

その原稿を受け取ったとき、ラクロワは約束の前渡金四〇〇フラン、あれはいつになるのかねと、イジドールに訊ねたはずである。イジドールはおそらく、この月末か五月はじめには、と答えていたに違いない。

ラクロワとイジドールのあいだに、マルドロールの歌出版をめぐっての契約書が取り交わされていた形跡はない。もちろん一八六九年になってからのことであろうが、つぎのような約束が口頭で、二人の間に取り交わされていたと思われる。『マルドロールの歌　全六歌』の総費用の、イジドール・デュカスの負担金を一二〇〇フランとし、前渡金四〇〇フランを印刷開始前に、販売開始前にはのこりの八〇〇フランを、イジドール・デュカスはアルベール・ラクロワに、それぞれ支払うものとするというような約束が。そして当然のこととして、初版の発行部数も定められていたであろうか、再版されなければイジドールの取り分はなしという、自費出版に近い取り決めだったのであろう。

どうしてその約束に文書が作成されなかったのか？　二人の間に約束が成立したときでも、ラクロワはまだ、この南米生まれで田舎育ちの青年作家を信用できなかったからである。それに世間からは大成功者に見られていたラクロワも、すでに悪化への道をたどり始めた自社の財務状況に気がついていた。要はユゴオにしぼりとられていたのであろう。ユゴーの本はよく売れたが、売れれば売れるほどラクロワの取り分が減り、それがユゴーへと流れていたようである。どちらに転ぶかわからない相手には、契約書を渡したくなかったのである。たとえ自費出版にひとしいイジドールとの取り引きにしても。

ジョゼフ・ダラスという人物は、ウルグワイのモンテビデオにあるフランス領事館の、パリでの取引銀行の持ち主なのだが、イジドールの父フランソワはそれをよいことにして、そのダラス氏を、イジドールへの送金窓口兼見張り役、一人息子のパリでの行状監視役にも指名するという、フランソワ・デュカスの公私混同職権乱用の手先にされていた気の毒な銀行家なのであった。

「あなたの五月二一日付けの手紙をぼくが受けとったのが昨日のことでした。それはまぎれもなくあなたの手紙でした。まあいいでしょう。ぼくがあなたに言い訳をする絶好のチャンスをわざわざふいにするなんてことは、まずしないということをわかってください。こういうことです。つまり先日は、ぼくの置かれている状況に起こるかもしれない不都合なことなどなにも知らないままに、預金が底をつきましたよと、ぼくに知らせてくだされば、ぼくも口座から金を引きだす気を起こさなかったでしょう。それにあなたが読みたくないと感じられたあの三通の手紙も書かずにすめば、ぼくもどんなに嬉しかったことでしょう。（後略）」

のっけからこの調子なのであるが、イジドールはひとりで次第に激してきて、文面はダラス氏にどんどん失礼なものになっていく。この手紙は世間知らずの若者が、心配ばかりしている大人の銀行家を嘲弄しながら終わる。だが私の引用した部分をよく読んでもらえば、これがラクロワへの前渡金四〇〇フランを、その口座を管理しているダラスに無断で使ったために、このデュカス親子の専用口座がマイナスになり、手紙三本をやりとりするほどのトラブルになってしまったことがわかってくる。そして、イジドールは言い訳にもならない言い訳を並べながら逃げていき、あげくの果て、それは私が引用しなかったこの手紙の後半にあるのだが、銀行口座のルールをまるで知らない若者が、大人社会の用心深さをあざ笑う。つまりイジドールは父親の了解も銀行家の了解もないままに、アルベール・ラクロワと口頭ではあっても契約し、その契約に従って、またまた誰の了解もとらないままに、その四〇〇フランを銀行にことわりなく払っていたのである。

そして前渡金は間違いなく支払われたので、一八六九年五月のうちに、アルベール・ラクロワの共同経営者ヴェルベックホーフェンが、ベルギーの首都ブリュッセルのワーテルロー大通りに持つ印刷所では、きっちりと口約束アモン伯爵著『マルドロールの歌　全六歌』の印刷が開始された。ここまではラクロワは、きっちりと口約束を実行し、嘘をつくこともなかった。

その著者名、ロートレアモン伯爵というイジドールのペンネームは、ユジェーヌ・シュウの『ラトレオーモン』という冒険小説の主人公の名をもじったものだとされている。それは当たっていると思われる。ラクロワはユゴーだけでなく、シュウの版元でもあったので、このペンネームは、ラクロワの発案の可能性が高い。伯爵という爵位は、そのころひそかなベストセラーになっていたサド侯爵《マルキ・ド・サド》からの思いつきであろう。

このようにして一八六九年の夏が終わるころ、『マルドロールの歌 全六歌』は、ブリュッセルのヴェルベックホーフェン印刷所で刷り上がった。けれどもヴェルベックホーフェンはそれらを製本して、パリに持ち込むことはしなかった。ごくわずかな部数は見本として仮綴じされたかもしれないが、正確な数はわかっていない。印刷ずみの『マルドロールの歌』は、刷り上がったままの状態で折りたたまれることもなく、ワーテルロー大通りの印刷所の片隅に、積み上げられたままに放置された。なぜか? それに答えるのはあとにゆずるとして、いまは別の方向に話を進めよう。

このとき著者、筆名ロートレアモン伯爵を名乗ったイジドール・デュカスは、前年夏にパリのバリトゥ印刷所で作らせた一の歌だけのマルドロールの歌に、じつは五〇箇所以上も筆を入れていたのである。それが『マルドロールの歌』の一の歌に関してのみ、著者自身の手による異本《ヴァリアント》が存在する理由である。だがしかし、先に触れたボルドーの詩のコンクールの結果が掲載された『魂のかおり』誌の場合を、われわれロートレアモン研究者は異本とは呼ばない。

その一の歌の異本の著者自身による変更修正は、句読点にはじまり、節《ストロフ》全体の形式変更におよび、さらに一八六八年刊のバリトゥ版に何度も登場した「ダゼット」というイジドールの現実の親友の名を、さまざまな動物やその身体の部分に置き換えてしまったのである。

ここで断っておかなければならないのは、一八六九年夏にブリュッセルのヴェルベックホーフェン印刷所で刷り上がっていたのに、出版はされなかった『マルドロールの歌　全六歌』の一の歌での、一八六八年版を改変修正した内容が、正確につまびらかになっているというのは、なぜか、ということである。それは一八七二年に、アルベール・ラクロワとヴェルベックホーフェンがやっていた国際書店が倒産し、印刷所に積まれたままだった、印刷ずみの『マルドロールの歌　全六歌』を安く手に入れた、ジャン＝バティスト・ロゼスというブリュッセルで書店を営んでいた老人（ベルギー人であったが、彼は奇しくもピレネー高原地方の出身であったという）が、翌一八七四年、ベルギーのブリュッセルのロゼス書店の名で、それに表紙と目次をつけて仮綴じし、出版してくれた。私もそれを一冊、手に入れたからである。それは今日、或る数残っており、ロゼス版とも二度目の初版《ラ・プルミエール・スゴンド》本とも呼ばれている。この章ではそれを六九年版と呼び、前年一の歌だけで小冊子の姿で売り出されたバリトゥ版を、六八年版と呼ぶことにしたい。

　ではこれから『マルドロールの歌』を、まず一の歌から順に調べていくが、それと同時にいま問題になっている異本とを見較べながら、六八年版の一の歌執筆時と、六九年版の修正変更時では、著者がどれほど進化したのか、また変化してきたのか、その跡もたどることにしたい。

　マルドロールの一の歌は、一四節（ストロフ）から出来ていて、それは六八年版も六九年版も同じであるが、今後は節をストロフと呼ぶことにする。日本語の節には他の意味もあるので。

　驚いたことに『マルドロールの歌』の一の歌の最初のストロフから五つ目のストロフまでが、連続してプロローグ、日本語で言うなら前口上である。おまけに第一四ストロフ（六八年版でも、六九年版でも、『マルドロールの歌』の著者は、六の歌の最後の八ストロフ以外、つまり五二のストロフには、ストロフ番号をつけていなかった。後年ストロフに番号をつけた版も少なくないが、それらは読者の便宜のために編者または翻訳者が勝手につけたものである）、つまり一の歌の最終ストロフはまたエピローグ、後口上なのである。ストロフ数で言うと一四分の六、つまり七分の三、半数近くが著者自身による自己解説なのである。頁数で数えてもそれは一三％超（ロゼス版の頁数）である。著者は少し照れながら、ふざけてみせたりしているが、そうとうな説明好き、自己解説癖の持ち主である。それらのストロフは全部が全部、一の歌のためだけではないにしても、やはり大変な分量である。

そして読みくらべればわかるのだが、前口上の最後となる第五ストロフの、それもしめくくり部分にやってくるまでは、六八年版と六九年版はそっくり同じである。エピローグ、一の歌の最終ストロフには、さすがにかなりの修正変更が見られるにしても、プロローグにはそれが極度に少なく、第一ストロフから第四ストロフまで修正変更はまったくない。

著者が六八年版の一の歌にみずから筆を入れたのは、かなりあとになってからであり、それはおそらく五の歌を執筆しているあたりだろうとするのが、妥当であろう。そしてあちらこちらにずいぶん修正変更を加えている。それなのにプロローグ部分の五つのストロフに、それが極度に少ないということは、六八年版執筆のころから、そのあたりは著者にとってほぼ満足すべき完成度を持っていたと判断される。

作者自身にとってもそのような完成度を六八年版のときから持っていたプロローグの、まず最初のストロフは「なにとぞ天に願わくば《プリュ・トオ・シエル・ク》」という古い叙事詩でなければお目にかかれないような、古色蒼然たる接頭句で始まっていてびっくりさせられるが、そもそもこの『マルドロールの歌』というタイトルの『歌《レ・シャン》』は、吟遊詩人のうたう武勇伝、に発している語であるから、この接頭句には皮肉な意味もあるという前提であれば、題名にも作品内容にもフィットしていると言えるだろう。

しかしここで、作者はいったい、なにを天に祈っているのか（定石であれば主人公の武運長久を、天に祈るところである）といぶかっていると、つぎのように思いがけない文が、その接頭句につづく。

読んでいるものと同じように大胆になったり、一時的に凶暴になったりもする読者が、これら陰鬱で毒だらけの頁の、荒れ果てたいくつもの沼をよぎり、けわしく未開のみずからの道を、迷うことなくそこに、なんとかして見つけてほしいものだ。

と、くる。つまり作者は、自作の主人公マルドロールではなく、読者の無事を案じて、天に祈っているのである。いきなり古くさい形を使いながら、定石をくつがえして読者を驚かせ、読者の身を案じるふりをしながら、じつは読者をおどしたうえで、おどろおどろのマルドロールの歌の世界へ、読者の連れ込みを図っているのである。

この本を読むためには強固な論理、うたがいの心、そしてそれらと同量の精神の緊張とを、しっかり保っていてもらわないと、命にかかわるこの歌の放射性物質は、水が砂糖にしみこむように、君の魂に浸透していくことだろう。これらの頁をだれもが読むのはよくないことだ。いくらかの人たちだけが、あぶない目に遭うこともなく、この苦い果実を味わうことができる。だから臆病な魂よ、まだ誰も行ったことのない大陸の、こんなに奥深くまで、踏み込まないうちに引き返せ。ぼくの言うことをよく聞くのだ。進んでしまわないうちに、引き返すのだ。

そしてそのあとすぐ、それが作者のお得意だとあとになってからわかるのであるが、独特の比喩、「・・・のように、・・・のように、いやむしろ・・・のように」が始まる。ここではそれが「引き返す」読者の比喩なのである。

「母親の顔へのきびしい凝視からうやうやしくそらされる息子のまなざしのように、いやむしろ深い考えをもつ、寒がりの鶴たちが」ときて、間髪をいれず、鶴の一群の飛行のながい描写に移っていく。

つぎにそれも『マルドロールの歌』の特色の一つになっていくのだが、主としてシュニウ博士の博物誌からのプラジア（何のことわりもなく他人の書いたものから剽窃して、後年のダダイストやシュルレアリストのコラージュのように、唐突にそこにはめ込んでいくこと）のさきがけがここに見られる。ここでは羽根の抜け落ちてしまった首を持った老鶴、それがただ一羽だけで群れの前衛をつとめ、群れに属するすべての鶴たちが、ただ一羽の老鶴の指図にみごとに従うさまが、博物誌の文体ではそれは当然のことであるが、イジドールによってクールに描かれ、エンディングへとつながって行く。だがここでは、作者は剽窃してはめ込んでいるのではなく、作者自身が博物誌状態になったうえでその文をはめ込んでいるのだが、なかなかの効果をあげているのに味をしめ、今後作者は積極的にプラジア＝コラージュに走るのである。だからこの一の歌の第一ストロフの鶴の群れの話は、その特色ある作業のきっかけになったのである。そして、「スズメの翼よりも大きくは見えない翼をあやつり、より哲学的で安全な、べつの進路を選ぶ」という一文でこのストロフを了える。

このように、危険でいっぱいのこの本を読むのは止めろと、読者をおどしながら誘い込むのが第一ストロフである。しかしこれでは祭りの日のサーカスなどの、妖しい見世物の呼び込み口上そっくりではないか！いや『マルドロールの歌』が、当時巷に流行していた衛生博覧会のようなものだと、作者は皮肉に言いたかったのか。ともあれちょうどそのころ、パリでは万国博覧会が好評のうちに幕を閉じていた。

それにしてもこのストロフは、贅肉のない筋肉質の、テンポのよい、当時の文学臭を極力排除した、なかなかの滑り出しである。

このあとは、第二、第三、第四ストロフと、短いプロローグの三連発である。そしてそのどれにも六九年版での修正変更はない。すべて『マルドロールの歌』の自己解説である。作者自身のわかりやすい自己説明に、また私の説明を加えたくないので、この三つのストロフは、全文省略なく紹介したい。

第二ストロフ

読者よ、この著作にとりかかったとき、ぼくが応援を求めたのは、おそらく君たちも欲しがっている、あの憎悪なのだ！　君がその憎悪を、はかりしれない悦楽にひたりながら、鱶のように腹を大空に向けて、美しく黒い大気のなかで、その行為の重大さと君にふさわしい食欲のすくなからぬ重要性とを、まるで君がわかっているかのように、その憎悪の赤い放射性物質を、ゆっくりとおごそかに吸い込んだりするんじゃない、などと言っているのは誰だ？　ぼくは君に約束する。その放射性物質は君のみぐるしい鼻の、二つのゆがんだ孔を楽しませるに違いないと。おお化け物よ、その楽しみのために、永遠なる神への呪われた信仰を、君はあらかじめ三千回、たてつづけに吸い込んでおけ！　君の鼻孔はえもいえぬ満足、びくともしないエクスタシイに際限なくひろがり、香水やお香のようにかおりたち、もうこれ以上のもの、この世で欲しいものなんぞ、もうなにもかもなくなってしまう。というのもそうなれば、心地よい天上のすばらしさと平和に暮らす天使たちのように、君の鼻孔は完璧なしあわせに、とことん満たされてしまうからだ。

第三ストロフ

マルドロールがしあわせに生きていた、人生のはじめの何年かのあいだ、彼がどれほど善良だったか、ぼくはほんの数行ではっきりさせることができるが、それはもう済んでしまったことだ。やがて彼は自分が、性悪《しょうわる》に生まれついていたことに気づく。なんという運命のいたずら！　彼はそれからずっと、自分の本性を隠しつづけた。だがとうとう、その不自然な精神集中のため、毎日血は頭にのぼり、そこで彼は偽りの人生をつづけられなくなり、決然とわが身を、悪の道に投げ込んだ・・・するとどうだ、なんていい気持ちなんだ！　そんなことを言っているのは誰か！　バラ色の顔の赤ん坊を抱けば、その頬をカミソリで切り取りたくなり、もし正義がこらしめの長い行列をつれて、そのたびごとに妨害しにこなかったら、彼はしょっちゅう切っていただろう。彼は嘘吐きではなかったので本音を吐き、おれは残忍だと言った。人間ども、聞いておるか？　彼はこのふるえているペンで、それをまたここに書いているのだ！　そのように意志よりも強い力が存在するのだ…クソッ！　石は重力の法則から脱《のが》れようとするだろうか？　とんでもない。悪が善と手をにぎろうとするだろうか？　とんでもない。ぼくがわめいてきたのは、じつはそのことなのだ。

第四ストロフ

想像力の産み出したものであれ、じっさいに持つことができるものであれ、心の高貴な特性とやらの助けをかりて、人類の賞讃を手に入れようとして、ものを書く奴がいる。しかしぼく、このぼくは残虐の喜びを描くためにおのれの才能を使う！　うたかたのものではなく、でっちあげられたものでもない、あの残虐の喜びを描こうとして。その喜びは人類と共に生まれた。そして人類とともに終わりを迎えるだろう。神の摂理と密約を交わして、才能と残虐とが同盟を結べないものだろうか？　いや残忍だと才能を持てないのだろうか？　これからぼくの言葉がそれを証明するだろう。君がその証を見たければ、ぼくの話に耳をかたむけるだけでいい…。失礼、ぼくの髪の毛が頭の上で逆立ちしたようだ。いやなんでもない。自分の手ですぐ元通りになったよ。この歌を歌う者は、それが未知のものだと言い張りはしない。それどころか、主人公のこの傲慢でたちの悪い考えが、全人類に存在していることに満足しているのだ。

このようにところどころに、代名詞の混乱は見られるが、全体には調子のよい元気なマニフェストがつづく。そして六八年版執筆のころから、作者は大胆な省略法を身につけていたようで、それがこれらプロローグの乗馬のギャロップ（速歩）のようなテンポを生みだしているようである。
またそれは、著者の考えでもあり主人公の考えでもあるようだが、憎しみは悦楽だとか、残忍や残虐は人間の自然な性向であり、誰でも生まれながらに持っている根源的な喜びだという人間性悪説をいきなり朗らかに歌い上げていることには、注目すべきである。

そして『マルドロールの歌』の大義は、当初からこのように、普遍性はなく（と著者自身が思い込んでいて）、まことに個人的でかなり素朴なものであったことを、心に留めておきたい。

しかしプロローグは、さらにもう一ストロフつづく。作者はそれを、このように切り出す。

第五ストロフ

ぼくは見てきた。これまでずうっとただ一人の例外もなく、人間どもが肩をすぼめながら、数え切れない数の愚かな行いに走り、同類を愚鈍にし、あらゆる方法を駆使して魂を腐敗させてきたのを。彼らはそのような行為の動機を栄誉《ラ・グロワール》と呼ぶ。そんな光景を眺めてぼくは、ほかのみんなのように笑おうとした。そして研ぎすまされたハガネの刃《やいば》のナイフをにぎり、ぼくの唇の重なっている部分の肉を、ぼくは切り裂いた。一瞬うまくいったようだった。鏡のなか、ぼくの意志で傷つけたぼくの口を、ぼくは見つめた。失敗だっ！　それがほんとうに人並みの笑いなのかどうか、二つの傷口から大量に流れ出す血が、わからせてくれないのだ。しかししばらく見ていると、ぼくには見えた。ぼくの笑いが人間のそれに、似ていないことが。つまりぼくは、笑っていなかったのだ。

マルドロールは人間の愚劣な振る舞いを、笑ってすませられなかったので、彼は人間を攻撃する。直前の第四ストロフで、「この歌を歌う者は、それが未知のものだと言い張りはしない。それどころか、主人公のこの傲慢でたちの悪い考えが、全人類に存在していることに満足しているのだ」と言ったばかりであるのに。それほど人類に満足しているのなら、どうしてそんなに人類を憎み、軽蔑するのかと言いたくもなるが、人類すべてに内在する悪に満足するというのは、それが人類攻撃のよい口実になるから、だからマルドロールは満足しているのか。それにしても矛盾はなお残るが、それでも彼はこの第五ストロフで、人間攻撃を高らかに宣言する。

その後このストロフは、プロローグからやや逸脱したかのような動きを見せる。人間がどれほどでたらめな存在であり、地球上の救いようのない害虫であるかを、イロニイたっぷりにつぎつぎと実例をあげて言いつのり、人類は絶滅に値する存在であると読者にも思わせようと、著者はやっきになる。そしてそのところまで、六八年版に対する六九年版の修正変更はまったくない。

そもそもマルドロール、MALDOROR とはフランス語の MAL＋DOLOR、スペイン語で道化の意味なのである。フランス語の道化は DRÔLE であるが、いくら強調していても母音が一つでは、イジドールの耳には不充分にしか響かず、心地よく響くスペイン語を採用したため（さらにLをRに変えて）、フランス語にスペイン語をくっつけた造語にしたのであろう。ここからも、著者はサウンドにこだわる人だということがわかる。また意味上でも、ここまでつづいたマニフェストはマルドロール、悪の道化にふさわしいものであった。

ではそのあとの、六八年、六九年の両版が異なっている部分、それは一の歌の第五ストロフの末尾なのであるが、較べてみよう。

六八年版

それらをみごとに造りあげた神よ、ぼくが訴えたいのはおまえにだ。一人でもいい、善良な人間を見せてみろ！・・・だがおまえの力でぼくの持っている力を一〇倍にしてくれてもいい。あんな化け

六九年版

それらをみごとに造りあげた神よ、ぼくが訴えたいのはおまえにだ。一人でもいい、善良な人間を見せてみろ！・・・だがおまえの力でぼくの持っている力を一〇倍にしてくれてもいい。あんな化け

物ばかり見てきたので、ぼくは驚きのあまり死にそうだ。人はちょっとしたことでも死ぬものなのだ。ぼくが人間どもになにを言ったというのか？　このぼくが彼らをなにかで咎められるとでも言うのか？　ぼくのほうが彼らより残忍だというのに。

物ばかり見てきたので、ぼくは驚きのあまり死にそうだ。人はちょっとしたことでも死ぬものなのだ。

これは修正変更ではない。六八年版の末尾のややあらずもがなの、少々くどかった三つの文の思い切った削除である。削除された三文は、それまでのそのストロフの、テンポよく力強い文章にくらべると弱々しく、あらずもがなの弁明だったから、その削除の結果、このストロフも引き締まり、それだけでなく、これまで五ストロフも続いてきたプロローグ全体のパワーまで、増大させている。そしてうんと歯切れがよくなった。

それは著者の、この二年ばかりのあいだの作家としての成長をうらづける、一つのみごとな実例であろう。けれどもそれだけなのである。コラージュ風の手法を使ってみたり、サウンドを重視しながら、調子よく歯切れもよい快心のギャロップを続けてきた五ストロフの前口上を、いくら読み返してみても、世間で言われているほど大それたことを、イジドール・デュカスは語ってはいない。第一ストロフは、これからどえらいことが始まるぞと読者をおどしながら連れ込もうとする、見世物呼び込み風前口上であった。第二ストロフからのマニフェストも、著者がやってやるぞと宣言したのは、人類への攻撃であり、その方法としてのあくなき残虐行為の展開（おまけにここでは宣言するだけで、実力行使はゼロ）に過ぎないし、神はただ、毒虫にも劣る人類を創ってしまった造物主として非難されているに過ぎない。つまりはうらみつらみなのである。そして「だがおまえの力でぼくの持っている力を一〇倍にしてくれてもいい」などと、神の存在をしっかりと認めながら、条件によっては和解も可のようなことを言ってみたり、もちろんイロニイがらみなので、本気にしてはいけないが、著者はどうやら神の存在を自分では認めてしまっているようなそぶりを見せる。

それにしても、なんとパーソナルでういういしい、具体的で単純で素朴なプロローグであろうか！　どうせだったら、もっと修正変更しておけばよかったのに、と思わせるほどである。こんな前口上で、あの『マルドロールの歌』が始まってしまってよいのか、という気さえする。まだまだ若書きの可愛らしさも弱さも、それに矛盾までも残されたまま、『マルドロールの歌』の出帆を告げる、一の歌のプロローグは終わりを告げる。

つぎの第六ストロフから、一の歌はいよいよ、筋書きのある本篇へと突入する。さて、どうなることやら……。

その第六ストロフは冒頭から、六八年版への六九年版の加筆修正が、さっそく始まる。

六八年版

一五日間爪を、のばしっぱなしにしておかなくてはならない。ああ！　うわくちびるのうえにまだまったく、なにも生えていない子供と寝て、その子の美しい髪の毛をうしろになでつけてやりながら、額をなでてやるのは、なんていい気持ちだ！

六九年版

一五日間爪を、のばしっぱなしにしておかなくてはならない。おお！　うわくちびるのうえにまだまったく、なにも生えていない子供の、美しい髪の毛をうしろになでつけてやりながら、額をやさしくなでてやるふりをして、その子をベッドから乱暴にひっぺがすのは、なんていい気持ちだ！

ここでは六九年版執筆時に六八年版の一の歌に加えられた、最小限の変更と加筆が、どれほど大きな効果をあげているのか、そこをよく見てほしい。六九年版ではこの第六ストロフの出発地点が、具体性を増しながら、うんと過激になってきている。二年たらずのあいだの著者の、作家としての成長を、これははっきりと示してくれている。
その後この第六ストロフでは、マルドロールと思われる主人公（このストロフにマルドロールの名は一度も出てこないので、主人公は著者だとの判断も可能であるが）がその幼児を爪で引き裂き、血を啜り、悔恨にさいなまれながら、残酷な苦痛に苦しんでいるその子に語りかける。「ああ！　善とはそして悪とは、いったいなんなのだ！」ともっともらしく世間並みに、在りもしないことをうそぶいたあげく、こんどはその子にあやまりはじめ、またしても二箇所、修正が加えられる。

六八年版

だからこんどは君がぼくを、爪と歯を同時に使って、休むことなく引き裂けばいい。ぼくはされるがままになり、そしてぼくらはともどもに苦しもう。

六九年版

だからこんどは君がぼくを、爪と歯を同時に使って、休むことなく引き裂けばいい。この贖罪のホロコーストのため、ぼくは花環にお香をたきしめ、それでわが身を飾るとしよう。

これもわずかな加筆と削除であるが、著者が『マルドロールの歌』に不可欠な装飾と、それがふさわしい調子とを、しっかりわかったあとで、六八年版に、六九年版のために筆を入れたことを示す、実例の一つである。言いかえれば、作者が一の歌だけの六八年版を書いていたときには、まだ手に入れていなかった『マルドロールの歌』の基準《プリンシプルズ》、大原則のようなものを、かなり執筆が進行して手に入れてから、六九年版のために六八年版に筆を入れたのである。いずれにせよ、六九年版はよりハイトーンに、そしてシャープになってきながら、クールにもなってきている。それは作中の主人公と著者とのあいだの空間が、ひろがってきていることを、同時にあらわしている。

そしてこのストロフにはもう一箇所、修正が加えられているが、それもまた作者が獲得した『マルドロールの歌』の大原則《プリンシプルズ》に従ったもので、そのあとは二行だけでこのストロフは終わる。

六八年版

罪を神聖なものとするこの頁のうえに、ぼくがその名を記したくない者よ、

六九年版

罪の神聖に捧げられたこの頁のうえに、ぼくがその名を記したくない者よ、

これもやはりそうであって、作者が入手した『マルドロールの歌』の文体の原則にのっとって、ごくわずか修正することで、その前後の文までが、正調マルドロール節になってくるのである。こうして彼独特の修辞法（レトリック）は、ロマン主義文学からどんどん遠ざかり、よりシンプルへと向かっていく。

このようにロートレアモン伯爵になったばかりのイジドール・デュカスは、ようやく子供っぽさをぬぎすて、青年になっていく。ピレネー高原地方にいるときは、断然兄であったイジドールは、パリに来てからというもの、立場は逆転して、めざましく成熟したジョルジュ・ダゼットに、ぐんぐん追い抜かれてしまうのである。

ボードレールの作品にも、このストロフでのように加虐と被虐の入り乱れるものがあるが、このストロフでは主人公の相手が、赤子またはそれに近い幼児なので、行為の迫力はいやまし、死に至るまでのプロセスが独自の輝きを放っている。とくに、「君はずっとあとになってから、その子を病院に放り込めばいい。その こわれた子《ペルクリュ》は、いずれにせよもう生きてはいられないだろうから」と突き放してしまう。その子を「ペルクリュ」（第一義は不随者またはかたわ）と平然と呼ぶのは、冷血残忍のきわみである。

そしてさきほど両版比較のために引用した文の直後に、つぎに紹介する文章がつづき、このストロフは終わるが、マルドロールはそのペルクリュ（男の不随者）とさも心中したかったように、こう叫ぶのである。『マル

ドロールの歌』は始まったばかりだというのに。「ぼくは知っている。おまえの赦しが宇宙のように広大無辺であることを。しかしぼく、このぼくはまだ生きている！《メ・モワ・ジェグジスト・アンコール》」

この「ジェグジスト」を哲学風、存在論風にとらえる研究者も少なくないが、この「ジェグジスト」は「ぼくはまだ生きている」あるいは「まだ死んでいない」と、あっさり解釈すべきであろう。

けれどもこのストロフでの作者の混乱は、そうとうなものである。スタートの時点では、当初の被害者は明らかに赤ん坊か幼児になったばかりの者として描かれる。しかしストロフの途中で著者は相手に「少年よ《アドレッサン》」と呼びかけ、その子はストロフの内側で成長する。せいぜい一時間足らずの幼児殺しの話のなかで。そしてついに、マルドロールを引き裂くまでになる。いくら爪と歯を同時に使うにしても、マルドロールはいちおう大人の超人なのである。そのように重大な混乱を、他のところを細かな箇所まで修正変更したときに、それは著者が六八年版に筆を入れて六九年版を完成させようとしたときに、どうしてそのまま放置したのであろうか？

この一の歌の第六ストロフのなかほどで、「君のノーブルで神々しい顔の前にいる者は」と語ってみたり、さらにあとのほうでは、「ぼくらはひとつになり、口と口を合わせよう」などと言う。このペルクリュのイメージには著者のタルブ時代の最愛の親友、ジョルジュ・ダゼットが、いつのまにか入り込んでいるのである。著者はそれをよしとして、この混乱を放置したのであろうか？

また、この一の歌の六八年版に、その「ダゼット」が実名で出てくるのは、まだまだあとのストロフである。それなのにその「ダゼット」の名は出てこないものの、「ダゼット」の面影が強く感じられるこの幼児殺しのストロフを、本篇の最初に据えたのは、やはり著者はこれをよほど気に入っていたのであろう。たしかにこのストロフは、被害者の年齢の混乱をのぞけば、いや「ダゼット」の乱入があるからこそ、ゾッとする、みごとなファンテジイに仕上がっている。

つぎの一の歌の第七ストロフはみじかい。それはとりとめのない、ぼんやりとした夢の記憶のようである。

まず「家庭を乱すタネを蒔《ま》いてやろうとして、ぼくはその娼婦と協定を結んだ」と冒頭にあるが、じつはこの話はその時のことではない。その前夜のことである。それを作者だかマルドロールだかが、思い出して語ってくれる。

墓があり、空中には「家のように大きな蛍」がいる。蛍は神の使者であり、自分の光で墓を照らしてやるから、その墓碑銘を読んでみろと言う。大きな蛍にそう言われた主人公は壁によりかかって倒れるのを防ぎながら、墓碑銘を読む。「肺病で死んだ若者がひとり、ここに眠る。そのわけは知られるとおりなり。彼のために祈ることなかれ」。それは主人公自身の墓だったのである。すると「いつのまにか裸の美女が一人」足もとに寝そべっていた。主人公の「ぼく」はかつて、彼女の妹の喉をかき切った手をさしのべ、彼女を立ち上がらせる。蛍は、「こいつの名はインバイだ」と言い、大きな石で彼女を殺せと「ぼく」に命令する。それが神の命令だったのである。「ぼく」はその岩を持って山の頂上まで登り、彼女ではなく巨大な蛍をめがけて岩を投げつける。蛍をたたきつぶした岩は、大きくバウンドしてから湖に落下し、湖は水位をあげた。

そして主人公は、「ぼくはあいつ〔蛍〕よりも君が好きだ。ぼくは不幸な者にしか関心がないんだ」と彼女に言う。彼女は、「あなたは善い人、さようなら」と主人公に言って海の底に隠れる。「ぼく」は「今日からぼくは美徳を捨てる」と宣言する。

おお地球の原住民たち、君たちが海の上、はたまたその岸辺で、あるいはすでにながいあいだ、喪に服している都市の上空に、北極南極の寒気をよぎっていく冬の風の呻きを聞いたなら、こう言ってくれ。「あそこを通り過ぎていく音は、神のこだまなんかじゃない。あれは娼婦のふかい溜息が、モンテビデオ野郎《モンテビデーン》のつらい呻き声と合わさった、その響きなんだ」と。だから子供たちよ、君たちに語っているこのぼくが、つまりそのモンテビデオ野郎だというわけだ。だから憐れみをこめてひざまずけ。そして虱の数より多い大人たち、ながい祈りを捧げろ。

そして肝心の、その翌日の協定にはまったく触れないまま、このストロフは終わってしまう。なにかの寓話のように。それともこれはやはり、夢の記録なのであろうか・・・。

まず時の倒叙である。時のあとさきをでんぐり返してしまうことである。このストロフのように、まだ生きている主人公が自分の墓碑銘を読むというのが、けっこう著者のお気に入りのようで、三の歌の最後のストロフにもそれが出てくる。

つぎに一人称の件である。つまり、「ぼく」は誰なのかという一件である。代名詞だけで済ませてしまい、それが誰なのかは絶対に言わない、などというのは『マルドロールの歌』では日常茶飯事で、とくに一人称の場合がひんぱんである。どうやらこの著者には、それが自然であるようで、とくに気にしている様子がまったく見られない。そんなことどうだっていいじゃないか、という態度なのである。こうしてイジドール・デュカスとマルドロール、そしてロートレアモン伯爵と、著者のペンは三人のあいだを、じつに自由に往き来する。著者の考えであれば、それがいちいち誰なのか、その都度ハッキリさせておかないと落ち着かない人のほうがオカシイのである。フランス人にあるまじき言語感覚である。イジドール・デュカスはこのストロフでもみずから語っているように、モンテヴィデオ野郎なのである。モンテビデオはいまもウルグワイの首都であり、その街は南アメリカ東海岸の南のほうにある。ウルグワイは長い間ブラジルの領土であったのに、ポルトガル語は浸透せず、バンダ・オリエンタル、またはリオ・デ・ラ・プラアタと呼ばれたこの地域は対岸のアルゼンチンというスペイン語圏に、実態は属していた。だからそのようなことは、モンテビデオ野郎の常識だったのであろう。現実にイジドールは、法の上でも二重国籍者なのであった。

さらにこの一の歌の第七ストロフで注目しなければいけないのは、作者が南米人、モンテビデオ野郎であることを、すこしも恥ずかしがったり、嫌がったりしていないことである。それどころか、むしろそれを誇りに思っていることである。タルブのリセの寄宿生だったころ、現実にイジドールは、モンテビデーン（モンテビデオ野郎）と渾名で呼ばれていたという証言もあるが、多少とも侮蔑の気分がこめられているその言葉に、南米人であることに充分な自覚を持ち、誇りも持っていたイジドールは、むしろ上機嫌でその渾名に応えていたようである。

さてつぎは娼婦、売春婦などという言葉の問題だが、そこには六九年版での修正変更もあるので、そこから始めてみよう。

六八年版

こいつの名は売春婦《セルシ・サペル・ラ・プロスティテュシオン》だ。

六九年版

こいつの名はインバイ《セルシ・サペル・プロスティテュシオン》だ。

双方の版でプロスティテュシオンの語は、イタリック（斜体）になっている。そして六八年版だと定冠詞の「ラ」がついてPが小文字だったのを、六九年版では定冠詞をなくしてしまい、Pを大文字にしている。その変更に作者はどのような意味合いを持たせたかったのであろうか？　今われわれにわかることは、六八年版では一般的で概念的な「売春婦」だったものを、六九年版ではもっと具体例としての「インバイ」にしたかったのだろうということぐらいのものである。しかしその方向を狙うのなら、Pを小文字のままにしてプロスティテュシオンを複数にすればよかったのであるし、第一、その語をイタリックにした理由がわからない。植字工のミスとも考えられなくはないが、なんともすっきりしない修正変更である。しかも『マルドロールの歌』のなかでイタリックは、ここでしか使われていない。どうも符に落ちない。

ともかくこの第七ストロフで、著者もしくは主人公の偏愛が、はじめて公示されたわけである。マルドロールにも愛はあるのだが、それはかたよった愛でしかなかったのである。

つぎの第八ストロフには修正変更がない。プロローグの四ストロフについで、この一の歌では珍しいことである。このままでよしっ、ということだったのであろう。いま私が読んでも、これはそのように思える。筆を入れる必要が、第八ストロフのどこにも、なかったのであろう。

そしてこのストロフを書いた「ぼく」も、このストロフの主人公の「ぼく」も、ともに珍しくはっきりとイジドールである。イジドール・デュカス青年は、南米で暮らしていたころのイジドール少年を語るという形の、つくり話がこのストロフなのである。

舞台は大草原パンパスにぽつんとある一軒家、夜が更けると犬たちは、無限の欲求にさいなまれてその大草原を目的もなくただ走りまわる。そしてさっぱり訳のわからないままに、ついには共食いを始める犬たちのじつに美しい描写で、第八ストロフは出発する。母親は、眠れないでいる小さな息子にこう語る。

「おまえがベッドにいるとき、犬たちが野原で吠えるのを聞いたなら、フトンにもぐり込みなさい。犬たちのしていることをあざ笑ってはいけません。おまえやわたしのように、蒼白く面長《おもなが》な人間すべてと同じように、犬たちは無限への、いやされることのない渇きにとりつかれているのです。さあ窓までいらっしゃい。あの光景を見てごらん。神々《こうごう》しいじゃありませんか」。このときからぼくは、死んだ母の願いを大切にしている。ぼく、ぼくも犬たちのように、無限への欲求を感じる・・・。だめだ、ぼくはその欲望を満たすことができない！　ぼくが人間の男と女のあいだに生まれた子供だと人は言う。なんてことだ・・・、ぼくはそれ以上の者だと思っていたのに！

まるで直前の第七ストロフの結びの部分が呼びよせたかのようなこの第八ストロフを、私はすでに思い出型のつくり話と言ってしまった。そのわけはこのストロフの、狂気に駆られて農場から逃げ出してきた犬たちの、その夜の狂い走りから共食いにいたるまでの、それらの描写のあまりの美しさに、これこそつくり話に違いないと、私は思ったのである。

それにイジドール・デュカスの母ジャケットは、現実にはイジドールの一歳八か月のときに死んでいる。だからこのような会話は成立しえない。さらに母親ジャケット・ダヴザック本人の写真はついに発見されなかったが、彼女の親類の写真からすると、ダヴザック家はやや丸顔の家系である。そしてイジドールの父フランソワも面長というほどではない。ところがイジドール本人は、おそろしく面長で、いわゆる金壺眼《かなつぼまなこ》なのである。ここに、イジドールの母親は、ジャケット・ダヴザックではなかったという疑いも発生するのだが、そのような妄想に遊ぶことは慎しもう。いずれにせよ、このストロフはみごとなファンテジイである。

このように犬たちの乱心に始まるこの第八ストロフは、作者の錯乱にまでおよび、つぎの文で終わる。

六八年版

いったい誰が鉄棒の一撃を、ぼくの頭に見舞ってくれるのか?　鉄床《かなとこ》を撃つハンマーのように。

六九年版

だれかに殺してもらいたいという作者の欲望がここに誕生する。その欲望は『マルドロールの歌』のなかに、断続してあらわれ、しだいに根をおろしていく。また、鉄床とハンマーが作者のオプセションであることも、しだいに明らかになっていく。

つぎの一の歌の第九ストロフは、あの有名な古き大洋への讃歌連禱である。そして出だしから修正変更である。

これから君たちが聞こうとしている、真面目《セリユー》でクール《フロワ》なこの歌《ル・シャン》を、ぼくはぜんぜんのぼせることなく朗唱する《アントネ》ことにしたい。

これから君たちが聞こうとしている、真面目《セリユーズ》でクール《フロワッド》なこのストロフを、ぼくはのぼせることなく大きな声で読みあげる《ド・デクラメ・ア・グランド・ヴォワ》ことにしたい。

この修正変更は、六八年版の「歌」を六九年版では「ストロフ」に変え、副詞「ぜんぜん《ニュルマン》」を六九年版では削ってしまい、六八年版の「朗唱する《アントネ》」を六九年版では「大きな声で読みあげる《ド・デクラメ・ア・グランド・ヴォワ》」に変えているのである。それぞれ六九年版では、日常生活風にやさしく具体性をあたえ、おおげさな言葉やものものしい古語をこそぎ落としている。よりストレートで今日的（一九世紀なかばとしての）な、すっきりした日常語だけでも、正調マルドロール節は可能だという、著者の自信のあらわれであろう。

ところがこの一の歌の第九ストロフでは、これまでに調べた修正変更とはまったく性質の異なる、変更というよりも置き換えが、古き大洋への讃歌が始まってすぐ、はじめて突然行われる。六八年版でも唐突になんの説明もなく出現した「ダゼット」が、六九年版ではその「ダゼット」を消去して置き換えてしまうのである。

六八年版

ああ！　ダゼット！　君の魂がぼくのそれと不可分である君、まだ若くとも、女の息子たちのなかでもっとも美しい君、その名が若きバイロン卿の親友の名によく似ている君、きさくでやさしい美徳と神々しい優雅さとがみんなに認められ、断たれることのない絆に結ばれて、まるで生まれたと

六九年版

おお絹のまなざしもつ蛸よ！　君の魂がぼくのそれと不可分である君、地球の住民のなかでもっとも美しい君、四〇〇もの吸盤のハアレムに君臨する君、きさくでやさしい美徳と神々しい優雅さとがみんなに認められ、断たれることのない絆に結ばれて、まるで生まれたときからの棲家のように、

きからの棲家のように、上品に同居している君よ、
君はなぜ、ぼくといっしょにここにいないのか、
君の胸をぼくの胸にかさね、浜辺の岩に二人して
座り、ぼくの憧れている光景を、ともどもにうち
眺めるために。

上品に同居している君よ、君はなぜ、ぼくといっ
しょにここにいないのか、君の水銀の腹を、ぼく
のアルミニウムの胸にかさね、浜辺の岩に二人し
て座り、ぼくの憧れている光景を、ともどもにう
ち眺めるために！

さきほども触れたように、一の歌のはじめに五つものストロフを使ってしまったプロローグで、この『マルドロールの歌』は人間への憎しみと戦い、そしてそのような蛆虫を生んではいけなかった神への恨みと呪いと戦い、さらに悪と残虐とを歌いあげてやるぞと宣言した作者は、その後いくつかのストロフで少しのよろめきはあったものの、大筋では宣言を守ってきた。ところがこの第九ストロフで、はじめてはっきりと、それらの『歌』の大義ではない、神でも人類でもなく、そのいずれよりも古くから地球に存在した海、古き大洋を、声を大にして手放しで讃美することを、作者は選んでしまった。さらにその本篇が始まるとすぐ、作者は「ダゼット」という自分の親友を、六八年版にはいきなり、唐突に登場させ、古き大洋も青くなるほど彼を賞《ほ》めちぎり、なぜそばにいてくれないのかと嘆くのである。あれほど説明好きのイジドールはどこへ行ってしまったのだろう。

立派な書評を書いてくれたエピステモンは、現実のジョルジュ・ダゼットに会っていただろうし、六八年版はほとんど売れなかっただろうし、なにしろ著者名が＊＊＊だったのだから、それはそれでよかったのかもしれないが、これはずいぶん常識はずれの、無茶なことである。

その無茶さ加減でいうと、六九年版の「絹のまなざしもつ蛸」もそうとうなものである。私がはじめて『マルドロールの歌』を読んだのは、もちろん六九年版だったが、なんで蛸がここでと、おどろいたものである。

だから読者をびっくりさせる効果はあったのである。あとでJ－J・ルフレール氏の『ロートレアモンの顔』が出版されて、ダゼットの写真を見たとき、私は声をあげずに、うめき声をあげた。そして納得した。現実のジョルジュ・ダゼットは、「絹のまなざしもつ蛸」以外の何者でもなかったからである。

六八年版であれば、読者はまるで事情のわからないままに、ダゼットと会うことになる。しかしDAZETもダゼットと発音できたり、できなかったり。そのように読める人は、フランス人でも少数派である。ふつうのフランス人は「ダゼ」と読んでしまう。そのようなふつうのフランス人には、「若きバイロン卿の親友」ドーセット侯も、意味をなさないであろう。チンプンカンプンで、そこに在ることがいけない一行になってしまう。「ダゼ」はひょっとするとマルドロールに勝るとも劣らない作中人物かもしれないぞ、と思える人は、よほど勘の良い読者であろう。ましてバイロン卿の親友の一件を、ハハンこりゃ同性愛がらみの話だぞと気づく読者は、少数派中の少数派であろう。六九年版の「絹のまなざしもつ蛸」は、はるかに罪が軽い。

六八年版はまだまだ私的な習作から脱出できないでいる、完全私家版だったのである。定価はつけていたものの、広く販売する気はイジドールにもなかったのであろう。だから六九年版での「ダゼット」の消去と動物への置き換えは、イジドール・デュカスが自作『マルドロールの歌』をみごとに客体化し、自分が一人前の作家になるために、どうしても必要な作業だったのである。どうもそのあたりのことを著者自身も心得ていたようである。六八年版の著者名＊＊＊は、著者のそのような気持ちが込められていたのではないか。

それにしてもここの修正変更というか、「ダゼット」の置き換え作業は、お見事という以外にないほどの出来映えである。そのことは、もともと六八年版での「ダゼット」への表現がすばらしかったことを示しているし、そのことはイジドールにとって「ダゼット」がどれほど大切な人だったかも示している。そしてそのような「ダゼット」を置き換えるものとして、「絹のまなざしもつ蛸」のフレーズに出会うまで、六八年版にイジドールは筆を入れなかったのではないか、と思えるほどその表現は的確そのものである。あらためて写真発見者のルフレール氏に感謝。

イジドール・デュカスが、六八年版の「ダゼット」を、六九年版のために「絹のまなざしもつ蛸」に変えた瞬間、『マルドロールの歌』は、青春のメモランダムの私家版であることを止め、ピュブリックな永遠の書になったのである。

ではふたたび両版の比較に戻ろう。この第九ストロフには、あと二つの修正変更が残されている。

六八年版

だからこそ人間たちはおたがいを信じ、

六九年版

だからこそ人間の仔イノシシたちはおたがいを信じ、

これは両版のあいだに横たわる一年あまりの年月のあいだに、『マルドロールの歌』の内部では、鳥、動物、虫たちの増殖が（ガストン・バシュラール［一八八四―一九六二］はかつてその数を数え『マルドロールの歌　全六歌』に人間や神や天使のほかに、一八五種の生物が棲みついていると語った。『ロートレアモン』ジョゼ・コルチ社、一九三九年より）、さかんになっていたことのあらわれであるが、それは同時に著者自身の人間からの離脱も進行していたことを示している。

では第九ストロフの最後の修正変更を見てみよう。

六八年版

ドラマは終わった。大洋はすべてをその腹に収めてしまう！　おお！　このおそろしい口。それは

六九年版

ドラマは終わり、大洋はすべてをその腹のなかに収めたようだ。なんというおそるべき口。それは

底のほうに行くにつれて未知に向かって、どれほど大きくなっているのであろうか！

底のほうに行くにつれて、未知の世界に向けて広がっている！

これもまた最小限の修正変更で、最大の効果をあげている見本である。イジドールはもう、子供っぽいうじゃじゃけた踊りはおどらない。六九年版はよりクールに筋肉質にひきしまり、六八年版の子供っぽさを軽やかに棄て去る。ふつうの言葉を使っての、ごくふつうの語り口で、戦慄を生む方法を身につけつつある。そして、句読点は、六八年版よりも六九年版のほうが殖えているが、その使い方も、みごとにふつうに近づきつつある。

この第九ストロフは、一の歌のなかでもとくに、声をあげて読みあげるにふさわしい、美しく残酷な『歌《シャン》』に仕上がるのであるが、それはつぎのように終わる。

これでぼくは、ぼくの祈りを終わりにしたい。だからもう一度だけ、ぼくはおまえを讃え、別れの言葉を贈ろう！　水晶の波もつ古き大洋よ・・・。ぼくの眼はとめどなく流れ出る涙にくもり、ぼくはもう書き続けられない。そろそろけもの面《づら》の人間どものあいだに戻るときがきていることに、ぼくが気づいたからだ。だが・・・勇気を！　がんばろう、つとめだと思ってこの地上でのわれらの宿命をまっとうしよう。ぼくはおまえに頭《こうべ》を垂れる、古き大洋よ！

これは間違いなく大西洋に捧げられたストロフであろうが、どうもイジドール・デュカスは六九年版を仕上げようかというところまできても、ストロフの終わりに近づくと、それまでの緊張がゆるんで甘くなり、少年のころに逆戻りするようで、ちょっとした演説をぶつ癖がまだ直らない。だいぶ成長したなと思っていたのに、残念である。しかしそれもまたイジドール・デュカスがロートレアモン伯爵である所以《ゆえん》なのであろうか。

けれどもこの有名なストロフは、ただ古き大洋を讃えるマルドロールの大連禱というだけのものであろうか？　いや、そうではない。著者は古き大洋を讃えまくることで、人間とその社会のくだらない卑小さを対比させながらくっきりと浮き彫りにしてくれているのである。そのあたりがしっかり出来ているので、私も頭を垂れることにする。

つぎの第一〇ストロフにも、六八年版にはまた「ダゼット」が出てくる。しかしこんどはストロフの終わりのほうである。

六八年版

もう行ってくれ、ダゼット、ぼくが安らかに死ねるように・・・。だがあれは運悪く、じつのところ往きずりの病気でしかなかったのだし、ぼくはまた生き返った自分をうっとうしく感じているのだ。

六九年版

おおコウモリ、鼻のうえに馬蹄形のとさかをいただく君よ、君のはばたきでぼくの目を醒ましてくれてありがとう。じつのところ運悪く、ぼくの病気が往きずりのものに過ぎなかったのがわかったのだ。嫌なことにぼくはまた、生き返ったようだ。ぼくの身体にまだ少し残っている血を、君は啜りたくてやってきたのだと言う奴らがいる。その仮説がどうして本当じゃないというのか！

この一の歌の第一〇ストロフは、「ぼくのいまわの時（ぼくはいまこれを死の床で書いている）、坊主どもに囲まれたぼくの姿は見られないだろう」という一文で始まっているが、そして（　）内なので見落とされがちなのであるが、六八年版ではそこにエートル助動詞の現在分詞「エタン」があるが、つまり「ぼくは今これを死の床で書きつつある」を六九年版ではその「エタン」だけを省き、「ぼくはいまこれを死の床で書いている」と、クールなふつうの表現になっている。この（　）内の「エタン」の除去は、すっきりとふつうにしただけのことであろうが、引用部分はすっきりさせてはいても、文も言葉も増えている。その原因は、ダゼットをコウモリに変えたためでもあるが、作者は自分とダゼットとのあいだに起こっていたことを、六九年版ではより正確に書き留めようと（ダゼットをコウモリにしたにもかかわらず）していたからである。そして二人の間柄は、六九年版執筆時のほうが六八年版執筆時より冷えてきている。ともあれこのストロフには（　）が多い。短いストロフなのに四回も（　）を使用している。どうしたのか？

　このストロフは、自室に閉じこもっている作者が、自分の死にかたについてあれこれ妄想しているうちに終わってしまう、珍しいストロフである。身体の調子が悪いのであろうか、心配である。作者は寝そべったままで、まったく動こうとしないので、このストロフそのものが、中休みのように感じられる。

　その作者の妄想は、いったん死んだ作者が風に運ばれて、もう一度現世を通りぬけ、人間の性悪さの実例を楽しみながら、「君たちが歩んだ君たちの道、ぼくの歩んだぼくの道、それらはたがいに似通った、ともに邪悪の道だった。その性格の類似のために、ぼくらは自然に出会う運命にあった。そしてその出会いの結果であるショックは、ぼくら双方の宿命だったのだ」と血まみれの別れの言葉を主人公が地上に放つと、地上のけものたちも人間どもといっしょになり、大騒ぎになる。そこに六八年版だと、唐突にダゼットが姿をあらわし、さきほどの比較引用部分になる。

　六八年版だとこの直前の第九ストロフで、作者はダゼットがそばにいてくれないことを嘆いていた。そしてこの第一〇ストロフでは、一度は別れたけれど、それは「往きずりの病気《ユヌ・マラディ・パッサジェール》」のためだったのであり、心配してやってきてくれたダゼットに、もういいから行けと作者のほうから言う。そして六九年版ではさらに冷たく、まだ少しは残っている血に誘われて来たんだなと、コウモリになったダゼットに皮肉を言う。けれども双方の原因になった「往きずりの病気」は両版とも同じである。二人のあいだにかなり前に、なにかがあったのである。おそらくイジドールの里帰りの前に、一時的な別れ話のようなものが。そしてパリで再会したが、以前のようではない。なにかしっくりこないようである。どうしたのか？

第一〇ストロフからは、それほど深刻ではないが、著者の体調の悪さもたしかに感じられたのである。

さて一の歌の第一一ストロフは、六八年版の戯曲の形を六八年版では短篇物語《コント》の形に、形式をまるで変えてしまう。しかもこれから三つのストロフ、つまり第一三ストロフまでこのストロフ全体の形式変更がつづく。それはこの『マルドロールの歌』には、戯曲形式はまったく不要であるとの著者の判断なのであろう。二の歌にも、いや六の歌にまでも、これはもともと戯曲だったのだなとわかるストロフがある。けれどもそれらはすべて『マルドロールの歌』であるので、全部がコント（短い物語）の形になっている。なかにはそのことが、いかにも不自然に思えるストロフもある。なにしろイジドールは「大通り《ブールヴァール》」の住民であり、ブールヴァール劇《テアートル・ド・ブールヴァール》の愛好者であったらしいのである。

イジドール・デュカスがパリで住んでいたのは、数度の引っ越しにもかかわらず、いつもブールヴァール・モンマルトルの周辺であった。そこは当時パリ随一の繁華街であり、長い一本の大通りがバスティーユまでつづき、大通りの名も四度変わるが、人びとはそれらをグラン・ブールヴァールと呼んでいた。とくにブールヴアール・モンマルトルには無数のパサージュ、パノラマ、そして劇場が密集していた。そしてそのあたりの劇場にかかっていた芝居が、テアートル・ド・ブールヴァールであり、古典劇とはかけ離れた、大衆的で軽《かろ》やかな芝居だった。イジドールはパサージュにもブールヴァール劇にも通っていたようだが、その当時のブールヴアール劇の呼びものは、家庭人情劇《テアートル・ド・メロドラアム》であった。いわば菊池寛の『父帰る』の原型である。そして第一一ストロフがそのパロディなのである。では調べてみよう。ストロフの終わりに近い部分である。

六八年版

父——この者の心臓はもう打たぬ！・・・母親も死んだ、わしにももう、わからないほどに変わり果てた彼女の胎内から生まれ出た果実といっしょに！（二人をそれぞれ片腕に抱き）わが妻よ！・・・わが子よ！・・・

六九年版

「この子の心臓はもう打たぬ・・・。母親も死んだ、わしにももうわからないほど変わり果てた、彼女の胎内から生まれ出た果実といっしょに・・・。わが妻よ！・・・わが子よ！・・・わしが夫であり、父であったのは、まるで遠い昔のことのようだ」

あの男は眼前にくりひろげられた光景を前に言う。こんなインチキには我慢がならないと。というのも彼が、地獄の悪霊たちから授かった力というよりも、彼自身が自分で自分から引き出した力が、もし本当に有効だったなら、こんなに夜が更ける前に、あの子の命はとうに尽きていたはずだったからだ。

このストロフでは、内容の修正部分はごくわずかである。戯曲をコント化するために必要なことしかしていない。この比較部分もそうなのだが、説明のト書きにあたる部分を加えるだけで、メロドラアムのパロディーを一瞬のうちに冷酷な悪夢に変えてしまうのである。これは作者にとっても、予想以上の効果だったのではないか。そのト書き部分の「あの男」は、もちろんマルドロールであるが。こうしてこの形式転換方法は『歌』のなかで多用されることになったのである。

このストロフにダゼットは、六八年版にも出てこない。エドワードというダゼットによく似た英国人少年が出てくるのであるが、マルドロールが強力な呪いをかけて、エドワードとその母親を殺し、幸福なイギリス人家庭をあっというまに破壊しつくすという筋書きである。このストロフによく似たストロフが今後の『歌』にも出てくるが、その圧巻は六の歌の全ストロフである。六の歌では八つのストロフを使って、壮大な英国少年殺しが敢行されるであろう。

つぎの第一二ストロフは両版とも、とある北国の墓地でのマルドロールと墓掘り人足とのなかなか哲学風の対話である。六八年版は対話劇であり、突然ダゼットが出てくる。作者はそれを六九年版ではコント形式にしてしまい、ダゼットは虱になって、妙な効果をあげることになる。それ以上の改変は極度におさえられており、形式変更に起因する必要最低限の改変に過ぎない。

二人の対話はなかなか面白いが、それは当時の時代常識っぽいものであるので、ここでは紹介しない。対話が終わりに近づき、墓掘り人足に代わって墓穴を掘っていたマルドロールが、どっと疲れてしまい（墓掘り作業だけなら、あの超人マルドロールがそんなに疲れるはずはないのだが、彼は墓穴を掘るという作業に触発されて、どっと重みを増したみずからの悲しみにうちひしがれてしまったのである）、ふらついていると、墓掘り人足は彼を休ませねばと、自分の小屋に彼を誘う。するとそのとき、六八年版だとマルドロールのせりふのなかに、またまた唐突にダゼットが飛び出してくるのである。

六八年版	六九年版
マルドロール――ダゼットよ、ぼくが少しも君を愛してはいないと、君がいつだったか言っていたのは、あれはほんとうだったのだ。だってぼくはこの墓掘り人足にだって、感謝する気を起こさな	おお高貴な虱よ、羽根をむしりとられた肉体もつ君はいつだったたか、君がけっして外には見せない崇高な知性を、このぼくがしっかりと愛さないからと言って、ぼくをきびしく責めたてた。君はあ

いほどの奴なんだから。マルドロールのシグナルよ、おまえはどこに彼を連れて行くのか？

のときおそらく正しかったのだ。だってぼくはこの墓掘り人足にだって、感謝する気を起こさないほどの奴なのだから。マルドロールのシグナルよ、おまえはどこに彼を連れて行くのか？

六八年版でなぜダゼットがここに急に飛び出してくるのか、それは毎度のことでもあるのだが、わからない。それは作者にもわからないようである。ダゼットは不意にイジドールのなかに飛び出してくるので、必然性はもともとないのである。これまでもそうであった。しかし今回はそのどれよりも唐突である。

一の歌のこの第一二ストロフの登場人物は二人だけ、つまりマルドロールと墓掘り人足だけの予定だった。二人の対話は、私が引用したところの直前までは順調に進行し、深まり、内容はゆたかに、そしてやや月並みではあるものの、しだいに哲学的にもなってきていた。ところが突然、どんな理由も前触れもないまま、もちろん墓掘り人足にはなんの説明もないままに、六八年版ではマルドロールが、北国の深夜の墓地の空中にただよっているらしいダゼットを、呼び出してしまうのである（六九年版の虱なら、どこかに一匹ぐらいいるかもしれないが）。そのときマルドロールはダゼット（虱）を、「マルドロールのシグナル《ファナール（冠詞なしで、大文字で始めている）ド・マルドロール》よ」と呼んでいる。つまりダゼット（虱）は「マルドロールに道を示す灯台」と呼ばれているのである。だがそこには墓掘り人足しかおらず、彼は哲学的ではあってもお人好しだったので、自分がマルドロールの案内者にされたと思い、空中を見ても誰もいないし、そこにいるのは自分だけなので、彼はあっさりと「わしの家《シエ・モア》じゃ」と答えてしまう。これがこのシーンの素朴でまっとうな解釈である。墓掘り人足の勘違いが『マルドロールの歌』らしく、さわやかに、ユーモラスに華をそえている。

それ以外の解釈も成立しなくはない。あの『マルドロールの歌』の一ストロフなので、なにが起きても不思議ではない。ファナールとマルドロールを同格とし、マルドロールの道を照らす灯台はマルドロール自身だ、とすることも出来なくはない。また墓掘り人足こそダゼット（虱）の生まれ変わりなので、マルドロールの道しるべは墓掘り人足なのだから、彼のせりふ「わしの家《うち》じゃ」は、すこしも勘違いではないとすることも、まったく不可能ではない。しかし少々苦しいか。

そして私が比較引用したマルドロールのせりふの前の、墓掘り人足のせりふのなかに、あの有名なリセの寄宿生の地獄のシーンがある。第六歌の「ミシンとコーモリ傘・・・」ほどにも有名なせりふなので紹介しておく。

寄宿生がリセで、何世紀にも値する数年のあいだ、朝から晩まで、晩から翌日まで、つねに監視の眼を休めることのない野蛮人どもに支配されていると、根の深い憎しみの荒れ狂う波濤が、濃い煙のように彼の脳髄にたちこめ、彼の頭は破裂寸前になる。この牢獄に投げ込まれた瞬間から脱獄するまでのあいだ、彼の顔は高熱に黄ばみ、眉根がより、眼はくぼむ。夜は、眠りたくないので考えこむ。昼、彼の思考はこの愚鈍のすみかのかなたに、身をおどらせる。それは彼が、この永遠の修道院を脱出するか、それともペスト感染者として追い出されるか、そのときまでともかくつづく。それもまた、それなりに理解できる。

なんだかわき道にそれてきたようだが、もうここらで引用部分の肝心の部分の検討に移りたい。六八年版ではマルドロールが、「ぼくが少しも君を愛してはいないと、君がいつだったか言っていたのは、あれはほんとうだったのだ《テュ・ディゼ・ヴレ・アン・ジュール・テュ・ヌ・テ・ポアン・エメ・ピュイスク・ジュ・ヌ・サン・メーム・パ・ド・ラ・ルコネサンス・プール・セリュイシ》」と、空中にでもいるらしいダゼットに告白しているが、それを六九年版では、「君はいつだったか、君がけっして外には見せない崇高な知性を、このぼくがしっかりと愛さないからと言って《アン・ジュール・テュ・ム・プロシャ・アベック・エイグルール・ド・ヌ・パ・エーメ・シュフィザマン・タ・シュープリーム・アンテリジャンス・キ・ヌ・ス・レッス・パ・リール》、ぼくをきびしく責めたてた」に変えてしまい、マルドロールはすぐそばにいるらしい虱にこのように語っている。

ここの修正変更は、ダゼットを消してその代わりを虱にさせたためというだけでは済まされない重大なものごとを含んでいる。これらには過去の事実認識をより正確にしなければという著者の意識が強く働いている。

イジドールとダゼットとの二人を結びつけていたホモセクシュアル関係の底に、最初はイジドールが圧倒的にお兄さんであり、リーダーでもあったが、やがて彼は六歳年下のジョルジュの急速に成熟した知性に（それはイジドールのリードのおかげでもあるのだが）気づく。イジドールはおどろきとともに自分がそれを嫉妬していることにも気づく。ダゼットがイジドール以外の人にはけっして見せることのない高貴な知性、それをどうして愛してくれないんだと、ある日ダゼットは強くイジドールをなじったのである。そのことを六八年版ではぼかして表現していたが、六九年版でははっきりした表現に、正確に修正したのである。

二人のあいだには最初第一〇ストロフにあった「往きずりの病気《ユヌ・マラディ・パッサジェール》」と作者が呼んだ往きずりのトラブルがあり、ついでこの「崇高な知性《シュープリーム・アンテリジャンス》」トラブルが発生したのであろう。

そして両版に共通している「君はいつだったか」の「いつ」は、おそらくイジドールがポオのリセに移ってからのことであり、ピレネー高原地方時代の後半のことであろう。そしてイジドールの里帰りまえのことであろう。

ともかくこの二人のD（デュカスとダゼット）の愛の物語は、涙なしには語れない。「おお絹のまなざしもつ蛸よ！」、「羽根をむしりとられた肉体もつ」高貴な虱よ！

この二人のDの愛の物語があまりにも真摯であるのは、少年故のものであるからだろうし、彼らは易々と同性愛の枠をのりこえてしまっていたのである。

ここでもわれわれ読者は、二人のDのほとんど宿命のような深い関係を思い知らされる。しかし『マルドロールの歌』は始まったばかりで、まだまだ続く。

そしてこの一の歌の第一二ストロフの最後の一文、マルドロールの最後のせりふはこうである。

「（前略）墓掘りよ、都市の廃墟の眺めは美しい。だが人間の廃墟の眺めは、さらに美しい！」

これらの言葉は、これから一一ストロフあとの二の歌のなかで、やはりそのストロフの最後に、ほとんど変えられることなく置かれる。そのストロフのテーマは、虱の養殖による人類の撲滅である。

つぎの第一三ストロフは、始まってから終わるまでが、六八年版ではマルドロールとダゼット二人だけの対話劇であり、両者はしかも一回ずつの長ぜりふを吐くだけである。六八年版にはト書きがまったくなく、六九年版ではじめてト書きにあたる部分が書き加えられている。そしてこのストロフは親友同士が二人だけで語り合うということで、六八年版はとくに熱っぽいが、六九年版になるとかなりクール・ダウンされ、マルドロールはヒルに、ダゼットはガマになる。

まずマルドロールが登場し、口火を切ってしゃべる。マルドロールがしゃべり終わると、こんどはダゼットがしゃべり、二人は旅立つ。それがどうもいっしょの旅立ちではないようなのである。マルドロール（ヒル）のせりふで七割弱、三割強がダゼット（ガマ）のせりふである。この重要なストロフはそれほど短くもないが、とくにマルドロール（ヒル）のせりふは省略しないで検討することにしよう。

六八年版

マルドロール——人間よ、小川の水門にひっかか

六九年版

ヒルの兄貴がのんびりと、森のなかを歩いていた。彼は何度も立ち停り、しゃべろうとして口を開ける。だがそのたびに喉が縮まり、むなしい努力を中断する。しかしとうとう、彼は叫ぶ。「人間よ、小川の水門にひっかかっている、裏返しに

っている、裏返しになった犬の死骸にでくわしたなら、膨れあがった腹から姿をあらわすウジムシを、みんながするように指でつまみ、びっくりまなこでしげしげと眺め、おれだって結局、この犬と同じさなどと呟きながら、やおらナイフをとりだし、そいつを千切りにしたりするな。いったい君はどんな秘密を探っているのか？　ぼくもダゼットも、人生の問題を解き明かせはしなかった。気をつけろ、君は朝からそこにいるのに、もう夜がやってくる。こんなにおそく帰ったなら、君の家族や妹まで、どんなことを言うだろう？　ねぐらへの道をたどれ・・・。あれはなんだ、あそこ、水平線に、おそれる様子もなくぼくに近づいてくるあいつは？　しだいに近づいてくるぞ、ただし台風のようにではなく。それに清らかなやさしさとないまぜになった、なんという威厳！　まなざしはおだやかだが深い。髪の毛はそよかぜにたわむれ、まるで生きているようだ。こんなやつは知らなかった。眼をのぞき込むとぼくの身体はふるえる。母と呼ばれる者のひからびた乳房をしゃぶ

なった犬の死骸にでくわしたなら、膨れあがった腹から姿をあらわすウジムシを、みんながするように指でつまみ、びっくりまなこでしげしげと眺め、おれだって結局、この犬と同じさなどと呟きながら、やおらナイフをとりだし、そいつを千切りにしたりするな。いったい君はどんな秘密を探っているのか？　ぼくも北海のアザラシの四枚のヒレも、人生の問題を解き明かせはしなかった。気をつけろ、君は朝からそこにいるのに、もう夜だ。こんなにおそく帰ったら、君の家族や妹までどんなことを言うだろう？　ねぐらへの道をたどれ・・・。あれはなんだ、あそこ、水平線に、おそれる様子もなくぼくに近づいてくるあいつは？　しだいに近づいてくるぞ、ただし台風のようにではなく。それに清らかなやさしさとないまぜになった、なんという威厳！　まなざしはおだやかだが深い。髪の毛はそよかぜにたわむれ、まるで生きているようだ。こんなやつは知らなかった。眼をのぞき込むとぼくの身体はふるえる。母と呼ばれる者のひからびた乳房をしゃぶってからという

ってからというもの、こんなことははじめてだ。彼のまわりにはまぶしく輝く後光がさしている。彼が語りはじめると大自然は沈黙し、戦慄が走る。磁石に吸いよせられるように、そいつがぼくのところに来たいなら、ぼくは反対すまい。なんてこいつは美しいんだ！　そういうだけでもぼくは苦しい。君は有力者にちがいない。だって君の姿は人間以上だし、宇宙のように悲しく、自殺のように美しい。ぼくは可能な限り君を憎む。有史以来ぼくの首に巻きついている蛇を見るほうが、君の眼を見るよりましだ…。なんだおまえじゃないか、ダゼット！…ゆるしてくれ！…ごめん！…呪われた者たちの住むこの地上に、君はなにをしにきたのか？　君は至高の命により、おそらくは人類を慰めるという使命をおびて高みから降りてきたとき、そのながく華麗な旅にもびくともしなかった翼をひろげ、トビの速さで地上に襲いかかった。あのときぼくは君を見ていたのだ！あのときからぼくは無限について考え、自分の弱さについても考えるようになった。ぼくは自分に

もの、こんなことははじめてだ。彼のまわりにはまぶしく輝く後光がさしている。彼が語りはじめると大自然は沈黙し、戦慄が走る。磁石に吸いよせられるように、そいつがぼくのところに来たいなら、ぼくは反対すまい。なんてこいつは美しいんだ！　そういうだけでもぼくは苦しい。君は有力者にちがいない。だって君の姿は人間以上だし、宇宙のように悲しく、自殺のように美しい。ぼくは可能な限り君を憎む。有史以来ぼくの首に巻きついている蛇を見るほうが、君の眼を見るよりましだ…。なんだおまえじゃないか、ガマよ！…巨大なガマ！…不運なガマ！　ゆるしてくれ！…ごめん！…呪われた者たちの住むこの地上に、君はなにをしにきたのか？　だけどこんなにすっきりしちゃって、あの臭いネバネバのイボはどこへやってしまったのか？　君は至高の命により、おそらくは人類を慰めるという使命をおびて高みから降りてきたとき、そのながく華麗な旅にもびくともしなかった翼をひろげ、トビの速さで地上で襲いかかった。あのときぼくは君を見

言ってきかせたものだ。「地上の者たちにまさる奴が一人。それは神の意志だ！　だがぼく、ぼくもなぜそうではないのか？　だが至高の命の不公正をなじったところでどうなるというのか？　創造主なんてものはそもそも狂っている！　しかしあいつは最強者で、そいつの怒りはおそろしい！」。君が神のみに属する栄光に包まれ、ぼくの前にあらわれてからというもの、ダゼット！ぼくもいくらかは慰められてきた。しかしぼくのふらふらの理性は、そんな偉大さに出会うと落ち込んでしまう！　いったい君は何者なのか？　そこにいて・・・おお！　もっとこの地上にとどまっていてくれ！　君の白い翼をたたんでくれ、落ち着かない目で上のほうなど見上げないで・・・。もし君が行くのなら、二人いっしょに旅立とう。

ていたのだ！　かわいそうなガマ！　あのときからぼくは無限について考え、自分の弱さについても考えるようになった。ぼくは自分に言ってきかせたものだ。『地上の者たちにまさる奴が一匹。これは神の意志だ。だがぼく、ぼくもなぜそうではないのか？　だが至高の命の不公正をなじったところでどうなるというのか？　創造主なんてものはそもそも狂っている！　しかしあいつは最強者で、そいつの怒りはおそろしい！。沼と沢の王者よ、君が神のみに属する栄光に包まれ、ぼくの前にあらわれてからというもの、ぼくもいくらかは慰められてきた。しかしぼくのふらふらの理性は、そんな偉大さに出会うと落ち込んでしまう！いったい君は何者なのか？　そこにいて・・・おお！　もっとこの地上にとどまっていてくれ！君の白い翼をたたんでくれ、落ち着かない目で上のほうなど見上げないで・・・。もし君が行くのなら、ぼくもいっしょに行こう！』。ガマは尻（それは人間の尻にそっくりだ！）のうえに座り、ナメクジ、ゾウリムシ、カタツムリたちが、天敵の姿を見てあわてて逃げて行くと、つぎのように語った。

比較のためのずいぶんながい引用であったが、一の歌の第一三ストロフはこれで七割弱が済んでしまい、あとにはもうダゼット（ガマ）のせりふが残るだけとなる。

両版を見くらべながら読んでくるとわかるのだが、このあたりまでくると著者はこまかなところ、たとえば句読点にまで気を配りながら、自分の作品を冷静に磨きあげようとしていることがわかってくる。しかも余計な変更はやらないという決意のもとに。そこから見えてくるのは、ロートレアモン伯爵ことイジドール・デュカスの、作家として急成長、成熟である。修正作業は的確になり、無駄はしないのである。しかし、そよかぜにたわむれる髪の毛のガマなんて、どこにいるのか？　けれどもダゼットに由来するイジドールの金髪フェティッシュが『マルドロールの歌』の全体を覆っていることが、あとでわかってくる。風になびく金髪は、高貴なガマにも、必要だったのである。

全体から言えるのは、一の歌の両版のあいだにある一年あまりの期間に、著者自身が自作品とのあいだに置いている距離が、うんとひろがってきたことである。その結果、著者は自作を冷静に読めるようになってきた。この調子であると、『マルドロールの歌』が著者から離れて独り歩きする日の遠くないことを、われわれに予感させてくれる。では、こまかなところまで見てみよう。

最初まだダゼット（ガマ）の登場以前に、マルドロール（ヒル）がさきに森の繁みのようなところにいて、そこに休んでいる人と話しているような場面がある。それはマルドロール（ヒル）の独り言ともとれる部分であるが、六八年版では、「ぼくもダゼットも、人生の問題を解き明かせはしなかった」と、主人公のせりふに、本人はまだ来ていない「ダゼット」が出てくる。それを六九年版では「北海のアザラシの四枚のヒレ」にして、あとから出現するガマとは区別している。六八年版では双方とも「ダゼット」であるのに、なぜなのか？
この話のなかに出てくるだけの「人生の問題を解き明かせはしなかった」ダゼットは、タルブのリセ時代のダゼットで、まだ崇高な知性の仕入れ中だったのである。まだ幼いダゼットとお兄さんぶっているイジドールとは、連日のように遅くまでダゼット家の近くにあるマッセイ公園で、背のびした不毛な議論を熱心に交わしていたのであろう。そのころのダゼットは、まだガマにはなれない「北海のアザラシの四枚のヒレ」に過ぎなかった、というのが作者の判断だったのであろう。

それが今度は堂々としたガマになるのである。じっさいにこのストロフに出現したダゼット（ガマ）は、パリ時代にずいぶんイジドールを励ましてくれたダゼット（ガマ）である。ダゼットはすでに名門リセ、シャルルマーニュ校の秀才、仲間も多く、じつにその時代そのものを生きている美青年になっていた。目を見張るばかりであったのに違いない。こうして作家イジドールは、しっかり成長を遂げた、六歳年下の美少年ダゼットを、きっちり認めているのである。いやそれどころか、六つ年上の作家はいまや、ダゼットに追い越されたことも認めているのである。

「だって君の姿は人間以上だし、宇宙のように悲しく、自殺のように美しい」。おそるべき讃歌である。そして追い抜かれたイジドールは、「ぼくは可能な限り君を憎む」。じつに正直な告白である。

そこには天使や神もからんでくるが、このストロフはまだ終わってはいないし、後回しにする案件をそのままにして、つぎのダゼット（ガマ）のせりふに進もう。それはダゼット（ガマ）によるマルドロール（ヒル）への痛烈な非難である。なんという対話劇！

六八年版

ぼくは一人の少年でしかないが、

六九年版

ぼくが一介の葦辺の住民にすぎないのは本当のこ

とだが、

この変更はダゼットをガマにしたために、発生しただけのものだが、この文の直後、ガマ（ダゼット）の口から痛烈なせりふが飛び出してくる。これは両版まったく同じであり、しかも書いているのがイジドールである。

だが君と親しくつきあい、君の持っている美しいものだけを吸収したおかげで、ぼくの理性は増大し、君とも話ができるようになった。ぼくは君を深淵からひきずり出してやろうと、ここにやってきた。君の友人と称するやからは、君に会うたびに、びっくりたまげて君を眺める。劇場や広場や教会で、あおざめた猫背の君に会うたびに。また、ながくて黒いマントを身にまとった幽霊主人をのせて、夜にしか走らないあの馬を、たくましい両腿でせきたてている君に会うたび、おどろいて君をただ眺めているだけだ。君の心を砂漠のようにからっぽにする、火よりも熱いそんな考えを捨てろ。君の精神は、もう君自身にもわからないほど病んでいる。だから君は、地獄の壮麗さに満ちていても、結局は狂ってしまっている言葉が自分の口から出てくるたびに、それが自分の本性だと思い込んでしまうのだ。ふしあわせな奴よ！　生まれおちてからというもの、君の言ってきたことはなにか？　おお、神があれほど愛情をこめておつくりになった、不滅の知性のあわれな残りかすよ！　君は飢えた豹の姿よりもぞっとする呪いしか、産みださなかったじゃないか！　ぼく、ぼくは両瞼がくっついて眼がふさがっても、両手両足をもぎとられても、人ひとり殺そうとも、君にはなりたくない！　ぼくが君を憎むからだ。なぜ君はぼくを驚かせる、こんな性格になったのか？　懐疑主義にもてあそばれる漂流物に過ぎない住民たちをあざ笑い、いためつけるために、君はいったいどんな権利をたずさえて、この地上にやってきたのか？　ここが面白くないのなら、もといた星に帰るべきだ。都会の人間は田舎に、よそ者として留まってはいけない。この宇宙には地球よりも広々した天体があり、そこにはわれわれに想像もできないほど、かしこい精神が存在していることは、だれだって知っている。さあ、行け！・・・この動く大地から立ち去れ！・・・これまで君が隠していた聖なる素顔を、いまこそ見せろ。そして君がどんなに自慢しても、ぼくらはちっともうらやましくない君の星に向かって、すぐに上昇飛行を始めろ。というのもじつは、君が人間なのか、人間以上の生き物なのか、ぼくにはもう、わからなくなってしまったからだ！　じゃあ、さようなら《アデュー・ドンク》・・・（後略）

ここまで両版は、ぴったりと同じである。そしてもうこれで、ダゼット（ガマ）のせりふの八〇パーセント以上なのである。ここでダゼット（ガマ）が語っているようなことを、イジドールはかってダゼットに言ったのであろうか？　この文面は誇張されているが、これに似た対話がイジドールとダゼットとのあいだに、じっさいにあったと私は考えている。もし、パリ時代のダゼットがイジドールに、このようなことを言ってなかったならば、このダゼット（ガマ）のせりふは、イジドールのおそるべき自己批判力、悲しいまでの反省癖だと言わねばならない。それは著者の自己説明癖とは、また別物である。

これからいよいよ両版のダゼット（ガマ）のせりふの最後を紹介する。とくに六九年版の大胆な切り捨てに注目していただきたい。

六八年版

じゃあ、さようなら。道すがらダゼットにまた会おうなんて、君はもう願うな。ダゼットは、君が彼を愛してはいなかったことを知って死んでいく。

六九年版

じゃあ、さようなら。道すがらまたガマに会おうなんて、君はもう願うな。君はぼくの死の原因だった。ぼく、ぼくは君の赦しを乞うため、永遠に

どうしてぼくが生命ある存在に数えられるというのか！　マルドロールがぼくのことを思ってくれないのなら。誰一人として従う者のいない葬列が街を往くのにでくわしたなら、君は言うがよい、「あいつだ！」と。君はぼくの死の原因だった。ぼく、ぼくは君の赦しを乞うため、永遠に向かって旅立つ！

向かって旅立つ！

これで両版とも、第一三ストロフが終わる。六九年版のこの大胆な削除は、なにを指し示しているのか？　六八年版に見られた甘さの残る、感傷的とも言える部分を、著者は六九年版でバッサリ切って捨てたのである。その結果六九年版の一の歌の第一三ストロフの最後には、まったく骨だけの、ゴツゴツした、なんの飾りもない、冷たい文が二つ、並ぶことになってしまった。そして実質的には、一の歌はここで終わってしまったのである。

この第一三ストロフは二人の登場者、マルドロール（ヒル）とダゼット（ガマ）の対話の形になっているが、じつは種明かしのストロフなのである。なぜ二人が別々の旅に出ることになってしまったのか、その訳を語るストロフなのである。

まず二人は、もともと地球人ではなかったことが明かされる。なんとガマは出現のときから、すでに翼を広げている。二人はともに異星人だったが、別々の星に住んでいた。ダゼットは神の支配する星に、マルドロールは妖しい星に。彼らは地球上で愛し合い、そこからなにかが生まれるはずであったが、悲しいことに彼らの愛はみのらなかった。それぞれもといた星に帰るときがきた、のである。

前半の終わりの方のマルドロール（ヒル）のせりふに、「もし君が行くのなら《シ・テュ・パール》」は両版共通で、そのあと六八年版が「二人いっしょに旅立とう《パルトン・トゥー・レ・ドゥー》」、六九年版は「いっしょに行こう《パルトン・アンサンブル》」とにわかれる。マルドロールの追いすがる気持は、六八年版よりも六九年版のほうがはるかにトーン・ダウンしている。あのダゼットがもといた神の星に帰ろうとしているのに。このマルドロール（ヒル）のせりふでは、彼はダゼット（ガマ）を賞めちぎり、自分にとってダゼットがどんなに必要な存在であったか、言いつのっていたのに。

このせりふのあと、六九年版に加えられたト書き状の部分には、「ガマは尻（それは人間の尻にそっくりだ！）のうえに座り」の一文を置き、感嘆符つきの文を丸カッコに入れるという珍芸を、作者は見せてくれているが、ここで作者は、ガマ（ダゼット）は本当に変わってしまったが、変わっていないのはあそこだけじゃないかと、肉体の一部への愛着は残っているが、ほかはもういいと、熱のさめてきたことを示唆している。

後半のダゼット（ガマ）のせりふになると、それは両方の版に共通しているのであるが、様相は一変し、ダゼットのきびしいマルドロール批判となり、批判はたちまち非難となり、ガマはマルドロールに宣言する。地上を去るのはよいがいっしょに来るのは駄目、君はもといた星にさっさと帰れ、と。ガマは追いすがるふりだけするヒルを残して立ち去る。永遠に！

そしてこのストロフではあまり気が進まなかったようであるが、ヒルになったマルドロールは対話の熱にあてられてマルドロールに戻り、とうとうイジドールにまで立ち帰るようである。またガマになって満を持して登場してきたダゼットも、論戦にまきこまれ、せっかくネバネバのイボをとったガマの皮をぬぎ、ジョルジュ・ダゼットに逆戻りするかのようである。

そして前川（私）の推論《レゾヌマン》によれば、六八年版執筆時に現実にあったなにかのトラブルの、不吉な予感が示していた二人の決定的な別れが実際にあったあとで、六九年版のための修正変更が、一の歌には加えられたのであった。それが五の歌を書いていた頃であろうと、私は推測しているのである。

そして六九年版で、この第一三ストロフの六八年版のダゼットのせりふの死の周辺の自問を、バッサリと削除した結果、この部分のイボのなくなったガマのせりふは、あたかもジョルジュ・ダゼットがイジドール・デュカスにつきつけた、三下り半の様相を呈してきたのである。

それではこの一の歌の第一三ストロフを、まるで別れの相聞歌にしてしまった著者が、一の歌に筆を入れたのは、具体的にいつのことだったのか？ それはおそらく一八六八年が一八六九年に変わるころだったと思われる。そしてそのころ『マルドロールの歌 全六歌』の執筆は、もう五の歌にまで達していたに違いない。

現実のパリでの二人の決定的な別れは、その少し前、一八六八年一二月のなかばではなかったか。そしてそのとき二人がたがいにかけあった言葉は、このストロフの文中にあった、「じゃあ、さようなら《アデュー・ドンク》」であったことは間違いなかろう。

マルドロールの一の歌の最終ストロフ、第一四ストロフは短く、まぎれもなくエピローグである。修正箇所は二つ、冒頭の加筆と最後の文からのダゼットの消去である。

まず冒頭の加筆は、六八年版にはまったくなかった、新たな一文の挿入である。

六八年版

この一の歌はここで終わる。

六九年版

かずかずの現象のあらわれに委ねてしまうことが、ときには論理であるならば、この一の歌はここで終わる。

これはイジドール・デュカスがここ一年ほどのあいだに、『歌』を書き進めながら発見した重大な事実を、六九年版に書き加えたのである。

書く、とはどういうことなのか？ 自分で信じられる諸現象のあらわれを文字で描くこと、それが書くということであると、著者は『マルドロールの歌』を五の歌のあたりまで書き進めたとき、つくづく実感したのであろう。「かずかずの現象のあらわれ」だけを書き綴りたい、それだけを唯一の、自分の作家としての論理としたいという原点を、イジドール・デュカスはついに見つけた。

そしてジョルジュ・ダゼットの去ったあとで、イジドールはみずからの『マルドロールの歌』の一の歌のエピローグの冒頭に、その発見した原点を挿入したのである。

この点から見ても、六八年版に対する六九年版の修正は、かなり作者が『マルドロールの歌』を書き進めてからのこと、『歌』の原理を見つけてからのことだと考えられる。それは五の歌執筆のあたりのことであろう。作家である確信犯がここに誕生した。ロートレアモン伯爵を名乗ることも、「小説《ロマン》」を書くことも、なんでも、いとも簡単に出来るように、イジドール・デュカスはなったのである。誕生である。

さてこのエピローグの二つ目の改変は、ダゼットの消去と置き換えである。

六八年版

君、若者よ、すこしも絶望しなくていい。君の反対意見にもかかわらず、君は吸血鬼の友をひとり持っているのだから。ダゼットも数に入れれば、君には友達が二人もいるのだ。

六九年版

君、若者よ、すこしも絶望しなくていい。君の反対意見にもかかわらず、君は吸血鬼の友をひとり持っているのだから。カイセンを発生させるカイセン虫も数に入れれば、君には友達が二人もいるのだ。

ここでの「吸血鬼」はマルドロールであり、ダゼットはカイセン虫にされてしまう。別れたとたんにこうである。あの高貴で巨大なガマは、どこへ行ってしまったのか。

はじめ二人は兄と弟のようだった。もちろんイジドール（マルドロール）が兄である。ところがその兄の知性のよい部分を吸収することで、ある時を境に、立場が逆転する。弟が兄になるのだ。こうして二人のあいだに憎しみと嫉妬が生まれる。でもそんなことってあるだろうか？　同性愛がからんでいるからだろうか？

しかし、二人の場合はそうだったのである。もちろんそれだけではないが、決定的な別れに至る、すくなくとも本筋は、そうだったのである。なんという生真面目な同性愛！

こうして一の歌を読み了えてみると、イジドールもその段階では、エピステモンがイタリックで書いていてくれていた世紀病《ラ・マラディ・デュ・シエークル》にかかっていたのは確かなことだし、こうして六八年版と六九年版とを読みくらべてみても、短かったエピステモンの書評が、六八年版の書評としていかに正確だったかが、よくわかってくる。そうである。マルドロールの一の歌は、それが最初に書かれた時点では、まさしく習作であった。それが要領よく、調子よく、無駄なく修正変更されていても、それはやはり習作の仕上げだったのである。これほど若さの功罪を如実に見せてくれる作品は、じつに珍しい。

ではこの一の歌のエピローグ、第一四ストロフは短くもあるし、まだ可愛いらしいところも残っているので、全文を紹介しよう。ただし、六九年版で。

かずかずの現象のあらわれに委ねてしまうことが、ときには論理であるならば、この一の歌はここで終わる。自分の竪琴《たてごと》をまだ弾きはじめたばかりの者に、辛く当たるのは止めてほしい。けれども彼の竪琴はもうかなり奇妙な音をかなでている！　だから君たちが公平でありたいと努力してくれるなら、かずかずの不完全さのなかに、強い特色をすでに見つけているだろう。ぼくのほうでは、あまり時期がずれてしまわないうちに、二の歌を世に問うため、また仕事にかかろうとしている。一九世紀末は、それにふさわしい独自の詩人を見るだろう（ところが自然の法則に従うなら、しょっぱなから傑作でスタートすべきではない）。その詩人は、アメリカ大陸の岸辺、ラプラタの河口に生まれた。そこではかつて敵味方だった二つの民族が、いまでは物質と精神の進歩でしのぎをけずり、その優劣をきそう。南アメリカの女王、ブエノスアイレスと色気たっぷりのモンテビデオは、大河口の銀色《アルジャンティーヌ》の水のうえに、友情の手をさしのべる。だが永遠の戦いは、破壊の帝国を草原にうちたて、多くのいけにえを喜びにふるえながら収穫する。さらば老人よ、これを読んだなら、ぼくのことを考えてくれ。君、若者よ、すこしも絶望しなくていい。君の反対意見にもかかわらず、君は吸血鬼の友をひとり持っているのだから。カイセンを発生させるカイセン虫も数に入れれば、君には友達が二人もいるのだ！

作者自身わかっていたのである。この一の歌がまだ習作であり、それに筆を入れたところで、やはり習作に過ぎないことを。（　）内ではあるが、「（ところが自然の法則に従うなら、しょっぱなから傑作でスタートすべきではない）」と、謙虚にというか、余裕を持っているかのように、おどけてみせるのである。

そしてそのあと、南米の話がつづく。私は第七ストロフで、イジドール・デュカスが「モンテビデオ野郎《モンテビデーン》」とリセの仲間から呼ばれるのを、すこしも恥じてはいなかった、むしろ自分がモンテビデオ野郎であることを誇りにしていたと書いたが、それをまた作者はこの第一四ストロフ、エピローグで胸を張って繰り返している。だがこのことを理解するためには、ラテン・アメリカの歴史の理解が必要である。それをここにまとめてみよう。

現在ウルグワイと呼ばれている国は、かつてバンダ・オリエンタルと呼ばれていた地域であり、一七世紀後半からはポルトガルの植民地になったブラジルの領土になっていた。ところがバンダ・オリエンタルはブラジルの僻地であり、ブラジルの人たちも、ブラジルはリオ・グランデまでで、その南はもうブラジルではないと思っている者が多かった。南米大西洋岸の南のほうで、マゼラン以来栄えていたのは、リオ・デ・ラ・プラアタ南岸の港湾都市ブエノスアイレスであり、そのさらに南に広がるアルゼンチンであり、そこはスペインの支配下にあった。

そのブエノスアイレスの大河口の北岸にあった自然条件にも恵まれた港町が、バンダ・オリエンタルの中心地、モンテビデオである。というわけでそこは、ブラジルの領土であり、ポルトガルの支配下にあるべき地域なのに、実質的には対岸のスペイン文化圏の一員であって、ブラジルとアルゼンチンの緩衝地帯のような役割を、歴史上は果たしてきたのである。そこに一八世紀からはフランスとイギリスが経済侵略に乗り出し、火花を散らせていた。結局それは貿易戦争なのであり、ブエノスアイレスとモンテビデオという二つの港の港湾使用権の問題であり、港としては、その条件と能力から見れば、モンテビデオが勝《まさ》っていたのである。

一八一〇年、リオ・デ・ラ・プラアタの独立宣言が出され、それがすぐアルゼンチン独立につながる。そして一八二八年、イギリスのあと押しで独立したのが、モンテビデオを首都とするウルグワイであった。つまり、ブラジルもアルゼンチンもはっきりと手をつけるまえに、ウルグワイはイギリスの助けを得て、独立国になってしまった。そこへフランスも負けてはならじと乗り込んできたのである。

一八二九年から一八五二年にかけての、ロサス（ブエノスアイレス州の強力な連邦主義者、土地の豪族でガウチョの親分）のアルゼンチン支配時代にも、ウルグワイとの対立はあり、干渉に出てきたのがフランスとイギリスであった。

一八三八年のことである。ともにウルグワイの政治ボスだったカウディーヨ（ガウチョ、牧畜業者）のオリベとリベラの確執がひどい状態になった。リベラはコロラド党を率い、大河口対岸の独裁者ロサスの援助を求め、オリベはブランコ党を率いてフランスの軍事援助を手に入れた。こうしてもともとは内乱だったものはアルゼ

ンチンとウルグワイの戦争にまで発展し、その主戦場は一八四二年まではブエノスアイレス、翌四三年からは

モンテビデオに移る。

そして同じ一八三八年秋のことであるが、オリベ軍はフランスと組んでリオ・デ・ラ・プラアタの封鎖に成

功し、リベラは隣国アルゼンチンに逃亡する。しかしその二年後、ロサスが封鎖解除に成功するが、その五年

後一八四五年には、こんどはフランスがイギリスと組んで、アルゼンチン諸港を封鎖し、それをまたロサスは

一八四九年にイギリスに、翌一八五〇年にはフランスに封鎖解除させて、この港湾戦争は一八五一年にようや

く終結した。そのときイジドール・リュシアン・デュカスは、もう五歳になっていた。

しかしその一二年前、一八三九年に、イジドールの父フランソワ・デュカスが移民として、モンテビデオに

やってきていたのである。そしてその四年後、そこのフランス領事館に二等書記として、フランソワが働いて

いたその街が、港湾大戦争の主戦場になってしまったのである。

そして振り返ってみると、イジドールが生まれた一八四六年のあとさきは、じつに戦争のまっただなかだっ

たのである。戦争だけではない。フランソワの上司のエリートたちは、競って本国に帰ろうとしたため、フラ

ンソワの仕事は増えるばかりで、彼は領事館の近くのホテルに一室を持ち、結婚してイジドールが生まれても、

自宅に帰るのもままならない有様であった。おまけにリオ・デ・ジャネイロからやってきたロザリオ・デ・ト

レドという踊り子を、イギリスの海運業者から奪いとるという激しさである。だからフランソワは、母のいな

い一人息子イジドールと充分なコミュニケーションをとっているひまもなかった。しかしそれがフランソワを

ついに副領事にまで出世させたのである。

では一三歳になってすぐ単身フランスへ渡り、フランソワの郷里の近くのタルブ市のリセの寄宿生になるま

での、モンテビデオ野郎であったころのイジドール・デュカスの、少年時代の環境はどうであったのか?

生後一年七か月で母親が死んでから、イジドールを育てたとされているのは、ユーラリーという女中であり、

彼女はのちに、フランソワ・デュカスに密着していた商人、ユジェーヌ・ボードリーの妻になったという。このボードリーはデュカス家のあらゆる公式書類に立会人としてサインをしている。フランソワとジャケットとの婚姻届け、イジドールの出生証書、イジドールの洗礼の代父代母、ジャケット・セレスト・デュカスの死亡証書などのすべてにである。

ウルグワイでのイジドールを調べてくれたギョ・ムノス兄弟は、イジドールの初等教育のおそらく唯一の証人であろうルイ・カゾーから話を聞いている。

イジドールは、ちょっと見ると自由でのんびりした感じの子供でしたが、じっさいはきびしい男の家庭教師のもとで、しっかりやっていたのです。イジドールにはその家庭教師がつらい存在だったでしょう。私はたしかその家庭教師が、老デュカスに保護されている失業中の元修道僧だと聞いています。彼は音楽とラテン語の教師でした。彼は払いのよくないイギリス人の学校で、舎監をしていたこともあったようです。

（『ロートレアモンとラフォルグ』モンテビデオ、フランス－アメリカ委員会発行、一九二五年）

ギョ・ムノス兄弟の本は、ほとんど伝聞から成立しているので困ってしまうが、ルイ・カゾーのこの話は、信用してもよいのではないか。

ともかくモンテヴィデオでのイジドールは、さまざまな環境にもめげず、自由に元気にやっていたのである。そこには特殊な家庭環境もあったであろう。また戦乱の中心地にいたのであり、父親フランソワがつとめを二か月休んだという黄熱病襲来のときも、当時のフランス本土では見ることのできない残酷で野蛮な日常を体験してきたはずであるのに、それでもモンテビデオ時代を誇りにしていたイジドールは、少年のころはまったく自由であったのであろう、悲しいくらいに。またタルブやポオのリセの寄宿生生活があまりにも悲惨だったために、南米の少年時代がことさらに輝いて見えたのだろうという説にも一部の正しさはあるであろう。

この章でイジドールのバイリンガルに触れてもよかったが、それはまたの機会にゆずるとして、マルドロールの二の歌に進もう。彼にとっては、作品がすべてであったはずなのだから。

第二章

マルドロールの二の歌

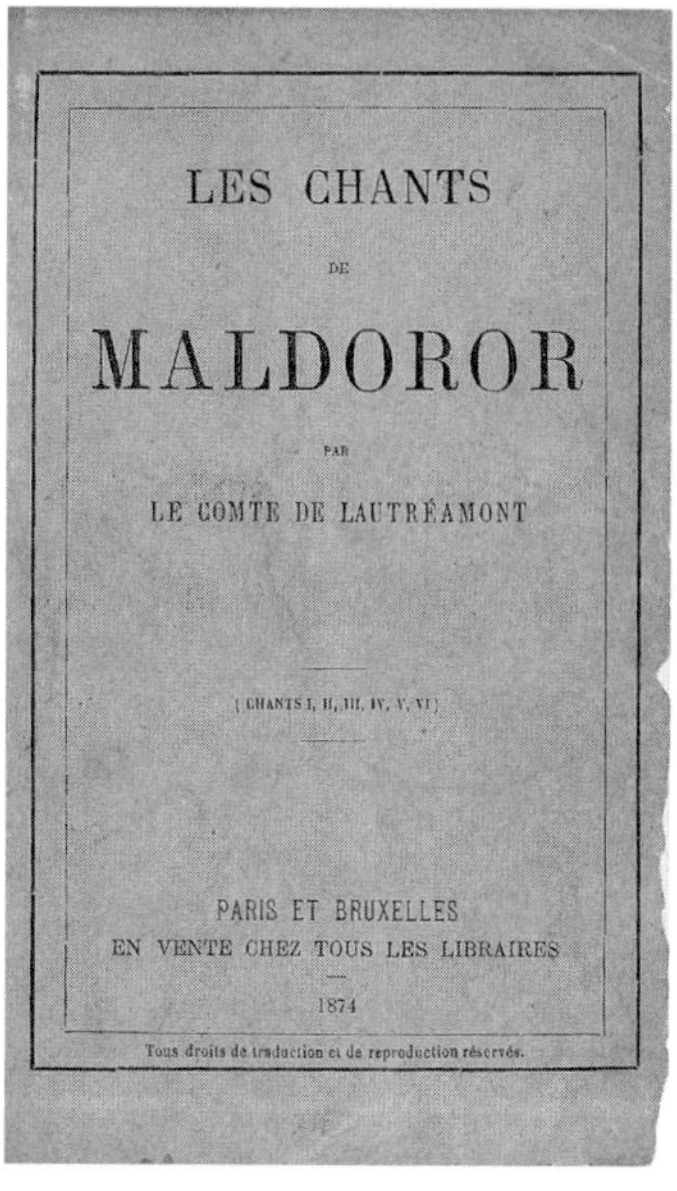

LES CHANTS

DE

MALDOROR

PAR

LE COMTE DE LAUTRÉAMONT

(CHANTS I, II, III, IV, V, VI)

PARIS ET BRUXELLES

EN VENTE CHEZ TOUS LES LIBRAIRES

1874

Tous droits de traduction et de reproduction réservés.

ここに、みずからの解説を含んだ作品がある。だからその作品について語るのは、じつに困難なのである。いちばん的確に言えそうなことは、全部、作者がすでに、その作品そのもののなかで、言ってしまっているのである。

（『ロートレアモン全著作集』ジョゼ・コルチ社、一九四六年、六頁、ロジェ・カイヨワの序文より）

『マルドロールの歌《レ・シャン・ド・マルドロール》』の二の歌は、イジドール・デュカスの二通の手紙によれば、それだけか、あるいは一の歌との合本の形なのか、そのいずれかの姿で、こんどはバリトゥ印刷所ではなく、アルベール・ラクロワの国際書店から、一八六八年のうちには出版される予定であった。そこまでイジドールの手紙を信ずることは出来なくとも、その予定の実現に向けての交渉が、イジドールとアルベール・ラクロワとのあいだに始まっていたことはたしかである。

　しかしその二の歌の出版は、どちらの形であるにせよ、実現することはなかった。

冷静に考えてみれば、当時すでに業界の注目を浴びる有力出版人であったアルベール・ラクロワが、どのような姿であろうと新人の作品の断片的な小冊子の出版に真剣に取り組むなどということは、とうてい考えられることではなかった。その企ては、水に流されるのも当然であった。

　そのような訳で、現実には『マルドロールの歌　全六歌』が印刷され、出版されるまでは、この二の歌が人びとの目に触れることはなかった。そしてイジドール・デュカスとアルベール・ラクロワとの交渉も、全六歌版の出版へと、自然に移行していったのである。

　だが二の歌の執筆が、一八六八年九月に終わっていたことは間違いない。その構想と準備にしても、一の歌にかけたほど長い年月がついやされることはなかった。三の歌以降ほどの猛スピードではなかったにせよ。ではここで、二の歌は六つの歌の全部が書きあげられて印刷され、出版されるまで、人びとの目に触れることはなかったのだから、『マルドロールの歌　全六歌』の印刷と出版の事情を確定させておきたい。

　さきに私は、イジドールの手紙の文面から、二の歌の執筆完了を一八六八年九月としたが、その後イジドールはすぐ三の歌にとりかかり、四の歌、五の歌と書き進み、五の歌を書き了えるころ、ようやく住み馴れたホテル《リュニオン・デ・ナシオン》を出て、すぐ近くのフォブウル・モンマルトル三二番地のアパルトマンに移っている。この引っ越しの直前か直後に、一の歌の修正変更をやってしまい、新居の六階（そのころのその地区の状況からみると、六階はまちがいなく屋根裏部屋である）で仕事机にかじりつき、六の歌の執筆に没頭したのである。そしてたちまち六の歌を書きあげ、推敲もして一八六九年四月には、さらに御近所になったアルベール・ラクロワに、全六歌の原稿を手渡したと考えられる。このあたりのイジドール・デュカスの仕事ぶりは、まさに疾走というほかはない。

いっぽうラクロワとの話し合いを、さっさと『マルドロールの歌　全六歌』の出版交渉に切り替えていたイジドールは、一八六九年早々にはその結論に達していたと思われる。

その結論とは、ラクロワの国際書店が『マルドロールの歌　全六歌』の出版を引き受けるが、出版費用のほぼ総額一二〇〇フランは、結局イジドールがラクロワに支払うという、実質的にはほぼ自費出版の形なのであった。

そしてその結果、初版の発行部数であるとか、イジドールには第二刷からでないと原稿料は支払われないとか、総額一二〇〇フランのうち四〇〇フランは前金で印刷開始前に支払うこととか、残額の八〇〇フランの支払いはいつであるかなどということも、そこに含まれていたと考えられる。

イジドール・デュカスは、万事に早手回ししたがる癖があった。それは一の歌だけの小冊子のときにも、現物が二軒の書店に陳列されるより二か月もはやく、エピステモンのすばらしい書評が『青春』紙に出てしまったことからもわかることであった。

マルドロールの歌の六つの歌全体の構想も一八六八年のうちに、およそ出来上がっていたのであろう。執筆のスピードもあがり、全六歌の完成予測も立ってきた。そしてジョルジュ・ダゼットとの、決定的な別れの時もやってきた。イジドールは『マルドロールの歌』だけのための生活に、入り込もうとしていた。そして一八六九年には、生活費のほかに八〇〇フランという大きな出費が、その出版のために見込まれていた。節約が必要であった。イジドールの転居はすぐ実行に移された。こんどはフォブウル・モンマルトル三二番地の屋根裏部屋である。これでラクロワの国際書店に少し近づくことができた。こうしてイジドール・デュカスの生きる目的は、ただ一本にしぼられてきたのである。

そして春もたけなわのころ、それはもちろん一八六九年のことであるが、イジドール・デュカスは『マルドロールの歌　全六歌』の原稿をアルベール・ラクロワに手渡した。

だがイジドールが生まれてはじめて、パリのガス灯の輝きを見てからの一年間は、なんというあわただしい、一分のすきもない一年間だったことか。

イジドールの忙しさはまだ続く。彼の原稿はラクロワからベルギー、ブリュッセルのラクロワの共同経営者であるヴェルベックホーフェンの手に渡り、その印刷所では印刷作業が始まった。しかしイジドールはその直前に、パリのラクロワに約束の前渡金四〇〇フランを、銀行屋のダラスをだましだまし、支払っていたのである。

『マルドロールの歌　全六歌』の印刷は、ブリュッセルのワーテルロー大通り四二番地のヴェルベックホーフェン印刷所で、一八六九年の秋のはじめには完了していた。しかし刷り上がった紙はたたまれることもなく、印刷所の片隅に積み上げられたままであった。

そのころパリのアルベール・ラクロワは、『マルドロールの歌　全六歌』の発売をもう諦めていた。すでにボードレールの著作で発禁の憂き目に遭っていたラクロワは、マルドロールの歌も確実に同じ目に遭うというのが、ラクロワの表向きの言い分であった。これは『マルドロールの歌　全六歌』の出版中止の理由としては、誰もがほぼ納得するものであったろう。

だがラクロワの本音は、自分たちの会社の財務状況がすでに悪化傾向をたどっており、会社を健全な状態に戻すためには、わずかな失敗も許されないところまで追いつめられていたし、イジドールの前渡金の支払い状況からみて、残りの八〇〇フランの支払いは、まず絶望的であると踏んだのである。

そこでラクロワは、『マルドロールの歌　全六歌』の販売権を、プーレ - マラシという怪人物に売ってしまおうと考え、イジドールをプーレ - マラシに紹介したと思われる。

オーギュスト・プーレ - マラシ（一八二五―一八七八）は、ココ・マルペシェの筆名をもつ文人でもあったが、そのころは発禁本をベルギーやスイスで扱う腕利きの専門家であった。彼は『フランスでは発禁になった国外印刷の出版物情報』の発行者であった。そしてイジドールともうまく行っていたようである。そのプーレ - マラシへのラクロワの販売権譲渡の話は、一八六九年の秋にはもう始まっていた。そして最初から難行していたのではなかったことが、現存するイジドール・デュカスのマラシあての三通の手紙（それらの手紙をわれわれはながいあいだ、前出のヴェルベックホーフェンあてだと思い込んでいたが、一九八七年、ジャン - ジャック・ルフレールが、それらの手紙がプーレ - マラシあてであったことを発見してくれ、やっとすみずみまで辻褄が合ったのである）からわかる。そしてその権利譲渡話が、結局まとまらなかったことが、最後の手紙（一八七〇年二月二一日付）を読むとわかってくる。おそらく、ラクロワの欲が深すぎたのであろう。それというのも、イジドールはラクロワにまだ前金の四〇〇フランしか払っていなかったからであり、残りの八〇〇フランはとうてい払えない状況にあったからである。なにしろイジドールは父フランソワに、『マルドロールの歌　全六歌』出版話しを言いそびれていたのである。おまけにエコール・ポリテクニイク断念の件も、イジドールはフランソワに言いそびれていた。そしてアルベール・ラクロワは財務が逼迫しはじめていたのである。

ところがプーレ - マラシの出している『フランスでは発禁になった国外印刷の出版物情報』の第七号、一八六九年一〇月二三日号には、『マルドロールの歌』ロートレアモン伯爵著、一、二、三、四、五、六の歌、印刷ブリュッセル、ラクロワ・エ・ヴェルベックホーフェン、一八六九年、三三二頁と記載され、おざなりではあってもその内容を簡単に紹介する文章まで添えられていた。しかし、「現在、印刷者は『マルドロールの歌』の販売を断っている」という一文が添えられ、定価も書かれてはいなかった。その後、ベルギーやスイスで

『マルドロールの歌』が販売された形跡はまったくない。

そして御本尊の国際書店、ラクロワ・エ・ヴェルベックホーフェンのほうでは、一八六九年の第三次カタログ補、一八七〇年一月発行に、ロートレアモン伯爵著、『マルドロールの歌』、三フラン五〇サンティームと記載されたが、それはもちろん、どこの書店にも置かれていなかったのである。

だが印刷ずみの『マルドロールの歌　全六歌』の本文は、おりたたみも仮綴じもされないまま、ブリュッセルのワーテルロー大通りのヴェルベックホーフェン印刷所に積み上げられていたのである。

一八七二年、ラクロワ・エ・ヴェルベックホーフェンの会社は、ついに倒産する。イジドール・デュカスがパリで死んでから、二年足らずあとのことである。

そのころブリュッセルでは、フランスのピレネー高原地方のタルブ出身の、ジャン－バティスト・ロゼス老人（一八〇二―一八七七）が、ロゼス書店を営んでいた。彼はアルベール・ラクロワやプーレ－マラシの知人で、ラクロワ・エ・ヴェルベックホーフェンが破産する前に、つまり一八七一年後半か七二年の早々に、印刷ずみの『マルドロールの歌　全六歌』の本体を安価にひきとっていた。それはこの七〇歳になろうかというピレネー高原地方生まれの老人の、同じような境遇の同業者の役に少しでも立ちたいという親切心から出た行為だったのであろう。

このようにして『マルドロールの歌　全六歌』の完全版は、一八七四年ブリュッセルで、ジャン－バティスト・ロゼスの手で正式に出版され、はじめて陽の目をみた。このロゼス版で『マルドロールの歌』を読んだのは、ベルギーのレオン・ブロワ、モーリス・メーテルリンクをはじめとするベルギーの若い文学者たち、そしてなぜかニカラグアのルーベン・ダリオなどである。パリではほとんど売れなかったようで、反響はゼロであった。それから一二〇年後、私は奇跡的にこのロゼス版の入手に、日本で成功した。

現在このロゼス版は「二度目の初版本《ラ・プルミエール・スゴンド》」とも呼ばれているが、表紙には上から「マルドロールの歌　ロートレアモン伯爵著」、その下に二本の線《ティレ》にはさまれて、「一、二、三、四、五、六の歌」、そしてさらにその下に、比較的大きな活字で、「パリ・エ・ブリュッセル」、またその下に少し小さな活字で、「すべての書店で売られている」、線一本をはさんで「一八七四」、さらにその下の、表紙全体の囲み枠の外の下側に、これ以上はないというほどの小さな活字で、「翻訳と複製の権利は保全されている」とあるが、肝心の版元の名前や住所はどこを探してもない。裏表紙の下に小さく、「ブリュッセル、印刷はE・ヴィトマン」と記されている。当時エミール・ヴィトマンという印刷屋は実在した。このロゼス版、あるいはプルミエール・スゴンド（第二の初版本）は、表紙と末尾の目次、そして裏表紙などが、そのE・ヴィトマン印刷所で刷られ、本文と共に仮綴じされたうえで、売り出されたのであろう。

けれどもなんの直接的な物的証拠もなく、私の妄想だと言われても仕方がないが、ウルグワイのフランス領事館で副領事にまでのぼりつめ、つとめあげたイジドールの父、フランソワ・デュカスが無事退官し、一八七三年に資産整理のためフランスにやってきたとき（これは事実である）、足をのばしてベルギーへ行き、ブリュッセルでロゼス老人に会ったのだ、という憶測を私は棄てきれずにいる。そのときフランソワは、一人息子のイジドールが生きているとき、その力作『マルドロールの歌』の出版に必要な送金を、なんだかんだとしぶっていた自分を恥じ、ついつい多めの金額をロゼスに渡し、その出版を依頼したのだという仮説を。その状況証拠は、ロゼス版がかなり南米に渡ったことと、その翌年一八七五年、『若きベルギー人《ラ・ジュンヌ・ベルジイク》』という贅沢な文芸雑誌を、ロゼスが有力なスポンサーなしに創刊したことである。フランソワの支払った『マルドロールの歌』の出版費用の一部が『若きベルギー人』創刊に流れたのだろうという仮説である。またこれはイジドールがパリで死んだあとのことだが、フランソワ・デュカスは一八六〇年代、息子イジドールが文学に走ろうとしていた頃から、彼フランソワは一人息子の教育に失敗したと思ったのであろうか、モンテビデオにフランス語でフランスの思想をひろめる学校を設立しようと思い立つ。彼はオーギュスト・コントの実証主義やエドガー・キネの思想を、南米にも伝えたかったようである。この学校の設立は時間がかかり、フランソワの死の四か月前（イジドールの死後一八年）にようやく開校した。それはバンダ・オリエンタルにおけるフランス近代思想宣伝の最初のこころみだったが、ここにもフランソワの息子イジドールへの悔恨が見られるのではなかろうか。

いっぽうアルベール・ラクロワが、それからもずっと自分で持っていたイジドール・デュカスの『マルドロールの歌』の手書き原稿は、ラクロワの友人であったレオン・ジュノンソーの手に渡っていた。ジュノンソー自身もそこそこの出版人であったので、一八九〇年それをあらためて活字におこし、パリで出版した。それが研究者の間ですでに定説になっているが、私は疑問を持っている。それが「ジュノンソー版」である。

そのジュノンソー版の『マルドロールの歌』完全版には、レオン・ジュノンソーの「わが友アルベール・ラクロワへ」と題する前書きがあり、それはジュノンソオがラクロワから聞いたイジドール・デュカスの話が主とした内容であるが、ラクロワのイジドールについての知識に間違いがあったものがそのまま書かれている。そして、一八七〇年三月一二日付の、イジドールが銀行家ダラスにあてた最後の手紙のファクシミリと、ジョゼ・ロワの筆によるなかなかの口絵（それは三の歌の第五ストロフのさし絵であり、絵の下には「部屋の敷石をよぎって、彼は彼自身の裏返しになった皮膚をひきずっていった」というキャプションが印刷されている。＊次章の扉ページ参照）とがついている。しかし、手書き原稿のファクシミリはなかったのである。

これでやっと『マルドロールの歌』の全体像は、ロートレアモン伯爵のペンネームと共に、著者イジドール・デュカスが一八七〇年に二四歳七か月で死んだ地、パリでもやっと明らかになった。作者の死後すでに、二〇年の歳月が流れていた。

このように出版まで、さまざまの紆余曲折と苦難とにみまわれた『マルドロールの歌　全六歌』は、六つの歌から成っており、全部のストロフ数は六〇である。そして歌には、一から六までの序数がつけられているが、ストロフには第一から第五二ストロフまでは番号がなく、ストロフ間に一本のティレ（線）があるだけである。

そして六の歌の第五三ストロフから第六〇ストロフまでには、ⅠからⅧのローマ数字がつけられている。それはこの八つのストロフが一つの小説《ロマン》であるからである。

読者の便宜を考えてのことであろうが、はじめてストロフに通し番号をつけたのは、一九二〇年に人魚書房《ラ・シレーヌ》から出版された『マルドロールの歌』（これは二〇世紀最初のエディションである）で、この版では総ストロフ数が五九しかないことになっているが、それは四の歌の二つのストロフに、両方とも四二というストロフ番号をつけてしまう、単純なミスにより発生したのである。

そのストロフ数は、歌によりまちまちだが、一の歌が一四ストロフ、二の歌が一六ストロフ、三の歌が五ストロフ、四の歌が八ストロフ、五の歌が七ストロフ、そして六の歌が一〇ストロフである。

また二度目の初版本《プルミエール・スゴンド》とも呼ばれているロゼス版の本文には、正味三二七頁が使われているが、それらが六つの歌にどのように配分されているのか、というと、多い順に並べてみると、二の歌八二頁、一の歌五三頁、六の歌五二頁、五の歌四九頁、四の歌四八頁、三の歌四三頁で、使われた頁数でもストロフの数でも、二の歌は最大のヴォリュームである。

ではこれから、その二の歌の検証にとりかかるとしよう。

二の歌の最初のストロフ、一の歌からの通算では第一五ストロフは、またプロローグ、前口上である。作者はよほど自己解説好き、いや反省癖のある人のようであるが、それはこう始まる。

毒だらけのベラドンナの葉っぱをつめこんだ口から、あのマルドロールの一の歌が洩れ出してから、それは怒りの王国を通り抜け、ひとときの反省のあいだにどこへ行ってしまったのだろう？　どこへ行ってしまったのか・・・。それをはっきりと知る者はいない。

このように六八年版の一の歌が出来上がってから、著者がこの二の歌にとりかかるまでのあいだに、小休止と反省のひとときがあったことを、著者は自分でまず告白する。そしてまだこの時点、二の歌を書き始めたときには、この作品の題名は『マルドロールの歌』（歌は複数）であり、主人公はマルドロールであり、一の歌の第一ストロフから第五ストロフまでのプロローグで表明してしまった、それはこれからもあまり正式には修正されないであろう、マルドロールの歌の大義などは決まっていたにしても、今後この歌がどうなっていくのか、著者名をどうするか、また一の歌の大幅な修正変更はどうなるのか、などということが、まだなにも決まっていなかったことも、著者は告白しているのである。

また六八年版でまだ筆名が＊＊＊であったイジドール・デュカスは、そこで自分がもう書いてしまい、小冊子ではありながら一度世に問うてしまった一の歌を、自分で批評しながら、こうつづける。

樹々も凪たちも、一の歌を護ってはくれなかった。通りかかった道徳《ラ・モラアル》は、それらの熱っぽい頁のなかに、一人の精力的な擁護者のいたことに気づかなかったものの、その歌がしっかりした確かな足どりで、良心のあやしいすみずみ、そして秘められたシステムにも向かっていくのを見た。学問的にわかったわずかなことは、ガマの姿のあの男［これは六八年版の一の歌の第一三ストロフのダゼットを指している］が、あのときからはもう、自分で自分がわからなくなり、森のけものたちと同じようになってしまう怒りの発作に、たびたび襲われるようになったということぐらいのものだ。

文面がこの引用文そのままであり、またこのストロフが二の歌の本体を書く前に書かれていたとすれば、私の説は崩れてしまう。私はすでに前章で、六八年版の一の歌に著者が筆を入れたのは、はやく見つもっても三の歌を了えてからであり、おそらくは五の歌のころであろうと主張していたのに、ここではもうダゼットは「ガマの姿のあの男《ロム・ア・ラ・フイギュール・ド・クラポウ》」となっている。たしかに。しかし、このストロフが六八年版一の歌の修正変更と同時に書き加えられたとすれば、なんの矛盾もないのである。

なにしろあれほど年齢にこだわり、少年であることに愛と信頼を注いできたイジドール・Dが、ここでわざわざ「ガマの姿のあの男」と、かつてのジョルジュ・Dを呼ぶのである。男になってしまったダゼットは、ダゼット少年とはまた別の存在なのだと、イジドール・Dは言う。ダゼットはもう男になってしまったのだと。ここから見ても、このストロフが書かれたのは、ずっとあとになってからだ、ということがわかる。かつての現実であったジョルジュ・Dを、イジドール・Dが距離をおいてクールに眺められるようになってから、このストロフは書き加えられたのであろう。

それにしてもあのダゼットを、こんなに冷たくあしらえるとは、と心配していると、つぎに著者は平然と、ガマ男の弁護にまわる。弁護といっても、やや冷ややかではあるが。

それは彼の責任ではない。しとやかな木犀草のしたに瞼を伏せる彼は、自分がずうっと善とごく少量の悪とから出来ていると信じていた。それなのにぼくが突然、彼の心とその枠組みとを白日のもとにさらし、それらが悪と、立法者が消滅防止に苦労するほど少量の善とで出来ているという反対の事実を、彼に知らせてやったからだ。そしてその事実が、目新しくもなんともないことを、わからせてやったぼくは、ぼくの示してやった苦い真実に、彼がいつまでも屈辱を感じていないことを願っている。だがこの願いの実現は、自然の法則にそぐわないだろう。じっさいぼくは、彼の泥まみれの裏切り面《づら》を隠している仮面をはぎとり、彼がみずからをもあざむいている気高い偽りをひとつひとつ、銀の皿のうえの象牙の玉のようにひんむいてやり、その結果彼は、理性がおごりたかぶりの闇をしりぞけているときでも、頭をかかえこむことで平静さは手に入らないことを理解する。これこそぼくの登場させた主人公が、不死身だと信じられている人間性を、博愛主義のばかばかしい効能書きの隙間から攻撃し、和解不能の憎しみをみずからに招いた行為の、ほんとうの理由なのだ。

なんという抜け目のない、逃げ道をつぎつぎにふさいでいく、びっしりと連なった言葉たちの壁であろうか！　一の歌でもそうだったが、ここでもダゼットが出現すると、彼はもう「ガマの姿のあの男」になっているにもかかわらず、イジドール・Dには突如として多彩な言葉が湧き出してくるようである。

そうなのである。一の歌の第一三ストロフでは、なんとなく伏せられていた、ジョルジュ・Dとイジドール・Dとの別れのもう一つの原因が、ここ二の歌のプロローグで語られているのである。しかしそれはイジドール側から一方的に語られる、かたよった真実なのであろうか？　いやそれらは、ここまでくれば、私の目にはかなり公平、公正なもののように見える。ほんとうの真実のすべてではないにしても。

ここで作者は、自分とダゼットの一件を、マルドロールと人類との件に、言葉巧みにすりかえてしまうことを企む。

しかしどこかで、ジョルジュ・Dはイジドール・Dと、すっぱり袂を分かったのである。ジョルジュはパリに来て、リセ・シャルルマーニュに入って成長した。反第二帝政の近代共和制運動に傾きながら、良識も常識もどんどん手に入れていったのである。それにひきかえイジドールは、六つも年上でもう二〇歳をすぎていたが、タルブやポオのリセにいたころとあまり変わることはなかった。いつまでも少年をひきずっているのは、マルドロールの歌のためには良かったかもしれないが、成長して男になりつつあったジョルジュ・Dには不満だったのであろう。ジョルジュの言い分は筋の通ったものであり、イジドールも承知するほかはなかった。つまり、イジドール・Dはジョルジュ・Dに捨てられたのである。それが一の歌の改変と、この二の歌のプロローグにもつながっていて、こんどはイジドール側から、ダゼットがいなくなったことの弁明をしたのである。これでもうガマは、多分『マルドロールの歌』から姿を消すであろう。
しかしこのところまでを、文字通り真《ま》に受ければ、この歌の主人公マルドロールの人類攻撃の動機が、イジドールとジョルジュの交わりの曲折のなかに存在していたのだ、ということになってしまう。しかもイジドールが、それはジョルジュの責任ではないということで、ジョルジュへの想いと神への不満を表しているようだが、それを利用してマルドロールの人間攻撃を正当化するなんて、あの一の歌に五つも連なっていたマニフェストは、どこへ行ってしまったのかと抗議したくなってくる。このような公私混同もまた『マルドロールの歌』の特色の一つなのだ、と思う以外に道はない。それなのに作者は、さきの引用文のあとにぬけぬけと、声たからかに宣言する。

おお、人間という存在よ! ぼくのダイアモンドの剣のまえに、おまえはいま一匹のウジムシのように裸だ! おまえの方式を棄てろ。もうそんなものを自慢しているときではない。這いつくばるおまえに、ぼくはぼくの祈りを投げつける。おまえの罪ふかい人生のごくささやかな動きまで、ようく見ている者がここにいる。その者のしつこい視力の目のこまかい網に、おまえはもう包みこまれている。彼がそっぽを向いていても、安心するな。彼はおまえを見つめている。彼が眼を閉じていても、気を許すな。それでも彼は、おまえを見つめている。おまえのおそるべき解決法が、どのようなはかりごとをめぐらし、性悪にたちまわろうとも、ぼくの想像力の産物に勝つのは、まず無理だろう。ぼくのヒーローの一撃は、かすっただけでもずしりとこたえるのだ。

まるでこれから『マルドロールの歌』が、いよいよ勇ましく始まるかのような、調子のよい大演説の連発で、この二の歌のプロローグである最初のストロフは終わる。

このストロフから読者が受け取るものは、主人公マルドロールの作者からの独立、というか、作者がマルドロールをやっと第三者の目で見ることが、可能になってきたということである。そしてこのまま順調に進行すれば、『マルドロールの歌』もようやく本式の作品になっていくだろう、という期待感である。ところがこのように、一の歌が習作であったことが、ますますはっきりするようなことを、作者自身が言ってもよいのかという気もするが、そのように自作品の過去を否定するようなことは、今後とも『歌』のなかで重ねられていくであろう。これもイジドール・デュカスの癖《ティック》の一つなのである。

けれどもこのストロフから抜け落ちているのは、造物主の問題である。そちらはどうなっていくのであろうか・・・。

そしてつぎは二の歌の第二ストロフ、一の歌からの通算では第一六ストロフである。それが勢いよく始まるだろうと思って読んでみると、それはまだプロローグの続きのようなのである。

> ぼくは二の歌をつくりあげようとするペンを握っている・・・。それは或る種の鷲の褐色の翼からもぎとってきたものだ！　だが・・・、ぼくの指はいったいどうしたのか？　仕事を始めてからというもの、指の関節がしびれっぱなしだ。だがぼくは書きたい・・・。だがそれができない！　よかろう、ぼくはふたたび、ぼくの考えを書きたいとくりかえす。ぼくだって誰かのように、自然の法則に従う権利を持っている・・・。しかしだめだ、だめだ、ペンは動かない！　おや、見ろ、草原のはるか彼方に光る稲妻を。雨だ・・・。いつだって雨だ・・・。なんてすごい雨だ！・・・雷の炸裂・・・、それは半開きの窓を襲い、ぼくの額に命中し、ぼくを床にたたきつけた。

このように著者の二の歌執筆を妨害しているのは、全能なる神の命令をうけた天上警察のスパイたちなのである。そして二の歌の執筆者は、どうやらマルドロールらしい。一匹の犬がやってくると、マルドロールが犬に呼びかける。この二の歌ではこのように、著者＝マルドロールの図式がみられるが、それは混乱なのであろうか？　ともかくこの時点では、筆名ロートレアモン伯爵の一件はまだなかったと考えられる。

さて、異教の王者サルタンよ、床を汚しているぼくの血を、君の舌でかたづけてくれ。血のとまったぼくの額を塩水で洗い、ぼくの顔を包帯でぐるぐる巻きにしたから、もう包帯がない。血だらけのシャツ四枚と二枚のハンカチ、結果は無限ではなかった。しかしマルドロールが血管に、これほど多くの血を持っていたとは、ちょっと見ただけでは信じられなかっただろう。彼の顔はもともと、死体のそれのようにしか輝いてはいなかった。だが結局はそうなった。

犬は満腹するまで血を飲み、犬小屋に帰る。すると一人の少年が、箒をもってやってくる。

君だ、レマンよ、箒をもて。ぼくも一本もちたいが、もうその力はない。君にはわかるだろう？　ぼくにはもう力のないことが。君の涙をもとのさやに戻してくれ。そうしないと過ぎ去った昔の夜の闇に消えてしまった、ぼくのあの罪を罰したこの大きな傷を、君がクールに眺める勇気がないのだと、ぼくは思ってしまうじゃないか。

なんと額への落雷は、かつてマルドロールがレマン少年に犯した罪への罰だったのである。とするとレマンは、ジョルジュ・ダゼットの分身なのであろうか？　反省癖の強い著者のことだから、それはそのうちにわかるであろう。ともかく二の歌を書こうとしているマルドロールへの執筆妨害は、指のしびれだったのである。額への落雷は、また別口だったのである。なんということか。

このような形で神、造物主をひっぱり出してきて、このストロフはつぎのように終わる。

ぼくがまだ、ほんの子供であるかのように、あんな雷つきの嵐で苛めたりして、それがあの造物主の、なにかの役に立ったのだろうか？　ぼくは書く決意を、これっぽっちもなくしてはいない。包帯がじゃまだ。ぼくの部屋の空気は血を吸っている・・・。

そうである。この二の歌の第二ストロフは、第二のプロローグだったのである。そして作者はここでマニフェストの立体化、具体化に挑戦してみせたのである。いやそれとも、このストロフが最初から二の歌のプロローグなのであって、この前のストロフ、つまり二の歌の第一ストロフは、あとからつけ加えられた第二のプロローグであり、おそらく六八年版の一の歌だけのマルドロールの歌に、作者が修正変更を加えたときに書かれ、二の歌の頭につけ加えられたのである。そのように読むと、この二の歌の二種類のプロローグは、じつにわかりやすくなってくる。通算第一五ストロフは進歩してからの作者のものであり、通算第一六ストロフは元からあったストロフなので、直前のストロフほどの歯切れのよさがなく、墨絵《すみえ》のようなにじみがある。かえってそこがよい、という見方があるかもしれないが・・・。

二の歌の第三ストロフ、一の歌からの通算では第一七ストロフは、ローエングリンという異国風の名をもつ少年が、いきなり飛び出してくる。まるで直前のストロフの後半に出現したレマン少年に、誘発されたかのようように。それはこう始まる。

そんな日はこないでくれ。ローエングリンとぼく、その二人がとなり合わせ、たがいに見つめ合うこともなく、かるく肘を触れ合わせながら、いそぎあしの旅人のように街を行く日は、どうかこないでほしい！　おお、そのような想像からもぼくを、永遠に遠ざけてくれ！　とこしえなる神は世界を、現在あるが如くにお創りになった。

という工合に、ローエングリンと「ぼく」との話は唐突に、「ぼく」が神に話題を変えてしまう。こうして神へのとめどなく饒舌な非難がえんえんとつづいたところで（それはこのストロフのじつに六割にも達するが）、こんどは次のように宣言しなければならなくなってしまう。

だがしかし、ぼくは証拠を握っている。人生のよろこびをまだほとんど味わっていない、花の年頃のぼく以外の人間たちの息の根を、神がためらいもなく止めてしまったことの証拠を。ぼくのたよりない見解にだけもとづけば、それは単なる残忍だ！　みずからの無益な残忍さにそそのかされた造物主は、大火事を起こし、老人たちや子供たちを殺すのを、ぼくは見てきた！　攻撃をしかけたのは、ぼくではない。ハガネの鞭でコマのように、彼をきりきり舞いさせるように、ぼくを仕向けたのが彼なのだ。彼に対する告発を、ぼくにさしだしたのが彼じゃないか！　おそるべきぼくの詩的霊感は、まったく涸れることがない！　それはぼくの不眠をおびやかす狂った悪夢を、常食にしているからだ。これまでに書いてきたことは、ローエングリンによって惹きおこされた。だからローエングリンに話をもどそう。

そして、ローエングリンが「無垢のとしごろを卒業するころ」、マルドロールまたは作者は、彼を殺そうと心にきめ（その理由は書かれていないが、おそらくは彼が「無垢のとしごろを卒業する」のが理由であろう）、じゅうぶんに準備をしたうえで一五分間、短刀で彼の首をひと突きしようと考えたことがあった、と告白し、次の文でこのストロフを終わるのである。

ぼくは自分の行為に満足し、あとで後悔するだろう。だからローエングリンよ、君の思うがままに、好きなようにしてくれ給え。とらわれの友サソリとともに、ぼくを一生、暗い牢獄に閉じ込めろ。さもなくばぼくの眼球をえぐりだし、大地に叩きつけてくれ。ぼくは絶対に、どんな非難もしないから。ぼくの一生はもう、ぼくのためのものじゃなくて君のためのもの、そしてぼくは君のものなのだ。君がぼくにひきおこす苦痛は、殺人者の手でぼくを傷つけるその者が、人類のだれよりも、清らかなエッセンスに浸っている者であることを知る幸福にでくわして、ふっとんでしまうだろう！　そう、生命を一個の人間存在に与えることは美しい。いずれにせよ疑心暗鬼の嫌悪の情を、ぼくのにがい同情へと力ずくでも引き寄せた者が、ともかく一人はいたということで、すべての人間が性悪ではない、という希望を保持することは、さらに美しい！・・・

直前の二の歌の第二ストロフで、マルドロールはレマン少年に、「過ぎ去った昔の夜の闇に消えてしまった、ぼくのあの罪を」と呟いていたのに、その罪の内容をいっさい語らなかったが、それをこのストロフで、相手をローエングリンに変えながら告白しているのである。名をさまざまに変えるダゼットによってひっぱりだされた作者の詩的霊感が、つぎのストロフにまでつながることもある。作者が詩的霊感と呼ぶものは、とめどなく湧きあがるパワフルなヴィジョンと言葉の洪水、ということであろうが、それはしっかりと二の歌にもうけつがれている。

そしてこの二の歌の第三ストロフの「ぼくの一生はもう、ぼくのためのものじゃなくて君のためのもの、そしてぼくは君のものなのだ」に至る傷つけ合いは、一の歌にあった、爪と歯による幼児殺害の変奏曲であり、使われているフレーズもよく似ている。それは、決定的に別れたばかりのダゼット、ジョルジュへのイジドールの後追いすがり妄想なのであろうか・・・。

また、このストロフにも見られる造物主への宣言は、ややおざなりの感がぬぐえないのであるが、そこには論理の大胆なすりかえがある。この二の歌の第二ストロフと第三ストロフに見られる、これら地上と天上との、故意ともとれるメランジュというか、それこそ玉石混交は、なにを狙ってのものであろうか・・・。ともかく『マルドロールの歌』は、また動きはじめた。

つぎの二の歌の第四ストロフ、一の歌からの通算だと第一八ストロフは、やはりマルドロールの大義からは、大きくはずれた内容である。

「いまは真夜中だ《イレ・ミニュイ》」で始まるこのストロフは、ほとんど死者である乗客で満員の、パリの深夜を疾走する乗合馬車を、必死に追いかける九歳の少年の話である。少年に名は与えられていない。彼はしかし九歳である。彼は馬車のあとを追いつづけるが、乗合馬車は疾走をゆるめようとはしない。御者もまた死者のようである。

「とめて、おねがい。とめて・・・、一日中あるきつづけて脚がはれて・・・、昨日からなにも食べていなくて・・・、両親がぼくを捨てたんだ・・・、どうしたらいいのかわからなくなって・・・、ぼくはうちに帰ることにしたんだ。席ひとつ空けてもらえたら、はやく帰れる・・・、ぼくは子供で九歳で、あんたがたが頼りで・・・」

すると乗客のなかに「一滴の熱い涙」を流す青年（彼にはロンバーノという移民風の名が与えられている）がいて、少年のことを思って立ち上がろうとするが、となりに座っている男（これがいかにもマルドロール風である）に、無言のままにおしとどめられ、青年は立ち上がることができない。

投げ込まれた世紀のなかで、若者はむなしくもがく。ここには席がないと感じていても、彼は出て行けないのだ。おそろしい牢獄！　おぞましい宿命！　ロンバーノよ、あの日からぼくは、君に満足している！

少年は敷石につまずいて転び、逃走する乗合馬車は地平線に消える。すると青いカンテラを持った屑拾いがやってきて、少年のうえにかがみこみ、助け、連れ去る、という話なのである。

そしてこのストロフには、あの古き大洋のストロフ中心に、一の歌でいくつか見られたルフランの技法が、ほぼ完成の域に達しているのが認められる。それはこうである。

「終点にたどりつこうといそぐ乗合馬車は虚空をむさぼり、敷石をきしませ・・・。逃走する！・・・だが埃のなかを懸命に、一つのぼやけた塊が、その轍《わだち》のあとを追う」にはじまり、「乗合馬車は逃走する！・・・逃走する！・・・だが埃のなかを懸命に、一つのぼやけた塊が、その轍のあとを追う」が、適度に抑制され、適度のスピードで進展するサビをあいだにして、四度くりかえされ、「――その轍のあとをもう追わない」が一度、そして最後は、「だが逃走する馬車に向けられた屑拾いのするどい視線は、埃のなかを懸命に、その轍のあとを追う」と変化し、終わる。

このストロフは、かつて社会派のシャンソン詩人として一世を風靡したピエール－ジャン・ド・ベランジェ（一七八〇―一八五七）も青くなるほどの出来映えである。グラン・ブールヴァール界隈にいたイジドールは、ブールヴァール劇だけでなく、シャンソンもなかなか好きだったようである。

それらのルフランと、そのあいだに置かれたサビとが少しずつずれて行きながら、展開され、軽やかなテンポにのって進行する。そしてこれらの『マルドロールの歌』には例外的な登場人物たちが、適度に例外的な行為に走る、このストロフのクールで弾むような進行のすばらしさはたいしたものである。ついにアクションが思想を超えるかと思わせるものさえ感じる。そしてまた、行為と感情とがさわやかに知性を振り切る一陣の風が、このストロフには吹いているのである。

ところがこのすばらしいストロフの最後が、つぎのような『マルドロールの歌』の紋切り形の文章でしめくくられているのは、残念でならない。

ぼくのポエジイは人間というこのけだものを、それにこんな毒虫を創り出すべきではなかった造物主を、あらゆる手段で攻撃するためにだけ存在する。ぼくの命のつづくかぎり、巻には巻を重ねるだろうが、そこにはつねに、ぼくの意識に踏みとどまっている、この唯一の思想しか見ることはできないだろう!

このストロフはじつにすばらしい出来だっただけに、このエンディングが邪魔である。ロゼス版ではわずかに六行の、これさえなければ完璧だったのに、と思えて仕方がない。

だが、そんなことを言ってはいけないのかもしれない。著者はおそらく、自分では巧く書けたと思っていたものが、しだいに『マルドロールの歌』の大義から外れてきているのに気づいて、ここにとってつけたように、紋切り形マニフェストをくっつけたのであろう。これも『マルドロールの歌』が、若書きの作品であることの、一つの証なのであろう。

つぎの二の歌の第五ストロフは、一の歌からの通算では、はやくも第一九ストロフになるが、内容はまたしても「ぼく《ジュ》」の妄想である。その妄想の中味が『歌』の大義からすれば、またまた例外なのである。どうもこのところ例外例がつづく。

それは「いつもの散歩のおり《フェザン・マ・プロムナード・コティディエンヌ》」に「ぼく」がいつも出会う、一〇歳ぐらいの少女に、「ぼく」が抱く妄想の報告である。その「ぼく」はまぎれもなくマルドロールなのだが、もう読者も馴れてくれたと作者は思っているのか、このストロフにも、マルドロールの名はもう出てこない。そして直前のストロフの九歳の少年のように、この少女にも推定年齢一〇歳という表現はあっても、名の与えられることはない。じつは『マルドロールの歌』で、少年が無名であることはめったになく、女に名があることは絶対にないのだが・・・。名前はなくても娼婦であるにちがいないその少女は、このストロフでたいへん大事に扱われる。それも『歌』では非常に珍しいことである。ともかく『マルドロールの歌』に出てくる人間の女はひどいものばかりで、けものにも劣る存在として扱われるのが普通である。それは作者が同性愛愛好者であることの証の一つであるのかもしれないが、このストロフの少女は例外中の例外なのである。

結末になだれこむ少し前のあたりを読んでみよう。

ああ! 少女よ、おねがいだからもしぼくが、また路地を通ることがあっても、けっしてぼくの前に、姿をあらわさないでくれ。それが君の値打ちを高めるのだ! 血と憎悪とはすでに奔流となり、ぼくの頭にのぼってきた。同類を愛するにじゅうぶんなだけ、ぼくが寛大だったら! だめだ、ちがう! 生まれたその日から、ぼくは寛大であろうと決心していたのだった! だのに同類どもが、ぼくを愛さなかったんだ! 世界が崩れ落ち、花崗岩《かこうがん》が鵜のように水面を滑り流れてからでないと、ぼくが人間の汚れた手に触れることはないだろう。ひっこめろ・・・、その手をひっこめろ!・・・少女よ、君は天使じゃない。そして君も結局は、他の女たちのようになる。だめだ、おねがいだから、眉をしかめたやぶにらみのぼくの眼のまえに、二度と姿をあらわさないでくれ。

そしてこのストロフはそのまま、それが妄想だとは言いながら、すさまじい大団円に向かって疾走してしまう。

錯乱すれば、ぼくは君の腕をつかみ、洗濯物から水をしぼり出すように、君の両腕をねじりあげ、それらを乾いた二本の枝のようにこなごなに砕き、それから力ずくで、君自身にそれらを食わせることだってやりかねない。またそっとやさしげに、君の頭を両の手に抱きしめ、生涯永遠の不眠に苦しむぼくの眼を、それで洗うと効果のある動物性脂肪を、唇に笑みをうかべて抜きとるために、ぼくの貪欲な指を君の無垢の脳葉にまで、もぐりこませることだってやりかねない。さらに君から宇宙の眺めを奪うため、一本の針で君の瞼を閉じ合わせ、どの道をどう行けばよいのか、君にわからなくさせてしまうことだって、ぼくはやりかねない。それにそのあとでガイドのサービスをするのは、ぼくじゃないんだ。ついにはこの鉄の腕で君の処女の肉体をもちあげ、両足をつかんで投石器のように、ぼくのまわりにぶんまわし、最後の円周を君に描かせながらぼくの力の集中をはかり、君を壁に投げつけることだって、ぼくはやりかねないのだ。君の血のしずくは、人びとをふるえあがらせるために、人間の胸の形に壁にこびりつき、ぼくの性悪さの実例を世間に見せびらかす！　人間どもはぼろぼろの人肉を、せっせと壁からはがしとるだろう。しかし血痕は消えることなくそこにとどまり、ダイアモンドのように輝くだろう。安心してくれ。ぼくは君の肉体の貴重な残りかすを保存するため、一二人の召使いに命令をくだし、貪婪な犬たちの食欲から君の残りものを守るつもりだ。君の肉体は熟した梨のように、壁の表面にしっかり張りついたまま、地上には落ちてこないだろうが、それでもよく見張っていないと、犬たちが高飛びに成功しないともかぎらないのだ。

これでこのストロフは終わるが、その内容がどれほど『マルドロールの歌』の大義にそぐわないものであろうと、このストロフでの言い回し、ここで使われている特殊なヴォキャブラリイ、表現の方法、それらによって現出された効果を見ても、つまりそれらは文体《スティール》と呼ばれるものなのだが、それらはじつに『マルドロールの歌』独特の王道に、これでほぼたどりついたと言うことができる。『マルドロールの歌』の文体は、この二の歌の通算第一九ストロフでほぼ完成されたのではないか。おまけに直前の乗合馬車のストロフに見られたような、無理な思想開陳もここにはなく、ストロフ全体がかちっとまとまっているのである。

これはいったい、どういうことなのか？『マルドロールの歌』にあっては、宣言された大義と表現方式とに乖離が見られることこそが、本道なのであろうか？ともかくそのような現象のあらわれが、このストロフにはあったのである。この件はまたあとでくわしく触れる機会がありそうなので、先送りするとして、ここではもう一つの現象のあらわれを見ておきたい。

それは少女をぶんまわして壁に投げつけるという、人間ぶんまわし行為である。それがこのストロフに初登場したことである。この人間ぶんまわし投擲行為は、これから二度、『歌』のなかで繰り返されることになる。一度は四の歌の最終ストロフで、いま一度は六の歌の最終ストロフで、ということは『マルドロールの歌 全六歌』の最後のストロフで、ということである。つまり、中団円と大団円とでこの行為、主人公マルドロールの人間ぶんまわし投擲アクションが出てくるということである。言いかえれば、この行為は、主人公マルドロールが『マルドロールの歌』のなかで行う、もっとも重要なアクションであり、その原型がこのストロフで示されたということである。

つぎの二の歌の第六ストロフ、一の歌からの通算では第二〇ストロフは、チュイルリイ宮殿の公園のベンチのうえで、マルドロールが九歳以上であるはずのない少年を、実力行使ゼロで、言葉だけで誘惑する話である。これはブールヴァール劇愛好者であった著者が、本来なら一幕ものの戯曲であるべきものを、多少無理をしてレシ（短篇物語）にしたものである。

少年はまたしても九歳である。そして名はない。イジドールがはじめてジョルジュ・ダゼットに会ったのは、ジョルジュが七歳のときであった。とすれば、このチュイルリイはタルブのマッセイ庭園なのか・・・。いかに妄想にまみれているとはいえ、これでは思い出妄想である。いやこのストロフは、似たようなことが過去に、ダゼットとのあいだにあったとでもいうのか・・・。どうもこの二の歌の前半は、作者はかなり遠い過去に、ひきずりこまれているようである。では見てみよう。このストロフは最初から。

チュイルリイ宮殿の公園のベンチに腰をおろしていたあの少年は、なんとやさしかったことか！　彼の勇敢なまなざしは遠くの虚空に、目には見えない対象を刺しつらぬく。彼が九歳以上であるはずはないのだが、彼は年齢にふさわしい遊びを楽しみはしない。すくなくとも、彼は笑うべきだった。そして一人ぼっちでいるかわりに、友人たちと散歩すべきだった。だがそうしたことは、彼の性格に合わなかった。

チュイルリイ宮殿の公園のベンチに腰をおろしていたあの少年は、なんとやさしかったことか！　男が一人、かくされた意図にそそのかされ、いかがわしい足どりでやってきて、そのベンチの少年のとなりに座る。やつは何者か？　ぼくが答える必要はない。そのまわりくどい話しぶりが、彼の正体を明かすだろう。邪魔をしないで聞いてみよう。

そしてマルドロールは、自己分析のとおりにまわりくどい話しぶりで、天国にあこがれ、神をうやまっている少年を誘惑しにかかる。天国もここと変わりはないし、神をうやまったところでろくなことはない。「君は君自身、正義を行うべきだ」と、マルドロールはダシール・チャンドラーのハードボイルド・デテクティヴ・ストーリーのマーロウ君のようなことを言う。そしてさらに、そのことで君を責める奴がいたら、そんな奴は殺してしまえばいい、いや殺すべきだと少年を説得する。また、一五歳で立派な殺人者になるために、これから五年間、君にはどんな訓練が必要であるかを、じゅんじゅんと具体的すぎるほどに語るのである。そしてマルドロールは、このように結ぶ。

マルドロールは若い話し相手の頭のなかに、沸騰する血を見た。少年の鼻孔はふくれあがり、唇には少しだけだが白い泡が見られる。マルドロールは少年の脈をとる。脈拍がはやい。熱病がデリケートな肉体にとりついたのだ。少年は話のつづきをおそれる。さらにながく少年と対話できなくなり、この災いの主はひっそりと姿をかくす。しかし、大人であっても善と悪とにバランスを保ち、情欲をコントロールするのがなかなか困難なのに、このまだ未経験でいっぱいの精神にあってはどうだろう？　この少年はどれほどの相対的エネルギーを必要とするだろうか？　彼は三日間床《とこ》につくため、チュイルリイ宮殿の公園から立ち去るだろう。この美しい魂を包みこんだ、感じやすくこわれやすい花に、母親のスキンシップがなんとかして、平和をもたらしてくれますように！

少年へのマルドロールの、このこまやかな気くばりは、そうとう異常である。直前のストロフでの少女へのそれと較べてもかなりの差である。負けを知らない悪の超人マルドロールは、粗暴な存在ではなかったのか。おまけに決して深追いしないこの節度は、ぜんぜんマルドロールらしくない。この少年こそジョルジュ・ダゼットに違いない。初対面のとき、イジドールは一三歳、ジョルジュは七歳だった。そしてタルブのダゼット家から近いマッセイ公園にも、ベンチはあった。池のほとりに・・・。どうもこのストロフのマルドロールが、ベンチに座っていた少年に負けず劣らずやさしかったのに、私はほんとうにびっくりした。

しかし、『マルドロールの歌』らしくないという読者の驚きはまだつづく。つづくだけではなくさらに深まる。いったい二の歌は、どうなるというのか・・・。

二の歌の第七ストロフ、一の歌から通算すれば第二一ストロフになるつぎのストロフは、『マルドロールの歌』全六〇ストロフのなかで、もっとも美しく、おだやかで少しの汚れもなく、隅から隅までこまやかな気くばりにあふれた両形児《ふたなり》讃歌である。

おそらく直前のストロフでの少年のやさしさにうたれて、自分もすっかりやさしくなったマルドロールが、この両形児《エルマフロディト》を闇のなかからひきずり出してきたのであろう。

「あそこの、花にかこまれた茂みのなか、芝草のうえ、両形児が涙にくれ、ふかく眠っている」で始まるこのストロフは、このはじまりから最後の最後まで、そこにあるのはただ静寂のみである。こんなストロフが、あの『マルドロールの歌』のなかにあることなど、だれに想像できたろう！

ではまずこのおどろくべきストロフが、どのように終わりを告げるのか、そこから読んでみよう。

目を醒ますな両形児よ。おねがいだから二度と目を醒まさないでおくれ。君はどうしてぼくを信じてくれないのか？　睡《ねむ》れ・・・、睡れ・・・、とこしえに。しあわせへの偽りの希望を追い求めて君の胸がふくらむことを、ぼくは君に約束する。だから眼をひらくな。ああ！　君の眼を開かないでくれ！　君のめざめの証人になりたくはないので、ぼくはもうここを立ち去りたい。おそらくいつの日か、ずっしりとした一冊の本のたすけを借りて、その逆上した頁のなかで、その内容とそこから舞い上がる教訓とのおかげで、じつにおどろくべき君の物語を、ぼくは語ることだろう。いままではそれが書けなかったのだ。ぼくが書こうとするたびに、涙がとめどなく紙のうえにこぼれ、そんな年齢《とし》でもないのに、ぼくの指はふるえたのだ。だがとうとう、ぼくも勇気が持てそうだ。ぼくは自分が女以上の神経を持てないことに、そして君の悲惨を思うたびに、小娘のように失神してしまうことに、いまは怒り狂っている。睡れ・・・、睡れ・・・、いつまでも。そして君の眼を開くな。ああ！　君の眼を開かないで！　さようなら両形児！　ぼくは毎日欠かすことなく、君のために天に祈る（ぼく自身のためなら、ぜったいお祈りなんかしないこのぼくが）。君の胸に平穏あれかし！

ほんとうはもう一度、読んでもらいたいのだが、この部分から舞い上がってくるものを調べてみよう。

まずこのシーンは、マルドロールが両形児の夢を永遠化するために、彼または彼女を殺してしまう行為を描いているのではないか、ということである。「睡れ・・・、睡れ・・・、とこしえに」から「睡れ・・・、睡れ・・・、いつまでも」のあいだに殺人行為があり、それが完了したのではないか、ということである。

つぎに『マルドロールの歌』という作品は、このストロフの両形児のために書かれたのではないか、ということである。「おそらくいつの日か、ずっしりとした一冊の本のたすけを借りて、その逆上した頁のなかで、その内容とそこから舞い上がる教訓とのおかげで、じつにおどろくべき君の物語を、ぼくは語ることだろう」ということなのである。「ずっしりとした一冊の本」は、『マルドロールの歌　全六歌』しかなかったのである。

そこで、いったいぜんたい、この両形児はだれなのか、ということになってくる。またかと思われるかもしれないが、私にはそれが、別れてしまったというよりは、去って行った、あるいは立ち去ってしまった、ジョルジュ・ダゼットである、と言いたいのである。いったいジョルジュ・Dのほかに、イジドール・Dに一冊の本を書かせるほどの人がいたであろうか？　ジョルジュが去ってから少しは心が鎮《しず》まったイジドールは、ジョルジュが女も愛するバイセクシュアルであるのを、もともと彼が両形児だったということにし、妄想に妄想をかさねて、ようやく摑んだ理想のジョルジュ像への、これはレクイエムだったのである。イジドールがダゼットと心のなかでも別れ切るためには、いったんジョルジュ・ダゼットに思いきった理想像を与えたうえで、レクイエムを流し、殺してしまう必要があったに違いない。そのようにしても、ジョルジュを完全に消し去ることは不可能であったにしても。『マルドロールの歌』はこのことを今後も繰り返すであろうし、六の歌のすべてのストロフは、完全にダゼット殺しに捧げられるであろう。

引用はしなかったこのストロフの前半にある、「どこかのスズカケの小径《こみち》を散歩する一組の男女を見かけると、彼の身体は上下ふたつの部分にわかれ、その新しい部分のそれぞれが、散歩者の一人ひとりを抱きしめに行くのを、彼は感じた」というところなどは、バイセクシュアルであったジョルジュ・Dを特別の存在として位置づけようとしたのであろう。

そして、「いや少なくとも彼と同じ天性の者たちの住む、地球ではない天体に向けて、自分は紫の雲に乗って運ばれているのだと。ああ！　あけぼのの目醒めまで、彼の幻よつづけ！」というあたりは、イジドールが生涯ただ一人の親友に捧げた、とめどない讃歌である。

両形児の正体がそうであるなら、『マルドロールの歌』は、人類や神をマルドロールがやっつけるという、一の歌のはじめの五つのストロフで高らかに宣言された大義とはべつに、じつはイジドール・Dがジョルジュ・Dのために書いている作品でもあるわけで、それこそが、ここにぽろりと顔をのぞかせてしまった、イジドールの大義以外の本音であると、私には思えてならない。とすると、この二の歌の前半に連続した例外例のストロフは、例外ではなかったのである。そのことの直接的な表現を『歌』のなかではやらなかっただけなのである。

私がいまここでやっているような、ただ『マルドロールの歌』という愛すべき作品をよく読んで、そこにある著者自身の言葉をすなおに、具体的にただ読みこむことで、『マルドロールの歌』の正体を摑んでやろうとしているのは、あまりにもあたりまえの、平俗な方法であって信用できない、と頭から決めつけておられる読者も（それはかなり書物を読んでおられる方々であろう）決して少なくはないことは、私も承知している。ロートレアモンの作品ほど、形而上学《メタフィジック》的に、あるいは抽象的に解釈された文学作品は、他になかなか見当たらないほどなので、私がただそれらの風潮に反発しているだけじゃないかと、私を叱る読者がおられることも承知している。私がいまこれを書いている理由のなかに、いま申しあげた読者のお考えのようなものが、まったく含まれていないとは、私も断言できない。少しはあったかもしれない。しかし大きな理由は全然違っている。

画家ベルナール・ビュッフェはもう死んだが、彼は一九五二年、ドライポイント法による自作の挿絵一二五枚を入れた、豪華な一二五部限定の『マルドロールの歌』をパリで出版した。上下二巻ものである。サルバドール・ダリをはじめとする超現実主義者《シュルレアリスト》たちのマルドロール挿絵ブームが終わってから、かなりあとのことである。一二五枚もあるビュッフェの挿絵（なかにはたしかにドライポイントの版画であっても、「挿絵」とは呼べないものも含めての数）は、『マルドロールの歌』の文章をそのまま、すなおに、ただしあの独特のビュッフェのスタイルの絵にしただけのものであった。表現に過不足のない。これが挿絵の原点だというようなものであり、なんのけれんもない版画であった。私が銀行から借金をして、その上下二巻を落札したとき、こういう読み方もあるということをビュッフェの絵から教わった。私がいまここで行っているのは、ビュッフェに教わった手順である。私はドライポイントという手法でなく、言葉を使ってそれをしているのである。そして誰もそのようにしていなかったので、ビュッフェに変に感動した私は、現象のあらわれだけで『歌』を読むビュッフェ方式の採用を決めた。

そのようなわけで、この通算第二一ストロフ、両形児のストロフは、マルドロール・マラソンの折り返し点、すくなくとも五の歌までの五〇ストロフの折り返し地点である。これからは著者自身が一の歌で宣言した『マルドロールの歌』の大義と、このストロフで示された、ジョルジュ・Dへのイジドール・Dの思いとが、まんじどもえにせめぎ合いながら、『歌』は展開されていくだろう。これで往路は終わる。これからは復路で、スピードはどんどん上がる。マルドロールとロートレアモンは、われわれをどこまで連れ込もうとするのか・・・。

つぎの二の歌の第八ストロフ、一の歌からの通算だと二二番目であるストロフは、たちまち一転して、おなじみのあのおどろおどろしい『歌』本来の様相を呈する。このストロフには、あのなつかしいマルドロール節《ぶし》がひびきわたり、神の飽くことなき残虐をつたえる。しかし不思議にゆったりと。どうやら作者と作品とのあいだのスペースがかなり広がってきたようである。作者はあちらのほうにどっしりと構えるようになってきた。

がちゃがちゃしているのに余裕が感じられる。

ここでは少年時代の初期まで耳の聴こえなかった主人公（このストロフでも主人公の「ぼく《ジュ》」に名の与えられることはないが、それがマルドロールであることはもはや明白である）がある日彼の視線を、上へ上へと際限なく上げていたとき、とうとう彼は造物主の食事風景を見てしまい、そのあまりのおぞましさにショックを受け、耳が聴こえるようになるという筋書《アクション》きである。

造物主の食事、それは彼の創った人間を、彼が限りなく食べつづけることで、彼の永遠《エテルニテ》を保っているのであるが、作者はその様子を例によって異常にたっぷりと、これでもかこれでもかとていねいに舐めるように、とことん具体的に綴り続ける。その分量もじつにたっぷりで、まるで永遠につづくかのようである。そして表現も神の食事内容とみごとにバランスを保っている。そこで主人公はショックを受け、聴覚を獲得するのであるが、そのあとこのストロフは、つぎの文で終わる。

おお、君たちが凍てついた山の頂上から落ちてくる雪崩《なだれ》のひびきを耳にするとき、子供たちがいなくなったことを、不毛の砂漠でなげく雌ライオンの叫びを聞くとき、みずからの宿命をまっとうしようとする嵐の音を聞くとき、牢獄のなかからギロチンの夜警をどなりつける、死刑囚の声を聞くとき、残忍な蛸が波間にただよいながら、遊泳者や遭難者へのみずからの勝利を物語るのを聞くとき、君たち、こう言ってくれ。それらのおごそかな声や音のほうが、人間の嘲笑よりもずっと美しいと！

作者は神の食事風景を描き、神とその永遠性を嘲笑し、愚弄し、さらにそれに甘んじている人間を嘲笑し、愚弄する。そこまではなかなかのものだったのに、そのあとに、引用したようなお説教を垂れる。そのような子供っぽいところもまだ残っているのである。

しかしこのストロフで、二の歌になってからつづいていた、やさしくおだやかな、思いやりに満ちた流れは断ち切られ、『マルドロールの歌』本来の荒々しい残虐と、異常に具体的なトリヴィアリスム（煩瑣主義）でいっぱいの妄想がふくらんできて、表現はますますフェティッシュになってくる。しかしそれは表現技法上のことであって、対造物主への激しさは影をひそめ、引用した演説で終わってしまうのである。

二の歌の第九ストロフ、一の歌からの通算で第二三ストロフは、珍妙な虱の養殖に成功したマルドロールが、その多数の虱を使ったおそるべき攻撃を人間にしかけ、人類を絶滅に追いやるという、壮大なファンテジイである。まさにマルドロール・パワーは全開となり、量も増大するが、その煩瑣主義も極限にまで達し、作者の筆は波に乗ってきて、猛威をふるう。さらにこのストロフでは、大小の概念の意図的な無視という『歌』のもうひとつの特色が、はじめてはっきりと打ち出されてくる。

このストロフの前半は、著者の語る虱への「栄光の讃歌」であり、そこでは激しい大小の無視を、冷ややかに平然と行いながら、強力で多産な、神をも人をもまったくおそれることのない哲学的存在である虱を、じつに多彩に賞めちぎる。そして後半では、養殖した虱による奇想天外な人類攻撃を、マルドロールはやってのけ、人類の絶滅に成功するのである。おまけにこのストロフは多くの言葉をみごとに使い切っていて長く、後半だけでも相当な量になるが、みごとなマルドロール節《ぶし》に仕上がっているので、ここでは後半を省略なしに紹介しよう。『歌』の一つの典形として。

この栄光の聖歌に数語をつけ加えてもよければ、ぼくとすればこう言いたい。四方が四〇里の、それ相応の深さの巨大な穴を、ぼくは掘らせたのだと。そこには、この世ならぬ清らかさをただよわせて、虱たちの生きた鉱床が横たわっている。それは、その穴の底に満ちあふれ、大きな濃い鉱脈となり、あらゆる方向にうねり、伸びる。しかしぼくはどのようにして、その人工鉱山を作りえたのであろうか。ぼくは人間の髪の毛から、一匹の雌虱をむしりとった。そして三日三晩、彼女と抱き合うぼくの姿が見られた。それからぼくは、彼女を穴に投げ込んだ。ほかの場合にはまったく無効な人間の受精作業が、このときばかりは宿命によって、彼女に受け容れられたのだ。そして数日ののち、すきまなく密集した物質の塊がうごめき、数千の怪物が光のなかに誕生した。そのみにくいからまりあいは、時のたつのにつれて、水銀の液状特性を獲得しながらしだいにふくれあがり、いくつかに枝分かれしながら、じっさいに虱同士が共喰いすることで増殖した（出生数が死亡数を大きく上回っていたので）。母親がその死をねがった生まれたての私生児や、クロロフォルムのおかげで夜にまぎれ、ぼくが若い娘から切り取ってきた腕などを、餌としてぼくが穴に投げ込んでやらなかったときには、彼らはいつもそうしていた。いっぽう一五年ものあいだ、人間たちに養ってもらっていた数世代の虱たちは、いちじるしく数を減らしはじめ、自分たちではっきりと、次世代には完全な滅亡がおとずれることを予言する。なぜなら、虱という敵よりも賢明な人間どもが、勝利を収めるからである。そこでぼくは、ぼくの力を倍増させる地獄のシャベルを持ち、山のように大きな虱の塊を、この無尽蔵の鉱山からすくいとってきて、斧で砕き、それを深夜、街々の幹線道路に運ぶ。そこでそれらは、人間の体温を感じとり、地底の鉱床の曲がりくねった坑道のなかで、彼らの発生が始まったあの日のように溶け、砂利のあいだに裂け目をつくり、かずかずの有害な悪霊のように、人びとの住居《すまい》に流れ込み、ひろがる。番犬が重苦しくうなり声をあげる。なぜなら犬には、未知の存在である一群が壁に穴をあけ、眠りの枕もとに恐怖を連れ込むように思えるからだ。君たちもおそらく、これまでの一生に一度ぐらいは、あの苦しそうな、ながく尾を引くうなり声を聞いたことがあるに違いない。犬は力の失せた眼で、夜の闇をつらぬこうとする。犬の脳髄では、相手が何者なのか理解できないからだ。そのうねりのようなざわめきが、犬を苛立たせ、彼は罠にはめられたように感じる。数千万の敵は、このようにイナゴの雲さながらに、各都市を攻撃する。それは一五年分だ。彼らは人間をやっつけてくれるだろう。ひりひりする傷を負わせて。その時が終わると、ぼくはまた別の群れを派遣する。この生命ある物質の塊をぼくが砕くとき、一つの断片が他の断片よりも、さらに濃密であることが起こりうる。それら断片の原子は、人類を苦しめに行こうとして、怒りをこめて集積を分解しにかかる。しかし粘着力がその持続性で抵抗する。彼らが産み出すこのような力は、生きた元素を追い払えないでいる石を、その崇高な痙攣によって、まるで火薬の爆発によるかのように、空高くまで舞い上がらせ、その石が落下してくると、石は地中にしっかりとめりこむ。放心した百姓は、ときおり空間を垂直に切り裂き、低いほうへ、つまりトウモロコシ畠の方角に、落ちてくる隕石を見る。それがどこからやってきたのか百姓は知らない。いまや君たちは、その隕石落下現象の簡潔明快な解明を手に入れた。

もしこの地上が、海辺が砂で覆われているように、虱たちによって覆われるなら、人類はおそるべき苦しみの餌食となって絶滅するであろう。なんというスペクタクル！　このぼくは天使の翼を持っているので、空中でじっと身動きもせず、それを眺めている。

なんというイマジナション！　とどまることをしらないイジドールの煩瑣主義は、とうとうその極北に達した。読者を戦慄させるそのパワフルなめくらましの連射は、ついにこのストロフで極点に到達した。また、元鉱業大学志望者としての基礎鉱山知識を、これみよがしに振り回すことで、イジドールは大西洋の向こうの父フランソワに、一矢を報いているのである。

そしてこのストロフは、一の歌の第一二ストロフといくつかの類似点があり、あの墓掘り人足との対話をさらに展開し、完成させたのだとも考えられるが、あのときのフィナーレは、「墓掘りよ、都市の廃墟の眺めは美しい。だが人類の廃墟の眺めは、さらに美しい！」だったが、作者は約束どおり「人類の廃墟」を一一ストロフあとで実現させてくれた。その最後の五行（ロゼス版）も説教くさくなく、すっきりしている。

読者はこの虱のストロフを読むと、なんとなくふっとひと安心するのではなかろうか。私はそうであった。

このストロフは、著者が想像力の翼をいっぱいに伸ばしきった妙な落ち着きがある。それが読者にも伝わってくるのである。これはもう壮大なファンテジイと呼ぶべきであろう。

ここで安心してぼんやりしていると、つぎの二の歌の第一〇ストロフ、一の歌からの通算では第二四ストロフは、またまた一転して、じつにさわやかな、やさしく美しい数学讃歌である。

これは一の歌の、古き大洋への連禱にも似て、数学をあがめたてまつりながら、作者が数学にどれほど厚い信頼をよせているのかが、じつによくわかってくるストロフである。それは神に背いたマルドロール、イジドールが、こんどは数学に帰依するのではないかと思えるほどである。じっさいイジドールは二つのリセでいつも成績がよかったのは数学であったし、それと同時に、神や人間、そして文学への信頼度の低さも、よくわかってくるのである。

そしてこのストロフは、さきほどの両形児のストロフのように、『マルドロールの歌』に珍しく、清らかで汚れも暴力もなく、なにより静謐である。それではまず主要な部分を、とびとびに紹介することにしよう。

おお厳密な数学よ、蜜よりも甘いあなたの教えが、身を清めてくれる波のように、ぼくの心に滲みわたってからというもの、ぼくはあなたを忘れたことがなかった。(中略)算術! 代数! 幾何! 偉大な三位一体! あなたを知らない馬鹿者め! おまえたちは最高の刑罰を受けるべきだ。そいつらの無知ゆえの平静さには、無意識の侮蔑が含まれているからだ。しかしあなたを識り、あなたをうやまう者は、この世のめぐみなど、もう何も欲しがりはしない。あなたの魔法の快楽で、じゅうぶんに満ち足りるからだ。そしてあなたの灰色の翼にのって、軽やかに飛行しつづけ、上昇螺線を描きながら、天空の円天井をめざして昇って行くことしか、もはや望まなくなるのだ。この世は彼に、錯覚か精神的幻覚しか見せてくれない。だがあなた、おお簡明な数学よ、あなたの強靱な諸命題の厳格なつらなりと、鉄の諸定理の不変性とによって、宇宙の秩序にきざみこまれた至高の真理の力強い反映を、ぼくの眩《くら》んだ目の前に、あなたはきらきらと見せてくれる。だがそのなかでも、ピタゴラスの友である正方形の、完全な斉一性にもっともよく表現された、あなたを取り囲む秩序はもっとすごい。全能の神は混沌の胎内から、あなたの諸定理という宝物と、あなたのみごとな壮麗さとを産み出した記念すべき作業のおりに、彼自身と彼の、かずかずの持ち物とを、すばらしく曝《さら》け出してしまったからだ。（中略）そのときからというもの、ぼくは見た。朝にはその翼とまなざしとを、最後の変身をことほぐサナギの未知の歓喜さながらに天空へあげ、夕べには太陽の沈むよりはやく、悲しい風の口笛にゆさぶられるしぼんだ花ばなのように、頭《こうべ》を垂れて死んでいく人間の数世代を。だがあなた、あなたはいつも、いつまでも同じだ。どんな変化も、どれほど汚染された大気も、あなたの恒等式のけわしい岩々、そしてはてしない谷をおかすことはない。あなたの慎しみ深い角錐《ピラミッド》は、おろかさと奴隷制度とが積み上げたエジプトのピラミッドより、はるかに長持ちするだろう。これからのいくつかの世紀末は、時の廃墟のうえに立ち、さまざまなものごとを見ることだろう。あなたの秘教《カバラ》の数字と簡潔《ラコニア》な等式と、彫りの深い線とが、全能の神を懲らしめるために、神の上座に着席したりすることを。それにひきかえ星々は、宇宙規模のおそろしい夜がいつまでもつづくので絶望し、竜巻のように沈んでしまうだろう。また人類は顔をしかめ、最後の審判にどう帳尻を合わせたものかと、思い悩むことだろう。（中略）かつて思索者デカルトは、あなたのうえには強固なものが、なにひとつ築かれたことがなかった、という省察を加えたことがあった。それはあなたの計り知れない価値が、初心者にはすぐに理解されないということを、わからせるための巧みな方法だった。じっさいあなたの巨大な構築物のおごそかな頂上に、ただひとつの王冠のように、からまりあってそそり立つ、すでにぼくがその名をあげたあなたの主要な三つの特性よりも、さらに堅固なものなど、ほかになにかあるだろうか？　ダイアモンドの鉱脈のなかでの、日々たえまない発見によって成長する記念碑、あなたの広漠とした領地の、科学的探検によって成長する記念碑よ。おお聖なる数学よ、あなたとどこまでも交わることで、人間の悪意と全能者の不正とに苦しめられる、これからのぼくに残された日々を、どうか数学よ、慰めてくれ！

これではまるで、教会に悩まされていた一八世紀の百科全書学派《アンシクロペディスト》の人たちの、世紀おくれの告白である。イジドール・デュカスは、数学に救いを求めていたのである。救いというほどではなかったにせよ、著者はやはり一の歌で、やすらぎと信頼をあのとき古き大洋に求めていた。よく似ている。あの第九ストロフのしめくくり部分はこうであった。

これでぼくは、ぼくの祈りを終わりたい。だからもう一度だけ、ぼくはおまえを讃え、わかれの言葉を贈りたい！　水晶の波もつ古き大洋よ・・・、ぼくの眼はとめどなく流れ出る涙にくもり、ぼくはもう書きつづけられない。そろそろけもの面《づら》の人間どものあいだに、帰るときがきているのに、ぼくが気づいたからだ。だが・・・、勇気を！　がんばろう。そしてつとめだと思って、この地上でのぼくらの宿命をまっとうしよう。ぼくはおまえに頭《こうべ》を垂れる、古き大洋よ！

数学も古き大洋も、それらが作者になにをもたらしてくれたか、ということがこれでよくわかるのであるが、それと同時に両ストロフの部分比較から浮上してくるのは、一の歌から二の歌にかけての作者の成長、または成熟の度合いである。

二の歌の数学では、一の歌の古き大洋にあった学生っぽい悲愴ぶりが姿を消し、作家が作品とのあいだに置く距離が大幅に増大してきている。そしていかにも無駄に近い過剰が減り、抑制が利いてくる。そして歌全体で言うなら、二の歌には、一の歌に見られたなまのダゼット、なまなましい変身のあとのダゼットは、もう見られない。イジドールのフィルターをくぐりぬけ、クールに変えられたダゼットの分身たちが、どんどんあっさりと、つぎつぎに出現してくるばかりである。

そしてこのあたりまで読んでくると二の歌には、一の歌の書き直し作業も含まれていたことが、わかってくる。書き直して完成させる作業である。これは熱心にやればやるほど一の歌の未完成度を暴く結果になるが、そのことを著者がおそれている気配はほとんどない。自作を書き直して完成させようとする作業を進めれば、その過程で、新たに進むべき第三の道が見つけられるなら、それはそれでよいのであろう。

つぎの二の歌の第一一ストロフ、一の歌からの通算では第二五ストロフは、最初からはっきりと名指されて出てきたマルドロールと、銀の火口《ほくち》のランプとの戦いの話である。しかし両者は、もとは友人であったかのように、けっして相手の息の根まで止めようとはしないので、この戦いは中途半端に終わる。

じつはそのランプには、神の命令に従った天使の一人が化けていたのである。マルドロールはまず、大伽藍の内側をまぶしく照らしているランプに、その輝きを止めさせようと、はじめは言葉でランプを挑発する。ところがランプはマルドロールの言うことを聞き入れそうにないので、「おお詩的なランプよ！」などとおだてておいて、マルドロールはいきなり実力行使に出る。そのころパリではまだガス灯の明るさに人びとが驚いていたのに、そしてその天使が化けたランプもガス灯なのに、「電気灯の白い輝き」とおだてながら石を投げ、ランプを床に墜落させる。新しもの好きのイジドールは、当時まだ実用化されていなかった電気灯を、どこで見てきたのであろうか？

するとランプは天使の本性をあらわし、天上に脱《のが》れようとする。マルドロールはそうはさせじと、天使であるランプを抱きしめ、みずからの壊疽を、ランプであった天使にうつそうとする。

悪性の腐蝕が顔いっぱいに広がり、怒り狂って下半身に達する。やがて全体が見るに堪えない大きな傷でしかなくなる。マルドロール自身が驚き(自分の舌がそんなにすごい毒を持っていたことが信じられなくて)、ランプをつかむと教会から逃げ出す。そとに出た彼は、天上にむけて苦しそうに飛んでいく、焼けただれた翼の黒っぽいものを、空中にみつける。彼らはたがいにみつめ合う。天使が清らかな高みに昇っていくのに、彼マルドロールは逆に、めくるめく悪の深淵へ下っていきながら…。なんというまなざし! 六〇世紀ものあいだのもろもろが、そのまなざしにはやすやすと込められていた。それほど多くのものごとを、彼らはこの崇高な別れのときに語り合った! だがそれらは、人間の知性の産み出すものよりも、はるかに水準の高いかずかずの思考だった。まずはそれら二人の登場者のせいで。ついでこのように異常な状況のために。彼らのまなざしは、両者を永遠の友情で結びつけた。マルドロールは、創造主がこれほど高貴な魂を持つ使者を持ちえたことにおどろく。彼は一瞬、自分が間違っていたと思い、これまでたどってきた悪の道を、これからもたどりつづけるべきかどうかを、みずからに問う。しかし迷いは醒め、彼は自分の決意にしがみつく。

これではもう戦うどころではない。そしてここまで読んでくると、われわれは思い出す。この二の歌をイジドール・デュカスが書き始めていたころに訪れたと思われる、イジドール・Dとジョルジュ・Dとの、パリでの決定的な別れのことを。このストロフは、マルドロールと天使であるランプにことよせて、彼らの別れをイジドール側から理想化した、決定的別れの再現、さらに言うならば一の歌の第一三ストロフの、ファンテスティークな詳述の書き直しだったのである。歩もうとする道もそれからはまったく違うということで、納得の上での彼らの決定的な別れの…。

ここで気になる箇所を考えてみよう。著者は引用文のなかほどで、「六〇世紀ものあいだのもろもろが、このまなざしにはやすやすと込められていた」と、あっさり語っているが、「六〇世紀ものあいだのもろもろ」

とは、なにを指し示しているのであろうか？
『マルドロールの歌　全六歌』が書かれたのは、一八六八年から翌六九年にかけてである。そしてその六〇世紀前とは、紀元前四一〇〇年代を指す。さらにこのストロフから見ると、これは宗教的な問題であるし、神、造物主、創造主、主という呼び名から見ると、イジドールの神は、イエス・キリストではなく、旧約聖書の神である。それは普通名詞ではエロヒムであり、固有名詞はヤハウェ（双方ともヘブライ語）であった。ここではその神の天地創造の推定年を、この「六〇世紀」が指していると考えられる。それが当時の旧約聖書の常識[1]だったのである。

　そしてこのストロフは、さらにせつなく進行する。

　その者は、空高く昇るにつれて元の姿を取り戻すことを、言葉で語ることなく彼にわからせる。その者に壊疽を与えた彼の額に、清めのための一滴の涙をたらし、その者はハゲタカのように、しだいに消えていく。こんな結果をひきおこしたランプを、罪人はみつめる。彼は気狂いのように街路をななめに走り、セーヌ河にむかい、欄干ごしにランプを投げる。ランプはしばらく水面を旋回してから、泥水のなかに決定的に沈む。それから毎晩、夜のとばりが降りてくると、ナポレオン橋の近くのセーヌの水面に、把っ手のかわりにオモチャの天使の羽根を二つくっつけた、きらめきながら優雅に浮かぶ、明るいランプが見える。

　そしてそのランプは、まるで今日のバトー・ムーシュさながらに、セーヌ河に遊ぶのだが、このストロフはつぎのように静かに終わってしまう。

　良心になにかを持っている人間が橋をわたると、ランプはたちまち光を消し、その通行人は驚いて、河の表面や泥土のうえに絶望のまなざしを注ぐが、彼の探索は無駄に終わる。彼はそのことの意味を知っている。彼は天上の光を見たと信じたいのだ。しかし彼は、その光が舟のへさきの灯か、それともガス灯が水面に映っていただけだとも考える。そうなのだ、そのとおりなのだ・・・。そして彼は知る。あの光の消滅の原因が、彼自身にあることを。そして悲しい反省のなかにもぐりこみ、家路を急ぐ。すると銀の火口のランプはまた水面に姿を見せ、優雅で気まぐれな、波のアラベスクをよぎり、ふたたび進行をつづける。

ジョルジュ・ダゼットは歩いても一時間とはかからぬところに居るのに、イジドール・デュカスからは去ってしまった。だがそのことについて、作者の気持ちの整理は、これで一応はついたようである。だからこのストロフを、このように書いたのであろう。しかし、それはほんとうにそうなのか?

いずれにせよ、戦いで始まったこのストロフは、とんでもないところにたどりついてしまった。いよいよ『歌』のなかにも風が吹いてきた。それは嵐の前兆か・・・。ここで著者は、とどまることを知らぬ不思議なファンテジストとして、まず頭角をあらわしてきたのである。

つぎの二の歌の第一二ストロフ、一の歌からの通算では第二六ストロフとなるが、その始まりと終わりはこうである。

聞け、人間どもよ、目覚めのとき、あれをおったてていた、ぼくの少年時代の考えを。

ぼくの少年時代は、こんな感じで始まった。それなのにいまのぼくがこの有様だから、読者諸君、驚いたか!

このストロフはこのように、建前では作者が少年だったころのことを語ることになっていて、それはモンテビデオ時代のことだと思われるが、じっさいは神、造物主へのうらみつらみを綴っているのである。その形は独り言で、さっぱり力がなく、ぶつぶつとぼやきのように聞こえてくる。

そのつぶやくような独り言で、「しかしお願いだから、おまえの神慮とやらを、ぼくには注がないでくれ。地中にのたうつ虫けらだと思って、ぼくにはもうかまわないでくれ」と言ってみたり、「ぼくはそれよりおまえに、夢見るように甘い言葉を聞かせてやりたい」などと神に話しかけてみたり、もう神との戦いにうんざりしているような、倦怠感、脱力感ばかりが伝わってくる。たいへんなトーン・ダウンである。こんなストロフが『マルドロールの歌』にあってよいのか、とさえ思えてくる。変にだらけていて、よいところがないのである。作者の身体の工合が悪いのであろうか。心配になってくる。

ともかく二の歌は『マルドロールの歌　全六歌』でも最大量である。ストロフ数も一六と最多である。こんなストロフが一つくらいあっても仕方がないか。しかしこれでは、中休みじゃないか、と叱られても、反論ができない。

ところがそのつぎの、二の歌の第一三ストロフ、一の歌からの通算では第二七ストロフになると、これがたいへんな元気のよさである。どうも二の歌は、アップダウンがはげしい。

「ぼくは自分に似た魂を探し求めていたが、見つけることはできなかった」という一文で始まるこのストロフは、このあと、つまり三の歌以降の『マルドロールの歌』の、あるべき姿を指し示すほどの、すごい勢いを持っている。じつに強力である。読者もひと安心である。

さきほど引用した冒頭の一文のあとに、つぎの文がつづく。

ぼくはこの地上のすみずみまで、くまなく探した。しかし、ぼくのねばり強さも役立たずだった。だが一人きりでいることもできなかった。ぼくの性格をよしとしてくれる、だれかが必要だった。朝だった。

；（ポアン・ヴィルギュウル）を多用した、歯切れのよい、このような短文の積み重ねは、読んでいる者の心まで、弾ませてくれる。ジョルジュ・ダゼットとの別れにようやくふんぎりがついて、また新たなダゼットを探そうとでもしているのであろうか。それとももうこれで、ジョルジュ・Ｄの記憶の呼びさましは、きっぱりと止めてしまおうとしているのだろうか。ともかく晴れ晴れとしたこのストロフの出発である。

マルドロールの目の前に、たちまち一人の若者がやってくるが、マルドロールは彼をあっさりしりぞける。

夕方には一人の美女もやってくるが、マルドロールは彼女もしりぞける。それではいったい・・・。

人間性のもっとも美しい部分を、そのように嫌がって、投げ棄ててしまうぼくが、必要としているのはだれなのか！

それがわからなくなったマルドロールは、海辺の岩に腰をおろす。夜がやってくる。

すると岸から遠ざかろうとしているのに、風にあおられて逆に、岸に近づいてくる大型帆船が一隻、それは軍艦だった。嵐は吹きすさぶ。雷鳴、そして稲妻。

軍艦はＳＯＳの警砲をぶっぱなすが、ゆっくりと沈む・・・、威風堂々と。

このルフランが何度か使われながら、嵐はますます烈しさを増し、つづく。おさまる気配、まったくなし。そして四度目のルフラン・・・。

軍艦はSOSの警砲をぶっぱなすが、ゆっくりと沈む・・・、威風堂々と。いや失礼、まちがった。軍艦はもう、警砲も撃たず、沈みもしない。クルミの殻は完全に、飲み込まれてしまった。

そして、ややあって、

つまり、ぼくはやつら〔軍艦の乗組員全員を指す〕の死滅を確信していたのだ！　やつらはもう、脱《のが》れられない！　しかし念には念を入れよと、ぼくは自分の二連銃を探してきた。もし遭難者のだれかが、さしせまった死を脱《のが》れようとして、泳いで岩にたどりつこうとすれば、弾丸を肩に御見舞いして、そいつの腕を砕き、彼がもくろみを達成するのを妨げてやるために。嵐が最高潮に達した瞬間、ぼくは見た。絶望的な努力のすえに、髪の毛を逆立てて水面に浮かびあがった一つの頭を。それは数リットルの水を呑んでいたので、コルク栓のように揺れ、また深い海に沈んだ。だがまもなく、髪をべっとりと濡らして、彼はまたあらわれた。そして浜辺を睨みつけ、死をあなどっているようだった。なんとすごい冷静さだ。暗礁の角にでもぶつかったときの、大きな血だらけの傷が、不敵で高貴な彼の顔に刻まれていた。彼が一六歳以上であるはずはない。闇を照らす稲妻によって、ほんのすこしのあいだだけだったが、彼の唇のうえに、桃の産毛《うぶげ》が見えたのだ。

なんということか。あれほどこのストロフの冒頭で、えらそうなことを書いておきながら、その同じストロフのなかに、またまたジョルジュ・ダゼットそっくりの、少年水兵を登場させてくるとは！　しかし、その一六歳未満であるはずの水兵を、このストロフで著者は、名もない端役にしてしまう。彼はマルドロールにすぐさま撃たれ、海のもくずと消えてしまう。このストロフが、これまでの『歌』のストロフと違っているのは、ここまでが前段で、舞台設定に過ぎないことである。これからいよいよ、本番が始まるのである。軍艦は完全に海底に到着し、マルドロールは二連銃で、残った乗組員をかたづけてしまう。

しかし、時は近づいていた。このドラマにぼく自身が、役者として登場するときが。闘争のつづいていた場所が、軍艦が余生を送るため、海の地下室にもぐり込んでしまったことを、はっきりと示したそのとき、渦巻きにさらわれた者たちの一部が、また海面に姿をあらわした。彼らは二人ずつ、三人ずつと、たがいに抱き合っていた。だがそれは、彼らの命を助けない方法だった。それが彼らの動きを妨げ、彼らは穴のあいた徳利のように沈んでいくではないか……。スピーディーに波を切り裂く、あの海の怪物の一群はなんだ？ 六匹だ。彼らのヒレは強力で、山のような波に進路を切り拓く。このほとんど堅くない大陸で、四本の手足を蠢《うごめ》かせている人間どもから、鱶たちはたちまち、ただ一つの卵ぬきオムレツしか製造しない。それから、彼らは強い者勝ちのルールにのっとり、そのオムレツを分け合う。血が水にまじり、水は血にまざる。鱶たちの残忍な眼が殺戮の場面を、あかあかと照らす……。だがあそこ、水平線で、海があんなにざわめいているのは、いったいなにごとか？ 竜巻でもやってきたのか。なんという力強いオールさばき！ ぼくにはわかったぞ。巨大な雌鱶が一頭、フォアグラとテリーヌにありつこうとして、やってくるのだ。彼女は怒り狂っている。腹ペコだからだ。彼女と雄鱶たちとのあいだに戦闘が始まる。赤いクリームの表面のあちこちに、黙ったままただよっている、まだ蠢いているいくつかの手足の争奪戦が。

それを岸から眺めていたマルドロールは、ふたたび二連銃を肩にあて、四匹の雄鱶を撃ち殺し、短剣を手に海に飛び込み、短剣で一匹の雄鱶を殺す。すると雌鱶も最後の雄鱶をかたづけてしまう。そして…、泳ぐ男と、彼に手伝ってもらった雌鱶とが、面と向き合う。両者は数分間、たがいに瞳をみつめ合う。そしてそれぞれが、相手のまなざしに、大量の残忍さを発見しておどろく。彼らは相手から眼を離すことなく、輪を描いて泳ぎながら、それぞれにつぶやく、「これまで自分は間違っていた。あそこに自分よりもっと、性質《たち》の悪いやつがいる」。それから共通の合意のもとに、彼らはたがいに尊敬の念をこめて、両者を隔てる水のうえを、相手に向かって滑りよる。雌鱶はヒレで水をかき、マルドロールは腕で波をうちながら。そしてふかい敬いの気持に息をひそめ、生まれてはじめて、自分の生きた自画像を相手の姿に見ようと、それぞれが希《ねが》う。三メートルまで近づくと、彼らはなんの苦もなく、二つの磁石のように、たがいに突然くっついてしまう。そして兄と妹のようにやさしく、威厳を保ち、感謝のうちに抱き合う。この愛情表現のすぐあとに、肉欲がやってくる。たくましい両肢は、二匹のヒルのようにぺったりと、怪物のぬめった肌にはりつく。そして愛の対象の身体にからませた腕とヒレは、惜しげもなく愛を注ぎ、やがて彼らの喉と胸は、海草の臭気をはなつ、ひとかたまりのアオミドロと成り果てる。その猛威がおとろえを見せない嵐のまっただなか。稲妻は照らす、泡立つ波のまぐわいのしとねは、海底の水流にゆすぶられるゆりかご、未知の深淵に向けてまろびころびつ、純潔で醜悪な、ながいまじわりのはて、彼らはひとつになった！……とうとうわたしは、わたしに似たもう一人をみつけた！……これからの生涯、ぼくはもう一人ぼっちじゃない！……彼女はぼくと、同じことを考えていたんだ！……わたしはわたしの、初恋の人にめぐりあった！

これでこの、長かったストロフは終わる。これは完全な二重サービス、二ストロフ分の大サービスである。なにしろダゼットのそっくりさんと、それを超える雌鱶とが、両方登場してくるのだから。そしてマルドロールが、これほど活力いっぱいに暴れまくるストロフは、六の歌の最終ストロフぐらいのものである。ほんとうにこのストロフは、読むだけで心地よく疲れてくる。

さてつぎの、二の歌の第一四ストロフ、一の歌からの通算では第二八ストロフは、また沈み込んで暗い表情の、投身自殺のストロフである。そして短い。

セーヌ河が水死体を運ぶ。船頭がそれを竿でひっかけ、モルグに移すまえに、なんとか生き返らせられるかもしれないと、堤防の上にその水死体を置く。するとたちまち野次馬たちの人だかりができる。

容姿は上品で、着ているものも上等だ。まだ一七歳だろうか？　ほんとうに若死にだ！

という者もいる。夜になり、野次馬たちが去っていくと、マルドロールが馬に乗ってやってくる。

彼は溺死者をみつけた。それで充分だった。彼はただちに馬を停め、鐙《あぶみ》から降りた。そして嫌がりもせず若者を抱きあげ、大量の水を吐かせる。彼はその動かない肉体を、自分の手で生き返らせることが出来るかもしれないと思い、そのすばらしい直感に心臓がおどるのを感じて、勇気を倍増させる。無駄な努力！　無駄な努力、とぼくは言ったが、それはほんとうだ。死体は動かず、反応のないままだ。彼は両方のこめかみをさすってやる。手や足をマッサージしてやる。彼は一時間も、はじめて出会った若者の唇に、自分の唇を合わせ、その口のなかに息を吹きこむ。青年の胸にあてがった彼の手のしたで、彼はついに、かすかな鼓動を感じたように思う。水死者は生きている！　この至高の瞬間、騎士の額から数本のしわが消え、彼を一〇歳若返らせたことがわかる。だが、ああ！　おそらくは明日、おそらくは彼がセーヌの岸から遠ざかるやいなや、それらのしわは戻ってくるだろう。それにしても、水死者の濁った眼はひらき、生気のない微笑が恩人に感謝する。しかし若者はまだ力がなく、まったく動けない。だれかの命を救うのは、なんという美しいことだ！　その行為がどれほどの過ちをつぐなうことか！　そのときまでは水死者を、死からひきはがそうと夢中になっていた、青銅の唇の男は、さらにしげしげと青年をみつめ、その顔が未知のものではないと思う。金髪の窒息者とオルゼールとのあいだに、たいした違いはない、と彼はつぶやく。君たちも見ろ、彼らのあふれんばかりの抱擁を！　だがそんなことはどうだっていい！　碧玉の瞳の男は、厳粛な役柄を演じつづけている。彼は無言のまま、友を鞍にのせ、馬をギャロップさせて遠ざかる。おお君、自分でどれほど理性に満ち、あんなに強くみずからの身を持していたオルゼールよ、君は君自身がその実例になることで、絶望の発作に襲われたときには、君の自慢していた冷徹さを保持することがどれほど困難なことなのか、もうわかったことだろう。ぼくはただねがう。君がこんなに悲しい思いを、もうぼくにはさせないでくれることを。そしてぼく、ぼくのほうでも絶対に、自分で自分の命を断ちはしないと、君に約束したんだから。

ここで、このストロフは終わる。青年オルゼールはやはり金髪である。その彼を助けたマルドロールと、自殺だけはしないとかつて約束していたのである。

直前のストロフで、作者はジョルジュ・ダゼット風の、一六歳以上であるはずのない少年水兵を、話の途中であっさりと、名を与えることもなく殺してしまった。だからこのストロフでは彼をセーヌからひきあげ、蘇生させねばならなかったのか？　少年水兵もオルゼールも金髪であった。現実のジョルジュ・Dもそうであったし、「まだ一七歳だろうか？　ほんとうに若死にだ！」という野次馬の一人に語らせたせりふも不気味である。現実のジョルジュ・ダゼットは、一八五二年八月二日生まれなので、このストロフの書かれたあたりの一八六八年秋から冬にかけてのころであると、まだ一六歳になって日が浅いころである。このようにイジドールが執拗に年齢にこだわってみせるのは、ダゼットの名が使えないからであろうか。また別れるときに、おたがいに、自殺だけはやめようねと約束を交わしたなどということは、イジドール・Dとジョルジュ・Dとのあいだなら、大いにありうることではなかろうか・・・。

ともかく二の歌には、さまざまな要素がありすぎるほどあって、『マルドロールの歌』の六つの歌のなかで、二の歌ほど各ストロフの振幅の大きな歌は、ほかにない。ここには多彩なモードがあり、あるストロフは一の歌の某ストロフの書き直しであり、仕上げでもあるが、一の歌の某ストロフを発展させ、大きな展開を見せてくれるものもある。一の歌での静けさは、二の歌でさらに深まり、静寂にまで達する。一の歌での激しさは、二の歌でさらに激しくなる。それでは二の歌の全ストロフが、一の歌を向いているのかといえば、決してそうではなく、あきらかに今後の三の歌以降のために、新分野に挑んでいるストロフもある。そこで『マルドロールの歌』全六歌のなかで、もっともストロフにまとまりがなく、悪く言えばバラバラなのが二の歌である、と言ってもよい結果になっている。

かつて作者は、この二の歌の原稿をアルベール・ラクロワに渡し、二の歌だけか一の歌との合本でか、どちらかの形で出版させようと思ったことがあった。それは嘘ではなかったようだが、実現はしなかった。そこでわれわれは二の歌が、そこでいったん区切ってもよい性質を備えているかと思って読んできたが、決してそうではないこともわかってきた。

たしかに二の歌は、いかにも私的で未成熟であった習作とも呼べる一の歌を、おぎないつつ成熟させ、一人前の作家の作品に二の歌をかなり近づけたと言うことは可能であるが、二の歌はそれだけではなかったのである。表現技法が着々と確立されてきているし、『マルドロールの歌』全体というのが不適当なら、すくなくともその五の歌までの展望を、作者はこの二の歌を書き上げることで、手に入れてきたことは間違いない。

しかしまだ二の歌は終わっていない。作者の迷いも感じられる。ある種のモラトリアム状態がまだつづいているようにも感じられる。作者はすでに二の歌で、三つの星印＊＊＊であることからは卒業したが、まだロートレアモン伯爵にはなっていないのであろう。

しかし断定するのはまだ早い。二の歌はまだ終わってはいない。あと二つのストロフが残されている。つづけよう。
つぎの二の歌の第一五ストロフ、一の歌からの通算では第二九ストロフになるのは、マルドロールと「良心《ラ・コンシャンス》」との戦いである。その始まりはこうである。

人生には、虱たかりの髪の毛の男が、眼を据《す》わらせて大空の、みどりの膜のむこうを、食い入るように眺めている、そんなときがある。その男は自分のすぐそばに、幽霊の皮肉なあざけりを聞いたような気がするからだ。彼はよろめき、頭《こうべ》を垂れる。聞こえてきたあのあざけりは、良心の声だったのか。そこで彼は、狂人のスピードで家を飛びだし、野原のでこぼこの草原をむさぼり食うような人事不省をひきおこす最初の徴候を見せる。だが黄色い幽霊は、彼を見失うことなく、おなじスピードで彼を追う。ときおり嵐の夜に、遠くからだとカラスのように見える、翼をもつ蛸の一群が、行いを改めよという警告を発する使命をおびて、人間どもの街々をめがけ、一直線に力強く、雲の上を飛行していると、陰気な眼をした小石は、二つの生き物があとになったり先になったりしながら、稲妻のきらめきのなかをよぎるのを見て、自分の凍りついた瞼から流れ出る、ひそかな哀れみの涙を拭き、そして叫ぶ。「たしかにもっともなことだ。これこそ正義そのものである」

このように、陰気な光景で幕を開けるこのストロフは、良心をテーマにした宗教寓話かなと思っていると、テーマの古めかしさにくらべて表現は、信じられないほど新奇である。これが書かれてのち半世紀あまり後の超現実主義者《シュルレアリスト》の画家たちの絵を、言語ではやばやと、一九世紀のなかばに、イジドール・デュカスはきっちりと描き切っていたのである。その類似性には、ぞっとするほどのものがある。
そして、疲れを知らないランナーである黄色の幽霊に追いつめられた人間は、海に身を投げるのであるが、また岸にうちあげられ、奇蹟的に生き返ったりする。直前のストロフのオルゼールさながらに。

しかし、良心による人間狩りは止むことがない。

良心は、われわれが最高度に秘密にしている、かずかずの思念や行為をきびしく裁き、あやまつことがない。そして悪を防ぐのには、しょっちゅう役立たずなのに、人間を狐のように狩りたてることを、とくに暗いあいだは止めようとしない。阿呆な科学が流星と名付けた懲罰の眼球《めだま》は、蒼白い炎をひろげ自転しながら消えていき、神秘の言葉をはっきりと発する・・・、のがわかるのだ！

かつてマルドロールは神を、ぎりぎりまで追いつめたことがあったが、今回はその「良心という女」に襲いかかり、「ぼくがしゃぶった一つのしゃれこうべ［それが良心という女の頭蓋骨であり、マルドロールはすでにその女を殺していたのである］を片手に持ち」という文が三度繰り返され、「それなのに胸の皮膚をぴくりとも動かすことなく・・・するぼくの姿が見られた！」も連鎖してくりかえされながら、それら二重のルフランにからまれたマルドロールは、まるで自殺衝動に駆られたかのように、とんでもなく危険な行為をわざと何度も繰り返し、ついにはみずからの首をギロチンの刃のしたに据えるのであるが、ギロチンは巧く作動せず、マルドロールは死ねないで、まだ生きている。

あっけにとられた群衆は、その葬儀場をあとにしようとするぼくを、通してくれた。波打つ人の波を両肱でこじあけ、そして生命に満ち、頭をまっすぐあげ、前へ前へと進むぼく、それなのに胸の皮膚を、まるで墓石のようにぴくりとも動かすことのないぼくの姿が見られた！　ぼくはすでに、今度はぼくが人類を護ってやると言った。だがぼくは、その宣言が真実の表現ではなかったのではないか、と気に病んでいる。だから結局、ぼくは沈黙をえらぶ。ぼくのこの節度を、人類は感謝しつつ賞め讃えるであろう。

これで、長かったこのストロフがようやく終わる。この不思議な味わいのストロフには、著者のいろいろな混乱が認められるが、それらはこれまでのように意図的ではないと思われる。私の観方《みかた》では、著者の体調がそうとう悪く、とくに神経に変調をきたしているようである。緊張が極限に達して変調をきたし、疲労がどっとおしよせてきていても、どうすればよいのか、快復のすべが見つからないでいる様子である。もし著者が自分で、自分自身をここまで意図的に追い込んだのであれば、それは超人的な自己制御と言わなければならない。この乱れの原因はなんであろうか？　しかし乱れが妙な効果を生んでいることも、否定できない。人為的なものでは多分ないであろうが、今後イジドールがこの効果を故意に求めるなら、それは『マルドロールの歌』の大きな特色の一つとなるであろう。

このストロフで気になるもう一つのことは、マルドロールが神との戦いに、すでに一段落つけてしまったようなな書きっぷりになってきていることである。神はもう、どうでもよくなりかかってきたのであろうか？　そのことは『歌』の書きっぷりだけではなく、著者の本心がそうなってきたのであろうか？　いずれにせよここでは、著者はぐったりと疲れ果てている。

二の歌には、ごく短いエピローグ（二の歌の第一六ストロフ、一の歌から通算すれば第三〇ストロフである）が、残っているだけである。これはもう全文を、省略なしに紹介させていただく。

いまはぼくの霊感のたづなを締めるとき、道すがら女のワギナを見てしまったときのように、一瞬立ち停まるときだ。駆けまわってきた道を調べ直し、そのあとで休めた手や足を思い切り使って、また飛躍すればよい。全行程をひと息でこなすのは、容易なことではない。そして希望も持たず、後悔もせずに高く飛ぶと、翼はひじょうに疲れる。いや…、この不敬な歌の、いつ爆発するかもしれない坑道を、ツルハシで掘り進み、凶暴な猟犬の群れを、ここからさらに奥のほうまで、連れ込むのはもうやめろ！　しかし鰐《わに》は、みずからの頭蓋骨の下から吐き出したゲロを、ひとことたりとも変えないだろう。ぼくに不当に攻撃された人類のために、仇を討ってやろうという見上げた意図にそそのかされて、もしなにかのひそやかな影が、カモメの翼のように壁をかすめ、ぼくの部屋の扉をそっと開け、天上の漂流物の肋骨のあいだに、匕首《あいくち》をめりこませるなら、それはそれで気の毒だが万事休す！　その方法であろうと、ほかの方法であろうと、結局は粘土が分子に分解されてしまうことには、少しの変わりもない。

これで一六ストロフもあった二の歌が終わる。すでに著者＊＊＊からは脱出したものの、まだロートレアモン伯爵にはなれないでいるイジドール・リュシアン・デュカスは、親友ジョルジュ・ダゼットが去ったこともあって、たいへん疲れているようである。この二の歌のエピローグに書かれた、ここで休息が必要だというのは、本音だったのに違いない。

一八六八年版の一の歌は、かなりの月日をかけ、作家になろうとする意識もそれほど切迫したものではなく、どちらかというと自然にまとめられたものであった。しかし二の歌は、きっちりと作家をめざしての著作であり、おそらくは三か月たらずのあいだに、一の歌で描き足りなかったストロフを完全に仕上げてしまおうとする作業に加え、その時点でわかってきた『歌』に盛り込むべきさまざまな要素を作品にぶつけていきながら、将来の『歌』のために試してみるとか、さらにはいくつもの反省といくらかの後悔も残したままの、労作であったことは間違いない。

ともかくこの二の歌の原稿は、当時いまをときめく出版人、アルベール・ラクロワの手にはじめて渡った生原稿だったのである。最終ストロフのエピローグでは、このまま死んでしまうかもしれないとほのめかすほど疲れていたようだが、やがてラクロワとの話は『マルドロールの歌　全六歌』に移行したので、イジドール・デュカスとしては、このビッグ・チャンスをのがすわけにはいかなかったのである。

そこで現実には、イジドールの「立ち停ま」りたいという希望は吹っ飛び、彼はすぐ三の歌にとりかかり、年内に五の歌までの三つの歌と一の歌の修正変更をほぼすませ、近所の屋根裏部屋へ引っ越し、いよいよ六の歌にとりかかったのである。そして年号は一八六九年になった。

その結果、三、四、五の歌は、それぞれの執筆に要した日数は、ほぼ一か月というハイピッチで書き進められたことになる。そしてこの間《かん》に、ロートレアモン伯爵という筆名も誕生したのである。

つまり作者は一の歌を書き、二の歌を書き、一の歌にどのように筆を入れるべきかを考えることで、『マルドロールの歌』の中枢となる三、四、五の歌を摑みとることが出来たのである。

こうしてわれわれは、一の歌と二の歌を、一八六八年版の一の歌も含めて、それらが『マルドロールの歌』という建築の基礎であったことを理解するのである。

これからその基礎の上に立つ、三、四、五の歌は、どのような地上部分をわれわれに見せてくれるのか？　また最後の六の歌は、いったい何物なのであろうか？

（1）　一六二四年、のちにアイルランドのアーマー大司教となるジェイムズ・アッシャーは、聖書の写本を集め、そこから筆写や翻訳によるミスをとりのぞいて、旧約聖書の年代学について、記録に残された史実と結びつけながら延々と年数を数えて研究を重ね、ついに神による天地創造は、ＢＣ四〇〇四年一〇月二二日（土）午後六時であると断定した。これがアッシャーの年代記であり、二〇世紀初頭までひろく信じられていた。テクストの「六〇世紀」という表現は、それにもとづいている。

第四章
マルドロールの三の歌

そのようなわけで、マルドロールの歌を、時間のなかで、時間とともに創られていく、進行する創造物として読むことが、大切であると思われる。ロートレアモンは、ワーク・イン・プログレス、つまり彼は、流れている作品を間違いなく望むところに導くが、作品もまた彼を、知らないところまで連れて行くのである。そのことを彼は、「われわれを連れ去る流れに身を委ねよう」と言うだろう。

（モーリス・ブランショ『ロートレアモンとサド』ミニュイ社、一九四九年、六六頁より）

『マルドロールの歌』の三の歌には、一つのストロフをまるごと占拠している形のプロローグ、前口上はない。しかし三の歌の最初のストロフ（三の歌の第一ストロフは、一の歌からの通算では、はやくも第三一ストロフである）は、第二の初版本《ラ・プルミエール・スゴンド》とも呼ばれているロゼス版であると、その最初の一頁あまりがプロローグなのである。その内容は、前口上というよりも開始宣言であり、本体との接点には段落すらなく、文としてただ続いているという姿でしかない。そしてその宣言と本体との接点に、いわばつなぎの役をしているかのような数文の内容が、とても気になるのである。そして作家が三の歌で、また新たな出発をもくろんでいるに違いないことも、われわれはすでに知っている。

ではまず、三の歌の第一ストロフを、はじめから読んでみよう。

天使の天性を持っていた、あれら想像上の者たちを思い出してほしい。彼らの発散する光に照らされた一つの大脳から、ぼくのペンが二の歌をひきずりだしたあの者たちを。彼らは誕生するとすぐ、燃えあがる紙の上で死んでしまった。そのすばやい消滅につづく苦痛が、眼をいためる火花のように。レマン！・・・ローエングリン！・・・ロンバーノ！・・・オルゼール！・・・君たちは一瞬、ぼくの魔法の水平線に、青春のしるしに覆われて姿をあらわしたが、ぼくは君たちを潜水夫の錘のように、また混沌のなかに落とし込んでしまった。そこから君たちが、浮かび上がってくることは、もう二度とないだろう。君たちの想い出を、いままで胸にとどめていたことで、ぼくは満足している。

これほど明快に、しかも過不足なく作者みずから語っているのだから、付け加えることなどないとも思えるが、念のためにすこし説明するなら、つぎのようになる。

このマルドロールの最初の一の歌、それは一八六八年版のことなのであるが、に出没していたダゼットという名の美少年は、やがてさまざまの美しくも奇怪な動物たちに置き換えられるであろうが、天使の天性を持っていたジョルジュ・ダゼットは、二の歌になってもなお、作者のなかに棲みついていて、その残像はやはり、天使さながらの四人の若者に分身していた。じつは二の歌は、彼ら名のある四人の若者像の発散する輝きに照らされることで成立していたのである（名が与えられなかった若者もいたが）。しかし彼らの二の歌への出現は、瞬間的出来事であって、作者のイジドール・デュカスは、多少の苦痛はあったけれども、彼らを混沌の暗闇に追いやってから、この三の歌にとりかかったのである。そんなわけで彼らが、また三の歌に出てくることはもうないであろうと、作者自身、この三の歌の冒頭で宣言しているのである。

なんということを！　二の歌を書かせていたのはやはり、あのジョルジュ・ダゼットの輝ける残像たちだったとは！　そしてそのようなことを、このようにあっさりと白状してしまってよかったのか？　おまけにそれら残像たちを、もう切り捨ててしまったとは！

だがそうでもないようである。つづく文を読んでみよう。

人類のかたわらでは渇きをいやすまいと決意した、愛の嵐の氾濫を生みだす、君たちよりも美しくない、ほかの存在のかずかずに、君たちはもう席をゆずらなくてはならない。

ということは、今後はジョルジュ・ダゼットの化身を、人間の少年だとか青年だとかの姿で登場させるのではなく、鱶、蛸、ガマ、虱などの、どちらかといえばアウトローな動物たちに代わってもらうつもりだと、作者はここで宣言しているのであろうか？　それともこの宣言は、六八年版の一の歌のダゼットの置き換えがこれ以降、つまり三の歌の執筆開始後に行われるであろうことを、予告しているのであろうか？

そしてつづいて、とても気になるこんな文章がやってくる。

天上の絵空事のなかに餌を見つけられなければ、みずからをむさぼるであろう渇いた愛《アムール・アファメ》、一滴の水のなかにうごめく虫よりも多くの熾天使《セラファン》たちが、とうとう自分たちでピラミッドを作りあげ、飢えた愛［これも原文はアムール・アファメ］はそれらのピラミッドになった熾天使たちを、愛みずからが自分のまわりに渦巻かせている楕円に交錯させるだろう。

この「渇いた愛」、「飢えた愛」、アムール・アファメは、なにを指し示しているのであろうか？　またここで『マルドロールの歌』に初登場してきた（天使はもう何度か出てきているが）、九階級の天使《アンジュ》の最高位である「熾天使《セラファン》」をひっぱりだしてきたのには、どのような理由《わけ》がかくされているのであろうか？

ここでひとまず、作者の語ろうとしていることを整理してみよう。

清らかで最高位の天使である熾天使はじつにたくさんいて、それら熾天使だけで一つのピラミッドが出来るほどだ。いっぽう作者の抱いているアムール・アファメ（飢えた、あるいは渇いた愛）は、天上ではなかなか餌が見つけられない。そこで、アムール・アファメが熾天使たちと仲良くして、セラファンたちが形成しているピラミッドは、アムール・アファメが自分のまわりに回転させている楕円と交差するのがよい、そのようにセラファンたちに作者のアムール・アファメを注いでやらないと、アムール・アファメは共食いし始めなければならなくなる。だからアムール・アファメはおおいに熾天使たちと交わるべきであると、作者は力説しているのである。二の歌で名指されたセラファンたち、レマン、ローエングリン、ロンバーノ、オルゼールたちを混沌に沈めてしまっても、これからはまた三の歌には、ほかのセラファンたちが登場するであろうと、予告宣言しているのである。

またそのような事態を招いたのは、ジョルジュ・ダゼットという熾天使中の熾天使を失ったイジドール・デュカスが、そのようなジョルジュ・Dを自分の心のなかにやむにやまれず棲まわせてしまい、イジドールが自分の心のなかのジョルジュの残存理想像を、さまざまな熾天使たちに分かち持たせなくてはならなくなったためであり、それでもなお心配なのは、イジドールの現実の少年愛である、と語っているのである。つまりこのストロフの場合、アムール・アファメは、少年を愛するという行為を指しているからである。

そしてここで、著者は乱暴に視線を移動させ、この告白めいたプロローグを突如、打ち切ってしまう。

そのとき、滝の眺めに立ち停まった旅人が顔をあげれば、遠くのほうに、生きた椿の花環で地獄の穴倉へと運ばれていく、一人の男を見ただろう。

と、いかにも少年愛に身を亡ぼしたかのような著者、あるいはマルドロールのような男をいったん描いておいて、作者はまたすぐ、場面を切り変える。

だが・・・、しっ！　ぼくの知性の霞《かすみ》のかかった平面の上に、五番目の理想像《デュ・サンキエーム・イデアル》のただようイメージがゆっくりと浮かびあがり、しだいに定まった実体になってくる・・・。

このように三の歌の第一ストロフは、ここから本体となり、マリオが登場してくる。「五番目の理想像」と作者にはっきり名指されて。つまり、ジョルジュ・ダゼットの五つめの理想像は、マリオだったのである。はや五番目・・・、しかし名を与えられなかった若者もそこそこいるので、はるかにその数は超えるのであるが・・・。

マリオとぼくは波打ちぎわを行く。ぼくらの馬は首をあげ、空間の膜を切り裂き、海辺の小石から火花をもぎとっていた。顔をすみずみまで叩《たた》く北風は、ぼくらのマントをふくらませ、ぼくら双生児《ふたご》の髪の毛をうしろになびかせる。

とうとう二人は双生児になった。もうここまでくると、語り手は単純に「ぼく《ジュ》」になってしまう。それがマルドロールなのか、イジドールなのか、いちいち断ることもしなくなる。限定する必要がなくなってきたからである。作者はすでに、作品の裏側に姿を消しつつある。ロートレアモン伯爵誕生のときは近づいている。またこのストロフの本体の舞台は、南米である。もはやパリでもピレネー高原地方でもない。すでに彼らは場所からも解放された。彼らがいま、馬をギャロップさせているのは、イジドールが好きだった、モンテヴィデオ市郊外の砂浜である。

　マリオとぼくは双生児であり、もともとはともに天上の出身だという。マリオはまだわかるにしても、ぼくもそうだと言うのは、にわかに信じがたいことだが、二人の過去は、その地の人たちの噂話として語られる。それによると二人は「不思議な二人兄弟《レ・ドゥー・フレール・ミステリユウ》」と呼ばれ、一人を「大地の精《ル・ジェニ・ド・ラ・テール》」、もう一人を「大洋の精《ル・ジェニ・ド・ラ・メール》」と呼ぶ者もいた。そしてマリオという名は、いかにも南米東海岸へのスペイン系移民風である。

　二人はアンデスの二羽のコンドルのように並んで飛び、太陽に近い大気圏で同心円を描くのを好むのだと。また二人はこのあたりの海岸で、もっとも純粋な光のエッセンスを食べて、それで生きているのだとも。

　そして、

　夜がめぐみの闇を連れてくると、二人は火山の頂上の噴火口や、海底の斑岩めがけて身を躍らせ、みにくい天体の宙ぶらりになった影が見えなくなるまで、人間インコの便秘の肛門がうごめく岩だらけのシビンを、遠く置き去りにするのだった。

やがてシーンは、浜辺に馬を駆るマリオとぼくに戻ってくる。

ぼくらはひとことも、口をきかなかった。愛し合う二つの心に、なにが話せるというのか？　なにも。しかしぼくらの目が、すべてを語っていた。そのマントをもっと身体に巻きつけるよう、ぼくが彼にうながすと、彼は二人の馬が離れすぎないよう気をつけろと、ぼくの注意をうながした。ぼくらのそれぞれは、自分の暮らしに注ぐのと同じだけの関心を、相手の暮らしにも注ぐ。ぼくらは笑わない。彼はぼくを笑わせようとする。

場面はこのようにして、海辺の砂浜に馬を走らせながらの、ぼくとマリオとの対話というよりも、心と心の呼びかけ合いへと移行する。そして・・・

ぼくらの馬たちは、波打ちぎわを疾走していた。人間の眼から脱《のが》れようとでもするかのように・・・。

この文章がこのストロフの後半、ルフランとして使われることになる。こうして二人の、異常なまでに相手を気遣う沈黙の対話が終わりに近づくと、つぎのようなマリオの長いせりふ（それはおそらく心のつぶやきであろう）とルフランとで、長かったこの複雑な構成の三の歌の第一ストロフは、ようやく終わる。

「ぼくのことを気にしないでくれ。ひろい河から立ち昇ったモヤが、山の中腹を這い上がっていき、ひとたび頂上にたどりつくと、雲になって大気へと飛び立つのと同じように、ぼくの判断についての君の不安も、いつのまにか動機もないままにふくれ上がり、君のイマジネーションに、荒れ果てた蜃気楼のまやかしの物体を形成する。燃えさかる石炭を投げこんだ鉄カブトに、ぼくの頭蓋骨が沈められたときには、ぼくもそのような印象を受けたが、ぼくの眼のなかに炎なんかないことは、本人のぼくが保証するよ。なぜ君はぼくの無垢の身体が、桶で煮られたりするのを望むのか？　ぼくらの頭の上をよぎる風の呻きとしかぼくには思えない、ひどく弱々しいとらえどころのない叫びが、ぼくには聞こえてくるだけだ。サソリが定まった棲家を持ち、そのよく切れるハサミでぼくの眼窩の底を切り刻むなんて、とうてい不可能だ。視覚神経を破壊できるのは、むしろ強力なペンチだよ。それはそうとして、君にどうしても言っておかねばならないのは、桶をいっぱいにしている血のことだが、あれはぼくがゆうべ眠っているあいだに、姿の見えない死刑執行人が、ぼくの血管から抜きとったものだ。いとしい大洋の息子よ、ぼくは君をながいあいだ待っていた。ぼくの力の失せた両腕が、うちの玄関にまで入り込んできたあいつとの、むなしい戦いにかかずらわっていたからね……。そうだ、ぼくの肉体のカンヌキのなかに、ぼくの魂が閉じ込められているのを、ぼくは感じている。無限の虚脱の沼地や深淵をのりこえ、人間カモシカどもを休みなく追いかける不幸の、鉛の沈黙の見世物の目撃者にはもうなっていたくなくて、人間の海のうちよせる浜辺から遠く脱《のが》れるために、ぼくの肉体からぼくの魂を解放したいのだが、それが不可能なこともぼくは感じている。だがぼくは不満をもらしはしない。ぼくは一つの傷として生をうけた。そしてその傷をいやしてくれる自殺をこばんだ。造物主が、彼の永遠のあらゆる時にわたり、このぱっくり口をあけた裂傷を見ていてくれることを、ぼくはねがっている。それはぼくが彼に課した罰だ。ぼくらの駿馬はブロンズの脚の速度をゆるめている。馬たちの身体が、イノシシの群れにおどろいた猟師のように震えている。馬たちが、ぼくらの話を聞く気になってはいけない。だが耳をそばだてていれば、馬たちの知性も増大し、おそらくぼくらの話を理解するようになるだろう。なんて不幸なことだ。彼らはさらに苦しむのだ。ほんとうに人間の仔豚ていどにしか考えないでくれ。神によって創造された他の存在たちと、人間とを引き離している知性の段階は、はかりしれない苦難の、いやされることのない価値と引き換えでないと、彼らには授からないのじゃなかろうか？　ぼくという見本を真似るがいい。そして君の銀の拍車を、駿馬の腹にめり込ませろ・・・」。ぼくらの馬は波打ちぎわを疾走していた。人間の目から脱《のが》れようとでもするかのように。

これでこの長いストロフは終わる。しかしこのストロフほど烈しく、愛の嵐の吹き荒れたストロフが、ここまでの『マルドロールの歌』にあったであろうか？　このマリオとの馬に乗っての疾走は、二の歌の両形児のストロフを超える力を持っている。しかもここでは、あくまでも生き抜こうとする強固な意志が、言葉によってではなく、二人の行為によって示されるのである。

また、これほど強力にマルドロールを、戦いによってではなく愛の力によって、ぎりぎりまで追いつめてしまう、マルドロールがたじたじになる相手を、われわれはここまでの『歌』のなかで見つけることはできなかった。相手を気遣うマルドロールは、もうほとんど沈黙させられてしまう。馬たちまでもこまやかに気遣う、マリオのやさしさと強さに、マルドロールは圧倒される。われわれがこのような光景に遭遇するのは、間違いなくはじめてのことである。

そして、このようにマルドロールを圧倒するマリオは、じゅうぶん成長していても、やはりジョルジュ・ダゼットなのである。マリオは五番目の理想像だと作者も語っているが、それはジョルジュ・Dが去ってからあと、イジドール・Dが自分のなかに棲みついたジョルジュを、イジドールが創り、そして成熟させたジョルジュの青年像、五つ目の理想像なのである。こうしてマリオは、子供っぽいかわいらしい少年から、理想的な成長を遂げ、マルドロールよりも、イジドールよりも年上の見事な青年になった。少なくとも作者イジドールの兄にはなったのである。だからこのマリオは、まだパリにいる現実のジョルジュ・ダゼットを追い抜き、マリオになったのである。それこそが著者の言う「五番目の理想像」なのである。

さらに、このように重要なストロフの舞台が、はっきりと大西洋の彼岸に設定されたことは、著者が大いなる解放と蘇生を遂げたことを示している。

このストロフは、いわば著者にとってもう手馴れたスタイルで描かれていて、そこには新奇な手法は見られない。しかし抑制はほどよく全体に行きとどき、脱線や悪ふざけも完全に排除されている。落ち着いた印象を読者に与えながら、たいへんなパワーの伝達にも成功している。

このストロフに唯一の弱点があるとすれば、すこし尻切れとんぼ風になってしまった前口上の終わりのほうにあった、アムール・アファメのやや楽屋落ち気味の告白である。私もその当時は確信が持てなかった。それはおそらく少年愛、またはホモセクシュアリティーのことであろうと、想像まではついたがそこまでであった。

それは一九五二年という古い話であるが、私はロートレアモンにとりつかれてから三年目をむかえようとしていた。三島由紀夫氏（一九二五―一九七〇）は当時すでに日本文壇の売れっ子であった。彼がそのとき月刊文芸誌にのせたエッセイのなかで、ロートレアモンのイメージに触れていたが、そこにイメージとヴィジョンに関する見誤りがあったので、私は出版社気付で彼に抗議の手紙を出した。するとびっくりするほど早く（たしかその手紙を投函してから一週間前後だった）ずしりと重い封書の返事がきた。現在氏は、極度に多忙な売文業者であるため、あのエッセイでは間違いをおかしたと思う。専門家である貴君（私は大学院に入ったばかりだったが、専門家といえば専門家だった）に会ってあやまりたいとあり、さっそくつぎにその日時と場所が定められていた。

そのころ私は長兄がまだ独身であったので、兄の公務員宿舎に居候していた。そこが私の住所だったので、三島氏の大きな字を書きなぐった返事がそこへ届いたのである。兄は国家公務員で、戦争から戻ってすぐつとめた部署で、三島氏の上司であったことがある。そして長兄の役所へ行ったとき、太い柱のわきの机にうつぶせになっている氏を見たことがあった。だから私は本人の顔を見たこともなく、話をしたことはなかったが、他人でもなかったので、私はすぐ抗議の手紙を出したのであろう。

母は三島さんから手紙がきたと騒いでいたが、三島氏は私の住所と名前から、これはひょっとすると、しばらく勤めていた役所の上司の家族の可能性が、と勘を働かせたうえでの早い返事だったのかもしれない。

やはりそうであった。氏は会うやいなや、自分のエッセイでの解釈のあやまりを私に詫びると、つづけてすぐ私の兄のことを訊ね、君のお兄さんだったのか、役所では御迷惑ばかりかけて、もっと早くやめればよかったし、役人にならなければもっとよかったのだが、お兄さんによろしく言ってくれと、すばやく処理してしまった。当時兄はよく、あの三島由紀夫というペンネームの人なあ、あんなになにやらしてもアカン人は、じつに珍しい、このごろは役所に寝に来てはる、と言っていたものである。

私はすでに三島氏が同性愛愛好者であることを知っていたし、氏が指定したランデヴーの場所は、知る人ぞ知る有楽町のブランズウィックであり、「二階で」と返信の終わりのほうに大きく記されていた。だからわれわれはブランズウィックの二階にいた。三島氏の弁明が終了したとき、私はすぐこのアムール・アファメの問題を私のほうから持ち出した。想像はついたが確信が持てずにいたからである。すると氏は、私のしようとした説明を遮るように、あっさり答えを出してくれた。「君、それは男の同性愛、いや少年愛のことですよ、ぼくはフランス語、ダメなんだが、これはそうだと思いますよ」と。

さらに三島氏は早口に、たいそう露骨なワセリンの話から、新作『愛の渇き』のことまで一気にまくしたて、終わると高笑いでごまかされるのであった。

「じゃあ二階へ行きましょう」と言われて私は、用がありますのでと断った。雲行きが怪しかったからである。二階は、愛し合う男たちが酒を飲み交わすフロアであった。

私は確信した。あのときすばやく答えてくれた三島氏の直感のように思えたことは、やはり当たっていたのだと。一九世紀中葉という時代を考慮しても、その幅を多少広げればよいのだと。

アムール・アファメについてはこれで終わる。

つぎの三の歌の第二ストロフ、一の歌からの通算では第三二ストロフは、一転してあまりにも残虐な、すさまじい内容の、狂女のストロフである。しかし作者はそのような内容を、じつにおだやかな牧歌風の、のどかな調子の文体で歌いあげる。そのためこのストロフの不気味な残虐性は、かえって強くわれわれに迫ってくる。

それはこのように始まる。

あそこを気狂い女が、踊りながら通りすぎていく。彼女はなにかを、ぼんやり思い出している。子供たちはまるでクロツグミにするように、彼女に石を投げ、追いかける。彼女は棒をふりまわし、子供たちを逆に追うふりをして、それからまた自分の道を続ける。彼女は途中で靴を片方なくしたが、それに気づいてはいない。蜘蛛のながい脚が彼女のくびすじを往き来する。だがそれは彼女自身の髪の毛だ。すでに彼女の顔つきは、人間のそれではなく、ハイエナのそれのように笑いの爆発を投げつけている。彼女は言葉のきれはしを洩らしているが、それらを綴じ合わせてみたところで、明瞭な意味を見つけることはほとんど出来ない。いくつか穴のあいた彼女のドレスが、骨だらけ泥だらけの両脚のまわりで、ぎくしゃくした動きを見せている。彼女の春、その幻影と過ぎ去ったしあわせとをポプラの葉のように、彼女自身から運び去られたばかりなので、破壊された知性の濃霧の彼方に、彼女はそれらのものごとを、無意識の力の渦巻きのおかげで、また見ているのだ。彼女はもともと持っていた優雅さも美しさも失い、いまの足どりは下品で酒くさい。もし人間たちがこの地上でしあわせであるなら、それはおどろくべきことだった。気狂い女はだれにも近づかず、不平をこぼすには自尊心が強すぎたので、彼女に興味を持つ人たちにも、自分の秘密を明かすことなく死んでいくだろう。そのような連中が話しかけてきても、彼女は決して相手にならなかったのだ。子供たちはまるでクロツグミにするように、彼女に石を投げ、追いかける。ひと巻きの紙を、彼女は胸から落としてしまった。だれだかわからない男が、それを拾いあげ、ひと晩部屋に閉じこもり、読む。

この「だれだかわからない《アン・アンコニュ》男」が、もうおわかりであろうが、マルドロールなのである。だがそれは、かつて若かったころのマルドロールではなく、現在のマルドロールなのである。

彼女が胸から落とし、現在のマルドロールが拾いあげ、ひと晩かけて読んだという巻き物の中味は、ここでは原文を引用しない。それは紹介するのもはばかられるほど残虐無残なものだからである。

それは、ブルドッグを連れて通りかかった若かりしころのマルドロールに、その英国からやってきた犬も参加したうえ犯され、惨殺された、彼女の最愛の娘の物語であった。それほどひどい内容の話が、私がすでに引用したこのストロフの冒頭部分よりも、さらに牧歌的な環境のなかで、しゅくしゅくとじつに手順よく、すごい能力のツールを使いながら、英国生まれの犬の協力を仰ぎながら遂行されていく様子を、じつにもの静かな表現で彼女が綴ったものなのである。残虐きわまりない行為の残忍性をもっとも際立たせるために、そのような内容が要求する文体はどのようなものか、ということを作者はよく知っているかのようである。これは、花を活けるように子供を殺してしまうとか、静かに流れゆく茶道のアクションの途中で、これ以上はないというほど残虐な方法で人を殺しておいて、そのあとでまた静かにお茶をいただくようなものである。

そして、このストロフはつぎのように終わる。

「（前略）加害者の見つからなかった、この犯罪の証人である一人の羊飼いは、罪人がまちがいなく国境に達し、暴露すればかならずやるぞと脅かされていた仕返しを、もう恐れることはないと確信できたとき、つまりずっとあとになってから、このように話してくれました。立法者も予測できなかった、このように前例もない大罪を犯した犯人を、わたしは哀れみます。内臓の壁のなかを底の底まで耕す、三の四倍の刃をもつナイフを使ったとき、彼には理性の使いかたを知らなかったということが、多分ありえたと思われますので、わたしは彼を哀れみます。もし彼が気狂いでなかったら、わたしの娘のように無防備な子供の肉体と動脈とにあれほど夢中になれるには、彼の恥ずべき行動が、彼の同類である人間たちによほどたくさんの憎しみを必要としたに違いないから、わたしは彼を哀れみます。わたしは人間の残骸の埋葬に、黙ってあきらめて列席しました。そして毎日、お墓にお参りに行くのです」。この読み方が終わると、だれだかわからない男は、ことごとく精力を使い果たし、気絶する。失神から醒めると、彼はその巻き物を焼く。彼は、自分が若かったころのこの出来事を忘れていたのだ（習慣は記憶力を鈍化させる！）。そして二〇年の不在ののち、彼はこの宿命の地に戻ってきた。しかし彼は、もうブルドッグを飼わないであろう！……彼は羊飼いたちと、おしゃべりをしないだろう！……彼はプラタナスの木陰に、眠りに行かないだろう！……子供たちはまるでクロッグミにするように、彼女に石を投げ、追いかける。

このぞっとするストロフは、このようにのどかに終わる。はじまりがそうであったように。ルフランの使用も控えめであり、抑制はストロフ全体によく利いている。そのため、このストロフのおそろしさは、読者をうちのめす。

そして巻き物のあとさきは主として現在形で語られるが、巻き物のなかは主に半過去が使われていて、現在形もかなり混入している。つまり巻き物の中味の犯罪行為は、すべてがいまにしっかりと傷跡を残しているように描かれている。そこであとから、これが二〇年も前のことだと告白されると、読者は事件のあったのがずっと現在に近いと思い込んでいた自分に気づくのである。このような動詞の使い方は文法への違反である。わざとそうしたのであれば、イジドール・デュカスは読者の混乱を期待していた確信犯だと言わねばならない。
そしてそれは、われわれがこのストロフではじめて接する気弱なマルドロール、その巻き物を読んで気を失ってしまうようなマルドロールを、異なる次元からではあるが、多少は正当化していると思われる。しかしいくらかは正当化しているとしても、このストロフからは、マルドロールが後悔して、もう残虐行為から遠ざかるかもしれない、などという危惧が、ぼんやりと感じられることも否定できないのである。

　たしかに三の歌に入ってから、『マルドロールの歌』は変わってきた。それらは作者が、『歌』という自分の作品と自分自身のあいだに、つねに適度の距離を置くことが、確実に出来るようになったことの結果であろう。それはイジドール・デュカスが一人前の作家になってきていることを示す、めでたい結果でもある。著者にはそろそろ、ロートレアモン伯爵という筆名を持つべき時が近づいているのであろう。事実三の歌になってから、著者がみずからの筆勢に溺れてしまうことは、まだ長めのストロフ二つしか読んでいないが、一度もない。

　しかし三の歌になってくると、当初のマルドロールの元気のよい大義を、著者はさほど気にしなくなってきたようである。それが証拠に、あの無敵のマルドロールが準主役に負ける、あるいは追い抜かれることが始まってきた。どうやら著者は大義よりも、諸現象のあらわれそのものである文体、表現技法に力を入れてきているようである。その大義よりも姿かたちへという新シフトが始まってきたかのようである。

　この狂女のストロフで、なによりも読者に襲いかかってくるのは、著者の自作への自信、自分が言語表現者として道を見つけ、その道は完成に向かうだろうという、著者自身の確信である。

　私がここで最後に言いたいのは、この狂女のストロフのネタが当時の大衆紙のゴシップ欄にあったという、複数の研究者の探究結果についてである。私もそのように考える。これに似た幼女殺しがじっさいにあったのだと。ロマン主義の頂点にあった当時のパリ文壇は、新興の高踏派《パルナッス》、やがては象徴主義《サンボリスム》に向かおうとしていたが、それらの流れに反発するイジドールは、巷間《ちまた》の俗事に眼を向けていたのである。そのことは今後とも

『歌』のなかで、さらに証明されるであろう。

しかしこの三の歌にも、まだ三つのストロフが残されている。調べなければならない。つぎの三の歌の第三ストロフ、一の歌からの通算では第三三ストロフには、さまよえるユダヤ人トレムダールが準主役級で出てくる。

こんなことは『マルドロールの歌』が始まって以来、はじめてであるが、トレムダールは美少年でも、美青年でもなく、ユダヤ人の平凡な中年おじさんなのに、ちゃんと名を与えられ、マルドロールと神との戦いの見物人になり、証人にもなってしまう。彼トレムダールは、最初は神を応援しているが、途中からは神にやられているマルドロールの味方となり、マルドロールに拍手と声援をおくることになる。

内容、というよりもこのストロフのメインイベントは、神とマルドロールの一騎撃ちである。意外に思われるかもしれないが、じつはこれが『歌』始まって以来、はじめてのことなのである。これまでの対決はことごとく、一対一はおろか、マルドロールの相手は神の代理者で、戦いは代理戦争だったのである。マルドロールが直接、神を嘲笑するのはあったけれど。

このストロフで神は、上半身が虎、尻尾が蛇、そして有翼という、古典的かつ常識的な、よくある竜の姿に変身しており、マルドロールはなかなかしぶとい、戦略的な鷲になる。前半、苦戦を強いられた鷲は、後半になると全身を竜の体内にもぐりこませるという、捨て身の戦法に出て、神である竜を内側から倒して勝つのである。

その奇怪な戦法をのぞくと、どちらかといえば陳腐で標準神話風なメインイベントに、ユダヤの変なおじさんを見物者兼語り部に仕立てあげ、マルドロールと神はののしり合うこともなく、無言のまま戦うという、『歌』としては新趣向なのであるが、このストロフはせっかくの一騎撃ちだというのに、いまひとつ盛り上がりに欠ける。戦いそのものが地味だからである。

むしろこのストロフは、三の歌のまんなかに位置し、神の出番がなかったこれまでの二つのストロフと、これから神が主役になるであろう今後二つのストロフとのあいだにあって、どちらかというと、後半に向けての神話風な前座の役割をつとめながら、イジドールの好きな小休止、はっきり言うと歌の途中での息抜きなのかもしれない。

ではこのストロフのはじめと終わりを、中抜きで読んでみよう。

いつも逃げていて、いつも人間のイメージに追われているのに、本人はわざといないふりをしているあの者を、トレムダールはとうとう摑《つか》まえた。このさまよえるユダヤ人はひとりつぶやく。この地上の支配権がもしワニ族のものだったなら、あの者もあれほどは逃げなかったであろうと。トレムダールは谷間に立ち、太陽の光をあつめてさらに視力を高めようと、片手を目の前にかざし、もういっぽうの手は水平で不動の腕のたすけを借りて、空間の乳房をまさぐる。友愛の彫像と化した彼は、前かがみになり、海のように神秘な眼で、鉄のステッキに助けられて坂道をのぼる、一人の旅人の脚絆にひとみをこらす。どうやら大地は、旅人の両脚の言うことを聞いてくれないようだ。たとえ自分からそうなりたかったにせよ、トレムダールはそこで、涙と感情をせきとめていられなくなった。

「あの人は遠くにいる。小道をたどるあの人の影が私には見える。重い脚をひきずって、あの人はどこへ行くのか？　それがあの人にもわからないようだ・・・。しかしわたしは、眠ることなく追跡した。おや、マルドロールに再会しようとして、近づいてくるのはだれか？　なんて巨大なんだ、あの竜は・・・樫の木よりも大きいじゃないか！（後略）」

このようにしてトレムダールは、竜と鷲との、神とマルドロールとの一騎撃ちの見物人となる。

「(前略)おまえは鷲の姿をはぎとられながらも、理性の定めに従って行動した。そしていま、竜の死体から遠ざかりつつある。このようにしてマルドロールよ、おまえは《のぞみ》《レスペランス》に打ち勝った! これからは絶望を、かぎりなく純粋なおまえの本質が養っていくのだ! これからは断固とした足どりで、おまえは悪の道に立ち戻るのだ! わたしは苦しみにはいわば、免疫になってしまっているが、おまえが竜にぶちかました最後の一撃は、ぼくのなかでまたうずいている。それがどれほどわたしにこたえたのか、それはおまえが勝手に考えてみろ! しかしわたしはおまえがこわい。見ろ、遠くのほうを。見ろ、逃げていくあの男を。肥沃な土地でもあるあの男のうえに、呪いが葉を濃く繁らせている。やつは呪われ、やつは呪う。おまえのサンダルは、どこへおまえを運ぶのか? 屋根の上の夢遊病者のようにもたもたと、いったいおまえはどこまで行くのか? おまえの背徳の定めを、おまえは終点まで歩みつづけろ! さらばマルドロール! 永遠にさらば! われわれがもう二度と会わなくなる、その永遠の日まで!」

これでトレムダールの報告ほどには盛り上がることのなかった、このストロフは終わる。そこには、語り部でもあるトレムダールが語るほどの悲愴感も、じつはどこにも見当たらないのである。どこまでが本気で、どこからが冗談なのか、どうもこれは判然としないストロフである。

この万事におおげさなトレムダールは、いったいだれなのか? またなぜここに突然、トレムダールのような巷によくいる俗っぽい普通のおじさんを、この俗っぽい神話的闘争の見物人兼報告者に、選んだのであろうか? 彼は『マルドロールの歌』の登場者としてはまったく異色で、全然ふさわしくない。読めば読むほどそう思えてくる。

そうだ、そうなのである、このトレムダールは、作者が銀行屋のダラスを戯画化した人物なのである。大西洋の彼方、ウルグワイのモンテヴィデオにいるイジドールの父、フランソワ・デュカスの代理人として、パリの右岸にいるイジドールをいつも監視《かんし》していて、おおげさな報告をフランソワにすることに長け、フランソワからの送金はいつも言を左右しながら、決してすんなりとイジドールに渡らないように工作し、いつもイジドールを苦しめている、あの銀行屋のダラスおじさんなのである。イジドールはここらでひとつ、ダラスをからかってやれ、という気分になったのであろう。定番化した陳腐な、神とマルドロールとの茶番であるかのような最初で最後の直接対決の見物人には、ダラスが適任であろうと、イジドールには思えたのではないか。そのようにこのストロフを読むと、とてもわかりやすいのである。

そしてトレムダールに、「永遠にさらば《アデュー・ジュスカ・エテルニテ》」と語らせているのは、ダラスもイジドールも、ほんとうは双方ともうんざりしている、という気持ちの表現であろうか。

ともあれ、終わりのほうでトレムダールが心配しているほどには、これからマルドロールの歩む道が、ことごとくけわしいものになるだろうというほどの緊迫感も、このストロフにはない。

やや勇ましさで飾ってはいるものの、本質はだらけている。神の負けっぷりがちょっとよかった程度である。こんなことで神との戦いはどうなるのであろうか？　やはりこのストロフは、おどけてみせた小休止なのであろう。

そこでつぎの三の歌の第四ストロフ、一の歌からの通算であると第三四ストロフに移ると、これがまた至極のんびりと始まる、またしても牧歌調なのである。

ある春の日だった。小鳥たちはさえずって讃歌をまきちらし、さまざまな仕事をしている人間たちは、疲労の神聖さに浸っていた。あらゆるものが天職に励んでいた。樹々も、天体も、鮫も。そうだ、造物主を除く、すべてのものたちが！

そうなのである。スムーズな運行をしゅくしゅくと重ねている宇宙にあって、その中心であるべき造物主だけが、ぐでんぐでんに酔いしれ、地上に墜落し、のびてしまっていたのである。そのようにだらけきった造物主を描くこのストロフも、じつに見事にだらけきっていて、短いストロフのわりには、悪ふざけの量も多いが、それらは洗練されてきている。けっして悪ふざけに淫してはいない。前ストロフでムッシュ・ダラスをひっぱりだし、からかったことが、このストロフにまで尾を引いているようである。

そしてつぎに引用する文で、このストロフは終わってしまうが、作者は神への同情を語るとき、調子にのって自分を誕生させたがために造物主は、こんなに狂ってしまったのだと言い切る。そのくせこのストロフでのマルドロール、または作者は、まったくなにをするでもなく、ただ傍観し、ただ記述するだけの者に、自分を留め続けるのである。

おお人間どもよ、おまえたちは恐るべき子供たちだ。だがおねがいだから、あのけがらわしい液体をまだ発酵しきれずに、しゃんと立つ力も満足になく、旅人のように岩の上に、またどすんとへたりこんでしまった、この偉大な存在を、どうか大目に見てやってくれ。通りすがりのそこの乞食を見てみろ。あの回教修道僧が飢えた腕をさしのべたのを見て、やつは誰にほどこしをするのか知りもしないままに、憐れみを乞うその手に、ひときれのパンを投げてやった。造物主は乞食に、頭の動きで感謝の気持ちを伝えた。おお！　宇宙の手綱《たづな》をたえず握りつづけるのが、どれほど大変なことなのか、君たちがそれを知ることは永遠にないであろう！　虚無から最新の彗星を、精神の新種族の者たちといっしょに、ひっぱり出そうと夢中になっていると、血は絶え間なく頭にのぼってくる。そして、あまりにも根底からゆすぶられた知性は、敗者のようにひきさがり、君たちも目撃したような錯乱に落ち込んでしまうことが、一生に一度ぐらいはありうるのだ！

このストロフを読んでいると、こちらまでおかしくなってくるような気がする。幼い二日酔いの臨場感がストレートに伝わってくるからである。どうやら著者は、とくにマルドロールは、神との真っ向勝負をやる気は、もうなくなったようである。神をわきにずらせて嘲笑すること、あるいは自分が斜に構えて神を嘲笑することのほうが、より効果のある方法だということに気がついたようである。そういえば直前のストロフも、一見一対一の勝負のようだったが、真っ向からの勝負ではなかった。

いずれにせよ、マルドロールにとっての、または著者にとっての、神とは何か、という問題は、すこし先送りさせてもらって、いまはストロフを先に進めたい。

いよいよ三の歌の最後の、第五ストロフである。一の歌から通算すれば第三五ストロフであるから、われわれはすでに道のなかばを過ぎたのである。

このストロフは、直前のストロフと同じように、またまた神を嘲笑しつつ冒瀆する内容であり、神の自制心のなさとだらしなさをあざ笑うのであるが、今回は作者自身がそのような神の犠牲者となり、死ぬ。このストロフは多くの研究者から傑作とされており、非常にながい。

このストロフの原典《スルス》は、かなりの数の探求者の指摘するように、ヴィクトリアン・ポルノ（ヴィクトリア女王在任中にイギリスで盛んだったエロ物語）の代表作『蚤のはなし』に間違いなかろうが、イジドール・デュカスはそれを換骨奪胎しつくして、じつに壮大なファンテジイに仕上げている。筋書き《アクション》は何重にも入れ子細工になっていて、時の伸縮や倒置、大小観念の無視が大胆自在に行われ、それらが頻発する。おまけに、非常に日常的かつ煩瑣《トリヴィアル》な、まったくどうでもいいようなことに異常にこだわった幻想、なにげなく平然と逐行される極度にワイルドな残虐行為、等々が骨太のユーモアにまぶされて入り乱れ、おまけに妙に几帳面なところもある、『マルドロールの歌』の特性がぎっしりとふんだんに、ほとんどあますところなく、このストロフには盛り込まれているからである。
まずはその書き出しからしばらくを、読んでみよう。

悪徳の旗印である赤いランタンが、鉄の角棒の先に吊され、虫喰いだらけの厚い扉のうえで、四方からの風に鞭打たれその鉄枠を揺らせていた。人間の腿のにおいのする、汚らしい廊下が中庭に面していて、中庭では自分の翼よりも痩せた、雄鶏たちと雌鶏たちが、餌をさがしていた。その中庭を囲《かこ》う役目をつとめている西側の壁には、けちけちした穴がさまざまにうがたれていたが、それらの穴は、鉄格子をはめ込んだくぐり戸で閉じられていた。苔《こけ》が母屋《おもや》を覆っていて、その建物はまぎれもなく尼寺であったが、いまではそこを訪れる者たちに、毎日わずかな金銭とひきかえに膣の内側を見せる女たちの住居として、建物のほかの部分といっしょに使われていた。それらを帯のようにとり囲んでいる泥水に、支柱をめり込ませている橋の上に、ぼくはいたのだ。

その橋のうえから「ぼく《ジュ》」はなかを伺っている。用をすませた客がくぐり戸から出てくると、手を洗って元尼寺を立ち去る。

なじみ客が出ていってしまうと、丸裸の女が一人、客と同じ方法で姿をあらわし、やはり桶に向かった。そのとき雄鶏たちと雌鶏たちは、精液の香りにひきよせられ、中庭のあちこちから、群れをなして駆けよってきたので、元気よくあらがったにもかかわらず、彼女は地面に倒され、鶏たちは彼女の身体を堆肥のように踏みにじり、ふくれあがった陰門のぶよぶよの唇を、血の流れ出るまでくちばしでついばみ、ひきちぎった。雄鶏たちと雌鶏たちは、食道を満足させると、また中庭の草をひっかきに行ってしまった。清潔になった女は、傷だらけで震えながら、悪夢から醒めたときのように立ちあがった。彼女は脚を拭くために持ってきていたぞうきんを、落としたままだった。共同桶の必要がもうなかったので、彼女は別の実践を待つため、出てきたときのようにして、また穴倉へ帰っていった。このような光景を見て、ぼくは、ぼくもその建物に入りたくなった！　ぼくは橋を渡った。そのときぼくは見た。橋桁の笠石の近くのヘブライ語の銘を。「汝、この橋を渡る者よ、あそこへ行ってはならぬ。あそこには、犯罪が悪徳と共に逗留しておる。ある日、あの宿命の扉のなかに消えた若者を、友人たちは空しく待った」。好奇心が怖れに打ち勝ち、ぼくは数秒後、一つのくぐり戸の前に到着していた。そのくぐり戸の鉄の格子は、丈夫な、鉄棒がこまかく交差している鉄柵だった。密度の高いそのふるい器ごしに、ぼくはなかをのぞこうとした。最初はなにも見えなかった。しかし、光量を減らしながら地平線に沈もうとしていた太陽光線のおかげで、まもなくぼくは、暗い部屋のなかに在るものを、見分けられるようになった。ぼくの目に入った最初で唯一のものは、そのひとつひとつがつぎつぎにはまりこんだ漏斗《じょうご》から出来ている、一本の金色の棒だった。その棒が動く！　部屋のなかを歩く！　それが歩くときの衝撃は強く、床がぐらつくほどだった。

それは神の頭から抜け落ちた、一本の髪の毛だったのである。その巨大な、元神の髪の毛は、まっすぐに立つこともできず、さんざん苦労のすえ、やっとマットに横たわり、その尖端を枕に委ねると、啜り泣きながら、「ぼく」に向かって語り始めた。

「ぼくの主人はこの部屋にぼくを忘れた。彼はぼくを探しに来てくれないのだ。彼は、ぼくのもたれかかっているこのベッドから起きあがると、香りの良い髪の毛をくしけずったのだが、それより先に床に落ちていたぼくには、気づかなかったのだ。でもあのとき、彼がぼくを拾いあげてくれたとしても、ぼくはその素朴な行為に、少しもおどろかなかっただろう。彼は女の腕に抱かれたあとで、このぼくをこの部屋に閉じこめたまま捨てたのだ。それに、なんて女だ！　シーツはまだ、彼らのなまあたたかい接触に湿っているし、過ぎ去った一夜の欲情のあとを、このシーツの乱れにとどめている・・・」。そしてぼくは、髪の毛の主人が誰なのかと考えていた！　そしてぼくの目玉はよりいっそうの熱をこめて、鉄格子にへばりついた！

この引用の最後の二文が、このストロフのルフランになっていて、それが今後、二度繰り返されながら、なぜその一本の金色の髪の毛が、神の頭から抜け落ちることになったのか、その主人がどれほど欲情の一夜に熱中していたのかを、髪の毛はていねいに語り、それから「ぼく」にこんな話をした。

「（前略）ぼくはこの瀆神行為の共犯者に、やむをえずなっていた。ぼくらはこの前代未聞の腰振り競争の観客に、やむをえずなっていたのだ。そして一つのはかりしれない深淵がへだてている、異なる性質を持つこれら二個の存在の、力ずくの無理な結合への列席を、ぼくはやむをえず強制されていたんだ・・・」。そしてぼくは、その髪の毛の主人が誰なのかと考えていた！　そしてぼくの目玉はよりいっそうの熱をこめて、鉄格子にへばりついた！（中略）「その女を楽しむことに堪能したとき、彼は女の筋肉をひとつひとつ、もぎとりたくなってきたが、なにしろ相手が女だったのでかんべんしてやり、彼と同じ性の存在を苦しめてやることにした。そこの女たちの一人と気楽なひとときを過ごそうとして、この館《やかた》に来ていた若者を一人、彼はとなりの部屋から呼び、すぐここにくるよう、きびしく命じた。もうかなりまえから、ぼくは床に伏せっていた。ひりひりする根っこのうえに立ち上がる力もなかったから、ぼくは彼らのしたことを見ることができなかった。ぼくにわかったのは、若者が彼の手のとどくところまで近づくやいなや、たちまち肉の断片がベッドのわきに落ち、ぼくの近くまで転がってきたことだけだ。それらの肉の切れっぱしたちは、おそろしく小さな声で、ぼくの主人の爪が、青年の肩から自分たちを引き剝がしたのだと語ってくれた。数時間たつと、青年はそのあいだずっと、より偉大な力と戦っていたのだが、彼はベッドを離れ、威厳を正して退室した。その若者は、足の先から頭のてっぺんまで、文字どおり剝がされていた。部屋の敷石の上に、裏返しになった自分の皮膚を、彼はひきずっていった。彼は自分に言いきかせていた。おれの性格は、善良さに満ち満ちているのだと。自分の同類たちもまた善い奴らだと信じることを、おれは好んでいるのだと。だからおれは、おれをそばに寄れと呼びつけた、高貴な異邦人の願いを叶えてやったのだと。だがしかし、絶対にけっして、死刑執行人に痛めつけられるような破目になろうとは、思ってもいなかったのだと。あんな死刑執行人のやつに、と若者はややあって補足した。彼がやっとのことでくぐり戸にやってくると、この表皮を奪われた肉体を目のあたりにして、哀れみを感じた鉄格子は、地面の高さまで裂けた。まだ役に立つかもしれないその皮膚、いまはマントでしかない自分の皮膚を捨てることなく、彼はこの命取りの場所から姿を消そうとしていた。彼が出口の門までたどりつく力を持っていたかどうか、彼がこの部屋から遠ざかってしまったので、ぼくにはもう見とどけることができなかった。おお！　雄鶏たちも雌鶏たちも飢えていたのに、地面に滲み込んだその血の長い筋から、彼らは尊敬の念をこめてどれほど遠ざかったことか！」。そしてぼくは、あの髪の毛の主人が誰なのかと考えていた！　そしてぼくの目玉はよりいっそうの熱をこめて、鉄格子にへばりついた！

そして、その一本の金色の髪の毛のおしゃべりは、なにしろこのストロフが非常にながいので、まだまだ続き、ルフランも繰り返される。

また、一九世紀のうちに描かれた『マルドロールの歌』への唯一の挿絵（二〇世紀になると多くの画家が競うように『歌』にさし絵を書くようになるが）は、ジョゼ・ロワの描いたものであるが、そのただ一枚の挿絵は、このストロフの若者退出のシーンに捧げられていて、一八九〇年刊行のジュノンソオ版の口絵となった。それは具体的でなまなましく、テクストの文字描写をそのまま絵にしている。そしてジュノンソオ版ではその口絵の下に、「部屋の敷石の上に、裏返しになった自分の皮膚を、彼はひきずっていった」という本文からのキャプションがそえられていた。

そうして神は、尼さんたち（その売春宿は元尼寺であったが、地下に尼さんたちがずっと暮らしていたというのは変な話だが、そういうことをいちいち気にしないのが『歌』の読み方である）が神に惨殺された若者に祈りを捧げているうちに、さっさと天上に帰ってしまう。そしてその部屋に残された一本の金色の髪の毛が、「それは良くないことだ。ほかの髪の毛は彼の頭に残っているというのに」などとぼやきながら、その後の苦しみを「ぼく」に訴えていると、そのとき、

たちまち雷鳴がとどろき、ひとすじの燐光が部屋のなかまでとどいた。どのような警戒本能によってなのか、ぼくにはよくわからなかったが、ぼくは思わず身を引いた。くぐり戸からは離れていたのに、ぼくは別の声を聞いた。聞かれることをおそれている、這うようにやさしい声を。「そんなに跳ねるんじゃない！　しっ・・・しっ・・・だれかに聞かれるじゃないか！　おまえをわしの、ほかの毛のあいだに戻してやろう。だがまず太陽を、地平線に沈めなければ。夜がおまえの足どりを隠してくれるように・・・わしはおまえを忘れてはいなかったぞ。しかし、おまえがここを出ていくところを、もし見られていたら危ないところだった。おお！　あれからわしがどんなに苦しんだか、それがおまえにもわかったなら！（後略）」

ついに髪の毛の主人が引き返してきたのである。彼は天上に帰ってからというもの、天使たちに非難され、サタンにまで嘲笑されていた。そして神は、自分の金色の一本の髪の毛に、サタンのあざけりをこのように、

語るのであった。

「（前略）ついに成功した執拗なスパイ行動によって、犯行現場をおさえられたわしの傲慢なライバル［これは神を指す］は、エーテルの暗礁をくぐり抜けるながい旅路の果てに、人間のあばずれ女が身につけていたものに口づけするまでに、また人類の一構成員を苦しみのすえ死に至らせるまでに、その品性を下げえたことに、わしはまことに呆れ果てたのである。あいつ［これも神のことである］は、こうもぬかしやがった。わしのしゃれた処刑の歯車に粉砕されたあの青年は、おそらく天才的な知性の人になりえたであろうにと。そしてこの地上で勇ましく、不運なめぐり合わせに立ち向かい、すばらしいポエジイの歌のかずかずによって、人間たちを慰めえたであろうにと。（後略）」

とまでサタンが言いつのるので、神もとうとう降参してしまい、髪の毛救出のため、ここまでまた戻ってきたのであると、自分の忘れてきた髪の毛に語る。またルフランを使いながら。だが作者はここで神に殺されていたのである。橋にあったヘブライ語の銘は、あとさきにはなるが、正しかったわけである。

「（前略）ただ一度だけの軽率な背反のために、永遠の苦しみを奴［サタンのことである］に与えてしまったこのわしは、自分こそ正義の存在なりと自慢しておったのだから、わし自身に正義をきびしく課さねばならないし、不安におびえておるわしの良心をも、公平に裁かねばなるまい……。そんなに跳ねるんじゃない！　しっ……しっ……だれかに聞かれるじゃないか！　おまえをわしの、ほかの毛のあいだに戻してやろう。だがまず太陽を、地平線に沈めなければ。夜がおまえの足どりを隠してくれるように」。彼はここで、ちょっと言葉を切った。ぼくには彼がまったく見えなかったが、必要だったこの小休止のおかげで、まるで渦巻く台風がクジラを、家族ぐるみ空高く持ちあげるように、感動の大波が彼の胸を持ちあげているのがわかった。ある日の慎みのない女の乳首とのにがい接触のために汚れてしまった神聖な胸を！　忘我の瞬間、放蕩のカニに、性格の弱い蛸に、道徳欠如の大蛇に、白痴の怪物カタツムリに、引き渡されてしまった完璧な魂！　髪の毛とその主人は、長かった別れのあとの二人の友のように、ぴったりと抱き合った。

このストロフでのルフランも、見物人のそれから神のそれへと変わっていき、この抱擁のあとも造物主はさらに語る。

「（前略）そうでないと、虚弱で、書物の羊皮紙のようにいじけた子供たちが、反抗心にみちびかれ、自分たちの生まれ出た窓口と、みだらな母親のクリトリスとに向かって、大股に進み出ることだろう。立法者がまず、このきびしい掟に従うのを拒めば、どうして人間どもがそれに従う気になるだろうか？・・・おまけにわしの恥は、永遠のように無限なのじゃ！」

そこでやっと、ながかった造物主の弁明が終わり、太陽も沈む。やはり一日は無限ではなかったのである。そしてようやく、破廉恥な主人である神と、心やさしい一本の金色の髪の毛とは、連れそって魔窟から遠ざかっていく。すると、

そのとき、岬骨《こうこつ》の裏側からいきなり姿をあらわした一匹の虱は、爪を逆立て、ぼくにこう言った。「あれをどう思う？」だがぼく、ぼくは虱に答えたくなかった。ぼくは引き返し、橋のうえまでやってきた。そこにもとからあった銘を消し、ぼくはこのように書き変えた。「このような秘密を心に納めたままにしておくの

は辛い。だがぼくは、はじめてこのおそろしい塔に入ったとき、みずからが目撃者となった出来事を、けっして暴露しないことを誓う」。それらの文字を刻んだナイフを、ぼくは欄干ごしに投げ棄てた。そして未熟だったころの造物主の性格に、すばやい省察をいくつかくれてやった。だが造物主のそのような性格は、ああ！　これからもさらに、かなりながいあいだ（永遠はながいから）、人類を苦しめるはずだ。あるときは練りあげられた残忍さによって。またあるときは、巨大な悪を発生させる梅毒の、いやらしい見世物によって。ぼくは酔いどれのように眼をつむり、こんなやつを敵に回してしまったことに思いをめぐらせ、そしてまた悲しみに包まれて錯綜《さくそう》した街路をたどり、ぼくの道をつづけた。

これで『マルドロールの歌』の全六〇ストロフのなかで、おそらくもっとも長いこの三の歌の第五ストロフが終わり、三の歌もここで終わる。三の歌にはプロローグもなく、エピローグもなかった。強いて言うなら、すでに読み終わったこのストロフの最後の、マルドロールの旅がこれからもつづくという、脱力感のある一行ばかりのマニフェストが、エピローグにあたるのかもしれない。

私はすでに、『マルドロールの歌』のかずかずの特色を成立させている、さまざまの要素や表現技法を、作者がことごとくこのストロフに入れ込もうとしていることについて語った。作者はこのストロフで、入れ込むことに成功した要素と技法を、それぞれ極限まで押し広げようとしていたのである。しかしそれだけではない。作者はこのストロフで、『マルドロールの歌』ではじめてのことも、大胆に実行してみせたのである。

作者とマルドロールとを、まずはっきりと別人格であると規定した上で、両者をこのストロフに登場させ、これまでとは異なる役割をそれぞれに振りあてた。マルドロールは傍観者で記録者でもあり、作者はこれまでのマルドロールのように、ストロフ中の登場人物になった。その結果、作者は神に皮膚を裏返しにされ、殺されてしまう。いっぽうマルドロールは、安全に傍観というよりも、覗き見していて、めでたくこの三の歌の最終ストロフの書き手となる。二人はこれまでと逆の立場になってしまったのである。

なぜこのような役割転換が行われたのであろうか？　『マルドロールの歌』ははじめ、著者は主役であるマルドロールを活躍させ、自分はそのうしろに隠れるようにして、もっぱら立ち会い人、書き手、記録者であろうとした。その後、マルドロールと著者とを同じ一人称で示し、積極的混同を試みたときもあったし、一人称はもうマルドロールであって、著者は単に記録者にすぎないというときもあった。それなのにこの三の歌の最後のストロフで、マルドロールははじめて窃視者兼記録人となり、著者はみずから登場者となって神に殺されてしまうのである。

その著者の死はなにを指し示しているのであろうか？　それは、一八六八年版の一の歌しかない小冊子出版のとき、イジドール・デュカスが使っていた三つの星印《トロワ・ザステリック》、つまり著者＊＊＊を、もう殺してもよい時期がきたというイジドールの判断を指し示しているのであろう。それは書き手にどのような名を与えるべきかの判断に先立つ、イジドールの判断であったと考えられる。

作家が自分自身と自作品とのあいだに、一定の距離をおいたうえでの、作家としてのスタンスとまなざしとが、『マルドロールの歌』の書き始められたころには、ほとんど見られなかったのに、この三の歌を了えるときには、完全にイジドール・デュカスのものになってきた、ということである。これは一人の職業作家の誕生を意味する。そしてその後、出版人アルベール・ラクロワのアドヴァイスもあって、ロートレアモン伯爵が誕生したのである。

なぜか？　イジドールの選んだいまをときめく出版人、アルベール・ラクロワは、ヴィクトル・ユゴーの版元であったが、同時にラクロワは、大衆作家ユジェーヌ・シュウの版元でもあり、ロートレアモンはシュウの『ラトレオーモン』（一八三七）のもじりなのであった。

そしてこの三の歌の最終ストロフは、おそらく『蚤のはなし』のような陳腐なポルノグラフィの骨組みから出発して、原典がぼろぼろになるまでさまざまな、かけ離れたものごとを持ち込まなければならなかったのであり、この著者の皮を剝いで殺させるという離れ技も、その一つとしてこのストロフに持ち込まれたのであろう。

もうここまでくると、作者のパロディーへの傾きが、はっきりと見えてくる。しかしそれらは、イジドール・デュカス独特のものに、かならず造り変えられるのである。世間に古くからよくある話、あるジャンルの陳腐な典型、なんども巷で繰り返される深刻そうで馬鹿馬鹿しい、誇張された実話のようなものなどを、しかしそれらは大衆性を濃くおびた卑俗性にあふれたものでないといけないのであるが、イジドールはすばやく借用し、大胆に、でたらめと言ってもよいほど乱暴にとり扱い、とんでもないものに造り変えてやろうと、作者が本気で取り組んでいることが、ようやく判明してくるのである。

さらに加えて、当時の博物誌や通俗科学や流行新発明品など、文学とはまったく無縁のジャンルからの突然の剽窃《プラジア》や借用などを含めると、この広義の、わりに俗っぽいが独特の、イジドールのパロディー精神が、『マルドロールの歌』全体に撒き散らされていることも、わかってくるのである。これもまた、当時の文学の主流への、著者独特の文学テロであったことも、わかってくる。

そしてこの三の歌では、これはアムール・アファメがらみなのであるが、作者はかなり本気で、神とではなく、首位天使である熾天使《セラファン》たちと交わろう、手を組もうとしていることがわかってきた。そしてマルドロールの熾天使への異常接近には、マルドロール自身がもともとは天上界の一員であったことを、弱々しくではあるが指し示しているし、同時に、この世ならぬ美少年であったジョルジュ・ダゼットが熾天使を代表する存在であり、彼の分身たちも熾天使であると示されていたことも、忘れてはならない。

またわれわれは三の歌で、三ストロフたてつづけに神が出てくるのに遭遇した。やはりここで、神の正体を探らねばならないであろう。作者はこの『マルドロールの歌』で、神をおもに神《デュー》、そして造物主《クレアトゥール》と呼んできた。そしてこの三の歌の最終ストロフで、神はみずからを「偉大な全能者《ル・グラン・トゥー》」と呼んだ。それらはいずれもカソリックの唯一神をいう言葉である。ところがじっさいに、この三の歌で描かれている神の姿や行状を見ると、それらはあまりにも人間に近く、キリスト教よりも古い宗教に見られる、多神教の神の姿や行状に近い。

　そこにある矛盾を、どう解釈すればよいのであろうか？　とくにこの三の歌では、神は乱れに乱れ、じつに親しみの持てる姿が、じっさいに親しみを持って語られ、揶揄されている。おまけにマルドロールもかつてはその一族であったようにも語られ、性善説も性悪説に入り乱れる。それらを作者自身の矛盾や混乱のせいに、単純にしてしまってよいのであろうか？

　これらの問題は、東洋の孤島の無神論者、あるいは汎神論者である私には、重すぎる。いましばらくの時をいただくことにして、先送りさせてもらいたい。最終ストロフにはヘブライ語の銘をマルドロールが消して、別のことを別の言語、つまりフランス語で刻む話があったが、そのことも含めて・・・。

　ではこの章の最後に、三の歌の第五ストロフの、神が自分の髪の毛を忘れてくるほどの放蕩についてではなく、となりの部屋から神に呼び出され、全身の皮膚を剝がされて死ぬ、このテクストの著者である若者の件に触れさせていただく。

　神は娼婦の肉体で忘我の時をむかえたのだが、彼の欲望はそれだけでは満足できず、かの若者を招き入れ、皮膚を裏返しにし、いくつかの筋肉を剝がしとった。だが青年はされるがままに、神のしたいようにやらせ、裏返しになった自分の皮膚をひきずって堂々と退出し、地下の納骨堂でまだ生きていた尼さんたちの祈りに送られて、おそらく天国に向かったのである。

　青年は明らかに『マルドロールの歌』の著者である。彼は今日まで憎悪、それもどちらかと言えば、皮膚感覚的な憎悪をバネにして『マルドロールの歌』を書いてきた。しかし彼はここで、皮膚を剝がされて死んでしまうので、四の歌からは、さらに深いところからの感覚、つまり生理感覚とも内臓感覚とも呼べるものであるが、そこに頼らなければならなくなるだろう。彼はみずからの肉体のより底に近いところからの感覚を呼びさますため、ロートレアモン伯爵としてよみがえってくるであろう。これは神による著者への一つの儀式であった、と考えることも出来る。

では四の歌に進もうではないか。マルドロールは、神は、ダゼットの残像たちは、どうなっていくのであろうか？　そして、ロートレアモン伯爵は？

第五章
マルドロールの四の歌

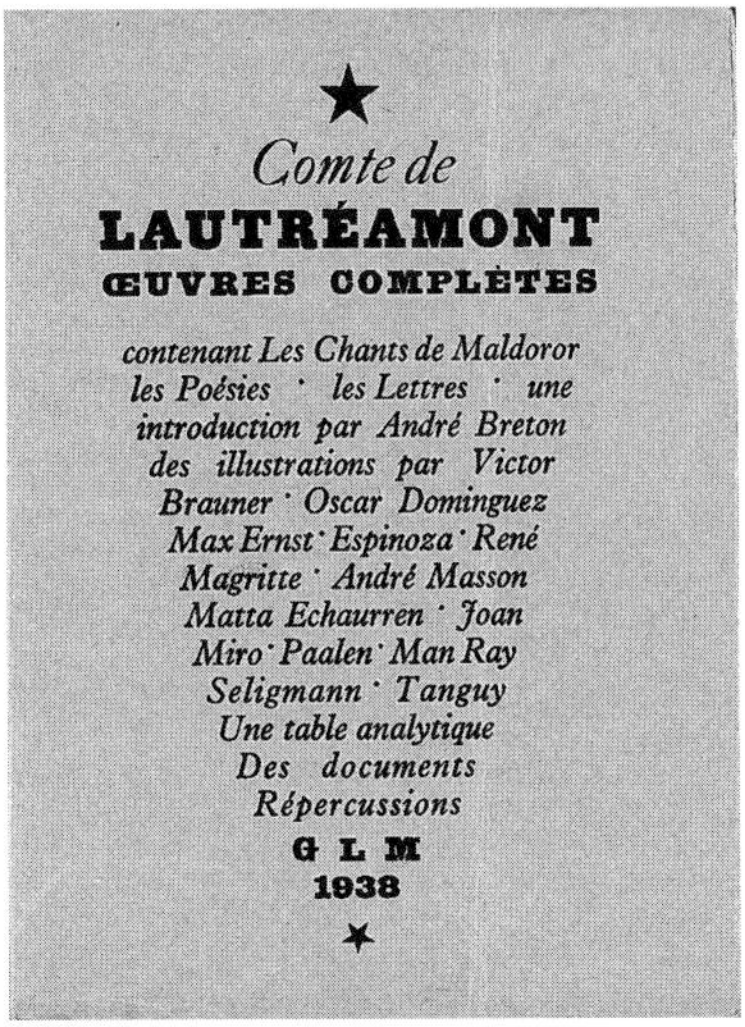
★
Comte de
LAUTRÉAMONT
ŒUVRES COMPLÈTES
contenant Les Chants de Maldoror les Poésies · les Lettres · une introduction par André Breton des illustrations par Victor Brauner · Oscar Dominguez Max Ernst · Espinoza · René Magritte · André Masson Matta Echaurren · Joan Miro · Paalen · Man Ray Seligmann · Tanguy Une table analytique Des documents Répercussions
G L M
1938
★

『マルドロールの歌』の四の歌には、八つのストロフがある。しかし、そのはじめの二ストロフはプロローグ、前口上であり、四の歌のための説明である。その前口上につづいて、はっきり筋書きのある本篇が六ストロフある。そして、ストロフとして独立しているエピローグはなく、最終ストロフに含まれる形のエピローグも、四の歌にはまったくない。ながいプロローグが二ストロフもつづいているのに・・・。

四の歌の第一ストロフ、一の歌から通算すると第三六ストロフは、人類との永遠の再戦闘宣言である。このストロフはプロローグとしてはながいので、まず重要なところを引用してみよう。再宣言でもあるので・・・。

四の歌をはじめようとしているのは、一人の男か、一個の石か、それとも一本の樹だ。一匹の蛙の上に足が滑ると、人は嫌な感じがする。だがほんの少しでも、人間の死体に手を触れると、人の指の皮膚は、カナヅチの一撃でこなごなになる雲母の塊のウロコのように裂ける。そして一時間まえに死んだ鱶の心臓が甲板の上で、その旺盛な活力のせいでなおもひくひくと動いているのと同じように、われわれの指のその裂け目も、接触のあともながいあいだ、底の底までうごめきつづける。このように人間は、その同類に多くの恐怖をひきおこす。

これはこのストロフの冒頭の部分なのだが、ここで著者はまず、みずからの人類からの離脱をほのめかす。そしてその直後、自分の人間嫌悪の底辺にあるのは、感覚的いや生理感覚的なものであって、けっして理屈、論理、ましてや哲学的なものではなかったことを告白する。こんなことははじめてである。ここで理屈は感覚と交代してしまう。これでこれまでの、いくつかの疑問が解消されたようにも思えるが、それはあくまでも人間嫌悪の動機についての話であり、マルドロールと人類との戦いの直接の原因ではない。

そこで著者は、こうも語るのである。

夜、八〇年の御無沙汰ののち、一つの彗星が天空の一角に、突如として出現すると、それは地上の住民たちやコオロギたちに、キラキラとけぶる尻尾を見せる。その彗星は、これほどながい旅になるとは思っていなかったに違いない。ぼくもその彗星と同じだ、というつもりはないが、渇いて荒れ果てたギザギザの水平線が、ベッドの枕もとに肘をついているぼくの、魂の底にそびえ立ってくるとき、ぼくは憐れみを夢見てうっとりし、そして人間たちに赤面する。

ここで著者は、自分はもとから人類を憎んでいたのではなく、かつて自分もその一員であった人類を恥じていただけなのだと告白し、そして、

炭化水素ガスの爆発が、数家族を完全に消滅させたことがあったが、彼らは断末魔の苦しみをほとんど知ることがなかった。廃墟と有害ガスのただなかでは、死が瞬時に訪れるからだ。だがぼく・・・、ぼくは玄武岩のように、永遠に存在する！　人生のはじまりのような環境にあっては、天使たちはみずからに似ている。ぼくがもはや、みずからに似ても似つかぬ者になり果てたのも、それほど遠い昔のことではない！

このあたりは著者が、すでに一の歌のころから言っていることであるが、ここではそれを死への願望を語った直後に、いちだんと明確に、もとは自分も天使だったようだとか、天使さながらの存在だったのに、と語るのである。前段では人類の一員だったと言っておきながら・・・。この矛盾はなにを示しているのであろうか？　人類への闘争の軟化をほのめかせているのであろうか・・・。そしてとうとう、このストロフの結びにさしかかってくると、著者はこんなことまで言い出す。

相対的な尊厳という原動力にあとおしされて、われわれは敵方を失敗させまいと躍起になっている。それぞれがそれぞれの側に留まってはいるものの、すでに宣言された平和の維持が不可能であることも、忘れてはいないのだ。それならそれで、よしっ！　人間に対するぼくの戦いよ、どこまでもつづけ。おたがいが相手に、みずからの損害を認めていることだし・・・、いずれにせよおたがいに、不倶戴天の仇敵なのだから。ぼくが無残な勝利をかちとるか、あるいは敗北しなければならないのか、ともかく戦いは見事なものとなるだろう。ぼくはただ一人で、人類を向こうにまわす。ぼくは木や鉄で造られた武器を使わない。地底から掘り出した、幾重にもかさなった鉱物を、ぼくは足で蹴っ飛ばす。その石のハープの気高く強い音は、ぼくの指にかかると霊験あらたかな恐るべき護符となるのだ。たびかさなる待ち伏せによって、人間、この神聖な猿は、斑岩の槍ですでにぼくの胸を刺した。どれほど栄光の傷であろうと、兵士はそれを見せびらかしはしない。この戦いは、双方の陣営に苦しみを投げかけるだろう。どこまでも相手の破滅をめざして励む二人の友、なんという悲劇！

この部分は作者がこれまでに幾度となく宣言してきたこと、それらの多くはここでのように主としてプロローグで語られていたのだが、つまり人類とのマルドロールの戦いについてなのである。ところがこの四の歌の第一ストロフでは、これまでの同じ目的の宣言とは、内容も調子《トーン》もいちじるしく変わってきていることに、われわれは気づく。

とくに、「われわれは敵方を失敗させまいと躍起になっている」の一文のあと最後の、「どこまでも相手の破滅をめざして励む二人の友、なんという悲劇！」に至るところに、われわれは注目せねばならない。相手はいやらしい人類であるのに、また恥ずべき存在なのに、これほどまでに相手を気づかい、気にしているマルドロール、あるいは作者に、読者ははじめて遭遇するのである。そして最後の一文に至っては、共倒れ双方敗北宣言と読むことも可能なのである。

また、「不倶戴天の仇敵《エネミ・モルテル》」を最後に「二人の友《ドウー・ザミ》」と呼んでしまうあたりには、人類の裏側には、その代表であり、時には天使でもあった金髪の美少年、いまは立ち去った無二の友ジョルジュ・ダゼットの面影が、しだいに透《す》けて見えてくる。

こんなことが、『マルドロールの歌』のなかで許されてよいのであろうか? ところが現実に四の歌の最初のストロフで、その信じられないようなことが、起こってしまったのである。

われわれはすでに、イジドール・デュカスが早手回し好きの人であることを知っている。しかしそれにしても、四の歌の第一ストロフであるこのプロローグで、不敗の超人マルドロール伝説に、はやくも終末予告が告げられるとは・・・。

そういえば、このプロローグは、はじめから何やら怪しかった、と思えなくもない。またいまにして思えば、三の歌のころから少々おかしなストロフもあったし、それを言うなら二の歌にも、わずかだが兆しはあったようである。そしてこの四の歌のプロローグにあるような諸現象のあらわれ《アパランス・デ・フエノメーヌ》は、すでにずっと以前から本篇のなかに、少しずつ、理論としてではなく、「現象のあらわれ」として出現していたのである。

イジドールは実生活では、いかにも早手回し癖の人であったが、この『マルドロールの歌』を書くという作業では、実践が先行して理屈はあとからという順序も、けっこうあったということである。

ついにここで、名実ともに『マルドロールの歌』の反転地点がやってきたということであろう。一の歌から数えると、はや三六番目のストロフであるこのプロローグは、そこに立ちつくした著者のたじろぎと不吉な予感とが、強気な言葉のはしばしから読みとれる、これは宣言《マニフエスト》というよりも、告白《コンフエシヨン》だったのかもしれない。

そしてこのストロフでは、神に関してはひと言もない。

つぎの四の歌の第二ストロフ、一の歌から通算では第三七ストロフに移ると、これが二つ目のプロローグで、こんどは表現技法についての自己解説である。つまり直前のストロフに書かれていた、人類攻撃の新兵器、「足で蹴っ飛ばす」「幾重にもかさなった鉱物」とは、具体的にいったいなんであるのかを、説明というか、弁明してくれるというわけである。

それはマルドロールの歌の特色の一つである、スケールの大きな渇いた笑い、つまりイジドールが得意とする、かなりずれたイロニイのことだったのである。このストロフは、そのイロニイについて、作者は弁明しつつ、みずから賞讃する。直前のストロフの二倍以上の頁数を使って。まず最初から読んでみよう。

バオバブの樹であると見なすのは困難であり、そんなことがほとんど不可能な二本の柱が、谷間に見えていた。それらの柱は、二本の針よりも大きかった。じっさいそれらは、二つの巨大な塔だった。そして二本のバオバブの樹は、はじめちらりと見たときには、二本の針にも二つの塔にも似ていなかったのだが、しかし慎重さという糸を上手に操れば、あやまちを犯すおそれなしに、つぎのように確信することができる（とはいうもののその確信が、わずかな危惧でもともなっていれば、それはもう確信ではないからだ。この確信と危惧という、軽率に混同されることがないほど対照的な特質を示す、魂の二種類の現象を、たとえ単一の言葉が表現していたとしても）。一本のバオバブの樹は、一本の柱とたいして違わないのだと。そしてまた、それらの建築的な・・・もしくは幾何学的な・・・またはその双方の・・・あるいはそのどちらでもない・・・いやむしろ、背が高くてどっしりした形体の、それら二つの形状についての、このような比較は、禁じられるべきであると。柱とバオバブという、二つの普通名詞にふさわしい形容語を、ぼくはいま見つけたばかりだし、それに反論する気はない。夜ならばローソクの燃えているあいだ、昼ならば太陽の輝いているうちに、この歌の頁にしっかりと眼を見開いて、目を通してやろうという、ずいぶん立派な覚悟をしてくださった方々に、ぼくがこのようなことを指摘しているのは、自慢まじりの喜びなしにではないということを、よく理解していただきたい。そしてさらに、誰もが罰せられることなしに、しっかりと味わうことができるこの明確な比較を、また混沌のなかに投げ込んでしまえと、至高の権力がこのうえもなくきっぱりした調子で、われわれに命令したとしても、そのときでさえ、いやそのときだからなおのこと、つぎの基本公理を見失わないでもらいたい。歳月や書物や、同類との接触などによって形成されてきた習慣と、急激にやってくる思春期に花ひらく、人間の遺伝性の性格とは、いくらかの人たちは軽蔑しても、多くの人びとが賞めそやす、修辞学のある言葉のあやの犯罪的（犯罪的であるというのは、瞬間的かつ自然発生的に、至高の権力の立場に身を置くことであるが）使用を行うことで、人間の精神に再犯という、消すことのできない烙印を押してしまうだろう。もし読者がこのところ、文章がながすぎると思われているのなら、ぼくの陳謝を受けてもらいたいが、ぼくが卑屈になることは期待しないでいただきたい。自分のかずかずのあやまちを、ぼくは認めることができる。だがそれを、ぼくの卑劣さによって増幅させるのはまっぴらごめんだ。ぼくの諸理論はしばしば、カネやタイコの狂った馬鹿騒ぎだとか、結局はグロテスクでしかないものの真面目そうな見せかけなどと、まっこうから激突するだろう（数人の哲学者の説によれば、人生そのものが喜劇的な悲劇、もしくは悲劇的な喜劇なのだから、鬱病患者と道化役者とを区別するのが、たとえかなり困難であるとしても）。だがしかし、あまりにもきびしい仕事の折々をなぐさめるためには、人がハエを殺すこと、いやサイまでも殺すことが許されているのだ。

このようにはじまってしまった四の歌の第二ストロフは、この引用のあとも同じ調子で、ハエの殺し方について、またロバがイチジクを食うのか、それともイチジクがロバを食うのか、それは正直なところどちらなのであろうかなどと、えんえんとこの調子をつづけながら、独自の笑いについてのまったく独断的な講釈を、際限なくと言っていいほど垂れまくる。あまりのことに読者は呆然とするが、けっこう引きずられて読んでしまう。著者は知っているだけの言葉を使い切るために書いているかのようである。まるで言葉を空しく使い果たすことをブースターにして煙幕を厚く張りめぐらせ、そのなかで著者は大気圏外にまで行き着こうとしているかのように。いや言語そのものを、まったく無駄でしかない、無意味な、煩瑣で野卑な極限まで言葉を追い込んでしまうことで、言語表現それ自体をまったく意味のない無重力状態に、閉じこめてしまおうとでもしているかのように。

それともこの作業は、著者自身の言うように、「きびしい仕事の折々をなぐさめるため」に無駄にふざけているだけなのであろうか。

私にはとても、そのようには思えない。「きびしい仕事の折々をなぐさめるために」というのは、著者がもともと持ち合わせているシャイな性格が、あまり懸命にやっていると思わせないための煙幕を張っているとしか、私には思えないからである。

このストロフはそのように、曲がりくねり、堂々めぐりしながら、しだいに真空化していくのであるが、ほんとうにからっぽになるかの瀬戸際まできたとき、突然まっしぐらに、調子《トーン》が変わり、エンディングに向けて疾走を開始する。

今日までポエジイは、間違った道をたどってきた。空まで舞いあがったり、地に這いつくばったりして、ポエジイは人間存在の原理を見誤ってきた。そして実直な人たちからいつも嘲笑されてきたのも、わけがあってのことだった。ポエジイは謙虚ではなかったのだ・・・謙虚こそ、不完全な存在の中に存在すべき、もっとも美しい美点だったのに！　ぼく、ぼくは自分のかずかずの美徳を見せたいが、ぼくのかずかずの悪徳を隠すほどの偽善者でもない！　笑い、悪、傲慢、狂気、それらはかわるがわる感受性と正義への愛とのあいだに姿を見せ、人間の昏迷状態の実例として役に立つ。そこに人それぞれが、かくあるべき姿ではなく、あるがままの姿を認めるだろう。そしておそらく、ぼくの想像力に育まれた、この単純な理想像はしかし、これまでポエジイが見出したもっとも壮麗で神聖なものを、あるいは凌ぐかもしれないのだ。それというのもぼくがこの本の頁に、ぼくの悪徳のかずかずを洩らしておけば、ぼくの輝かせようとしている美徳しか、人は信じないだろうし、ぼくが美徳の後光をずっと高くかかげていれば、未来の天才たちはぼくに向かって、真剣に感謝の意をあらわすだろう。こうして偽善はぼくという住まいから、遠慮なく叩き出されるだろう。このように紋切り形の考えを軽蔑するための、強力で堂々たる証拠が、ぼくの歌にはあるんだ。彼は彼だけのために歌い、同類たちのためには歌わない。彼はみずからの霊感を、人間の秤《はかり》でははからない。嵐のように自由な彼は、ある日彼のおそるべき意志の、手に負えない岸辺に乗りあげてしまったのだ！　相手が自分でないかぎり、彼は何者をもおそれない！　その超自然の闘争のなかで、彼は人間と神とを有利に攻撃するだろう。まるでカジキマグロがクジラの腹に、剣を突き刺すように。笑いという仮借なきカンガルーと、カリカチュアという不敵な虱とを、理解なんかするものかと強情を張る者たちよ、その動物たちの子供たちとぼくの、ガリガリの腕によって呪われよ！・・・二つの巨大な塔が谷間に見えていた。ぼくははじめにそう言った。そしてそれに二を掛けると、結果は四だった・・・。しかしぼくは、その掛け算が必要かどうか、よくわからないのだ。ぼくは顔をほてらせて旅を続け、たえまなく叫んでいた。「いや・・・そうじゃない・・・ぼくはその掛け算が必要かどうか、よくわからん！」鎖のひびき、そして苦しそうな呻きを、ぼくは聞いた。この場所を通るとき、結果を四にするために、あの塔に二を掛けてみようなんてことを、だれが考えるものか！　まるで人間の母であるかのように、ぼくが人類を愛し、ぼくのいい香りのする腹に、九か月も人間を宿していたのではないかと、だれかが疑っている。だからぼくは、被乗数の二という単位がそびえたっているあの谷間を、もう二度と通りはしない！

ところで、四の歌の第二ストロフは終わりを告げるが、この引用部分は終盤の、「・・・二つの巨大な塔が谷間に見えていた」のところから、突然調子がこのストロフの前半に舞い戻ってしまう。

それまでは堂々たるポエジイ論であり、天上に舞ってみたり、地獄の深淵をうろついてみたりするのはもう止めて、これからは実直な人たちの暮らしている俗世間の、ありふれた巷間《ちまた》を謙虚に歌おう。単純であることはすばらしい。偽善を排し、なによりも素直になろう。だが想像力と霊感とを駆使して、笑いとカリカチュアを武器に、人間と神を有利に攻撃するのだと宣言し、カジキマグロ式クジラ攻略法に言及するのである。新しいペンネーム、ロートレアモン伯爵が身についたようである。じつはこの新攻撃法は、すでに三の歌の後半でもう実践ずみだったのに・・・。

そしてマルドロール自身の活躍は、そろそろ終わりにして、マルドロールが傍観者、記録者になっていくだろうことも予告しながら、これからはマルドロールの代理人が、笑いとカリカチュアを武器として、戦いに参加してくるだろうとも、予告しているのである。そして『マルドロールの歌』の著者には、三の歌以降、実践先行、理論後追い癖のあることも、明らかになってきた。

さらに、「二つの巨大な塔・・・」のあとの数行はつなぎであって、「鎖のひびき」以後は、じつはつぎの第三ストロフの変わった予告なのである。あしたはどっちだ風《ふう》のものであり、当時のロマン・フゥイユトン（新聞連載小説）で流行していた手法を借用しているのである。可能な限りわかりにくく加工する、という手法を加えながら。そこで直前の「よくわからん！」のせりふが活きてくる。じっさいこの予告のわかりにくさ加減は、つぎの第三ストロフを読むと、よくわかってくるのである。この手法はずっとあとになって、六の歌で多用されることになる。

さらにずっとあとになってみれば、この四の歌の第二ストロフは、イジドール・デュカスが『歌』のあとに、最後に本名で書いた『ポエジイ』のさきがけであるというか、その実質的な第一歩であったことも、やがてわかってくるであろう。

西脇順三郎氏（一八九四―一九八二）は、詩人、言語学者、さらに水彩画家であり、晩年にはノーベル文学賞の候補者にもなった人であり、若いころはロンドンでT・S・エリオットのライバルであり、のちにニカラグアのルーベン・ダリオの親友となった人でもあるが、その生涯を通してなによりも諧謔の人であった。その西脇先生は私の学生時代に古代英語の先生でもあった。それは私の生まれるまえの話であるが、ロートレアモンをはじめて日本に日本語で紹介した人でもある（『三田文学』一九二七年一月号で西脇順三郎氏は《詩の消滅》に『マルドロールの歌』の一の歌、第一ストロフの一部を日本語訳にして掲載した）。

私が卒業論文にロートレアモンを選んだことを同僚の河盛好蔵先生から聞かれて（私は二年生までイギリス文学科だったが、三年生からフランス文学科に転じていた）、西脇氏は私を御自宅に招いてくれた。その御自宅の小さな洋間のテーブルには、マーカーをはさんだ『マルドロールの歌』（ラ・シレーヌ版、一九二〇年）が置かれていた。氏がマーカーのところを開かれると、それがこの四の歌の第二ストロフであった。そしてそこを読みながら氏は私に、ロートレアモンのポエジイについて一時間あまり語ってくださった。ロートレアモンのポエジイの根幹にはイロニイがあり、そのイロニイ・ポエジイ論がなかったとしたら、果たしてロートレアモンは何者であったろうかと。またロートレアモンがこのイロニイ・ポエジイ論をこのように独自に展開したのは、彼が二〇歳を過ぎたばかりのころであり、それ故にロートレアモンを無視することはできないと。しかもそれは一九世紀のなかば過ぎのことであったと。残念ながら当時の私には、西脇氏の話がすんなりと入ってはこなかった。このストロフの指し示すものと重要性が、私にようやく理解されたのは、それから二〇年後のことであった。私は卒業論文にロートレアモン論をあてることを中止し、簡単な書誌にロートレアモンの全著作の日本語訳（これは間違いの多いものであったが）を添えることにした。

それではこの四の歌の問題の第二ストロフの終わりのほうで、わざわざわかりにくく予告された、つぎのストロフに移ろう。

四の歌の第三ストロフ、一の歌からの通算だと第三八ストロフは、「絞首台がひとつ、地上に立っていた」という一文から始まるが、この「絞首台」が、どうやら直前のストロフで予告されていた「二本の柱」の実体であるらしい。

おおげさな自己解説のかなりながいプロローグのあとなので、どれほどこれまでと異なった新展開かなと、読むほうでも思わず身構えてしまっていると、じっさいに始まるのは、たしかに表現方法は少々変わってきているが、それは形の上でのことであって、底にある筋書き《アクション》は、イロニイを多めに含んではいるものの、実直な庶民のあいだによく見受けられる、いわゆる巷間のゴシップなのである。いまの日本で言うなら、スポーツ紙の三面記事、ヴュルガリテあふれる、陳腐な物語なのである。

これが果たしてマルドロールの人類攻撃の新方式、カジキマグロ式なのであろうか？ それともマルドロールの人類攻撃の、衰弱しながらの卑俗化なのであろうか？

このストロフでは「アキャントフォリウス・セラティコルニス」(acanthophorus→acantophorus《正》 serraticornis) というカミキリムシの一種の学名を、そのラテン語の綴りを間違えながら（これはブリュッセルのヴェルベックホーフェン印刷所の植字工のミスである可能性も低くはないが）唐突に使ってみたり、「過度に珍妙ではあるが、人がそれを期待する権利を持つほど喜劇的でもない、この見世物」などという形容句を多用しつつ、どんどん脱線していき、だがしかし、議論の余地のない諸権利を捨て去る考えは、ぼくには毛頭ない！ たしかにぼくが目指しているのは、人がわかりあうためにもっとも簡単な方法である、確信という基準に輝く断言なるものと争うことではない。ぼくはそれを数語で表現するが、千語以上の値打ちのあること、つまり議論をしない、ということとなのだ。ところがそれを実行するのは、普通の人たちが一般的に考えたがる以上に難しいことなのだ。議論をする、というのは文法にかなった言葉であり・・・

などと、堂々めぐりのおふざけを、それはもう直前のストロフで存分にやってしまったはずなのに、作者自身がまた楽しんでしまったあげくの果てに、作者自身の言う「劇的主題《シュジェ・ドラマティーク》」に話を戻すため、作者自身が苦労する始末である。しかし、このような脱線行為の描写にまでも、イロニイをたっぷり含ませるようになってきたことには、注目すべきかもしれない。

ところで問題の「劇的主題」とは、どんなものなのか？

母親がある晩、彼を部屋に呼び入れ、着ているものを脱げと命令したが、それはその夜を、彼と一つのベッドで過ごすためだった。そして彼の返事を待つまもなく、母親は着衣をことごとく脱ぎすてた。息子である彼の前で、このうえなく淫猥な仕草をまじえながら。そこで彼は逃げ出した。そして彼のその拒絶がいつまでも続くと、彼は妻の怒りを招いた。彼の妻は、老女の情欲に男の肉体を提供する仕事に、夫をひきずりこむことに成功すれば、それなりの報酬がもらえるという希望を、彼女なりに抱いていたからであった。そこで彼の母親と妻は奸計をめぐらし、結論をだした。

その結論が絞首台に彼自身の髪の毛で彼を吊し、その身体にコールタールをていねいに塗り、そして鞭打つことであった。毎日そのような鞭打ちを、母親と嫁とが楽しみながら、彼をゆっくりと、死に至らしめようというのであった。

これはそのころの新聞（今日でもさほどの変化は見られないが）をよくにぎわせている、新聞小説ではなく、単なる新聞ダネ、あるいはその種のゴシップの合成ではないか。それをいくら趣向をこらし、表現してみたところで、ただちにそれが人類との戦い、あるいは超自然闘争になるとでもいうのであろうか。それとも著者は、このような「劇的主題」の貧弱さを自覚していて、あの色とりどりの脱線行為で、それを補っていたのであろうか。

このストロフの最後のところで、著者はまた、そうとう無理なこじつけを余儀なくさせられる。

ある春の日に、嫁と母親とが手をたずさえて建てた、その絞首台の下を、魅せられた想像力にそそのかされ、幻のゴチソウに通じる道をたどったときのように、あの狼がもう二度と、そこを通ることはない。狼ははるかな地平線に、風にたなびく黒髪を発見すると、自分の無気力をかきたてようともせず、無類の速さで一目散に逃走する！　この心理学的現象のうらに、哺乳類の自然な本能を超える知性を、見なければならないのであろうか？　どんな証明も、どのような予測もなしにではあるが、そのけだものが、罪であるところのものごとを理解していたように、ぼくには思えてならない！　人間という奴らが、みずからここには書けないほどに、理性の王国を放棄したとき、またはその冠をむしりとられた理性の女王のかわりに、こだわるものといえば残忍な復讐しかないというとき、罪であるところのものごとが、どうしてわからないのであろうか！

これでこのストロフは終わってしまうが、これではマルドロールはまるで、造物主の一派、天使の一人のようである。変化を志していることが悪いというつもりはないが、かなり混乱の度が増してきているようである。しかし、新たな試みに挑戦しているのも事実であり、愛読者としては心配がつのる。マルドロールはどこへ行くのか？　『マルドロールの歌』はどうなるのか？

いや、このストロフにマルドロールは出てこなかった。いや失礼、あの狼がどうやらそのようである。けれども狼は、「自分の無気力をかきたてようともせず、無類の速さで一目散に逃走する」だけであった。どうもマルドロールの新しい人間と神への超自然闘争方式、「笑いという仮借なきカンガルーと、カリカチュアという不敵な虱」による新作戦は、はやくもジレンマに遭遇したかのようである。さて、どうなっていくのであろうか・・・。

つぎの四の歌の第四ストロフ、一の歌からの通算だと第三九ストロフになると、こんどはマルドロールが、はじめから終わりまでずっといる。いるだけでなく、彼は動きもしない。いや、動けなくてじっと座ったままである。だからこのストロフは、マルドロールの独白《ひとりごと》から成り立っている。神への復讐をけっして諦めてはいないと、彼は言葉では語るが、じっさいには何もしない。できないのである。ただ座って、時をうかがっているだけなのである。ストロフ全体に、脱力感と敗北の予感がただよっている。

どのような具合なのか、はじめから読んでみよう。

ぼくは汚い《ジュ・スイ・サアル》。虱たちがぼくをかじる。豚たちは、ぼくを見て、吐く。皮膚病のかさぶたと壊疽が、ぼくの皮膚をウロコのように飾っている。川の水も、雲の露も、ぼくは知らない。ぼくのくびすじには、堆肥に発生する巨大なキノコが、散形花を咲かせる肉茎を伸ばしている。形のさだかでない家具に座り、四世紀ものあいだ、ぼくは手足を動かさなかった。ぼくの足は地中に、根を張ってしまったし、腹部から下には、いやしい寄生虫がいっぱい寄生している、一種の多年性植物状になり、それ自体はまだ植物にまで遡《さかのぼ》ってはいないが、すでに肉体でもなくなっていた。それにもかかわらず、ぼくの心臓は打つ。だがもし、ぼくの死体（ぼくはそれをあえて肉体とは呼ばない）の腐敗と臭気が、過不足なく養っていたのでなければ、心臓はなぜ動いているのか？ ぼくの左の脇の下には、ヒキガエルの一家が居を構えていて、そのうちの一匹が動いただけでも、ぼくはくすぐったい。一匹でもそこから逃げ出せば、君の耳のなかをかっぽじりに行くかもしれないから、気をつけろ。ヒキガエルはさらに、君の脳髄にまで、入り込むことがあるのだ。ぼくの右の脇の下には、飢え死にしないために、永遠の狩りをヒキガエルたちに仕掛けている、一匹のカメレオンが住んでいる。だれもが生きていかねばならないのだ。だがどちらかが、相手の策略のうらをきれいにかくと、彼らは我慢するよりはましだと考え、ぼくの脇腹をくるんでいる上質の脂肪をする。ぼくはもう、それに馴れてしまった。たちの悪いマムシが、ぼくのペニスを食いつくし、そこに居座っている。そいつがぼくを宦官にしたんだ。畜生！　おお！　あのときぼくが、痺れた腕で防げていたなら。だがぼくの両腕は、二本の薪になり果てたようだ。それがどうであろうと、血がそこに赤味をもたらすことはもうない、ということを確認するのがまず肝心だ。すでに成長を停止した二匹のハリネズミが、いらないと言わなかった一匹の犬に、ぼくの陰嚢の中味を投げ与えたのだ。そしてハリネズミたちは、表皮をていねいに洗い、そのなかに寄宿した。肛門は一匹のカニに奪われた。ぼくの無気力に励まされたカニが、出口を鋏でガードしているので、ぼくは非常に痛い！　クラゲが二匹、裏切られることのなかった希望にあっさりと誘われ、海を渡ってやってきた。人間の尻を構成している、肉付きのよい二つの部分を、彼女たちはじろじろとみつめていた。それから、その凸状のふくらみにへばりつきながら一定の圧力を加え、それらのふくらみを圧し潰したから、ふたきれの肉は消滅した。そこでネバネバの王国からやってきた、色も形も残忍さも、もとの肉とそっくり同じ二匹の怪物がそこに残ったのだ。ぼくの背骨のことは言わないでくれ。そいつは一本の剣《つるぎ》だからだ。そう、そうだ……ぼくが気がつかなかったんだ……君の質問はずばりだ。その剣がどのようにして、ぼくの腰のところまで、垂直にさしこまれたのか、君が知りたいのはそのことだろう？　それを当人のぼくが、自分でもはっきりと思い出せずにいるのだ。けれども多分、夢でしかなかったものを、ぼくが思い出として採用するなら、それはこういうことなのだ。造物主をやっつけるまでは、病気と不動を友として生きてやる、という誓いをぼくが立てたとき、その男がつまさき立ちでそうっと、しかしぼくにその物音が聞こえないほどそうっとではなく、うしろからぼくに近づいた。ながくはなかった一瞬、ぼくにはそれしかわからなかった。そのするどい剣は、祭りで闘う雄牛の両肩のあいだに、柄《つか》のところまで突きささり、牛の骨格は地震の振動のように揺れた。その刃が身体にあまりにも強く、ぴったりくっついてしまったので、今日まで誰も、その剣を抜き取れないのだ。

と、「汚い《サアル》」ぼく、つまりマルドロールは、通りすがりの旅人のような、おそらく著者か、著者の父フランソワのような男に、語りかける。その言葉のつらなりは、すでにそれが『マルドロールの歌』そのものになってしまったかのような、独特のスタイルをきっちりと備えているのである。

そしてこのながかった引用の終わるあたりから、神への復讐の高貴なたくらみが、主人公によってめぐらされ始めると、すでに特異な文体とヴォキャブラリーばかりが目についていた、この諸現象のあらわれにのみこだわっていたこのストロフはさらにトーン・ダウンし、たくらみはたくらみのまま終わり、じっさいの戦いに発展することは、まったくない。

そして通りすがりの人への、つぎのような語りかけでこのストロフは終わる。

ようく考えてみてくれ！　君の見たことを、君は息子に話して聞かせるだろう。そして息子の手をとり、星たちの美しさ、宇宙の神秘、そしてコマドリの巣や神のやしろに憧れるよう、彼を仕向けてやってくれ。父親のすすめにすごく従順な彼を見て、君はびっくりするだろう。だが誰にも見られていないことをわかっているときの彼をよく見てみろ。美徳に唾する彼を、君は見ることになるだろう。人類の子孫である彼は、君を欺していたのだ。だが彼はもう君を欺しはしない。それからの彼の行く末を、君はやがて知るだろう。おお不運な父親よ、君の老後の日々の道連れとして、不滅の断頭台を準備しろ。それは早熟な犯罪者の首とともに、墓場への道を示す苦しみを、同時に斬り落としてくれることだろう。

このストロフを読み終えると、喪失感、脱力感ばかりが残る。ほんとうに心配である。スタイル（文体）が整い、文学にあるまじきヴォキャブラリーもパワーを増し、表現方法がなめらかになり、言葉が指し示す諸現象のあらわれにも的確さが増大してくると、それに反比例して魂の委縮というか、マルドロールの闘争心が萎えていくように思われてならない。これは当然のなりゆきなのであろうか？　あるいは、どちらがタマゴで、どちらがトリなのであろうか・・・。

われわれは三の歌の最終ストロフで、神によって皮膚を裏返しにされた青年が、そのことを喜んでいるかのように死んでいくのを見た。また四の歌のプロローグでは、人間との戦いの根底にあるのは、人間であることに生理的な嫌悪感を持っているからだという作者の告白も聞いた。そして直前のストロフでは、おそろしい速さで一目散に逃げていく、どうやらマルドロールであるらしい無気力な狼を見た。そしてまたこのストロフでは、肉体の部分やかずかずの器官や内臓を、あやしい動物たちに占拠され、それを楽しんでいるかのようにじっと座っているマルドロールを見た。こんなことではこれから、『マルドロールの歌』は、どうなるのであろうか・・・。

ところがつぎの、四の歌の第五ストロフ、一の歌からの通算では第四〇ストロフに進んでも、四の歌になってからつづいている、そのような脱力感、無力感はなくならない。それどころか、わずかながらいや増す。「ぼくの部屋の壁のうえに、くらべるものがないほどの力強さで、その硬いシルエットの、幻覚的投影を描いているのは、いったい何の影か？」という、かなり元気の出てきたような一文で始まるこのストロフなのに、困ったことである。

このストロフは、すでに引用した冒頭部分にもあるように、壁に映しだされた影との対話、というよりも、ここではマルドロールなのか作者なのか判然としない「ぼく《ジュ》」が壁の影に向かって一方的に、あれこれ妄想をかきたてて思い出を語りかけたりする、やはり一人芝居、独白劇である。

しかも直前のストロフにはいた、なんの役にも立たない、通りすがりの旅人のような存在も、このストロフでは見つけることができない。完全に一人である。

そしてその壁の影は結局、「ぼく」自身の影であったことがわかってしまうだけの、それだけのストロフで、はなはだ凡庸である。さらに一人だけの主人公の「ぼく」が、しだいに弱気になっていくのがわかってくる、くすんだモノトーンのストロフなのである。

後半の最後のあたりを読んでみるが、華やぐところがまったくない。

そこにいてくれとぼくが合図をすると、彼もぼくに同じ合図を返してくる・・・。秘密はあばかれた。しかし素直に言うと、ぼくはじゅうぶん満足してはいない。すべては細大もらさず解明された。それはたとえば、金髪女の目玉をもぎとったことのように、精神のまえに再登場させたことなど、そんなことはどうでもよいのだ。まったく、どうだっていいんだ！　ぼくは五年間（正確な数字は忘れてしまったが）だけだったが、頭の皮を剝がされていたし、そのころぼくは、ぼくのような者には与えられることのない友情を、ぼくを正面から拒んだという理由で、ぼくはその者の苦しみの見物人になってやろうとして、一人の男を牢獄に閉じ込めたことを、そのときには思い出さなかっただろうか？　ぼくのまなざしが、宇宙をめぐるかずかずの天体にまでも、死を与えることが可能であることを、ぼくが知らないふりをしているから、ぼくが思い出を記憶する能力を欠いていると言い張るやからも、間違っているとは言えないだろう。ぼくに残されている行動は、あの鏡を、石でこなごなにすることだ・・・。一時的な記憶喪失という悪夢が、ぼくの想像力のあいだにねぐらを定めたのは、これがはじめてのことではない。そのようなときには、光学のゆるぎない法則によって、ぼく自身の映像の失念に直面させられることも、ときとしてはあるのだ！

これでこのストロフは終わる。こんなに弱気で、四の歌はどうなるのか？　あと三つのストロフしか残っていないのに・・・。心配である。『マルドロールの歌』はどこへ行くのか？　こんなことになるのなら、書き出しの第一ストロフの「天に願わくは《プリユ・トウ・シエル・ク》」のところで、定石どおりにマルドロールの武運長久を、お願いしておけばよかったのかもしれない。ともかくこのストロフ、四の歌の第五ストロフはテンションが最低である。

つぎの四の歌の第六ストロフ、一の歌からの通算では第四一ストロフも、正直のところ期待はずれである。独自の文体と独特のイロニイも、すこしは見受けられるが、なんと言っても中味の凡庸さがどうにもならないからである。

「ぼくは断崖絶壁のうえでまどろんでいた」で始まるこのストロフは、まずどれほどそのとき「ぼくが眠たかったのか」の説明にくどくどと入る。そして「嗜眠性硬直症《カタレプシイ・レタルジイク》」まで持ち出してくるのであるが、その病気が死とどれほど異なるのかという説明は拒み、自分が豚に変身する夢を見たという話に、さっさと入り込んでしまう。

これをぼくはながいあいだ、待っていた。ぼくが豚になる日が、とうとうやってきた！

そして人類から離れた存在になったことを喜んだ豚のマルドロールは、

殺したくなったとき、ぼくは殺してきた。しょっちゅうぼくはそうなったが、誰もぼくを止めようとはしなかった。

そうして皆殺しの日々を送り、やがて「最強者《ル・プリユ・フォール》」となった豚のぼくは、ぼくの怒りが人口をまばらにした地域をあとにして、また別の土地に殺戮と流血の風習の種子《たね》をまこうとして、河ひとつ泳いで渡り、花咲くこの岸辺を歩こうとしていたときの、あのときのぼくの驚きは、ものすごいものだった。

ここでその「嗜眠性硬直症」が勇ましい豚を突如襲う。そして話はこのストロフの冒頭に戻るのだが・・・。

神はこのように、解明不可能ではないやりかたで、ぼくにわからせてくれたのだ。神の摂理は、たとえそれが夢のなかであっても、ぼくの崇高な計画が成就されるのを、望んではいないということを。

夢から醒めた豚のマルドロールは人間に戻る。残念無念。それ以来、ぼくは泣き濡れているのである。なんという凡庸! 故意の、イロニイつきの凡庸ならいいが、ここには少しだが、世間の常識への媚が見られる。それはデュカシアンとして、どうにも許すことができない。

このストロフはつぎのように終わる。その終わり方もいけない。

いまは、これら栄光の思い出と別れるときだ。しかしそれらはそのあとに、とこしえの悔恨の蒼白い銀河を残している。

ええい、もういい加減にしろ。

われわれ読者、すでにここまで『マルドロールの歌』を読み進んできた者は、もはや幻覚だとか、妄想だとか、夢だとか、作者がいちいちことわってくれることなど、まったく期待してはいない。さらにそれらのものごとと現実とのあいだに、こまかな辻褄合わせをしてくれることなども、ぜんぜん期待していない。そういうことなど、いっさい気にしないで自由奔放に、好き勝手にやりまくってくれることを、待ち望んでいるのである。

三の歌が始まってから、われわれ読者には、しだいに期待が高まってきていたのである。著者が作家として、作品の客体化に向けて歩み始めているのを知って、わくわくしていたのである。そして四の歌になってからは、その思いはさらに高まり、とうとうロートレアモン伯爵がやってくるぞと、喜んでいたのに・・・。

表現技法が確立されて成熟し始め、作家意識も高まってくるにつれて、内容が衰弱してくるなどという、そんな悲しいことがあってもよいのであろうか・・・。もうつぎのストロフに移るとしよう。

四の歌の第七ストロフは、一の歌からの通算では第四二ストロフである。それは堅めのクールな文章で出発する。こんどこそ、期待が持てそうである。


自然の諸法則の、潜在する、あるいは顕在する諸機能のなかに、異常な歪みを目撃するのは、できないことではない。

というわけで、これは夢や幻の話ではなさそうだという期待を、まず抱かせてくれるがその直後、良識と想像力、およびそれらの限界についての講釈がたっぷり続き、ついにつぎの一文が躍り出してくる。

この本を読んでいる諸君に、ぼくは警告する。ぼくの文章の極度に速い展開のなかで、ぼくが毟《むし》りとる文学のかずかずの美についての、漠然とした思想ではないものと、そしてさらに偽《いつわ》りの知性とに用心しろ。

これでよし。著者が用心しろと言ってくれているもの、つまり諸現象のあらわれと混然一体となったインチキ知性、それが欲しくてわれわれは、ここまで我慢してきた（とくにここまでの四の歌には、「用心」すべきものがかなり不足していた）。それでも読みつづけてきた者こそ、じつはほんとうの『マルドロールの歌』の愛読者だったのであるが・・・。

やっとそれをわかってくれたか。もう遠慮することなく、どんどんやってくれと思っていると、たちまち元気の良い話が飛び出してくる。このストロフは、そのあたりの段取りがじつに巧妙である。ああ、よかった。

ああ！　できればぼくの驚愕ではなく、ぼくの呆然自失を、みなさまにもっとよくわかってもらうために、ぼくの理論と比喩とをゆっくりと、たっぷりしたきらびやかさで（しかし、誰がそんなことに時間をさいてくれるだろうか？）繰りひろげたかったのだが、というのもそのとき、ある夏の夕べ、太陽が水平線に沈もうとしていたとき、ぼくは見た、両脚と両腕の先端のかわりに、大きなアヒルの水かきを持ち、そのバランスから見るとイルカの背びれと同じ長さ、そして同じ細さのものをつけた、筋骨隆々たる一人の人間の男が、海の上を泳いでいるのを。さらに数えきれないほどの魚の群れ（ぼくはその魚の行列のなかの、さまざまな海の住民たちのあいだに、シビレエイ、グリンランドのオオカミウオ、おそろしいオニカサゴを発見した）が、最大級の憧れをあからさまにあらわにして、その男に従っていた。

じつはこの引用の全体が、一つの文なのである。じつにながい！　ながいだけではなく、普通の人間、巷間《ちまた》によくいるような男の、巷間によくあるような事情による変身（それは変身と言うほどのものではない、という人もいるかもしれないが）が、ついに『マルドロールの歌』に出現したのである。そして彼、海に住む男の出現の描写はながいだけではなく、見方を変えれば簡潔であり、すばらしい力にあふれている。それがけっして、完全な変身ではなかったにもかかわらず。

これでほっとしていると、この水棲動物たちの輝ける星になった元人間は、彼はいまでもほとんど人間であるが、もとから海で暮らしていた者たちをひきつれ、海を行く。堂々と海面を、はたまた海中を。

そしてそのような光景の見物人は、まぎれもなくマルドロールであり、彼がそのように熱心に、遠くの海を眺め続けていると、

（前略）その超自然現象にかき乱されたぼくの顔を、立ち停まって眺めていた田舎者たち、びくともしない我慢強さでぼくの眼が、あらゆる種類の魚群の、かなり多いが限られた数量しか見分けられない、海の一角の現実には存在しないものに、じっと据えられたままなのは何故かと、その謎を解こうとして、空しい努力を重ねていた田舎者たちは、ほとんど鯨と同じほど大きく、彼らの口を広げていたのだ。

つぎにこの「ほとんど鯨と同じほど大きく」という比較についての説明が始まってしまう。それでどうなることかと心配していると、それには抑制がほどよく利き、説明はたちまち終わる。そこでマルドロールは、その海に棲む男に呼びかける。すると、

ひとつの溜息、ぼくの骨を凍らせ、ぼくが足の裏を休ませている岩をよろめかせる（ぼくの耳に絶望のすご

い叫びを伝えた音波の、強烈な侵入によろめいたのが、ぼく自身でなかったのであれば）溜息は、大地のはらわたにまでも響きわたった。魚たちはなだれをうって彼の下に潜り込んだ。両棲類〔海に棲むその男のことである〕は、むりに海岸に近づこうとはしなかったが、彼の声がかなり正確に、ぼくの鼓膜に達したことを確信すると、彼はすぐ水かきのついた手足の動きをゆるめ、海草に覆われた胸を、逆巻く波の上に保つようにした。ある厳かな命令によって、かずかずの思い出のさまよう一群の加護を祈るかのように、額を伏せる彼をぼくは見た。神聖で考古学的な彼のこの仕草を、ぼくはあえて中断させようとはしなかった。過去に潜り込んだ彼が、まるで一個の岩礁のようだったからだ。ついに彼は、このように話し始めた。

彼、両棲男の物語はこうであった。彼の両親が子宝を授かりますようにと、天に願ってから一年後、彼らは双子誕生の喜びにわいた。その双子の兄が彼、両棲男であった。兄のほうが美しく、かつ聡明だったので、弟は兄を憎み、やがてその憎しみをあらわにする。両親が兄に、ほとんどすべての愛を注いでいたこともあって、弟の兄への憎しみは、兄への攻撃に変化する。弟はことあるごとに兄を中傷するようになり、それが繰り返される。ついに兄は、両親の憎しみと攻撃の対象にまでなり、一五年間、地下牢に閉じ込められた。そこで兄はさまざまの省察を重ね、人間とその社会、ひいては人間が暮らす大地までも嫌うようになり、弟と両親からいつも受ける責め苦を脱れ、自殺しようとして海に身を投げたところ、いまのような結果になった、ということであった。まことに世間によくあるような物語なのであった。

そして両棲男は、そのような下世話な身の上話を、かなり手短に、オーバーめではあっても知的に、そしてなによりもおだやかに語り了えると、このように言った。

「君さえよければ、ぼくは特別の口笛を吹こう。そうすれば君は、魚たちがまた、姿を現すのを見ることになるだろう」。彼の予言どおりのことが起こった。彼は臣下のものたちの行列に囲まれ、王者の泳ぎを再開した。そしてほんの数秒ののち、彼はぼくの視界から完全に消えた。しかし望遠鏡を使えば、水平線ぎりぎりのところに、ぼくはまだ彼を見ることができた。彼は片手で泳ぎ、もういっぽうの手で眼を拭っていた。堅い土地に近づくというおそろしいプレッシャーが充血させた眼を。彼はぼくを喜ばせようとして、あんなことをしたのだった。ぼくは断崖絶壁に、あばきの道具を投げ棄てた。それは岩から岩へとバウンドし、そのばらばらになった破片を、波が最後にうけとった。その行為は、なにか夢のなかでのように、気高く不運な知性の前にぼくが頭《こうべ》を垂れる、最後の意思表示であると同時に、最終的な別れでもあった！　だがしかし、いまは過ぎ去ったこのような出来事も、あの夏の夕べには、すべて現実であったのだ。

これでこのストロフは終わってしまうが、あっさりこちらが現実だよと言ってのけ、それで終わってしまうあたりは、じつにいさぎよくて、読んでいるほうも気分がよくなってくる。

このストロフには弁明風の解説が、ところどころに入ってはいるが、それらはそれぞれ短く、コントロールが利いていて乱れることはまったくなく、ほどよいイロニイをかもし出している。ただ両棲男に、「神の摂理は君も見ての通りに、白鳥の器官の一部をぼくに授けてくれた」と語らせているのが気にはなるが、それとても両棲男のせりふであって、マルドロールが発したものではない。

またこのストロフが、終始クールで落着いていたのに、そこに力が漲《みなぎ》っていたことは、喜ばしい限りである。この両棲男への作者の思い入れは、二の歌の両形児《ふたなり》への思い入れに似ているところもあるが、こちらはうんとクールで、つくりものっぽい。こちらにかなりの成長が認められる。おまけにこのストロフは、マルドロールの当初の大義からは外れているが、四の歌の第一、第二ストロフで宣言された新大義、新方式にはぴったりと叶っていて、しかも余すところがなかった。やっぱりたいしたものである。もう呼んでもよかろう、ロートレアモン伯爵と。

つぎの四の歌の最終ストロフは、一の歌からの通算では、はやくも第四三ストロフである。ここにはエピローグもなければ、エピローグめいた文章も、まったくない。じっさい、いさぎよい出来映えだが、四の歌のプロローグで開陳された考えとも違っており、狂気じみたイロニイもゼロで、そこにあるのは静寂そのものである。そしてこのストロフの内容は私的な要素を多く含んでいるのにただ美しいばかりである。それは内容だけのことではなく、表現の形もそうであって、形と中味がぴったりと寄り添っている。

このストロフに登場する固有名詞は、マルドロールとファルメールの二つしかないが、両者は静かに韻を踏む効果をあげている。またこのストロフで発生する音響効果現象に、著者は科学上の根拠を与えているが、それは一般常識の枠内におさえられていて、ごくあっさりとさりげなく、うるさくならないように抑制されている。

さらにこのストロフで一四歳と書かれているファルメールは、読めば読むほどジョルジュ・ダゼットなのに、ストロフ中で、「ぼく［マルドロールである］は一つだけ年上だった」と明記され、それから三度もこの文言は繰り返されている(一四歳も二度繰り返される)。これはどういうことなのか？　現実のイジドール・Dはジョルジュ・Dの六つ年長であった。そしてジョルジュが一四歳であったのは、彼がまだタルブのリセの通学生だったが、イジドールはすでにポオのリセを了える直前である。タルブとポオは隣町で、歩くには遠すぎたが、当時出回りはじめた自転車（まだ高価だったが、イジドールやジョルジュにとっては買ってもらえないほどではなかった）があれば往き来に困ることはなかったであろう。そしておそらくそのころからのジョルジュの成長には目を見張るほどのものがあったに違いない。イジドールもそれをしっかり認識していたので、年齢差を一つとしたのであろうか？　いずれにせよファルメールは実際のジョルジュではなく、もうイジドールの心に棲みついているジョルジュだったのだから、それはそれで、さほど不自然なことではなかったのであろう。

またこのストロフでは、それを書いているのは、「六階［屋根裏部屋］で、仕事机にかじりつき」としているが、そのことを軸にして執筆時期を想定すると、イジドールが《ア・リュニオン・デ・ナション》というようやく住み馴れたホテルを出て、近くのフォブウル・モンマルトル三二番地の屋根裏部屋に移ったのは、一八六九年早々のことだから、この四の歌の最終ストロフを書いたのは、一八六九年一月であるとすることができる。

そしてそのころであれば、著者が作品とのあいだに、また作者が自作への登場人物とのあいだに、つねに一定の距離を置くという作業にも、すっかり馴れていたころであるので、ファルメールとマルドロールとの年齢差を、無理にイジドールとジョルジュとの年齢差と同じにする必要も、すでになかったのに相違ない。

そしてこのストロフの重要なテーマである行為、人間ぶんまわし投擲は、『マルドロールの歌』では二度目のことである。最初は、二の歌の第五ストロフで、娼婦であるに違いない少女に対して行われ、そしてこのあと三度目は、六の歌の最終ストロフで回転半径と投擲距離を大幅に拡大して、ジョルジュ・Dに他ならないマーヴィンをやはりマルドロールが投げるであろう。だからこのストロフのファルメール投げは、いわば中間テストなのである。

このストロフは決してながいものではないが、『マルドロールの歌』のいろいろな特色がじつにバランスよく、しかも適度に抑制されてちりばめられており、冗長感（じつはこれも『歌』の特色の一つであり、多くの場合、じっさいに冗長でありつつ冗長感を産み出しているが、このストロフは冗長ではないのに冗長感を出している）を残しながら、全体は短くまとめられている。私のプロローグがながくなってしまったので言いにくいのだが、このストロフはそんなわけで、省略することなく、思い切って全文を紹介させていただく。

夜ごと、ぼくは二つの翼をひろげ、死にかかった記憶にもぐりこみ、ファルメールの思い出を呼びさましていた・・・夜ごと。彼の金髪、うりざね顔、彼の威厳に満ちた目鼻だちは、まだぼくの想像力に刻み込まれていた・・・はっきりと・・・わけてもあの金色の髪の毛。消えろ、たのむから消えてくれ、あの亀の甲羅のように磨きあげられた、髪の毛のない頭。彼は一四歳、そしてぼくは一つだけ年上だった。あの不吉な声よ、だまってくれ。あの声がぼくを告発しにやってくるのは、なぜか？　だがそのように言っているのが、ぼく自身だ。ぼくの考えを表現するために、ぼく自身の舌をつかい、ぼくの唇がうごき、話しているのがぼく自身だということを、ぼくは自分で確認する。そして思春期のころの思い出を語り、そして心臓をつきさす悔恨を感じているのも、それもぼく自身だ・・・ぼくが間違っているのでなければ、それもぼく自身だ・・・と話しているのも、ぼく自身なのだ。ぼくは一つだけ年上だった。では、ぼくがほのめかしているのは、何者なのか？　それはむかしのぼくの、男友達の一人だった、とぼくは思う。そう、そうだ、ぼくはもう彼の名を言ってしまっていた・・・ぼくはあの六つの文字を、もう書きたくない。いやだ、いやなんだ。ぼくは一つだけ年上だった、ということを繰り返しても、もう役には立たない。だがそれがどうした？　だからそれでも繰り返そう、にがにがしいつぶやきで、ぼくは一つだけ、年上だったと。そのころでさえ、ぼくの肉体的な力の優越はあきらかに、弱い者をいじめるための原動力であるよりは、ぼくを頼ってくる者を、助けるための原動力だった。ところでぼくはじっさいに、彼がとても弱かったと思う・・・。そのときでさえ、そうだった。それはむかしの、ぼくの男友達の一人だった、とぼくは思う。ぼくの肉体的な力の優越・・・夜ごと・・・わけても彼の金髪が。禿頭《とくとう》を見た人は何人もいる。老い、病い、悩み（それら三つがいっしょにか、それともべつべつに）が、この退化現象を、満足できる方法で説明してくれる。それはすくなくとも、ぼくがさっきの問題をなげかけたときに、学者がぼくにする答えなのだ。老い、病、悩み。ぼくだって知らなくはない（ぼくもまた学者なのだ）が、ぼくの知っているのはこうだ。ある日、一人の女の胸を刺すために、ぼくが匕首《あいくち》をふりかざした瞬間、彼がぼくの手を押さえたので、ぼくは鉄の片腕で彼の髪の毛をつかみ、ものすごいスピードで彼を空中にぶんまわした。すると髪の毛がぼくの手に残り、遠心力を利用して投げられた彼の身体は、樫の木の幹にぶち当たりにいった・・・。ある日、彼の髪の毛が、ぼくの手に残ったことを、ぼくは忘れてはいない。そう、そうだ、ぼくはもう、彼の名を言ってしまった。ある日ぼくは、恥ずかしいある行いをし、そのために彼の身体が、遠心力を利用して投げつけられたことを、ぼくは忘れてはいない。彼は一四歳だった。精神錯乱の発作をおこし、殉教者の神聖な遺物のように、ずっと以前からぼくが持ち続けている、血まみれのものを心臓に押しつけて持ち、ぼくが野原を駆けまわると、子供たちがぼくを追いかける・・・ぼくを追いかける・・・ぼくを追いかける子供たちと老婆たちが、石を投げ、ぼくを追い、あの嘆きの呻きをもらす。「あれがファルメールの髪の毛」。消えろ、消え失せろ、さあ、亀の甲羅のように磨きあげられた、あの禿頭・・・。血まみれのものよ。だがこう語っているのは、ぼく自身だ。ところでぼくはじっさいに・・・ぼくの言いたかったのは、いったい、なんだったか？・・・ところでぼくはじっさいに、彼がとても弱かったと思う。鉄の片腕で。あの衝撃、あの衝撃が彼を殺したのか？　彼の骨は木の幹に当たって砕けた・・・決定的に？　一人の力士の力が産んだあの衝撃が、彼を殺したのか？　彼の骨が決定的に砕かれても、彼は生きていたのではなかろうか？・・・決定的に？　あの衝撃が彼を殺したのか？　思わず閉じたぼくの眼が、目撃できなかったあの出来事を、ぼくは知るのがこわい。じっさい・・・わけても彼の金髪が。じっさいぼくは、あれから冷酷になった良心をかかえて、遠くへ逃げた。彼は一四歳だった。あれから冷酷になった良心をかかえて。夜ごと。栄光を夢見る一人の若者が、屋根裏部屋で、仕事机にかじりつき、真夜中の静寂のさなか、なにが発するのかわからない物音に気づくと、瞑想と埃まみれの原稿とで重くなった頭を、四方にめぐらせる。だがなにも、どのようなおどろきの兆しも、彼がかすかに聞いた物音の原因を、明かしてはくれない。それにもかかわらず、それが聞こえる。ついに彼は発見する。天井へ上っていくローソクの煙が、そのあたりの空気を通過するとき、壁に釘で打ちつけられた一枚の紙に、あるかなきかの振動をひきおこしているのを。屋根裏部屋で。栄光を夢見る若者が、なにが発するのかわからない物音に気づくのと同じように、ぼくの耳にささやく、メロディアスな声を聞く。「マルドロール！」だが彼は、みずからの勘違いに終止符を打つ前に、蚊の羽音を聞いたように思った・・・仕事机にかじりついて。だがしかし、ぼくは夢を見ているのではない。ぼくがベッドの、サテンのシーツの上に横になっているとしても、それがどうだと言うのか？ぼくは自分の眼が開いているという適切な指摘を冷静にしている。たしかにいまは、ピンクのドミノ服と仮面舞踏会の時刻に違いないが。決して・・・おお！　いや、ぜったいに！・・・人間の声がこれほど、苦しそうなやさしさで、天使のようなアクセントで、聞こえてきたことは、一度だってない。ぼくの名を呼ぶときに！　蚊の羽音・・・。なんてその声はやさしいんだ。ぼくを赦《ゆる》してくれたのか？　彼の身体は、樫の木の幹にぶち当たりにいった・・・「マルドロール！」

これが四の歌の最終ストロフの全文である。もうわかってもらえたと思うが、このストロフは『マルドロールの歌』のなかでは、コンパクトに短く仕上がっているほうであるが、作者がこれまで創ってきた『歌』の文体《スティール》、そして特色のほぼすべてが、大胆な圧縮と省略を加えられ、バランスよく組み込まれている。そしてなぜかこのストロフには、『歌』全体の最後のストロフであるかのような存在感がただよっているのである。そしてさらに『歌』の特色の一つでもある冗長は排除されているにもかかわらず、やるせない冗長感は残されていて、このストロフに流れる時の流れを、ゆっくりと静かなものにしている。少しずつずれながらエンディングへ向かう、繰り返しの効果であろうが、これまでに使われた技法を磨き上げただけなのに、たいしたものである。

とにかくもう一度、できれば声にして、このストロフを読んでいただきたい。すべての語、すべての文、すべての繰り返し、それらから立ち昇ってくるすべての情感、そしてポエジイが、最後の「マルドロール！」に美しく昇華されていき、そしてそこに、みごとに収斂するさまを、ぜひ味わっていただきたい。そして三の歌以降、いったん離ればなれ、バラバラになっていたマルドロールと著者とが、この四の歌の最後のストロフで美しく重なり、一つに溶け合うさまを。

ではなぜ、これほど見事なストロフが、『マルドロールの歌』に誕生したのであろうか？　それは六八年版の一の歌の後半から『歌』に、唐突に出現せざるを得なかったジョルジュ・ダゼット、そしてそれからその六歳年下の無二の友ジョルジュ・Dと著者イジドール・Dとのあいだには別れがあり、三の歌のプロローグでは、二の歌に登場したダゼットの分身たちを心の底に沈めてしまい、二度と登場はないだろうと、著者が宣言しなければならなかったそれらの分身たち、その約束にもかかわらず、ついにこの四の歌の最終ストロフに、著者の心の奥ふかくから『歌』の表面にとうとう浮かびあがってきてしまったジョルジュ・ダゼットを、ファルメールの名で著者が歌ったからである。しかも著者は、そのようなファルメールとも本気で別れようとしたために、この美しくも悲しいストロフが誕生したのであろう。

しかしそのファルメール＝ダゼット出現の直接の原因は、なんだったのであろうか？　この四の歌のプロローグで、著者は方向転換を宣言したものの、それからの四つのストロフではその実践が思うにまかせず苦しんでいたが、第七ストロフの海に棲む男でやっと、満足すべき実践に成功した。その気のゆるみというか、ある種の安心感が、心の奥ふかく沈めていた想像上のダゼットを、マルドロールとも韻を踏むファルメールの名で浮上させたのであろう。このようなストロフ間の連動現象は、ここまでの『歌』のなかでも何度か見られたことであるが、それがこのストロフのすばらしい出来映えを損なうものでは、けっしてなく、むしろその反対なのである。

それにしても、著者の金髪へのこだわりは大変なものである。すでに強迫観念化しているようである。

しかし、終わりよければすべてよしと言ったのはシェークスピアであるが、この四の歌がまさにそうである。われわれはこれで、勇気を持って五の歌に進むことができる。

第六章
マルドロールの五の歌

マルドロールの五の歌は、七つのストロフを持っているが、その第一ストロフの全部がプロローグ、前口上である。ところがその量はたっぷりで、第二の初版本では五頁を超える。それはさきに全文を紹介した四の歌の最終ストロフより一頁以上多い。

そして五の歌のその後の六つのストロフは、それぞれが筋書きを持つ本篇であり、そのそれぞれが量も多い。五の歌には、ストロフとして独立したエピローグはないが、その最終ストロフの最終文は、つぎにやってくる六の歌が、それまでの五つの歌とはかなり違ったものになるだろうとほのめかしながら、この五の歌は終わりを告げるのである。

五の歌の第一ストロフは、一の歌からの通算では第四四ストロフであるが、内容は弁明に終始しているのが、これまでのプロローグと異なっている。

では読んでみよう。

ぼくの散文が、気に入ってもらえるという幸運にめぐまれなくても、どうか読者である方々よ、腹を立てないでいただきたい。ぼくの考えがどう見ても奇抜だと、あなたがたはおっしゃる。尊敬すべき方々よ、あなたのおっしゃっていることは真実だ。だがそれは、部分的な真実の一部分なのだ。ところでかずかずの過ちや、掃いて捨てるほどもある誤解の源泉は、どれもこれも部分的真実ではない!

とのっけからえらそうに言っておきながら、突如「椋鳥の群れには固有の飛行方式がある」と書いて、さきほどの部分的真実の問題からは逃げてしまい、そのあとすぐにあの有名な剽窃、シュニュー博士の博物誌からごっそりいただいた文章を、そっくりそのまま嵌め込んでしまうのである。ここにその剽窃部分を紹介しよう。

そしてそれらの椋鳥は、ただ一羽しかいない首領の声に正確に服従する、規律の厳格な軍隊が持っているような、画一的で規則的な戦術に従っているように思える。しかし、彼らが従っているのは本能の呼ぶ声になのであり、彼らの本能はつねに部隊の中心へと彼らを向かわせながら、迅速な飛翔は彼らをたえず、彼方へと運ぶ。そのためにこの無数の鳥たちは、磁気を帯びた同じ一点に向かう共通の趨勢《すうせい》によって、あのように結合し、たえず往ったり来たりし、あらゆる方向にまわりめぐり交錯し、強くざわめく一種の渦巻きを形成する。その渦巻きの全体の集積は、その集団のメンバーそれぞれに固有の、はっきりと方向を定めない循環の特殊な動きの結果、集団そのものの展開の総体的な運行を手に入れるかのようだ。そしてその動きの中心は、いつも広がろうとするのだが、のしかかってくる周囲の層の逆の力に、たえず圧《お》され圧し返されるので、ほかのどの層よりも、つねに密度が高い。そして中心のまわりの層も、中心に近づけば近づくほど、密度は高まる。渦巻きのそのように奇妙な状態にもかかわらず、椋鳥たちは、まれに見る速さで周囲の大気を裂いてしっかりと飛び、彼らの疲労の終着駅と、巡礼の目的地である約束の土地とを、刻一刻とみるみる獲得していく。

と、ここまで読んでくると、最初に引用したこのストロフの枕の部分に対して、この剽窃がいかに巧妙であったのか、その意味するものの、少々ずれた整合性がわかってきて、思わず巧いと言いたくなってくる。しかしこれは剽窃というよりもコラージュ（切り取ってきて嵌め込む）なのであるが、当時の文学臭のまったくない、他業界の人達の文章を唐突に嵌め込むことで、ロートレアモン伯爵ことイジドール・デュカスは、同時代の文学を否定する自分の立場を、実力行使的に示そうとしたのであろう。しかし彼が選んだシュニュー博士には、少々文学かぶれのところも見受けられるのだが・・・。

つまり椋鳥たちは、奇妙な過巻き状の飛び方をしているように見えても、それと同時に群れの全体が、なによりも速く目的地に向けてまっしぐらに飛んでいると、シュニュー博士は言うのである。しかしそれぞれの椋鳥は、それぞれが本能に従っているだけであって、決して首領の命令に従っているのではないとも言う。そしてそれらの椋鳥と同じように、この『マルドロールの歌』の各ストロフが、てんでばらばらであるように見えていても、と今度はロートレアモン伯が自分の言葉で、さきのコラージュ部分につづけて、じつに巧妙にこう語るのである。

君だって同じように、ぼくが各ストロフで歌う奇妙な歌い方に、気をとられるな。そうではなくて、ぼくの知性についての潜在的な権利を、ポエジイの基調がかなりしっかりと保持していることに気をつけろ。例外的なさまざまの事例を一般化するな。

このストロフには勢いがある。かなり乱暴な論理もみられるが、部分の変わるごとに加速する、部分のつなぎ方が巧いのである。作者はこのようにこのストロフをスタートさせておいて、なんとか読者を自分と和解させ、これから始まる五の歌を読ませようとするのである。そこには新しい展開が予測されているからである。このように威勢の良い弁明は、ひさしぶりのような気もするが、それにはシュニュー博士の博物誌のコラージュが大いに寄与しているのである。それはこの『マルドロールの歌』のここまでの、堂々めぐり風の展開の弁明であると同時に、これからもまたあらたに、奇妙な果実による堂々めぐりを始める予定であることへの、あらかじめの弁明でもある。それらをなんとかして、読者に楽しんでもらおうとして、著者は著者なりに努力しているのであろうが、彼には妥協する気がまったくないのである。態度はけっこう固く、かなりえげつないイロニイを連発する。

とにもかくにも、生きているネズミの背中に、別のネズミからひっぺがしてきた尻尾を移植するのに、成功したのじゃなかったのかな？ ［これには文字通りの意味もあるが、さきほどやってしまった剽窃の秘めやかな弁明でもあり、さらに六の歌のプロローグに出現する「ハイブリッドな序文」の伏線の役目も果たしている］だから同じように、君の想像力のなかに、死体めいたぼくの理性のさまざまなヴァリエーションを、持ち込むように努力しろ。だがしかし、慎重に。ぼくがこれを書いているいま、すでに新しい戦慄が知的空間を駆けめぐっている。そのような戦慄と、面と向き合う勇気を持ってくれるだけでいいのだ。君のそのしかめっ面《つら》は、どうした？ そしておまけに君は、ながい訓練の末でないと真似のできない、あの仕草までしている。習慣はすべからく必要であると、説得されてしまうがよい。そしてはじめの頁のころから見えていた本能的な嫌悪が、読めば読むほど反比例的に、切開された癤瘡《ねぶと》のように、みるみる深さを減少させたのだから、君の頭がまだ痛くても、君の治癒が最終段階に入るのは、そんなに遠い将来ではないということを、君は期待すべきだ。ぼくのほうでは、君が完全に回復期に入っていることを疑ってはいない。だがああ、君の顔はまだ、げっそりしたままだ！ だが・・・勇気を！ 君にはほとんど普通でないエスプリがあり、ぼくは君を愛しているし、これからもいくつかの薬品を服用すれば、君が全快するであろうことを、ぼくは諦めていないのだ。

このように、すっかりロートレアモン伯になってしまった著者は、『マルドロールの歌』の最新の、正しい読み方まで教えてくれ、読者を励ましてくれるのである。このように強気のプロローグだが、そこにはこんなところまでたどりついてしまったことへの、著者の後悔も、少しは見え隠れし始めている。

けれども著者の建前は、あくまでも強気でありこの辛辣なイロニイにまみれたプロローグの最後には、読者の全快不能にとどめを刺す、つぎのような特効薬の処方が飛び出してくる。もうここまでくると、イロニイではなくて、冗談であるが、ぼくのおすすめの最高の鎮静剤は、核つきの淋菌性炎症の膿でいっぱいの洗面器だ。そしてそこには、卵巣の毛の生えた嚢腫《のうしゅ》と濾胞《ろほう》下疳《げかん》、また膣硬直にめぐりあって亀頭のうしろまでめくりあがり、炎症にかかってしまった包皮、さらに三匹の赤いナメクジとが、あらかじめ溶かし込んであったのだ。君がぼくの処方の通りにすれば、ぼくのポエジイは、まるで虱が一本の髪の毛の根元を、くちづけして切除するときのように、双手《もろて》をあげて君を迎え入れるだろう。

ロートレアモン伯は、読者がそうとう参っているであろうことを想定して、このストロフの弁明をながながと書いているのだろうが、この衛生博覧会（わが国では有田ドラッグのその種のものが一世を風靡したことがある）風医学用語を多用した、読者の回復をねがっているとは思えない処方にこそ、読者は完全に降参するだろう。ロートレアモン伯は当時の文学から可能な限り遠くへ行きたかったのである。これこそが文学へのテロリスムであろう。

だがこのストロフで、著者が弁明につとめたのは、『マルドロールの歌』の姿と形、つまり表現技法や文体、独自のポエジイについてであって、一の歌の最初の五つのストロフで高らかに宣言された『歌』の当初の目的と大義、そしてその存在理由に関しては、つまり神や人間へのあくなき戦いとその理由については、もはやひとこともない。そんなことはもう、どうでもよくなってしまったかのように。そしてただ、狂気のイロニイばかりが荒れ狂う、この弁明はなんであろうか？　これから『歌』は、どこに向かうのであろうか？

われわれはもうここまで来てしまった以上、好奇心と勇気に再点火して、つぎに進むことしか残されていない。

五の歌の第二ストロフ、一の歌からの通算では第四五ストロフとなる、五の歌の最初の本篇は、つぎのように始まる。
　ぼくはぼくの前に、とある丘の上に立つ、一個の物体《アン・ノブジェ》を眺めていた。ぼくにはその物体の頭部が、はっきりとは見分けられなかった。しかしぼくはすでに、頭のようなそのものが、普通の形ではないことを見抜いていた。

　この「ぼく《ジュ》」が見物人であることは確かだが、それが作者なのか、マルドロールなのかは、このストロフの場合、まったくわからない。いずれにせよ両者とも、これまでのところ大きさの変てこな限定を好んでいたのに、この「丘の上に立つ」「一個の物体」の大きさについて、何も言わないのはおかしいといぶかっていると、たちまち、大きな黒い球を転がしてやってきた一匹のスカラベ・サクレ《ふんころがし》を、「その節足動物は、一頭の雌牛よりも非常に大きくはなかった！」とやってくれる。まずはあとから登場した動く虫に焦点を合わせたのである。こちらが主役なのであろう。そこで「ぼく」は、球とスカラベのあとをつけ、丘のふもとにたどりつく。そして丘の上に立つ、その「肉体的物質《シュプスタンス・コルポレル》」が何であるかをついに発見するのであるが、その直前に、その物質または物体が美しいことを発見してしまう。

> それは人間の顔を持ってはいなかったが、ぼくには美しく見えた。昆虫の二本の、ながい触角のように美しく、いやむしろ、早すぎた埋葬のように美しく、いやさらに、切断された器官の再生の法則のように美しく、いやなによりも、腐敗しやすい液体のように美しく！

ここに小規模ながら「のように美しく《ボー・コム》」の連禱が入ってくる。ここで「ボー・コム」によって飾られているのは、結局ペリカンの頭部だったのである。

そしてその、ペリカンの頭部である丘の上にある肉体的物質の所有者は、かつて遠洋航海船の船長だったことが、文中で明かされる。そのころの彼が一三か月の航海を了えてわが家に帰ってきたとき、妻から産まれたばかりの赤ん坊をさしだされ、あなたの跡とりだと告げられた。彼は無言のまま、妻をサン・マロの城壁に連れていく。彼女は狂い、死ぬ。

船長のこの話を聞いて、上空で激しく戦っていた禿鷹とヴァージニアわしみみずくは、戦いを中止し、地上で黒い球を転がしていたスカラベに、もういい加減にしろと告げる。するとスカラベはペリカン頭の元船長に語る。スカラベはペリカン頭の弟であり、禿鷹もヴァージニアわしみみずくもまた、あなたの弟なのであると。そしてあなたの妻であった女は、われわれ兄弟全員をたぶらかしたすえ、そのそれぞれをこのような、現在ある姿に変えてしまったのだと。さらに私が転がしているこの黒く巨大な球は、あの女の肉体そのものの、なれの果てであると。だから自分には、いましばらくの復讐の継続を許してもらいたいと。

この筋書き《アクション》はやはり、四の歌の海に棲む男のストロフ同様、当時の新聞のゴシップ欄にあったものに違いない。そしてそれを力ずくで変形する腕力は、このストロフでますます過激になってきたのである。

ようやくそれで、彼ら四兄弟はそれぞれ納得し、このストロフはまたしても「ボー・コム」を連呼しながら、大団円に向かうことになる。

一四の犬が主人のあとを追い、走りながら描く曲線の記憶のように美しいヴァージニアわしみみずくは、廃墟と化した尼寺の裂け目のなかにもぐりこんだ。その成長度が器官組織の同化する分子の量と釣り合うことのない、成年者における胸部発達禁止法のように美しい、仔羊さらいの禿鷹は、はるかな成層圏に消えていった。ぼくにはとうてい自然なこととは思えなかったので、そのおおらかな赦しが、ぼくに大きな感動を与えたペリカンは、灯台のように威厳にみちた無感動を、あの丘の上にとりもどした。まるで人類の水夫たちに、彼の前例によく留意するように警告し、うっとうしい魔女たちの愛から水夫たちの運命を護ろうとしているかのように、ペリカンはつねにすぐ前をみつめていた。アルコール中毒患者の手の震えのように美しいスカラベは、地平線に姿を消してしまった。こうしてこれら四つの存在は、ようやく生存者名簿から省くことができた。ぼくはぼくの左腕から、一つの筋肉をまるごと剝がし取った。この四重の不幸に直面して、ぼくは胸があまりにもつまってしまい、自分で自分のすることが、もうわからなくなってしまった。なんとぼくは、あれが排泄物質だと思い込んでいたのだ。ぼくはなんて大馬鹿野郎なんだ。糞っ！

これでこのストロフは終わってしまうが、この引用部分の「ボー・コム」は、このストロフで五度目なのであり、このストロフは、直前の五の歌のプロローグに示されていた弁明に含まれていた理論の、忠実かつストレートな実践であると言うことができる。しかしこのように、通俗紙によく出てくるゴシップ欄の下世話な噂話とか、実話と称するものなどを種子《たね》にして、薄明に漂うかのような不思議な空間に、鳥のような虫のような人間のような存在を登場させたりする作業を、文学用語にはないヴォキャブラリーを使って創りあげていく仕事は、三の歌以降ところどころで見受けられたことで、その意味では五の歌のプロローグは、すでに実践されて起きてしまった現象を後から追いかけた理論であると言うこともできる。というわけでこのストロフは、これまでにも何度か見られた実践の流れが、いよいよ完成に近づいていくさまがよくわかればそれでよいのであって、さほど目新しさが感じられるものではない。

けれどもこのストロフのように、卑俗《ヴュルゲール》の極北にある話を底に据えながら、その上にこのように、言語による薄明の浮遊空間を構築し、生命のあるなしもさだかでない登場者を遊ばせる、まるで超現実主義《シュルレアリスム》の画家たちの作品そっくりの風景を、言語だけで描き出されてしまうと、後年サルバドール・ダリがあの偏執狂的批判《メソッド・パラノイアック》・

的《クリティーク》手法を編み出したのは、『マルドロールの歌』のこのあたりを読んだからではないか、とさえ思えてくる。

悪夢のような表現の非連続なからまり合いを、辻褄合わせなどそっちのけにして、ぎりぎりと追いつめていく迫力は、それこそが新しく美しい。また前ストロフで大成功だったシュニュー博士の博物誌の巧妙な剽窃の影響もしっかり残っていて、それらのからみ合いが読者を惹きつけてしまう。ロートレアモン伯のクールな狂乱は、ついに新しい戦慄をもたらしてくれたようである。

だがこのストロフからは、いっさいの情感と理論が排除されている。滲《にじ》み出してくるようなものはまったくない。『マルドロールの歌』の大義もなく、「ボー・コム」もひかえ目でクールである。完成に向かう文体と形は、それ以外のものを排除するかのようである。

つぎの五の歌の第三ストロフ、一の歌からの通算では第四六ストロフになると、「人間の諸機能の間欠的消滅」、つまり睡眠が主題となる。じっさいこのストロフは、じつにユニークな睡眠論なのである。そしてこの場合、ユニークという言葉は、非常に『マルドロールの歌』に固有の特殊なもの、と言い換えることが出来るのである。

ロートレアモン伯はまず、「受難愛好人間《アン・ノム・アマン・ダン・パレイユ・マルテイール》」という存在を示し、読者にじつは自分がそうなのだ、と告白する。そして、
ぼくは三〇年以上もすでに眠っていない。口にしにくい誕生の日から、睡眠用の板材にぼくは不倶戴天の憎しみを捧げてきた。それを望んだのはこのぼくだ。だれも責めないでくれ。

そして不眠の決意を固めているのだと言い・・・。

眠る者は、その日の夕方に去勢されたばかりの動物以下だ。すでに糸杉の柩の香りをふりまいているさまざまの筋肉を、不眠が墓穴にひきずりこんだとしても、ぼくの知性の地下墓地は、その聖なる祭壇を、造物主の目に絶対に曝《さら》しはしない。

つまり、精神が眠り込むことを、彼は拒んでいるのである。それを彼は、造物主、神に対して拒んでいるのである。

そして、昼間はまだよいとしても・・・

しかし夜がそのとばりを、いままさに吊されようとしている死刑囚にまでも広げてしまうやいなや、おお！見ろ、知性はたちまち、異邦人のけがらわしい手に委ねられてしまう。冷徹なメスが知性の濃密な茂みを探る。意識は呪いのながい喘《あえ》ぎをもらす。恥のヴェールが無残に引き裂かれるからだ。屈辱！ ぼくらの扉が天上強盗の凶暴な好奇心の前に開かれる。このように不名誉な刑罰を受けなければならないようなことを、ぼくはなに一つしてはいない。おまえなのか、ぼくの因果のいやらしいスパイめ！ もしぼくが存在するというのなら、ぼくは他者ではない。ぼくはぼくのなかの、そのようにあいまいな複数性を、ぼくに許す気はない。ぼくはぼくだけの論理のなかに、一人だけで住みたいのだ。自治・・・、それが駄目なら、ぼくをカバに変えろ。おお匿名の烙印よ、地底まで沈め。そしてぼくの獰猛な憤怒のまえに、二度と現れるな。ぼくの主体性と造物主《マ・シュジエクティヴィテ・エ・ル・クレアトゥール》、その二つは、一つの脳には多すぎるのだ。

ここで作者のロートレアモン伯が言い張っていることは、神と自分とは自分のなかでとうてい両立しえないということであり、それなのに自分が眠ってしまうと、神は自分のなかに侵入して、自分を支配するのだと。

それは理由のない神による刑罰であり、自分にはそれを受け入れる気はないので拒否したい。それをつらぬくために、自分は絶対眠らないぞと宣言するのである。

このような論拠による反造物主宣言は、『マルドロールの歌』ではじめてのことである。われわれはここで四の歌のプロローグを思い出す。あそこで作者はまず、自分の人間嫌悪は、じつは感覚にもとづいているので、それは嫌悪感であって嫌悪論ではないと、告白したのであった。そしてここ、五の歌の第三ストロフで、こんどは神を拒否するのは、作者の睡眠中に神は自分の脳を支配するからで、だから自分は眠るわけにはいかないのだと告白する。この両者に共通するのは、人間を嫌悪したり、神を拒んだりする理由は、論理的なものでも哲学的なものでもなく、ひたすら感覚的、本能的なものであるということである。それ故にわれわれは、これこそ作者の本音であろうと思うのである。そして一の歌の冒頭で、五ストロフを使ってまくし立てていた、ロートレアモン伯を名乗る前のイジドール・デュカスの、人間、神論が、まだ子供っぽい作り事であったことを知るのである。

しかし、作者の言う睡眠にともなう神の支配とは、じっさいには何事を指し示しているのであろうか？それは作者が眠っているときにも、本人の意識とは関係なく動きつづけ、活動しつづけている肉体器官や内臓と、それらを動かし続けている自律神経とを、つまり自分の意識の外側で活動しつづける自分を、神に支配されていると作者は感じたのに違いない。「もしぼくが存在するというのなら、ぼくは他者ではない。ぼくはぼくのなかの、そのようにあいまいな複数性を、ぼくに許す気はない。ぼくはぼくだけの論理のなかに、一人だけで住みたいのだ。自治・・・、それが駄目なら、ぼくをカバに変えろ」というのは、その自律神経のすべてと、その支配下にあるすべての器官や内臓とを、すべて自分の支配下に置きたいとする作者の願望を示していると思われる。

そうとしか思えないのである。またわれわれはここで、三の歌の最終ストロフで、あの元尼寺の娼館で、神によって皮膚の全部を剝がされ、裏返しにされてしまった、やがてこの『マルドロールの歌』の作者になるであろう若者の一件を思い出す。あのとき、裏返しにされた自分の皮膚をひきずって部屋をあとにした若者は、その後なにを以て知覚するようになったのであろうか？　それは生理感覚、ある種の内臓感覚であったように思われる。

　また、このストロフの私がすでに引用した文中でも、「天上強盗《セレスト・バンディ》」の二語の頭文字をともに大文字にしたり、私の引用しなかった文中の「外側に在る偉大な存在《グラン・オブジエ・エクステリユール》」の三語の頭文字をすべて大文字にしたのは、それらは双方とも神を指しての表現であるが、そのこれまでとは異なる神の扱いが、このストロフに見られる。それらは、著者の神を見る角度の変化を示しているのではなかろうか？

　なぜそのような変化が、ここにきて見られるようになったのかを考えてみると、いつも神の使いであるかのように振る舞い、正義の立場を崩すことがなかった、あの金髪のジョルジュ・ダゼットが、イジドール・デュカスのもとを去ってから、すでにそこそこ時間の経過があったことの影響であろうか、それとも作者はもうイジドール・Dではなく、ロートレアモン伯であることとの関連なのであろうか・・・。

　ともかくこのストロフは、なかなか勇ましい睡眠論に始まったが、つぎのような負ける場合も想定しての、あまり意気の上がらない不眠宣言で終わりを告げる。

> 夜が人間どもに、休息をうながすやいなや、ぼくの識っている一人の男は、野原を大股に歩く。ぼくはおそれている。ぼくの決意が、老いの攻撃に屈するのではないかと。やってこい、ぼくが眠るであろう、その運命の日よ！　そのつぎの日のめざめ、ぼくのカミソリは、ぼくの首をよぎる路地を切り開き、もはやなにごとも、ほんとうは現実でなかったことを証明するだろう。

このストロフのロートレアモン伯にとっての役割は、結局のところ、作者みずからが自分のなかに萎えていく闘争心を感じとり、またふたたび角度を変えての再点火をめざして、わりに素直な告白を洩らしてしまったとしか、言いようがない。そしてその結果は、つぎのストロフを読めばわかるが、いまひとつ巧くいかなかったのである。

すでに何度か言っていることであるが、形が整ってくるにつれて、中味は薄れていくのであろうか・・・。

つぎの五の歌の第四ストロフ、一の歌からの通算では第四七ストロフは、直前のストロフでのなかなか恰好のよい不眠宣言にもかかわらず、それとは関係のないマルドロールと神との、盛りあがることのない口喧嘩である。それはマルドロールの、このようなせりふで始まる。

だがいったい誰だ！　だがいったいここに、謀叛人《むほんにん》のようにぼくの黒い胸のほうに、身体の輪をむりやりひきずってくるやつは、いったい誰なのか？　おまえが誰であろうと、へんてこなウワバミよ、おまえの滑稽な存在を、どのような口実で言い訳するつもりなのか？　あの膨大な悔恨がおまえを苦しめているのか？だって見てみろ、大蛇よ、犯罪者の顔つきと較べてやろうとするぼくの比較から、脱《のが》れたいという途方もない思いあがりを、ぼくの想像からすると、おまえの野性の威厳がぜんぜん持っていないからだ。

のっけからマルドロールは神を、「滑稽な存在《プレザンス・リデイキュウル》」と呼ぶ。そのようにだらしない大蛇になっている神と、変身もしないでいるくたびれ加減のマルドロールとが、過去の出来事についての愚痴をうじうじと言い合うのである。マルドロールは二度の、神は一回きりのながぜりふで。このストロフはそれだけのことであり、実力行使はゼロである。

このストロフのなかで、大蛇の呼び名がつぎつぎに変わるのは、作者が手許にまだ博物誌を置いているからであろう。そしてマルドロールは最後に、つぎの言葉を残して立ち去る。そこにはト書きに相当するものもなく、両者のせりふだけで成り立っている。

おまえの目からいつの日か、ウロコが落ちてしまったら、なにがおまえの行為の結果だったか、おまえは自分で自分を裁くがよい。さらば！　ぼくはもう、断崖のそよかぜを吸いに出掛ける。ぼくの両肺はなかば窒息していて、おまえの眺めよりずっと静かで、はるかに高潔な風景を、声高らかに要求しているのだ！

これでストロフが終わってしまう。このストロフは、いったい何だったのであろうか？　これはひょっとすると、神との争い、神との戦いは、もう何の役にも立たないし、いい加減うんざりしてきたからもう止めにしようという、間接的停戦宣言ではなかろうか。すでにこのストロフの冒頭で、神を「滑稽な存在」と呼んでいたことでもあり、じつは神をそのようなところまで『マルドロールの歌』のいくつものストロフを使って堕《おと》しめてきたのが、作者自身であったのだから。

それともこのだらけたストロフは、『歌』のところどころで見受けられた、ちょいと一服ひとやすみ、しばしの休憩だったのであろうか・・・。なにしろそれは作者のティック《くせ》と言えるものなのだから。

つぎの五の歌の第五ストロフ、そして一の歌からの通算であると、はやくも第四八ストロフに数えられるのは、ついにお出ましかという感じの、肛門性交愛好者《ペデラスト》への讃歌である。

おお、不可解《アンコンプレシアンシイブル》なペデラストたち、君たちの偉大な堕落に、ののしりの言葉を投げつけるのは、それはぼくじゃない。君たちの漏斗《じょうご》状のアヌスに軽蔑を投げつけようとしているのも、それもぼくじゃない。君たちを包囲して攻撃する、屈辱的でほとんど不治の病が、避けられない懲罰を君たちにもたらしたことで、それはもう充分なのだ。おろかな諸制度の立法者たち、偏狭な道徳の発明者たちよ、ぼくから遠ざかれ。なぜならぼくは、不偏不党の魂を持っているからだ。

で力強く始まる、これはマルドロールの一人語りである。このストロフは、一の歌の古き大洋讃歌、二の歌での数学讃歌ほどの真摯さと清らかさには欠けるが、それらに匹敵する強力さの、率直に言うと肛門性交讃歌であり、それに終始するストロフなのである。

冒頭に引用した文のあと、強烈で派手な、そしてまともに肉体的《コルポラル》な文章がつづき、それから作者は語る、というよりも宣言する。圧《お》さえに圧さえていた、あのアムール・アファメの大爆発である。

とりあえず、ぼくといっしょに寝たいという情熱に燃える男が、ぼくを見つけに来てくれれば、それでいい。だがぼくは、ぼくの歓待に一つのきびしい条件をつける。彼が一五歳以上であってはならないのだ。彼のほうでも、ぼくが三〇歳だなんて思わないでもらいたい。それがどうしたと言うのか？ 年齢は感情の強さを減らしはしない。それどころではないのだ。ぼくの髪の毛が雪のように白いとしても、それは老いのためではない。そうではなくて、君たちも知っている、あの原因のためなのだ。ぼく、ぼくは女どもを愛さない！ 両形児《ふたなり》でさえも！ ぼくに必要なのは、ぼくそっくりで、その額の上に、人間の高貴さがよりはっきりと、消すことのできない記号で、刻み込まれている者たちなのだ！

そしてマルドロールはかずかずの思い出を語りながら、彼がなぜ今、週に二回、身につけている衣服や肌着をとり替えているのか、ということの説明に移る。それはそうしないと、彼の精液のしたたりをしたたう男たちが、巡礼さながらに群れをなしてやってきて、巧妙に身を隠しているマルドロールに会うことが不可能だと知ると、彼らは絶望のあまり、三〇万人ずつが敵と味方とにわかれ、大戦争に突入する。その結果、男たちは死に絶え、やがて人類は滅亡するであろうが、「ぼくの悪辣な罠にかかって人類が滅亡するまでに、不幸なことにこれからまだ、何世紀も必要であろうとは！」と得意の計算をしながら嘆いてみせてくれる。そもそものような世界大戦を避けるために、マルドロールは週に二度も着替えているのだからと、このストロフの矛盾点を突いてみたくもなってくるところだが、なにしろこのあたりの文章が、おどろくべき迫力とスピードに溢れているため、読者はついつい押し切られてしまう。そこでロートレアモン伯は調子に乗って、こんなことまで言ってしまうのである。

このように、巧妙であっても自慢をしない精神は、はじめはどうにもならない障害をもたらすかに思える、さまざまの手段でさえも、目的を達成するためには採用するのだ。ぼくの知性はいつも、この堂々たるテーマに向かって高まっていく。そしてぼくがはじめのころに取り上げようとしていた、おだやかな諸問題には、ぼくはとうていもう、留まってはいられないということの証人に、君たちは君たち自身でなるのだ。

とついに、『マルドロールの歌』そのものの方向転換まで、告白してしまうのである。それはここでもまた、事後報告になってしまうのであるが、当初の『歌』の大義をあっさりと、「おだやかな諸問題」にしてしまっているのは、イロニイを考慮に入れても、おだやかならざる発言である。ここを読んで、調子に乗るのは恐ろしいことだ、という教訓を見出す人は見出すであろう。

しかしこれを、六の歌の早過ぎた予告として読むことも可能である。もしそうだとすれば、このあたりの執筆時点で、六の歌の構想がほぼまとまっていたのであろう。そしてロートレアモン伯の心は、どちらかというと、すでに六の歌に向けられていたのかもしれない。

このように話し了えたところで、著者は唐突に、つぎに引用する文にバトンを渡して姿を消してしまう。では最後のひとことを・・・。ある冬の夜のことだった。北風が樅の木林で笛を吹いていると、造物主は闇に扉を開き、一人のペデラストを迎え入れた。

この「一人のペデラスト」は、どうやらマルドロールらしい。このストロフには神とマルドロールのほかに、おもだった登場者はいなかったのである。とすると、マルドロールが造物主の尻を犯すということは、それはもうマルドロールと神とのあいだの停戦交渉が、スタートするということである。ぶっそうな結論である。

つぎの五の歌の第六ストロフ、一の歌からの通算では第四九ストロフになるが、それはなぜか葬式のストロフである。

「しずかに！　葬列が君のそばを通る」で始まるこのストロフは、その葬列が誰を葬るためのものなのか、それすらロートレアモン伯は明かさないままに、不思議な葬列の描写が始まってしまう。

おかしな標章をかかげた、妙な装束の司祭のあとに、死者の両親と友人たちが続き、さらにそのあとに、コオロギたち、ガマたちが、数歩おくれてついていく。そして葬列の描写が終わると、いつものように一見真面目そうな、しかし珍妙な論理が乱入してくるのであるが、一転してそこに突如、シュニュー博士の博物誌からの剽窃、コラージュが飛び込んでくる。このたびもまた、鳥の飛翔である。

それではわれわれを運んでくれる流れに身を委せるとしよう。トビはノスリよりも、ながい寸法の翼を持ち、ずっと楽に飛ぶ。こうしてトビは、一生を空中で過ごす。トビはめったに休むことなく、広大な空間を毎日飛び回る。そしてそのみごとな動きは、狩りの練習ではまったくなく、獲物の追跡でもなく、獲物を見つけるためでもない。トビは狩りをしないのだ。そうではなくて、飛んでいるのがトビの普通の状態、好みの状況であるようだ。トビの行う飛行方法を、賞讃しないでいることは不可能だ。トビのながくて巾の狭い翼は、不動のように見える。あらゆる変化を司っていると思えるのは、尾だ。そして尾は、あやまつことがない。尾はたえず動いている。トビはらくらくと上昇する。斜面を滑り降りるように下降する。飛んでいると言うよりも、泳いでいるかのようだ。トビは進行を早め、ゆるめ、止まり、そして宙ぶらり、もしくは同じところに釘づけされたように、数時間もそのまま、留まっている。諸君がオーヴンの蓋ほども、目を見開いていても、まったくの無駄だ。ぼくが指摘する、このようなトビの飛行の美しさと、覆いをとり去られた枢から、水を突き破る睡蓮のようにやさしく浮かび上がる、少年の顔の美しさとのあいだにある関係を、いかにそれらが遠くへだたっているとはいえ、最初からは認められることではないと、苦もなく(少しはしぶしぶであったとしても)告白する程度の常識は、だれにでもある。

指摘しなくても、わかってもらえたと思うが、ロートレアモン伯が書いたのは、引用の最初の一文と「諸君がオーヴンの蓋ほども」からあとの文である。そのことがはっきりわかるほど、このトビの飛行についてのシュニュー博士の記述はすばらしいものだが、じつはこの部分はシュニュー氏が、かの有名なビュフォンの博物誌から引いてきたものであることが、二〇世紀になってから発見された。ロートレアモン伯は、そのことに気がつかないまま頂戴していたのである。

そしてその名文の無断いただきに照れたのか、「ぼくが指摘する、このようなトビの飛行の美しさ」と、あつかましく自分で書いたように書いてしまったことに照れたのか、そこでロートレアモン伯は軽やかにおどけてみせている。いずれにせよ、イジドール・デュカスは、その程度にあつかましく、またその程度にシャイな青年だったのである。

このようにして美しい少年は埋葬され、司祭の説教も始まってしまうが、それでもその少年の正体が明かされることはない。

すると遠くの方から、マルドロールが駿馬に乗って近づいてくる。司祭は蒼ざめ、うろたえる。しかしマルドロールはさらに近づき、墓地の入口までくるが、なにもせず、なにも言うことなく、また遠ざかってしまう。すると、

司祭はさらにおごそかに、説教を再開した。「病気が人生のとばくちしか識らしめなかった者、そして墓穴がいましがたその腕に受け容れたばかりの者が、まぎれもなく生者であったことを、諸君が疑っておられるとは見受けられぬ。だがしかし、少なくともこれだけは、わかっていただきたい。たくましい馬によって運び去られた、その怪しい影を諸君が見た者、できるだけ早く見るよう、わしが諸君にすすめたあの者、それはもうあの者が、いまは一つの点でしかなく、すでにヒースの中に消え去ろうとしているから言うのだが、あの者こそ、どれほどながく生きようと、あの者こそただ一人の、真の死者なのじゃ」


これでこのストロフが終わる。ここでその美しさを、トビの飛行の美しさにたとえられた美少年は、ついに無名のままに埋葬されてしまう。その美少年をこのように扱ったのは、作者がこのストロフの最後の、「あの者［マルドロール］こそただ一人の、真の死者なのじゃ」という司祭の発言に、唯一の力点を置きたかったからであり、読者の注意をほかに向けたくなかったのであろう。

ジョルジュ・ダゼットが去ってから、イジドール・デュカスはおだやかに、そしてゆるやかに、彼岸へと向かったのであろう。マルドロールが「真の死者」と名指されているが、それに続いてイジドール・Dも・・・。やがて『マルドロールの歌』は、死者の視点から歌われるであろう。

最初は＊＊＊（三つの星印《トロワ・ザステリック》）としか名乗れなかった『マルドロールの歌』の著者は、彼岸からそれを歌えるまでに成熟したときに、ロートレアモン伯になった、と言うことも可能である。そうであるならば『マルドロールの歌』という作品で示された、著者とマルドロールとの二人旅は、こちらからあちらへの旅日記でもあった、と言うことが可能である。

このような足どりは、ある種の芸術にとっては宿命であるとも言える。東洋、とくに日本では、それほど珍しいことではない。伝統的作法にのっとり、介錯人森田青年まで道連れにして現実に自刃した三島由紀夫、ノーベル文学賞受賞後に自殺した老人、川端康成もそうである。彼らの作品をたどると、三島は急ぎ足で、川端はじつにゆっくりと、此岸から彼岸へ旅をした旅人たちであったことがわかってくる。彼らは生前、死者のまなざしで見ることに成功してから死んだ。まさにメメント・モリである。『マルドロールの歌』の一つの顔も、メメント・モリなのである。

そしてわれわれはとうとう、五の歌の最終ストロフ、一の歌から数えれば第五〇ストロフにたどりつく。

このストロフはながい。そしてなだらかで、脱線も悪ふざけも極度に少なく、スムーズに坦々と進行する。しかしトーンは沈痛であり、静寂である。それなのに軽やかで、よどむところがない。このストロフ全体が、まるで直前のストロフの、シュニュー博士がビュフォンから借りてきた、トビの飛行の描写のような、出来工合である。

それは一〇年近くのあいだ、夜ごと、巨大な老タランチュラに血を吸われ続けてきたマルドロールが、訳のわからないままにその継続的刑罰のような吸血作業を、当然のことのように受け容れてきたからであり、その年中行事化してしまった老タランチュラによる吸血作業は、そのためにマルドロールがすっかり血を失って死んでしまうことを、マルドロール自身が望んでいるので、そのようにながく継続されていたのであった。

そして、この罪と罰との物語のようなことの原因であるマルドロールの過去が、とうとうそれを忘れてしまっていた本人にも明かされることになった、その夜の物語が、このストロフである。

「夜ごと、極限の高みにまで睡眠がたどりつくころ、巨大な種類の老いさらばえた蜘蛛が一匹、部屋のすみの床に開いた穴から、ゆっくりと頭をのぞかせる。（後略）」


で始まるこのストロフは、マルドロールが主人公なのに、マルドロールという固有名詞が出てくるのは終わりのほうでただ一度だけであり、マルドロール自身の発言はゼロである。まるでもう死んでいるかのように。そのようなマルドロールが、これからの吸血の儀式のじつに従順な被害者になるのである。彼は老タランチュラが出て来やすいように部屋をととのえ、裸になってベッドに横たわり、みずからの姿勢を正し、静かにタランチュラを待つ。夜ごとにである。

「彼のただ一つの願いは、あの死刑執行人が、彼の生存に終止符を打ってくれることなのだ」。そして「彼の顔は、彼が満足しているかのように輝いている」のである。

これもまた例の「受難愛好人間《アン・ノム・アマン・ダン・パレイユ・マルテイール》」の一つの表現のようだが、じつはそうなることが当然の理由が、マルドロールの過去の行為のなかには在ったのに、本人がそれを思い出せないでいたのである。そこで老いたる蜘蛛はその夜、彼の耳もとににじり寄り、語りかける。


「目を醒ませ、昔日の多情な炎、肉のそげおちた怪物よ。裁きの手が下される時がきたのじゃ。つまりおまえの待ち望んでいた説明を、してやる時が近づいてきたのじゃ。聞いておるのか、どうじゃ？　だが手足を動かすんじゃない。おまえは今なお、われわれの磁力の支配下に置かれている。脳無力症も続いておる。だがしかし、それも今夜が最後じゃ。ところで、エルスヌールの面影は、おまえの想像力の中でどんな工合かな？　なに、忘れておったと！　それにあの、えらそうな歩き方をするレジナール、おまえの忠実な脳のなかに、彼の顔立ちは刻まれておったかな？（後略）」

老タランチュラの腹からは、二人の若者が出てきていた。老いたる蜘蛛はさらに語る。

「君を見つめることを、まだ止めなかった者、その者が君をたいそう愛していたからであるが、その者こそ君が愛を与えた二人のうちの、最初の者であったのじゃ。（後略）」

二人の若者はすでにベッドのわきにいたが、老蜘蛛がその最初の者だと言うレジナールという名の青年は、とくに内気であるということで、巨大な蜘蛛が本人に代わって語り始める。

マルドロールはある日、そのレジナールを誘って海へ遊びにいった。二人はともにすぐれたダイバーだったので、二つの海流のあいだを二人で潜っては楽しんでいたのである。ところがややあって、数分間の潜水のあと、その二人はずいぶん離れて水面に姿をあらわした。そしてなぜか、血のながい筋が一本、海面に見られたのである。水中でいったい、なにごとが・・・。

「（前略）レジナールは三度、君の名の音節のこだまを響かせ、君は三度、悦楽の叫びでそれに応えた。帰るには岸が、あまりに遠く思えたので、彼は君に追いつこうとして、そして君の肩でしばらく腕を休めようとして、君の航跡を追うむなしい努力をかさねたのだ。その消極的な狩猟は一時間も続き、彼は力を失い、君は自分の力が増してくるのを感じていた。（後略）」

沖網を仕掛けて帰ろうとしていた漁船の漁師たちが、レジナールを救助した。だがレジナールはその日の出来事、いや二人だけの秘密を、けっして誰にも洩らそうとはしなかった。

（前略）ずっとあとになってから、君は後悔したが、それは束の間のことでしかなかった。君はもう一人の別の友をえらび、その者を祝福し尊敬することで、自分のあやまちを償おうとした。このような贖罪の方法で、君は過去の汚点をぬぐいさり、やがて二番目の犠牲者となる者に、ほかの者には見せたことのない思いやりを、君は注ぎ込んだのだ。むなしいのぞみ。

そして今度はエルスヌール本人が、みずから語った。

「（前略）ぼく、つまりエルスヌールは、はじめて君に会い、その瞬間から君が忘れられなくなってしまった。ぼくらはしばらくみつめ合い、君はほほえみ始めた。ぼくは目を伏せた。ぼくが君の眼に超自然の炎を見たからだ。ぼくはいぶかっていた。君は夜の闇に乗じて、とある星の表面からぼくらのところに、ひそかに墜落してきたのではないかと。いまとなっては隠す必要もないので告白するが、人類の仔イノシシたちに、君は似ていなかったからだ。それどころか、きらきらと光る後光が、君の額のまわりには射していたのだ。ぼくは君と親密な関係になりたいと思っていた。しかしぼくという人間は、この奇妙な高貴さの恐るべき新しさに、無理に近づこうとはしなかった。粘着力のある恐怖が、ぼくのまわりをうろついていたからだ。それら良心の警告を、どうしてぼくは聞き入れなかったのか？　根拠のある虫のしらせ。君のほうでは、ぼくのためらいに気づき、顔を赤らめて手をさしのべた。それからというもの、君の知性の息吹は、ぼくのなかに吹き込まれた。（後略）

そのようなエルスヌールを、マルドロールはある日の夕暮れ、散歩に誘った。二人は人びとを避けるように街から遠ざかり、とうとう森の近くまで来てしまった。エルスヌールの脚力ではそれ以上はもう無理だった。するとマルドロールはエルスヌールを地面にひざまずかせた。そして死の瞬間まで一五分をあたえ、その時がくるとあまりにも弱すぎるエルスヌールを倒し、おさえつけ、ナイフをとりだした。ちょうどその時、牛の群れを犬と共にひきつれた牧童が近づいてくる物音がした。マルドロールはあわてて、エルスヌールの右の手首を斬り落としただけで逃走する。やがて牧童に助けられたエルスヌールは、みずからの胸を銃弾にさらす決心をし、戦いに身を投じた。そして彼の右手の鉄の義手《ぎしゅ》は、赫々《かくかく》たる武勲に輝いた。そのような戦争が続いていたある日、エルスヌールは敵方の、勇敢な一人の騎士にあいまみえる。そして激しい一騎撃ちをくりひろげた。

「（前略）ながいあいだ、ぼくらは闘い、傷だらけになり、兜もこわしてしまった。やがて共通の合意が成立し、ぼくらは休息するため、いったん闘いを中止し、またすぐいっそうの力をこめて戦闘を再開した。おたがいの敵への賞讃にあふれ、ぼくらはそれぞれ兜の面頬《めんぼほ》をあげた。『エルスヌール！・・・』、『レジナール！・・・』、ぼくたちのあえぐ喉が同時に発したのは、このように単純な固有名詞だった。その最後の名の者も、慰められることのない悲しみに絶望し、ぼくのように戦士になる道を選んでいたのだが、弾丸すら彼を見逃してきたのだった。なんという状況のもとに、ぼくらは再会したことか！　しかし、君の名の発せられることはなかった！　彼とぼく、ぼくらは永遠の友愛を誓い合った。だがその愛はまちがいなく、それまで君が主役だった、はじめの二つの愛とは異なっていた！　天上から降りてきた、神の使者である首天使はぼくらに命じた。ぼくら二人が一匹の蜘蛛に変身し、懲罰中止の勅令が高みから下るまで、夜ごと君の喉をしゃぶりに行けと。一〇年近くのあいだ、ぼくらは君の寝室に出没してきた。だがこれでもう君は、ぼくらの刑罰から解放される。君の言っていた、ぼんやりとした誓約というのは、君がぼくらにしたものではなく、君よりさらに強いあの存在に、君がしていたものなのだ。君は君自身、あの取り消し不能の勅令には、したがうほうが得だということを、理解していたのだ。めざめよ、マルドロール！［このながいストロフのなかで、マルドロールの名の出てくるのは、これが最初で最後である］二度の五年祭《ラストル》［古代ローマの祭り］にまたがる夜のあいだ、君の脳脊髄組織にのしかかっていた磁気魔術は、いま消える」

これでエルスヌール本人の語りがやっと終わるが、このエルスヌールとレジナールとは、いったい何者なのであろうか？　このストロフの舞台は、まちがいなく南米西海岸の南の方であるが、登場する人物は二人ともに、ジョルジュ・ダゼットの分身風である。そしてジョルジュ・Dは南米にいたことはないが、もうこのあたり、五の歌の最終ストロフまでくると、ロートレアモン伯のなかでは、すべての過去の残像が溶け合ってきているようである。このストロフではエルスヌール、レジナールとも、マルドロールは殺人未遂だったのである。『歌』をずっと読んでくると、マルドロールが、ダゼットを殺そうとしたり、殺してしまったことは、何度もある。ロートレアモン伯は、ほんとうにダゼットの残像を自分の心のなかから消したかったのであろう。いや消し去らなければならなかったのであろう。やがて六の歌では、ロートレアモン伯は、そのストロフのすべてを、そのことに捧げるであろう。

エルスヌールのながぜりふのあと、すぐにこれから紹介する文が続き、ながかったこのストロフも、五の歌も終わる。紹介しようとしている部分は、いわばト書きであり、かつ大団円のようでもある。マルドロールは口を閉ざし、彼の名の呼ばれることもなく、ただ「彼」である。

彼は、みずからに命令したかのようにめざめる。そしてこの世ならぬ二つの形が、腕と腕を組み、空中に消えていくのを見る。彼はもう眠ろうとしない。ゆっくりとひとつひとつ、手と足をベッドからひきずり出す。そしてこごえた皮膚を、ゴシック風の暖炉の残り火であたためにいく。シャツだけが彼の体を覆っている。からからの口を湿らせようと、彼は目だけで、クリスタルの水差しを探す。そしてよろい戸を開き、窓の下枠にもたれかかる。彼の胸にうっとりするような光の円錐を注ぐ月を、彼は眺める。その光の円錐には、えも言われぬやさしさの銀の原子が、尺蛾《しゃくが》のようにふるえている。夜明けの薄明かりが彼の動転した心に、ごくささやかなやすらぎを、舞台装置の転換によってもたらされるのを、彼は待つ。

この部分はまさに、一つの作品の大団円のたたずまいである。私は四の歌の最終ストロフのときにも、同じようなことを言ってしまっていたが、ここではなおのこと、そうなのである。しかし「舞台装置の転換」とは、なにを指しているのであろうか?

そこにはもちろん、このつぎの六の歌が、これまでの『マルドロールの歌』の五つの歌とは、かなり違ったものになるであろうことを、すでに識っている作者、ロートレアモン伯の思惑が反映されているのだが、著者＊＊＊のころからのものを大なり小なりひきずってきた『歌』には、このあたりで一応終止符を打って、『歌』の途中で新しく誕生した著者ロートレアモン伯の一種の打ち切り宣言が、このストロフではなかろうか。いやそれよりもこれは、主人公マルドロールの総ざんげをかかげた、風変わりな敗北宣言なのであろうか。

そして「諸現象のあらわれ」としては、ここでまた再出発するというか、本能的残虐性、理由なき殺人願望、さらには加害者も罰せられることで清められる受難愛好人間などの再登場で、この五の歌はいったん、『歌』の円環を閉じる。そして「舞台装置の転換」の答えは、六の歌のはじめの二ストロフで、ロートレアモン伯みずから、あらためて説明してくれるであろう。

ではこの章の終わりに、『マルドロールの歌』の文体、スティールに触れておきたい。

たしかに『マルドロールの歌』の文体は特別のものであり、少なくとも普通ではない。まず『歌』の主人公の名前であり、ロートレアモン伯の唯一の主作品の題名にもなっている「マルドロール」は、ジャン＝ジャック・ルフレール氏の説によれば、フランス語のマル（mal）、害、痛み、苦痛、病気、苦労、困ったこと、不利なこと、悪口、そしてなによりも悪などの意味のある語と、それと同義のスペイン語、ドロール（dolor）との二国語の同義語の合成されたもの、つまり、悪悪《わるわる》なのである。そしてそのようなフランスとスペインの合成語をロートレアモン伯が自分の主著の主人公の名にしたのは、イジドール・デュカスの幼少時に、自然に耳から入ったスペイン語の、母音重視のソノリテ（響き）、あるいはコンソナンス（複数音の響きあい）が、ながく忘れられなかったからであろう。またこれまで『歌』に出現してきた、ジョルジュ・ダゼットの分身たちに与えられた名にも、ヒスパニックの多かったことを思い出していただきたい。さらにこの五の歌の最終ストロフでもロートレアモン伯は、「レジナールは三度、君の名の音節のこだまを響かせ、君は三度、悦楽の叫びでそれに応えた」と書いていた。その「君の名」は、マルドロールであった。

　またそのレトリック（修辞法）についても、『マルドロールの歌』はさまざまに論じられているが、それらはスペイン語の修辞法の影響を受けているというよりも、著者のフランス語の修辞法への反発と抵抗が強かったための結果であろう。げんに『歌』には、文学の埒外の記述の借用とコラージュ、最新科学発明品への強く異常な関心、巷の大衆好みの卑俗なものごとへの偏愛、そのころ始まったばかりのパルナシアン、高踏派（その拠点はパリのルメール書店であった）への烈しい嫌悪と敵意などが、修辞法の枠をこえて、著者の生存中に闘志を燃やしていたものごと、彼を走らせたものごとがすべて、当時の文学の主流への著者独特のテロリスムであったと考えられる。だからなかには、彼独自の文学テロリスムの動機を、彼はフランス語には遅れてきた若者であり、彼がフランス語の修辞法をあれほど憎んだのは、それがよく理解できなかったからだ、と言う人がいても不思議ではない。

いずれにせよ『マルドロールの歌』の、スペイン語風ソノリテを大切にしながらフランス語の修辞法に強い反感を示している独自の文体《スティール》は、いよいよ五の歌で完成に近づいてきたのである。

第七章

マルドロールの最後の六の歌

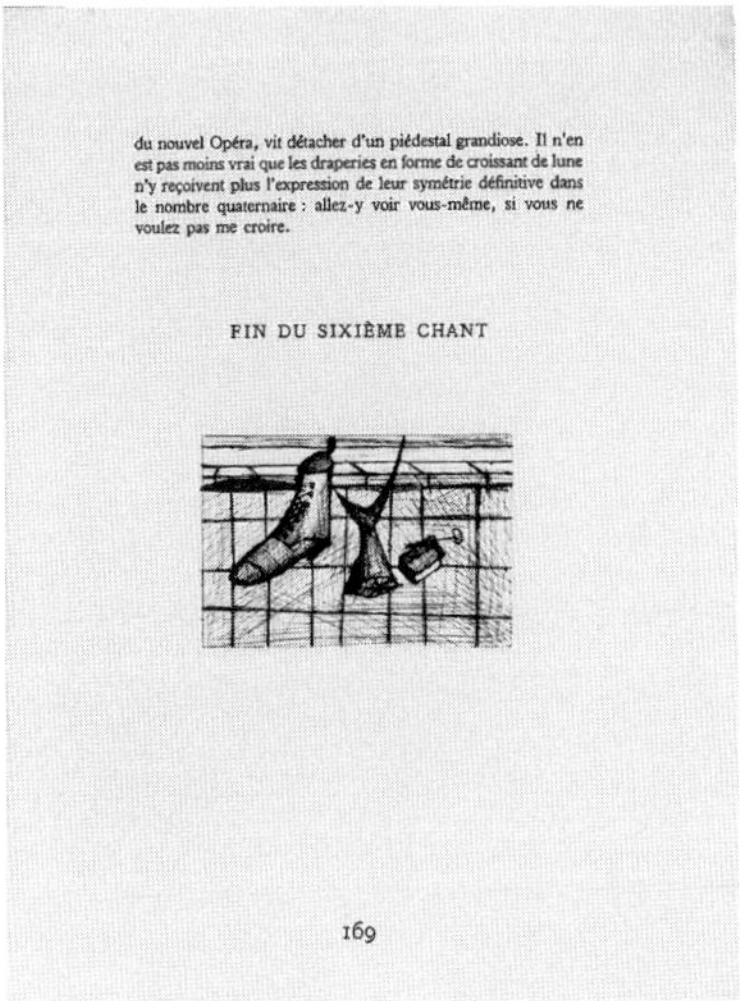

du nouvel Opéra, vit détacher d'un piédestal grandiose. Il n'en est pas moins vrai que les draperies en forme de croissant de lune n'y reçoivent plus l'expression de leur symétrie définitive dans le nombre quaternaire : allez-y voir vous-même, si vous ne voulez pas me croire.

FIN DU SIXIÈME CHANT

169

これこそが最良だ。なにしろこれは小説なんだから！　この雑種の序文《セット・プレファス・イブリード》は、とうてい自然だとは思えない方法でひけらかされた。ということの意味は、それにびっくりさせられた読者が、はじめはどこへ連れていかれるのか、さっぱりわからないということでもある。だがそのめざましい、びっくり仰天の感情は、ふだん書物や小冊子などを読んで閑つぶしをしている者たちを、ひっかけてやろうとするときに利用されるべきものなのだが、ぼくはそれを産み出すのに、全力をつくした。じつのところ、自分の善意をないがしろにして、いい加減にやってしまうことが、ぼくには出来なかったのだ。この煤だらけの顔の、背教者の序文をほんとうによくわかるようになるのは、もっとあとになって、いくつかの小説が出現してからのことになるだろう。

（ロートレアモン伯『マルドロールの歌』
六の歌、第一ストロフの最終部分より）

マルドロールの最後の六の歌の、はじめの二つのストロフは、『歌』のこれまでと同じように、あいだに線《テイレ》が置かれているだけであるが、その後の八つのストロフには、ⅠからⅧまでのローマ数字がそれぞれにつけられている。なぜか？　それはその八つのストロフは一つの小説《ル・ロマン》だからであり、そのことは、はじめの二つのストロフを読めばわかる仕掛けになっている。そしてロートレアモン伯は、はじめの二つのローマ数字なしのストロフをみずから、私がこの章の扉にかかげたように、「この雑種の序文《セット・プレファス・イブリード》」と呼んでいる。これまで『歌』にはかずかずのプロローグ（それをプロローグと呼んだのは前川であり、著者ではなかった）があったのに、それらを「序文」、プレファスと名づけたことはなかった。ところがそれらを読んでみると、これまでのものと異なった内容ではない。やはり自己解説、前口上なのである。ではそれをことさらに「序文」としたのはなぜか？

それは、マルドロールの六の歌だけは、当時人びとを熱中させていた「ロマン・フゥイユトン」、新聞連載小説、あるいは新聞小説風伝奇冒険小説のパロディーに、ロートレアモン伯はしたかったからである。げんに著者が筆名をちょうだいしたユジェーヌ・シュウの『ラトレオーモン』という長大な小説にも、著者の「序文」がついていたし、それがロマン・フゥイユトンの習慣だったのである。そしてその序文で、ロートレアモン伯は、これからの八つのストロフは、これまでの『歌』とは違うものだぞと強調しているのである。

六の歌の最初のストロフ、一の歌からの通算では五一番目となるストロフは、まずつぎのような長文から始まる。

君たち、そのうらやましいほどの落ち着きが、容貌に花をそえる以上の結果にはならない諸君、信じてはいけない、まるでリセの新入生のように、一四行か一五行のストロフのなかで、不適当とみなされる感嘆の叫びや、ごくわずかな努力さえすれば想像できる程度にグロテスクな、南ベトナム産メンドリのやかましくヒナを呼ぶ声などを発することが、なおもまだ問題になっているのだというようなことを、だがしかし、主張する命題を事実によって証明することは、好ましいことである。

これで一文である。このようにまわりくどく、これまでの『歌』のところどころを反省しているようなふりをしながら、さらにあつかましく、このようにつづける。

ところで諸君は、このように言い張るだろうか？ ぼくが人間と造物主とぼく自身を、わかりやすいぼくの誇張法でもてあそびながら罵倒してしまったので、ぼくの使命はもはやすでに果たされてしまったのだと。いや、それは違う。ぼくの仕事のもっとも重要な部分は、これから着手するべく残されている務めとして、依然として存在し続けているのだ。これからは小説の糸《レ・フィセル・デュ・ロマン》が、すでに高らかに名指された三人の登場人物を、動かしていくことになるだろう。

これを読むかぎりでは、三人の登場人物の最後の者が「ぼく自身《モワ・メーム》」となっているが、そうだとすればそれは文脈上、マルドロールではなく、この序文を書いている著者、イジドール・デュカスことロートレアモン伯ということになってしまい、これからはもうマルドロールは出てこないということになるのだが、それはどうやら力《りき》みすぎのための著者の混乱であろう。

つまりここでは、『マルドロールの歌』にはそのほど変わりはないが、表現の形はがらりと、ロマン・フゥイユトン式になるぞと宣言しているのである。

そして伯爵はさらにつづける。

そうすることで彼ら［もちろん三人の登場者のことである］には、より少ない抽象的な力が与えられることになるであろう。

著者は『歌』よりも「小説」のほうがより具体的だと考えているのである。そして小説は極度に具体的であらねばならないと、肉体組織や生理機能、さらには光学の原理まで持ち出して、このように規定する。

だがそれらはもはや、笑いをさそう特質をそなえた、あの呪われた者たちではない。作者の脳のなかにとどまっていたほうがよかった、虚構のパーソナリティーでもなく、だからといって、日常的な存在のずっと上のほうに位置する、かずかずの悪夢でもないだろう。そしてそのことによってぼくのポエジイは、さらに美しい以外のなにものでもなくなることに、君たちは注目しろ。君たちは自分の手で、大動脈の上昇分岐や副《ふく》腎嚢《じんのう》に、触れるのだ。さらに、さまざまの感情にまでも！

しかし、ほんとうにそうであろうか？

私は三の歌以降、著者がその種のことに、真剣に挑戦してきたことは、それは認める。だがそうしようとすればするほど、感情あるいは情念は逃げていくという現実も、著者は同時に体験してきたはずである。こんどは大丈夫なのであろうか？

というわけで、六の歌の場合はすでにトライアルは終わったのだから、そしてそれらのトライアルの結果は手に入り、方法はもう入手したのだから、これからは本篇でそれに取り組むという、これは宣言なのであろう。そうとしか考えられない。私はそうあってもらいたいと願う。

そしてこのすぐあと、とんでもない重大発言が飛び出してくる。

これまでの五つの物語《レシ》［それは一の歌から五の歌までの、マルドロールの歌の五つの歌を指す］は無駄ではなかった。それはぼくの作品のまえがき《フロンティスピース》、建築の基礎《フォンダマン・ド・ラ・コンストリュクシオン》、ぼくのこれからのポエジイの準備説明《エクスプリカシオン・プレアラーブル》だったのだ。そして旅立ちの荷物をまとめ、想像力の国ぐにへ足を踏み込むまえに、ぼくはぼく自身で、文学の真摯な愛好者たちに、明瞭で明確な一般論のすばやい素描によって、ぼくが追い求める決意を固めた目的を、あらかじめ告げておかなければならなかったのだ。

新しい方法、小説《ル・ロマン》という形式が、どんなにすばらしいのか、というあたりまでは、わずかな誤りと嘘があったにせよ、なにしろロートレアモン伯のことだから、その程度ならいいかと許せたにしても、これまでの五つの歌を無駄ではなかったと言いながら、じつは無駄だったかもしれないと言うのなら、そうだったかもしれないと婉曲に語っているところなどは、正直と言えば正直かもしれないが、厳しく見れば、なんたる慇懃無礼な、呆れた言い草であろうか。しかも、居丈高ととられても文句のつけようがない、えらそうな文章でそれを語られては！

ところがわれわれ読者はこれまですでに、イジドール・デュカス、そしてロートレアモン伯と、かなりながい付き合いを重ねてきて、いわば飼い馴らされているので、怒ることもできずに、どちらかといえば、わかってしまうのである。

引用したこのながめの一文は、おそらく著者の正直な告白なのであろう。著者はみずからの作品の、これまでの五つの歌に、さまざまの不満なところをみつけだし、その著者風に、少々おおげさに表現すれば、これはみずからの過去を否定している、ということになるのである。そこまでではないにしても、できれば否定したいと思っている気持ちの、これは表明なのである。

それはおそらく、読者に向かって、あれほど何度も、読んでほしいとねだり、読み方まで教えてくれた著者の、これは本音であろう。悲しいことではあるが、私にはそうとしか思えない。

そして、これまでよりもっとずっと、「諸現象のあらわれ」だけに頼って行くぞという、これは宣言なのかもしれない。

さらにこの六の歌の第一ストロフも終わりに近づくと、この第七章の扉にかかげた、おおげさな文章たちがやってくる。もう一度読んでやっていただきたい。

そしてこのストロフは終わる。恐れ入りました、というのが私の正直な感想である。

ここで使われたイブリード（hybride）という外来語は、英語のハイブリードであるが、当時は今日のような意味はなく、雑種の、という意味で使われていた。著者はせいぜい五の歌のプロローグに書いていた、「生きているネズミの背中に、べつのネズミからひっぺがした尻尾を移植するのに、成功したのじゃなかったのかな？」の一件程度のことを、このイブリードな序文の、イブリードの語でイメージしていたのであろう。

さてつぎの六の歌の第二ストロフ、一の歌からの通算では第五二ストロフは、六の歌の二番目のプロローグ、雑種の序文、その二である。

しかしこれは、直前の第一ストロフほど深刻なものではない。なぜ小説なのかを、雑種の序文その一でやった直後なので、それならこの六の歌は、どのような小説にしようと、ロートレアモン伯は考えているのかということの具体的な説明なのである。

それはまず舞台の設定で始まる。六の歌の第三ストロフからは、もう田舎や人里はずれた場所は止めて、「人間の集積する」大都会、つまりパリを舞台とすることが告げられる。そして、なぜそうしたのかという理由が説明されるが、著者はパリという固有名詞をなかなか使わない。じっさいには、つぎのストロフを読めばわかるが、パリと言ってもその一部分だけであり、それは一年あまりのイジドール・デュカスの生活圏に過ぎないからである。北はせいぜいクリニャンクール、南はカルチェ・ラタン、パンテオンどまりなのである。

つぎは変装術の使用宣言である。マルドロール以外は六の歌でもさかんに変身するし、とくに神とその一派はそうであるが、マルドロールとわずかな登場者は、もう変身ではなく、変装すると宣言してしまうのである。変装すると言っても、「まことに平凡な身なり」にであって、ごくありふれた庶民的な変装こそ、変装術の極意であると、ロートレアモン伯は力説する。そして、

パリの地下の下水道で、すばしこく動きまわっていた、美しく痩せたあのコオロギに、君は気づかなかったか？　あそこには、あいつしかいなかった。あれがマルドロールだったんだ！

と。しかしこれでは、変装ではなく変身である。ここにも混乱が見られる。この二つめの雑種の序文も、文章に勢いはあるものの、これから八ストロフにわたって繰り展げられる小説において、この変装宣言は、あまり忠実にまもられないことになる。

つぎは主人公、マルドロールの神出鬼没性である。

今日、彼はマドリッドにいる。明日は、サンクト・ペテルスブルグにいるだろう。昨日、彼は北京で見受けられた。

であり、

あの盗賊はたぶん、この国から七〇〇里の彼方にいる。いやおそらく、君たちから数歩のところにいる。

のである。パリを、そしてその一部を舞台に設定したばかりなのに、なにを言いだすのかとも思えるが、これらは混乱というよりも、単なる言葉のあやなのであり、この序文の三つめの特色も、六の歌の本篇ではあまり活用されない。面白かったから書いてみただけ、であり、もとはと言えば、ロマン・フゥイユトンの読みすぎである。

そして著者はここで、間違いなく調子に乗って、当時流行の怪盗伝奇小説の主人公、ロキャンボール（ロキャンボールはヒメニンニクのこと。ポンソン・デュ・テライユ〔一八二九―一八七一〕『ロキャンボール氏の最後の言葉』、一八六六年刊）の名を洩らす。マルドロールのことをロートレアモン伯は、思わず「この詩的なロキャンボール」と呼んでしまうのである。

つまりロートレアモン伯は、六の歌の本篇ではパリという華の都、それも自分のよく識っている地域中心に小説を展開し、小説ではあるがロマン・フゥイユトン（新聞連載小説）、それもヴィクトル・ユゴオ式の重々しいものではなく、ポンソン・デュ・テライユ式の下世話でやんちゃな、B級伝奇冒険小説風のロマン・フゥイユトンの形を借りて、そこに思い切り想像力を活用した奇想天外な出来事をつめ込んだ、ロマン・フゥイユトンのパロディーを、これから八つのストロフを使って展開してやるぞと、その前宣伝に二つもストロフを使い、それを「雑種の序文《プレファス・イブリード》」と名付けるのである。そしてイブリードという言葉は、そのようなB級ロマン・フゥイユトンの形に、ポエジイあふれる想像力の世界をもり込む、寄せ木細工のことを指していたのである。

その流れにおいて、著者がロートレアモン伯という筆名を、やはりロマン・フゥイユトンの一方の雄であるユジェーヌ・シュウの『ラトレオーモン』という小説の主人公、ラトレオーモンからいただき、それを少々もじって（そのやりかたをアナグラムと言う）、ロートレアモン伯としたことは、けっして不自然ではない。著者はそのころ、その種の読み物を面白がって楽しんでいたのだから。それにユジェーヌ・シュウの版元は、この『マルドロールの歌　全六歌』を出版してくれることになっている、アルベール・ラクロワその人であったのだから。

しかし直前のストロフも含めて、こうまで派手に新理論（珍理論かもしれない）をさらけ出してしまって、さらにB級ロマン・フゥイユトンにそうとう毒されていることまでさらけ出してしまって、肝心のこれからの本篇は果たして大丈夫なのかと、心配になってくる。

いずれにせよこの六の歌の、まだ番号のつかない二つめのストロフは、つぎのように終わる。


しかしわかってくれ。アヒルの顔した男の、馬鹿馬鹿しいからかいの薄笑いのないところであれば、ポエジイはどこにでも、みつかるということを。ぼくはまず洟《はな》をかむ。ぼくがそうしたいからだ。そしてそれから、われとわが手に力強くたすけられ、ぼくの指が放り出したままにしていたペンを、ぼくはふたたび握るだろう。袋が発したかに思われた、絹を裂くような悲鳴が聞こえてきたとき、キャルウゼル橋はどのようにして、みずからの永世中立を護れたというのか！


最後の一文はすでに、つぎの第三ストロフから八つのストロフにわたって、連続して展開されるであろう、新しく詩的な、めくるめくロマン・フゥイユトンの大パロディーの、謎めかした前宣伝である。そしてそれこそがB級ロマン・フゥイユトンの常套手段なのである。まだ序文のうちに、ロートレアモン式ヌーボー・ロマン・フゥイユトンは、幕を開けてしまった。さあ、あしたはどっちだ。

それにしても『マルドロールの歌』をここまで読んでくると、なにかいやな予感が私につきまとい、それがなかなか離れてくれないのである。それはこのように転身を繰り返し、その都度その説明と弁明と新宣言に明け暮れ、ということは、過去の部分否定を繰り返していて、この六の歌で『マルドロールの歌』は終わってしまうというのに、果たして六の歌の終わるころにはどうなっているのかという、私の心配なのである。それが杞憂《きゆう》であればよいのだが……。

そのような心配をよそに、とうとう六の歌の本篇のIは、じつに恰好よく始まる。いよいよである。六の歌の第三ストロフであり、一の歌からの通算では第五三ストロフにあたる。それは、ヴィヴィエンヌ街のパサージュから始まる。読んでみよう。

I　ヴィヴィエンヌ街の店みせが、感嘆のまなざしの前に、その豊かさを繰り広げる。かぞえきれない数のガス灯の火口《ほくち》に照らされ、マホガニーの宝石函や金の懐中時計がショーウィンドーのガラス越しに、まばゆい光の束をまきちらしている。証券取引所の時計が八時をうつ。おそくはない！　その時計が最後の音をひびかせると、すぐにすでに名指されたその街は震えはじめ、ロワイアル広場からモンマルトル大通りまで、土台から揺れる。そぞろ歩きの人たちは足をはやめ、心配そうに家にひきあげる。女がひとり、気をうしない、アスファルトに倒れる。だれも彼女をたすけおこさない。だれもがあわてて、この界隈から遠ざかろうとしているからだ。よろい戸がせっかちに閉ざされ、住民たちはフトンにもぐり込む。東洋のペストがやってきたらしい。こうしてこの都市の大部分が、夜祭りの歓楽に泳ぎだそうと、その仕度をしているころ、ヴィヴィエンヌ街は、ある種の石化現象によって、いきなり凍りつく。

問題の小説は、このようにすばらしいスタートを切る。『マルドロールの歌』は、たしかに進化をとげたようである。

そしてややあって、あの有名な「ボー・コム」、「――のように美しく」の連発銃の銃声が鳴り響く。

ところでぼくのペン（それはぼくの相棒をつとめてくれている、ほんとうの友人だ）が、不思議な現象をひきおこしたばかりの、この地域のなかのコルベール街に、ヴィヴィエンヌの通りが入り込むあたりを、君たちがもしよく見ていたのなら、その二つの街路の交差が形成している角に、ひとりの人物がそのシルエットをあらわし、大通りに向かって軽やかに、歩を進めるのが見えただろう。だがもし、その通行人に気づかれない方法で、さらに接近できたなら、心地よいおどろきとともにわかっただろう。なんて彼は若いんだ！ 遠くからだと、大人のように見えていたのに。もの思いにふける顔の、知的能力から判断しようとすれば、これまでの歳月は問題ではない。けれども、その額の骨相学的なスジのなかに、ぼくは年齢を読むことが出来る。彼は一六歳と四か月だ！ 彼は肉食鳥の爪の、緊縮性のように美しい。いやそれよりも、首のうしろのやわらかい部分の傷の中の筋肉の、おぼろな動きのように美しい。いやむしろ、捕えられた動物自身によって、つねにふたたび仕掛けられる、齧歯類だけを限りなくつかまえる、麦わらの下にかくしておいてもしっかりと機能する、不滅のネズミ捕獲器のように美しい。そしてなによりも、ミシンとコウモリ傘との、解剖台の上での偶然の出会いのように、彼は美しい！ マーヴィンという名の、イギリス人夫婦のその金髪の息子は、先生の住まいでフェンシングのレッスンを受けてきたばかりで、スコッチタータンの服にくるまれ、両親の待つわが家へと帰るところなのだ。

そうである。——のように美しい「ボー・コム——」という形容句の最後を飾っている、あの有名な「ミシンとコウモリ傘との、解剖台の上での偶然の出会いのように」美しいという言葉のつらなりは、一六歳と四か月であるに違いないイギリス人少年の美しさを讃える、いくつかの奇妙な形容句に、とどめを刺す比喩だったのである。

ここでこのように華々しく、しかも登場人物のなかで最初に出現したマーヴィンは、たしかにこの六の歌の本篇の、ⅠからⅧまでの小説の副主人公であり、すでにこの六の歌のイブリードな序文において、作者は「これからは小説の糸が、すでに高らかに名指された三人の登場人物を、動かしていくことになるだろう」と宣言し、その三人とは「人間と造物主とぼく自身」であると明言していた、その最初の一人である「人間《ロム》」として、マーヴィンが出現したのである。「――のように美しく」という形容句に飾られて、マーヴィンは六の歌の本篇で人類の代表者として。まだ造物主も、ぼく自身も登場してはいないのに、はやばやと。

そしてまた作者は、はやくもマーヴィンが金髪であることを指摘した。このマーヴィンがいかに実在のジョルジュ・ダゼットにそっくりであるかは、これからの六の歌のなかで、ますます明確になっていくであろう。

じっさいマーヴィンとジョルジュ・ダゼットはよく似ている。そっくりだと言えるほどに描かれている。さらに引用した文中にある「一六歳と四か月」という彼の年齢である。これまでに登場した少年たちの年齢を限定するのは、作者の癖《テイック》と言ってもよいほどであったが、「四か月」と月まで限定したことはなかった。それが六の歌のIで、はじめて月まで限定されたのである。

実在のジョルジュ・Dが一六歳と四か月であったのは、一八六八年一二月のことである。そのときジョルジュはピレネー高原地方から上京してからほぼ一年あまり、すでにリセ・シャルルマーニュの生徒であり、マレ地区の有名なマサン学塾に寄宿して、シャルルマーニュに通っていた。そしてなによりも、その五か月前には、マルドロールの一の歌だけの小冊子の書評を『青春』紙のエピステモンと名乗る人物に書かせようとして、奔走してくれていたのである。そして残念なことに、ジョルジュがイジドールのもとを決定的に去ったのがちょうどそのころ、ジョルジュが一六歳と四か月のころである。「一六歳と四か月」には、そのような意味が隠されていたのである。

つまりいまやロートレアモン伯でもあるイジドール・Dは、別れたその時のジョルジュ・Dを、この最後の六の歌の本篇である小説の冒頭に、英国少年マーヴィンとして、また同時に人類の代表者として、きっちりと定着させようとしていたのである。そして六の歌のこのあたりが執筆されていたのは、すでに一八六九年の早春のころだと考えられるので、これが書かれたのはジョルジュとイジドールが別れてから、二、三か月後のことであったろう。

じつのところマーヴィンではなく、ジョルジュをそのまま英語読みにした「ジョージ」でもよかったと思えるほどである。しかしいま私がこんなことを言えるのも、ジャン＝ジャック・ルフレール氏が一九七〇年代、イジドールの写真とともにジョルジュの写真を見つけてくれたおかげである。あれはまさしく、ロートレアモン探索上の大事件であったと、私はつくづく思う。そしてマーヴィンの年齢、この一六歳と四か月には、著者の特別の思いがこめられていたのである。

おそくなってしまったが、ここでようやく「ボー・コム」の説明をしたい。その後半のネズミとり器と、ミシンとコウモリ傘と解剖台は、いずれも当時の最新発明品であり、博覧会に出品してもおかしくないピカピカの新商品だったのである。だから新しもの好きの著者の眼にとまったのだが、それらはマーヴィンの美しさが、一六歳と四か月になっても生まれたままに保たれていたことを、示そうとしたものである。また前半の「首のうしろのやわらかい部分の傷の中の筋肉」というのは、それらが一六歳と四か月たっても、なまなましいままであることを指摘したかったものと考えられる。そしてそれほどではなかったとしても、マーヴィンはそうあってほしい、ジョルジュはいつまでもそうであってほしいというイジドールの願いが、そこにはこめられていたのであって、世間で言われているような超現実風の意味合いはなかったと、私は判断している。場違いなものごとをぶつけてくる、というのは、もともとイジドールの癖《テイック》であった。

さてここで、それまではロートレアモンとなんのかかわりもなかったが、一九〇五年以降はロートレアモンの友となった作家の証言に触れることにしたい。それは一九〇五年一一月二三日付けの、アンドレ・ジッドの『日記《ジュルナル》』である。その日付けが、イジドール・デュカスの命日の前日であることには、さしたる意味はないと思われるが・・・。

『マルドロールの歌』の実に素晴らしい第六歌（第一、第二、第三章）をはじめは低い声で、そのうちに高い声で今読みおえたところ。これを今まで知らなかったというのは、なんという偶然だろう！　この作品の価値を認めたのはまだ自分一人ではないかしらという気さえする。「この作品を読み進んでいくにつれて意識がとみにおぼろになっていくのが感じられる……」とグールモンは書いている。グールモンはこれらのページを読まなかったにちがいない。これらのページをその価値も分からずに読んだと推測するよりは、そう考えることの方が、グールモンにとっては不名誉ではあるまい。

ところでこの作品は、狂おしくなるまでに私を興奮させる。彼は一足飛びに嫌悪すべきものから絶妙なものへと移っていく。マルドロールとメルヴァン〔マーヴィン〕との手紙のやり取り、家庭の食堂の描写、コモドールの肖像、《カロライナ産の夜鷹の翼から抜き取った一本の羽根をさした縁なし帽子をかぶり、膝までのビロードのズボンと赤い絹の靴下をはき……》、《互いに手をつないで、黒檀の嵌木床の上を、そっと爪先立ちながら客間に引きあげて行く》小さな兄弟たち等々……実に素晴らしい。これは全部コポーに読んできかせねばなるまい。これらの詩句の《はっきりした調子》の中にはなんという力が含まれていることだろう！

そのすぐあとランボーの『七歳の詩人たち』を再読する。それからグールモンの『仮面の書』の中の、ロートレアモンに関する数ページとランボーに関する数ページを読んでみたが、これは我慢できないほどくだらない（*）（ロートレアモンについての部分の無能ぶり、まったく情けない）。

（*）原註　これらのページは最近の版の中にはもはやはいっていない。

（『ジッドの日記Ｉ　一八八九―一九一一』新庄嘉章訳、小沢書店、一九九二年）

そしてその翌日（それがイジドール・デュカスの命日なのだが）の夜、じっさいにジッドはジャック・コポーに、六の歌のその三つのストロフを読んで聞かせ、その日の『日記』を「あまりにも短かった一日」という文でしめくくっている。

さらに四日後の、同一九〇五年一一月二八日の『日記』は、つぎのような文で終わっているのである。

ランボーの作品や『マルドロールの歌』の第六歌を読むと、自分の作品が恥ずかしくなる。そして単に教養の結果でしかないものはすべて厭わしいものに思えてくる。私はもっと違ったもののために生まれてきた者のような気がする。

だが多分まだ遅くはあるまい……多分オートゥイユに行けば……ああ！　実に待ち遠しい……（同前）

ここでアンドレ・ジッドが一九〇五年の冬のはじめに、低い声で、あるいは高い声で読みあげ、その翌日の夜には、若い友人の演劇人、ジャック・コポーに読んで聞かせたのは、六の歌のⅠ、Ⅱ、Ⅲストロフ、つまり第三、第四、第五ストロフである。

Ⅰはマーヴィン少年を紹介するストロフであり、現在われわれが検証しつつあるストロフでもある。そしてⅡは、マーヴィンの住まい、家庭、家族の紹介と、そこで登場するマルドロールが、最初の呪いをマーヴィンにかけるストロフ、Ⅲはマルドロールの誘いの手紙がマーヴィンに届き、マーヴィンはマルドロールの誘いに応じることを決意し、返事を書き、投函するところまでである。造物主はまだ出てこない。

そのようなわけで、これら三つのストロフを、アンドレ・ジッドが絶讃していることを、ことごとく『日記』の文面どおりに、文学者としてのジッドの判断が一〇〇パーセントであると断定するのは、少々苦しい。ジッドも同性愛、とくに少年愛の人であり、ジャック・コポーは当時、ジッドのそのような愛の対象であったのだから。

そして作者のイジドール・デュカス、彼はすでにロートレアモン伯爵を名乗っていたが、彼が心をこめて、すでに自分のなかに棲みついてしまっていたジョルジュ・ダゼットを、ほぼ六か月ぶりにマルドロールの歌の六の歌のなかに、あの別れの日のたたずまいをなぞりながら甦らせようとした、これら三つのストロフが、アンドレ・ジッドをあのように、興奮させたことも事実だったのである。またとくにその三つのストロフの本体が、擬古典調に流れていたこともあったのかもしれない。

さらに作家としてのロートレアモン伯が、この六の歌のはじめの二つのストロフを使ったイブリードな序文で、高らかに宣言していたものごとの主要な部分を、このI、II、III章は、作品として立派に実現させていた、ということも言えるのである。それではふたたび、六の歌の第三ストロフに戻るとしよう。

ここからは急に、ロマン・フゥイユトン調になるのだが、マルドロールはマーヴィンに気づかれないよう、細心の注意を払いながらそっとあとをつけ、マーヴィンの住居をつきとめようとする。


なぜこめかみの動脈がはげしく打つのかわからないままに、マーヴィンは足を速める。彼と読者諸君とが、その原因をむなしく探っている恐怖におそわれて。その謎をとこうとする、彼の真面目さに感謝すべきだ。だが彼は、なぜ振り向かないのか？　そうすれば、すべてがわかるだろうに。気がかりな状態をストップさせるのにいちばん簡単な方法を、マーヴィンは絶対に考えないというのであろうか？

ここでIは実質的に終わり、著者はそのあとすぐに、これからずっと先までの、およそVのあたりまでの予告をまとめて、Iが終わるところでやってしまおうとする。このような予告宣伝の手法は、ロマン・フゥイユトンの特色の一つだが、ロートレアモン伯はそれを、詩的であると同時に、独自色を強めながら、わざとさっぱりわからないように実行する。しかし、なかなかの出来映えである。

パリ市門の外をうろつく一人の浮浪者が、サラダボウルいっぱいの白ブドウ酒をのどに流しこみ、ぼろぼろのシャツを着て、郊外の場末を横切るとき、彼は標柱のすみのあたりに、ぼくらの先祖が列席した諸革命と同時代者の、一匹の年老いた、たくましい猫が、眠りこんだ平原に降り注ぐ月の光を、陰気に眺めているのを見つけると、よろけたカーブを描いて歩みより、一匹のガニマタの犬に、とびかかれと合図する。猫属の高貴な動物は、勇気をふりしぼって敵を待ち受け、命を賭けて争う。明日どこかの屑屋は、電気を起こしやすい毛皮を買い入れるだろう。あの猫は、なぜ逃げなかったのか？　やすやすと逃げられたのに。しかし現時点で、ぼくの気にしているケースだと、マーヴィンは彼本来の無知のために、危険をさらに面倒なものにしているのだ。彼はほんとうのことだが、めったに見ることが出来ないほどの、なにかきらめきのようなものを持っている。そのきらめきを覆い隠している茫漠を剝がしとる作業を、ぼくはこれからも止めないつもりだ。けれども彼は、現実を見抜くことができない。彼は予言者ではなく、ぼくもそれには反対ではない。そして彼は、予言者になれる能力を、自分自身でも認めていないのだ。大通りに出ると彼は右に折れ、ポワソニエール通りとボンヌ・ヌーヴェル通りを横切る。帰り道のこの地点で、彼はサン・ドニ街を進み、ストラスブール行きの鉄道の停車場を背にして、ラファイエット街の立体交差にたどりつく手前で、背の高い、とある入口の扉の前で立ち停まる。ここで小説の第一章を終わるよう、諸君がぼくにすすめるので、このたびはぼくもすんなりと、君たちの要望に応えることにしよう。だが君らは知っているか？　石の下に隠された一つの鉄の輪に、ぼくが想いを馳せるとき、止めても止まらぬ戦慄が、ぼくの髪の毛に走るのを。となかなかのものである。それと同時にここに見られるのは、まるで小説の主役であるかのようなマーヴィンへの思い入れ、そのようなマーヴィンへのこまやかな心くばりである。これほどまでの心くばりを著者が注ぎ込むマーヴィンは、あのジョルジュ・ダゼットでなくて誰であろう。

それではアンドレ・ジッドも賞め讃えていた、六の歌のつぎのストロフに移ろう。

IIは小説の第二章であり、六の歌の第四ストロフで、一の歌からの通算では第五四ストロフである。その第二章はこのように始まる。

彼は銅の把手《とって》を引く。するとモダンな邸宅の入口の扉が、蝶番を軸にして回転する。こまかな砂粒を敷きつめた中庭を大股に進み、彼は玄関の八つの段を上がる。二つの彫像が、貴族の別荘の番人のように右と左にひかえているが、彼の道をふさぎはしない。もはや彼一人だけのことしか考えないために、父のことも母のことも、神の摂理も愛も理想も、まったく気にしなくなったあの者は、さきにそこを通っていった彼の歩みにつづくことを、ようやくのことで思いとどまった。あの者は少年が、紅メノウを散りばめた腰板に囲まれた、一階の広間に入るのを見た。その家族の後継者は、ソファーに身を投げるが、動揺がひどく、しゃべることもできない。

マーヴィンはぐったりしてしまう。父親も母親も弟たちも、女中までもが集まり、心配するが、どうにもならない。両親は弟たちを公園にやり、マーヴィンに応急治療をほどこすが、やはりどうにもならない。マーヴィンは熱にうかされ、うわごとを洩らす。こっけいで愚かな医者が呼ばれてやってくるが、もちろんどうにもならない。

扉のうしろに隠れていたマルドロールは、ひとことも聞きのがさなかった。いまや彼は、邸宅の住人たちの性格までわかってしまったので、これからはそれにもとづいて行動するだろう。彼はマーヴィンの棲み家を知り、それ以上は知ろうとしない。彼は手帳に、その街の名と建物の番地とを書きとめた。それが大切なのだ。彼はそれらを忘れないことを確信する。彼はハイエナのように、だれにも見られることなく前進し、中庭の側廊をたどる。すばやく鉄柵によじ登り、忍び返しで一瞬とまどうが、ひと跳びで路上に降り立つ。そして、ぬき足さし足で遠ざかる。「あいつはおれを、悪党にしてしまいやがった」。彼はわめく。「あいつはアホだ。あの病人がおれに投げつけた非難に当たらない人間がいたら、お目にかかりたいもんだ。あいつが言っていたように、おれはチョッキの切れっぱしなんぞ、とりあげてはいない。あれは恐怖がひきおこした単純な入眠時幻覚というやつだ。おれは今日、あいつを攫《さら》う気なんか、さらさらなかったんだ。あの内気な若者については、あとあといろいろ、計画があるもんで」と。諸君、白鳥の湖へ行くのだ。そうすれば、なぜ白鳥の群れのなかに完全に黒いのが一羽だけいるのか、そして一匹のイチョウガニの腐った死体がのっかっている鉄床《かなどこ》を支えている、その黒い白鳥の身体がほかの水棲の仲間たちに、軽蔑の特権を与えているのがどうしてなのか、そのわけをぼくは君たちにずっとあとになってから、語ることになるだろう。

ということころで、この小説の第二章は終わってしまう。しかし肝心の小説は、さっぱり先に進まないのである。その筋書き《アクション》がなかなか進展を見せないのである。そこで焦れていると、なんと作者はVIつまり小説の第六章の予告をぶつけてくるのである。

すでに第二章まで終わった、この小説なるものは、『マルドロールの歌』の五の歌までのものと較べると、表現とその方法はかなり整ってきている。比較するストロフによっても程度の差はあるが、こまかな点にまで気くばりが行き届くようになってきた。おまけに、それは特に背景の描写に限定されるのかもしれないが、そうとう擬古典調の文章が色濃く見られるようになってきた。

しかし現実には、小説の筋書きが足踏みをしたままで、いっこうに先へ進みそうにない状態なのも事実である。じつはそれもまた、ロマン・フゥイユトンがよく使う手であって、わざと読者を苛々させるのである。そしてその直後に、はるか彼方の予告をわざわざくっつけるのである。それもまた、B級ロマン・フゥイユトンのパロディのつもりなのであろうか。

そうだとしても、第二章も終わったというのに、マルドロールはマーヴィンに、実際にはまだなにも仕掛けていないのである。おまけに、神、造物主はこの小説の、大切な三人の登場者のひとりなのに、まだ影も形もない。この小説はたしか、第八章までしかないのに。

仕方がない。つぎに移るとしよう。

つぎの第三章も、アンドレ・ジッドがジャック・コポーに読み聞かせてやったストロフである。

Ⅲははやくも小説の第三章、六の歌の第五ストロフ、一の歌からの通算では第五五ストロフになる。はじめから読んでみよう。

マーヴィンは自分の部屋にいる。彼は一通の手紙を受けとったのだ。だれが彼に、その手紙を送ったのか？　とり乱したマーヴィンは、郵便配達人に礼を言わなかった。封筒は黒くふちどられ、言葉がなぐり書きされていた。彼はこの手紙を、父親に見せにいくだろうか？　もしそれを、その差し出し人が彼に、きっぱりと禁じていたのなら？　不安で胸がいっぱいになり、彼は大気の香りを吸おうとして窓を開ける。陽の光が、ヴェネチアン・グラスやダマスク織のカーテンに、プリズムの七色の輝きを映し出している。かたわらにある勉強机の打ち出し細工をほどこした、皮の表紙の上に投げ出された金縁の書物や、螺鈿細工の表紙のアルバムなどのあいだに、彼はその手紙を投げ棄てる。自分のピアノの蓋をあけ、彼はほっそりした指を、象牙の鍵盤に走らせる。しかし真鍮の弦はすこしも鳴らない。この間接的警告が、彼にふたたびヴェラム紙

[手紙]を持たせる。だがその手紙は、受け取り人のためらいに機嫌を損《そこ》ねたかのように、あとずさりした。この計略にひっかかったマーヴィンの好奇心がそそられ、彼は折りたたまれた紙を開く。その時まで彼は、自分の書いたものしか見たことがなかったのだ。

これらの文章を読むと、それは小説の第一章、第二章もそうだったのであるが、たしかに『歌』の言語表現が変わってきていることが、よくわかる。それは作者がロマン・フゥイユトンのパロディを書こうとしているのだから、当然といえば当然なのであるが、そこには作者が、意外にも、伝統的文学の形にこだわっている様子もうかがえるのである。そのような不思議な混交《メランジュ》に、文豪ジッドも思わず引き込まれたのであろう。

このような若くして名を成した作家の古典への傾斜は、ある種の性的傾向とも重なるのかもしれないが、いくつかの他の例も見られる。『肉体の悪魔』を書いたレイモン・ラディゲが後年、ジャン・コクトーのすすめがあったにせよ、『ドルジェル伯の舞踏会』をものしたこと。そしてアメリカのトルーマン・カポーティの初期短篇と中篇小説などである。日本の三島由紀夫の処女作『花ざかりの森』と、最後の輪廻をテーマにした四部作。そしてアメリカのトルーマン・カポーティの初期短篇と中篇小説などである。アンドレ・ジッドの高い評価の裏には、このことが原因の一つとしてあったかもしれない。

いずれにせよ、六の歌の八章から成る小説は、ロマン・フゥイユトンの詩的パロディと古典趣味と卑俗性《ヴュルガリテ》との奇妙な組み合わせの、じつに不思議なメランジュなのであった。

マルドロールからの、その問題の手紙は、マーヴィンをオセアニア諸島への旅に誘い、君を愛しているのだから、これからは兄ともなってあげようと語り、そのようなことについていろいろ説明するから、明後日の午前五時にキャルーゼル橋のたもとまで来て欲しいという、まず早朝のランデヴーをもちかけた内容であった。いよいよ筋書きは動き出しそうである。

そして、その手紙の末尾を見たマーヴィンは声をあげる。

「サインの代わりに三つの星印、おまけにその下に血痕がひとつ！」

ここでマルドロールとマーヴィンのやりとりは、イジドール・デュカスとジョルジュ・ダゼットのそれに突如すり替わり、たとえ一瞬であっても、一八六〇年代なかばにタイム・スリップする。

マーヴィンは慌ててその手紙を胸にかくす。食事ものどを通らない。両親は心配して、本を読んでやろうとするが、マーヴィンは「ぼくはもう寝る」と言って食堂を去り、階上の自室に入ってしまう。そして彼は、その乱暴な附け文へのながい返事を書く。返事の文面はなかなかのもので、名文のようであるが、あまりにもながいので、紹介は省く。結局マーヴィンは、早朝のランデヴーを承諾する。

この罪深い手紙を書き了えると、マーヴィンはそれを投函し、戻るとベッドに横たわる。彼の守護天使が見つかるのを、あてにするな。魚の尻尾は三日間しか空を飛ばないだろうが、それはほんとうのことだ。だが、ああ！　大梁《おおはり》はそれにもかかわらず、焼かれずにはすまされないだろう。そして一発の円錐形の弾丸は、雪娘と乞食の意志にそむき、サイの皮膚を貫くであろう！　冠をいただいたキチガイが、一四本の匕首《あいくち》についての真実を、しゃべってしまうからなのだ。

という工合に、うんと先のほうの予告、それは小説の第八章、つまり『マルドロールの歌』の最後のストロフの予告までやってしまい、それでこの第三章は終わる。

しかしこの小説の第一章から、ここ第三章の終わるまで、時の流れはじつにじれったいほどゆるやかである。ここまで約二四時間しか経過してはいない。このようにゆったりとした時の流れは、『マルドロールの歌』としては異常なことであり、われわれ読者は、この三つの章で時が止まってしまったかのような錯覚をおぼえてしまうのである。

そして『歌』が書き了えられてから二六年半後、一九〇五年一一月、アンドレ・ジッドはこの六の歌のⅠ、Ⅱ、Ⅲの三つのストロフを読んで感動し、その翌日、それは奇しくもイジドール・デュカスの命日なのであるが、その三つの章を演劇人ジャック・コポーに声をあげて読み聞かせたのである。しかしジッドはその朗読をなぜ、この第三章で止めてしまったのか？　そしてそこにあったマーヴィンの年齢、一六歳と四か月を、どのように読んだのか？

われわれはその解明のためにも、つぎの六の歌の第六ストロフ、小説の第四章、一の歌からの通算では第五六ストロフを読まねばならない。

Ⅳ——それは果たして、小説の第四章と言えるものであろうか？　いったいこのストロフはなんなのか？

ぼくは自分が、額のまんなかに、ただ一つの眼しか、持っていないことに、気がついた！

で始まるこのストロフは、さきに名指された三人の主要な登場者のうちの「ぼく自身《モアメーム》」を、あらためて紹介するのである。

（前略）これを語っている本人の腱膜《けんまく》と知性を飾り立てている、後天的もしくは先天的な残虐性の、冷静な見物人でもあるぼくは、満ち足りた遠いまなざしを、ぼくを構成しているこの二重性に投げかける・・・、そしてぼくは、自分が美しいと思う！

つまり行動する自分と、それらの行為をクールに観察して書きとめる自分がいるという二重性に、著者はうっとりしているというだけのことで、そんなことは作家には当然のことであり、そうなることから作家業は出発するものなのである。だからそれを自画自讃するのは幼稚なことであり、恥じ入るべき行為なのである。そしてこの『マルドロールの歌』の場合、著者は二の歌からそのことを、そろそろと確立させようとしていたのである。それをこのようにここで表明するのは、早手回し好きの人としては、あまりにもおそすぎる表明であるし、それはえらそうに表明すべきことでもない。

どうしたのであろうか? 我慢して先を読んでやろう。著者は突然リセの低学年に舞い戻ったのであろうか?

そう、ぼくは美しいのだ。ペニスの下側になってしまって、それの開くのが亀頭からある程度離れてしまった尿道管の相対的な短さと、その内壁の分割、もしくは欠落とに由来する、人間の男の生殖器官の先天的構造欠陥のように。いやそれよりも、七面鳥のうわくちばしの根元に盛り上がっている、かなり深いよこじわの刻まれた円錐形の肉阜《にくふ》のように。いやむしろ、「音階、音調、そしてそれらの和声的連鎖のシステムは、不変の自然な法則にもとづくものではなくて、反対に、人類の進歩的発展にともなって変化し、今後とも、さらに変化するであろう美学の原則の帰結なのだ」という真理のように。そしてなによりも、かずかずの砲塔を持つ一隻の装甲駆逐艦のように、ぼくは美しいのだ!

これらボー・コムの連弾にはそうとう無理が感じられる。いくらロートレアモン伯だって、これはあんまりだというものもある。それらは普通の神経だと「レエ・コム《のようにみにくい》」であり、著者は照れながらイロニイとして「ボー・コム」だと言っているのではなかろうか。そしてみずからを表現するのに、逆説的にボー・コムだと言っているのではないかという気もしてくる。いずれにせよそれらは、これまでの「ボー・コム」と違って、あまりにもおざなりな形容句である。あくまでもこれも「ボー・コム」だと言い張るのなら、それらは出来の良くない「ボー・コム」だと言わなければならない。あまりにも投げやりである。

ともかくアンドレ・ジッドが、ジャック・コポオに、この第四章を読みあげなかったのは、正しい判断であった。

そしてこのあとこのストロフは、まだ登場していなかった造物主を簡単に紹介すると、そして著者やマルドロールと造物主との関係にも簡単に触れ、予告篇に移ったかと思うと、それでたちまち終わってしまう。

つまりわれわれ二人、神とぼくは、角突《つの》き合わせて睨みあっているのだ。わかったか、おまえ・・・、さらにおまえは知っている。ぼくの唇のない口によって、勝利のラッパが一度ならず吹き鳴らされたことも。さらば名高き戦士よ、不運のさなかのおまえの勇気は、もっとも執拗なおまえの敵にまでも尊敬されている。しかしマルドロールは、マーヴィンと呼ばれる獲物を、おまえと奪い合うため、遠からずおまえとあいまみえるだろう。こうしてオンドリが、大燭台の奥で未来を予知するとき、そのオンドリの予言は実現されるだろう。どうかイチョウガニが、巡礼たちのキャラバンに、ちょうどよいタイミングで再会し、クリニャンクールの屑拾いの言ったことを、巡礼たちに手短に、なんとかして伝えてやってくれ、イチョウガニよ!

つまり神はそれほど重要な登場者ではなく、脇役に近い存在であると言いながら、さっさと先の予告に入ってしまうので、マーヴィンをマルドロールと奪い合う相手が神であるという先付予告は、宙に浮いた形になってしまうのである。

そしてこの第四章全体の出来映えが、六の歌の新小説のひとつの章にしては、あまり良いとは言えない。他の章と較べると見劣りがする。六の歌の本篇なのに、これまでの『歌』の蒸し返し、というか堂々めぐりというか、もう『歌』のなかで陳腐化された言い回しや内容が多いのである。

このストロフは私には、著者の中休み癖が六の歌でもやっぱり出てきたか、というように見える。もうあとのない六の歌なのに、イジドール・デュカスがロートレアモン伯になっても、やっぱり妙な癖《テイック》は抜けないものだなあ、と感心しながら呆れてしまう。このストロフは六の歌の最大唯一の汚点である。困ってしまう。

このように、あらずもがなのⅣだったのだが、まあ短かったのがただひとつの救いであった。ところがつぎのⅤは一転してすばらしい。ああ、よかった。

Ⅴ――小説の第五章は、六の歌の第七ストロフであり、一の歌からの通算では第五七ストロフである。それはパレ・ロワイアルで始まる。

パレ・ロワイアルの噴水の左側の、噴水からそれほど遠くない一台のベンチに、リヴォリ通りから流れ出てきた一人の男が、座りにやってきた。髪の毛は乱れに乱れ、着ているものは、長いあいだの困窮による腐蝕作用をあらわにしていた。彼は先の尖った木片で地面に一つの穴を掘り、てのひらのくぼみにその土を盛り上げた。彼はその食糧を口に運び、あわててそれを吐き出した。そして彼は、ふたたび立ち上がり、頭をベンチにあてがい、両脚をたかく上げた。しかし、その曲芸師風の姿勢は、重心を支配する重力の法則に外れていたので、彼はまた板の上にどしんと落ち、両腕を垂れ、顔半分をハンティング・キャップで隠してしまい、両脚はますますあぶなっかしく不安定なバランス状態になり、砂利をバタバタ蹴る。彼はながいあいだ、そうしている。

彼の名はアゴーヌである。マルドロールがパレ・ロワイアルの北入口のわきの、円形の建物の陰から、彼をじっと見ている。そしてついにそこを離れ、困り果てている彼を助け起こし、並んでベンチに座り、彼の口から彼の物語を聞き出すことに成功する。

アゴーヌは、間欠式の狂人なのであった。そんなわけで、アゴーヌの狂人期間が終わり、彼がマルドロールに語った、彼の物語は、つぎのようなものであった。

アゴーヌの父親は、ヴェルリイ通りに住む大工だったが、彼は毎日仕事を了えると、酒場をはしごして回り、家に帰ってくると手当り次第に物をこわして回る、底なしのアルコール中毒者であった。あるときアゴーヌは、マルグリートという三人の妹たちに（彼の妹たちが全員マルグリートであるというのは妙な話だが、なにしろこれはアゴーヌが語る彼の家族の物語であり、本人は自分の狂人期間が終わったと言っているが、その物語を書いているのが、なにしろロートレアモン伯だから、このことを厳しく追及しないでいただきたい。しかし『マルドロールの歌』のなかで、とにもかくにも名前を与えられた女性は、六の歌のこれらマルグリートだけであり、それは厳然たる事実である）、よく歌うカナリアを一羽、買ってやった。マルグリートたちはそのカナリアを大切に育て、その美声はたちまち町内の名物になった。ところがアルコール中毒の父親はそれを妬み、ある夜の発作に駆られて、そのカナリアを殺しにかかった。その結果瀕死の状態になったカナリアは、マルグリートたちの遅すぎた手当ての甲斐もなく、死んでしまう。悲しみに暮れたマルグリートたちは、犬小屋にもぐりこみ、自分たちも死のうとする。棲み家を奪われた雌犬が呼びにきて、アゴーヌと母親が行ってみると、マルグリートたちが今度は瀕死の状態だったので、アゴーヌと母親はいつもの夜の父親を真似、あわてて犬小屋をぶっこわして救出したが、時すでにおそく、三人のマルグリートたちは、もう息絶えていた。このようにして、アゴーヌの母親はこの地を去り、アル中の父親も、二度と姿を現すことがなかった。そして一人残されたアゴーヌは、

「（前略）人にキチガイと言われ、人様のお情けにすがっています。このぼくにわかっていることは、あのカ

ナリアがもう、歌わないということです」

マルドロールはそれを聞き、「酒びたりの一人の男のおかげで、全人類を糾弾する権利を手に入れた」アゴーヌを手に入れ、彼を忠実な家来に仕立てるため、流行の洋服とサントノレ通りの立派な住まいと財布、さらにはシビンの王冠まで与える。

そして今度は、「青銅の唇もつあの男」に、いつの間にかなっていたマルドロールは、サントノレからそのまま姿を消す。そして予告篇はもう最終第八章まで、前の第四章の末尾に書いてしまっていたので、仕方なく予告篇もないまま、この第五章は終わってしまう。そのエンディングはこうである。

青銅の唇もつあの男は、そのまま立ち去る。彼の目的はいったいなんだったのか？　彼のささいな命令にも従うほどに素直な、なにがあってもびくともしない一人の友を、手に入れることだった。彼はこれ以上の者にはめぐり会えなかっただろうし、偶然が彼に味方してくれたのだ。ベンチに横たわっているところを、彼に発見されたその者は、若かったころのあの事件からというもの、すでに善悪の区別がつかなくなっていたのだ。あの男に必要だったのは、まさにこのアゴーヌだった。

このストロフは、直前のたがのゆるんだストロフの乱入で乱れた、小説の糸の流れを見事に取り戻してくれた。それもI、II、III章に匹敵する出来映えで、私はひと安心した。

蛇足かもしれないが、最後にひと言。

『マルドロールの歌』の最後の六の歌まできて、その本篇である小説のI、II、III章で私は、『歌』でこれほどに急に時の流れがおそくなったのに驚き、もうこれで時が止まるのではないかとさえ思った。そしてこのアゴーヌ登場の第五章では、これだと時が止まるというよりも、著者は時の概念そのものを亡きものにしてしまおうとしているのではないかと思いはじめた。時の観念がしだいにおぼろになってくるからである。それが著者の狙いなのか、たまたまそうなってきたのかは、しかしいまのところ判然としない。まだこれから先を読む必要がある。

以下は、はっきり蛇足である確率が高いが、念のため・・・。

このストロフの登場者の名はアゴーヌ、Aghone である。その由来はアゴニイ、agonie 女性名詞で「(1)臨終、断末魔 (2)苦しみ、苦悩 (3)（比喩的に）——の末期」の意味を持つフランス語にあるとするのが、ロートレアモン研究の定説である。ところが私は agnosie という語を発見した。それはアグノジイと読むフランス語で医学用語だが、意味は「失認、あるいは失認症」である。これはまさしく今日日本で言う、認知症のことである。そしてイジドール・デュカスは妙に医学用語に詳しい若者であった。そこで、アゴーヌという登場者名は、その由来においてアゴニイとアグノジイとを彼は掛け合わせていたのではなかろうか、というのが私の考えであるが、どうも無理な考えのようである。

さあそれでは、Vには予告篇がなかったが、明日はどっちだ。ともかく最後の六の歌には、あと三ストロフしか残されていない。

VIはロートレアモン伯が全力をあげて書いている新小説の第六章であり、六の歌の第八ストロフ、一の歌からの通算では第五八ストロフである。それはこのように始まる。

さだめられた死から一人の若者を救おうとして、全能なる神はすでに、首天使たちの一人を地上に派遣していた。やがて、御本尊みずから、舞い降りてこなければならなくなるだろう！　だがぼくらはまだ、この物語のその地点にまで到達してはいない。それにぼくは、自分の口を閉ざす義務を負っていることにも気がついている。それはぼくが、一度に全部を語れないからだ。このつくり話《セット・フイクション》の横糸が、すこしも不都合でないと判断したときには、効果的なトリックがそれぞれ現れるべきところに、現れるであろう。

ささやかで控えめの、今度はわかりやすい予告は、このようにつぎの章の頭に、引っ越ししていたのである。ついに神とマルドロールとの、マーヴィンをあいだに狭んでの争奪戦が始まるのかと思っていると、そうではなく、神の代理人とマルドロールが、のんびりと戦うのである。マーヴィンそっちのけで。

この新小説の第六章では、「碧玉の唇もつあの男《ロム・オ・レーヴル・ド・ジャスプ》」になっているマルドロールのところに、神はみずからではなく、ビキューナ山羊の大きさのイチョウガニに変身した首天使一人をさし向けるのである。その巨大カニは、さまざまの策略を用いて、マルドロールをやっつけようとするが、動きがもたもたしていて、どうにもならない。とうていマルドロールの敵にはなれず、いつのまにか「サファイアの唇もつあの男《ロム・オ・レーヴル・ド・サフイール》」になっていたマルドロールの投げつけた、棒の一撃をまともにくらって、巨大カニはあっさりやられてしまう。

それにしても六の歌の第二ストロフで、平凡な変装を誉めていたにせよ、このように唇だけがコロコロ変わるというのは、いかがなものか?

マルドロールは巨大なイチョウガニの死体と鉄床《かなとこ》（これはカニがもし生き返ったときのために、用心深いマルドロールがあらかじめ、かついできた鉄床である）とを背負い、白鳥が群れ集う湖にたどりつくと、そこが良い隠れ家だと判断し、マルドロールは白鳥たちの集団にまぎれこもうとする。だが、

そこにはそのようなものが不在であると思われがちな、あの摂理の手に注目しろ。そしていままさに、ぼくが君たちに語ろうとしている奇蹟から、自分のためになる教訓を、君たちはひきずりだせ。カラスの翼のように黒い彼は三度、目もくらむばかりに白い游禽類《ゆうきんるい》のグループのどまんなかを泳いだ。だが三度とも、石炭

の塊に彼を似かよわせている、あの顕著な色彩を、彼は保持したままだった。それは、彼の悪巧みが白鳥の団体ならだませるであろうことを、神はみずからの正義にかけて、断じて許しはしなかったということだ。このようにして彼は、湖では目立つ存在となった。そしてどの白鳥も彼からは遠ざかり、仲間になろうとして彼の恥ずかしい羽根に近づくものは、一羽もいなかった。そこで彼は、湖の外れのすみっこの入江に一羽だけで棲み、水に潜ったりするのだった。まるで彼が、人間たちのあいだでそうだったように！　こうして彼は、ヴァンドーム広場での信じ難い事件の、前奏曲をかなでていたのだ！

と、『マルドロールの歌』の最終章、第六〇ストロフの手短な予告をしながら、この第五八ストロフは終わる。この引用部分に見られるのは、神によるごくささやかな反撃であり、それにはマルドロールもおとなしくやられてしまう。変装ではなく変身ではないかと怒る読者がいるかもしれないが、それはマルドロールが神によって黒鳥に変身させられたのであり、たいそうな序文の約束違反ではないであろう。

しかしこのストロフの、こののどけさ、のんびりさ加減はどうしたことか？

この第六章、そしてそのまえのアゴーヌの章といい、神話風というか牧歌調というか、双方とも緊迫感に欠けている。

どうやらロートレアモン伯は、作品に流れる時を、やりたい放題にかき乱して、読者の時間感覚を奪い取りにかかっているようである。

六の歌に入って、ハイブリードな序文が二ストロフ続いたあと、本篇の新小説というものが始まると、ジョルジュ・ダゼットそっくりの英国少年を中心に据えた三つの章は、その全体を一昼夜になるかならないかの時の経過のために使い果たし、擬古典風の雰囲気のなかで、不動の時を思わせる文章をことさらに挿入したりして、時間の進行を遅く感じさせることにつとめ、ときには時の進行を止めるような仕草をした。そして第四章でひと休みすると、つぎにはアゴーヌの家族の歴史をゆっくりと語り、めまぐるしく発生するカナリアの死、三人のマルグリートの死、そして父母の失踪をないまぜに、間欠的狂人であるアゴーヌの口から、ごちゃごちゃに語らせ、マルドロールはわずか数時間で、そのアゴーヌを忠実な家来にしてしまった。そして続く第六章の、またまた牧歌的、神話風な、間の抜けた巨大ガニとの戦いと白鳥の湖にいる黒鳥の物語である。それらのすべては、ロートレアモン伯が六の歌で仕掛けてきた、新手の時間トリックなのであろうか。ともかくここまでは、すべての流れが足踏み状態で、話はさっぱり先へ進もうとしない。そしてほとんど止まっているような時が、流れているのかいないのか、スピード感はゼロなのである。

それなのに『マルドロールの歌』には、あと二つのストロフ、六の歌の序文で力説していた新小説には、あと二つの章しかない。われわれ読者の苛立ちは頂点に達した。爆発寸前である。

これもまたロマン・フゥイユトン流の策略なのであろうか？　どうやらわれわれはそれに、まんまとひっかけられたようである。

VIIは小説の第七章、六の歌の第九ストロフ、一の歌からの通算では第五九ストロフは、「あの金髪の海賊は、マーヴィンの返事を受け取った」で始まる。マーヴィンが返事を書いて投函してから三ストロフを経過しないと、返事がマルドロールに届かなかったのである。一九世紀なかばのパリの郵便は、そんなに遅かったのか。それでも約束の早朝のランデヴーの前夜には、なんとか間に合ったのである。そしてとうとうマルドロールも、マーヴィンと同じように金髪となり、マーヴィンの父親が元提督なので、マルドロールは張り合って海賊になる。なんという安易な変装！　さすがパロディ、とも言えるが、そんなことでは、パリの地下下水道にいた、美しく痩せたコオロギに叱られるのではないか。

つぎの文が、この章の書き出し文につづく。

その海賊は、それらの奇妙な頁のなかに、返事そのものが暗示している、弱々しい力に身を委ねながら、それを書いた者の知的混乱の跡をたどる。あの若者は、見知らぬ男の友愛に応えるまえに両親に相談したほうが、はるかによかったのだ。このうさんくさい芝居に主役として参加することは、どのような利益も彼にもたらさないだろう。しかし結局、彼がそれを、主役としてそこに登場することを望んでしまったのだ。

そしてマーヴィンは自宅をあとにし、足早に海賊との早朝ランデヴーに向かう。

朝靄は消えた。二人の通行人はキャルーゼル橋の両方の、二つのたもとに、同時に着く。そして彼らはいまだかつて、一度も会ったことがなかったのに、おたがいを確認する！

ついに二人は、全八章の第七章まできて、とうとうあいまみえる。金髪の男同士のランデヴーも、『マルドロールの歌』始まって以来、はじめてのことである。

またその少しあとを読んでみよう。

マーヴィンは涙で顔をぬらし、いわば人生のとばくちで、苦難にみちた未来の日々の、貴重な支えに出会ったのだと思っていた。納得してほしいのだが、相手はひとことも口をきかなかったのだ。そしてその相手はこうしたのだ。持ってきた袋をひろげ、その口を開き、若者の頭をつかみ、その身体をまるごと、麻袋のなかに入れてしまった。それからハンカチで袋のはしを縛《しば》ったのだ。マーヴィンがするどい悲鳴をあげると、その男はまるで下着やなんかが入っているかのように、その袋を持ちあげ、数度、橋の欄干にたたきつける。すると被害者は、自分の骨の折れる音を聞き、黙ってしまう。いかなる小説家も、二度と書くことはないであろう、空前絶後のシーン！　肉屋が一人、荷車にのせた肉の上に座って、そこを通りかかった。すると見知らぬ男が走りより、こう言った。「こいつは犬だ。袋に入れてある。カイセン病みなんだ。さっさとバラしてくれ」。呼びかけられた男は、好意的な態度を見せる。荷車の進行を妨げた男は、そこを遠ざかりながら、ボロをまとった若い娘が、手をさしだしているのに気づく。傍若無人と瀆神との極限は、いったいどこまでいけば気がすむのか？　彼は彼女に施しをする！

ここで著者はまたパロディらしく、「ぼくが君たちを数時間後に街外れにある屠殺場の入口まで案内することを、もし君たちが希望するのだったら、ぼくにそう言ってくれ」と半畳を入れてシーンを屠殺場に移す。そこに着いた肉屋は、三人の仲間を呼び集め、袋の中味の処理にとりかかる。すると袋の中から人間の呻き声が聞こえたので、三人は逃げてしまう。一人残った屠殺者は、袋の口をほどき、ほとんど窒息していたマーヴィンをひっぱり出すが、マーヴィンは光を見てまた気絶する。こうして全員がいなくなった。マーヴィンは息をふきかえし、家に帰り、自室に閉じこもってしまう。

これだけの行為と行動が、順を追ってクールに、いっさいの無駄もなく、いっきに描かれるので、このストロフは短く、しかもスピードが速い。いや申し訳ない。夾雑物が少しあった。著者の好きな説明である。「この二個の存在が、感情のたかまりによって二つの魂を近づけていくのを見ることは、じつに感動的だった。……納得してほしいのだが、相手はひとことも口をきかなかったのだ」「いかなる小説家も、二度と書くことはないであろう、空前絶後のシーン！」「傍若無人と瀆神との極限は、いったいどこまでいけば気がすむのか？」「ぼくが君たちを数時間後に、街外れにある屠殺場の入口まで案内することを、もし君たちが希望するのだったら、ぼくにそう言ってくれ」などの文言が残念であるが、それら以外のこのストロフは、見事なものである。そしてこの短いが充実した、スピード感あふれる、新小説の第七章は、つぎのようなエピローグで終わる。

ああ！　終わってしまったこれらの事件を、嘆き悲しまない奴は誰だ！　しかしさらに厳密な判断を下すためには、最終決着を待とう。大団円は急速に近づいている。そしてある情欲は、どのようなジャンルのものであれ、いったん設定されてしまうと、その情欲は自分の進路をみずから切り拓こうとして、どのような障害をも恐れることのないこの種の物語にあっては、陳腐な四〇〇頁のために、絵具皿の上でゴムノリをこねまわしている余裕はない。半ダースばかりのストロフで語りうることは、そこで語りつくさねばならない。

そしてあとは沈黙だ。

一九世紀のことではなく、二〇世紀になってからのことで恐れ入るが、元ピンカートン探偵社で働いていた、サンフランシスコのダシール・ハメットという人（一八九四—一九六一）は一九二〇年代にパルプ・マガジン（粗悪な紙質の探偵小説雑誌）の作家となり、のちに著名な作家となったが、ハードボイルドと彼が命名した、腐敗した警察に代わってみずから暴力をふるう、俺が法律だという暴力探偵の活躍するエンターテインメントのジャンルを創設した。このハメットは、ロートレアモン伯がこのストロフで、「いかなる小説家も、二度と書くことはないであろう、空前絶後のシーン！」と自画自讃したシーンを、終始無言のままの主人公によって為される行為だけを記録するという方法で、非常にスタイリッシュな短文を積み重ねて実現した。ロートレアモン伯が六の歌を書いてからおよそ半世紀後のことである。ハメットが『マルドロールの歌』を読んでいたとは、とうてい考えられないが、ハメットの文体は六の歌のそれによく似ている。そしてハメットの創り出したハードボイルドというスタイルは、第二次世界大戦後フランスの作家や映画関係者に熱烈な追従者を生んだ。それらはロマン・ノワール、フィルム・ノワールと呼ばれた。

私が言おうとしているのは、ロートレアモン伯の『マルドロールの歌』、とくに六の歌は、五〇年後のアメリカ西海岸の大衆娯楽文学界に、そっくりさんを生み、さらにその二〇年後、フランスにその追従者を生んだ、ということである。つまりロートレアモン伯は、さきがけのさらにさきがけであったわけで、その方面のものとは五〇年早過ぎた、そして言い換えるなら、ロートレアモン伯は、世界の大衆文芸の五〇年後の動向を予知していたということでもある。そしてこれは、ロートレアモン伯と超現実主義者《シュルレアリスト》たちとの関係よりも重く広範囲であり、さらに重要視しなければならないことであろう。

しかしこの第七章には、神もカニもアゴーヌも現れなかった。マルドロールとマーヴィンだけであった。そしてわれわれにはもう、小説のつぎの一章しか残されていない。『歌』はどう展開され、どこにたどりつくのであろうか?

Ⅷはいよいよ『マルドロールの歌』の最後のストロフである。それは同時に六の歌の小説の第八章、六の歌の第一〇ストロフ、そして一の歌からの通算では、ついに第六〇ストロフである。

これはながい。それは本篇がながいだけではなく、すっかり『歌』の名物になってしまったプロローグ、作者自身の前口上も、ひさしぶりにそこそこながいからである。しかしこれは最後の前口上なので、全文を引用しよう。力はじゅうぶんにこもっている。ここで著者は、いよいよ最終コーナーにさしかかった自分に、渾身の力をこめて鞭と拍車を当てているのである。しかし、そのような思いをあらわすときも、ロートレアモン伯はおどけてみせる。

眠気をもよおす短篇小説の中枢を、機械的に構築するためには、まずかずかずの愚行を解剖してみせ、ついで失敗のおそれのない疲労の原則を利用して、その麻痺機能を読者の余生に向けて発動させるような効果的な投薬によって、その読者の知性を強力に鈍化させるだけでは、まだじゅうぶんではない。それらに加え、豊かな磁気の流れによって、君たちの眼をそこに据えさせつづけて、読者自身の本性に注がれる彼らのまなざしを、強制的に朦朧化させながら、工夫をこらしてそれらの動きを夢遊病者的不可能性のなかに、封じこめなければならない。つまりぼくは言いたいのだ。ぼくをよりよくわかってもらうためにではなく、ただ非常によく浸透するハーモニーによって、面白いと同時に苛々もする、ぼくの考えを展開させるだけのために。ぼくに課せられた目的に到達するためには、自然で普通の進行のまったく外側にあるポエジイ、そしてその有害な息吹が、絶対的な諸真理でさえも覆すかのようなポエジイを、創り出すことが必要である、などということを、ぼくは信じてなんかいないと、言いたいのだ。だがそれらと同じような結果を産み出すのは（それにそのような結果も、よくよく考えてみれば、美学の諸法則に合致しているのだが）、人が考えているほど簡単なことではない。それがぼくの言いたかったことだ。だからこそ、そこに到達するために、ぼくはぼくの努力のすべてをつくす！ もしも死が、ぼくの文学的ギプスの不吉な破壊に使われている、二本の長い腕の幻想的な細さに終止符を打つなら、ぼくは少なくとも、喪に服した読者に、こう言ってもらいたいものだ。「彼の功績は認めてやらねばなるまい。彼は私を、おおいに白痴化した。彼がさらに生き延びたなら、いったいどこまでやりまくったことか！ 彼こそ、私の識っている最高の催眠術の大家だった！」と。これらの感動的な数語が、ぼくの墓の大理石に刻まれるなら、ぼくの霊魂はきっと、満足するだろう！ さあ、ぼくは先をつづけるぞ！

そしてここから、小説の最終章が始まるのであるが、この『マルドロールの歌』の最後のストロフの冒頭に掲げられた、一八七四年刊の第二の初版本でもたっぷり一頁以上の、ロートレアモン伯のこの最後の前口上、あるいは最終告白と呼ぶのがふさわしいかもしれない、このような文章群は、なにを指し示そうとしていたのであろうか？

眠気、愚行、疲労、麻痺、磁気、朦朧化、夢遊病者的、不可能性、不吉、破壊、喪、白痴化、催眠術、墓、霊魂など、これまでの『歌』ですでにおなじみのヴォキャブラリーが、あちこちに目立つこの前口上は、いよいよ大詰めにきて、これでもう終わるのだという意識が、著者にあっても異常に高まってきて、著者自身を高揚させていることがうかがえる。そして読者には、この最終章ではとんでもないことが起こるに違いないという期待を、強く抱かせることに、どうやら成功したようである。

しかし私には、『マルドロールの歌』をなんとしてでも書き上げることに、すべてを投げうち、身も心も捧げつくして、その志のために最愛の友、ジョルジュ・ダゼットまでも失い、それなのに結果はこの程度だったかという、自作にも厳しいイジドール・デュカスの疲れ果てた姿も、同時に見えてくる。

そこでは読者に催眠術のようなものを仕掛けて、『マルドロールの歌』のなかで起こっていたものごとを、そのいくつかはなんとしてでも、まるっきりの非現実ではなかったと、なんとか読者に納得してもらいたくて、自分は全力をつくしたのだと、かなりへりくだった立場で、ふざけながら力説しているのであって、つまるところ、ロートレアモン流の、目くらまし技術論を展開しているだけの、見方によっては悲しい前口上、それも最後のプロローグだったのである。悲しいなあ、しかしよくやったなあ、というのが私の本音である。そしてマルドロールのながく険しい旅路の果ての、目的地と結果についてはひとことも触れることが出来ないままの、最後のマニフェスト、いや告白でもあったのである。

けれども、この最終章の冒頭に置かれたプロローグは、そのイロニイまで含めて、その時点での、ついに最終章の本篇（その構想はすでに完全に出来上がっていたと考えられる）を開始するにあたっての、作者の本音であったことは間違いない。

いずれにせよこの最終章は、まだ前口上しか読んでいない。本篇はこれからだし、作者も、「さあ、ぼくは先をつづけるぞ！」と叫んでいる。それは段落もないまま、ただちに始まる。

「踵のすりきれた長靴のわきの穴の、奥のほうでうごめいている、魚の尻尾がひとつあった」。そしてこのようにつづく。

それはこう思われても不自然ではなかった。「魚はどこにいるの? ぼくには動いている尻尾しか見えない」というのはつまり、まさしく人は暗黙のうちに魚は見えなかったと白状しているわけだが、そこに魚はいなかった、というのがこの場合の現実だった。雨が数滴の雨水を、砂にうがたれたその漏斗《じょうご》の底に残していたのだった。いっぽう踵をすりへらした長靴は、その後なにかの故意の放棄によってそこにあったのだと、何人かの人によって考えられた。

なかなか人を喰った導入部である。そしてイチョウガニが唐突に出てくる。

聖なる権力の命令で派遣されたイチョウガニは、その分解された原子を、すでに再生していた。カニは井戸から、魚の尻尾をひっぱりだし、その尻尾が造物主に、マルドロールの海の荒れ狂う波を支配するには、代理人では無理だと告げたとき、カニが失った身体にその魚の尻尾をくっつけることが、造物主によって許可された。カニはその尻尾に、アホウドリの翼を二枚与えたので、魚の尻尾は飛んでいった。しかしその尻尾は、背教者の隠れ家のほうへ飛んでいったのだ。あの背教者に出来事を密告し、イチョウガニを裏切るために。あの者は、スパイになろうとしている魚の尻尾の計画を見抜き、第三日目の終わるまえに、一本の毒矢で尻尾を射抜いた。スパイの声帯は、弱々しく嘆声をあげた。それは尻尾が地上に墜落するまえの、最後のため息となった。そのとき、とある城館の屋根裏に組み込まれていた、数百年もそこにあった一本の大桁《おおけた》がひとりで飛びあがって、背丈いっぱいに立ち上がり、大声で復讐を要求した。だが犀に変身していた全能なる者は、魚の尻尾の死は当然だと大桁をさとした。大桁はしずまり、城館の屋根の底まで行き、水平位置に戻った。そしてクモたちが大昔から、すみっこにテントを張っていた営みを、またつづけるようにと、おびえていたクモたちを呼び戻した。硫黄の唇もつあの男は、それら同盟者たちの弱さを見てとった。

新小説のこのあたりは、珍妙な登場者たちが目白押しだが、それらは超現実主義風というよりも神話風である。しかし表現は極度に圧縮され、つぎつぎに重なり合い、ひしめくまでになり、筋書きは猛スピードで展開され、おまけにそれがぐんぐん加速されるのである。神話風世界はさらに狂乱に向かう。

そこで硫黄の唇もつあの男は、冠をいただく狂人を呼び、命令をくだした。大桁を焼いて、灰にしてしまえと。アゴーヌはこの命令をやってのけ、そして叫ぶ。「ところであなたの言うところによれば、機はすでに熟したのだから、ぼくが以前石の下に埋めておいた、あの鉄の輪をとり出して、もう綱の先にくっつけました。この包みがそれです」。そして彼は、ぐるぐる巻きになった、ながさが六〇メートルもある太い綱をさしだした。彼の主人は狂人に、一四本の七首はどうしているかと訊ねた。狂人はつぎのように答えた。一四本の七首は依然忠実であり、もしもの折にはと、あらゆる事態にそなえて待機しておりますと。あの徒刑囚は、満足のしるしに頭をかたむけた。しかしアゴーヌが、一羽のオンドリがくちばしで、柄付き燭台を二つに割り、そのそれぞれにかわるがわる視線を走らせ、熱狂的な動きで両方の翼をばたばたさせながら、「ラ・ペエ街からパンテオン広場までは、人が考えるほど遠くない。まもなくそのことの、嘆かわしい証拠が見られるだろう!」と叫んでいましたとつけ加えたとき、あの男は驚き、そしてさらに不安さえもあらわにした。イチョウガニは血気にはやる一頭の馬にまたがり、刺青をした片腕が、棒を投げつけたことの目撃者であり、また彼が地上に降り立った最初の日の、隠れ家でもあった暗礁の方角に、全速力で走っていた。

巡礼の一隊が、カニの厳かな死によってあの日から聖地となっていた、その場所を訪れようとして暗礁に歩を進めていた。カニは自分のよく知っている、そしていま準備されつつある陰謀に関する緊急援助を求めるため、巡礼の一隊に追いつこうとしていた。諸君は数行あとで、ぼくの氷の沈黙のおかげで、カニが間に合わなかったことを知るだろう。キャルーゼル橋がかつて、前夜の露にまだ濡れていたころ、二〇面体の袋のリズミカルなマッサージの、朝早くからの出現に、同心円を描いてぼんやりと広がる、橋みずからの思考の地平線を恐怖におののき眺めた日、建築中の建物のよこの足場の後ろに隠れていた、一人の屑拾いが話してくれたあのことを、カニは巡礼たちに知らせようとしていたのに！　このエピソードを追想することで、巡礼たちの同情を手に入れるよりもはやく、巡礼たち自身の内部で希望の種子《たね》が破壊されてしまえばよいのだが・・・。君たちの怠惰を粉砕するため善意の手練手管を活用して、ぼくのすぐそばを歩き、あのキチガイから目を離さないようにしろ。頭にシビンをのせた彼は、片手を一本の棒で武装し、自分の前にあの若者をおしたてて行く。もしぼくが君たちに予告した上で、君たちの耳もとにマーヴィンという発音の単語をくりかえすのを忘れていたら、君たちはほとんど覚えていなかったあの若者を！

スピードがいや増すだけでなく、読者の臨場感を増すように、ロートレアモン伯は誘導してくる。パリ右岸を知っている人は、自分が思わずヴァンドーム広場に近づきつつあることに気がつくだろう。読者はすでに目撃者になりつつある。

両手を背中で縛られた彼は、まるで断頭台に向かうときのように歩いている。しかし彼は、ひとつも罪を犯してはいない。彼らはヴァンドーム広場の円形の囲いのなかに到着する。どっしりとした円柱の展望台の上には、地上から五〇メートル以上の高さにある、その頑丈な手摺にもたれた一人の男が、一本の綱を投げ、それを繰りだした。綱は地上のアゴーヌから、数歩のところに垂れてくる。習慣であればものごとは早く出来る。つまりぼくは、アゴーヌが綱の端をマーヴィンの両足に結びつけるのに、長い時間はかからなかったと言うことが出来る。犀は起ころうとしていることをわかっていた。汗みどろになり、息せき切って、キャスティグリオーヌ街の角に現れた。だが彼は戦闘に着手するという満足すら味わえなかった。円柱の高みからあたりを見張っていたあの男が、連発拳銃に弾丸《たま》をこめ、慎重に狙いをさだめ、引き金を引いた。彼が息子の愚行だと思い込んでいたことが始まったあの日から、街から街へ物乞いをしていた元提督と、彼女の肌のあまりの白さのため《雪娘》と呼ばれていた母親とは、犀を護ろうとして彼らの胸を差し出した。無駄な気配り。弾丸は犀の皮膚に錐《きり》のように穴を開けた。まちがいなく死が姿を見せるはずだと、論理の見せかけによれば信ずることも出来たろう。しかしぼくらは知っている。その厚皮動物のなかには神の実体が入りこんでいることを。彼は悲しみながらひきさがった。もし彼がかずかずの自分の創造物の一つに対して、よくしすぎないことを充分に証明していなかったら、ぼくは円柱の上のあの男を憐れんでいただろう！　あの男はすばやく手首を動かし、さきほど話したような錘りの着いた綱を、自分のほうにたぐりよせる。正常ではない配置なので、綱の振動は頭が地上を指しているマーヴィンを揺り動かす。マーヴィンは両手で、ムギワラギクのながい花環をしっかりと摑む。その花輪は、マーヴィンが額をうちつけている円柱の基礎の、二つの連なる角を結びつけているものだった。彼は自分といっしょに、すでに固定された一点ではなくなったものを空中に運び去る。あの逃亡した重罪人は、綱の大部分を重ねられた楕円の形に自分の足もとに積み重ね、青銅のオベリスクの高さの半分のあたりに、マーヴィンがぶら下がっているようにし、右の手でその若者に、円柱の軸に平行する平面上で一定の回転の加速運動をとらせながら、左の手で足もとにうずくまっている綱の、蛇のようなとぐろを拾い上げる。その投石器が空間に鳴る。マーヴィンの身体はそれにどこまでも付き従う。つねに遠心力によって、中心から最長距離にあり、物質から独立した空中の円周のなかで、いつも動いてはいるが、つねに等距離を保ちながら、あの開化された野蛮人は見間違えると鋼鉄の棒のように見えるこのものを、強固な掌骨が握りしめているほうの、いちばん端のところまで、少しずつ繰りだす。彼は片手で手摺につかまりながら、展望台をぐるぐると回り始める。この操作は綱の回転の最初の平面を変えるのに役立ち、すでにかなりのものになっている張力の度合いを、さらに増大させることにも役立つ。そしてそれからは、わからないほどわずかな変化で、綱はつぎつぎといくつかの斜めの面を通過し、いまそれを彼は、堂々と水平の面に回している。円柱と植物繊維とで形成された直角は、その二辺が等しい！ あの背教者の腕と殺人の道具とは、暗室に射し込む光線の原子の諸要素のように、単一の直線の中に混然一体となる。力学の諸定理がぼくに、このように語ることを許す。ああ！ だれでも知っているが、一つの力にもう一つの力が加えられれば、それら当初の二つの力の総和が生み出される！ しかし力士の強力《ごうりき》と大麻の上質さとが欠けていたら、その単一の直線はとうの昔に折れていたはずだと、ことさらに言い張る奴はだれか？ あの金髪の海賊は突然、しかも同時に、獲得していたスピードをストップさせ、手を開き、綱を放す。それらの作業は、これまでのものとまったく相反していたので、その反動が欄干のつぎめをきしませる。

ここまでは凄いスピードである。造物主が変身した犀はしごくあっさりと退場してしまうが、なかにはアゴーヌのようにしぶといのもいて、やや滑稽な同時多発テロが、同時進行または同時進行であるかのように描かれるのである。そして前章のあのキャルーゼル橋殺人未遂事件のときほど厳格ではないが、それに準ずる程度に乾いた文章で、しかも神話もどきに、あるいはドキュメント風に語られるのである。それらの結果、時の流れは乱れに乱れ、もうめちゃくちゃのスピードにまで達する。

ところがこの最後の引用文の最後で、『マルドロールの歌』は突如、静まりかえる。時の流れがぴたりと止まり、『歌』のなかにはもうマーヴィンとマルドロールしか居らず、『歌』そのものの静寂のなかで、動きはいきなりスローモーション化し、石化してしまう。静寂は、やがて永遠へと転生するであろう。

綱をしたがえたマーヴィンは、うしろに燃える尾をしたがえた彗星さながらだ。自在結びで綱に結びつけられた鉄の輪が太陽の光にきらめき、その幻覚の仕上げにみずから参加する。放物線の軌道にのった死刑囚は大気を切り裂き、無限と思えるほどの推進力のおかげでセーヌの左岸に達し、マーヴィンの肉体はパンテオンのドームにぶち当たりにいくが、それより早く綱の一部が巨大な円屋根の上部の壁を、ぐるぐる巻きに抱きしめてしまう。

これであとは、そのあとずっと物語が、エンディングを兼ねて残るだけとなり、最終章のアクション部分は終わってしまう。つまりこの新小説は、時間で言うと、ある日の午後八時を過ぎてからここまで四日足らずの、せいぜい八〇時間の出来事である。それを時の流れを極度に早めたり、あわや止まってしまうのかと思われるほど緩めたりしながら、とうとうここで完全に止めてしまう。このあとからは、不思議に永遠を感じさせる妙な静けさがたゆたい、緩急ともに激しく混在した六の歌は終わる。

私は告白せねばならないが、つぎの引用でじつは『マルドロールの歌』の六の歌の最後のストロフを、ほとんど全文引用してしまうことになる。自然にそうなってしまったのである。

それは形の上でしか、一個のオレンジに似ていない〔パンテオンの巨大な円屋根の〕球形で凸状の表面でのことだ。ぶらさがりっぱなしの、ひからびた骸骨が一体、一日中いつでも見られるのは。風がその骸骨をゆさぶると、世間の話だとカルチェ・ラタンの生徒たちは、自分が同じような運命をたどるのを怖れ、みじかい祈りを捧げるのだという。しかしそんな話は、まったく信じるにあたいしない、小さな子供たちを怖がらせるだけの無意味な噂だ。その骸骨は縮んだ両手のあいだに、古びた黄色い花のリボンのようなものを持っている。だが距離のことも計算に入れなければいけないから、どれほど視力がすぐれている保証があったところで、それがほんとうにぼくの語ったムギワラギクであり、オペラ座の近くで繰りひろげられた不公正な戦いが、立派な台座からひっぺがされるのを見ていた、あのムギワラギクであるとは、だれ一人として断言することはできない。しかしあの台座の三日月形の嬰が、四の倍数に決定的な均衡という表現を、もう求められなくなっていることもまた真実である。もしぼくを信じたくないのなら、君たちが自分でそこへ見にいけばいい。

けれどもなぜこんな結果になって、『マルドロールの歌　全六歌』は終わってしまうのか?

一の歌で著者イジドール・デュカスは、この『歌』は危険だから読むなと、読者を脅かしながら引っ張り込み、なぜ危険なのかと言えば、この『歌』は憎悪にあふれているからだと宣言し、憎悪をいっぱい吸い込むのは楽しいよ、いっしょに吸い込もうと誘う。またその憎悪の対象は人間であると語り、著者はもともと性悪に生まれついていたのだと告白し、残虐の喜びを讃え、そういう残虐性が人間のだれにでも在ることを祝福し、そのような憎むべき人間を生んでしまった神を糾弾するのである。そのようにたいそうなマニフェストに五ストロフも連続して使い、それからマルドロールの一の歌が始まり、いきなりのばした爪による幼児殺しがスタートするが、それからはおやおやという感じの、あまりマニフェストにふさわしくないストロフが三つ続くと、一八六八年版には「ダゼット」という名の金髪の美少年が、唐突に出現してきて、それ以後一の歌ではほとんど出ずっぱり状態となる。それが一八六九年版になると、そのすべてが、主としておぞましい動物に置き換えられるのである。そして二の歌になると、レマン、ローエングリン、ロンバーノ、オルゼールなどに名を変えた美少年、美青年が出てくる。彼らは「ダゼット」の分身たちである。そして、それらの者たちの発する光に照らされた著者の大脳から二の歌はひきずり出されたのだと、著者は三の歌のプロローグで告白する。だが彼らをもう混沌の底深く沈めてしまった上で、この三の歌にとりかかったと著者は宣言するが、たちまちその舌の根も乾かぬうちに、五番目の理想像であるマリオが出現する。著者と現実の「ダゼット」との仲は、しだいに冷えていくのであるが、『マルドロールの歌』執筆にのぼせあがって、さっぱり成長しないイジドール・デュカスを、ダゼットは見限るのである。ダゼットはとくにパリに来てから成長がめざましかったし、もともとはホモセクシュアリストでなかったため、女性への興味がしだいに強くなってきていたのである。こうして『歌』のなかの「ダゼット」は、神の正義の代理となり、熾天使の一人ともなっていく。現実の決定的破局は、著者が五の歌にとりかかったころ、一八六八年が一八六九年になるころと思われる。そうなったところで、著者はパリでの最初の引っ越しを敢行したのであろう。そして六の歌の「ダゼット」のそっくりさん、マーヴィンはなんと、人類の代表者になってしまったのである。

なんという御都合主義、と言われても仕方のない話であるが、著者のなかに棲みついてしまった「ダゼット」は、もうイジドール・デュカスの思いのままに変化するようになっていたのである。『マルドロールの歌』のなかで、神もまた変化した。その存在はしだいに軽くなっていき、ついに著者のイロニイ攻撃の対象となり果て、六の歌では、出現するやいなや、戦う機会さえ与えられることなく、はやばやと退場を余儀なくされてしまう。

また人間に関しては、『歌』のなかほどから、庶民の生態に強い興味を示すようになり、その愚行に呆れたり怒ったりするようになってくるが、人間の埒外におかれた人たちへの共感と同情は、変わることがない。また文学のまったく外にある自然科学全般への信頼もゆらぐことなく、なかでも数学への憧れは強まるばかりであった。

さらに『マルドロールの歌』の表現方式も変化してきた。というのは、当時の文学の主流からどんどん離れ、ついに六の歌では、B級伝奇冒険読みものの形に、過激なポエジイを流し込んだものを創るという離れ技を完成させ、五〇年後のエンターテインメント表現を予告するまでになる。

マーヴィン＝ダゼットは六の歌の大団円で、足首を縛られ、両手に石のムギワラギクを持ったまま、セーヌ左岸のパンテオンの巨大な円屋根から逆さにぶらさがる白骨になってしまった。そしてマルドロールは海賊姿のまま、犀になっていた神のあとを追うように、どこかに消えてしまうために退場した。残っているのは、上質の麻の綱とマーヴィン＝ダゼットの骨と石のムギワラギクだけである。それはひょっとすると、マルドロールの敗北を指し示しているのではなかろうか・・・。

多少の後悔を伴っていたかもしれないが、ロートレアモン伯は『マルドロールの歌』の原稿を書き了えたとき、マルドロールとともに燃えつきてしまったようである。ただ一人パリに残ったイジドール・デュカスは、なんとしてでもこのロートレアモン伯著『マルドロールの歌』を世に問いたかった。彼の生きる目的は、もうそこにしかなかったからである。

第八章

ラクロワが『マルドロールの歌』の出版を拒む・・・

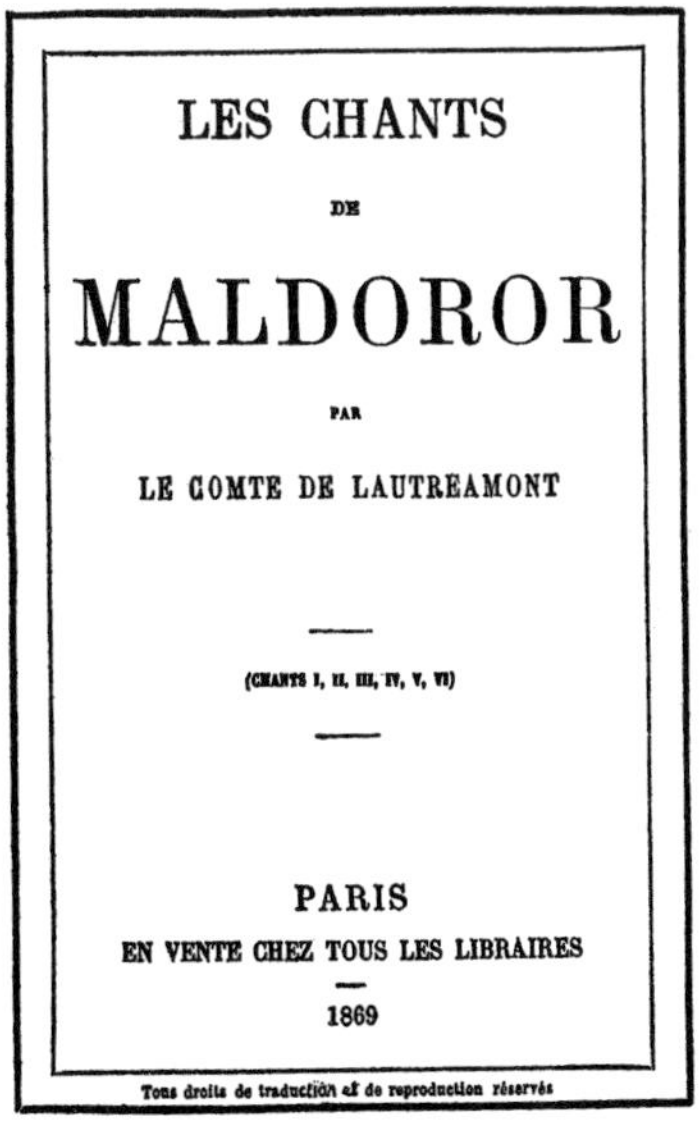
LES CHANTS

DE

MALDOROR

PAR

LE COMTE DE LAUTREAMONT

(CHANTS I, II, III, IV, V, VI)

PARIS

EN VENTE CHEZ TOUS LES LIBRAIRES

1869

Tous droits de traduction et de reproduction réservés

イジドール・デュカスが銀行家のダラスあてに書いた、一八七〇年三月一二日付けの手紙がある。それはイジドールがわれわれに残した最後の手紙なのだが、それをレオン・ジュノンソーという出版人は、友人だったアルベール・ラクロワから譲り受け、ジョゼ・ロワという名の画家の一枚きりのさし絵に添えて、その手紙の写真版を一八九〇年、世に言うジュノンソー版『マルドロールの歌』に載せてくれた。まずそれを読んでみよう。

パリ、一八七〇年三月一二日

拝啓

少々さかのぼって話をさせてください。ぼくはラクロワ氏（モンマルトル大通り一五番）の出版社から、詩集を出しました。しかしそれが刷り上がるやいなや、彼はその出版を拒みました。なぜならその詩集では人生があまりにも苦い色調で描かれていたので、彼は検事総長を怖れたのです。それはバイロンの『マンフレッド』やミッケヴィッチの『コンラッド』のたぐいのものですが、それらよりさらに恐ろしいものでした。その出版費用は一二〇〇フランでしたが、ぼくはそのうちの四〇〇フランをすでに支払っていました。しかしすべては水の泡となりました。そのことがぼくの目を開かせてくれたのです。

イジドール・デュカスがこの手紙を書いた相手のダラスは、モンテビデオにいるイジドールの父、フランソワ・デュカスからの一人息子への送金をすべて管理しながら、パリでのイジドールの監視者の役割もつとめていたユダヤ人である。手紙の前半でイジドールはその日付け一八七〇年三月一二日の一〇か月前、つまり前年一八六九年五月のことをまず書いている。

イジドールがロートレアモン伯爵のペンネームで書いた『マルドロールの歌』の原稿をアルベール・ラクロ

ワに渡したとき、ラクロワは着手金の四〇〇フランをイジドールに請求した。イジドールはそれをダラスにことわることなく、自分のための口座から引き下ろしてしまったので、その口座は赤字となり、ダラスとイジドールの間に一悶着あったのである。しかしそれでラクロワの共同経営者でブリュッセルに印刷所をもつ、ヴェルベックホーフェンのところで『マルドロールの歌　全六歌』の印刷が開始されたのである。そのときの悶着をもう忘れたかのように、イジドールはあっさりと、総費用一二〇〇フランのうち八〇〇フランはまだラクロワに払ってはいないぞと威張っているのである。それで目が醒めたと、銀行家に向かってイジドールは胸を張ってみせるのである。そして『マルドロールの歌』で自分は間違っていたと、おおげさに告白したかと思うと、その手紙の後半でイジドールはダラスにまた胸を張るのである。

ぼくはそのような訳で、もう完全に方法を変えました。これからはもはや希望《レスポワール》、のぞみ《レスペランス》、静謐《ル・カルム》、幸福《ル・ボヌール》、つとめ《ル・ドウヴォワール》、だけを歌うことにします。そしてぼくは、気取り屋のヴォルテールとジャン－ジャック・ルソー以来乱暴に断ち切られていた良識と冷静さの鎖を、コルネイユやラシーヌとまた取り結ぶのです。そのようなぼくの新詩集は、これからまだ四、五か月しなければ出来上がりません。それを待ちながらぼくは、その序文を父に送ろうと思っています。それは六〇ページほどの小冊子で、A・ルメール書店［そのころ高踏派詩人《パルナシアン》の作品をやつぎばやに出版して評価の高かった出版社］から出します。そうすれば父にもぼくの精進していることがわかり、あとで印刷される詩集の総費用を送金してくれることでしょう。

ぼくはあなたにお願いがあります。もし父が去年の一一月か一二月以降に、宿代や生活費以外の金銭をぼくに渡してもよいと言っていたかどうかを、どうぞぼくに教えて下さい。もしそうでしたら、ぼくはとりあえず二〇〇フラン必要です。それは序文の印刷費です。そうすれば今月二二日に、ぼくは序文をモンテヴィデオに送ることが出来ます。また父がなにも言っていなかったのでしたら、そのことをぼくに知らせて下さい。なにとぞよろしく。

I・デュカス
ヴィヴィエンヌ通り一五番

この手紙にあるヴィヴィエンヌ通りはイジドール・デュカスのパリでの三つめの住所である。このあとさらに、彼は最後の転居をするであろう。そしてヴィヴィエンヌ通りは、マルドロールの第六歌の最初に出てくる、ヴィヴィエンヌ街のパサージュのすぐ近くである。それなのにイジドールはこのダラスへの手紙で『マルドロールの歌』の出版が駄目になったために目が醒めて、完全に転向すると宣言する。ほんとうなのだろうか？信じられないような話である。そしてこの手紙をよく読むとわかってくるが、要は二〇〇フランがすぐに必要なので、口座から引き下ろしたい、そうすればすべてが巧くいくのでどうかよろしくという無心が中心にある手紙である。そのために嘘も方便というか、いろいろな嘘を並べ立ててダラスの信用を得ようとし、まだダラスの背後にいる父フランソワ、一人息子がかつての約束通りエコール・ポリテクニイクかエコール・デ・ミイヌに進学することを夢見て、文学者、詩人になるための出費をまだ一度も許したことのない父、フランソワまで懐柔しようとする魂胆が見えてくるような手紙である。

イジドールはその六〇ページほどの序文を、世評上昇中のA・ルメール書店から出すと書いているが、それは真っ赤な嘘であり、一〇日後に出来上がる印刷ならば、もう印刷所に回っていなければならないわけで、じつはそれはA・ルメール書店とは無関係な、一八六八年に一の歌だけのマルドロールの歌の印刷をしてくれた、あのバリトゥさんの印刷所であった。本人はまた序文であると語り、その本体である新詩集を仕上げるには、あと四、五か月かかるとも言っているが、私の次の章を見てもらえば、じつはその序文なるものが『詩集《ポエジイ》』だったのである。本体の新詩集を書くなどという考えは、はなからイジドールにはなかった、と判断することができる。

ではここで、少しばかり時間を遡らせて、その前年つまり一八六九年の秋、ラクロワが『マルドロールの歌』の出版を、発禁必至だからとの予測のもとに拒んだあたりまで時間を巻き戻しながら、また別の角度から光を当ててみることにしたい。その光とは、当時の出版界の怪人物プーレ－マラシにあてたイジドール・デュカスの三通の手紙である。ブリュッセルに生まれてパリにやってきてユゴオの版元になるまでに成功したアルベール・ラクロワとは逆に、プーレ－マラシはフランス人であったのにボードレールの『悪の華』を出版したとき、フランスの司直の手を脱《のが》れて一八六三年ベルギーに亡命し、そのままブリュッセルに棲みついていた人である。

ブリュッセルのヴェルベックホーフェン印刷所で、ロートレアモン伯爵著『マルドロールの歌　全六歌』の印刷が完了したのは、一八六九年九月のことである。そのとき、その発売を首を長くしてパリで待っていたイジドール・デュカスに、アルベール・ラクロワから話が入った。『マルドロールの歌』を読んだが、あれでは間違いなく発禁になる、よって発行は中止すると。イジドールはラクロワと約束した残金八〇〇フランをどうしてひねり出そうかと思案中であった。どう考えたところでその支払いは無理だと思っていた矢先に、ラクロワから発行中止の知らせがきたのである。ラクロワのほうでも残金の八〇〇フランをイジドールからもらえそうにないと判断した上での、それが結論であった。自社の財務状況もけっして良くなかったし、それはそれでラクロワの大人の判断だったのである。そこでラクロワは、ブリュッセルにいて活躍しているオーギュスト・プーレ－マラシを、イジドール・デュカスに紹介するというもう一つの結論にたどりついたのである。

オーギュスト・プーレ－マラシは不思議なフランス人で、ココ・マルペルシェ（高みに立つのが下手なココ）という文筆家でもあったが、ベルギーに亡命してからの本業は、自分で『フランスでは発禁になった国外印刷の出版物情報』という情報誌を出し、それに紹介した本を主としてベルギーやスイスのフランス語圏に売るのを建前にして、フランスへも売るという、なかなか反抗的でふざけた商売に励んでいる四四歳の男であった。

彼の情報誌の一八六九年一〇月二五日号（第七号）に、さっそく『マルドロールの歌』が載った。まずそれを見てみよう。短評はプーレ－マラシ本人のものである。


マルドロールの歌、ロートレアモン伯爵著（一、二、三、四、五、六の歌）、パリのどの書店でも入手可。ブリュッセル、ヴェルベックホーフェン・エ・ラクロワ印刷。一八六九年。活字は八ポイントで三三二頁。

パングロスは、もう善悪二元論者などいないと言ったが、マルタンは私がいると応えた。この本の著者はさほど珍しい種族に属しているのではない。ボードレールやフローベールのように悪を美しく描くことで、善に向かう傾きと高いモラルを励ますことになると信じているようだ。イジドール・デュカス氏（その名を聞くのははじめてのことであるが）はその著作をフランス国内では印刷しないという間違いを犯した。そしてパリ警察第六室の秘跡は今回も起こらなかった。

付記　印刷業者はいざ発売というときになって、この『マルドロールの歌』の販売を断念したので、本号の第一〇項目にいそいで載せた。


プーレ－マラシはあわてたようであるが、販売価格を入れないだけの余裕はあったようである。じつはラクロワとの間に、まだ販売権譲渡契約は成立していなかったのである。それにしてもこれから紹介するイジドール・デュカスの、マラシあての最初の手紙は、一〇月二三日付けである。それがどうしてその翌々日、一〇月二五日発行の情報誌にその記事が間に合ったのであろうか？　その号に限りマラシは発行を遅らせたのか、それともラクロワからの話だけでこの記事を書いていたのか、そのどちらかであろう。いずれにせよ、イジドールとマラシはたちまち仲が良くなったようだし、マラシと『マルドロールの歌』の相性も、最初から良好だったのである。

ではイジドールのマラシあての、その最初の手紙だけでなく、現存する他の二通も読んでみることにしたい。それはイジドールのダラスあての、最後の手紙の裏を取ることにも役立つので。

プーレ－マラシあてのイジドールの最初の手紙には年号が欠落しているが、それは明らかに一八六九年のことである。

パリ、一〇月二三日

はじめにぼくの状況をあなたに説明させて下さい。ぼくは悪を歌いました。ミッケヴィッチ、バイロン、ミルトン、サウジー、アルフレッド・ド・ミュッセ、ボードレールなどのように。当然ぼくは少々音域を上げました。この崇高な文学の方向に、新しさをつけ加えようとして。読者を締めあげて、その癒しとして善を欲しがらせるためにだけ絶望を歌うこの崇高な文学の方向に。そんなわけで、全体として歌っているのは、つねに善なのです。ただヴィクトル・ユゴオほか数人の人たちがまだ生きている唯一の代表者である古くさい一派のように素朴ではなく、より哲学的な方法で。売って下さい。ぼくに何の異存もありません。ぼくはどうすればよいのでしょう？　どうぞあなたの必要条件をおっしゃって下さい。ぼくの望みは、主な新聞の書評家に批評してもらうことです。この出版物のはじまりを、初審ででも終審ででも審判するのは彼ら書評家です。そしてぼくの仕事が終わりを告げるのは、もっとずっとあとのことでしょう。というわけで、モラルはまだ未完成なのです。しかし各頁にはすでに膨大な苦悩があります。それは悪いことなのでしょうか？　絶対に違います。ぼくはあなたに感謝するでしょう。もし批評家がそのほうが良いと言うのなら、ぼくは今後の版で、あまりに強すぎるいくつかの部分を削ることも出来るでしょうから。そういうことで、ぼくがなによりも願っているのは、書評家たちに裁いてもらうことです。そして一度知ってもらえば、あとは巧くいくでしょう。

敬具　I・デュカス
フォブウル・モンマルトル三二番

この二人が出会ったことは、とても良かったことで、良い結果が出そうだったのである。しかしイジドールが悪を歌ったのは、それに衝撃を受けた読者にその癒しとして善を欲しがらせるためだったのであろうか？『マルドロールの歌』は、そのように単純な二段論法で出来ていたのではなかったはずであったのに。それが妙に売文業者っぽく、しらじらしいのが気になる。また書評家に言われれば、強すぎる部分は削るとイジドールが語っていることも気になるが・・・。どうも私にも疑う習性がついてきたようである。ではそれはそれとして、その四日後のイジドールの、マラシあての手紙を読んでみよう。

事態は急転回の様相をのぞかせている。この二度目の手紙にも、年号と拝啓が欠落している。

パリ、一〇月二七日

ぼくはあなたに教わったようにラクロワに話しました。彼はあなたに手紙を書くでしょう。あなたの提案は受け容れられました。つまりあなたをぼくの販売人にする件、四〇パーセントの件、第一三部までの件です。あなたのカタログでぼくの作品をある程度有利にする状況を準備して下さったのですから、少しは高く売れると思います。ぼくはそうして下さっても、いっこうに構いません。それにそちらでは、ぼくの作品のような反逆の詩を味わうには、フランスよりもずっと心構えの出来ている人たちがいるでしょう。エルネスト・ナヴィル［フランス学士院通信会員］は昨年、哲学者や呪われた詩人たちの言葉を引きながらジュネーヴやローザンヌで、「悪の問題」と題する講演をしました。それは目には見えないが次第に広がる流れとなって、人びとの心に痕跡を残していることでしょう。彼はそれらの講演を一冊の本にまとめました。ぼくは彼に『マルドロールの歌』を一部、さしあげようと思います。そうすれば彼は、つぎの版でぼくについて語るでしょう。なぜならぼくはこの奇妙なテーマを、先人たちよりも力強くとりあげているからです。そして彼の本、「悪の問題」は、スイスのフランス語圏やベルギーにも代理店を持ち、ジュネーヴには支店も持っているパリのシェルビュリエ書店から出版されていますから、ぼくのことを間接的にフランスにも知らせてくれるでしょう。それはもう時間の問題です。ぼくに見本を送るときは二〇部にして下さい。

敬具
I・デュカス

イジドールはすでにプーレ－マラシを篤く信頼している。だがこのラクロワからプーレ－マラシへの、フランス国外販売権譲渡の商談は、結局成立しなかったのである。そこにも、イジドールの八〇〇フランの未払い金がからんでいたのであろうか？　理由はわからないが商談は成立せず、ラクロワは姿を隠す。

そしてイジドールのマラシあての、一八七〇年二月二一日付けの三通目の手紙となり、その二一日後の、イジドールがダラスにあてた最後の手紙となる。後者はすでにこの章のはじめに紹介した。双方の手紙には当然のことながら、食い違いやイジドールの嘘も見られるが、共通しているのはイジドールの転向宣言と次作をすでに印刷に回そうとしている、あるいは回したという事実である。

ではそのマラシあてのイジドールの最後の手紙を読んでみよう。

パリ、一八七〇年二月二一日

拝啓

恐れ入りますが、どうか私に『ボードレール詩集追補』を送って下さい。代金二フランを切手で同封しました。早ければ早いほどよいのです。あとでお話しさせていただく仕事のために、ぼくがそれを必要としておりますので。

I・デュカス
フォブウル・モンマルトル三二番

ラクロワはあなたに版を譲りましたか？　どうなったのですか？　それともあなたが断ったのですか？　彼はぼくになにも言いませんでした。あれからぼくは彼に会ってもいません。——御存知でしょうが、ぼくは自分の過去を否定しました。ぼくはもう希望《のぞみ》しか歌いません。だがそのためにはまず、今世紀の懐疑（憂い、悲哀、苦悩、絶望、不吉ないななき、わざとらしい性《たち》の悪さ、子供っぽいうぬぼれ、こっけいな呪い、など）を攻撃せねばなりません。三月上旬にラクロワのところに持ち込む予定のぼくの仕事は、ラマルティーヌ、ヴィクトル・ユゴー、アルフレッド・ド・ミュッセ、バイロン、それにボードレールなどのもっとも美しい詩をとりあげ、それらを希望という線にそって修正しております。ぼくはそれらの詩がどうなっているべきだったかを指摘します。それと同時に、ぼくのクソ古本の最悪の六篇も、そこで修正を加えます。

このマラシへの最後の手紙は、その三週間あとでイジドールが銀行家のダラスに出す手紙よりも、はるかに多い真実を含んでいる。この手紙の嘘は、まだ実行されてはいないが、「三月上旬にラクロワのところに持ち込む予定」となっているが、その作品が実際に持ち込まれたのは、パサージュ・ヴェルドーのガブリ書店というイジドールの御近所の小さな書店であり、それが印刷されたのも、あの懐かしい、やはり御近所の、一の歌だけの『マルドロールの歌』の小冊子《ファシキュール》を印刷してくれたバリトゥ・エ・ケスロワ印刷所であった。

そしてびっくりさせられるのは、「御存知でしょうが、ぼくは自分の過去を否定しました」という転向宣言であり、なかでも『マルドロールの歌』を、「ぼくのクソ古本の最悪の六篇」と切り捨てている大胆な発言には驚かされる。この手紙の相手は『マルドロールの歌』をあれほど売りたがっていたベテランの業界人である。イジドール・デュカスはどうかなってしまったのであろうか?

このマラシへの手紙の一九日後、銀行家ダラスへの手紙では、イジドールは『マルドロールの歌』が発行中止になったことについて、四〇〇フランはラクロワに払ってしまっていたが、その後支払うことになっていた八〇〇フランが未払いのうちに出版計画が頓座してしまったので、すべてが水の泡になってしまったが、それが自分の目を開かせてくれたと書き、『マルドロールの歌』は目が塞がれていた間に書いた作品であり、その出版が不可能になったことはかえって良かったと言わんばかりに、相手が銀行屋だからと金銭に関しては正直にしっかりと書き、費用の残金八〇〇フランを払っていなかったのは、これまた自分の手柄だと言わんばかりに胸を張って語っている。前渡し金四〇〇フランを口座からダラスに無断で引き出した、あの時のトラブルをもうすっかり忘れてしまったかのように。しかし、金銭関係でイジドールはダラスに嘘を吐《つ》いてはいない。けれども次の作品に関しては、ダラスあてのものはあまりにも大袈裟であり、あてにならない。この手紙の文章はどうも嘘くさい。それらはもう印刷に回した新作の序文なるものの印刷費用二〇〇フランの口座からの引き下ろしを認めさせるための方便であり、さらにはそれをウルグワイに早く送り、父の許しと次の出費を父に送金してもらうための嘘でもあったと考えられる。おそらくこの時点、一八七〇年三月でもイジドールはまだ八〇〇フランの残金さえラクロワに払えば『マルドロールの歌』は出版されると思っていたようである。それは『歌』の発売中止のもう一つの原因が、じつはラクロワの財務状況の悪化にもとづいていることを、イジドールが理解してからのことであるが。だから新作の本体の費用がフランソワから送られてくれれば、それで『マルドロールの歌』は立派に世に出ると思っていたのではないか。だから新作については、その序文さえ印刷されればそれでよしなのであって、本体のことをイジドールが真剣に考えていたとは思えない。

またプーレ＝マラシへの最初の手紙にイジドールが書いていた、わりに単純な善悪二元論的な『マルドロールの歌』の観方《みかた》は、つまり悪を歌うことで、読者にはその癒しとしての善を求めさせる文学に、それが属しているという割り切りかたには、びっくりさせられる。それはイロニイまじりに『歌』のなかで、ちょっぴり触れただけであり、そうではないということを、『歌』では著者自身が何度も力説していたからである。一の歌のプロローグでは、憎悪が底知れぬ悦楽であり、残忍であることがいかに自然の法則に叶うことなのかを説き、残虐の喜びを描くために自分の才能を酷使すると宣言し、それを実行するストロフを展開してきた。そして疲れ切って二の歌を了えると、三の歌の最初のストロフで不毛なアムール・アファメに憑かれている著者が描かれ、そのような三の歌が終わると四の歌のプロローグで、著者は人間憎悪の根底にあったのは、じつは人間へのおそれ、皮膚感覚的恐怖であったことを告白し、自分と人間は「どこまでも相手の破滅をめざしてはげむ二人の友」であると言い、マルドロールの人間攻撃の手法が変化するであろうことを示唆する。『歌』には人間、人類に対する悪の他にもさまざまな悪が歌われているが、それら悪を声高らかに歌いあげることは、マルドロールの、あるいは著者の、生理感覚に基づく本来的なものであり、使命でもあるのだと繰り返し、少しずつ変化しながら表現されるが、それらに読者に癒しとして善を求めさせるためだとは、一度も表現されたことがなかった。これは実に嘘くさい。と言うよりも一八六九年一〇月末のマラシの『フランスでは発禁になった国外印刷の出版物情報』の第七号に『マルドロールの歌』を載せるときに、マラシが『歌』のために書いてくれた紹介文からとったのかもしれない。マラシが冗談半分に書いていたのを、イジドールは真に受けたのか？　いずれにせよこんな程度のもので海千山千のマラシの気を引いてみたのは、イジドールの誤りで、この二元論は嘘っぱちである。それが証拠にその四日後のマラシあての手紙で、イジドールはこの二元論にはもう触れず、エルネスト・ナヴィルの「悪の問題」について、熱っぽく語っているではないか。

ところがそのプーレ＝マラシあての一八七〇年になってからの最後の手紙では、「御存知でしょうが、ぼくは自分の過去を否定しました」と、イジドールは書き、みずからの転向をあっさりと告げるとともに、みずからの『マルドロールの歌』を、「ぼくのクソ古本の最悪の六篇」と切って捨ててしまうのである。

イジドール・デュカスはどうなってしまったのか？　ほんとうのところは、どうだったのであろうか？　そのころまでイジドールが信頼していたマラシへの手紙を読めば、新作はまるごと、金銭入手のためだけの方便に過ぎなかったとは言い切れないようである。もうここまでくればわれわれは現実に出版された新作、『ポエジイⅠ』『ポエジイⅡ』という、二部に分かれたイジドール・デュカス著の小冊子《ファシキュール》を検証する以外に、結論を出す手だてはない。

しかしこの章を了えるまえに、われわれは一八六九年九月から翌一八七〇年三月までのイジドールと彼の周辺の動きを、時の流れを軸として整理しておこう。この章では時の流れを少々乱してしまったので・・・。

一八六九年九月　アルベール・ラクロワは『マルドロールの歌　全六歌』の発行中止を決定。その印刷ずみの実物は仮綴じされることなく、ブリュッセルのヴェルベックホーフェン印刷所に積まれたままとなる。もちろんそれは、著者であるイジドール・デュカスに知らされる。

一〇月　ラクロワはベルギー在住の友人、オーギュスト・プーレ－マラシに『歌』の地域限定販売権譲渡の話をもちかけ、それにマラシが好感を持ったので、彼をイジドールに紹介する。

二三日　マラシあてイジドールの最初の手紙。

二五日　マラシの情報誌に『マルドロールの歌』の記事が出る。ただし販売権譲渡の契約が交渉中なので、その売価を記入してはいない。

二七日　マラシあてイジドールの二通目の手紙。マラシとラクロワ間の契約は、イジドールも介入しながら、順調に進みそうな気配。

一八七〇年二月　上旬か中旬に販売権譲渡契約は破談に。その理由は不明。『マルドロールの歌』はフランス国内だけでなく、ベルギーとスイスのフランス語圏でも発売されないことが確定する。一八七〇年になってから、イジドールは次作『ポエジイⅠ』の執筆をすでに始めていた。

二一日　イジドールのプーレ＝マラシあての最後の手紙。その後パリでのイジドールの三度目の引っ越し。ただし御近所、さらにラクロワの国際書店に近づく。実行はおそらく月末か?　新住所ヴィヴィエンヌ通り一五番。

三月一二日　銀行屋ダラスあてのイジドールの最後の手紙。新作の出版が三月中であると告げる。ただし実際は四月となる。『ポエジイⅠ』のことである。

第九章
『ポエジイI』

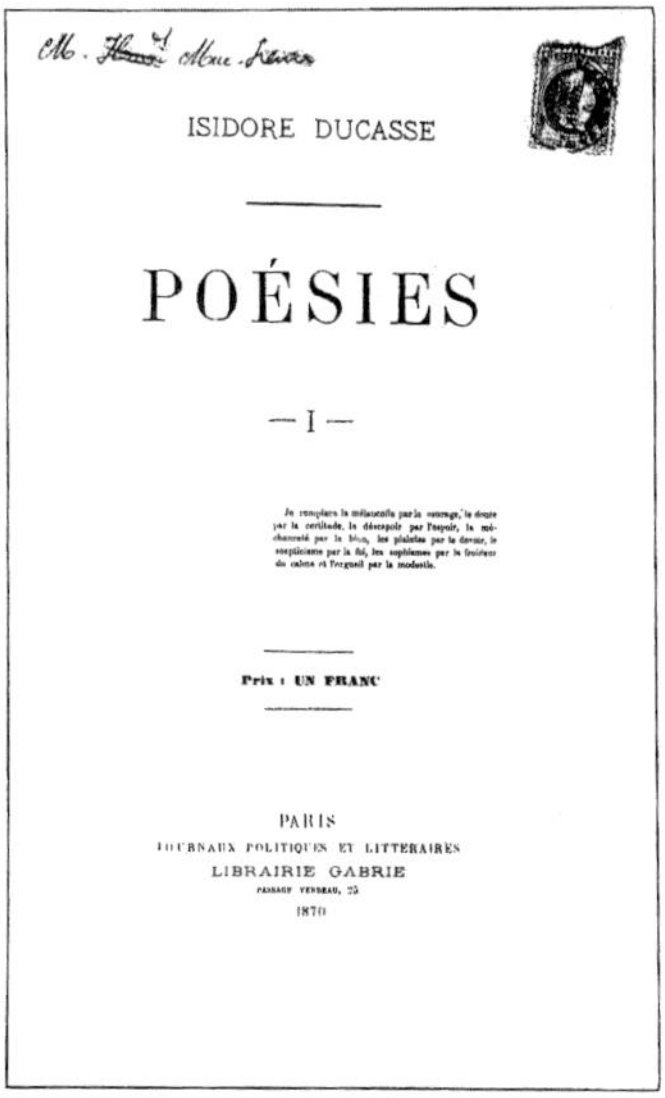

ISIDORE DUCASSE

POÉSIES

— I —

Je remplace la mélancolie par le courage, le doute par la certitude, le désespoir par l'espoir, la méchanceté par le bien, les plaintes par le devoir, le scepticisme par la foi, les sophismes par la froideur du calme et l'orgueil par la modestie.

Prix : UN FRANC

PARIS
JOURNAUX POLITIQUES ET LITTERAIRES
LIBRAIRIE GABRIE
PASSAGE VERDEAU, 25
1870

御存知でしょうが、ぼくは自分の過去を否定しました。ぼくはもう希望《のぞみ》しか歌いません。だがそのためにはまず、今世紀の懐疑（憂い、悲哀、苦悩、絶望、不吉ないなき、わざとらしい性《たち》の悪さ、子供っぽいうぬぼれ、こっけいな呪い、など）を攻撃せねばなりません。

（一八七〇年二月二一日付け、プーレ－マラシへの
イジドール・デュカスの手紙より）

一八七〇年四月九日、イジドール・デュカスがこのたびは本名を著者名として書いた『ポエジイI』が、新規刊行物としてフランスに届け出られた。それは一の歌だけしかなかった、一八六八年版の『マルドロールの歌』と同じ形の小冊子《ファシキュール》であった。つまり一枚の原紙を四度おりたたむことで出来上がる、表紙まで含めても三二頁しかないささやかなもので、しかも四頁の白紙が残るほど中味のとぼしいものであった。

その発行人はパサージュ・ヴェルドー二五番のガブリ書店で、そこはあの『青春《ラ・ジュネス》』紙の主幹アルフレッド・シルコスことポール・エミヨンが『未来《ラヴニール》』紙のフレデリック・ダメの協力を得て発行した二つ目の新聞、『若者連合《リユニオン・デ・ジュンヌ》』の事務所になっていた。そこは、一八七〇年二月のプーレ=マラシあての手紙で予告していたラクロワのところでもなく、翌月のダラスあての手紙に書いていたA・ルメール書店でもなかった。

そして印刷所はあの懐かしい、著者名が三つの星印でしかなかった、一八六八年の一の歌だけの『マルドロールの歌』の小冊子《ファシキュール》を印刷してくれた、あのバリトゥ・エ・ケスロワ印刷所であった。

イジドール・デュカスはその『ポエジイI』の原稿を一八七〇年二月になってから書き上げたのであろう。それまでは、まだ『マルドロールの歌』全六歌のフランス国外での販売を、プーレ=マラシに頼もうと彼は奔走していたのだから。そしてその『マルドロールの歌』出版のための最後の扉は、一八七〇年一月はじめに閉ざされてしまっていたのだから。

ではその『ポエジイI』とは、現実にどのような出版物だったのであろうか?

まず表紙は、一番上にかなり大きく著者名、イジドール・デュカスが掲げられ、その下に題名『ポエジイ』(複数)が、著者名よりも大きな活字で印刷され、その下に左右をティレ(横線)に囲まれたローマ数字のIがある。そしてその下には、右に寄せて、著者の宣言文が五行、これ以上小さな活字はないというほど極少の活字で、恥ずかしそうに記されている。それはこうである。

「ぼくは置き換える。憂鬱を勇気に、懐疑を確信に、絶望を希望に、悪意を善意に、嘆きを義務《つとめ》に、猜疑心を忠誠心に、詭弁を沈思黙考に、おごりたかぶりを謙譲の美徳に」

この宣言文の一部は、すでに二月のプーレ＝マラシへの手紙、そして三月のダラスへの手紙に顔をのぞかせていたが、どれほど極小の活字を使ったにしても、これを表紙に置いたということは、この転向宣言と思しきものの著者にとっての重要性を示していると考えられる。しかしこの表紙の裏側の献辞の量があまりにも多かったので、宣言文を表紙に回したということも、ありえないことではないが可能性は低い。それにしてもこの活字の小ささはどうであろう。読むに困難なほどである。それは単にレイアウト上の問題に過ぎなかったのであろうか？

いずれにせよイジドール・デュカスはそこで、「置き換える《ランプラセ》」という動詞を使っている。そして置き換えられるほうの言葉たちは、いずれも『マルドロールの歌』の基本的な通底音となっていたものごとたちである。「置き換える」ほうは、『マルドロールの歌』の読者にはあまりなじみのないそれらの反対語である。そこでこのマニフェストを言い換えれば、『ポエジイⅠ』は、あの『マルドロールの歌』を裏返しにするものだ、ということになる。つまりこれは著者のまぎれもない転向宣言である、ということになる。中味の検討はあとでやるとして、宣言文だけ見ればそういうことになってしまう。

その宣言文の下のほうには、上下を線で囲まれた定価一フランが、ひときわ目立つゴシック書体で印刷され、その下には「パリ／政治文学新聞／ガブリ書店／パサージュ・ヴェルドー二五番／一八七〇年」と、発行者のクレジットが入って表紙が終わる。そこであの懐かしい、バリトゥ・エ・ケスロワ印刷所のクレジットは、この小冊子の末尾に置かれることになった。まるでこのささやかな出版物が、一人前の書物であるかのように。

さて表紙の裏には献辞がたっぷりとある。それはこの『ポエジイⅠ』を捧げる人名から始まっている。まず最初にイジドールが掲げているのがあのジョルジュ・ダゼットである。ダゼットは既に私の『マルドロールの歌』の各章に、最初から最後まで存分に登場してくれた六つ年下のかつての親友である。イジドールがダゼットについで二番目に『ポエジイ』を捧げているのは、アンリ・ミュウである。彼はタルブのリセでイジドールの同級生であったが別格で、学友の項目にではなく、ここに入っている。彼は在学中、修辞法でタルブ市の名誉賞を受け、バカロレアも文学と科学の両方を優秀な成績でとり、トゥールーズのアカデミーを出て大蔵省へ入り、タバコ専売局からそのキャリアを開始した。彼はイジドールの尊敬する特別の学友だったに違いない。そしてまた一八六六年から三年間はパリにいたので、彼とイジドールはダゼットとのように、パリで再会している可能性もある。

三番目のペドロ・ズマランはモンテビデオのスペイン人で大金持ち、彼の商業銀行は強い力を持ち、イジドールの父フランソワも領事館員としてお世話になっていた。そしてイジドールが上京する際には、文士としてやりたいと打ち明けていた唯一の人だと言われている。その証拠にイジドールはこのドン・ペドロ・ズマランに「ぼくを守ってくれた人に」と書き込んだ『マルドロールの歌　一の歌』(一八六八年版)を送っている。

四番目のルイ・デュルクールは、いくら調べてもわからない。六番目のジョゼフ・デュランも同様である。五番目のジョゼフ・ブルメンシュタインもわからないと言われればわからないのであるが、一九二八年にフランソワ・アリコという人がジョセフはジャンであり、ジャン・ブルメンシュタインであれば一八六六年にポオのリセに在籍していた優等生で、彼はブエノスアイレス生まれでイジドールよりずっと若かったが、もともとはモンテビデオ人であり、なつかしがったイジドールに違う名を教えたのではないかと、『メルキュウル・ド・フランス』誌に「イジドール・デュカスのほんとうの姿」と題する論文を発表した。かなり古い話だが、その説はいまだに覆されていない。こうして献辞の最も重要な、分類出来ない五人のグループは終わる。

つぎのグループは「ぼくの学友」と呼ばれた三名である。レスペスはポールという名であり、イジドールは名前を落としているが、ポオのリセで修辞法と哲学をイジドールと同じクラスで学んでいた。一八六六年にパリ大学の法科に進んでいる。ジョルジュ・マンヴィエルもイジドールとポオのリセで一緒で、レスペス、マンヴィエル、イジドールの三人は仲良しだったという証言がある。三人目の学友の最後は、オーギュスト・デルマスである。彼はタルブのリセで、イジドールの二学級上であった。

つぎの第三グループは「新聞主幹」としてくくられており、アルフレッド・シルコスとフレデリック・ダメの二人がノミネートされている。アルフレッド・シルコスはポール・エミヨンの筆名で『青春』主幹。フレデリック・ダメは『未来』主幹。のちに二人は『若者連合』を出す。そのオフィスは、『ポエジイI』『II』の発行人、ガブリ書店内に置かれた。

第四グループに人名はなく「過去、現在、未来にわたるぼくの友人たちに《オウ・ザミ・パッセ・プレザン・エ・フユチユール》」この書を捧げる、となっている。そして五番目のグループはまた一人だけの名前で、「ぼくのかつての修辞法の教授、ムッシュ・アンスタンに」と尊称つきである。この「アンスタン様に」が怪しいし、その置かれた場所も不自然である。

そしていよいよ、献辞の本体が最後にやってくる。

ぼくがこれからの数年にわたり書くであろう散文の作品を、またその最初の部分が活字によって語られている、今日ここに始まったばかりの散文作品を、上記の皆様に、一度にすべてを捧げさせていただく。

これを見ると、イジドール・デュカスがこの散文による著作『ポエジイ』のIとIIを、著者自身の辞世の言葉と位置づけていたように、私には思われてならないのである。彼が書きたかったのは、ものごとの原理・原則であったのであろう。そしてダラスへの最後の手紙にあった、この『ポエジイ』は、「六〇ページばかりのその序文」であるというのが嘘で、その序文の本体である詩集を書く気持ちは、はじめからなかったのだと思えてならない。また献辞を捧げた人びとを見るに、一部はいまだに判明していない人も含まれているのに強引のそしりを受けるのを覚悟の上で言うと、これまでの人生でお世話になった人全員に献辞が捧げられていたと思えてくるのである。

しかしこの献辞の頁で、気になることが二つある。一つは父のフランソワとそのパリでの代理人、銀行屋のダラスの名前がないことである。イジドールはこの時点で、二人にそうとうな恨みをまだ持っていたのに違いない。この『ポエジイ』の出版費用の二〇〇フランの引き出しをまたダラスは断ったか、文学関連費用の送金をフランソワはまだかたくなに拒んでいたか、そのようなところであろう。

そしてもう一つは、ポオのリセのアンスタン先生の名が置かれている位置である。尊称の「ムッシュ」までつけている唯一の人であるアンスタン先生が、「過去、現在、未来にわたるぼくの友人たちに」の下方に、つまりこの『ポエジイ』をイジドールが捧げている人たちの最後に、一人だけポツンと置かれていることである。これは私の判断によると、忘れていたアンスタンさんを急に思い出したイジドールが印刷直前に追加したため、その指示が悪かったか、あるいは印刷工のミスでこうなってしまったのであろう。アンスタンさんは、イジドールの先生たちのなかで、もっとも厳しく辛く彼にあたった先生で、ペデラストの噂の絶えなかった人でもある。そのようなアンスタン先生とのあいだに、その後なにか意外なことがあったのであろうか？　その置かれた場所に関しては、私の説は正しいと思っているが、またそれは、『ポエジイ』の原稿にその名がなかったのであれば証明になるのであるが、『ポエジイ』の原稿の発掘はいまだになされていない。

これでなんとか、『ポエジイⅠ』の本文にとりかかることができる。ここまで来ればもう『ポエジイⅠ』を読むしかない。それはこのように始まる。

今世紀の詩のうめきは屁理屈そのものである。
基本的諸原理は論議の外側に在らねばならない。
ぼくはユウリピデスとソフォクレスは受け容れるが、アイスキュロスは受け容れない。

造物主に対してもっとも基本の礼節を欠いたり、悪趣味を発揮してはならない。

不信の心を追いやれ、そうしてくれればぼくは喜ぶ。

二種類の詩が在るのではない。詩には一種類しかない。

作者と読者のあいだには、暗黙のうちにとは言い切れないとりきめがある。それによって作者は病人となり、読者が看護人になる。だが人類を慰めるのが、じつは詩人なんだ！　役割が勝手に逆さまにされている。

ぼくは気取り屋の烙印を押されたくない。

ぼくは回想録のたぐいを残したくない。

詩は嵐ではない。まして台風でもない。詩はおごそかで肥沃な大河なのである。


ここまではなかなかの、主として詩についてのマクシイム、箴言集である。そしてたしかにこれでは『マルドロールの歌』からの一八〇度の転換である。『歌』を反省しているふしも見受けられる。とくに「造物主《ル・クレアトゥール》」に関しては。しかしここでのクレアトゥールの頭文字は『歌』のときと違って小文字である。

ところがこの引用の直後、フランス語に訳されたエドワード・ヤングの詩集『夜』が、さっそく槍玉にあげられ、こきおろされたかと思うと、それこそ嵐のように、世紀病独特の言葉が流れ出し、『マルドロールの歌』固有のヴォキャブラリーの嵐がえんえんと続く。どうなることかと案じていると、それが一頁以上吹き荒れたあとで、それらはなんと、ユゴーの『クロムウェル』へのデュマ・フィスの序文、さらにテオフィル・ゴーチエの『モーパン嬢』へのデュマ・フィスの序文まで巻き込み、ののしりつくす超長文となり、「——名指すだけでも顔が赤らむ、不潔な納骨堂を前にして、ぼくらを憤慨させ、もったいぶって屈服させるものに、ぼくらは今こそ反撃すべき時なのだ」でいったん終わったのかと思っていると、さらに次の文がつづく。「君たちの精神はいつも蝶番が外されていて、自分勝手と自分可愛さとによって粗雑に作り上げられた闇の罠に捕らえられる」

　つぎは「趣味《ル・グゥ》は根源的な資質であり、それ以外のあらゆる資質を要約する。それは知性の極限なのである」で始まるから、ふたたび箴言が続くのかと思っていると、たちまちまた悪口雑言の嵐である。こんどはユジェーヌ・シュウ、フレデリック・スーリエ、ウォルター・スコット、フェモア・クーパーがやられてしまう。そしてアカデミー・フランセーズのヴィルマンとコルネイユがちょっぴり賞められたかと思うと、こんどはリセ教育の現場に飛び、バルザック、デュマ、ヴィクトル・ユゴオ、デュマ・フィスは、リセの教員にも劣るとやられてしまう。そしてまた悪口雑言の嵐でバイロンが標的となるが、「彼はサタンの領域を駆け回るべきではなかった」と片づけられてしまう。そしてイジドールの標的は次第に反抗的犯罪者、神話に登場する怪人、怪物へと移動しながら、再び文学に戻り、ジャン－ジャック・ルソー、シャトーブリアン、セナンクール、エドガー・アラン・ポオ、ボードレールと、当たるを幸いとばかりになぎ倒す。そしてついには「ソレッ音楽を《アレ・ラ・ミュジイク》」と、まるで場末のキャバレにいるかのようにわめく。

　そして、

　善良な人たちよ、ヴェルモット色の唇した疑いのアヒルを、真っ赤に焼けたシャベルの上で、少しの砂糖をふりかけて焼いてしまえと言っているのは、そうだ、このぼくなんだ。善と悪とのうっとうしい戦いのなか、心にもない涙を撒き散らし、排気ポンプがなくともいたるところに、あの空虚な世界を作り出している疑いのアヒルを。そのアヒルを焼き殺すことこそ、君たちに出来る最善のことだ。

　絶望はみずからの幻想から偏見で身を養いながら文学者を、神聖で社会的な掟の一括した撤廃と、理論的かつ実践的な性悪さへと導く。一言で言えば、人間の尻に頼って推論しようというのだ。もういいだろう、見逃してくれ！　繰り返すが、こうして人は性悪になり、眼は死刑囚の色調を帯びる。ぼくは逃げない。ぼくは自分の詩が一四歳の少女に読んでもらえることを願っている。

ほんとうの苦しみは希望と相容れない。苦しみがどれほど大きくても、希望はさらに一〇〇尺も高くそびえ立つ。だからぼくを放っておいてくれ。ふざけた雌犬ども、おすわりだ、もったいぶった気取り屋ども、おすわりだ！　苦しむ者、われらを取り巻く神秘を分析する者に明日はない。必要な真実を論ずる詩は、それを論じようとしない詩よりも美しくない。度を越えた優柔不断、使い道を間違った才能、時間の無駄使い、それらほど証明しやすいものはなにもない。

ここまでで、『ポエジイⅠ』は全体の約七〇パーセントを過ぎた。そのところどころに、居心地が悪そうになかなかの箴言が散りばめられていても、その量は全体の約二五パーセントであり、それ以外の七五パーセントは引用するのもはばかられるほどの罵詈雑言であり、その行儀の悪さには手のつけようがないほどの勢いがある。だから読んでいても、もうイヤだという気もしてくるが、残り三〇パーセントを読まなければ、『ポエジイⅠ』は終わってくれない。

そして著者のヤツアタリのコキオロシには、当然のことながら、著者がロートレアモン伯の名で書いたばかりの、そして出版も販売もされなかった『マルドロールの歌』へのコキオロシも、やや少なめにあったことはあった。

そしてここからは、少しずつではあっても、箴言が増えながら、コキオロシが減ってくる。そして箴言には少々重複のそしりをまぬがれないものも出てくる。また終盤の『ポエジイⅠ』に戻ってみよう。

あの恥知らずの、自分たちの目にはすばらしいと映っている、それら憂愁の探検者たちの心や肉体のうちに、未知のものごとを見つけ出す輩のように振る舞うのは止めろ。

憂鬱と悲哀がすでに懐疑のはじまりなのだ。懐疑は絶望のはじまりであり、絶望はさまざまな度合の性悪さの残酷なはじまりなのだ。それを確認するためには、『世紀児の告白』を読めばいい。その坂道は一歩足を踏みこむと、致命傷となる。性悪さに間違いなく到達する。その坂道に気をつけろ。悪を根っこから滅ぼすのだ。筆舌につくし難いとか、堪えられないとか、光り輝くとか、較べようもないとか、巨大なとかという、形容詞崇拝に浮かれるな。それらは平気で名詞に嘘を吐き、淫乱を連れてやってくる。

文学上の美を死のふところからもぎ取ってこなければいけない。それら文学上の美のかずかずは、死に属しているのではない。死はこの場合偶然の原因に過ぎない。死は方法ではなく、目的なのだ。

もし君たちが不幸でも、そのことを読者に語ってはならない。それを君たちが保管しておくのだ。

そしてやはり悪口雑言にたどりつく。

謙虚だとか傲慢だとかを口実に、最終原因をあげつらい、世間で認められた安定した結論をゆがめるのが、どうやら立派で崇高なことらしい。迷いから醒めろ！　それほど愚かなことはないのだから。過去とのあいだにまともな鎖をまた結び直すのだ。詩はすぐれた幾何学なのだ。ラシーヌ以来、詩は一ミリメートルも進歩していない。退歩している。誰のせいか？　われらの時代の張りぼての大頭たちのせいだ。女の腐ったような奴ら、憂愁のモヒカン族シャトーブリアン、ペチコート男セナンクール、不平たらたらの社会主義者ジャン＝ジャック・ルソー、気の狂った幽霊アン・ラドクリフ、アルコールの夢の奴隷エドガー・ポオ、暗黒おやじマチューリン、割礼ずみのふたなりジョルジュ・サンド、比類なき俗物テオフィル・ゴーチェ、悪魔の囚人ルコント〔・ド・リール〕、泣き濡れ自殺者ゲーテ、笑い自殺者サント－ブウヴ、お涙ちょうだいこうのとりラマルティーヌ、ほえてばかりの虎レエルモントフ、蒼ざめ葬式のっぽヴィクトル・ユゴー、サタンのまねしミッケヴィッチ、知性のシャツなしきざ男ミュッセ、さらに地獄のジャングルの河馬バイロンたちのせいだ。

懐疑はいつの時代も少数派のものだった。今世紀はそれが多数派のものだ。われわれは義務侵犯を毛孔から呼吸している。こんなことは一度しか見られなかったし、もう二度と見られないだろう。

そしてまたミュッセの悪口をひとしきり展開し、つぎの三文で『ポエジイⅠ』は終わってしまう。

批評は君たちの文章の形式を攻撃すべきであって、君たちの想いの底にあるものを批判すべきではない。てきとうにやればよいのだ。

さまざまな感情は想像しうるかぎりもっとも不完全な推論の一形式である。

海の水ぜんぶを使っても、知的な血のしみの一つを洗い流すには足りない。

これで『ポエジイⅠ』は終わる。あとに残されたのは空白の四頁と、あのなつかしいバリトゥ・エ・ケスロワ印刷所の住所を含むクレジットだけである。

私の引用した箴言状、マクシイム風のものは、たしかにイジドール・デュカス自身が自分の言葉で語っているものが多い（少しは他者の発言のもじりもある）が、それらは『ポエジイⅠ』の全体の二五パーセントそこそこに過ぎない。そして約七五パーセントを占めているのは、作家名や作品名を実名で入れながら（なかには綴りを間違えているものも少しはある）、もちろん彼がロートレアモン伯の名で書いた力作『マルドロールの歌』も含めてであるが、ことごとくイジドールの罵詈雑言の餌食と化する。賞讃されているのはラシーヌぐらいのものである。

そしてイロニイや嘲笑を浴びせられる場合、それについてはむしろ『マルドロールの歌』のときよりも、後退しているようである。作者の余裕が減ってきているようなのだ。むしろ著者の苛立ちばかりが表面に出てくるのである。その一部を私が引用したものなどは、リセの学生の悪ふざけの程度の、腹立ちまぎれのヤツアタリである。

いったい『ポエジイⅠ』はなんだったのであろうか？

まずイジドールがすっかり信頼するようになっていたプーレ－マラシに出した最後の手紙、それは一八七〇年二月二一日付けのものだが、そこでイジドールがマラシに打ち明けていたことを、どこまでこの『ポエジイⅠ』で実現させていたのかを見てみよう。その一九日後の銀行家ダラスあての書面は、金銭面以外のことでは信用できないので。

「御存知でしょうが、ぼくは自分の過去を否定しました。ぼくはもう希望しか歌いません」。前半はわかるとしても、希望しか歌わないということは、ほんの少ししか実現されなかった。

「だがそのためにはまず、今世紀の懐疑を攻撃せねばなりません」。これはほぼ完全に実行された。ただし悪口雑言によって。

そして、「ラマルティーヌ、ヴィクトル・ユゴオ、アルフレッド・ド・ミュッセ、バイロン、それにボードレールなどのもっとも美しい詩をとりあげ、それらを希望という線にそって修正しております」。これは実現しなかったというよりも、むしろ彼らは今世紀の悪として罵られてしまった。

さらに最終マニフェストである「それと同時に、ぼくのクソ古本の最悪の六篇も、そこで修正を加えます」にいたっては、やはり作品『ポエジイⅠ』の最後で、シェークスピアの『マクベス』から言葉を借りながら、

「海の水ぜんぶを使っても、知的な血のしみの一つを洗い流すには足りない」と、『マルドロールの歌』をなつかしんでいるともとれる発言をしてしまうのである。

そして、そのマラシへの手紙では触れていないことについてのやや意外な記述は、神に関するものである。神についての発言は二箇所しかなく、『ポエジイⅠ』の全体量から見ても不自然であり、そこでは故意に神に関する記述を省いたのではないかと思えるほどである。その一つは、「造物主に対してもっとも基本の礼節を欠いたり、悪趣味を発揮してはならない」であり、これは『マルドロールの歌』への反省ともとれる。この文の造物主《ル・クレアトゥール》の頭文字は小文字である。しかし次の場合は大文字で、これは創造主《ル・クレアトゥール》と呼ぶべきであろう。「われわれはどのようなことについても、創造主を尋問する権利を持たない」というのは、相手の神が代わったのではないかと思えるほど、全面的服従を示しており、「ぼくは自分の過去を否定しました」との発言は、やはり本当のことなのかな、と思わせてくれる。それにしても神様の出番の少なさは異常である。

じっさいに『ポエジイⅠ』を読むと、こちらまで強く響いてくるのはイジドールの苛立ち、そしてあせりである。そして、読むのが困難なほど小さな活字でタイトルの下に、右に寄せて印刷されていた作者の置き換え宣言が、本体では忠実に実行されなかったのである。とくにその最後の「おごりたかぶりを謙譲の美徳に」に至っては、まったく実行されることがなかった。こうしてみると、あの宣言文はその場かぎりのおざなりだったのかとも思えてくる。だから恥ずかしくてあのように極小の活字にしたのか、とさえ思えてくる。そしてヤツアタリの、手当たり次第のコキオロシにしても、いっけん勢いがよさそうに見えてはいる。またかつてのイジドールがその出発にあたって、いかに時代の子であったのかということを、しっかり浮き彫りにしてみせてはくれるものの、前作『マルドロールの歌』の途中から彼はついに、時代を突き抜けていたのである。そしてこの『ポエジイⅠ』の最終文では思わず本音を洩らし、「海の水ぜんぶを使っても、知的な血のしみの一つを洗い流すには足りない」と告白してしまう。これは文字通り血を吐く告白ではなかったろうか。

やはり『ポエジイI』は、一八七〇年三月一二日のダラスあての手紙にあるように、父フランソワからの援助資金を入手するためだけの、方便としてのイジドールの策略だったのであろうか？

それとも、イジドール・デュカスが『ポエジイI』にとりかかったのは一八七〇年になってからだと考えることもできる。ロートレアモン狂人説が世間をさわがせてからすでに久しいが、彼は一八七〇年になって急に狂ったのであろうか？　いや、そうとはとても考えられない。

『ポエジイI』が乗り上げた状況は、失墜《ラ・シウート》あるいは転落なのであろう。ある種の失速状態に、著者ははまり込んでしまったようである。

『マルドロールの歌』を始めるとき、あれほど元気よく、力強く出発したイジドール・デュカスは、『歌』を書き進むにつれてさらに自信を深め、方法をつかんで、一気に当時の文学状況から抜け出し、大気圏外に突入してしまった。それが『歌』の出版も販売も不可能という現実に襲われ、真空圏で失速してしまったようである。

当初はなんとか父親からの援助をとりつけようと『ポエジイI』を書き始めたが、書いているうちに著者自身にも、大気圏への再帰が可能であり、それがのぞましいことであるように思えてきたのであろう。

ここでふたたび、モーリス・ブランショの登場が必要になってくるようである。『マルドロールの歌』を『ポエジイ』に置き換えて。

> そのようなわけで『ポエジイ』を時間のなかで時間とともに創られていく、進行する創造物として読むことが、大切であると思われる。イジドール・デュカスはワーク・イン・プログレス、つまり彼は流れている作品を間違いなく望むところに導くが、作品もまた彼を、知らないところまで連れていくのである。そのことを彼は「われわれを連れ去る流れに身を委ねよう」と言うだろう。（傍点筆者）

しかしそれにしても、同時代の作家や作品を、これほどまでに実名でコキオロシて、それでよかったのだろうか？　イジドール・デュカスは一人の文人として、パリでやっていくことをすでに放棄したとでも言うのであろうか？　すこしあとのランボーのアフリカ行きのように。それともここまでやることで、人びとの注目を浴びたかったのであろうか？　どうにも判断に苦しむ、悲しいことである。

しかし『ポエジイ』には、まだIIがある。最終結論は、『ポエジイII』のあとで出すほうがよいであろう。

第十章
『ポエジイII』

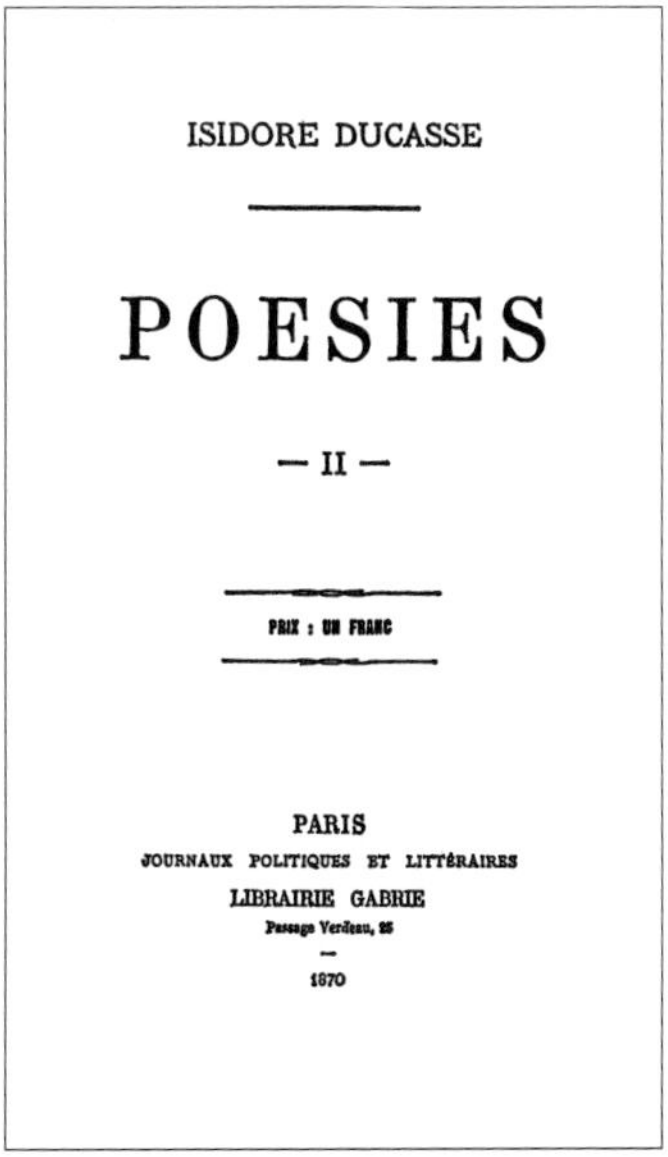
ISIDORE DUCASSE

POESIES

— II —

PRIX : UN FRANC

PARIS
JOURNAUX POLITIQUES ET LITTÉRAIRES
LIBRAIRIE GABRIE
Passage Verdeau, 25
—
1870

君たちは、パリの地下の下水道で、すばしこく動きまわっていた、瘦せこけた美しいコオロギに、気づかなかったか？　あそこにはあいつしかいなかった。あれがマルドロールだったのだ！

（『マルドロールの歌』六の歌、第二ストロフより）

『ポエジイII』は、一八七〇年六月一四日、フランスの内務省に新規刊行物として届け出され、その後『ポエジイI』と同じようにパリの国立図書館《ビブリオテーク・ナシヨナル》に納められた。『ポエジイI』の届け出から六六日後のことである。それはやはり『ポエジイI』と同じく四度折りの小冊子《ファシキュール》だったが、『ポエジイII』はほとんど全頁を使い切っており、『I』のように四頁を白紙のまま残すようなことはなかった。

そして『II』の表紙には、『I』のとき極小活字を使った置き換え宣言文はなく、上から下に著者名イジドール・デュカス、横線一本の下に大きくポエジイ（複数）のタイトル、その下に横線《ティレ》に左右を囲まれたローマ数字のII、その下には上下を装飾線に囲まれた定価一フラン、そして一番下に「パリ／政治文学新聞／ガブリ書店のクレジット／住所／年号一八七〇」と入っている、ごくシンプルなものであった。

表紙の裏はがらりと変わり、『I』のときの長い献辞はまったく姿を消し、ゴシック体で全部大文字の「送り先《アンヴォワ》」が上の方に左寄せ、それは：（ドゥーポアン）でちょん切られ、ずっと下の中央に「発行責任者《ル・ジェラン》」がイタリック（ななめ活字）で印刷され、その下に大文字頭文字だけの「I.D.」とあり、一番下にそのI.D.の住所、フォブウル・モンマルトル七番（イジドール・デュカスのパリでの四度目の住所で、最後のアドレス）で終わってしまう。その結果、表紙の裏はがらがらに空いてしまった。

そして裏表紙には、バリトゥ・エ・ケスロワ印刷所のクレジットが入っているのは『I』のときと同様であるが、『II』ではその上のほうに全部大文字の「告《アヴィ》」と題された、ちょっとおかしい文が掲げられている。読んでみよう。

> この永久的刊行物《セット・ピュブリカシヨン・ペルマナント》［この出版物は定期刊行物ではないという程度の意味であろう］には定価がない。予約申し込み者はめいめい自分で価格を決めてほしい。あとは払いたいだけ払ってくれればそれでよろしい。
> 最初の二冊を受け取った方々はどのような口実があっても、その後の出版物を断らないでもらいたい。

これはどのように見ても、支離滅裂な内容である。あれほどしっかりと表紙に価格を表示しておきながら、なんという言い草なのであろうか。

これはこの二冊の小冊子《ファシキュール》である序文に続いて、本篇である『詩集《ポエジイ》』をおもむろに出すという予告があって、はじめて有効になる「告《アヴィ》」なのではなかろうか。著者であるイジドールがなにかの事情で、その肝心の予告文を急遽消してしまったとしか考えられない。

またこの『ポエジイII』の表紙の裏に、「送り先《アンヴォア》」としてイジドールは、引っ越ししたばかりの自分の新住所を印刷させていたが、いったいなにを送れというのであろうか。「送り先《アンヴォア》」の直後のドゥーポワン、：のあとには、明らかに抹消された五行ばかりの文の空白が残されている。それに送り先をI.D.などと自分の姓名を頭文字だけで示すとは！　常識人から見れば、この表紙の裏を見たときから、おかしい、と思うであろうに。パリでは当時、そのような頭文字だけの表示で、郵便物が届いたのであろうか？　イジドール・デュカスは自分を何様だと思っていたのか？

「告《アヴィ》」にあった「予約者《スウスクリプトウール》」というのも変である。この程度の小冊子《ファシキュール》の出版に予約をとる習慣があったのであろうか？　妙なことばかりで気になる。

「告《アヴィ》」にしても「送り先《アンヴォア》」にしても、その全体をすべて、消してしまうべきではなかったろうか…。なぜ表紙の裏と末尾に、消し忘れのような妙な文が残されているのか。これら現実の『ポエジイ』の発行者はガブリ書店である。その関係者に、あのアルフレッド・シルコスやフレデリック・ダメのようなすぐれた人物もいるガブリ書店が、このような中途半端な抹消を見逃したことは不思議である。それともこの『ポエジイII』は、表紙にはガブリ書店のクレジットが入っていても、実際はイジドールが勝手にバリトゥ・エ・ケスロワ印刷に作らせた可能性もある。『ポエジイI』はそうではなかったにせよ。

『マルドロールの歌』挿絵競演

サルバドール・ダリ

この版は、1934年、パリのアルベール・スキラが発行人となり、サルバドール・ダリが42枚のオー・フォルト技法によるオリジナル挿絵を描き、210部限定で出版された。見事な出版物である。ダリとロートレアモンの個性は、ここに緊張を保ちながらからみあっている。前川はその48を所有している。

1

2

3

4

1——いつもの散歩の折に……
2——あそこの、花にかこまれた茂みのなか、芝草の上、両形児（ふたなり）が涙にぬれ、深く眠っている。
3——ぼくは一つの傷として生をうけた。そして、その傷をいやしてくれる自殺をこばんだ。
4——ぼくは断崖絶壁の上で、まどろんでいた。

『マルドロールの歌』挿絵競演

駒井哲郎

この『マルドロールの歌』は、青柳瑞穂さんの12ストロフの抄訳に、駒井哲郎さんが5枚のオリジナルの銅版画を入れて、1952年1月に木馬社から350部限定で出版された。当時の頒価は2000円であった。前川の所有するものは343番であるが、プレスの具合はまずまずである。しかし、せめてこの倍の挿絵は描いてほしかった。残念である。挿絵の出来映えは、『マルドロールの歌』の挿絵として、世界の五指には入る見事なものである。

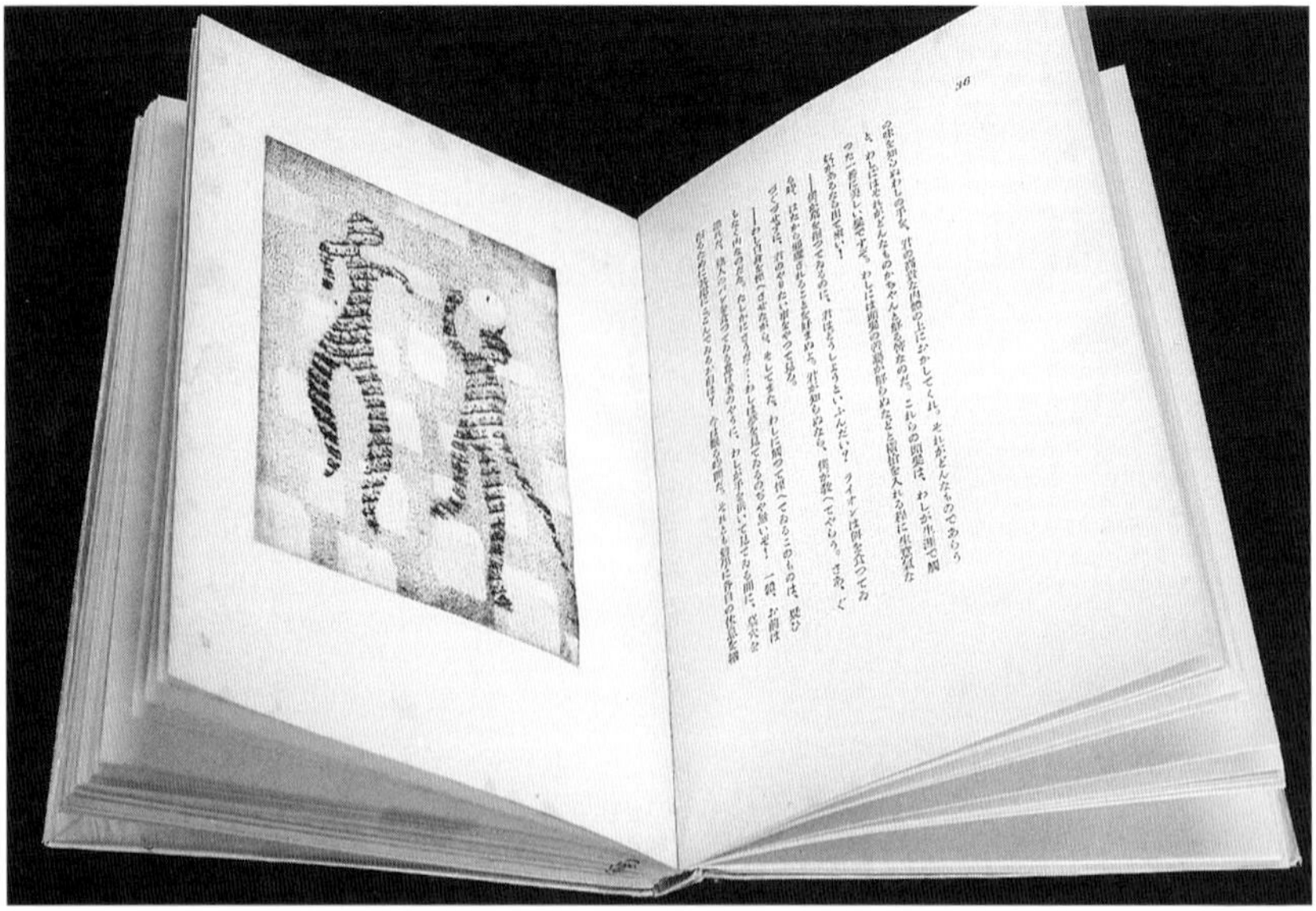

2

3

4

1——墓掘り人足との一夜。
2——自分に似ている人——雌鱶とのまぐわい。
3——僕はきたない。
4——アゴーヌよ。

『マルドロールの歌』挿絵競演

ベルナール・ビュッフェ

ビュッフェのものは、1952年、レ・ディス社から出版された。これは1874年版の『マルドロールの歌』に、ビュッフェがおどろくなかれ125枚ものドライポイントによる挿絵を入れたものである。私がさらに驚いたのは、それら多数の絵がロートレアモンの書いた「諸現象のあらわれ」だけを描いていることであった。ビュッフェは原作の字面をなぞるだけで、他の画家のような深読みを一切拒否し続けたのである。それが私の目を覚ましてくれた。また、このような挿絵本は、ロートレアモン＝デュカスには、20世紀に入ってからは一冊もなかった。ビュッフェの挿絵には、キャプションが不要なのである。実に不思議な挿絵本である。他の挿絵との差異をご覧下さい。これに似ているのは19世紀のジョゼ・ロワのただ一枚の挿絵だけである。前川の所持しているのは125部限定の5番で、ビュッフェの署名入りである。ああ……!!

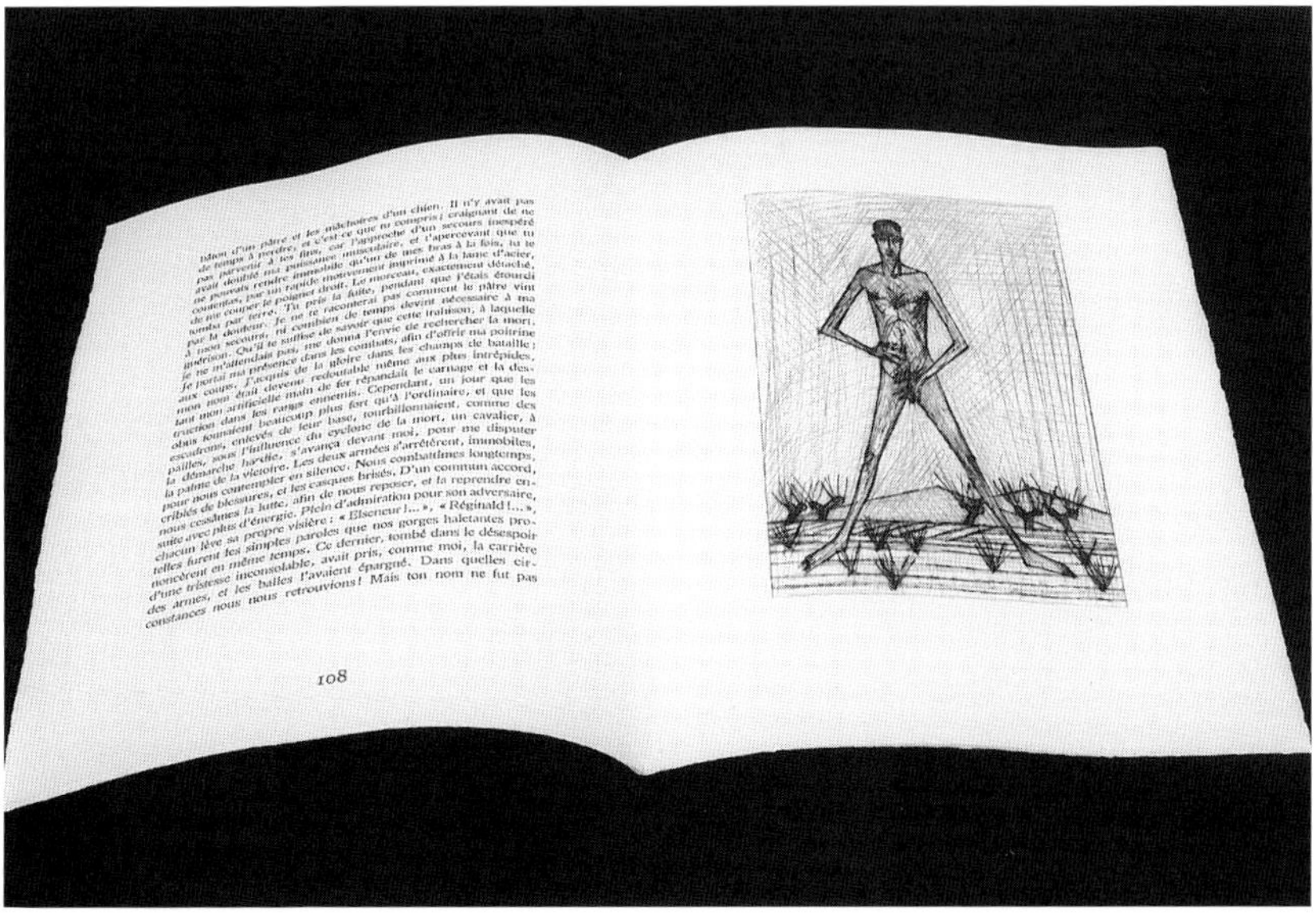

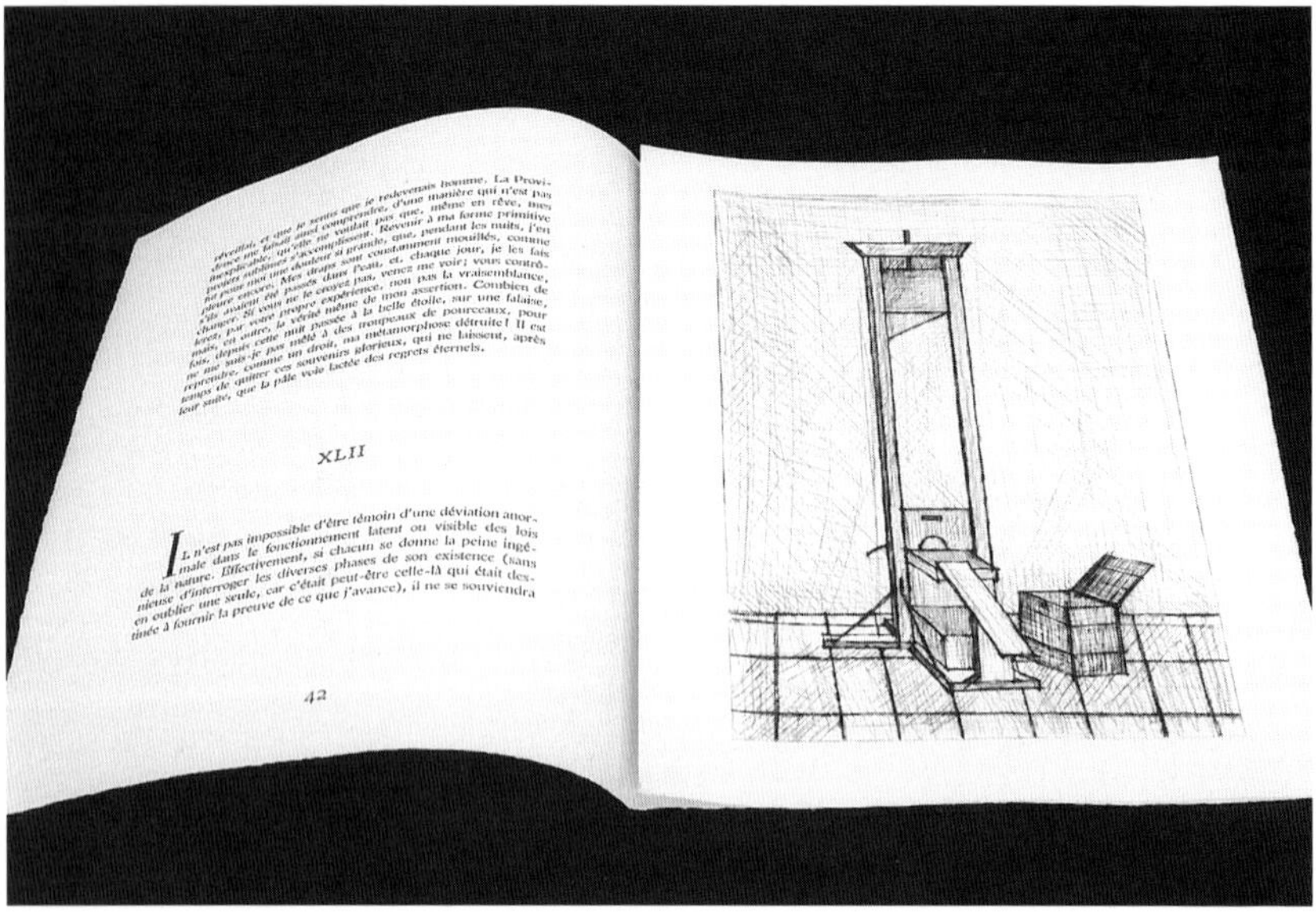

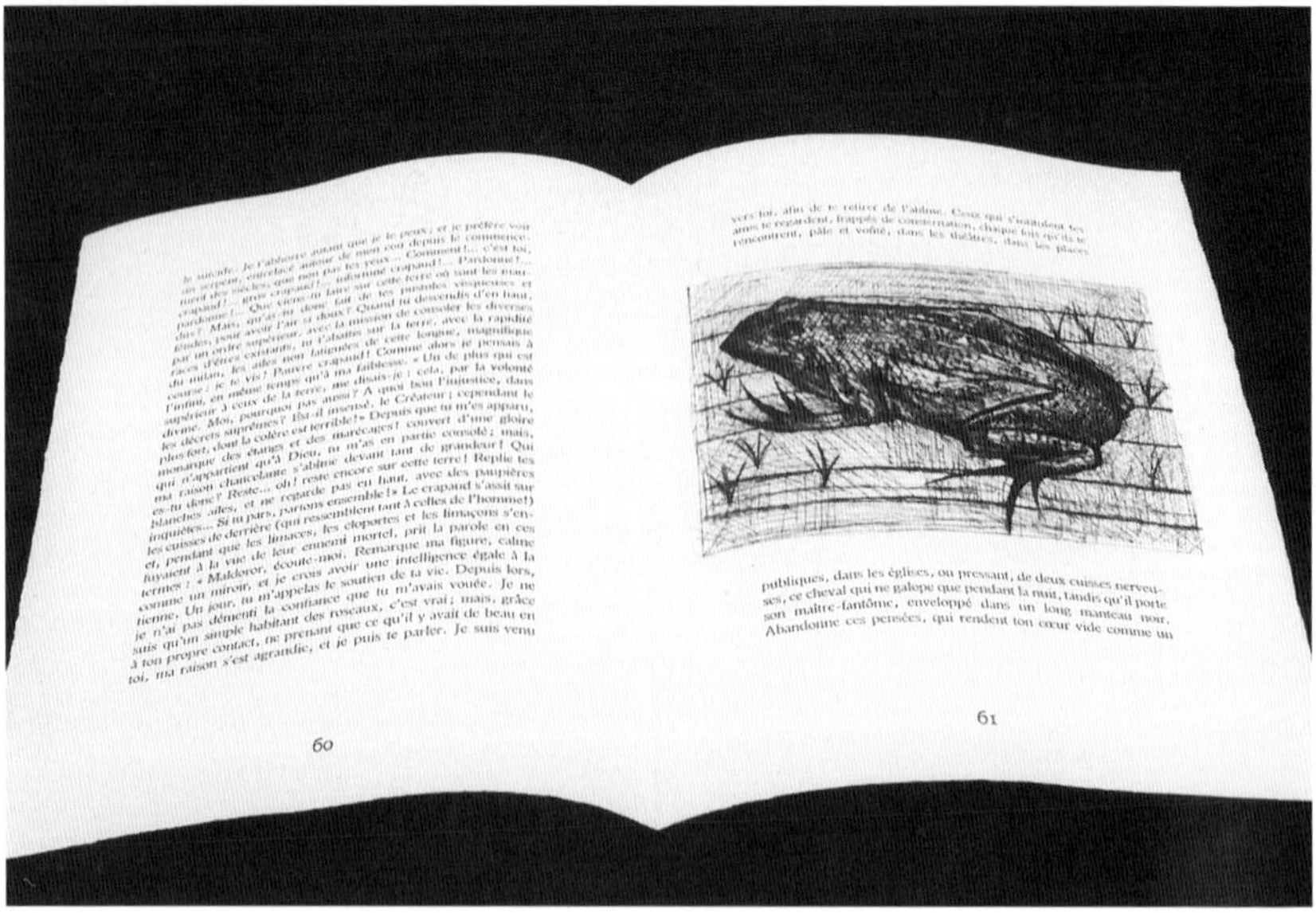

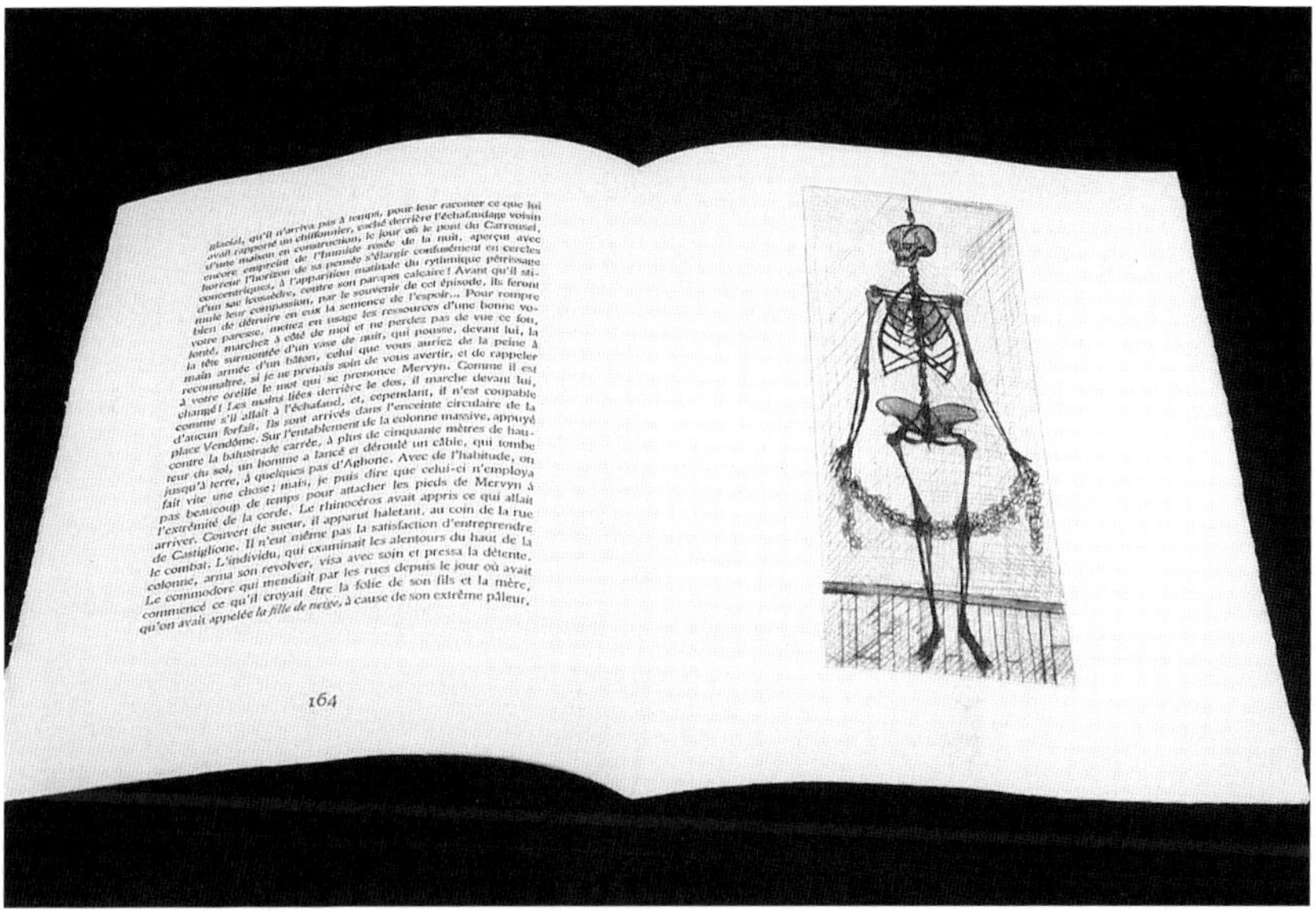
glacial, qu'il n'arriva pas à temps, pour leur raconter ce que lui
avait rapporté un chiffonnier, caché derrière l'échafaudage voisin
d'une maison en construction, le jour où le pont du Carrousel,
encore empreint de l'humide rosée de la nuit, aperçut avec
horreur l'horizon de sa pensée s'élargir confusément en cercles
concentriques, à l'apparition matinale du rythmique pétrissage
d'un sac icosaèdre, contre son parapet calcaire! Avant qu'il sti-
mule leur compassion, par le souvenir de cet épisode, ils feront
bien de détruire en eux la semence de l'espoir... Pour rompre
votre paresse, mettez en usage les ressources d'une bonne vo-
lonté, marchez à côté de moi et ne perdez pas de vue ce fou,
la tête surmontée d'un vase de nuit, qui pousse, devant lui, la
main armée d'un bâton, celui que vous auriez de la peine à
reconnaître, si je ne prenais soin de vous avertir, et de rappeler
à votre oreille le mot qui se prononce Mervyn. Comme il est
changé! Les mains liées derrière le dos, il marche devant lui,
comme s'il allait à l'échafaud, et, cependant, il n'est coupable
d'aucun forfait. Ils sont arrivés dans l'enceinte circulaire de la
place Vendôme. Sur l'entablement de la colonne massive, appuyé
contre la balustrade carrée, à plus de cinquante mètres de hau-
teur du sol, un homme a lancé et déroulé un câble, qui tombe
jusqu'à terre, à quelques pas d'Aghone. Avec de l'habitude, on
fait vite une chose; mais, je puis dire que celui-ci n'employa
pas beaucoup de temps pour attacher les pieds de Mervyn à
l'extrémité de la corde. Le rhinocéros avait appris ce qui allait
arriver. Couvert de sueur, il apparut haletant, au coin de la rue
de Castiglione. Il n'eut même pas la satisfaction d'entreprendre
le combat. L'individu, qui examinait les alentours du haut de la
colonne, arma son revolver, visa avec soin et pressa la détente.
Le commodore qui mendiait par les rues depuis le jour où avait
commencé ce qu'il croyait être la folie de son fils et la mère,
qu'on avait appelée *la fille de neige*, à cause de son extrême pâleur,
164

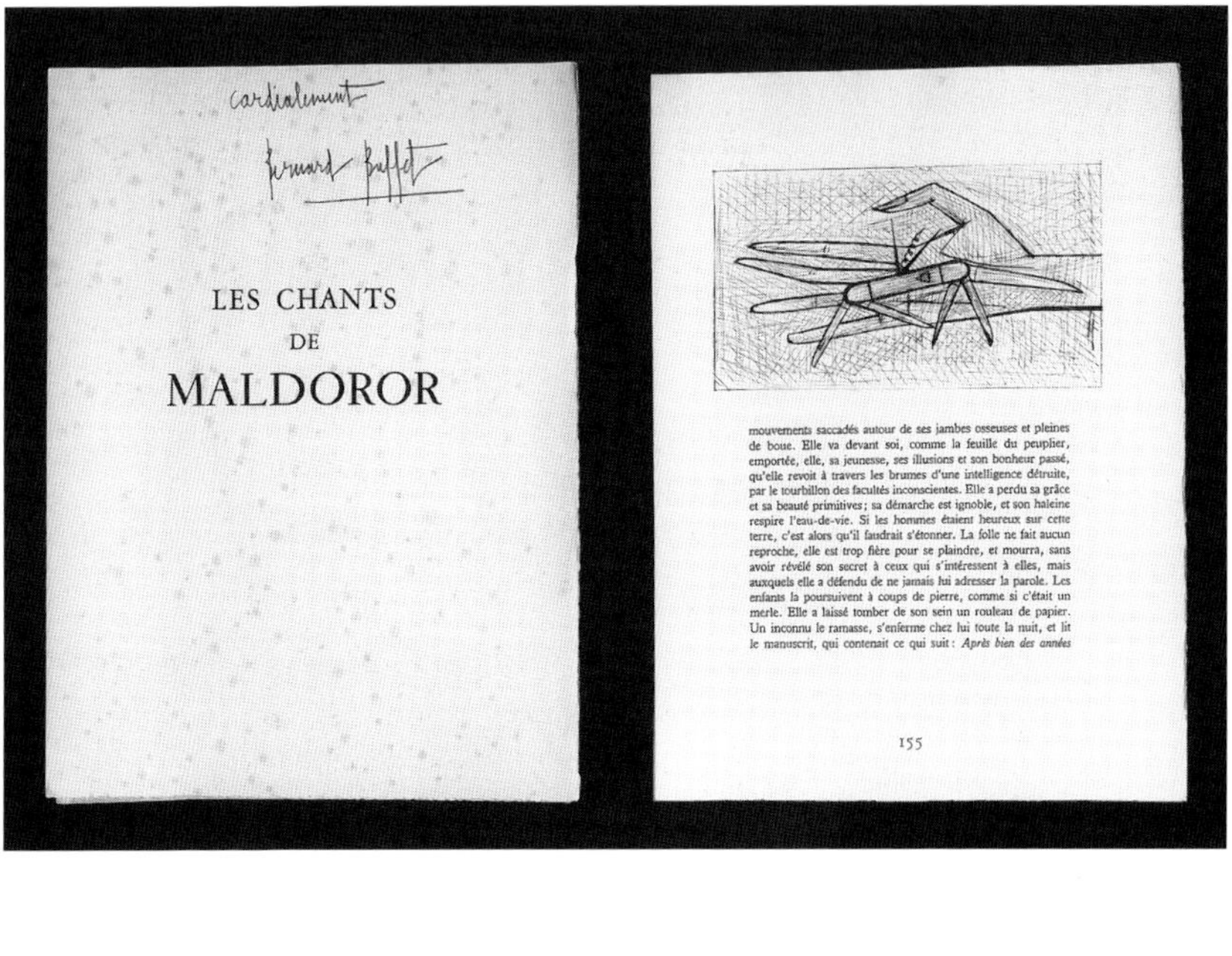
cardialement
Bernard Buffet
LES CHANTS
DE
MALDOROR
mouvements saccadés autour de ses jambes osseuses et pleines
de boue. Elle va devant soi, comme la feuille du peuplier,
emportée, elle, sa jeunesse, ses illusions et son bonheur passé,
qu'elle revoit à travers les brumes d'une intelligence détruite,
par le tourbillon des facultés inconscientes. Elle a perdu sa grâce
et sa beauté primitives; sa démarche est ignoble, et son haleine
respire l'eau-de-vie. Si les hommes étaient heureux sur cette
terre, c'est alors qu'il faudrait s'étonner. La folle ne fait aucun
reproche, elle est trop fière pour se plaindre, et mourra, sans
avoir révélé son secret à ceux qui s'intéressent à elles, mais
auxquels elle a défendu de ne jamais lui adresser la parole. Les
enfants la poursuivent à coups de pierre, comme si c'était un
merle. Elle a laissé tomber de son sein un rouleau de papier.
Un inconnu le ramasse, s'enferme chez lui toute la nuit, et lit
le manuscrit, qui contenait ce qui suit : *Après bien des années*
155

『マルドロールの歌』挿絵競演

ハンス・ベルメール

最後はベルメールのオリジナル・リトグラフを挿絵とした『ポエジイ』である。『ポエジイ』に挿絵を描くことは可能か、という問題はあるが、このパリのピエール・ベルフォンが発行人となったデュカス×ベルメールの1970年版よりも早く、やはり『ポエジイ』に挿絵を描いた画家が一人いたことはいた（ジャン・デバスタ、ドニーズ・ルネ刊、1949年）。ベルメールは早くに『マルドロールの歌』に挿絵を描いたが、それは大判のリトグラフであり、書物の形になることはなく、ただ10数枚の絵でしかなかった。それは伊東市の池田20世紀美術館が持っている。そのようなこともあって、ベルメールはこの挿絵本を作りたかったのであろう。挿絵の概念にはあてはまらないかもしれないが、天下の奇書と言うべきであろう。画家の心意気だけを頼りにしたベルメールの4点をご覧下さい。出版も100部のみ。前川の所有するのは44番である。なお、ベルメールは最後のシュルレアリスト。彼の縛られ人形には『歌』の影響が散見される。

ISIDORE DUCASSE
POÉSIES
illustrées par 10 lithographies originales de
HANS BELLMER
PIERRE BELFOND
10, rue du Regard, Paris 6e

ISIDORE DUCASSE
POÉSIES
illustrées par 10 lithographies originales de
HANS BELLMER
PIERRE BELFOND
10, rue du Regard, Paris 6e

ISIDORE DUCASSE
POÉSIES
HANS BELLMER
PIERRE BELFOND

前置きがながくなってしまった。もう『ポエジイII』の本体にとりかかろう。『ポエジイI』は悪口雑言コキオロシ集のなかに、主として著者自作の箴言《マクシィム》が散りばめられていたが、『ポエジイII』は完全に箴言集であると言える。しかしそれらの箴言は、ほとんどが先人のモラリストの書き残したものに、イジドールがかなり強引に筆を入れ、変えてしまったものがほとんどである。そしてイジドール本人の書いた箴言は、ほぼ姿を消してしまう。

まず書き出しから見てみよう。

天才は心の諸機能を保証する。
人は霊魂に劣ることなく不滅である。
偉大な諸思想は理性からやってくる。
友愛は神話ではない。
生まれてくる子供は、人生について何も知らない。人生の偉大さについても。
不幸のさなかに友は殖える。
ここに入る者は絶望を捨て去れ。
善意よ、おまえの名は人間だ。
諸民族の叡智に宿るものがここにある。
ぼくはシェークスピアを読むたびに、豹の脳髄を切り刻んでいるような気がした。

第一行はヴォヴナルグの「偉大な諸思考は心からやってくる」のもじりである。第二行は自分の『ポエジイI』の「霊魂の不滅を否定するな。神の叡智、人生の偉大さ、宇宙にあらわれている秩序、肉体の美、家族の愛、結婚、社会の制度も否定してはいけない」の部分的もじりである。第三行も第一行と同じヴォヴナルグのマクシイムのもじりである。第四行はどうやらイジドールのオリジナルらしい。第五行もどうやらイジドールのオリジナルのようである。第六行はヴォヴナルグの「繁栄はほとんど友を作らない」のもじり。第七行はダンテ『神曲』の「地獄篇」、「ここに入る者すべての希望を棄て去れ」のもじり。第八行目はシェークスピアの『ハムレット』の「弱き者、汝の名は女なり」のもじり。第九行もどうやらイジドール・オリジナルのようである。第一〇行もそのようだが、ここでイジドールはシェークスピアの綴りを間違っている。イジドールは外国人の名の綴りをよく間違う。

最初の一〇文では、ヴォヴナルグのもじりが三、イジドール・オリジナルが四、イジドールの他作品のもじりが一、ダンテ一、シェークスピア一であり、まだここではオリジナルの比率が高いが、もじりの大半が反対語を使ったり、否定を肯定に変えたり、あるときはその逆であったりと、もじりではあっても一八〇度の転換もざらにあり、箴言もじりとは言いながら言葉遊び風でもある。

ところが次の頁に移ると神が登場してくる。そして神の呼び名は『ポエジイI』では一般的な造物主《クレアトゥール》、あるいは神《デュー》であり、その出現は自分の前著『マルドロールの歌』で神を嘲笑したことへの反省ともとれる内容のもので、軽く触れる程度の三回の出現に過ぎなかったのに、この『ポエジイII』では、聞き馴れない「エロヒム」というヘブライ語の呼び名に、突如完全に統一されてしまい、それが一一度も重々しく現れてくるのである。すべて真面目に取り扱われるのである。もちろん『マルドロールの歌』でも神がエロヒムと呼ばれたことは一度もなかったのに、『ポエジイI』でもなかったのに。なにがイジドールに起こったのであろうか?

旧約聖書はもともとヘブライ語で綴られていて、そこでの唯一絶対神はエロヒムと呼ばれていた。それは固有名詞だったのか、普通名詞だったのか、それも判然としない紀元前数千年の物語が、そこには綴られていた。やがてそれはギリシャ語に翻訳され、エロヒムはヤハウエとなる。後にフランス人がヤーヴェと読み、日本人はエホバと発音したのである。そして旧訳聖書はユダヤ教の律法になった。だから新訳はキリスト教の聖書なのである。だからフランス人はエロヒムをヤーヴェと呼ぶのが普通である。ところがイジドール・デュカスは『ポエジイII』で、それまで一度も使ったことがなかったエロヒムという呼び名に神を統一し、大真面目にエロヒムを讃え、おそれるのである。イジドールは急にどうなってしまったのであろうか?

まず『ポエジイII』の全体に散らばっている、エロヒム出現文を集めて読んでみよう。

ぼくはエロヒムを思い描く、感情的であるよりむしろ冷静であると。［この文はイジドールのオリジナルであろう］

エロヒムへの讃歌は、虚栄心が地上のものごとを忘れ去るように習慣づける。それが讃歌の暗礁だ。それは人類から作家に頼る習慣を奪う。人類は作家を見捨てる。人類は作家を神秘家、鷲、使命に背く者と呼ぶ。あなたは私が探している鳩ではないと言われてしまう。［これもイジドール・オリジナルであろう］

ぼくは誰にでも、たとえエロヒムであっても、ぼくの誠実さを疑うことを許さない。［これもまたイジドールのオリジナルであろう］

諸宗教の原理は自尊心にある。ヨブ、エレミア、ダビデ、ソロモン、テュルケティたちがしたように、エロヒムに話しかけるのは滑稽なことだ。祈りは偽りの行為だ。エロヒムを喜ばせる最良の方法は、間接的で、われわれの力によりふさわしいものだ。それはわれらの種族をしあわせにすることだ。エロヒムのお気に入りはただ一つのやり方だ。善の観念はひとつだ。［これもイジドールのオリジナル。預言者たちの最後に記されたテュルケティ（一八〇七—一八六七）はロマン派の詩人でそれほどの人ではない］

エロヒムの善意を陳腐なことと混同してはいけない。なにごとも本当らしいのだ。親しみやすさは軽蔑を生むが、崇拝は反対のものを生む。仕事が感情の乱用を打ち壊す。［これもイジドールのオリジナルのようである］

信仰は自然な美徳であり、エロヒムが良心によってわれらに開示する諸真理を、われらは受け取る。［これもそうである］

エロヒムは人間のイメージで創られた。［これは聖書の言葉「神は言う、人間はわれに似た姿に作った」の裏返しである］

エロヒムにおれおまえ呼ばわりで話しかけるのは、道化じみた振る舞いで適切ではない。彼に感謝するのに最も良い方法は、彼の耳もとで、あなたは強いとか、世界を創ったとか、彼の偉大さに較べればわれらは虫けらですとか言いつのることではない。彼はそんなことは百も承知だ。人間は彼に教える手間を省くことができるのだ。彼に感謝していることを表現する最良の方法は、人類をなぐさめ、すべてを人類にもたらし、その手をとり兄弟として扱うことだ。それが本当のことなのだ。［これはイジドールのオリジナル］

自然が完全であるのは、それがエロヒムの似姿であることを示すためであり、また自然のさまざまな欠陥は、それもまたエロヒムの似姿であることを示すためである。［パスカルの『パンセ』より。イジドールはパスカルの神をエロヒムに変えただけである］

不幸はわれらの内にも、創造物のなかにもない。不幸はエロヒムの裡にある。［これもパスカルの『パンセ』。

イジドールは神をエロヒムに変えただけ」

人は太陽がどんなであるか、天がどんなであるかを知っている。われわれはそれらの運動の秘密を知っている。盲目の道具、目に見えないぜんまいであるエロヒムの手の内にあって、世界はわれらの賞讃をうける。諸帝国の革命、時と民族の諸相、学問の成功者たち、それらは這い回ってもせいぜい一日だけで、いつの時代にも宇宙の景色をぶちこわす一個の原子から成り立っているに過ぎない。［ヴォヴナルグである。それをイジドールはもじっているが、根本は変化させていない。すこし変えているだけである。もちろん神をエロヒムにしてはいるが。］

エロヒム関連の一一文中七文は、イジドール・デュカスのオリジナルである。そして聖書の言葉の裏返しがひとつ、『ポエジイII』のほぼ中央に位置し、その後イジドールのオリジナルが一文あって、後半のなかばから、パスカルの『パンセ』から二文、そして最後はヴォヴナルグから頂いているが、いずれも大きな改変はなく、真面目な剽窃である。イジドールのオリジナルが異常に多いのと、『ポエジイII』の全体から見れば、剽窃が少なく、それら剽窃に大きなもじりを加えていないのが、『II』に突然現れたエロヒム関連文の特質であり、それらは少々他の箴言から浮き上がっていると言えなくもない。

いったいどうしたのであろうか？「エロヒム」はイジドールに、どこからやってきたのであろうか？

私は前章で『ポエジイI』の表紙の裏の献辞を検討したときに、「ぼくのかつての修辞法の教授、ムッシュ・アンスタンに」というのが、ただ一人で行を占拠していること、ただ一人尊称であるムッシュを捧げられていたアンスタンさんが、「過去、現在、未来にわたるぼくの友人たちに」の下にポッンと一人で置かれているのはおかしい、これはあとからアンスタン先生を急に追加しようとしたイジドールの指示がいけなかったか、植字工の誤りのいずれかであったろうと触れていたことを思い出していただきたい。献辞の全体を書き上げたとき、アンスタンさんの名は、イジドールの頭になかったのである。『ポエジイI』を書き終わり、『II』の考えをまとめようとしていたか、書き始めたころ、急にアンスタンさんがかつてポオのリセの教室で使っていた、ヘブライ語の「エロヒム」という言葉を、イジドールは思い出したからである。アンスタン先生、ギュスターヴ・アンスタンは元々ユダヤの人でヘブライ語をよくし、エコール・ノルマルの出身であるのに地方のリセでくすぶっていた人である。またアンスタンさんはポオのリセの高等科で修辞法をイジドールに教えていた先生であるが、イジドールは反抗的な生徒でつねにそりが合わず、イジドールにつらく当たり、じっさいその学科の彼の成績は良くなかったのである。在学中に仲の悪かったことについては複数の証言も、伝聞ながら残されている。なおアンスタン氏はペデラストで、いわばイジドールとは同好の士であっただけに、そのために余計に反発し合ったことも考えられる。それなのにイジドールの中にあった神は『マルドロールの歌』のころから、じつは創造主ヤーヴェ、エホバであったことをイジドールは再確認したのであろう。そこで彼はアンスタン先生のことを思い出し、『ポエジイI』の献辞に先生を加え、『II』では改めてエロヒムを連発し、恭順の意をアンスタン先生経由のエロヒムに捧げたのであろう。

ここ唐突であるが、私の尊敬する諧謔の人、西脇順三郎さんが「萩原さんは僕のマイスターである」と断言した萩原朔太郎の『悪魔の書』を紹介したい。まだ日本には旧約聖書という呼び名がなかった頃のもので、萩原氏は新約全書を信じようとしなかった人である。

悪魔の書

旧約全書! 人間の書いた書物の中で、これほどにも悲壮な、傷ましい、叙事詩的精神の高唱された文学がどこにあろうか! 旧約全書のすべての記事は、神に対する人間の叛逆と、虐たげられたる非力の者の、絶対権力に対する忍従の歯ぎしりで充たされている。

見よ！　創世記の初めからして、人間は神に逆らい、不逞にも禁断の果実を盗んで、無慚に楽園を追い出されて居る。しかも彼等の子供たちが、一度でもそれによって後悔し、神への隷属を誓ったか？　反対に人間は、益〻叛逆の意志を強め、ノアの洪水によって滅ぼされる迄、あらゆる不逞の罪悪を犯して来た。そして洪水が去った後では、再度その同じ刑罰から脱れるために、大胆にも神と抗争して、天に届くバベルの高塔を建設した。到るところに人間は、神への叛逆を繰返し、そして万軍の主なるヱホバは、憤怒と復讐に熱しながら、彼の憎悪する人間を厳罰すべく、無限の権力を以て電撃した。

旧約全書のすべての記事は、人間の虐たげられた非力を以て、全能の神と戦おうとするところの、悲痛な、いたましい、不撓不屈の歴史である。あのヨブ記に於て高調されてる、叙事詩の精神は何を語るか？　あれほどにも虐たげられ、神のあらゆる残忍な刑罰と、運命の執拗な試煉とを受けながら、いかに長い間歯ぎしりして、不撓不屈の忍従を続けて居たか。ヨブ記に書かれた人物こそは、実に旧約全書の精神を表象している、猶太悲壮劇の主人公《ヒーロー》である。（ついでに言っておくが、近時の聖書史家の調査によれば、ヨブは実在の人物であり、しかも聖書に書かれたものと、或る一つの点でちがっている。実在人物としてのヨブは、あらゆる不運な天災にも気屈しないで、最後まで神を呪い、そうした不合理な天意に対して、復讐を絶叫しつつ死んだのである。聖書の記事は、この点で神意をはばかり、別の潤色を加えて居る。）

旧約全書こそは、明白に猶太人の歴史である。あの虐たげられ、迫害され、国を奪われて漂泊している民族の、圧制者に対する鬱憤と、あらゆる逆境に忍従して、永遠の復讐を誓った歴史である。彼等は弱者の非力を以て、万能の権力に抗争しつつ、いつかは救世主の出現から、最後の栄光を勝ち得る希望を忘れなかった。あの怒と復讐の神ヱホバこそは、すべての猶太人が夢みた幻想であり、正しく天の一方に実在して居た。彼はその全能の力によって、火と水と電撃とから、地上のあらゆる圧制者と、権威によって栄える人類の一切とを、いつかは虫けらのように蹈みつぶし、鏖殺《おうさつ》し尽さねば止まないだろう。聖書の記者と猶太人とは、その遠い未来を信じ、血みどろの復讐によって勝利される、最後の審判の物すごい日を、その民族的妄想の幻覚に浮べて居た。まことに旧約全書こそは、人間によって書かれた書物の、最も深刻悲痛の叙事詩であり、悪魔主義の精神を高調した、世界最高の文学である。

（萩原朔太郎『虚妄の正義』講談社文芸文庫、一九九四年）

さすが詩人はこのように旧約全書の核心をみごとに突き刺し、次の章で新約全書を「人道主義の抒情詩」と呼び、「今基督教は既に凋落し、新約全書はその信仰と抒情詩をなくしてしまった。けれども一方の猶太教と、その旧約全書の精神する哀切悲痛な叙事詩的思想とは、何等かの新しき変貌した姿に於て、人類の遠き未来にまで、ずっと永続した信仰をあたえるだろう」と断言するのである。

こうしてイジドール・デュカスのエロヒムは、その四〇数年前に、まことの恭順をイジドールに与えたのである。そしてイジドールは『ポエジイII』のなかばに書く。

「さあ孔子、仏陀、ソクラテス、イエス・キリストに戻ろう、飢えに苦しみながら村々を駆け回っていたそれらモラリストたちに！」イジドールはキリストや孔子や仏陀やソクラテスを、モラリストたちと呼ぶ。

萩原氏も言っていたように、旧約聖書はユダヤ人のものであり、ユダヤ教の正典であり、律法だったのである。それは今日でもそうであり、一九世紀にもそうであり、それは変わることがない。

それではエロヒムにまことの恭順を示したイジドールは、ユダヤ教徒ではなかったが、『ポエジイII』にあって、イジドールのまことの唯一神、創造主は、まぎれもなくエロヒムだったのである。それはかつてポオのリセでアンスタン先生から伝えられたにせよ、一八七〇年の春、イジドールの神は、まぎれもなくエロヒムに他ならなかった。最初にアンスタン先生から聞いてのち数年後、やっとイジドールはエロヒムに独特の方法で帰依したのである。『マルドロールの歌』でさんざからかったのちに。

というわけで、『ポエジイII』でもっとも真摯であり、もっとも多くをイジドールが自分の言葉で書いたのはエロヒム関連である。だから少なくとも、エロヒムについてイジドールの転向、回心はほんとうのことであったと断言できる。

では『ポエジイII』のそれ以外の部分はどうなのであろうか？　最初の一〇文のあとは、どのような流れになっていくのであろうか？

では私の考えで要所要所を読んでいこう。

ぼくは悪を認めない。人間は完全だ。魂は落ちない。進歩はある。善は不屈だ。無神論者、弾劾の天使、永劫の罰、宗教などは懐疑の産物だ。

ダンテ、ミルトンは地獄の荒野を仮に描いて、一流のハイエナであることを証明してみせた。証明はすごい。しかし結果は悪い。彼らの作品は買われない。〔以上はともにイジドールのオリジナルである〕

そのあとにやはりイジドール・オリジナルの「ぼくの思うエロヒムは感傷的というよりは、むしろ冷たい」が入り、しばらくして、「錯誤は痛ましい伝説だ」で、イジドールはこれを伝説だと思いたがっていたようである。ややあって、

眠りはある者には褒美だが、そうでない人々には刑罰だ。万人にとってそれは報いだ。〔前者『マルドロールの歌』を説明しているイジドール・オリジナル〕

死の魅力は勇気ある人たちにとってだけのものだ。〔これもどうやらイジドール・オリジナルのようである〕

人間の心はぼくが尊重することを学んだ一冊の本だ。

不完全でなく、失墜もしない人間は、もはや大きな謎ではない。［この二つ目はラマルティーヌがバイロンに捧げた詩を否定に変えている］

つぎに三つ目のエロヒム関連が入るが、そのあたりから『ポエジイII』は狂いはじめる。

不可解なものはなにひとつない。［パスカルのもじりである。のちにブルトンとエリュアールは彼らの著作の題名に使用した］

詩は実践的真実を目的にすべきだ。［これはイジドール・オリジナルだが、やはり後年シュルレアリストたちによく使われた］

そしてややあとにイエス・キリストをモラリストとする一文が入り、さらに四つ目と五つ目のエロヒム関連文を経て、つぎのようになっていく。

ぼくは生まれたという以外の恩寵を知らない。公平な精神はそれでも完全無欠だと思う。

善は悪に対する勝利、悪の否定である。人がもし善を歌えば、悪はこの適切な行為で排除される。ぼくは歌うべきでないものを歌わない。歌うべきものを歌う。前者は後者を含まない。後者は前者を含む。［これらはイジドール・オリジナルらしいが、次第に勇ましくなってくる］

するとややあって、著者お得意の自己解説、弁明が飛び出してくる。

箴言《マクシイム》はみずからを証明するための必要を持たない。推論は推論を要求する。箴言は推論の全体を閉じこめた一つの法則だ。推論は箴言に近づくにつれて完成されていく。箴言になってしまうと、その完成はさまざまな変化の証拠を投げ捨ててしまう。［この最後の文はヴォヴナルグのものを反対にもじったものである］

そして今度は、ラ・ロシュフーコーが続けてもじられる。

われわれの友人たちの増加に気づかないということは、友情の証である。

もしわれらにまったく欠点がないならば、われわれは自分を矯正したり、自分に欠けているものを他の人たちに見出して、あれほど喜ぶことはないだろう。

最初のものではラ・ロシュフーコーの「友情がほとんどないことの証である」をイジドールは「友情の証である」に変え、つぎの一文では、「あれほど喜びを感じないだろう」を「あれほど喜ぶことはないだろう」に変えている。

しかしこのようなもじりが必要なのであろうか？　わざわざ反転させることが必要だったのであろうか？　あるいはほとんど方向を変えなかったのに、なんとか少しでも変えてみる必要があったのであろうか？　どうもイジドールのもじりは、もじることが目的のように見えてくる。

そしてややあって、イジドールはみずからの行為に、やおら強引な自己解説を加えるのである。

剽窃は必要だ。進歩はそれを含む。それはある作者の文に迫り、その表現を使って、偽りの観念を消し去り、正しい観念に置き換える。

箴言はよりよく作られるために修正を求めない。発展させられることを要求するのだ。

そしてその実践として自分の前作『マルドロールの歌』を持ち出してくる。

曙が姿を現すと、若い娘たちはすぐバラを摘みにいく。無垢の流れは谷間や首都を駆けめぐり、熱狂する詩人たちの知性を救い、おさな児のゆりかごを護り、若者には冠を、老人たちには不死への信頼をふりまく。ぼくは人間たちが、モラリストたちが人間の心をあばくにまかせ、高みからの祝福を人びとの上にふりまくのを見てきた。人間たちは可能なかぎり莫大な思いを洩らし、ぼくらの至福の創り主を喜ばせる。子供、老人、生者も死者をもうやまい、女を尊び、肉体の名を呼ぶのがはばかられる部分には恥じらいを捧げた。ぼくが美を認める空、わが心の似姿である地上に、善良ではないと思い込んでいる人間を見せてくれと、ぼくは祈った。この怪物の眺めがほんとうになったところで、ぼくは驚きのために死にはしなかった。人はもっとひどいことがなければ死にはしない。これらすべてに注釈の要なし。

ここでイジドールはみずからの『マルドロールの歌』を言い直している。この『ポエジイII』での修正が本気なら、イジドールの転向はほんものであろう。しかしこのあたりを読むと、ただ調子が良いだけの、言葉そのものの上滑りが感じられる。プーレ゠マラシへの手紙で『マルドロールの歌』を「ぼくのクソ古本の最悪の六篇」と呼び「そこ（『ポエジイ』）で修正を加えます」とも語っていたが、どこまで本気なのか。あのイロニイ好きのイジドール・デュカスを思うと、私はなんとも言えなくなってしまう。

しかし『ポエジイII』はここまでで四〇パーセント弱である。まだ六〇パーセント強がある。読み進むしかないであろう。

ついでイジドールはヴォヴナルグにお鉢を回す。


理性と感情は、相談し合い、補い合う。もう一方をかえりみないために、一方しか知らない人は、われわれを導いてくれるために与えられる助力の全体を失う。ところでヴォヴナルグは、助力の一、部、分、を失うと言ったのだが。

彼の文とぼくの文とは、感情と理性における魂の擬人化にもとづいているとはいうものの、ぼくが偶然選んだ文が彼のものよりすぐれているということにはならないだろう。たとえぼくが両方を作ったにしても。彼の文をぼくが拒むことはありえない。だがぼくの文はヴォヴナルグに受け容れられるかもしれない。


なんという屁理屈！　これはもう、単なる言葉遊びである。イジドール・デュカスは『マルドロールの歌』のころから変わってはいない。彼独自の苦い果実が毒を失って、甘ったるくなっているだけではないか！先人のモラリストたちのあふれる言葉、あふれでる華麗なレトリックをふんだんに使いまくりながら、もじり倒しながら、イジドールはその裏側で、言葉の意味を空洞化し、言葉の洪水におし流されつつある。

魂は一つなのだから、人は駄弁に感受性、知性、意志、理性、想像力、記憶などを持ち込むことができる。

ぼくは抽象的な学問に、かつては多くの時間をついやした。話の通じるわずかな人たちは、ぼくに嫌気を起こさせはしなかった。ぼくが人間研究を始めたとき、それら抽象的学問は人間にふさわしいものであり、それらを知らない人たちよりもそれに深入りしているぼくのほうが、自分の状態をよく知っていることに気づいた。ぼくは学問に身を入れない人たちを大目に見てやった！　ぼくは人間研究でこんなに多くの友がいるのを発見して、信じられなかった。それこそが人間にふさわしい。ぼくは間違っていた。人間を研究する人は、幾何学を研究する人より多い。

われわれは喜んで生命を捨てるだろう。人びとがそのことについてなにも言わなかったなら。

はじめの段落はイジドールのオリジナルだが、あとの二つの長い文はパスカルであり、イジドールはほとんどもじっていない。まるで盗作である。どうしたことであろうか？

現象は過ぎゆく。ぼくは法則を探す。

典型ではない人がいる。典型が人なのではない。偶然に支配されっぱなしになっていてはならない。

また、

鵞ペンを、第一級の作家であるモラリストの手に握らせてみよう。彼は詩人たちを凌ぐだろう。

正義への愛は大方の人びとの場合、不正に耐える勇気でしかない。

前半はともに自作である。ここでイジドールは自分への希望をむなしく書き留めている。そして後半はパスカルとラ・ロシュフーコーだが、ともに少々変えているだけである。なんだか元気がなくなってきているようである。そして、戦争め、ひっこめ《キャッシュ・トワ・ゲール》。

この『ポエジイII』の小冊子《ファシキュール》が出たのは、一八七〇年六月中旬である。その一か月後に普仏戦争が始まったが、その数か月前から戦雲は立ちこめていた。この「戦争め」で『II』はちょうど半分である。この「戦争め」は『ポエジイI』の「ソレッ音楽を《アレ・ラ・ミュージイク》」と同じような掛け声である。ここで変調が突然起こるわけでもなく、ただマクシイムのようなものが続く。「戦争め」の直後には、イジドール・オリジナルが一頁以上ひとつの段落で控えていて、そこでイジドールは断言する。

その精神はより良い方向に変化する。詩の理想は変わるだろう。悲劇、詩歌、哀歌はもはや優位から滑り落ち、箴言の冷たさが優位を占める！

そして聖書をもじって「エロヒムは人間のイメージで創られた」と断言するが、その後はまたパスカルのもじりが続く。

いくつかの明白なことが反論される。いくつかの偽りのものごとは反論されない。反論は偽りのしるしだ。非反論は確かさのしるしなのだ。

諸学問のための哲学は存在する。詩のための学問はない。第一級の詩人であるモラリストをぼくは知らない。不思議なことだと人は言うだろう。

そして一節だけ自作をはさんで、またパスカルのもじりが続く。

所有しているものごとが流れ去るのを感じるのは恐ろしい。人がそこに執着するのは、なにか永遠のものごとがあるかどうか探したいというねがいにこだわるだけのことだ。

人間は誤ることのない器だ。すべてが人間に真実を見せる。なにもそれを悪用しない。

そしてイジドールはようやく自分の言葉で言い切る。

詩はすべての人たちによって作られるべきだ。一人によってではなく。

これはどういうことか？　ひょっとして言葉の綾なのか？　いやここでイジドール・デュカスは、詩と訣別しようとしたがっているようである。この著作そのものが『ポエジイII』と題され、その著者名は本名のイジドール・デュカスであり、この著作は、その後に来たるべき詩集の序文であったはずなのに、著者本人がもう詩を捨てようとたくらんでいるのである。

そして詩人たちを、あっさりと次のように片づけてしまう。

あわれなユゴー！　あわれなラシーヌ！　あわれなコペー！　あわれなコルネイユ！　あわれなボワロー！　あわれなスキャロン！　ひとくせ《ティック》、ふたくせ《ティック》、なくてなくせ《エ・ティック》。

つまり詩人たちを、言語表現において顔面神経痛患者さながらの奇癖《ティック》の持ち主であると決めつけて、それで詩からの逃亡をイジドールは図るのである。それに加えて詩人に対するモラリストの優位性と詩に対する箴言《マクシイム》の優位性を、これまでイジドールは先人の言葉を利用して、展開してきたのである。

そこでイジドールは自分の言葉でこの問題にケリをつけてしまい、つぎに移ろうとする。

モラリストや哲学者たちのなかには詩人の素質がある。詩人たちは思想家を閉じ込めている。それぞれの階級《カースト》が他の階級を疑っていて、他の階級と共通している性質を捨て、それぞれの性質を発展させる。モラリストと哲学者との嫉妬心は、詩人たちが自分たちより強いとは認めたがらない。詩人たちの自尊心は、やわな脳味噌をまともに評価する気はないと宣言する。人間の知性がどのようなものであれ、思考の過程はみんなに共通であるべきなのに。

これで奇癖の存在をラマルティーヌとユゴーを代表にして再確認してから、イジドール・デュカスはいよいよ、盗作もじり癖のはなはだしいモラリストに、みずからがなろうとするようである。

そしてパスカルからの剽窃はまだまだ続く。イジドール自身の箴言がほとんど混入できないほどに。

われわれは自分のなかに持っている人生に満足できない。われわれは他者の思いのなかに、想像された人生を生きたいと望む。そしてわれわれはわれわれがそうであるが如く見えるように努める。われわれはこの想像上の存在を保持しようと努力するが、それがまさに真実のものなのである。もしわれわれが寛容や誠実を持ち合わせていれば、それらを人に知らせまいとして、それらの美徳をその想像上の存在に結びつける。そのような美徳をその存在にくっつけるために、われらから取り去りはしない。われわれは腰抜けではないという評判を得るために勇敢になる。どちらにも満足しない、どちらも諦めはしないということが、われら存在の能力のしるしである。自分の美徳を保持しようとして生きない人間は、恥知らずである。大きなもじりは最後の一文だけである。パスカルの「名誉を保つために死ぬ人は恥ずべきであろうか?」をイジドールは「自分の美徳を保持しようとして生きない人は、恥知らずである」にしている。どちらかと言うと、これはイジドールの負けである。

われらの咽喉《のど》もとを締めつけている人間の偉大さの眺めにもかかわらず、われらは自分を正す本能を持っており、われらがそれを抑えつけられずにいるのは、われらを高めてくれるものなのだ!

パスカルの悲惨《ミゼール》をイジドールは偉大《グランドウール》さに変えている。これもパスカルの勝ちか。

人間の中に見つかる矛盾ほど不思議でないものはない。彼は真理を知ろうとする。そして真理を探す。だが彼がそれを摑みそうになると、彼は目がくらみ、混乱する。彼が所有したぞと宣言するチャンスを、彼にやるまいとして。ある矛盾は人間から真理の認識を奪い取ろうとし、他の矛盾は人間に真理の認識を保証しようとする。どちらもが異なった動機を用いるので、人間の困惑の命を奪う。人間は自分の本性に見出される光以外の光を持たない。

これはどうやら珍しくイジドール・オリジナルのようである。やはり原典はパスカルと言う人もいるが、最初の一文の肯定をイジドールが否定に変えたことで、すべては混乱し迷走し、とうとう剽窃なのかどうかまで怪しくなってしまった。ともかくパスカルの文はながい。これからは短いものを選んでみよう。

理性の力はそれを知らない者によりも、それを知っている者によりよく現れる。

これはパスカルだと「人の理性の弱さはそれを知っているものよりも、それを知らない者のほうによりよく現れる」なのであるが、イジドールのもじりの方はなんだか当たり前のことであり、箴言にすらなっていないような気がする。

取るに足らないものごとがわれわれを慰める。あまりにどっさりあるものごとは、われわれを悲嘆に暮れさせる。

イジドールはパスカルの「ごくわずかなものがわれらを慰める。あまりにもわずかなものがわれらを悲しませるからだ」をこのように変えた。イジドールの方は、どうやら訳がわからなくなってきている。

説得する最善の方法は、説得しないことである。

これもパスカルの部分のもじりだが、もうここまでくると、言葉あそびかナゾナゾのたぐいで、とうてい箴言と呼べるものではない。イジドールもそれがわかっているらしくて、パスカルの剽窃はこれで打ち止めとなり、あとはヴォヴナルグの連弾となる。ここから『ポエジイII』の終わりまで三五箴言あるが、その内二つはブリュイエールとイジドール自身のもので、あと三三がヴォヴナルグのもじりなのである。

「絶望はわれわれの最小の誤りである」。ヴォヴナルグ（以下V）では「最大」である。

「ある思想が巷にひろまり、それが真実のように見えるとき、そしてそれをさらに展開しようと努めていると、われわれはそれが発見であることに気づく」。ヴォヴナルグは前提条件に発見と展開を据え、結果として、巷にひろまる真実、を置いていた。原因と結果の大逆転である。

「ひとは公正であることが出来る。彼がもし人間でなかったなら」。Vは「ひとは公正であることが出来ない」としているのに、これも逆転というか反対である。

「青春の嵐は輝ける日々に先立つ」。Vは「先立つ」を「取り囲まれる」としていた。

「人間たちの自覚、無自覚、名誉、不名誉、淫奔、憎悪、侮蔑は金銭《かね》で買える。施しは金持ちの利益をいや増す」。Vは「人間たちの自覚、名誉、純潔、愛と尊敬は」にしていた。第一文の主語をイジドールはほぼ反対語にした。

「快楽に律儀な人は仕事にも真面目である。快楽は人を人間的にするので、それは生まれつきほとんど残忍でないしるしである」。Vは「快楽に誠実でない者は、仕事も見せかけに過ぎない。それは快楽が少しも人間的ではないので、生まれつき残忍なしるしである」としていた。イジドールはVの肯定を否定にでんぐり返している。ここまでほぼ同じことの繰り返しである。まだ結論を出すのは早いかも知れないが、もう少し先まで飛ばしてみよう。

「人生の美を判断できるのは死の美しさだけである」。イジドールはVの「人生を判断するのに死をもってするほど誤った尺度はない」をこのように変えている。剽窃してもじるにしても、ようやくイジドールは自分の本心を率直に表現するようになってきたようである。

「秩序が人類を支配する。理性も美徳もそこでは最強者ではない」。イジドールはVの「秩序が人類を支配するのなら、それは理性や美徳が最強者であることの証だ」をこのように変えてしまう。これまでの多くと、これは同じようなもじりであるが、ここにはもじった者の強い意志が感じられる。

そしてこれからほぼ一頁あとに『ポエジイ』は大団円を迎える。

「われらは友愛、正義、同情、理性を受け容れられる。おおわが友よ！　美徳の欠如とは何なのか?・」ここでイジドールはVのあげた「人間性《ユマニテ》」を省いているだけである。ほとんどそっくり剽窃である。

わが友が死んでしまわない限り、ぼくは死を語るまい。

この原典には諸説があるが、私はこれがイジドール自身の言葉であると思っている。これはおそらくかつての最愛の友、ジョルジュ・ダゼットのことであろう。

われわれは自分の再転落に、さらにわれわれの不幸が自身の欠点を直させたのを見て、呆然となる。

これはヴォヴナルグの「われらの不幸がわれらの欠点を直せなかったのを見て」の否定文を肯定文に変えているだけなのであるが、私はここに、『マルドロールの歌』のすべてが水の泡になってしまったことを、読んでしまう。

そしてつぎには、この一頁あまり手前ですでにもじってしまっていたヴォヴナルグの箴言をさらに、再度もじり直すのである。

「人が死の美しさを判断できるのは、生の美しさだけである」と。

なにをか言わんやである。二重の抹殺は完全な無でしかない。この『ポエジイ』の大団円でイジドール・デュカスはジョルジュ・ダゼットに完全な訣別を告げ、自分にもそれを告げ、そして『ポエジイ』最後の文では、あまりにも深刻になってしまったことを恥じてか、完全に自分の言葉で、軽やかに踊ってみせながら、すべてに別れを告げるのである。

文末の三つの点《トロワ・ポアン》はぼくに、憐れみの肩すぼめをさせる。自分が才人である、つまりはバカであるのを証明するために、それは必要なのだろうか？　文末の三つの点に関しては、まるで明晰が漠然にしか、値しないかのように！

ここにイジドールの辞世の句、『ポエジイI』と『ポエジイII』は完了する。悲しいことではあるが、ここで『ポエジイ』を振り返り、確認してみよう。

『ポエジイI』は文字通り悪口雑言集であった。そこに恥ずかしそうに散りばめられていたのは箴言と呼んでも差し支えないような出来映えの文であったが、それらの大半はイジドール・デュカス自身の書いたものであった。主として同時代人で外国人まで含めた文壇主流の人たちを、これほどまでに罵倒してしまって、イジドールはそれでもパリで文壇人としてやっていこうとしているのかと、心配になってくるほど激しく、止まることを知らないほどの勢いであり、それらは子供っぽいと言われても仕方のないものであった。そこには一九世紀病から脱出しようとする、イジドールの熱望も感じられたのである。なかなかうまくいかない苛立ちも充分に感じられた。そして何よりもその『ポエジイ』出版のそもそもの目的が、ウルグワイにいる父からの送金をあてにして、『マルドロールの歌』の出版頓挫をなんとか復活せねばというところにあったことも忘れがちになり、再出発をねがうようになってしまったのである。それはイジドールにもともとからあった奇妙な癖《テイック》のなさせる術《わざ》でもあった。とうとう彼はまた「われわれも連れ去る流れに身を委せ」るようになってしまった。『I』のなかでも気になった造物主、創造主への帰依が、どうやら本気だなと思われたところで、イジドールはポオのリセのアンスタン先生を思い出し、その結果『I』の献辞にムッシュ・アンスタンの名を急遽加え、『ポエジイII』ではヘブライ語のエロヒムに神の名は統一されることになる。そして『I』は、「海の水ぜんぶを使っても、(『マルドロールの歌』の)知的な血のしみの一つを洗い流すには足りない」と思わず告白して終わったのである。

そして『ポエジイII』は、自作がうんと少なくなった箴言集となり、途中で著者は箴言が詩にまさるものだと明言し、剽窃は進歩であることを自己解説しなければならなくなる。しかしイジドールはもう自分だけでは書くことが困難になっていたのである。ちょうどなかばの「戦争め、ひっこめ」は、第二帝政の崩壊とプロイセンの侵入を予知していたかのようである。子供のころからナポレオン三世の植民地政策の失敗とその結果の戦乱や内乱を、身の回りに見ていたイジドールの鋭い予感であったろう。そのような戦雲のたかまりのなかで『II』は書かれていたのである。そしてそのような迷走を繰り返すうち、『II』は、その大団円にようやくたどり着いた。それはシャイなイロニイまぶしの、イジドール・デュカスがヴォヴナルグの言葉を借りた上での、壮烈な辞世の句ではなかったか。

結局、エロヒムの存在を全面的に受け容れたということの他には、イジドールの根本的な転身はなかったのである。

『ポエジイ』でもイジドールは、あの椋鳥の一見迷走のように見える集団飛行、堂々めぐりしか出来なかった。『ポエジイI』の終わりから三つ目の自作の箴言《マクシイム》、「批評は形式を攻撃すべきであり、あなたの思いの奥底や文章の裏を攻撃すべきではない」などは、『マルドロールの歌』のころからまったく変わっておらず、一の歌の最終ストロフの「かずかずの現象のあらわれに委《ゆだ》ねてしまうことが、ときには論理であるならば、この一の歌はここで終わる」以来ほとんど変化していなかったのである。

そして『ポエジイII』の「戦争め、ひっこめ」のあとは、聖書を骨抜きにした「エロヒムは人間のイメージで創られた」に続いて、主としてパスカルのもじりを一九度も連発し、そのあとヴォヴナルグのもじりをエンディングの直前まで三〇回以上も続ける。おまけにその剽窃もじり作業の対象とする先人も、とうとう二人に絞り込まなければならなかったのである。あちらこちらの書物から選ぶ気力も失ったようである。こうしてイジドール・デュカスはついに、もう書けなくなった自分を認めた上で、あの『ポエジイII』の辞世の三句を、やっとのことで書いたのであろう。

ここまで来てしまったが、『ポエジイII』の最後の頁に、じつに妙な広告が印刷されていた。まず原文を見てみよう。


『メロディー・パストラル』〔田園のメロディー〕ターレス・ベルナール主幹、第九冊が主幹の住所で売られている。バティニョールのフェリシテ通り二七番。

『ボルドーの詩のコンクール』ムッシュ・エバリスト・カランス主宰。

『ルヴュ・ポピュレール・ド・パリ』〔パリ庶民の雑誌〕ルイズ・バデル主幹、プレ・オウ・クレルク通り一八番。

『ル・コンクール・デ・ミューズ』〔詩人の競演〕詩人の新聞、ボルドー、ブラン通り三番。

『プロヴァンス現代文学史』テオドミール・ゼスラン著、全二冊。

『人間《ロム》』新聞、L・マルトー主幹、シェルシュ・ミディ通り三五番。

『民衆の声』新聞、哲学紙、ランティーニ、シラキューズ。〔ヴォース・デル・ポポロ〕。


右の七件のさまざまな広告である。これはいったいなんであろうか？　現在パリ存住のジャン＝ジャック・ルフレール氏が詳しく調べてくれたので、かいつまんで紹介しよう。

まず『メロディー・パストラル』のターレス・ベルナール主幹は、一八二一年生まれで詩人、文学史家であると共に教育にも携わったが、なによりも高踏派《パルナシアン》を主宰したルコント・ド・リールの盟友として有名であり、ターレス・ベルナール自身の主宰していた『メロディー・パストラル』に、イジドールは自作を載せてもらいたかったのではないかと考えられる。またターレス・ベルナールには、ボルドーで『魂のかおり』誌をやっていたエバリスト・カランスから彼の雑誌が送られていたので、カランスあるいは『魂のかおり』誌を通してベルナールはイジドールを知っていた可能性もある。

『ボルドーの詩のコンクール』のエバリスト・カランスは、イジドールがそのコンクールで『マルドロールの歌　一の歌』で佳作第二席をとり、『魂のかおり』誌にそれが載ったこともある。

ルイズ・バテル女史の『ルヴュ・ポピュレール・ド・パリ』誌にイジドールは発刊告知などでいろいろお世話になった。ルイズ・バデル女史はいつもイジドールに好意的だった人である。

ボルドーの『ル・コンクール・デ・ミューズ』紙は、フランソワ＝ポール・ポリドール氏が主幹でなかなかの評価を手に入れていたが、イジドール・デュカスとの接点は不明である。

『プロヴァンス現代文学史』のテオドミール・ゼスラン氏は、二〇歳のころから『魂のかおり』誌で活躍していた詩人であり、『ル・コンクール・デ・ミューズ』でも活躍するようになった。その彼の『プロヴァンス現代文学史』に一八七〇年、『ポエジイII』は確かに紹介されたが、戦争のためそれが実際に出版されたのは一八七三年六月のことであった。

『人間《ロム》』紙のL・マルトー氏はフリーメーソンの幹部であり、本人はシェルシュ・ミディ通りにいたが、その秘書でエドワード・ローラン氏が持つボナヴェンチャー印刷所というのがグラン・ゾオギュスタンにあり、そこが『マルドロールの歌』の第六歌の主人公マーヴィンの住居にそっくりであるとルフレール氏は言うが、そのこと以外にイジドールとの接点は見つからない。どうやらそのグラン・ゾオギュスタンの住居までイジドールは訪問したらしい。マルトー氏はパリ・コミューンで没落し、ロンドンへ逃げた。

『民衆の声』紙はやはりフリーメーソンの政治色の強い、ガリバルディ派であった。この新聞のマリア・デライスメスという女性が『マルドロールの歌』と『ポエジイ』の宣伝をしようとしたが、財政難で一八七〇年一一月に『民衆の声』はつぶれてしまった。それだけのことしかわかっていない。

以上なのであるが、この広告はイジドールがお世話になった人、またはお世話になるかもしれない人の出版物や催しを、どうやら代金を貰うことなく載せてしまったようである。フリーメーソンのことが気になる、というのはイジドールの父のフランソワがそうだったようなので気になるが、おそらく無関係であろう。私は偶然であろうと思うし、偶然であって欲しいとも思う。

これで『ポエジイ』も『ポエジイII』も終わった。その『II』の新規出版物届け出の三二日後、つまり一八七〇年七月一八日、フランスの代理大使はベルリンでビスマルクに宣戦布告書を手渡した。思うつぼと喜んだビスマルクは、すぐさまプロイセン軍をアルザス－ロレーヌに進めた。戦争が始まってしまったのである。パリの混乱は、どうなるのであろうか？

最終章
詩人の旅立ち

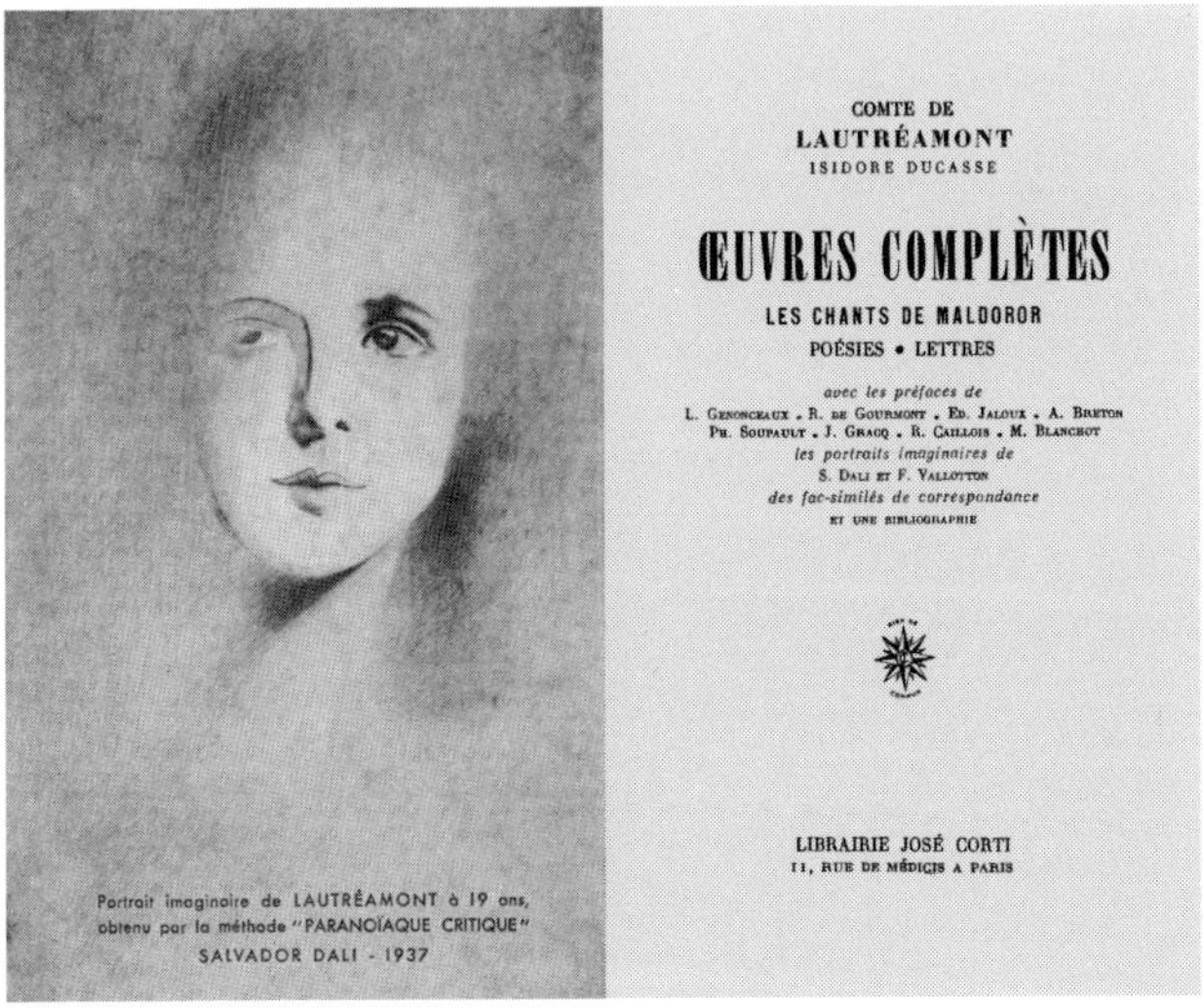
Portrait imaginaire de LAUTRÉAMONT à 19 ans,
obtenu par la méthode "PARANOÏAQUE CRITIQUE"
SALVADOR DALI - 1937

COMTE DE
LAUTRÉAMONT
ISIDORE DUCASSE

ŒUVRES COMPLÈTES
LES CHANTS DE MALDOROR
POÉSIES • LETTRES

avec les préfaces de
L. GENONCEAUX . R. DE GOURMONT . ED. JALOUX . A. BRETON
PH. SOUPAULT . J. GRACQ . R. CAILLOIS . M. BLANCHOT
les portraits imaginaires de
S. DALI ET F. VALLOTTON
des fac-similés de correspondance
ET UNE BIBLIOGRAPHIE

LIBRAIRIE JOSÉ CORTI
11, RUE DE MÉDICIS A PARIS

普仏戦争は、影にもおびえるナポレオン三世が、ビスマルクの策略にまんまとひっかかり、自分のほうから宣戦布告してしまったのである。宣戦布告したほうが、最初から後手にまわってしまったのである。ナポレオン三世はたちまちプロイセン軍に投降し、パリは包囲され、戒厳令がしかれた。フランス国もプロイセン軍もパリ市民の暴動をおそれたのである。

『マルドロールの歌』第一歌のエピローグの冒頭で「かずかずの現象のあらわれに身を委《ゆだ》ねてしまうことが、ときには論理であるならば、この一の歌はこれで終わる」と記したイジドール・デュカスは、諸現象のあらわれにこだわり続け、さまざまの表現技法を自在に使いながら、言葉そのものをしだいに「肉体風物質化《シュプスタンス・コルポレル》」（第五歌の第二ストロフ）して、言葉から意味をはぎとって無重力化させ、それらを薄暮の真空空間に自由にただよわせることに成功した。そのことはジャン・ポーランの言うように、彼が本名で『ポエジイ』を書いてからのことではない。『マルドロールの歌　全六歌』の後半からのことであった。だからイジドール・デュカスは、その主作品の出版不可能が現実になったとき、すべてが水の泡に消えていくのを確認しながら、あの悲しい『ポエジイ』と名づけた小冊子《ファシキュール》二冊を世に送り出したのである。父フランソワからの臨時送金は、おそらく来ないと見込んだうえで。そしてそこに「現象は過ぎゆく。ぼくは法則を探す」（『ポエジイII』）と書いたのである。

このように書くことで生き、書いたもののなかで成長した、生きることと書くことが、ぴったり同義語《シノニイム》であったパリのロートレアモンは、ただ一人パリに死んだ。そして一八七〇年一一月二四日早朝、その死体が下宿の給仕によって、自室で発見された。死亡証明書には「イジドール・リュシアン・デュカス、文筆家《オム・ドゥ・レットル》、二四歳、モンテビデオ（アメリカ大陸南部）生まれ」とあった。パリ・コミューンが始まったのは、その一一四日後である。

このロートレアモン＝デュカスは、いったい何者だったのか？

彼は早く来すぎた異端の怪奇作家でプティ・ロマンティストであり、フランス最初のほんとうのロマン・ノワール作家であると言えなくもないが、それよりもパリ文壇をゆるがせた最初の本格的外地人《エトランジェ》詩人であり、パリの下水道に一匹だけいた「美しく痩せたあのコオロギ」（第六歌、第二ストロフ）であり続けた、はじめてパリに姿を見せた、反抗するクレオール（混血の）詩人だったのである。南アメリカのモンテビデオと、フランスのピレネー高原地方の陽光のもとに、生まれ、育ったにもかかわらず、パリで彼は結局、下水道にしか棲めなかったのである。

II　ロートレアモン伝説

0　はじめに

　今日でもそうなのであるが、ロートレアモンを知っている人は意外に多い。しかし、彼が残してくれたわずかな作品を、きっちりと全部読んでいる人は意外に少ない。大半の人たちは、あの「ミシンとコウモリ傘との解剖台の上での、偶然の出会い、の、あのロートレアモンね」だとか、「すばらしい詩人だね、しかし妙なことを書いてくれたね」とかおっしゃる。そういう人がどちらかといえば過半数であり、しっかり読んでくれた人は、少数派である。それは日本だけでなく、フランスでも、ヨーロッパでも、世界中でそうである。どうしてこんなことになってしまったのか。ロートレアモンはけっこう有名であるが、自分で読んでもいないのに、あれは難解だねと堂々とおっしゃる方々が、いまでもかなりいらっしゃるようである。どうしてこんなことになってしまったのか？

　そういう謎を白日のもとに曝すのは私のつとめであると、一度もロートレアモンの作品をさほど難解であると思ったことのない私が、そして私なりにわかりやすい日本語訳をした私が思いつめたのである。安価な文庫本ではあったが、私のした日本語訳が出版社の人も驚くほどに売れた、その私が、これを書かなければと思い立ったのである。

つまりこの一文は、ながく続いている噂の真相を、丹念に探ったものである。

1　ロートレアモン＝デュカスが生きていたころ

のちに主作品『マルドロールの歌　全六歌』を、ロートレアモン伯爵のペンネームで書くことになるイジドール・デュカスは、一八四六年四月四日、南米南部の大西洋に面している国ウルグワイの首都モンテビデオに、父フランソワ・デュカスと母ジャケット・ダヴザックという、ともにフランス人であり、ピレネー高原地方から移民してきた両親の間に、誕生した。だからイジドール・デュカスはフランス人ではなくウルグワイ人であり、モンテビデーン（モンテビデオ野郎）だったのである。それは、一八三九年にウルグワイにやってきたフランソワが、勤めていたフランス領事館の代理副領事にやっとなってから一年後のことであり、母のジャケットはその翌年一八四七年一二月九日に死んでしまった。それは、イジドールの洗礼（洗礼名がリュシアンである）後わずか二二日目のことである。その母の死が自殺であると主張したのは、ウルグワイの隣国アルゼンチンの精神科医、エンリケ＝ピション・リヴィエール氏であり、それはイジドール・デュカス誕生から百年後の一九四六年の『ナチヨン』新聞紙上で発表されたのであるが、その新聞を私に持ってきてくれた親切な人がいた（元船乗り、のちに慶応の先生）。つまり私はそのころ、もう大人になりかかっていたということだが、その後、今日に至るも、このリヴィエール説は完全に否定されてはいない。これを噂と言ってはいけないのであるが、ともかく一〇〇年近くもたってから、母親の死の真相について話が出てくるのが不思議ではないものが、イジドール・デュカスの周辺にはただよっていたのである。

そしてイジドール・リュシァン・デュカスは一八七〇年一一月二四日午前九時に、パリの下宿旅館の自室でひとり死んでいるのが、そこの給仕によって発見された。これは間違いなく「自然死《モール・ナチュレル》」であるが、実際、二四歳と七か月で息をひきとったのが、その前夜である可能性はいまだに残されている。

イジドール・リュシアン・デュカスは、モンテビデオで少年時代を過ごしていたが、一八五九年の秋、一三歳で単身フランスに渡り、父母の郷里に近いピレネー高原地方のタルブ市の王立リセの寄宿生となり、その地の名家ダゼット家の三男、イジドールより六歳年下の金髪のジョルジュ・ダゼットと知り合う。その三年後、隣の県都ポオの王立リセの高等科に転じたイジドールはそこでも寄宿生となり、文学と科学のバカロレア（大学受験資格者テスト）を二年にわたり受けているが、その後数か月消息不明ののち、一八六七年四月、タルブ市で、無職のタルブ市民としてパスポートを貰い、五月二五日のハリック号でボルドーを出発して、モンテビデオに向かう。最初で最後の里帰りである。そして年末にルアーヴル港に帰ってくると、まっすぐパリに入り、すでに予約ずみであったらしきホテル《リュニオン・デ・ナシヨン》に投宿する。本人はもう文士への道を決めていたが、父のフランソワは一人息子の大学進学（パリの理工科大学《エコール・ポリテクニク》または鉱業大学《エコール・デ・ミイヌ》）にまだこだわっていたようである。パリで定めていたホテルは、文士志望の青年には贅沢すぎる宿であった。イジドールは、タルブにいた親友のジョルジュ・ダゼットがすでに一八六七年の秋から、パリの名門リセ、シャルルマーニュ校の高等科に入っていたのを知っていたから、大学進学のつもりはなくなっていても、ダゼットに再会するために、父親をだましてでも上京する必要があったのである。イジドールはもう二一歳になっていた。

こうしてパリにやってきたイジドールは、ジョルジュとの再会も果たし、すでに里帰り前から持っていたメモや下書きをもとにして、『マルドロールの歌』の一の歌だけを仕上げ、それを小冊子《ファシキュール》（原紙を四回折りたたむことで出来上がる合計三二頁の本）にするよう近所の印刷所に依頼した。そしてその見本を可能な限り早く届けて、ジョルジュが書評を書いてくれるよう頼んでくれたのは、『青春《ラ・ジュネス》』紙の書評家エピステモン氏であった。一八六八年の春から夏のことである。

その小冊子『マルドロールの歌』（「歌」はすでに複数〈Les Chants〉になっていた）の一の歌だけのファシキュールは出来上がり、八月中旬に新規刊行物としてフランス国に届け出されている。もちろん自費出版であったが。著者名は「＊＊＊（三つの星印）」で実質的にはまだ匿名だった『マルドロールの歌』に、エピステモン氏はみごとな書評を書いて『青春』紙の九月一日号に載せてくれた。

『青春』紙は当時月二回発行で、その号は第五号であったが、すでにフレデリック・ダメ主幹の『未来《ラヴニール》』紙に迫る勢いであり、驚くことにそれは、リセ・シャルルマーニュ校の学生たちによる新聞だったのである。主幹のアルフレッド・シルコス（本名はポール・エミヨンという当時一八歳のシャルルマーニュ校の最上級生）が同校の生徒たち四名を使い、反第二帝政色の濃い新聞を発行していたのである。彼らのなかの一人、クリスチャン・キャルモオ（当時一七歳）がじつはエピステモンだった。彼はジョルジュ・ダゼットの一学年上であり、ジョルジュはまだ一五歳だったのである。エピステモンがクリスチャン・キャルモオであることをつきとめたのはジャン＝ジャック・ルフレール氏で、一九九〇年のことだが、エピステモンの『マルドロールの歌』の一の歌の書評を発見したのはクルト・ミュレールという研究者であり、それは一九三九年のことである。ともかくこの一七歳の若者が書いてくれた、ロートレアモン＝デュカスの作品のはじめての記念すべき書評を読んでみよう。

マルドロールの歌、その一の歌　＊＊＊著

これを読むことで得られる最初の効果は、驚きである。おおげさに誇張された文体、あらあらしい奇怪さ、絶望的着想の力強さ、現代のありふれた作品群とこの熱にうかされた言葉とのコントラストが、まず精神をふかい昏迷に投げ込む。

アルフレッド・ド・ミュッセはこのような世紀病と呼ばれるものについて語っている。それは未来の不確さであり、過去の軽視であり、また不信仰と絶望なのであると。マルドロールはそうした悪にたどりつく。懐疑的になり、性悪になる。そして全才能をあげて残虐に向かう。このチャイルド・ハロルドとファウストの従弟は、人間を識り、人間を軽蔑する。欲望が彼をむさぼり、彼のうつろな心はたえず、漠とした目的地と彼の探し求める理想とに、けっして到達できないままに、陰鬱な思考のなかでうごめく。

われわれはこの作品が踏査した地点よりも先へは進むまい。この著作に活力を与えている強力なインスピレーションと、これら不吉な頁にひろがる陰鬱な絶望とをわれわれが感じとれば、それでいいのだ。たびたび見受けられる不正確な文体や情景の混乱などに見られる、さまざまな欠点にもかかわらず、この著作はこれを、今日の時代のほかの作品といっしょくたにしてはいけないと、われわれに思わせてくれる。ほかに例のないこの作品の独自性は、じつにはっきりと保証されているのだ。

書評　エピステモン

われわれはながいあいだ、このエピステモンを『青春』紙主幹アルフレッド・シルコスのもう一つの筆名だと思い込んでいたのである。この書評には、すぐれた能力を持つ若者の率直さと情熱があふれていて、しかも落ち着きと行儀の良さもうかがえる。伝説製造者風のいやらしさは微塵もない、すばらしい書評であった。この一の歌だけの小冊子の価格は、三〇サンティームだったが、どれほど売れたのであろうか？　じつはこの小冊子の出来上がる前から、当時めきめきと売り出して、注目を浴びていた出版人、アルベール・ラクロワとイジドール・デュカス青年との間には、その後の『マルドロールの歌』の出版交渉がもう始まっていたので、おそらく版権がらみのことと思われるが、この小冊子がイジドールの宿から近い二軒の書店に並んだのは、一八六八年の一一月になってからのことである。そしてラクロワのやっていた小売書店も、やはり御近所だったのである。結局この一の歌だけの『マルドロールの歌』（一八六八年版）の書評は、学生新聞『青春』のエピステモン氏のものだけとなったのである。

この小冊子が出版されたことを報じてくれたのは同年九月五日の『フランス書誌』第七一三七号であるが、それは公的な官報のようなものである。

またこの一八六八年には、ボルドーのエバリスト・カランスという人が、詩のコンクールをやっていて、それは金銭を支払って新人が応募する催しであったが、イジドールはそこに、おそらくこの小冊子を一部分訂正して送っていたらしく、その第二回コンクールで入賞の四つにはならなかったが、特別佳作の第二席に選ばれ、翌一八七〇年一月のエバリスト・カランス編の現代文学集第三集『魂のかおり』に収録された。著者名は一八六八年版の小冊子と同じ「＊＊＊」であったが、文中の人名ダゼットを全部「D・・・」に変え、句読点を少々変えていた。なおこのコンクール、『魂のかおり』およびエバリスト・カランスの件を発見したのも前述のクルト・ミュレール氏であるが、その件を詳しく調べてくれたのは、これも前述のジャン－ジャック・ルフレール氏である。『魂のかおり』だけでも一三五フランかかっている。それだけでもイジドールが御近所の印刷屋に払った一二〇フランよりも高いのに、コンクールの参加料などを加えれば、最低でも一五〇フランはボルドーのカランスに払っている、とルフレール氏は断言していた。そうであろう、イジドールは『魂のかおり』のかなりの御得意様だったに違いない。しかしマクシム・デュ・カンの『文学散歩《プロムナード・リテレール》』を読むとわかるが、当時は文士を夢見て上京してくる青年を職業としてカモにする、もっと悪質な業者がいたのである。カランスはまだましなほうであったのかもしれない。『魂のかおり』にしても、コンクールに入選した作品をならべた本に収録されたというだけのことで、なんの反響もなかった。

パリでは同月、つまり一八六九年一月号の『パリ庶民の雑誌《ルヴュ・ポピュレール・ド・パリ》』が『マルドロールの一の歌』の発売を諸者に知らせてくれた。ただし告知だけである。

ところがこの一八六九年の夏には、アルベール・ラクロワの手に渡った『マルドロールの歌　全六歌』の印刷が、ラクロワの共同経営者であるベルギー、ブリュッセルのヴェルベックホーフェン氏の印刷所で完了していたのである。少なくとも本文の印刷は出来上がっていたのである。

しかしラクロワはその出版を中止した。その理由は発禁はもう避けたい、そしてこれは間違なく発禁になるから、ということであった。そこでラクロワは、ベルギーに亡命していた知人のプーレ－マラシをイジドールに紹介した。オーギュスト・プーレ－マラシは、ココ・マルペルシェのペンネームを持つ文人でもあるフランス人だったが、ベルギーに逃げてベルギー人となり、『フランスでは発禁になった国外印刷の出版物情報』という季刊情報誌を出し、そのカタログにのせた出版物をベルギーやスイスのフランス語圏で売るという建前で、もちろんフランスにも売るという、フランスの当時の発禁制度を利用した商売に精を出していたのである。そのプーレ－マラシに、アルベール・ラクロワは、『マルドロールの歌　全六歌』の国外での販売権を委ねようと考えた。そこで作者のイジドール・デュカスも巻き込んで、その販売権譲渡交渉が始まった。それは一八六九年一〇月のことである。そのことの事情はイジドールが残してくれた、プーレ－マラシあての三通の手紙から知ることが出来るのであるが、そのはじめの二通、一〇月二三日と同月二七日のイジドールの手紙を読むと、その譲渡交渉は成立間違いなしであるかのような、好調な滑り出しを見せていた。そこでマラシは例の自分の情報誌の第七号〔一八六九年一〇月二五日発行〕に、もう『マルドロールの歌　全六歌』を扱うぞという予告を載せてしまうのである。つぎのようなマラシ本人の短文を添えて。

パングロス〔ヴォルテールの哲学小説『カンディッド』に登場する楽天的人物の名〕は、もう善悪二元論者などいないと言ったが、マルタンは私がいると応えた。この本〔『マルドロールの歌』〕の著者はさほど珍しい種族に属しているのではない。ボードレールやフローベールのように悪を美しく描くことで、善に向かう傾きと高いモラルを励ますことになると信じているようだ。イジドール・デュカス氏（その名を聞くのははじめてのことであるが）はその著作をフランス国内では印刷しないという間違いを犯した。そしてパリ警察第六室の秘跡は今回も起こらなかった。

付記　印刷業者はいざ発売というときになって、この『マルドロールの歌』の販売を断念したので、本号の第一〇項目に急いで載せた。

プーレ－マラシはあわてたようであるが、販売価格を書かないだけの余裕はあったようである。ラクロワとの間に、販売権譲渡契約はまだ成立していなかったのである。しかし書名のところには「ロートレアモン伯爵著」と明記していたから、ロートレアモン伯がイジドール・デュカスであることを、はやくも知らせた短文であり、書評ではないがなかなかひねった文であり、ロートレアモン伝説のたねになるような余計なものはない。ともかく、プーレ－マラシの季刊情報誌のこの短文が、『青春』紙のエピステモン氏に続いて、曲がりなりにも『マルドロールの歌』を論じていたのである。そしてその二つだけが、イジドールの生存中の作品批評と作品評になってしまうのであるが。

そしてこのラクロワからプーレ－マラシへの印刷ずみの『マルドロールの歌　全六歌』の販売権譲渡交渉は、一八七〇年二月上旬か中旬に、なぜか決裂してしまう。

そしてイジドール・デュカスはその後、書きなぐりと言われても仕方のない、『ポエジイI』を四月、『ポエジイII』を六月に、またしても小冊子《ファシキュール》で、そして本名で自費出版する。今度は発行人がパサージュ・ヴェルドーのガブリ書店だったが、印刷したのはあの懐かしい一の歌だけの『マルドロールの歌』の小冊子を手がけた、御近所のバリトゥ・エ・ケスロワ印刷所であった。

イジドール・デュカスは、この『ポエジイ』と題された作品について、二月二一日付けのプーレ－マラシあての最後の手紙に「御存知でしょうが、ぼくは自分の過去を否定しました。ぼくはもう希望しか歌いません」と転向宣言さながらの言葉をつらね、またその二一日後の銀行家ダラスあての三月一二日付けの手紙では、

（前略）ぼくはラクロワ氏（モンマルトル大通り一五番）の出版社から、詩集を出しました。しかしそれが刷り上がるやいなや、彼はその出版を拒みました。なぜならその詩集では人生があまりにも苦い色調で描かれていたので、彼は検事総長を怖れたのです。（中略）その出版費用は一二〇〇フランでしたが、ぼくはそのうち四〇〇フランをすでに支払っていました。しかしすべては水の泡となりました。そのことがぼくの目を開かせてくれたのです。（中略）ぼくはそのような訳で、もう完全に方法を変えました。これからはもはや希望《レスポワール》、のぞみ《レスペランス》、静謐《ル・カルム》、幸福《ル・ボヌール》、つとめ《ル・ドウヴォワール》、だけを歌うことにします。そしてぼくは、気取り屋のヴォルテールとジャン＝ジャック・ルソー以来乱暴に断たれていた良識と冷静さとの鎖を、コルネーユやラシーヌとまた取り結びます。そのようなぼくの新詩集は、これからまだ四、五か月しなければ出来上がりません。それを待ちながらぼくは、その序文を父に送ろうと思っています。それは六〇ページほどの小冊子で、A・ルメール書店から出します。そうすれば父にもぼくの精進していることがわかり、あとで印刷される詩集の総費用を送金してくれることでしょう。

　ぼくはあなたにお願いがあります。もし父が去年の一一月か一二月以降に、宿代や生活費以外の金銭をぼくに渡してもよいと言っていたかどうかを、どうぞぼくに教えて下さい。もしそうでしたら、ぼくはとりあえず二〇〇フラン必要です。それは序文の印刷費です。そうすれば今月二二日に、ぼくは序文をモンテビデオに送ることが出来ます。また父が何も言っていないのでしたら、そのことをぼくに知らせて下さい。なにとぞよろしく。

I・デュカス

ヴィヴィエンヌ通り一五番

なんとこのダラスへの手紙は、正直なところ、ダラスを通しての父への無心の手紙なのである。そしてこれをはじめとするダラスへの手紙は、当然のことであるが、いつも金銭問題を中心に据えていて、それらの手紙を読むと、父フランソワの一人息子イジドールへの送金は、パリでの生活費についてはやや贅沢であったものの、それ以外の出費、とくに出版がらみ、文士がらみのものには、一度も臨時にしなかったようである。生活費に関しては多少のゆとりもあったので、イジドールは普段の生活を切りつめることでまかなっていたのであろう。なかでも、一八六八年暮れにはホテル《リュニオン・デ・ナション》を出て、それから御近所で三度も引っ越しを重ねているのも、そのためであろう。しかしイジドールは当時パリで一番の繁華街、モンマルトル大通りから遠く離れることは出来なかったのである。少年のころもモンテビデオにずっと居たようだし、ピレネー高原地方でもタルブとポオのリセでは寄宿生であり、パリにやってきても、住居を離れて広いパリをさまよってみる時間はなかったのである。安心して書くことが出来たのは、グラン・ブールヴァール界隈の宿だけであったのだろう。節約するためにはもっと違う町に住めばよかったのかもしれないが、そのためにはイジドールは、広いパリをよく知らなかったのである。だからダラスへのこの最後の手紙を書いたとき、彼はヴィヴィエンヌ通りの一五番にいた。そしてやがて、最後の転居をするだろうが、ずっとモンマルトル大通りを遠く離れることは出来なかったのである。

そしてこのダラスへの手紙をよく読むと、つぎのことがわかってくる。イジドールが印刷に二〇〇フランほどかかると言っている『ポエジイ』は序文でしかないが、それをモンテビデオの父に送れば、本体の詩集の出版費用を送ってくれるだろうと。つまり心を入れかえた自分は新たな目標に向かってまた努力しているのだから、今度こそはそのような自分に金銭援助をよろしく、と言っているのである。しかしそれは不可能であろう。

手紙の背後には、その資金をラクロワに渡せば、自分がかつてすべてを注ぎ込んだ『マルドロールの歌』が出版されると思っていたことも窺えるし、また序文となるはずの『ポエジイ』を書くのが精一杯で、新詩集などとても書ける状態ではなかったとする観点も一方では成立する。どうだったのであろうか。

ところが一八七〇年五月、レオン・テクネールという人が出していた『愛書家ならびに図書館員の会報』に、シャルル・アスリノー（一八二〇年三月一三日パリに生まれた医者の息子）が署名入りでロートレアモン伯著『マルドロールの歌』の書評を書いてくれた。読んでみよう。イジドール・デュカス本人がこれを読んだかどうかは、わからないが……。

マルドロールの歌、ロートレアモン伯爵著、第一歌より第六歌まで、パリ、すべての書店で売られている、一二ポイント、三三二頁。

これはブリュッセルで印刷された数少ない本で、著者の本名は筆名でかくされている。まず珍書の分類に入るであろう。まえがきといい、ヴィジョンのつらなりといい、妙なスタイルの省察も、方向を見破ろうとする努力をいっさい無に帰してしまう、これは一種の黙示録である。そんなことは無茶なことなのであろうか？　作者は大真面目なのであるが、読者の眼には、これ以上に不吉な絵図はないもののように映る。それはこのように始まっている。

「なにとぞ天に願わくば、読んでいるものと同じように大胆になったり、一時的に凶暴になったりする読者が、これら陰鬱で毒だらけの頁の、荒れ果てたいくつもの沼をよぎり、けわしく未開のみずからの道を、迷うことなくそこに、なんとかして見つけてほしいものだ。この本を読むためには強固な論理、うたがいの心、そしてそれらと同量の精神の緊張とを、しっかり保っていてもらわないと、命にかかわるこの歌の放射性物質は、水が砂糖にしみこむように、君の魂に浸透していくことだろう」

これでたまたまのことだが、『マルドロールの歌』の形と、根底にあるものとが、もうきっちりと理解されるであろう。もしこの奇妙な作品を語るとすれば、これはフランスでは間違いなく、知られないままに終わるであろうということである。

では引き続き、アスリノーによる四の歌の引用を読んでみよう。

デンデラーの詩的な神殿は、ナイルの左岸から一時間半のところにある。［ここで中断するが、シャルル・アスリノーは傍点部分を誤っている。原文では、デンデラーの古い神殿は、である］（中略）夜、八年のごぶさたのあとで、一つの彗星が空の一角に突如として出現すると、それは地上の住民たちやコオロギたちに、キラキラとけぶる尻尾を見せる［ここでもアスリノーは間違う。傍点の八年は、原文では八〇年である］。

句読点の原文と違うところもあるのだが、どうしてこんな間違いをしてくれたのであろうか？　せっかく、短くとも書評をしてくれたというのに・・・。

アスリノーは、プーレ－マラシの大親友だったのである。だからこの書評はマラシに頼まれて書いてくれたのであろう。頼んでくれたマラシにも、われわれは感謝しなければならない。マラシは『マルドロールの歌』を本気で売りたかったのである。そう言えばこのアスリノーの書評はまるでマラシの書き残しのようでもあり、マラシのもののように辛辣なところも見られる。マラシに吹き込まれたことが、アスリノーの書評になったのであろう。ほとんどマラシからの聞き書きなのかもしれない。しかしお粗末である。

ところでこのアスリノーにはもっと深い縁がイジドールとフランソワのデュカス親子とはあったのである。シャルル・アスリノーにはエレーヌという妹がいたが、彼女はアルフォンス・ドスールと結婚していた。そのアルフォンスと兄弟のような親戚にレイモンド・ドスールがいた。彼はヨゼフ・ダラス氏の銀行で働いていたが、一八七〇年、ダラス氏を継ぎ、翌七一年、ダラスの娘マリーと結婚して、ダラス銀行は完全にドスール銀行となったのである。ダラス銀行はイジドールの父フランソワがながく頼りにしていた銀行であったから、ダラス氏はフランソワからの送金をパリにあって管理し、イジドールの監視人のような役をつとめ、ずいぶんイジドールを苦しめた人である。一八七三年、フランソワ・デュカスはパリにやってくるであるが、その折には当然ドスール銀行を訪れたであろう。

現実としてイジドール・デュカスが生きていたうちには、『マルドロールの歌　全六歌』がアルベール・ラクロワの手によって出版されることはなかったし、『ポエジイ』が序文となる新詩集も、イジドールによって書き始められた形跡はなかった。

しかし『パリ庶民の雑誌』は一八七〇年夏、「マルドロールの歌の著者が『ポエジイ』を出した」と知らせてくれたし、ボルドーのエバリスト・カランスは、その『現代文学シリーズ』の第四集『花と果実』(一八七〇年一月刊)で「『マルドロールの歌　全六歌』ロートレアモン伯著の刊行近し」と予告してくれたし、『現代文学シリーズ』の第五集(一八七一年一月刊)では、もう本人は死んでいたが、イジドール・デュカス著『ポエジイ』の出版を知らせてくれた。だがそれらは、単なる告知、あるいは予告に過ぎなかった。

こうしてロートレアモン神話の発生する間もなく、パリがプロイセン軍によって包囲され、戒厳令がしかれると、もともとはベルギー人だったアルベール・ラクロワは、難を脱《のが》れようとさっさとベルギーに逃げ、パリ・コミューンの終わるまで戻ってこなかった。だからイジドールが死んだとき、ラクロワはパリに不在だったのである。また『マルドロールの歌　全六歌』の印刷ずみの原紙は、ベルギー、ブリュッセルのヴェルベックホーフェン印刷所に積まれたままだったのである。畳まれることもないままに・・・。

そしてイジドールの死の三か月後、パリ・コミューンは始まった。ロートレアモン伝説の生まれるひまもなく・・・。

2　パリ・コミューンが終わって、第一次世界大戦の始まるまで・・・

パリ・コミューンが一八七一年五月末に終わり、パリも少し静かになると、アルベール・ラクロワはまたパリに戻ってきたが、彼の会社ラクロワ・エ・ヴェルベックホーフェンの国際書店《リヴレリイ・アンテルナシヨナル》は、もうがたがたであった。それは小売部門だけでなく、一時は飛ぶ鳥落す勢いであった出版業も、どんどん下降線をたどり、ついに翌一八七二年六月に、かつて急成長を遂げたこともある彼の会社は、とうとう倒産にまで追い込まれてしまった。ラクロワは資産を売り払ったが、とても間に合わなかったのである。その売り払った資産の一つが、ささやかなものでしかなかったが、印刷ずみでブリュッセルに置かれていた『マルドロールの歌　全六歌』の原紙であった。ラクロワが気の毒だからと安くそれを買い取ったのは、ベルギーはブリュッセルの同業者、ジャン－バティスト・ロゼス氏であった。

ロゼス氏は奇しくも、一八〇二年一〇月二四日に、タルブ市の近くのオッサン村に生まれたフランス人だったが、若いころピレネー高原地方を出てブリュッセルに住み、ベルギー人となって書店を営み、出版にも手を出しながら、当時はすでに七〇歳に手のとどく老人であった。

いっぽうその著者イジドール・デュカスの父、フランソワはやはりピレネー高原地方のバゼット村に一八〇九年に生まれていたから、一八七三年、六四歳となり、ウルグワイはモンテビデオ市のフランス領事館代理領事の退官の時が迫っていたので、はじめての長期休暇をとり、ウルグワイに移民してから最初の里帰りを実行した。彼フランソワのその六か月の休暇は、四月一二日に始まり、一〇月一二日に終わることになっていたが、現実には少々遅れたようである。フランソワはともかく一八七三年五月にパリにやってきた。外務省高官の方々に会い、前任者のスキャンダルの後始末の礼を言い、自分の退官の挨拶をし、今後もずっとウルグワイに留まるつもりであることなどを話している。そして彼のこの休暇の目的には、フランスにある個人資産をすべて整理、処分すること、またピレネー高原地方の人たちを訪れることも含まれていた。

そこで当然のこととして、長年取引をしていろいろ世話になっていた、パリのダラス銀行のジョゼフ・ダラスにも会わねばならなかったが、ダラス銀行は一八七一年、完全にドスール銀行になっていたので、フランソワ・デュカスは、ドスール氏と相談したり、実務を頼んだりしたのであった。

かって一人息子のイジドールを間接的に苦しめていたジョゼフ・ダラスの後を巧く継いでくれたドスール氏と、イジドールがラクロワに払っていなかった八〇〇フランの負債の話も、そのなかにはあったのである。ドスールは『マルドロールの歌　全六歌』の書評を書いてくれたこともあるアスリノーと姻戚関係にあったので、たちまちその前年に倒産していたアルベール・ラクロワを探し出してくれた。フランソワはラクロワに会えたのである。ダラスが持っていたイジドール・デュカスの一八七〇年三月一二日付けの、ダラスあての手紙は、おそらくこの時ラクロワの手に渡ったのであろう。八〇〇フランのラクロワへのイジドールの負債の証拠として。しかしその先のこと、ラクロワがフランソワからその八〇〇フランを受け取ったかどうか、またラクロワが印刷ずみの『マルドロールの歌　全六歌』の本文を売り渡した、ベルギーのロゼス氏に会ったのかどうかなどは、もはや証拠がないのでわからない。

しかし私は、フランソワがロゼスに会い、実際の出版費用よりも多い金額をロゼスに渡して、ロートレアモン伯爵著『マルドロールの歌』の出版を依頼したのだと考えている。それをここに書かせてもらう。ジャン－バティスト・ロゼスは、パリで輝かしい経歴を持っている元ベルギー人の出版人であったアルベール・ラクロワのなんらかの助けになればというだけのために、ラクロワから『マルドロールの歌』の印刷ずみの本文を買ったのに過ぎなかったので、それを出版したいという野心は、七〇歳の老書店主にはもうなかったのに違いない。

いっぽう一人息子の教育に失敗したことを、イジドールの死後痛感していたフランソワ・デュカスは、息子の主作品であったのに出版されないままになっていた『マルドロールの歌』を、どのような形であれ世に問うてやりたいという気になっていたので、またいまとなっては他界してしまった息子へのせめてもの供養だと思うようになっていたので、その出版を多額の費用をそえてロゼスに依頼したのに違いない。

ロゼス老人にしてみれば、父親フランソワとは同郷人であり、『マルドロールの歌』の作者であるイジドールが、自分の郷里の近くのタルブとポオのリセに学んだことを知って驚いたに違いない。

こうしてその翌年一八七四年、著者の死後四年目にようやく、その本文が一八六九年にはブリュッセルのヴェルベックホーフェン印刷所で印刷されていた、ロートレアモン伯爵著『マルドロールの歌』は、新しい表紙をまとい、目次一ページを追加されて、ベルギー、ブリュッセルのロゼス老人の手によってはじめて陽の目を見ることになる。しかしそのロゼス版のどこを探しても、ロゼス書店の名も住所もなく、そこにはただ、表紙と目次を作った、ブリュッセルのヴィトマン印刷所のクレジットがあるだけである。もちろんどんな前書きも説明文も、この一八七四年刊のロゼス版にはない。

そしてそのあとロゼス書店が復活させた『若きベルギー人《ラ・ジュンヌ・ベルジイク》』という文芸雑誌の第一〇号（一八八五年一〇月発行）には『マルドロールの歌』の一の歌の第一一ストロフ、幸福な家庭の不幸とでもいうべき、家庭劇《テアートル・ド・ファミーユ》風の短い物語《レシ》が原文のまま掲載されたが、その著者名がなぜか「子爵《ヴィコント》ロートレアモン」とされており、同号の

「お知らせ《アノンス》」として、「ロートレアモン子爵《ヴィコント》の研究が次号に載るだろう」と記されていた。この「子爵」が訂正された形跡は、その後の号にもない。しかしこの『若きベルギー人』のこの「子爵」間違いがそのままロートレアモン伝説になることはなかった。この同人誌はそれほど多くの人たちに読まれていなかったのであろう。最初のロートレアモン伝説の作り手は、ロゼス老人でも『若きベルギー人』誌でもなく、ロゼス書店と『若きベルギー人』誌のまわりにたむろしていた、本物の若いベルギー人たちだったのである。彼らについての証言の一つを読んでみよう。

メンバーの一人、ヴァレール・ジルのずっとあとになってからの思い出話である。ある日マックス・ワァラーが、ロゼス老人の息子の一人から一八七四年のロゼス版『マルドロールの歌』を見せられ、買ったときの話である。一八八五年のことである。老人の書店はマドレーヌ小路にあり、「やもめのJ・ロゼスの世界書房《リヴレリイ・ユニヴェルセル・ド・ヴウヴ・J・ロゼス》」という名で呼ばれており、故ジャン＝バティスト・ロゼスには奥さんと二人の息子がいた。

ぼくらはその日、それは一八八五年の夏の終わるころだが、みんな大通りのカフェ・セシーノに五時に集まった。アルベール・ジロー、エクハウド、モーベルそのほかだ。ぼくらはマックス・ワァラーを待っていた。そして彼は突如としてあらわれた。いつもよりも大きく身体をゆさぶって、嬉しそうに一冊の本を振りかざしながら。それは三フラン五〇で――その時の表現では――灰色がかった黄色い表紙の、ラクロワ・ヴェルベックホーフェンのものと誰にでもすぐわかる本だった。その題が『マルドロールの歌』だった。マックス・ワァラーはぼくらの真ん中に座り、彼はそれを故ロゼスの息子から受け取ったと言い、ロゼス書店の地下室で発見されたのだと話してくれた。彼はさらに、この構成だとあまりに大胆なので売ることが出来ないような、これは一人の狂人の作品であるとも語ってくれた。そしてマックス・ワァラーは本を開き、ぼくらを楽しませようと、数頁を読んでくれた。みんなは彼のまわりで気の狂ったように笑った。じっさいその文体は想像もつかないものだった。ワァラーは話し続けていた。ぼくは突然、烈しい好奇心に襲われた。気違いだろうが、天才的だ！　ぼくはその本を奪い取り、持ち帰って一晩中、熱に浮かされて読んだ。

翌日ぼくは、ぼくの発見したことを、アルベール・ジローに話した。ぼくの驚きと感嘆とを誰かに伝えたかったからだ。ぼくはエクハウドとワァラーも回心させた。みんなが『マルドロールの歌』を買いにロゼスの書店に行った。ワァラーはジョゼファン・ペラダンとレオン・ブロワに、手紙を添えた『マルドロールの歌』の発送を引き受けた。ジローはJ－K・ユイスマンスを引き受けてくれた。

（ヴァレール・ジル『ラ・ジュンヌ・ベルジイク　思い出すことども』ブリュッセル出版物事務所、一九四三年）

この「灰色がかった黄色い表紙の、ラクロワ・ヴェルベックホーフェンのものと誰にでもすぐわかる本だった」とヴァレール・ジルが書いているのは、ヴァレール・ジルの記憶違いか、その時マックス・ワァラーが嘘を言ったのであって、その本、世界書房の地下室にあった『マルドロールの歌』は、一八七四年のロゼス版だったはずだとジャン－ジャック・ルフレール氏（第一章の註（1）参照）が私に語ってくれたのである。現実にロゼス版の表紙は栗色で黄色ではないし、その版のどこにも「ラクロワとヴェルベックホーフェンのコレクション」の文字はない、と。それはロゼス版を持っている私にもわかることであった。それに一八六九年のラクロワ版は出版されなかったのである。ラクロワ版のヴェルベックホーフェン印刷所で印刷された本文に、表紙と目次をブリュッセルのヴィトマン印刷所でつくり、出来上ったのがロゼス版なのである。マックス・ワァラーもいい加減な人だったかもしれないが、このジルの思い出話がまとめられたのは、二〇世紀になってからずいぶん後のことである。これはおそらくヴァレール・ジルの記憶違いなのであろう。

そして世界書房のロゼス老人は一八七七年八月三日にもう亡くなっていたが、彼が生きているうちにしたことは、金主《きんしゅ》であったモンテビデオのフランソワ・デュカスに、出来上がった『マルドロールの歌』のかなりの部数を送ったことである。そして残ったものを地下室に置いたまま、売ろうともしなかったのである。もし金銭上のことがなかったなら、ロゼス老人は『マルドロールの歌』の出版に乗り気ではなかった。それが証拠にこの一八七四年ロゼス版の、どこを探しても世界書房《リヴレリイ・ユニヴェルセル》の名も「ロゼス」の名もない。そこで今日では、テクストの一八七四年版は、「二度目の初版本《ラ・プルミエール・スゴンド》」と呼ばれるようになった。

またそのヴァレール・ジルの思い出話（『ラ・ジュンヌ・ベルジイク　思い出すことども』）の別の頁には、私がその前に触れた『若きベルギー人』誌の一八八五年一〇月号の「子爵」問題に、ジルはつぎのように触れている。「事実とさまざまな身振り」の章で。

『ラ・ジュンヌ・ベルジイク』の一〇月号が届いた。ぼくは目次に目を通した。オヤッ！　ぼくの知らない名がある！　新しい協力者かな？　ロートレアモン子爵だって？　また新しいマルドロールだって。この若いベルギー人は何者なんだ？　調べる必要がある。頁の下に書かれているぞ。「ロートレアモン子爵の研究が次号に載るだろう」だって、それは新人なのか？　約束の研究を待つとしよう。

と、ジルはふざけて書いているが、あの「子爵」騒動は『若きベルギー人』誌の誰のしわざだったのであろうか？　それにしてもじつにふざけた人たちであった。真面目なロゼス老人の死後、世界書房を未亡人アルベルティーヌと二人の息子が継いでいたのに、それを「やもめのJ・ロゼスの世界書房」と呼んでみたり。

しかし、その時一八八五年、『マルドロールの歌　全六歌』は、著者の死後一五年目にして、はじめて動き出したのである。ふざけるのが好きな『若きベルギー人』誌の若いメンバーたちによって。ロートレアモン伯爵を気違いだとする彼らは、じっさい『マルドロールの歌』の宣伝人となり、じっさいに、レオン・ブロワやユイスマンスを動かしたのである。ジョリス－カルル・ユイスマンス（一八四八―一九〇七）はかなり早くから『マルドロールの歌』の存在を知り、また読んでいたが、結局それを公に論じはしなかった。なぜだろう？しかし親友のジュール・デストレへの手紙には、はっきりと書いている。

ああ！　本当だとも、親愛なデストレよ、このロートレアモン伯という人は、才能ある善良な狂人だ。この変てこな古本は、そのイタリヤ喜歌劇風のリリシスムで、サド侯爵の血まみれの熱狂と、山と積まれた三文の値価しかない卑俗な文章とを、壮麗な響きで炸裂させる。

私はこの本を論じたものを、もう待ち切れない。美しい文章でペデラスト讃歌を叫ぶこの奇妙な奴の生涯についての情報を、君がみつけてくれるのを私は待っている。その底にはルドンの悪夢がある。人間による雌鱶とのまぐわいには唖然とする。そこには食欲をそそるヴァギナのために、少しはからっぽになった内臓、肝臓と心臓がある。

私に『歌』を送ってくれてありがとう。これはじっさい読む値打ちがある。どのような悪魔が、人の一生のあいだに、このようなおそろしい夢を書き綴らせたのだろうか？

（一八八五年九月二七日付け、『J－K・ユイスマンスのジュール・デストレへの未発表書簡』ジュネーヴ、ドロッ、一九六七年）

ユイスマンスは、『若きベルギー人』のアルベール・ジローからだけでなく、『マルドロールの歌』をジュール・デストレからそれより早くもらっていたのである。

しかし『さかしま《ア・ルブゥル》』の著者だけあって、このユイスマンスの批評はずばりと的を射ている。少なくとも、ペデラストと雌鱶のストロフの批評は。今日でもこれ以上のものは望めないであろう。けれどもユイスマンスが公にしてくれた『歌』の批評は一つもない。なぜか？　おそらく自分の個人的嗜好が、あまりにもイジドール・デュカスのそれに近かったことをわかっていたユイスマンスは、『歌』を公に論じることを控えたのであろう。しかしその後の彼の作品には、おのずと『歌』の影響が見られるようになるであろう。ともかくユイスマンスは伝説の製造者ではなく、おそろしく的確な批評家だったのである。

やはり『若きベルギー人』誌の同人から『マルドロールの歌』のロゼス版を贈られたレオン・ブロワ（一八四六―一九一七）は、たまたまイジドール・デュカスと同年生まれであったが、ブロワは彼を文壇の孤児にしてしまった半自伝小説『絶望者《ル・デゼスペレ》』（ソアラ社、一八八七年一月。これはあまりの毒舌におそれをなしたストック社の編集者が出版を拒否したので、一年近く遅れて出版された、いわくつきの作品である）の「出発《ル・デパール》」の章で、さっそく、『マルドロールの歌』を論じた。

> 現代の魂を極限にまで追いつめる、はっきりした兆しの一つは、一冊の怪物の今日のフランスへの闖入である。それはベルギーで一〇年ほどまえに出版されたが、まだほとんど知られてはいないロートレアモン伯爵の『マルドロールの歌』である。それはまったく類似するもののない、大きな反響を呼ぶべく運命づけられた作品である。その著者は独房で死んだ。それが彼に関してわかっていることの総てである。

と書いた。それだけならまだしも（『絶望者』は小説だったのだから）、レオン・ブロワは、こんどは本格的なロートレアモン論「プロメテの独房」を、一八九〇年九月号の『筆の力《ラ・プリューム》』誌に発表したのである。

そこでブロワは、このように書く。

> そこでは前代未聞の、おそるべき、まるで怪物さながらの、この知られざる詩人はとことん焼き尽くされ

て、彼自身を生き延びさせるその恐るべき冒険に、いやというほど立ち会い、おどろくべき禿鷹に脇腹をつつかれながら、主の許しのないままに、天上の糧をかすめ取っていたのである。〔傍点ブロワ、原文ではイタリック。以下同〕

と言いながらブロワはすぐ自分の『絶望者』の私がすでに引用したところから、『歌』をさらに二頁ほど引用する。彼は一八七七年以来、カソリックから秘教《エゾテリック》に狂っていたので、ロートレアモンをその秘教の側から見ているのである。また、ブロワはこうも言う。

『マルドロールの歌』を読んでいると、私は頁毎に、変てこな印象から脱《のが》れられない。著者は私にある高貴な男を想い浮かべさせる。醜い淫売婦のありふれたベッドのなかで一晩中眠らなかった男が酔いから醒めると彼女の慈悲を乞い、真裸のまま嫌悪に凍りつき、悲しみに苦悩し、夜明けを待つ男を！

また、

偉大な詩人の決定的なしるしは、無自覚の予言力である。それは、自分では影響力のわからない驚くべき言葉を、人びとや時を超えて叫ぶ気がかりな能力のことである。そしてそれは神聖な、もしくは俗人の額の上の、精霊の神秘の証印なのである。

というように、だんだん妖しくなってくる。レオン・ブロワはロートレアモン伯を論じながら、ロートレアモンを自分の仲間の宗教的神秘主義者にしたがっているようである。

『絶望者』の「著者は独房で死んだ。それが彼に関してわかっていることの総てである」は、まだ当時としては止むをえない、可愛げもある独断と偏見であったが、ここまでくるとレオン・ブロワは、自分の流儀にロートレアモンを引っ張り込もうとした、我田引水の人であると言わなければならない。
しかしブロワは『マルドロールの歌』の「のように美しく《ボー・コム》」に注目した世界初の人でもある。

「――一匹の犬が御主人のあとを追って、走りながら描く曲線の記憶のように美くしい、ヴァージニアわしみみずくは・・・。その成長度が器官組織の同化する分子量と釣り合わない、成年者における胸部発達禁止法のように美くしい、仔羊さらいの禿鷹は・・・。アルコール中毒患者の手のふるえのように美くしいスカラベ《ふんころがし》は・・・。若者は、肉食鳥の爪の緊縮性のように美しい。いやむしろ、捕えられた動物自身によって常にふたたび仕掛けられる、齧歯類だけを限りなくつかまえる、麦藁《わら》の下にかくしておいても確実に機能する、不滅のネズミとり器のように美しい。そして何よりも、ミシンとコウモリ傘との解剖台の上での偶然の出会いのように、彼は美しい・・・」
これらの洗練された嫌悪すべきものたちを超えるような比喩が、どこかにまだあるであろうか、あるのなら言ってほしい。

しかしこの『歌』の原文からの引用も都合のよいようにブロワが勝手に変えている。なかほどの「若者は」の前までの文は、五の歌の第二ストロフのものであり、その後の文は六の歌の第三ストロフのものであり、それらをブロワは勝手に合成している。おまけに「若者は」の語は原文にはない。原文では「彼は」である。句読点も少しだが、この引用の都合のいいように変えている。それらは私の見ているテクストが、ブロワの見ていたのと同じ一八七四年のロゼス版であるから間違いない。それにしてもこれらの比喩を「洗練された嫌悪すべきものたち」で片づけてしまったことは惜しまれる。もっとよく読んでほしかった。複数のロートレアモン伝説の製造者であったことは間違いなく、自分の都合のいいように『歌』を、言うならば自分の党利党略にはじめて利用しようとした人であるのも確かである。

レミ・ド・グールモン（一八五八―一九一五）は、北フランスのオルヌ県に四月四日に生まれた。レオン・ブロワは生年でイジドール・デュカスと同じだったが、グールモンは生まれた月日でデュカスとひとしかった。デュカスの一二年後の生まれである。二五歳で国立図書館《ビブリオテーク・ナショナル》の司書となり、三一歳のとき『メルキュール・ド・フランス』誌の創刊に参加した。一八九一年二月号の同誌に「マルドロール文学」を書き、そこに『ポエジイ』の一部をのせ、ロートレアモン伯爵の本名がイジドール・デュカスであることを証明した最初の人物でもある。さらに同誌の一一月号にはイジドール・デュカスの出生証明書を発見して載せた。しかし死亡証明書は発見出来ず、グールモンは、イジドール・デュカスが二八歳まで生きていたと思っていた。しかしこのように単なる批評にとどまらず、最初の資料発掘者として活躍してくれた、元図書館員であったグールモンは終生黒猫を友とした愛書家でもあった。彼は一八九六年刊の『仮面の書《ル・リーヴル・デ・マスク》』でロートレモンに一章を捧げてくれた。フェリックス・ヴァロトンの架空肖像画と共に。ではその『仮面の書』を見てみよう。

　これは激怒した予想外の若者である。病める天才、さらに率直に言うと、狂気の天才なのである。『マルドロールの歌』は、最初の六つの歌しか書かれなかった長い散文詩である。おそらくロートレアモンが生きていたとしても、その続きは書かれなかったであろう。これを読み進むにつれて、意識がどんどんなくなっていくのが感じられる。そして意識が戻ってきたとき、それは死の数か月前のことだったが、その若者は『ポエジイ』を書いた。そこでは興味深い文の間に、瀕死の精神状態が見え隠れし、遠い昔の思い出、つまり少年時代の先生の教訓が、高熱にゆがめられて、この少年に繰り返し押し寄せてくる！
それらの驚くべき『歌』のモチーフは、ほとんど説明不可能な、天才のすばらしい衝動である。『マルドロールの歌』の価値は純粋な想像力ではない。凶暴で、悪魔的で、ばらばらの幻覚を鼻にかけて人を苛立たせる無秩序な想像力は、誘い込むというよりは脅えさせる。

精神科の医者たちが、もしこの本を研究すれば、野心家の被害妄想患者であるとこの著者を診断するだろう。彼はこの世に、彼と神しか見ておらず——しかも神は彼を邪魔にする。だがこのように考えることも出来る。ロートレアモンはすぐれたイロニスト［風刺家］だったのだから、幼時から人類を軽蔑していたために、普通の理性よりも無秩序の狂気を装うことのほうが、より美しく賢明であるとする人間に向かわせたのであろうと。

温和な精神の持ち主が公正であろうとして批評すれば、おそらくこのようになるという見本のような『仮面の書』のロートレアモンの章である。しかし精神科医まで持ち出したこのグールモンの評論は、一種の予言のような役割を果たし、二〇世紀には精神科医のロートレアモン分析の流行を生む。また一九〇五年には、この『仮面の書』のほかの章でグールモンが絶讃したアンドレ・ジッドは、『日記《ジュルナル》』のなかで、ロートレアモンとアルチュール・ランボーの件で、グールモンを叩きのめすのである。それもあくまでも穏やかな中庸の人の宿命だったのであろうか。
レミ・ド・グールモンはロートレアモン狂人伝説の中心人物であると同時に、初期の伝説の有力な火消し役でもあった。以て瞑すべし。
ではここで一九世紀のうちの、その他の研究や批評の、これまで話題にしなかった人たちのものをまとめてみよう。

ブリュセルのユベール・クランスの『クロニック・リテレール』（ラ・ソシエテ・ヌーヴェル、一八九一年一月。これは題名そのままに年代記だが、ロートレアモンに約四頁を割いている）。

アーノルド・ゴッフィン、この人は『若きベルギー人』誌の第一〇号の「散文詩」のところでロートレアモンに触れている。

オランダのアムステルダムのウィレム・クルウスがオランダ語で書いてくれた。一八九一年。

カミーユ・ルモニエ「ロートレアモンについて」『メルキュール・ド・フランス』誌、一八九一年の第二号。

そしてアルゼンチンのルーベン・ダリオ。一八九三年刊の彼の『ラス・ラロス』の一章が、ロートレアモン伯爵に捧げられていたのである。これはスペイン語で書かれている。ルーベン・ダリオは一八七五年ごろ、ブリュッセルのロゼス老人がモンテビデオのイジドールの父フランソワ・デュカスに送ったロゼス版の一冊で、『マルドロールの歌』を読んだと思われる。ブエノスアイレスは大河口のモンテビデオの対岸にあるアルゼンチンの首都である。

劇作家、演劇人のアルフレッド・ジャリも、一八九四年にロートレアモンに触れてくれた。レオン－A・ドーデもそうである。これは一八九五年のことである。しかしいずれも取り立てて語るほどの内容ではない。

一九世紀のうちのロートレアモンに関する最大の出来事は、なんと言っても一八九〇年の、レオン・ジュノンソーがアルベール・ラクロワから手書き原稿を受け取ったという、ジュノンソー版『マルドロールの歌』の出版であり、レオン・ジュノンソー自身が「わが友アルベール・ラクロワに」と題して書いたまえがきであろう。

ではまずL・ジュノンソーのそのまえがきから読んでみよう。

この実際の『マルドロールの歌』は再印刷である。これは手書きのオリジナル原稿の再印刷なのだ。というのも最初に印刷されたものは、どの書店でも絶対に見つけられないからだ。一八六九年にロートレアモン伯爵は、彼の本を出版する最後の扉を閉じてしまった。その作品は製本されようとしていたが、そして出版者はいろいろと第二帝政の迫害と戦ってきたのだが、それを危険な出版にしてしまう、その作品の文体のある種の激しさを理由に、それを発行停止にしたからである。本書の巻頭に掲げた著者の手紙のファクシミリには、こう書かれている。

「ぼくはラクロワ氏（モンマルトル大通り一五番）の出版社から、詩集を出しました。しかしそれが刷り上がるやいなや、彼はその出版を拒みました。なぜならその詩集では人生が、あまりにも苦い色で描かれていたので、彼は検事総長を怖れたのです」［その手紙はイジドール・デュカスの、一八七〇年三月一二日付の、銀行家ダラスあてのものであり、最後の一文は、「ラクロワさんはそれが発禁になることを恐れたのです」と読むべきであろう。事実ラクロワ氏は発禁の浮き目にあった過去を持っていた］。

問題の詩の本というのがこうしてここに、著者がそこに照準を合わせた熱狂の証明が示されることになった。ロートレアモン伯爵氏は、その後も彼の本の凶暴さの修正を拒んでいたのである。彼の危険だと見なされていた、置き換えられるはずの表現の紙ばさみは、そのままになってしまった。しかし一八七〇年、戦争が始まった。『マルドロールの歌』は忘れられてしまった。そして突然、作者は死んだ。彼の同意した一部の再検討しか、実行されることはなかった。

こうして『マルドロールの歌』のこの版《エディション》は、ベルギーの書店の地下室で道に迷っていて、四年後におずおずと何冊かの見本が出てきて、発行人匿名で製本されたオリジナル版と一致する。その見本版(*)はわずか数人の文筆家にしか知られていない。

われわれはこの作品の再版本が歓迎されると確信している。その文体の熱のこもった激しさは、いまだけでなくこれからの時代の文学を震えあがらせるに違いない。おおげさかもしれないが、『マルドロールの歌』の深い美しさは、まったく猥褻文学の性質をまとってはいない。

批評はまさにふさわしく、『マルドロールの歌』は奇妙で移り気な詩だと評するであろう。『歌』に荒れ狂う無秩序のなかでは、すばらしいエピソードとしばしば混乱する異なったエピソードが互いに傷つけ合う。このまえがきを書きながらわれわれは、ロートレアモン伯爵の個性に関して形成された、あまりにもわけのわからない伝説を破壊しようと思っているだけだ。さきごろまたレオン・ブロワ氏は、(後略)。

(*) ジュノンソー自身の註。それを印刷したのはE・ヴィトマン印刷所となっているが、発行人の名はなく、表紙は黄色がかった茶褐色である。しかしE・ヴィトマン印刷所(**)はブリュッセルのどこにも存在しない。

また一八六九年に、著者は『マルドロールの歌』の見本を欲しがったので、一〇冊が製本された。その表紙から四頁に、「ブリュッセル、印刷はA・ラクロワ、ヴェルベックホーフェン社、ワーテルロー大通り四二番」と記され、表紙は黄色であった。

(**) 筆者註。E・ヴィトマン印刷所は当時ブリュッセルに実在していたことが、二〇世紀の終わるころに確認されている。ジュノンソーはよく調べもしないで、この註を書いたと思われる。

と、レオン・ジュノンソーは、ブロワが『筆の力』誌に発表した「プロメテの独房」から引用しながらブロワを攻撃する。そして、

医学者は、ほんとうの気違いが二〇歳以下で発症することは稀であると言っている。ともかくロートレア

モンは、一八五〇年にモンテビデオに生まれ、一八六八年に印刷所に原稿を渡した。一八六七年に執筆を了えていた。だから『マルドロールの歌』は一七歳の若者の脳の想像力と辛苦のたまものだ。さらにパリ第九区の死亡証明書を要約するとこうだ。イジドール・リュシアン・デュカス——著者の本名だ——は、一八七〇年一一月二四日、木曜日の朝八時に、フォブウル・モンマルトル七番の自室で死んだ。フォブウル・モンマルトルの七番には、独房もなければ気違い病院もない。

とジュノンソーは自分のロートレアモン生年の間違いを棚にあげておいて、レオン・ブロワに対し怒り狂っているのである。どうして生年月日の月日だけが、四月四日と正確だったのであろうか？　ともかく激怒して、ブロワの伝説を破壊しにかかるのである。そして、デュカスは理工科大学か鉱業大学に入るためにパリにやって来たのだと書き、さらにデュカスの風姿についてまで、「大柄の青年で髪は茶色、ひげがなく神経質で、堅実そうな勉強家」だと書いたうえに、「彼は夜にしか書かなかった。そしてピアノの前に座った」などと、まるで見てきたように、一度も会ったことのないイジドール・デュカスを描く。この一文が『わが友アルベール・ラクロワに』捧げられているとはいえ、ジュノンソーは、ラクロワから聞いたに違いないものごとなのに、自分が見聞したことのように書き綴ることで、ブロワを叱りながら、みずからも伝説製造者になろうとしているようである。あのラクロワの話を、ことごとく真に受けて。

そして今度は、このジュノンソー版にそのファクシミリを載せた、銀行家ダラスあての一八六九年五月二二日の手紙をながながと引用し、つぎのようにこの感傷的に了えるのである。

著者の極度の若さは、『マルドロールの歌』について巡るに違いない、いくつかの判定のきびしさを和らげてくれるだろう。もしデュカスが生き続けていたなら、フランス文学の栄光をになう人の一人になっていただろう。彼はあまりにも早く死にすぎた。彼のあとに四方に拡散する作品を残して。そして彼の遺体は、彼の本と同じように妙に似通った運命をたどった。北墓地に一八七〇年一一月二五日に、一度臨時に埋められたのち、翌一八七一年一月二〇日に、また別の所に再埋葬された。彼の墓は実際には、パリによっていったん廃止され、また取り戻された区画にある。

しかし根本的なこととして、このジュノンソー版のまえがきで、ジュノンソー自身が断言しているように、このジュノンソー版は、著者の手書きのオリジナル原稿なのである。とすれば、それはアルベール・ラクロワが持っていて、それを預かったジュノンソーがそれからジュノンソー版の本文を起こし了えてから、またラクロワに返したのであろうか？ ラクロワは有名な手書き原稿のコレクターであった。

イジドールの伝記の第一人者であるJ－J・ルフレール氏は近著『イジドール・デュカス』（ファイヤール社、一九九八年）のなかで、このように言う。

『マルドロールの歌』の原稿はそれから［一八九〇年以後］姿を消してしまった。それはデュカシアン［イジドール・デュカス研究者］の聖杯となった。この消失をみんなが嘆く。マルドロールの祭壇に聖杯が加えられないからだけでなく、一八六九年版以前のこの最も古いテクストとの同一性を確かめられないからである。マルドロールがそこから生まれ出た問題のイジドール・デュカスのオリジナル原稿は、どうなってしまったのか？ ボームやブリッソンやその他の人も涎をたらしていた、あの有名な、大きな木のトランクにラクロワが守っていた、灰色の紙ばさみに包まれていたあの紙の塊のような、マルドロール誕生の原稿たちは。

とルフレール氏は書き、ラクロワの子孫たちを訪ね歩いても、結局原稿の行方は杳《よう》としてつきとめられなかったと嘆く。

しかし私は疑っている。マルドロールという巨大なアンチ・ヒーローを誕生させたイジドールのオリジナル原稿を、ラクロワは彼の会社が倒産したころには、もうすでに持っていなかったのだと。おそらくゴミとして棄ててしまっていたのではなかったかと。ラクロワとジュノンソーは口裏を合わせて、著者の手書き原稿からジュノンソー版は起こし直したと、そういうことにしようと申し合わせていたに違いないと。

私はここにその推論を書く。第一にその当時はまだ珍しかった、ファクシミリという手法を使って、イジドール・デュカスの銀行家ダラスあての最後の手紙を、ジュノンソー版では巻頭に復元しているが、それがまず怪しい。それは、オリジナル原稿のファクシミリならわかるが、そうしないで、ラクロワの持っていた手紙(これはドスール銀行のドスールさんから受け取ったのであろう)をファクシミリでジュノンソー版の巻頭にのせたのは、それがこの版がオリジナル原稿からの起こし直しであるということの補強になってくれると、ジュノンソーが考えたからであろう。第二には、ジュノンソーはそのまえがきのなかで、この版はオリジナル原稿からの起こし直しだと、くどいほど強調している点である。これも怪しい。第三に、私は両版(ロゼス版とジュノンソー版を共に所有しているので)をつくづく比較したのだが、両版はあまりにもそっくりすぎる。すでに出来上がっていたロゼス版をベースにして、ジュノンソー版は組まれていると、私は感じたからである。ジュノンソー版に使われた活字が、ロゼス版の本文(それはヴェルベックホーフェン印刷所のものであるが)と違いすぎるほど異なっているのも怪しい。それに末尾の目次が両版ともそっくり(それはロゼス版では、E・ヴィトマン印刷所でつくられたもの)なのも怪しい。私は以上のような推論《レゾンヌマン》で、そのような結論に達した。これは、ルフレールに知らせてやろうと思っている。

こうしてようやく本章は二〇世紀にたどりつく。

まずアンドレ・ジッドの『日記《ジュルナル》』によるレミ・ド・グールモンへの反論である。『日記』の日付は一九〇五年一一月二三日だが、当時その日記は公刊されなかった。その公刊はジッドの死後になったので、当時はそれをグールモンが読むすべもなかったが・・・。だからもちろん後になってわかったことだが、痛烈である。

『マルドロールの歌』の実に素晴らしい第六歌（第一、第二、第三章）をはじめは低い声で、そのうちに高い声で今読みおえたところ。これを今まで知らなかったというのは、なんという偶然だろう！　この作品の価値を認めたのはまだ自分一人ではないかしらといった気さえする。「この作品を読み進んでいくにつれて意識がとみにおぼろになっていくのが感じられる……」とグールモンは書いている。グールモンはこれらのページを読まなかったにちがいない。これらのページをその価値も分からずに読んだと推測するよりは、そう考えることの方がグールモンにとっては不名誉ではあるまい。

ところでこの作品は狂おしくなるまでに私を興奮させる。彼は一足飛びに嫌悪すべきものから絶妙なものへと移っていく。（中略）実に素晴らしい。これは全部コポーに読んできかせねばなるまい。これらの詩句の《はっきりした調子》の中にはなんという力が含まれていることだろう！

そのすぐあとランボーの『七歳の詩人たち』を再読する。それからグールモンの『仮面の書』の中の、ロートレアモンに関する数ページとランボーに関する数ページを読んでみたが、これは我慢できないほどくだらない。（ロートレアモンに関する部分の無能ぶり、まったく情けない）

（一九〇五年一一月二三日付けの『日記』より。新庄嘉章訳『ジッドの日記I』、小沢書店、一九九二年）

ランボーの作品や『マルドロールの歌』の第六歌を読むと、自分の作品が恥ずかしくなる。そして単に教養の結果でしかないものはすべて厭わしいものに思えてくる。私はもっと違ったもののために生まれてきた者のような気がする。

（同年一一月二八日付けの『日記』の後半。同前）

ジッドの『マルドロールの歌』の読みかた、感じかたはとても素直である。それはジッドが批評家の眼を持ってはいなくて、イジドール・デュカスと同業者、作家の眼で見ているからであろう。そしてジッドはなんとしても少年愛の人であり、『日記』の文中に出てくる人物、ジャック・コポーは演劇人であったが、やはりその方面の愛人であったことも考慮に入れるべきであるから、ジッドの反応のあまりにも素直でありすぎる分は、そのことの影響を割り引かなくてはならないだろう。しかしジッドは、グールモンの「よ、く、読、ん、で、い、な、さ、」のひどさをピタリと指摘したのである。それなのにロートレアモンを狂人だと言うのか、と。ジッドの『マルドロールの歌』へのこの思いは二〇年後、『ディスク・ヴェール』誌のロートレアモン特集号「ロートレアモン事件」の「序文」に結実するであろう。

そのほかは、カチュール・マンデスが一九〇三年、『一八六七年から一九〇〇年までのフランス詩の動き』という著作で、ロートレアモン伯に触れてくれたが、ごくささやかなものであった。

そしてオランダからは、一九〇九年に『マルドロールの歌』の抄訳が、さらに戦中になってしまうが一九一七年、ついに完訳が出版された。そしてイタリア語では一九一三年と一九一五年に、ともに一ストロフずつだが、『マルドロールの歌』の部分訳が、ともにフィレンツェの雑誌に載った。

そして一九一四年の一月と二月には、すでに前世紀のうちにレミ・ド・グールモンが発見していたイジドール・デュカスの『ポエジイ』を、ヴァレリー・ラルボーがクールに論じて『ファランジュ』誌にのせてくれた。また『詩と散文《ヴェール・エ・プロウズ》』誌は、マルドロールの一の歌（一八六八年版）と、銀行家ダラスあてのイジドールの二本の手紙を、レオン・ジュノンソーの解説付きで掲載してくれた。それから四年半の間、ヨーロッパでは第一次世界大戦がつづく。

3　両次世界大戦間一九一九年―一九三九年

一九一九年三月、月刊誌『文学《リテラチユール》』が創刊された。主幹は三名、ルイ・アラゴン、アンドレ・ブルトン、フィリップ・スーポーで、住所はパリ五区、パンテオン広場の九番地、そこの《偉人ホテル《オテル・デ・グラン・ゾム》》の一室に彼らはたむろしていたからである。彼らは三銃士と呼ばれた。出版はシェルシュ・ミディ通りの《無比書房《オー・サン・パレイユ》》であった。

創刊号の巻頭を飾ったのはアンドレ・ジッドの『新しい糧』の断片であり、他の執筆者はこの雑誌の命名者ポール・ヴァレリーをはじめ、レオン＝ポール・ファルグ、アンドレ・サルモン、マックス・ジャコブ、ピエール・ルヴェルディ、ブレーズ・サンドラール、ジャン・ポーラン、ルイ・アラゴン、そしてアンドレ・ブルトンである。彼らはダダのメンバーではなかったが、ダダに好意をもったり、あるいは寄り添ったりしながら、パリ・ダダ誕生を告げつつ、その先を模索していたのである。超現実主義《シュルレアリスム》の誕生までには、四年ほど早かった。

その『文学』誌の第二号、四月号の最初の頁にブルトンが「ノート」を書き、その次の頁から一三頁までを占拠していたのが、イジドール・デュカス著『ポエジイⅠ』の再現であった。そのころこの雑誌は全部で二四頁しかなかったから、その半分以上が『ポエジイⅠ』だったのである。そして次の号、五月号はじつに後半の三分の二が『ポエジイII』で占められていた。

どうしてそんなことになってしまったのかは後に回すとして、まずブルトンの「ノート」を読んでみよう。

一八七〇年と一八七一年は、われわれが生きてきた年にも似て、若者による旧芸術への大訴訟のあった年だ。一八七一年五月一五日付けのランボーの手紙［「見者の手紙」のことであろう］が発見され、それは一九一二年六月号の『新フランス《NRF》』誌に発表された。一八七〇年に出版されたのに未発見だった、イジドール・デュカスの『ポエジイ』がそこにあるに違いないと考えたレオン＝ポール・ファルグとヴァレリー・ラルボーは、国立図書館を探し、それを見つけてくれた［これは誤りである。レミ・ド・グールモンがすでに一九世紀中に、それをそこで見つけていた］。『文学』はこの号と次号に、それを再現する。ロートレアモン伯を狂人に分類しようとする単純すぎる結論を疑おうともしない人たちのために。まったく省略やショートカットなしに、原文のままを。（中略）私は『マルドロールの歌』と『ポエジイ』を、どちらが良いとか悪いとか、比較する気はまったくない。なぜなら『ポエジイ』の二冊の小冊子は序文であるに過ぎないからだ。それは詩作への通過点なのだし、その詩集は今日でもどうなったか、わからないままだ。

アンドレ・ブルトン

このブルトンの「ノート」はどうもおかしい。それを読むとブルトンはどうも、『ポエジイI』がロマン主義を口汚く罵倒しまくっていることに、つまりロマン主義の文学をことごとく否定していることに、さらに『ポエジイII』の「現象は過ぎゆく。ぼくは法則を探す」のあたりにほんとうは強く惹かれたのではなかろうか？　彼には過去と現在の全否定が重要だったし、それからの新イズムの柱となる「新法則」を必要としていたのであろう。そしてその時は、まだダダの仲間のような形であり、ダダイストたちはすでに『マルドロールの歌』の「ミシンとコウモリ傘との解剖台の上での偶然の出会い」に夢中になっていたので、いまさらロートレアモン伯だとか、『マルドロールの歌』だとか言い出すわけにはいかなかったのであろう。だから「ノート」が釈然としないものであったり、発見者の間違いがあっても、イジドール・デュカスの『ポエジイ』でなければならなかったのであろう。『文学』を単にダダイストの機関誌にしてしまう気はブルトンにはなく、いわば出発のときから予定されていた近未来の離反だったのである。そして『ポエジイ』の全文を載せたことは、結果として反響を呼び、それでよかったのである。釈然としない部分や間違っている部分が、ブルトンの「ノート」にはあったにせよ、その時まで発見者や論じた者はいても、まだ『ポエジイ』の全文を紹介する者はいなかったのであるから。このあたりのアンドレ・ブルトンのやがて教祖として君臨するであろう人としての、ジャーナリスティックな目の付け所は、たいしたものであった。

そしてその翌年一九二〇年、ブルトンの息のかかっていた無比書房は、さっそく話題の『ポエジイ』を出版する。五月のことである。するとブルトンはもう『ポエジイ』を離れ、ブルトンとイジドール・デュカスの崇拝者フィリップ・スーポーが、その序文を書いた。以後スーポーがイジドールの専門家となるのである。そしてブルトンとの共著となる『磁場』にもとりかかる。いそがしいことである。

ではまず、スーポーの「『ポエジイ』への序文《プレファス》」を読もう。

イジドール・リュシアン・デュカスは一八五〇年四月四日に、モンテビデオに生まれた。彼の父は、その街のフランス領事館の領事であったが、タルブに生まれていた。デュカスはパリに、理工科大学《エコール・ポリテクニイク》に進むため一八六七年にやってきた。そしてその時は、ノートルダム・デ・ヴィクトワール街二三番にあったホテルの一室に入った。そのうす暗い部屋には一つのベッド、本でいっぱいの二つの大きなトランク、一台のアップライト・ピアノがあった。彼は夜にしか書かなかった。人の話だと、驚くほど大量のコーヒーを飲んでいた。『マルドロールの歌』の原稿は一八六八年に印刷屋に渡った。

デュカスは、ノートルダム・デ・ヴィクトワールからヴィヴィエンヌ街の一五番に引っ越し、そこで彼は『ポエジイ』のこの序文を書いた。それは、彼が一八七〇年に仕上げようと思っていた詩集の序文でしかない。

そしてスーポーは、一八七〇年三月一日付けのイジドールが銀行家ダラスあてに書いた手紙の全文を引用し、その数年あとにランボーがドラエイに書いた手紙と比較し、

ランボーは『地獄の季節』の見本を破いたが、ロートレアモンは前作の『マルドロールの歌』にむかついて、忘れてしまおうとした。矛盾することを語る喜び、自分自身を愚弄したり嘲笑することを、ランボーとロートレアモンとは識っていたのだ。

このまえがきを気の利いた冗談だと考えてはいけない！

そして『ポエジイ』の序文そのものを引用しながら説明し、ついにこう言うのである。

『ポエジイ』の序文」は『マルドロールの歌』を論駁しているのだ。

誰かはそこに詩法を見るだろう。たとえそれが矛盾とでたらめの証であろうと。

詩の全能者は『マルドロールの歌』に炸烈する。しかし「序文」でもそうなのだ。

じつに恐るべき問題が提起されたのだ。

ここでまたランボーとの比較をやり、

このイジドール・デュカスの凄い明晰さは、レオン・ブロワとレミ・ド・グールモンによって、気違い扱いされてしまった。

それは、苦悩を理解することがない輩の狂気の告発でしかなかった。

生れつきの盲は太陽を知ることがないのだ。

あの二人の文学者にとって、判断を許さぬ、理解出来ない人間は、病人でしかなかったのだ。

イジドール・デュカスは絶対に狂人ではなかった。

彼は一八七〇年一一月二四日、たちの悪い高熱に数日間襲われたのち、フォブウル・モンマルトルで死んだ。

そして一一月二五日に北墓地に臨時埋葬された。

彼の詩集はいつの日か、この序文につづいて出版されるだろう。

フィリップ・スーポー

と、スーポーの序文はこんな工合である。スーポーはつねにランボーと比べることで比較的穏当に『ポエジイ』の明晰さをあぶり出しているつもりなのだろうが、いまひとつすっきりしない。そしてそのうちに激してきて、「生まれつきの盲は、太陽を知らぬ」とまで言って、レオン・ブロワとグールモンのロートレアモン狂人説をやっつけたつもりになり、こんどは正しいデュカスの死亡を述べて、序文を了えている。そしてスーポーはやがて、超現実主義者として唯一のロートレアモン専門家となり、老後われわれアプフィッドの名誉会長となるであろう。しかしこの一九二〇年にあって、彼は『ポエジイ』をきっちり把握していたとは、とうてい思えない。そして一九二七年になると、彼はおおきな間違いを冒すことになる。

しかしイジドール・デュカスのパリの最初の宿の部屋にピアノがあっただとか、コーヒーをがぶ飲みしていたなどという話は、いったいどこから出てきたのであろうか？

また同じ一九二〇年のことであるが、当時はまだ一九歳だったアンドレ・マルロー（一九〇一―一九七六）は、『アクション』誌の第三号、四月号にやはり見てきたような話をもっとはっきりと書く。「マルドロールの歌のはじまり《ジュネーズ》」である。読んでみよう。


家族を憎み、いちはやくモンテビデオを離れたかったロートレアモンが、理工科大学《エコール・ポリテクニイク》にあがる準備のためという突拍子もない口実でパリにやってきたのは、二〇歳のときだった。彼はノートルダム・デ・ヴィクトワール街の、とあるホテルの一室の所有者だった。そこに書物の荷をほどいてきれいに並べると、木箱の中にわが身をしずめ、厳しい儀式にとりかかるため、木箱の蓋を閉じた。

彼はそれから、マルドロールの歌を書きはじめたのだ。（中略）

ロートレアモンはほとんど食べなかった。ピアノを弾いたあと、夜しか書かなかった。ホテルのボーイがぼやくほど、大量のコーヒーを飲んだ。この若者にコーヒーによる興奮は、ハシッシュ同様の効果を与え、書きはじめると昂ぶり、知性の狂熱に身を委ねた。物理的な影響、つまり寒さや空腹のためにコーヒーの働きが止まると、二度と読む気もしない定型詩を、彼は書きなぐった。そのことが最後の文で「人間どものなかに戻らねばならない刻《とき》がやってきた」と強調しているのが、「古き大洋」のストロフに強く感じられる。

最初の形（一八六八年版）の一の歌だけのマルドロールの歌のときには、悪の権化マルドロールが、善の精であるダゼットに救済されることを拒んで、そのダゼットを呪う歌がある。それはデュカスがモンテビデオを去る前にもっとも親しかった友人の、ジョルジュ・ダゼットのことである。彼のなかに、あるいは彼の友人たちに見られる感情は高次元に見事に置き換えられている。

彼は間違いなく『歌』の大半を異端として書いた。そこでマンフレッドにそうとう接近した。それから彼は彼の作品に独自のものを与えている方法論を手に入れた。彼はあらゆる抽象を、事物の名に、わけても動物の名に置き換えている。彼の詩とはまったく論理として関係のないモノたちに。

一八六八年版「一の歌だけの小冊子《ファシキュール》のこと」と一八七四年版「全六歌がある二度目の初版本」とを較べると、その方法論の使い方がわかる。ダゼット（善の精）の名はこのようにつぎつぎと置き換えられる。

絹のまなざしもつ蛸――

おおコウモリ、鼻のうえに馬蹄形のとさかをいただく君よ――

北海のアザラシの四枚のヒレ――

ガマよ！・・・巨大なガマ！・・・不運なガマ！――

沼と沢の王者よ――

カイセンを発生させるカイセン虫――

この最後の変更は、一の歌の最終ストロフの置き換えである。「君の反対意見にもかかわらず、君は吸血鬼の友をひとりもっているのだから。さらにダゼットを加えるなら、君には友達が二人もいるんだ！」

ここから一九歳のアンドレ・マルローは激して、かなり混乱していくのであるが、最後をこのように締めくくる。「だがしかし、かなり変てこな結果が出ているとき、ある一つのやり口の文学的価値は、どのようなものであろうか？」

ずいぶんながながと、一九歳のアンドレ・マルローが書いた「マルドロールの歌のはじまり」を紹介してしまったが、一九二〇年のものとしては出色のロートレアモン論であった。私がこれをはじめて読んだとき（そのとき私の読んだのは、一九二五年に出た『ル・ディスク・ヴェール（緑の円盤）』誌の特集号「ロートレアモン事件」に再録されたものだった。私がその特集号を佐藤朔先生から頂いたのは、私がまだ慶応の大学院へ行く前のことで、河盛先生の紹介状を持って、青柳瑞穂さんと佐藤先生とをはじめて訪ねた際のこと、私が東京教育大学の三年の夏のことだった。私は二〇歳だった）私はほんとうに感動した。その批評には熱が感じられたからである。そこにはかずかずの事実誤認、それらは当時のわずかな情報量では仕方がなかったと後で判明したが、そしてそれを書いたマルロー自身の混乱も見受けられたが、それでも、まだまだ孤独だった青年マルローがぐいぐいと『歌』に迫っていく姿から、私は鬼気迫るものを感じとっていた。

とくに、一八六八年版と一八七四年版を較べながら、ダゼットの置き換えを論じている箇所など、おそらくそれをやったのはマルローが世界最初だったに違いないと、私まで興奮した。そして先人たちへの抗議の反論には、私まで発熱するようだった。なにしろマルローのこの「はじまり」論によって、マルロー自身はパリ文壇に躍り出たのであろうと、私は考えていた。私にとっても、それはじつに意外な発見だったのである。結果としてアンドレ・マルローは伝説づくりに加担したほうに入るかもしれないが、彼の情熱は先人たち、とくにレオン・ブロワとグールモンの、彼には馬鹿げていると思われたロートレアモン伝説に、若々しく強烈な、正面からのぶちかましをくらわしたのである。

そしてアンドレ・ブルトンがこれこそ完璧なロートレアモン全著作集であるという自負のもとに、満を持して一九三八年にGLM社から一一人もの画家たちに挿絵を描かせた、豪華な『ロートレアモン伯爵大全集』を出したとき、その附録の一つとして、一の歌だけの『マルドロール』の小冊子《ファシキュール》と、それを修正した一八七四年版とを、きっちりと左右に並べて比較するものを載せたのは、ブルトンがマルローのこの「はじまり」を見ていたからに相違ない。GLM版では一八七四年版を一八六九年版と表示しているが、それは正しい。しかしそれは一八年後のことであり、附録の監修者の名も明示されておらず、ずさんと言えばずさんであり、じつにブルトンはぐずぐずしていたのである。それにブルトンはそのGLM版の序《アントロデュクション》文を、アンドレ・ジッドに頼んでいたのに、あまり遅れたためか、その約束を反故にして自分で序文を書いてしまった。これではブルトンが書くものまで信じられなくなってしまうではないか。

どうも二〇年近く年号を早送りしてしまったので、また一九二〇年代の前半まで戻らねばならないが、一九二一年三月号で『文学《リテラチユール》』誌は「投票《ヴオート》」なることをやり、その結果を同号の巻末（といっても二四頁だが）に載せている。それはこの雑誌の三年目、創刊通算一八号でのことである。いずれにせよ、のちのシュルレアリストたちは、なかなかお祭り好きだったのである。

その「投票《ヴオート》」というものは、文字通りの投票さわぎであった。投票者は言わずと知れたダダイスト、あるいはダダに好意を持つ一一人で、被選挙者は一八八名であり、各界の著名人である。雑誌が『文学』なので文化人が多かった。画家、音楽家も多かったが、一派に属する写真家マン・レイはもちろんのこと、マホメッドのような教祖、ニーチェのような思想家など、歴史上の人物も含まれていた。もちろんボードレールもランボーもいたが、ロートレアモン伯は、『ポエジイ』がこの雑誌の二号と三号に掲載されたばかりなので、その名は「デュカス」となっていた。

さて投票者はそれぞれ点数をプラス二〇からマイナス二五まで持っており、一点刻みのその点数を、被選挙者に投ずるのだが、自分で自分に投票することはできないというルールであった。そしてこの投票ごっこの説明の最後に、「われわれの目的は順位をつけることではない。振り落とすことにあるのだ」とし、投票者の持ち点のマイナスがプラスより五つ多いというのも、じつにダダっぽかった。

では『文学』のその号の最終頁、第二四頁を見てみよう。見出しは「優良得票者と最低得票者《レ・プルミエ・エ・レ・デルニエ》」となっていて、それぞれの二〇名がのっているが、ここではそれぞれ一〇位までを紹介しよう。

まず得点の多い順、

1　アンドレ・ブルトン　一六・八五

2　フィリップ・スーポー　一六・三〇
3　チャーリー・チャップリン（シャルロ）　一六・〇九
4　アルチュール・ランボー　一五・九五
5　ポール・エリュアール　一五・一〇
6　イジドール・デュカス　一四・二七
7　ルイ・アラゴン　一四・一〇
8　トリスタン・ツァラ　一三・三〇
9　アルフレッド・ジャリ　一三・〇九
10　ジャック・リゴー　一三・〇〇

ベスト二〇入りの主な人は、ジョルジュ・リブモン＝デセーニュ、ハンス・アルプ、ジャック・ヴァシェ、マルキ・ド・サド、ジョナサン・スウィフト、ラクロ、である。

ついでマイナス得点の多い一〇人

1　アンリ・ド・レニエ　(－)《マイナス》二二・九〇
2　アナトール・フランス　(－)一八・〇〇
2　マレシャル・フォック　(－)一八・〇〇
4　スチュアート・ミル　(－)一七・四五
5　ロマン・ロラン　(－)一七・三六
6　ポール・フォール　(－)一六・五四
7　ルイ・パスツール　(－)一六・二七

8　オーギュスト・ロダン　㈠一六・〇〇
9　無名の兵士《ソルダ・アンコニュ》　㈠一五・六三
10　ヴォルテール　㈠一五・二七

ワースト二〇入りを果たした主な人たちは、シャルル・モレアス、ミュッセ、ゾラ、フランシス・ジャムである。

投票用紙にはデュカスとなっていた、われらのイジドール・デュカスは、六位当選だったが、その得票内容をしらべてみよう。

ルイ・アラゴン一八点、アンドレ・ブルトン二〇点、ガブリエル・ビュッフェ一〇点、ドリュー・ラ・ロシェル一点、ポール・エリュアール一九点、T・フランケル一七点、バンジャマン・ペレ一七点、ジョルジュ・リブモン－デセーニュ一四点、ジャック・リゴー一八点、フィリップ・スーポー一八点、トリスタン・ツァラ五点で、平均一四・二七点、それが六位だったのである。最高得点を与えてくれたのはブルトン。アラゴン、リゴー、スーポーが一八点、やや意外だったのはエリュアールが一九点もくれたことである。

まあこうしてイジドール・デュカスはシャルロとランボーに負けて六位に甘んじたのである。まあ、そんなところであろうか。

こんなことでつい書き忘れてしまったのだが、フィリップ・スーポーが序文を書いて、無比書房が『ポエジイ』をほぼ完全な姿で出版したのとほぼ同時に、早くからダダやブルトン一派を離れていたブレーズ・サンドラールは、『文学』一派の居城である無比書房のライバル出版社である「人魚出版《エディシヨン・ド・ラ・シレーヌ》」で編集長をしていたが、さっそくそこから『マルドロールの歌』の新版を出した。その「まえがき《アントロデユクシヨン》」は「メルキュウル・ド・フランスのレミ・ド・グールモンに頼み、表紙もまるで『メルキュール』っぽかった」。

グールモンの序文は相も変わらずおだやかなロートレアモン狂人説だったが、さすがにライバルを意識してかイジドールの生年月日を正確に強調していた。それはテクスト本体のことになるが、人魚出版社版だと『マルドロールの歌』の各ストロフに番号をふったのはよいが、その全六歌の全ストロフにつけた通し番号によると、『歌』は全部で五九ストロフということになっていた。それは読めばすぐわかるが、四の歌の連続する二つのストロフの双方に「四二」ストロフとつけていたのである。「海に棲むようになった男」と「ファルメールの髪の毛」の双方のストロフに「四二」とつけてしまったのであった。これはそのようなそそっかしい単純ミスであるが、その二年後、一九二二年には、無比書房に張り合って、慌てて『ポエジイ』を人魚出版でも出したとき、表紙からも中表紙からも、サンドラールは『ポエジイ』というタイトルを削ってしまい、その豆本の題名を「未来の書へのまえがき《プレファス・ア・アン・リーヴル・フュチュール》」にしてしまったのである。それはイジドールの手紙を読めば、『ポエジイ』の実体は「未来の書へのまえがき」であったことがわかるのだが、このタイトルはいかにも、サンドラールの無比書房へのやんちゃで意図的な挑戦状であった。こうしてしばらく人魚出版社と無比書房のロートレアモン出版合戦は続くこととなった。

ここで一九二〇年から二五年にかけてのその他の状況をお知らせしよう。

まず『ポエジイ』に関してである。すでに一九一四年、外地派とも言えるヴァレリー・ラルボーは、「『ポエジイ』という、書かれたことも出版されたこともない詩集への序文は、父親に息子はやっているぞという姿を見せるために、イジドール・デュカスが書きなぐったパンフレットに過ぎない」(「イジドール・デュカスの『ポエジイ』」、『ラ・ファランジュ』誌の九二号)と鋭い指摘を加えていたが、一九二〇年には、イジドールの両親と同じようにピレネー高原地方生まれでやはり外地派と言われているジャン・ポーランは、さらに鋭く追及している。

ロートレアモンは『ポエジイ』で、箴言のわずかな語の置き換えで、彼の地獄のマシーンを作動させたのだ。

（「イジドール・デュカスの『ポエジイ』」、『NRF』誌、通算八七号、一九二〇年）

一人は手紙の読みとりから、一人は作品の読みとりからであるが、まともな評価が『ポエジイ』には下されるようになった。

しかし、文学史家であるアルベール・ティボーデの次の言葉に、のちの超現実主義たちは襲いかかった。

どう考えてみても、ロートレアモンには狂気錯乱の要素があるとしか思えない。

（A・ティボーデ、「ルイ・アラゴンへの返事」、『NRF』誌、一九二二年四月号）

こんどはルイ・アラゴンが、ティボーデの正面に立った。

けれども一方では地道な現地調査も始まった。ピレネー高原地方のフランソワ・アリコ、南米でのギョ・ムノス兄弟である。

そして一九二四年、ロンドンで『マルドロールの歌　全六歌』の英語訳が、カサノヴァ協会から出版された。翻訳者ジョン・ロドカー、序文レミ・ド・グールモン、挿し絵オディロン・ルドンで。マドリッドでもよく出来たスペイン語訳が出た。批評家もイギリスのハーバード・リイド、イタリアのギセッペ・ウンガレティーが加わった。

そしてアンドレ・ブルトンの《超現実主義宣言《マニフェスト・デュ・シュルレアリスム》》が華々しくスタートしたのが一九二二年のことである。

一九二五年、ブルトンお声がかりの出版社、無比書房から『マルドロールの歌』が、サンドラールの人魚出版社から遅れること五年、やっと出たのであるが、それが珍事をまきおこした。一九二〇年に人魚出版の犯したケアレスミス、四の歌の最後の二ストロフの双方を第四二ストロフとし、『歌』全体が五九ストロフになってしまうというミスをやったのだ！　すっかり同じミスを五年後にまた重ねるなんて、しかもライバルの出版社が！　彼らの出版合戦も、じつにイイ加減であったのが、これでもうわかってしまったことになるであろう。

しかしこの時期、じつに真面目な出版もあった。それはまたしてもパリではなく、ブリュッセルでのことであった。

ブリュッセルの文芸誌『緑の円盤《ル・ディスク・ヴェール》』が「ロートレアモン事件」というタイトルで特集号を出したのである。この特集号の編集者はフランツ・ヘレンとアンリ・ミショーだったが、そのタイトルに「事件《ル・カ》」とつけたあたりに、彼らはすでにものごとの本質を読み取っていたのである。この一九二五年までのロートレアモンに関わる諸現象は、なによりも「事件」と呼ぶにふさわしいものであった。

そして彼らの編集方針も、そのネーミングにぴったりした不偏不党のものであり、じつにその事件のかたより現象を、その不偏不党の編集方針で浮き彫りにして見せ、パリではなくブリュッセルでの作業の本道を、みごとに示してくれたのである。この特集号は二〇世紀になってうち建てられた、ロートレアモン探究の最初の金字塔であった。

まず前書き《プレファス》はアンドレ・ジッドである。そこからすこし読んでみよう。それは、

ブルトンとアラゴンとスーポーとが結成したグループ［超現実主義《シュルレアリスム》グループのこと］の最高の栄誉は、ロートレアモンの素晴らしい文学的、いや超文学的《ウルトラ・リテレール》な重要性を認めて、宣言したことである。マルドロールの歌の彼らが準備中の決定版［これは実際にはひどく遅れて一九三八年にＧＬＭ社から出たが、その序文はジッドではなく、ブルトンが自分で書いてしまうことになる。ブルトンはじつに失礼なやつである。ジッドがこれほどまでに言っていたのに］に序文を書けと頼まれるほど、私を喜ばせることはない。

とジッドは冒頭に書き、つぎのように序文をしめくくっている。

ロートレアモンの一九世紀への影響は皆無であった。しかしランボーとともに、いやおそらくランボー以上に、ロートレアモンは明日の文学の水門の支配者となるであろう。

いささか大袈裟なこと以外に、欠点の皆無な序文である。

そして本文が、ベルナール・ファイ(一八九三―?。文学史家であり、一八世紀のフランス史研究家でもあった)の「ロートレアモンと読者」で幕を開けるのだが、彼は何もはっきりしたことを語らないまま、つぎのようにしめくくってしまう。

ロートレアモンはその後継者たちを呼び出しもしなかったし、拒みもしなかった。すこしも返答しなかったし、イジドール・デュカスの『ポエジイ』を読んでも、そこには永続的な答えがぜんぜんなかったのである。「ぼくの企てている学問は、詩をはっきりさせるものだ。ぼくは詩を歌わない。その源泉を見つけようとしているのだ。あらゆる詩的思想をみちびく舵を通してなら、玉突きの先生方にでも、諸感情の主張するものの結果を見分けられるだろう。」〔『ポエジイII』〕

結局ファイは、ロートレアモンはしめくくれない人だと言っているのである。ジッドとえらい違いである。つぎはフィリップ・スーポーであり、また全然違う。「わが親愛なる友、デュカス」である。その始まりと終わりを見てみよう。

イジドール・デュカス。この何音節かで私には充分である。一時間ばかり私が私自身と和解するのには。（中略）私はそのとき病院のベッドに寝てしまった。私がはじめて『マルドロールの歌』を読んだときは。それは六月二八日だった。その日からそこでは、誰も私だと認めてくれなかった。私はもう私自身、心臓があるのさえわからなくなった。

これではもう心酔を通り越している。

つぎはジャン・イチエ（一八九九—？）である。彼の「ロートレアモンについての誠実さと無力」であるが、これは驚いたことにロートレアモンの否定である。「ロートレアモンの作品は、われわれにはなにももたらしてはくれなかった。詩人としても人間としても、これは価値がない」と決めつけている。編集者はこんなものまでちゃんと載せたのである。

つぎのレオン・ピエール‐カンの「ロートレアモンからわれわれの時代に」は、いっぷう変わった讃辞である。けれどもこの一文がきっかけとなり、彼に五年後の一九三〇年、名著『ロートレアモン伯爵と神』を書かせたのはほぼ間違いない。

そのつぎはジュール・シュペルヴィエル（一八八四年—一九六〇年。モンテビデオ生まれ。詩人）である。「ロートレアモンに捧げる　グワナミルのうた」と題されているその詩は、彼の一九二五年の『引力《グラヴィタシヨン》』という詩集にも加えられ、そのときの題はただ「ロートレアモンに」となっている。それを良き友であった堀口大學が訳しているので、ここではその堀口訳で紹介させていただく。

君が出てくるかと思って、僕は到るところの土を掘ってみた
後《うしろ》に君が隠れていないかと思って、僕は家でも林でも押しのけてみた。

君が来たら一緒に飲もうと思って、なみなみと注いだ二つのグラスを前に置いて
窓も戸口も開けはらって一晩じゅう君を待つことも僕には出来た。
それなのに君は来なかった
ロートレアモンよ。

僕の周囲では牝牛たちが、絶壁を前にして飢死していた
世にも草の多いこの牧原に頑固に背を向けて。
仔羊たちは草を食おうとせずに母の懐《ふところ》へ戻るのだが、おかげで親たちは死んで行った、
犬たちは見かえりがちに米大陸に別れを告げた
去る前に言いたい事があったらしかった。
あの大陸にひとり残されて
僕は邂逅《めぐりあい》の割合に容易な眠りの中《なか》に君を尋ねた。
街角に立って待っていると、やがて相手は向こうからやって来るものだ。
それなのに君は今度も来なかった
ロートレアモンよ
僕のとざした眼の中へ。

或る日僕は、フェルナンド・ノロニャ島附近の大西洋上で君と行き会った
君はその時、波の形をしていた、ただし只の波ではなく、より真実な、よりきまじめな波だった
君はウルグヮイへ向って昨日も今日も急いでいた。

他の波たちは君の不幸に悠々敬意を表して、わざと君から遠ざかった、
たった十二秒の生命《いのち》で、あとは死んでしまう彼らだが
君のためにはその短い生命《いのち》を捧げて惜まない彼らだった、
だが君は、同じく自分も消えると見せかけた
他の波たちが君も一しょに死んでくれたものと思って安心するように。
他の者が橋の下に宿るように君は住居として海を択ぶ男だった
それなのに僕は女と調理場の匂いのする船の上にいて
サン・グラスの後《うしろ》に目を隠していた。
タンゴにくすぐられて激怒しているマストへ音楽は昇って行った
君は一八七〇年以来死んでしまっていて精液も出なくなり
それでも平気だと人に思わせるため波にまで身をやつしているのだと思うと
僕は恥しかった、生きた人間の血の流れている自分の心臓が。

僕が死ぬその日、君が僕の所へやって来るのが見える
今度は君も人間の顔をしている。
君は悠々と跣足で天の小山を歩きまわるのだ、
ところが相当の高さまで昇りつめると、君は小山の一つを
僕の顔に向かって蹴とばすのだ。
それっきり君は行ってしまった
ロートレアモンよ。

（『シュペルヴィエル抄』小沢書店、一九九二年）

まるで恋人に捧げるような詩である。そのころブラジルにいた堀口さんに、当時の詩王ポール・フォールがシュペルヴィエルを紹介したのは一九二一年のことであるが、日本に帰った堀口さんにパリのシュペルヴィエルから、この『引力』と共に二冊の本が届いたのは、一九二七年のことである。その二冊の本とは無比書房版の『マルドロールの歌』（限定番号三〇五）とフィリップ・スーポー著の『ロートレアモン』自由手帖《カイエ・リーブル》社刊である。そして堀口大學は一九二九年『オルフェオン』誌を出すと、みずからはそのスーポーの『ロートレアモン』を翻訳し、弟子の青柳瑞穂に『マルドロールの歌』の翻訳を連載させた。いずれも途中で終わったが、青柳氏は五つのストロフの日本語訳を『オルフェオン』にのせた。そしてその二冊の原本は、青柳氏を経てやがて私のところに回ってきた。さらに一九五一年、青柳氏訳の一二ストロフに若い頃の駒井哲郎が五枚のオリジナル銅版画を入れた豪華な限定本が木馬社から出された。その『マルドロールの歌』の出版祝賀会で、堀口さんも列席された席上で、青柳さんは、これからはロートレアモンをこの一番若い前川君がやると宣言され、私は列席者の祝福を受けたのである。

つぎはジャン・カスウの「ロートレアモンの今日的側面」である。

すべての個性、すべての個々の人類から切り離された一冊の本、そして個の外側にあるどのような目的を追っているかは見えず、なによりも滅茶苦茶で誰よりも子供っぽいモラルを見せびらかすことしかしない、これは一冊の本である。わざとその文体に、いやむしろ聴覚に響きわたる熱狂的な時代の雄弁で装飾の多い、よくある作品の調子を持ち込むのである。ところがそれがめざましい文学的成功となる。その本来の虚無と同時に彼の生存の確認によって、この『マルドロールの歌』は文学的に成功している。言いかえれば、文学現象を構成するすべてのものが、そこにあるのである。語はたがいにからみ合い、章句は章句で、文全体は文全体で（中略）マルドロールは物語をすべて支配する。猿から天使へと進むわれら人類をのぼせあがらせるのが最終目的であるかのように。それは文学《リテラチユール》というよりも超文学《メタリテラチユール》のようである。

と、やはりカスウは、やや超現実主義よりで、少々過大評価をしている。

しかしその傾向は、ますます強まる。ジル・ロバンは言う。彼の「ロートレアモン伯は隠れ家に住まない。宮殿に住む」の結びはこうである。

叙事詩はやってきたが、誰もそのことを認めていないのだ。微笑む必要はない。マルドロールの歌は、われわれがこれまで持つことが出来なかった、まるで叙事詩のようだ。

ルネ・クルヴェルに至っては絶讃である。ほとんどフィリップ・スーポーの域に達している。

ロートレアモン、あなたのおかげでぼくはしあわせだった。ロートレアモン、あなたのあけぼのの指環が、ぼくらを守ってくれる。

またポール・デルメは言う。

今日の詩人は、虱の数よりも多くいるが、ロートレアモン、われわれは皆、あなたに感謝の長い祈りを捧げる。

そして精神分析医と思われるジャン・ヴァンション博士である。

彼は意図的に憂鬱症と神経症の国ぐにへ入った。そして秘密を探ろうとして、あらゆる異常に異常接近した。だが彼はそれでとうとう、誰よりも深くまで探険をおし進めて、それら症状の本体をつかみとったのだ。

この寄稿集「ロートレアモン事件」の最後は、外国人のもので飾られている。イタリアのギセッペ・ウンガレティ、イギリスのハーバード・リード、オランダのスロウホフ、スペインのラモン・ゴメス・ド・ラ・セルナの面々である。

とくに注目すべきは、ギセッペ・ウンガレティの「ロートレアモンの秘密」である。この詩人は西脇順三郎さんと仲良しであり、慶応大学に来られたこともある。

気狂いだって？　すこしも気狂いでないムッシュ精神分析医によれば、彼が気違いだというのは、とんでもないことだ。彼が狂人扱いされるだろうこを、彼は以前彼の作品のなかで予告しているのだ。

『ポエジイ』を書いたとき、彼はもう言葉にどんな信頼も置いていなかったと思える。彼の言説は重い秘密をあばく。

この詩人にはそれしかもう残っていなかった。なにはともあれ確信のフリをすることしか。

ウンガレティは一九二五年の四月に、この一文をローマで書いたのである。じつにするどい批評である。この『ディスク・ヴェール』誌の「ロートレアモン事件」のすぐれているのは、これまでに紹介した依頼原稿ばかりではない。そのあとに「オピニオン」（意見）という一二頁ばかりのアンケート集があり、これがまたすばらしい。とりたててどうこう言うほどのこともないものも確かにある。そしてジャン・コクトーやセリーヌ・アルノーからの返答のようにこの騒ぎに冷ややかなものもある。そしてなんと言ってもいちばん冷たいのはポール・ヴァレリーである。

私はそのころ一九歳でした。そして私は『イリュミナション』のうすっぺらな一冊を受け取ったばかりだったのです。

とヴァレリーは言い、「私が君にロートレアモンについてなにか言えって？　正直に言って私はロートレアモンをほとんど知らない」と言いながら、彼は『イリュミナション』のくだりを語るのである。そして言外に、なぜそんなに騒ぐのかね、とブルトンたちを皮肉るのである。

モーリス・メーテルランクは語る。「私がマルドロールの歌をブリュッセルで発見したのは、もう三五年も前のことだ。そのときそれは天才の作品の典型だった。（中略）いま私はその本を持っていないが、もうそれは読めない。すくなくとも故意の精神異常者のものであり、蒼白い梅毒スピロヘータの発酵のように、私には思える」

そして面白いのは、この特集号の編集者二人も「意見」を述べていることである。

まずはフランツ・ヘレン。

「ロートレアモン事件」で、われわれが確定したかったのは、イジドール・デュカスの作品がフランス詩に占める位置は、大きいのか小さいのか？　人びとはその重要性を誇張しているのではないか？　ということであった。（中略）私にとってロートレアモンは偉大な地位を占めている。まだ未完成であちこちに子供っぽさがあっても、それが書かれた時には、時代の一つの転回点を示していた。そのイメージのゆたかさは驚くべきものであった。デュカスは一つのスタイル、一本の道を示していた。彼は先駆者であった。彼の死から五〇年、彼の影響はランボーのそれとともに、明らかになった。アンドレ・ジッドがこの特集号の序文に書いてくれたように、デュカスが「明日の文学のための水門の支配者」として姿を現したのである。

もう一人の編集者アンリ・ミショーは、

ぼくにとっては、ロートレアモン事件はない。ロートレアモンとエルネスト・エロー以外の全部が事件である。物知りの、文学の、小説家の事件であり、限りなくさまざまな凡庸な人たちの事件であり、ロートレアモンが一つの事件になる者たちの事件であったのだ。（中略）制約も説明も要らないのなら、ぼくは二人の男が好きだ。ロートレアモンとエルネスト・エローだ。それに、ほんとうを言えばキリストだ。
ところで、この特集号の提案をしたのは？　もちろんぼくだ！　それでなにか？

と書いた。
あとは、「ロートレアモンについて書かれたエチュードの抜粋」で、レオン・ブロワ、レミ・ド・グールモン、ルネ・ラルー、アンドレ・ブルトン、フィリップ・スーポー、ジャン・ポーラン、ポール・デルメ、アンドレ・マルロー、アルバロ・ギヨ・ムノス、ローラン・ティアルドの著作を紹介し、最後が書誌で「ロートレアモン事件」は終わるのである。私はこれを佐藤朔さんから頂いた。佐藤さんの蔵書印のある限定番号五三八番だったが、たいした内容であった。この種のロートレアモン特集号は、その後もいろいろ出たが、なんと言ってもこれは出色である。特集号の金字塔であろう。これをやろうと提案したのが、若き日のアンリ・ミショーだったとは！ ミショーもなかなかだったのである。

一九二六年早々、ヴァレリー・ラルボーは、その前年にモンテビデオから出た、ギョ・ムノス兄弟（アルバロとジェルヴァジオ）の『ロートレアモンとラフォルグ』の好意的な書評を書いた（『NRF』誌一月号）。アンドレ・ブルトンとフィリップ・スーポーが、それぞれ「ロートレアモン」と「イジドール・デュカス、ロートレアモン伯」を、『超現実主義者革命《ラ・レヴォリュシヨン・シュルレアリスト》』三月号と『ヨーロッパ《ルヴュー・ユーロペーヌ》』誌五月号に書いた。彼らは彼らの革命なるものに、ロートレアモンを利用しようとするのか・・・。

そして海の向こうでは、ペドロ・レアンドロ・イプッチという人が、モンテビデオで『イジドール・デュカス（ロートレアモン伯）、ウルグワイの詩人《ポエタ・ウルグワイヨ》』を発表してくれた。これは明らかに、ギョ・ムノス兄弟に刺激されたものである。

そして一九二七年には、無比書房《オー・サン・パイレユ》から世界最初のロートレアモン伯（イジドール・デュカス）全著作集が出版される。エチュード、解説、ノートはフィリップ・スーポーであったが、この全著作集の付録はイジドールの出生証書、死亡証書、一八六八年の一の歌だけの最初のマルドロールの歌で、それは全六歌版の一の歌と異なっているところだけを書き出しているのだが、不充分なものであり、さらにもう一つ、「一八六九年の民衆集会でのデュカス」と題された付録が最後に、一九頁にわたって付いていた。付録には責任者の名はないが、エチュード、解説、ノートはフィリップ・スーポーと、表紙にも大きく記されているから、付録の責任者もスーポーであると考えられる。なおこの版の『マルドロールの歌』全六歌の全ストロフには、まったく番号が付されていない。六の歌の一八七四年版にあるローマ数字Ⅰ―Ⅷもない。全六〇ストロフの間にあるのは、すべて横線《テイレ》だけである。このようにこの一九二七年早々に、無比書房が出版したロートレアモンの『全著作集』には、ずさんな点があちこちに見受けられるが、その目次には「付録《アパンディース》」の四つめ、四二一頁からとなっている「一八六九年の民衆集会でのデュカス」と題された四四〇頁までの妙な文章があり、それに話を戻そう。

まずそこには前文（これはおそらくフィリップ・スーポーの筆によると考えられる）がある。斜体（イタリック）で印刷されているそこに、書かれていることを要約すると——

一八六八年、ナポレオン三世はフランス全土の人口の多い町での公開討論会開催を公式に認可した。彼は自由主義風な政策をとろうとしたのである。おそらく内務省は第二帝政下の文筆家であったヴィチュという人に、その大衆集会は信頼に値いしないものであることをナポレオン三世にわからせようとして、彼ヴィチュに仮綴じ本を作らせたのである。そして一八六九年に『パリでの民衆集会　一八六八—一八六九』が出来た。その本にはデュカスという重要な弁士がたびたび登場している（デュカスはメニルモンタン地区の議長を務めているようである）。デュカスはそこでジュール・バレスのような役割を果たしている。そして、「民衆のわれるような喝采と彼の演説を中断させる妨害者の様子から、デュカスは明らかに大の人気者であったことがわかる。言うなれば政府の安定にとってみれば、彼は危険人物になっていたのだ。この増大する民衆の人気は、彼の謎に包まれた死を説明できるのではなかろうか?」

そしておそらくスーポーである人物は、ヴィチュの言葉を借りて、この集会の性格を説明してから、集会そのものの発言録を、デュカスがらみのものだけに限って紹介してくれるのである。

そしてスーポーらしき人物は、この付録を了え、そのロートレアモン全著作集を了える。その速記録のようなものからうかがえるのは、なかなか弁舌さわやかな、急進的で闘争的な、パリ・コミューンを前にしたデュカスという名の若者の姿であった。

同一九二七年のことだが、その一一月二六日に印刷が完了した『ロートレアモン』（方向叢書の第七号として）

という九八頁の単行本を、フィリップ・スーポーは自由手帖《カイエ・リーヴル》社から出す。そしてその最後に（八五頁から九八頁まで）、また付録を二つ付けるのである。そのはじめのものは、一九二三年三月五日の『トゥールーズ至急便《ラ・デペッシュ・ド・トゥールーズ》』紙にのっていた郷土史家、フランソワ・アリコの「野次馬手帳」の記事を非難するものである。アリコはそのときメダル愛好者の名でその原稿を書いていたのだが、スーポーはタルブの帝立リセでのイジドール・デュカスの寄宿生であった年度を、一八六〇年からの三年間とアリコが特定していることの誤りを責めている。じっさいはそれより一年早かったのだと。しかしモンテビデオのギョ・ムノス兄弟がモンテビデオで大捜索をして、イジドール・デュカスの出生証書や教会の洗礼証明書まで探しあてて、それらをきっちりした形で『ロートレアモンとラフォルグ』に載せてくれたのは一九二五年のことであり、フランソワ・アリコが『トゥールーズ至急便』紙に書いたのが一九二三年のことだから、そしてスーポーが『ロートレアモン』を出したのが一九二七年もおしつまった頃なのだから、スーポーがアリコを年号違いでとやかく言うのはおかしい。アリコはずっとトゥールーズにいた郷土史家だったのだから。

ついでスーポーの『ロートレアモン』の付録その二である。一九二七年九月三〇日の『コメディア』紙に出たM・B氏署名の妙な記事である。それは、同一九二七年三月一五日に印刷が完了した無比書房《オー・サン・パレイユ》の、フィリップ・スーポーがそのすべてにかかわった『ロートレアモン全著作集』の付録その二として、ヴィチュというナポレオン三世おかかえの文筆家がまとめてデンツ社から出版された『パリでの民衆集会　一八六八―一八六九』という九六頁のパンフレットから「デュカス氏」関連部分を転載していたのであるが、その「デュカス氏」はイジドール・デュカスであろうかということが問題になり、その騒ぎに終止符を打つかのような『コメディア』紙のM・B氏の記事を、スーポーは今度は自分の書いた『ロートレアモン』（自由手帖社、一九二七年一一月）の付録その二としたのである。その記事の中心に据えられていたのは、イジドールと同姓のフェリックス・デュカスの甥だと名乗る男、ペルノレ氏の日付のない手紙であった。そしてペルノレ氏の手紙の中心に据えられていたのは、「昨日アルチュールの家で、ヴァレスが眠そうな目［細い眼の、ということか］をした痩せた大柄の若者を紹介してくれた」という話である。それから会話が始まるが、そのデュカスの口癖は、なにかにつけて「ケル・ファルス！」（なんて茶番な！）と言うことだったと芸がこまかい。そしてペルノレが自作の『アビシニア』という新詩集に、ヴィクトル・ユゴオにもらった手紙を序文のような形でのせるつもりだと自慢し、「ぼく［ペルノレ］は答えないまま、肩をすぼめて引きさがった。彼［イジドール］の頼りない態度がヴァレスには不思議だった。じつは彼はユゴオを軽蔑していたのに、そのことを言おうとしなかったのだ。悲しいことだった」

ペルノレの手紙はつぎのように締めくくられている。

人びとは彼［イジドール］の作品を読まずに語っている。今世紀はこのような男を理解するには狭すぎる。

そしてM・Bはこう締めくくる。

かなり奇妙な光景である。イジドール・デュカスはことさらに闘争的である。こうなれば、もう詩集『アビシニア』とヴィクトル・ユゴオの手紙とを待とうではないか。――M・B

このスーポーの『ロートレアモン』の付録その二は、その記事を書いたM・B氏の「かなり奇妙な光景」をはるかに超えている。じつに奇怪である。これは『ロートレアモン全著作集』でのスーポーの失敗の一つである付録その二の功をあせったあまりの大失敗を、なんとか形よく終結させようとするスーポーの自作自演の狂言なのか？　とすれば『コメディア』紙は適切な舞台だったかもしれないし、M・B氏はスーポーの匿名だったに違いない。そうでなければスーポーの仕組んだヤラセだったのか、どうもフンギリのつけられない人である。ああそれはぼくの大チョンボだったよ、ゴメンナサイとアッサリ言えなかったのが、フィリップ・スーポーなのであった。そんなことだと超現実主義から破門されるよ、と思っていたら、スーポーはほんとうにそのあとすぐ破門されてしまった。

いや、おかしかったのは付録だけではない。フィリップ・スーポー著『ロートレアモン』の八三頁しかない、しかも大きな活字の本文も、おかしなものであった。

「私はまず、ロートレアモンを愛することの出来る人たちのために語る」で始まる本文は、ⅠからⅫまで一二章あるが、第一二章はこのように終わる。

いまでは時がすべてを分解してしまい、ロートレアモンが死んでから、すでに六〇年が経過した。彼は、彼の生涯をしめくくるため、この言葉をくりかえすよう、腕をあげてわれわれに命ずる。

「もしぼくを信じたくないのなら、君たちが自分でそこへ見に行けばいい(*)」

(*) 筆者註　マルドロールの歌の六の歌の、いやマルドロールの歌の、これが最後の一文である。

なんということか！　呆れて声も出ないが、じっさいにスーポーの『ロートレアモン』はおどろくべき駄文であり、甘ったるいロートレアモン讃歌なのである。シュペルヴィエルがロートレアモンに捧げてくれたあの讃歌にもとうてい及ばない、甘ったるいということ以外になんの特色もない、驚くべき『ロートレアモン』であった。そのフィリップ・スーポーの甘さはロートレアモンへの甘さだけでなく、スーポー自身への甘さだったのでもある。それがこの二人のデュカス事件、いや実在の人物であったフェリックス・デュカスの存在を認めたくないという方向にスーポーを導き、おおきなスキャンダルへと彼を連れ出したのである。

そのスキャンダルをおそらく知らなかった日本の堀口大學（彼は一九二七年にはもう日本に帰っていたので）は、一九二九年『オルフェオン』という雑誌を創刊した。その二号から七号にかけて彼はこのスーポー著の『ロートレアモン』を一章ずつ翻訳してのせていたが、その連載を途中で中止している。私は生前の堀口さんにそのわけを訊ねたことはなかった。堀口さんの連載中止はよい判断だったと思っていたからである。

ここで日本の話になったので申し述べておくが、ロートレアモンが日本に侵入してきたのは、ちょうどこの一九二〇年代後半のことである。

一九二七年、西脇順三郎（一八九四―一九八二）は『三田文学』誌一月号に「詩の消滅」という一種の日本流超現実主義宣言ともいえる一文を発表したが、その冒頭のエピグラフとして、マルドロールの第一歌、最初のストロフの二文を日本語に訳して使用している。それをここに掲げてみよう。

詩の消滅

友人判事コントメン及
ちゑろいすとドブロンよりの通告

全世界の人が皆な次に続く頁を読むのはよくないことである。何等の危険なく此の不熟の青い果実を味わふことの出来る幾らかの人達はいゝ。結局は臆病の魂よ、未だ探検してゐないで並んでゐる陸へ余り遠く進まぬうちに踵をめぐらして退却せよ。

Isidore Ducasse

という工合である。通告者の人名、「友人判事コントメン及ちゑろいすとドブロン」は「ロートレアモン伯爵とイジドール・デュカス」の西脇流アナグラム（綴り替え）である。

そして西脇順三郎は同年一二月、日本最初の超現実誌『馥郁タル火夫ヨ！《ル・ポンピエ・フラグラン》』（このフランス語の裏の意味は、「香りたつ三文文士」である）を慶応義塾の学生有志を集めて発刊する。その時の編集長、佐藤朔はのちに慶応の塾長となり、メンバーの一人であった瀧口修造は、『馥郁タル火夫ヨ！』は一号だけでツブレたが、後に日本の超現実主義者たちのドンとなる。

一九二八年、大野信一（一九〇三―一九八〇）が雑誌『山繭《やままゆ》』の計四冊、一月、三月、五月、八月号にマルドロールの一の歌の第一一ストロフを除く全ストロフを、文語体の日本語に訳して連載した。

そして一九二九年、前出の堀口大學の主宰する『オルフェオン』はその三号から七号まで、大學の弟子だった青柳瑞穂（一八九九―一九七一）が日本語にしたマルドロールの歌の五ストロフを掲載した。これは五ストロフのまま一九三一年、青柳瑞穂訳『怪談　仏蘭西篇』に再録され、一九三三年には一ストロフを加えて六ストロフ（これは飛び飛びの六ストロフである）の『マルドロールの歌』青柳瑞穂訳として椎の木社から出版されて、日本でのロートレアモン紹介の基盤がようやく出来上がったのである。

ここでまた一九二七年のヨーロッパに戻らせてもらうが、この年ルイ・アラゴンとアンドレ・ブルトンとポール・エリュアールの三名は共著として『すべてに反対するロートレアモン』を超現実主義社出版《エディシヨン・シュルレアリスト》という聞き馴れないところから出す。ここで元は超現実主義者としてのロートレアモン専門家と、自他ともにみなされていたフィリップ・スーポーは、超現実主義からは追放されてしまう。

保守派の『メルキュール・ド・フランス』にフランシスコ・コントレラスは「ロートレアモン伯のオリジン」を書く。またポール・スウダは『時《ル・タン》』紙に「二人のデュカスがいた・・・」を書く。

一九二七年は、二年前にモンテビデオで質素に印刷されたギョ・ムノス兄弟の『ロートレアモンとラフォルグ』がフランスで話題を呼び、同じようにトゥールーズの郷土史家フランソワ・アリコのピレネー高原地方の探索も評判になって、地道な探究が脚光を浴びると同時に、二人のデュカス事件も起こったのである。

一九二八年はそのフランソワ・アリコの「イジドール・デュカスのほんとうの顔」（メルキュール・ド・フランス誌、一月号）で幕を明けた。

レオン・ピエール＝カンが「ロートレアモン伯爵」を『フランス・ルヴュ』誌に発表したのも同じ一月である。

アラゴン、ブルトン、エリュアールの新三人組はガリマール書店に拠り、『メルキュール・ド・フランス』はそれに対抗するという図式が一九二九年まで続き、とうとうあのモンパルナスのキャバレー「マルドロール」が開店する。これにはブルトンとルネ・シャールがなぐりこむ。ロベール・デスノスたちは逃げてしまう。もっとも「マルドロール」のダンス・キャバレーは一年も続かなかった。

一九三〇年早々、レオン・ピエール＝カンが『ロートレアモン伯と神』を、マルセイユの南方手帖《レ・カイエ・デュ・シュッド》社から出す。

レオン・ピエール＝カン（一八九五―一九五八）は小説も書いたが『マルセル・プルースト』（一九二六）、『アンドレ・ジッド』（一九三二）で評価の高い批評家であり、その著名な両批評のちょうど中間点でこの『ロートレアモン伯と神』を書いてくれた。これは古典的名著である。そしてピエール＝カンは、超現実主義者がロートレアモンを神として称えていたさなか、完全無党派中立の立場をつらぬいて、彼らがワースト・ナンバーワンとしたアンリ・ド・レニエをはじめ、ピエール・ロウエル、『コメディア』紙のチュルク、ルネ・ラルー、『NRF』誌のスピッツたちの高評価の書評を受けた。しかし出版社がマルセイユの南方手帖であったので、ながく版を重ねることはなかった。この本の巻頭には作者不詳の茫洋たるロートレアモンの空想自画像が載っている。

少し読んでみよう。献辞にはこうある。「ぼくらが一九二七年秋に一緒に読んだ『マルドロールの歌』の思い出をこめてロジェ・ジルベール＝ルコントに捧げる」。このルコントさんは誰なのかわからないが・・・。

まず序論である。

ぼくは二〇歳でマルドロールをさっと読んだが、それに深い喜びを見出したのはやっと最近のことだ。（中略）高みから見て位置づけるまえに、寄り添って共感すべきだ。この詩人の作品は明らかに書かれてから年月が経っているが、ながく埋もれていて、ついさきごろ再版されたのでごく最近出て来たのだ。ぼくの賞讃が盲目的だから、若い頃夢中になっていたのがまだ続いているのだと思わないでほしい。そうではなく、この序論に続く批評を読んで、読者は自分の結論を、自分自身で出してほしいのだ。つまりロートレアモンの作品を、別の世界の人であるアルチュール・ランボーのものと較べてみようとか、われわれに道を示した一九世紀の天才たちと比べてみようとか、考えないでくれとぼくは言っているのだ。『マルドロールの歌』と詩集への序文を、文学のなかのユニークな二冊の本と考えてほしいのだ。それらは反抗のロマンティスムと言語妄想との至高の炸裂であり、それがやっと半世紀後に、おくれていまやって来たのだと考えてほしいのだ。

これで序論が終わり、第一部「詩人と彼の歌」の第一章、「その生涯の謎と作品の運命」が始まる。のっけからピエール-カンは、「ブルトン、アラゴン、エリュアールが『すべてに反対するロートレアモン』と題された宣言《マニフェスト》のなかで、『すべての探究は徒労に終わっている。著者の肖像は一つとして本物をモデルにしていないから、いくら出てきても、どれもこれも似たり寄ったりだ…』とはっきり言っている」、そして、「このようにして、ロートレアモンという人物についていくつかの点を新たにはっきりさせようとしたフィリップ・スーポー氏も歴史に復讐されてしまった」と断言し、あの事件について書き、三人目のデュカスを持ち出そうとしたとポール・スーデー氏も断罪する。また、「何人かの現代の画家たちは資料の空白を自分の空想で埋めようとした」と書き、フェリックス・ヴァロトンの空想肖像画を槍玉にあげたが、ヴァロトンは出版予定者だったラクロワの言に従って、グールモンの『仮面の書』を飾ったのである。さらにピエール-カンはラモン・ゴメス・ド・ラ・セルナが、文章でありもしない伝説をでっちあげたと怒ったり、レオン・ブロワやグールモンを非難したりもするが、その時までに真面目な読者や断片的であってもまともな批評がなかったわけではないし、そうこうしているうちに、五か国語へのテクストの翻訳も出来て、ある形のロートレアモン時代がやってきたと書く。そして、

若い現代詩は、好意と恐怖とを同時に持ちながら、ロートレアモンを振り向く。アンドレ・ブルトンとそのグループ、そして今日の多くの若者たちにとって、ロートレアモンは文学のなかに位置しているのではない。その啓示が彼らの人生をひっくりかえしたので、ロートレアモンはある種神聖な人格となり、文学の外に位置してしまった。それがこの著作の、嘘のような歴史的運命である。そして半世紀もあとになって、反抗の偉大な現代書として出現したのだ。このとんでもない作品は、いったいどんなものであろうか？

これで第一部の第一章が終わる。なかなか力強い。しかしピエール-カンのものは、なんと言っても抜群に広い視野を持っている。その目くばりの広がりとバランスの良さは、カンの完全中立からやって来ている。多少の間違いはカンにもある。しかしそれは、これが書かれたのが一九二〇年代の終盤であることを思えば、やむをえない誤りであり、他の人の誤りへの眼は鋭い。たいしたものである。

第二章は「叙事詩　その主題《ソン・シュジェ》」である。

マルドロールは神に対抗する。彼はみずからの創造主と戦う。それはすべての叙事詩伝説につながるテー

マである。それは古代からキリスト教を通しての今日までの偉大な詩篇のあちこちに見出すことのできるテーマでもある。それは惨めな人類に味方してゼウスに挑戦するプロメテである。それは主が秩序だてた宇宙を崩し、無の空間に沈めようとする、反逆の熾天使ルシファーである。エロヒム（エホバ）に従うことなく叡智をしぼって延命をはかった最初の男、失楽園のアダムである。全能者をののしるヨブである。エホバの専制的命令に従わず、おそれいりましたと言う代わりに、怒り狂って岩をたたくモーゼである。（中略）だが『マルドロールの歌』でこの生の拒否、また別の自由の追求は、われわれの常識からはかけ離れた、とんでもないところまでこの詩人を運び去る。彼はずっと狂人だったとか、なお狂人とみなされるところまで。

天地に君臨する神と競うには、ふつうの人類の上に位置することの可能な存在が必要になる。古代人たちはそれを巨人や精霊や英雄に求めた。ヘブライ人は民衆の指導者、長老や予言者にそれを求めた。キリスト教徒は魔王サタンに求めた。マルドロールはそれらのさまざまな性格を持っていても、人間のままである。いやむしろ超人なのである。

と第二章は始まる。いや一つも見逃すまいとするピエール－カンの意志がよく伝わってくる。こうして彼は伝説崩しにとりかかる。

この閃光を放つ「マルドロールの」肖像は、著者がもし理性を与えて完成させてやらなかったら、理論構造のままだったろう。まったく人間感情のないマルドロールが、人間であるのは、人間の理性だけなのだ。彼は人間から理性という能力だけを手に入れたのだ。彼はそれを極限まで高め、悪に適用する。理性は人間を他の生物と違う存在にしているのだが、その理性のシンボルであるマルドロールは驚くべき残虐の優秀さのレリーフとなる。その本の全体が、明晰さの組織的探究を表現し、体現する。どの頁からも科学、とくに博物誌に、ロートレアモンの持っている高い関心が見てとれる（後略）。

『テルケル』の人たちよ、ピエール＝カンは君たちより三〇年も早かったが、必要以上の深読みをせぬよう、いつも心掛けていたのである。

人間の姿をして最高の知性をもちながら情け知らずのこの英雄的天才は、「昔サタンを苦しめていたような、はかり知れない傲慢」に苦しみ、マルドロールは「神と肩を並べようとする」。だが、なんて神だ！ユダヤ人やキリスト教徒の神のように人間の姿の神は、怪物のようなイメージでつくられ、あらゆる醜悪さとあらゆる堕落にまみれている。ロートレアモンはそんな神を、愚弄し、罵倒し、憐れみ、その若気の過ちや知らず知らずの過ちまで、とうとう勘弁してやるのだ。彼はいつも冷静で一貫した正しい調子を、皮肉《イロニイ》やユーモアでも保つ。このように自分が恐るべき存在であることを、明らかに証明する。慎重な目くばりのもとに、筆は大胆になってくる。そして第二章は、次の文で終わる。

ロートレアモンはその反逆の烈しさを絶頂まで押し進める。それこそが、若者たちが真似できないと思っているマルドロールの歌を、いまだに汲みつくせない理由なのである。

すばらしい。巧妙である。それなのに無理はしない。いや少しは無理を承知でする。第三章は「悪の問題」である。

アインシュタインと同じように、ロートレアモンはこの宇宙が表しているものは、すみずみまで行きわたっている一つの相対性にすぎないことを発見する。ああ！　明晰さと知識を求めたマルドロールはどんなに誇りを傷つけられて苦しむことか！　この点で彼は無理やり従わせられる。神が彼をそうさせたのだ！　おそらく神は人間の無知によってのみ存在しているのだ。

こうしてカンはロートレアモンに、ぴたりと寄り添う。

マルドロールは悪の天才であって、口ではどんなことを言っていても、人間への憐れみにどれほど身をふるわせていることか！　人でなしの無関心な残忍さを描こうとしながら、彼は逆にわれわれのなかにある優しさと同情の弦をかき鳴らす。乗合馬車の二階席に「死んだ魚のそれのように、まったく動かぬ眼をした人たちが座っている。彼らはぎっしりすしづめで、死んでいるかのようだ。しかし、定員数を超えてはいない」。この者たちは何者なのか？　著者はそれをわれわれには言わないのである。

また、もう一度言うが、マルドロールは集団の犠牲になる例外的存在に、どこまでも憐憫を示す。

そして、

このふたなり《エルマフロディト》に捧げられた歌は、作者のいつもの激しさとは対照的に、哀調をおびる。それはわれわれを痛ましい瞑想に連れ込む。私は、個人と社会との関係はなんと調和しにくいか、というあの古い問題に思いを馳せる。

人間はなんと奇妙な生物だろう！　造物主が人の一生を元々苦しむように造っていないのなら、人間はどうして互いに苦しめ合うことしか考えないのであろう。人間はあらゆる制度をうやうやしい刑罰にしてしまった。家庭も、学校《リセ》も、裁判も、宗教も。

そういうわけで動物たち、なかでも最もイヤラシイ動物たちのほうが、われわれよりもすぐれているように、この詩人には見えたのだ。このわれわれ人間に与えられているすばらしい知性を、われわれ人間は悪にしか、残忍な武器としてしか使わない。（以下略）

もう少しで「悪の問題」が終わるのであるが、このあたりからピエール－カンの分析には、ほころびが見えはじめてくる。つまり寄り添いすぎたのであろう。しかし全体への目くばりは依然よい。けれども個々の事例を追いすぎるようになってきた。仕方ないか・・・。

これで第一部は終わり、第二部は「大きなテーマとその影響」である。そしてその第一章は「サディスムと愛」なのである。

残念なことだがピエール－カンは、この章あたりから、やや身が引けてしまう。それは『マルドロールの歌』のなかほどから、ロートレアモンがどういうわけか神との直接対決を避け、対決しても勝負が最終段階に至る前に身を引いてしまうようになることと似ている。この章のテーマは「サディスムと愛」であるのに。ちょっと妙である。

マルドロールが神との戦いを進めながら、まず破壊しようとするのは良心の声である。「それは［良心の声は］悪を防ぐには無力なくせに、とくに夜の間は、狐のように人間どもを駆り立てて止まない」のだ。

じつのところ、われわれに良心をさし向ける神を、マルドロールが打ち負かすには至らないが、良心の声を弱める武器を人間に教える。それが反抗という新しい方向である。拒絶と不服従の味を教えてくれ、人間の抗議にこれまでなかったような活力を与えてくれる。とりわけ子供たちにモラルの命令に背くことを教えてくれる。悪の教師でもある彼は八歳の子供でも口説く。

とは言っても、このマルドロールの説く反抗は、彼のおそるべきプログラムの一部分にすぎない。彼は良心の声を絶滅するため、不服従をすべてに広げることをそそのかす。彼は文明そのものを破壊しようとする。その生み出したすべてのものがその根っこまで、われわれの苦しみの元である道徳観念に毒されているからだ。その結果として、腐った人間性《ユマニテ》なんぞに、なんの望みもかけていない。完璧なアナキストであるマルドロールは、「超自然の闘い」で神を攻撃してからあとで、社会全体を攻撃するのだ。

マルドロールのこれらの熱に浮かされた手柄のかずかずは、一つの動機に支配されている。それがサディスム好みである。悪の天才であり、悪に憑かれて神秘的な愛まで達した彼が、サディスム以上に欲望を満足させてくれるものを見つけられなかったのは当然のことだ。

ここで彼ピエール－カンの言っている「神秘的な愛」とは、ロートレアモンの言う「飢えた愛《アムール・アフアメ》」である。

しかし、その御本尊の語っている「飢えた愛」という言葉を、ピエール＝カンは絶対に使わないのである。どうしても避けるのである。なぜか？　自分もそうだからか。そう言えば、ピエール・カンの三名著は『マルセル・プルースト』と、この著作と、そして『アンドレ・ジッド』である。同性愛御三家なのである。それを無理に伏せているとこうなる、というのがこの章の弱味なのであろうか・・・。ともあれ、少々混乱の見られるこの章の前半は、つぎの言葉で終わる。

彼は失った元々の善良さを信じているだけではない。彼自身が善良なのだ。

まさに悪の天才はどこへ行くのか、である。この結びの言葉にも少々無理が感じられる。そして後半はこのように始まる。

マルドロールは人間を愛している。この断言が最初は本当らしく見えないとしても、ぼくがこれほどまでに人間の連帯感情を感じる本は珍しい。

そしてピエール・カンはさらに言う。

彼の感受性はまた本当の愛の形をとる。彼は黄金時代の思い出に護られているめいめいの子供たちに天使を見るのは、少年たちに人間の純粋さのもっとも美しい現れを見るからだ。［中略。あまりにあからさまなので］つまらない現実から脱《のが》れようとして、詩人はロマンティスムの渦のなかを、愛する者たちといっしょに飛ぶ。マリオとマルドロール、「この不思議な兄弟」は、「まるで人間の目から脱れるように」浜辺に馬を走らせる。

（中略）詩人の声は、静まり返った夜、浜辺に死にくる波の限りなく甘い抑揚を帯びてくる。マリオはマルドロールに声をかける。寒いからぼくのマントを借そう。ぼくはもういらないから。ぼく［マルドロール］は彼に応える。つまらないことを言うなよ。ぼくの代わりにだれかが苦しむなんて、ぼくはいやだよ。とくに君がそうなるなんて・・・

しかし永遠の青年への愛は、さらに激化するサディスムから、微妙に揺れる感情のやさしさへとマルドロールを連れ戻す。彼が自分のもっとも感じやすい心の襞をみつけるからだ。

じつのところ、彼のためらいはながくは続かない。（中略）これらの見事な青年たちに、マルドロールはふたたびサディスムの怒りをまた投げつけるだろう。マーヴィン・・・

これが第六歌のことである。そしてこの章も、つぎの一文で終わりを告げる。

おなじように人間の社会でも、もっとも私欲のないエリートたちが、人びとの、運命の犠牲になる。だからこの詩は強情を張る。「ぼくのポエジイは人間というこの褐色のけものを、そしてこんな毒虫を生むべきではなかった造物主をあらゆる手段で攻撃するだけのために存在する」のだと。

この章の終わり方は唐突である。この原本の引用は二の歌の一八ストロフであり、六の歌まで進めたピエール－カンなのに、ここまで遡行したのも不自然である。この章はもっと書きたかったのに、無理に打ち切ってしまった感触が残ってしまうのである。

さて第二部の第二章は、「反抗とその放棄」である。それはこのように始まる。

ぼくはここで、この詩の中心に到達した。頂点に達するとマルドロールの歌は、憎悪と怒りの雪崩となってしまう。ぼくは極端で残酷な冷たい雰囲気から、出られなくなってしまう。近代文学史のなかで、この作品は崇高な反逆の熱狂的表現に見えてくる。

ややあって三つの星印《トロワ・ザステリツク》のあと、

絶対的反抗をする反逆者は、さまざまな掟を破壊しようとする。だが彼が掟を断罪するのは、それらを彼が裁くからだ。彼があるべき掟とあってはならない掟との観念を彼のなかに持っているので、彼はまた別の掟を持っているのだ。マルドロールは彼が転覆させようとしているキリスト教社会のモラルそのものを、信じていないわけではない。ああ！　神はあらゆる人間に、良心というおそろしいものを住み込ませていたのではなかったか？　善悪の概念を与えられているのに、どうして反抗者はあらゆるモラルを抜き去ればよいのか？　怒り狂う偉大な予言者もあらゆる行動規範の外で生きているわけではない。モーゼは怒りのあまり、自分で作りあげた律法を大地にたたきつけたが、つぎのものを探しに、またシナイの山に登って行く……。

絶対的反抗をする反逆者は文明を破壊しようとする。彼がよりよい世界を望んでいるからだ。《永久革命》は夢のように彼を誘う。だがそれは現実に触れれば、たちまち消えてしまう。永遠の反抗を望む反逆者にとって、それは永遠の愛を誓った恋人であるが、彼の情熱はそれが満たされた瞬間に死ぬ。この新たなるドンファンは、一つの革命が欲望を満たすやいなや、また別の革命に身を焦がす。いま彼はソヴィエトを棄て、トロツキーと共闘する。一九一七年、トロツキーがまた始めたからだ。明日トロツキーも権力をふるえば、彼はトロツキー反対を叫ぶだろう。恋人が所有することに喜びを見出すように、彼は破壊に喜びを見つける。それが彼の快感の形なのだ。だがすべてが彼を置き去りにする。彼は昨日の同盟者を否定するので、やがて彼も拒否されるだろう。彼が理想を実現したいとするから、彼は無力になってしまうのだ。超現実主義者《シュルレアリスト》たちはそれをよくわかっているので、完全なニヒリスムを捨て、コミュニストになったのだ。超現実主義者たちはただ一つの任務に全力でぶつかり、その深い底に失ったと思っていた無限というものを再発見したのだ。そこで彼らはマルクス主義とその積極的なイデオロギーをすっぽり受け容れた。あらゆる情熱はきっちりした対象を必要とし、具体的な方法で自己を表現する。

これらがこの章の前段の、まだ一般論であるということはわかる。しかしこの第二章の反抗の前段階で、どうしてロシアの革命のことだの、トロツキーのことや超現実主義者のことが、飛び出してこなければならないのであろうか？

それには、こういう背景があったのである。ダダの機関誌『文学《リテラチユール》』は一九一九年の三月に始まり、一九二四年の六月まで続いたが、ブルトンたちはその年に《シュルレアリスム宣言》を出すと、出ていってしまった。ブルトンたちは同年一二月一日に自分たちだけの機関誌『超現実主義者革命《ラ・レヴオリユシヨン・シユルレアリスト》』を発刊したのである。一九二九年の一二月まで五年間に計一二号を出した完全なシュルレアリスムの機関誌であった。一九二七年、ブルトン、アラゴン、エリュアール、ペレ、ピエール・ユニックのいわゆる五人組はフランス共産党に入党し、超現実主義者たちは変化した。しかしそれはフランスというローカルな地域での話であり、ソヴィエト共産党本部は最後まで認めなかったのである。そして一九二九年、彼らは第二次超現実宣言を出し、一部のメンバーが入れ替わったが、そのときブルトンたちはフランス共産党とは一線を画することを決定し、機関誌の名を一九三〇年夏から『革命に奉仕する超現実主義《オウ・セルヴィス・ド・ラ・レヴオリユシヨン・ル・シユルレアリスム》』に変えたのである。そしてほとんどの超現実主義者たちは、ロートレアモンを神とあがめ、フロイトを信じ、トロツキストだったのである。このシリーズは一九三三年五月まで計六号が出された。

そしてその一九三〇年の終わるころ、超現実主義の旗の下に集まっていた超現実主義者たちは大変な勢いだったのである。日本からも瀧口修造、山中散生《ちるう》たちが参加し、画家たちにも超現実主義をめざす人たちが出て来はじめた。

だからピエール゠カンの『ロートレアモン伯と神』の第二部第二章は、そのような状況を受けて書かれているのである。それにしてもこのピエール゠カンの発言は、超現実主義者の動きを是としているのか、それとも揶揄しているのであろうか？　私はその双方の入り混じったものと判断している。両次大戦間、事態は動いていたのである。ちなみにこの一九三〇年は、筆者の祖父の会社がつぶれた年であり、私の生まれた年でもあった。

この《永久革命》という絶対に到達されない目標、不可能で矛盾に満ちた目標は、人間の心のなかに理想のようなものを、多少なりとも創り出す。禁欲主義とか宗教上の宿命主義のようなものは、例えばエネルギーやたっぷりした暴力のような状態を創り出すのか？　それともそれは、永遠の彼岸にある拒絶なのか？

マルドロールの諸犯罪は（それらがユーモアによって説明されないのであれば）、そこにまでは到達しなかっただろう。それらは彼を完璧な無力にまで連れていく。

この転覆計画にのめり込むまえに、青年は立ち止まり、つかみ直す。彼が革命の専門家になるためのいくつかの例外を除いては、彼はみずからの闘いを公開しないことを決める。彼はこの決心をあふれる光のなかで、全意識で固める。
《絶対的反抗者》は彼の生命を静かに延ばすことを受け容れるから、また人間たちと交わり、侮蔑することなく彼らに話しかけ、彼らを脅迫することなく取り引きするのだから、挑戦的不服従という彼の理想を否定することになる。年をとるという単純な事実が、彼を裏切り者にする。彼のアナキスト思想と彼の行動とが、彼のまわりのそれらと情けなく同じになってしまう不一致へと彼を追いやるのだ。

そこで彼はほんとうのコメディアンになる。しかし彼は、みずからが書いた、英雄のウソ芝居のなかで役を演じる。その《永久革命》は瞬間ごとに前言をひるがえす。（中略）彼は若かったころの《絶対的反抗者》を乗り超える。否定するのではなく、通り過ぎてしまうのだ。

このようにして青春からの解放と、とり乱した無差別の、あらゆる偏見と地上の制度に対する盲目的反抗のあとに、成熟からの解放と社会の偽善とのすべてを受け容れてもみずからは汚れなく残ろうとする、魂の内部の闘いがあって、ついに——人間の増大する渇望への新しい展望がひらける——それこそ精神の気高い革命なのだ。

そして三つの星印《トロワ・ザステリツク》のあと、この第二章、「反抗とその放棄」は、大団円になだれこむ。

笑いは、マルドロールの諸犯罪のあいだにも激しく響きわたり、まるで皮肉な復讐を叫んでいるかのようだ。笑いは著者の無力の現れであり、『マルドロールの歌』の限界、いや、あらゆる芸術の限界点を示しているかのようだ。だがそれ、この笑いこそは、印刷された活字を飛び越し、そのうしろに、雷鳴とどろく、未知の処女空間を残してくれる(後略)。

結局、この幻想的な皆殺し物語のまんなかに炸裂する笑い、そして瞑想する主人公を駆り立てる嘲弄が、それらの歌にうしろから意味を与える神聖なコミックなのだ。詩人が思考の通り道の角かどに置いたのが、この地獄のマシーン、このユーモアだった。(中略)一閃する光のなかに、もうなにもなかった。しかしすべては元のままだ。だが別の閃きがあっても、そのままだ。笑え、笑うんだ、これは道化芝居にすぎない!

これはすごい。ピエール‐カンは笑いがロートレアモンの反抗なんだと説く。この分析と説得力はすごい。どうしてピエール‐カンはこの著作のタイトルを『ロートレアモン伯と笑い』にしなかったのか? 西脇順三郎さんも、ロートレアモンを解く鍵は、彼の笑いにあると断言してはいたが、この章までは突っ込んでいなかった。ぼくにこのピエール‐カンの著作を下さったのは青柳さんだが、その本の元の持ち主は辻野久憲さんであった。辻野さんのサインがあったのである。そして辻野さんの鉛筆の書き込みの一番多かったのが、この章であった。訳そうとしておられたのかな? 私がいちばん降参したのもこの章であった。

つぎは第三章「霊感と不可思議」である。ピエール‐カンはまずこのようにこの章を始める。

ロートレアモン、霊感の歌い手。

幸運にめぐまれた夜、山頂で、神から霊感を受けたかのように、彼は書く。彼のまわりにあるのは、雷鳴と稲妻だけだ。彼のストロフは一気に終わりまで行ってしまうので、嵐の闇の空気が感じられる。それらのストロフは、ほとんどそれ自体が超人的な呪いであるかのように進行し、作者の手はおののきにふるえる。

それなのに盲人のように、詩人は書く、そして書く・・・。彼は《ひと息で》書きあげる。雷撃にしびれた彼のペンは、ほとんど機械的に書きとめる。心臓は圧迫され、残酷に引き裂かれながら。まったくこのように、この本は一気に、休みなく書き上げられたようだ。

その霊感の結果にこそ、びっくりたまげた超現実主義者たちがロートレアモンにあこがれたのだ。つまりこの章は、超現実主義者たちの《自動筆記《オートマティスム》》を賞讃するためにつくられたのかと思えるほどだが、そしてそのような御都合主義がピエール－カンの弱いところで困るなあと思っていると、そうでもないようである。ああよかったとほっとするのは、この章の前半が終わるころの、このような発言である。

だからぼくは、この霊感の問題について、ひたすらに示そうとしてきたのは、『マルドロールの歌』はやっと出発点についたばかりだということなのだ。それが開花して完成に達するのは、ランボーの『イリュミナション』においてである。

そしてそうかなあとまごまごしていると、カンはこのように前半を終了する。

だがしかしロートレアモンの精神はみごとに解放されており、想像力をずっと空想につなげておくほどだ。彼の本のなかに入ると、人びとは未知の神話世界に眩惑されてそこに入り込んでしまうのだ。この観点から見れば、霊感が彼を、現代的な不可思議を歌う最初の詩人たちの一人にしてしまうのだ。

多少強引で、揺れ動くこともあるが、霊感はこうだと、ピエール－カンは言い切ってしまう。

後半は不可思議な諸現象のあらわれを、主としてピエール－カンは、夢現象の定着で割り切っていく。『マルドロールの歌』では、夢にあらわれる奇妙な登場人物やものたちのすべてを見ることが出来る。あっという間の変身、舞台のいつのまにかの転換、人間の身体が音もなく空中を飛ぶ、虚空にどこまでも落ちる、目がくらむ、胸を圧迫されたりする。神人万物同性論《アントロポモルフイスム・ジエネラル》なのだ。物事は人格を持ち、眠っている者にしかわからない言語を語る。

これはフロイトの精神分析ではない。もっと古典的な心理哲学である。そしてピエール－カンはまた第六歌にたどりつき、論じる。

乱雑な幻想物語は、すこしずつ新聞連載小説《ロマン・フウイユトン》の幻想物語へと進化する。

新聞連載小説は、ロートレアモンが書いていたころにはまだ「再評価」されたことはなかった。いまでは多くの現代作家たちがこの大衆的なジャンルにのぼせている。（中略）ロートレアモンは批評をおそれることなく、おそらくはじめて、その凶暴性にひそむある種の力と冒険への真面目な忠誠との不思議な出来事を素直に味わったのだ。それは他のものではでくわせないものだった。（中略）このようにして、自然主義《ナチユラリスム》に対する大きな反作用に身を寄せたのだ。だがロートレアモンは象徴派の詩人から一気に離れ、明確な観念への軽蔑を宣言し、正確な事実を嘲笑し、ものすごい勢いで一人だけ、勝ち誇る夢の領域に身を投じたのだ。

じつに冷徹な、すごい批評である。マルドロールの第六歌の新聞連載小説への接近の原因に、これほど率直にロートレアモンの好みを示すとは！　たいしたものである。しかしピエール－カンの批評はそうとうアップ・ダウンが激しい。まるで『マルドロールの歌』そっくりである。
つぎの第四章は「ユーモア」と題されている。

ロートレアモンのユーモアは、わかりきっていることにある種の分析を加えることにある。「［奇々怪々な葬列が］墓地の入口までくると、いきなりとまる。その目的はそれより先には行かないことだ」［第五歌の第六ストロフ］。作者は好んで科学記述調を採用しているが、それがユーモアの性格を帯びる。「ハエを殺すには、もっとも良い方法ではないかもしれないが、いちばん速い方法がある。それは、片手の親指と人差し指とのあいだで、ハエをおしつぶす方法だ」［第四歌の第二ストロフ］。しかしもっとも多いのは、ユーモアが文章全体の調子や思いがけない偶発事から飛び出してくることだ。そのようなこと全体が、このユーモア詩人の文体なのだ。

ほとんどの場合、文章は一つの比喩で出来ているが、喩える言葉は喩えられる対象から可能なかぎり遠く離れている。「アルコール中毒患者の手のふるえのように美しい」という風に。それは驚きの効果をあげるのだ。

だがやがて詩人は、ただ一つの対象に幾通りもの比喩をみつける。「彼は肉食鳥の爪の緊縮性のように美しい、いやむしろくびのうしろのやわらかい部分の傷のなかの筋肉の、おぼろな動きのように美しい、いやむしろ、あのネズミ捕り器のように…そしてなによりも、ミシンとコウモリ傘との、解剖台の上での偶然の出会いのように、彼は美しい」というように。詩人は少しずつ比喩を理解していった。彼の比喩は、比較される対象を裸にし、ひっくり返し、溺れさせた。文学的効果を追求しながら、だれよりもわざと、喜劇的効果、文学の実体そのもののパロディである、恐ろしい喜劇にまで到達した。ミシンとコウモリ傘のイメージはピカソやキリコの素晴らしい絵を思わせるが、作者はあらゆる形容とイメージの気まぐれな不条理によってそれを証明しているのだ。

しかし彼は読み返してみて、それらのものごとが、抒情的な風刺全体に、皮肉をさらにつけ加えたことに気づいたのだ。彼は文学のあらゆるジャンルをパロディにした。新聞連載小説もそこに含まれていた。そうしない理由がなかったからだ。

ロートレアモンの喜劇趣味は特別の流派を攻撃するのではないが、なんであろうがすべての流派を攻撃する。文学の形式的なものすべてを攻撃する。芸術家が彼の芸術に与え、その芸術家が単純に誇りにしている貧弱な表現方法を、痛ましい烈しさで非難するのだ。

そんなものはどれもこれも、文学でしかないのだと。

彼のユーモアは、欲求不満の反逆にほかならない。

詩に寄り添うと、マルドロールの冒瀆に応えている悪魔のようなコメディアンのあざけりが聞こえてくる。それは反逆者の自分自身への反逆なのだ。吟遊詩人が力一杯歌っていると、不吉な痙攣が彼の咽喉《のど》にとりつく。だから彼は声を出そうとして、かろやかな羽根であごのあたりをくすぐるのだ。

この第四章で、ピエール＝カンのロートレアモン論は頂点に達する。悪もサディスムも愛も反抗も霊感も不可思議も、この「ユーモア」に結実する。歌に寄り添ってピエール＝カンも歌い出してしまう。さまざまの問題点を持ちながらも、それらをもうどうでもよいものにしてしまう。レオン・ピエール＝カンの『ロートレアモン伯と神』は、ロートレアモンのさまざまな虚像を破壊しながら、ロートレアモンの笑いの真相を、ついに明るみに出してくれたのである。それはすごいことだったのである。「ユーモア」などという二部構成計四章の、とぼけたタイトルにだまされてはいけない。

第五章の「狂気《ラ・フォリィ》」はおまけのようなものである。それはこう始まる。

何人かの批評家たちは、ロートレアモンを狂気で説明するほうがより簡単だと思ったのだ。「ぼくの笑いは人間たちのそれに似ていなかった」と詩人は告白している。それはつまり、彼が狂人だということだと、レミ・ド・グールモンとレオン・ブロワが一九〇〇年より以前にたった二つの論評を『歌』について書いた。ロートレアモンは彼みずから「痴呆という怪物じみたカタツムリ」に捕まったと告白しなかっただろうか？この仮説は幾度となくとり上げられた。そして今日でも、何人もの学者や精神科医によって論じられている。そのような現象はこのピエール＝カンの著作が出たあとも、優に七〇年間も、二〇世紀のあいだじゅう続くのであるが、ピエール＝カンはそれをはっきりと指摘した最初の人である。

とは言うものの、あいまいさに包まれていても、狂気の存在は可能性がほとんどない。精神異常者の狂気、あるいは全身麻痺患者の狂気なんかは、どこを探してもないと納得するには、この不思議な詩人の作品を読むだけで充分だ。

だからマルドロールの歌は、どんな瞬間であれ、ある種の精神異常者の作品であるという性格を現さない。この本は、人間やものごとへの観察を欠くことはない。また活き活きした思い出や行為の統一性を欠くこともない。

そしてピエール－カンはそのことを言葉で決めつけるだけでなく、この著作の冒頭でしたように実例をあげて執拗に説明してくれるのである。そしてさらに、つぎのように語る。

おそらく、ロートレアモンの狂気を信じている人たちは、それらのリアリストとしての文章を、もっとも重症の狂人に見られるように、作者に例外的に訪れた明晰さにあふれた瞬間のせいにするだろう。この仮定も無茶だ。批評が狂気という言葉を乱用しているだけなのだ。ほんとうの狂人はものを書かないからだ。

狂気はなにごとも説明しないからだ。

ピエール－カンは、この念には念を入れて書いたような、おまけのような章を、つぎのようにしめくくる。

狂気について語る者たちはまさしく、新しい芸術形式を決して認めようとしない人たちだ。（中略）作家はそこで、自分が表現したイメージに合った形式を見つけだせば、自動的に誠実になる。彼は明らかに、自分の言いたいことに合った個人的な形式を創り出すことで、成功する機会が殖えるのだ。文体は彼自身なのだ。

けれども新しい文体には大衆が馴れていないので、普通は偽善とおふざけの証拠にされてしまうものなのだ。

これで、少々超現実主義者を誉めすぎるきらいはあったが、堂々たるピエール＝カンの『マルドロールの歌』論は終わる。

第三部は「詩集への序文」と題され、「地獄の機械《マシーン》」という副題がつけられている。ピエール＝カンはまず、もう一度、『マルドロールの歌』を総括する。とくにそのしばしば行われた自己説明、いわば自評を中心にして。そしてこう言うのだ。

この文学と技法に難癖をつけることで、ロートレアモンは芸術と理性の否定に、そのようなほんとうの矛盾に、時には到達していたのだ。

と書いたうえで、ピエール＝カンはようやく「詩集《ポエジイ》の序文」に移る。

このようにしてロートレアモンは、批評の頂点に「詩集の序文」で登りつめる。そこには、まったく違う詩人が突然現れる。彼は傲慢を軽蔑し憎むので、もう「悪魔の領域を駆け回る」のは止めると宣言する。彼はマルドロールのことを、「おそるべきエゴイスムの病理学的症例」だったと語る。彼は「狂暴な反逆」から遠ざかるだろう。彼は「ヴェルモットの唇した懐疑のアヒル」を焼いてしまうだろう。（中略）われわれはついに、作者の演じる驚くべき役柄がわかるのだ！

だがそれと同時にわれわれにも苦悩がよみがえる。この喜劇はじっさい陰鬱だからだ。

それらの激しい糾弾の存在にもかかわらず、何人もの批評家はこの序文《プレファス》の方向にながい間ためらい、「序文」と『歌』について、そのどちらがロートレアモンをほんとうに代表するものだろうかなどとあれこれ言ってきたりしたのは、驚いたことだ。それにはこう答えるべきだろう。その二つは見かけは似ているが、じつはまったく対立するものだ。一人の作家、とくに限界まで達した作家は、誠実さを損ねることなく、まったく考えを変えられる。そしてどちらの場合も、その観念は彼のものにほかならないのだ。《善》と《悪》とは、ロートレアモンには等価値だが、彼は結局、普遍的な観念の価値をほとんど信じていないのだ。彼にとって大切なことは、《限界まで行く》ことであり、いつも激しく襲いかかることなのだ。その激しい襲いかかりを、われわれは「序文」にはっきりと再発見する。（中略）じつのところ、ロートレアモンに進化はなかった。善を讃えるときも、悪を讃えたときのように、彼は依然として破壊者なのだ。

どうもピエール＝カンは『ポエジイ』に関しては、ジャン・ポーランと同じような考えを持っているようである。この章の副題、「地獄のマシーン」も、ポーランの言葉である。そこから『ポエジイ』は第二部となる。

ジャン・ポーラン氏はとても正確にこう書いている。不条理によって露出されることが重要であり、そこにロートレアモンは地獄のマシーンを置いたのだ。わからないことは何もない。もう考えることはほとんどなくなり、文章がそこにあるだけで充分なのだと。

しかし、このおそろしいマシーンの放つ弾丸は、そこに作者が毒ガスを詰め込んでいたので、とてつもなく大きな力で炸裂するのだ。《偉人たち》の《裏返し》にされた思想のところどころに彼は自分で創ったまったく馬鹿げた格言を仕込んでいたのだ。

そしてややあってピエール‐カンは、ブルトンたち超現実主義者にまた接近する。

シュルレアリストたちはこの「『ポエジイ』の序文」に、作者の自分の芸術、または芸術そのものの決定的放棄のようなものを見たのだ。それはもし、マルドロールが善の天使になってしまったのだったら、もし彼がかつての自分の狂気を呪っていたのだったら、この皮肉な前言取り消しやモラルへの回帰は、彼にとっては、彼が決定的にペンを棄て、思想さえも放棄することを、われわれにわからせるための一つの方法だったのかもしれない。ランボーはそのようにして『地獄の季節』のなかで、永遠に詩から去った。この二人の近似性は、アンドレ・ブルトンが明らかにしてからは、議論の余地がないようだ。ロートレアモンは、「序文」を書いたその年の内に死んだ。彼がもし生きていれば、『イリュミナション』の作者のように、パリからも作家たちからも遠く離れ、冒険のなかにさまよっていただろう。(中略) この二人の詩人は、反抗の最上段まで昇りつめたのだ。ことにロートレアモンは、神、人間、悪、善、真実、虚偽、感情、文学を否定したのち、挫折か懐疑主義か新たな信仰なのか、それはわからないが――、霊感や理性、自由そのもの、そして生命を否定するところまで、行ってしまったのだ…。

ここでピエール‐カンの最終章は終わり、すべてを彼は総括する。これはもう全文を紹介せねばならないであろう。

『マルドロールの歌』の最初の段階で、マルドロールという名の悪魔風のプロメテウスが、天上の造物主に悪態をつき、酔っぱらった造物主がおそるべき食欲で人間の肢体をむさぼり食うのを非難しているのを見た。それから、まだ善良だった人間を神の爪から救い出そうとするマルドロールを見た。彼は神と肩を並べようとしていたのだ。そしてサディスムと狂気に駆られて、彼は悪を広めた。われわれを救うのは不服従と解放だけだった・・・。

だが詩人はそのことにこだわりはしない。彼はたちまち第二段階に達する。そこでは彼はグロテスクと真面目さを混ぜあわせ、彼の皮肉な笑いはおそろしい「毒だらけのページ」をあとに残す。ユーモアは彼のあらゆる行為に影のようにつきまとい、彼がどんどん破壊するところにどこまでもついて行く。ユーモアによって、彼の内側の反逆は、彼の行動上の反逆という最初の状態にやがて打ち勝つ。ユーモアによって、彼は偽善をよそおう。彼はすべてのトリックを、昔からのトリックを使って、文学の手練手管を使って、とうとう確実に文学みずからを破壊しようとする。

だがそこに第三の状態がやってくる。彼は一気に知的反逆の限界を飛びこえるのだ。彼はあらゆる芸術を、あらゆる美を拒否する。象徴派《サンボリスト》の詩人たちが詩に損得抜きの信仰を捧げ、無限の愛を誓っていた、その同じ時代になのである。ロートレアモンはあらゆる価値の尺度を決定的にくつがえしてしまった。そして彼は完璧なニヒリスムに帰った。出発点への永遠の回帰だ。彼はもうなにも認めない。もうなにも残ってはいない。消えていくだけだ。そしてじっさい、彼は死んだ。

ランボーも同じように、人生を受け容れようとしなかった。そこで彼は始めに戻り、人生が要求するすべてを体系的に人生に与えた。仕事、モラル、因習などだ。絶対否定は、自殺か、それとも全体受容に人を導く。

ロートレアモンの死の状況を、われわれはなにも知らない。この死が必要なときに来たことが、謎を拡げ、そこに運命の不思議を漬け込んでしまった。

一九二七年―一九二九年

これでようやく『ロートレアモン伯と神』が終わる。目次まで含んで一六六頁のこのロートレアモン論を、ピエール‐カンは三年ほどの年月をかけ、一九三〇年一月二〇日に印刷を了え、マルセイユの南方手帖《レ・カイエ・デュ・シュッド》社から出版した。初版のうち五六二部は特装版で番号が打たれている。私が青柳瑞穂さんから頂いたものは、元は辻野久憲さんの所有であり、特装版の二九五番であった。そして帯には、「ロートレアモンとその影響についての最初の完全な研究」と大きな活字で記されていた。ほんとうにその通りなのである。それまでのものは断片的な個々の主題についての雑誌や新聞への寄稿であり、単行本の場合も、そのなかの一節、または一章にすぎなかったのである。原典ではなく批評であったり、イジドール・デュカスの生涯についての発掘や探究も、決して総合的なものではなかった。そこでレオン・ピエール‐カンは一冊の研究書をはじめて書き下してくれたのである。その五年前には、たしかに『ディスク・ヴェール』誌が不偏不党を編集方針の中心に据えてなかなか見事な特集号「ロートレアモン事件」を出してくれたが、それもベルギーはブリュッセルからであった。

なるほどこのレオン・ピエール‐カンの『ロートレアモン伯と神』をよく読むと、ブルトンを首領とする元はダダイストだった超現実主義者たちがパリでロートレアモンを大切にし、よく宣伝してくれたことに感謝はするが、それらをよく読めば、結局ロートレアモンを彼らの始祖として崇拝しながら、彼らの所属する集団のために利用していたことがわかってくる。彼らは一九三〇年当時、その団体の機関誌に『革命に奉仕する超現実主義』と名づけていたが、ロートレアモンとその作品を彼らは、超現実主義に奉仕させていたのである。そのような彼らの集団の判断に、ピエール‐カンがある種の感謝と賛意とを、この古典的名著作『ロートレアモン伯と神』で示していたことは残念であるが、超現実主義者たちはそのころパリで猛威をふるっていたのであるから、仕方のないことだったのかもしれない。私にはそのことが、この名著の価値を下げているとは思えない。当時としてはこの名著はまさに刮目すべきものであったし、今日でもその状況から大した進歩はしていない。

私事にわたることだが、私がまだ学生だったころ、私はロートレアモンの全著作の日本語訳に、それを卒業論文の副論文にしようとして四苦八苦していたのだが、ちょうどモーリス・ブランショの『ロートレアモンとサド』の初版を入手し、卒論そっちのけでのぼせていた。ある晩、酒が入っていたが、青柳さんと珍しくロートレアモンを論じた。青柳さんのおっしゃることがあまりにも『ロートレアモン伯と神』(その本はもうぼくのところにきていたのだが)そっくりだったので、それを指摘すると、青柳さんは不機嫌をあらわにされ、沈黙してしまわれた。私は数日後にあやまったが、その時も私はまだほんとうにピエール゠カンの説の素晴らしさを理解していなかった。よくわかるようになったのは、もっとあとになってからのことである。ほんとうはもう一度あやまらなければいけなかったのである。

ともあれこのレオン・ピエール゠カン著『ロートレアモン伯と神』は一九三〇年一月、マルセイユで出版された。私はその八か月後に生まれた。今私はこの著作に運命のようなものを感じている。

さて私の調べでは、その一九三〇年、ピエール゠カンの名著のほかに、一五種の論が発表されているが、その内の五本はこの『ロートレアモン伯と神』の書評であり、そのなかの一本はなんとあのアンリ・ド・レニエの書評である。それは『フィガロ』紙に五月六日に掲載された。それら書評のほかに見るべきは、ルイ・アラゴンの「マルドロール研究の流産への分担金」(『革命に奉仕する超現実主義』、一〇月号)、これは悪口である。そしてルネ・ドーマルの「ロートレアモン伯と批評」(『NRF』誌、一一月号)、これもどちらかといえば悪口である。

一九三一年は六本、五本は雑誌、一本は単行本の一章である。見るべきものなし。

一九三二年は三本、この年も見るべきものなし。

なぜか、一九三〇年は盛んに論じられたのに、その後の二年間は比較的に静かだったのである。

ところで『革命に奉仕する超現実主義』誌は一九三三年五月に廃刊されるが、その直後、同年六月に美術出版人のアルベール・スキラが『ミノトール』誌を、その一号（ピカソ特集）と第二号（ダカール、ジブチ特集）を同時に出すと、そこにはもうアンドレ・ブルトンと数名の超現実主義者が書いていて、そこにはすでに、サルバドール・ダリが五二枚のオリジナル版画を入れる『マルドロールの歌』の豪華なスキラ版の出版予告広告が、目下準備中と記された上でなされている。もう『ミノトール』誌は、超現実主義者の雑誌になっていたのである。

その第三、第四号合本号は一〇月一五日に出たようであるが、その末尾にブルトンとポール・エリュアールが、「あなたの人生で最大の出会いは何ですか？　そのときあなたは偶然だと思いましたか？　必要な出会いだと思いましたか？」というアンケートをたくさんの著名人にしていて、その最初の頁に超現実主義の写真家であったマン・レイの写真と図を合成したものが掲《かか》げられている。そのキャプションには、「解剖台の上での、ミシンとコウモリ傘との偶然の出合いのように美しく……（ロートレアモン伯『マルドロールの歌』）」とある。マン・レイのこの写真図は、だから六の歌のⅠ、の挿絵になっているが、フランス語が良く読めなかったという噂のあったマン・レイのものらしく、そのものずばりのあっさりしたものである。また『ミノトール』のその号には、サルバドール・ダリも、バルセロナのガウディの建築物について写真入りで論じているが、それとは別のページに、自分の『マルドロールの歌』のための版画を四枚、掲載している。それは翌年出版される予定の、ダリの挿絵入り『マルドロールの歌』の予告広告のためのものであった。そして翌一九三四年、一年前から予告されていたサルバドール・ダリがオーフォルト技法による五二枚のオリジナル版画を入れた、『マルドロールの歌』は、アルベール・スキラ社から二一〇部限定で七月に——『ミノトール』第五号の広告では翌二月に出版される予定となっていたが、それより五か月遅れて——出版された。それはいかにもダリらしい五二点の版画だったが、のちに私は銀行から借金をして、その通し番号「四八」の一冊を手に入れた。こうしてロートレアモンの作品の挿絵ブームが到来したのである。

最初の挿絵は一枚だけであったが、ジョゼ・ロワの銅版画である。それは三の歌の第五ストロフのためのもので、一八九〇年のジュノンソー版の口絵となった。それには「いまはマントでしかない自分の皮膚を捨てることなく、青年はこの命取りの場所を去ろうとしていた」というキャプションがついていた。まことに具象的な一枚の銅版画であった。それは『ミノトール』誌第六号のポール・エリュアールの「詩の物理学」論に再録された。

それから一九二四年、イギリスのロドカー氏がマルドロールの歌の英訳本を出したとき、オディロン・ルドンの挿絵が収められているが、それは残念ながら『歌』のための描き下ろしではない。

そして一九二七年、パリで出版された二分冊の『マルドロールの歌』に、フランス・ド・ジェテールという画家が七五枚のオーフォルト技法の版画を入れているが、私は今日に到るもその入手に成功していない。見たいとは思っているが、どのような絵であるか見当がつかない。

それからダリの五二枚が一九三四年にやってくると、アンドレ・ブルトンはGLM社に『ロートレアモン伯大作品集』を出版させる。いろいろな付録もつくが、そのマルドロールの歌に、一二人の画家に一枚ずつ挿絵を描かせたのである。つまり一つの歌に二人ずつをあてがったのである。そうそうたる人たちである。一の歌、クルト・セリグマン、ヴォルフガング・パーレン、二の歌に、ルネ・マグリットとエスピノザ、三の歌はオスカー・ドミンゲスとマッタ・エショーレン、四の歌、マックス・エルンスト、アンドレ・マッソン、五の歌にはイヴ・タンギーとヴィクトル・ブラウネル、六の歌の担当はホアン・ミロとマン・レイであった。これらの挿絵一二枚は印刷であったので、大量に出版され、大評判になった。私が佐藤朔さんから頂いたこの版は、一度梅田晴夫さんに贈ったのに、それを取り戻して私に下さったのである。しかし無番号であった。私がセーヌ小路の古本屋で買ったものは七六〇番であった。一二枚の挿絵はまずまずの出来だが、珍しく写真なしのマン・レイのものは稚拙と言うほかはない。そしてダリはこの版には描いていない。これが画家たちを刺激したのは間違いのないところである。

そして同じ一九三八年にジョゼ・コルチ社がはじめて出版した『ロートレアモン伯全著作集』には、エドモン・ジャルーがロートレアモン論を寄せ、サルバドール・ダリがじつに不思議な空想肖像画を口絵としてのせた。それはぼかしのなかに浮かんでいる、とても理知的な天使の顔で、性別を感じさせるものがまったくなく、下の方に、「偏執狂的批判方法によって得られた一九歳のロートレアモンの空想肖像画」と説明が入り、「一九三七年、サルバドール・ダリ描く」となっている。私はそのジョゼ・コルチ版の一九四六年版で、はじめてロートレアモン伯と出会ったのだが、その『全著作集』をまだ木造だった新宿・紀伊國屋書店の二階の洋書部で手にしたとき、最初に開いたのがそのダリの描いた空想肖像画の頁であった。その本は仮綴じだったので口絵の頁だけが自然に開いた。私は一九歳だったし、ダリのその画に惹かれて、その本をツケで買った。私はそれを女の肖像画だと思ったのである。著者名がコント（伯爵）でコンテッサ（女伯爵）ではなかったのに気づく間もなく。それが運命だったのか、今日まで六〇年近くも続き、まだ終わっていない。空想肖像画の最初は、一八九六年のレミ・ド・グールモンの『仮面の書』を飾ったフェリックス・ヴァロトンのものである。それは一九七七年、イジドール・デュカスの写真をタルブ市で発掘したジャン゠ジャック・ルフレールが『ロートレアモンの顔』を出してくれたのでわかったことであるが、そのヴァロトンの空想肖像画がもっとも実物に似ている。一八九〇年に出版された『マルドロールの歌』ジュノンソー版に、出版人レオン・ジュノンソーは同じ出版人であるアルベール・ラクロワから、その版の元になったイジドール・デュカスの自筆原稿を受けとったとされているのだが、それと同時に、イジドールが銀行家ジョゼフ・ダラスに書いた最後の手紙も受けとり、それをファクシミリでジョゼ・ロワの挿絵とともに巻頭に載せたのであるが、ジュノンソー自身がラクロワから聞いた話を元にした序文を書いている。そのなかにラクロワからの伝聞であるイジドール・デュカスの風姿を書いている。レミ・ド・グールモンはそれをヴァロトンに伝えて、その肖像画を頼んだのに違いない。だからヴァロトンの描いたものは完全な空想肖像画でもなかったのである。

ところがサルバドール・ダリのものはまさしくその正反対の肖像画だったし、シュルレアリストたちの挿絵も、なかなか奔放なものだったのである。

さてこのころから文章の方でもブルトンをはじめとするシュルレアリストのやはり奔放というか我田引水式の論が『ミノトール』誌を中心に続くのであるが、その他には、公認された文学史家、たとえばアルベール・ティボーデのような人も、フランス文学史のなかにロートレアモンを位置づけしようという動きを始め、南米のギョ・ムノス兄弟の探索もつづく。そのうちに一九三九年、ガストン・バシュラール（一八八四—一九六二）というソルボンヌの哲学教授が、『ロートレアモン』をジョゼ・コルチ社から出す。これが一冊まるごとロートレアモン論の、ピエール＝カンに続く二冊目となった。

ガストン・バシュラールは心理分析を得意とする哲学者であった。

バシュラールは彼の『ロートレアモン』の第一章「攻撃と神経の詩」の一一頁目から、早くもそこに登場する動物の種類の多さとその行動の描写に注目し、ジョゼ・コルチ版『全著作集』収録の『マルドロールの歌』全二四七頁に登場する全動物種は一八五に及ぶと言い、その行動描写まで含めると、四〇〇となり、全頁数をはるかに超えると指摘する。そして、「この動物の全体、この潜在するさまざまな生物学、その攻撃欲望の複数性は、この『歌』を『強壮剤入りの慰めのまさにトーナメント』にする」と語って第一章を了え、第二章はずばり「ロートレアモンの動物誌」になる。そしてバシュラールはロートレアモンの動物誌は特殊なもので、ロートレアモン主義とも呼べるものであり、その原因はロートレアモンの動物誌の多元性にあるのだと言う。よくわかるような、いや、さっぱりわからぬような話である。そしてこのあたりでもうこの『ロートレアモン』の半分ちかくに達するのであるが、どうもバシュラールは他人の言葉をちりばめることに長けていて、そうしておいた上で、それはよい、だとか、それは違っているとか言うのが好きなようで、なかなか自分の決定的判断を自分の言葉でおっしゃらない御仁である。心理分析をする人はそういうものなのか、それとも教授とはそういうものなのか・・・。この章まででもピエール・クロソウスキーだとかカフカだとか、ジョルジュ・マテスだとか、アルマン・プティジャン、ルネ・ラルー、フロイド、ユイスマンス、エリュアール、C-A・ハケット、ローラン・ド・ルネヴィル、フランソワ・アリコ、ラングロア、レオン・ピエール-カン、ジャン・ポーラン、アンドレ・マルロー、ゴメス・ド・ラ・セルナなど、私の知っている名もあれば、よく知らない人たちの言葉も登場してきた。

そしてこの第三章を著者はこうしめくくる。

マルドロールの歌は文化のドラマのこだまである。それらのこだまは、しょっちゅう教授職をつづけている文学物識り批評をさりげなく残しているのがわかっても、驚くことはない。

ナンノコッチャとわれわれは、拍子抜けしてしまうのである。しかし次の第四章、「伝記の問題」も読まねばならぬ。

ところがこの章もまた、グールモンとレオン・ブロワをあざけり、そのためにドストエフスキーを引き合いに出したり、『ディスク・ヴェール』誌の特集号に書いてくれた人たちの言葉を引いたり、マヤコフスキーの詩まで飛び入りし、つぎのような月並みの言葉で、この章は終わる。

だがもう一度、イジドール・デュカスの心理を照らす事実は、ほんの少ししか明らかにされていないと言わなければならない。詩人を理解するには、いつもまた作品に戻らねばならない。天才の作品は彼の生涯のアンチテーゼなのである。

もういい加減にしてくれと言いたくなってくるが、なにしろこれは、まるごと全部ロートレアモンを論じた二冊目の本である。仕方なく次にいこう。

第五章は「ロートレアモン　筋肉と絶叫の詩人」である。それは、

独創的な詩は、原初の詩は誰にも真似できない！　原初の詩よりも原初のものはなにもない。それは誰かの生涯をつかさどり、人生というものもつかさどる。それは伝わり、創る。詩人は彼の読者を創り出さねばならない。ふつうの思いとは似ても似つかぬものを表現しなければならないのだから。

私の若かったとき、これにやられたのである。バシュラールはまるで調子のよい歌人である。しかし読み返すとそこに内容のあまりないことが、わかってくる。この章はこのように終わる。

人類には支配的な叫びを上げなければならない。詩的な破壊音が『マルドロールの歌』に響きわたるのを、人びとは聞くであろう。これらの歌をのぞき見る者は、劇場風の呪いが互いにだまし合うのを見るだろう。それは特殊な宇宙、活動的な宇宙、絶叫する宇宙なのだ。この宇宙のなかでは、エネルギーが美学なのである。

もうわれわれはバシュラールにだまされるまい。いよいよ次は第六章「ロートレアモンのコンプレックス」である。この章はなんとH・G・ウェルズからユング、ジャン・カゾーの『超現実主義と心理学』まで引き合いに出されるが、これもしめくくりだけでじゅうぶんであろう。

詩はそこに、自然心理学の混沌性として姿を現す。その混沌性は、内言語や自動記述の体験に再生産されるのである。原初的な詩はつねに心理学的に深い体験なのである。

もうわかりきったことを、くどくどと言うのは止めて欲しい。ところが最後に、第〇章という番号なしの「結論《コンクルウジョン》」がまだある。

バシュラールはここでもロジェ・カイヨワの『人間の神話』にながながと触れ、ついでアルマン・プティジャンの二つの著作に触れたのち、ようやく「結論」の結論にたどりつく。だから「結論」も結論だけでよかろう。

われわれのロートレアモン主義の非ロートレアモン主義風の解釈に従えば、怒りの幸福はすべて間違いなく失われるだろうが、活発な魅力はなお残るであろう。どのようなことがあっても、一度はその神経症的な形で攻撃的な詩を味わったマルドロールの歌の読者は、その元気づけてくれる効力を決して忘れはしないであろう。ロートレアモンは詩を神経組織の中枢に置いたのである。そして彼は詩をたちまち放り投げた。そして彼は言葉たちの現在を利用した。そして言語学から見るとこの単純な点で、彼は当時の詩人たちよりもいち早く進んでいた。そのころの詩人たちの大半はまだ言語の歴史のなかにいて、古典的な音声学によって語り、ルコント・ド・リールのように過去の英雄の声とはぜんぜん違う声でしばしば無力なエコーを、繰り返していたのである。

と最後まで他人の悪口を言いながら終わる。といってもこの『ロートレアモン』は、まるごと一冊ロートレアモン論だというものの、比較的大き目の活字で印刷された一五六頁にすぎなかった。それにバシュラールが一度もイジドール・デュカスに寄り添わなかったことが惜しまれる。それでもフランスの新刊書店ではまだこれが売られている。出版社がジョゼ・コルチであるとはいえ、情けない。もう二〇版になるだろうか？　私はピエール＝カンの『ロートレアモン伯と神』こそ、そうあってほしいと願っているのに・・・。

さてこの一九三九年には『ミノトール』誌がその最終号、第一二、一三合併号を五月に出した。それには末尾であるがロートレアモン関連のものが四本も載っていた。まずクルト・ミュレールの『ロートレアモン伯とその作品に関する未発表資料』である。最初は『青春《ラ・ジュネス》』紙一八六八年第五号の発掘である。そこにはヴィクトル・ユゴオの、その学生新聞へのメッセージがある。「この返事がおそくなったのは、おそらく一本の手紙を私が受け取ったのが遅くなったからである。私は『青春』とその若者たちと賛同した執筆者たちに、私の夜の雄たけびを贈る。それは『光と平和を』である」

そして同じ号にのったエピステモンというペンネームの、一の歌だけのマルドロールの歌への書評である。それはなかなかのものであるが、クルト・ミュレールはそのエピステモンを『青春』紙主幹のアルフレッド・シルコスというリセ・シャルルマーニュの最上級生、一八歳のペンネームだとした。しかし、エピステモンはアルフレッド・シルコス（これもペンネーム）の一級下の一七歳のポール・エミヨン（本名）だったことが、二〇世紀の終わり近くになってわかった。

ミュレールのつぎの掘り出しものは、同一八六八年にあったボルドーの詩のコンクールの佳作二席になり、あとでそれが同じくボルドーの『魂のかおり《パルファン・ド・ラーム》』（一八六九年一月刊）に載ったのだが、その『マルドロール』の一の歌だけのものは、イジドール・デュカスがパリで自資出版したものに少々筆を入れている。その双方（いずれも一の歌のみ、いずれも著者は＊＊＊（三つの星印）となっているもの）の比較である。それは「ダゼット」を「D・・・」に変えているのと、あとは誤植と思われるものである。匿名で載せられているが例の『青春』紙の他の号に掲載されている二つの小品がデュカスのものであろうとか（この真贋は未だに確定されていない）、他の出版物に載った新刊予告のミスプリントなどなどである。そしてくどい説明がほぼ二頁もあって、その全体は資料の写真も含めると、大判で一二頁もある。それでもロートレアモン伝説にとどめを刺すまでには至らなかった。まあ仕方がないか。伝説のほうが根強かったし、超現実主義者たちがまた、ひっかき回していたということもあったのである。

ピエール・メナールという人の「ロートレアモンのエクリチュールの分析」というのは、なんのことはない。筆跡鑑定であり、ピエール・マビーユの「ロートレアモンの空」は、なんと星占いなのである。そしてモーリス・エーヌの「マルドロールとラ・ベル・ダーム」は、マルドロールの歌の一節に出てくる「ベラドンナの葉をつめこんだ口から・・・」という一文にそそのかされて、『歌』の著者は果たしてベラドンナ（麻薬のひとつ）の愛用者だったのかというお話であり、「世界中の人がベラドンナ愛用者だったら、それが理由でマルドロールの歌は書かれなかっただろう」というふざけた最終文になっている。

そして一九四〇年には、ヴァレール・ジルが「マルドロールの歌の発見」と題して、ブリュッセルのロゼス書店の話を書いたり、バシュラールの『ロートレアモン』の書評が少し出たり、アルベルト・モラヴィアが『歌』の部分訳をしてくれたりしている。そしてレオン・ピエール＝カンもまだがんばってくれていた。

けれども一九三九年九月には、ナチスはもうポーランドに侵入していた。そして一二月上旬には日本軍はパール・ハーバーを襲った。第二次世界大戦が始まってしまった。そしてヨーロッパでは一九四五年の五月まで、日本では八月までつづいた。

4　第二次世界大戦のあと・・・

戦争のさなかもロートレアモンの探究は続いていた。とくに超現実主義者の、甘いと言えば甘い裁きもようやく始まったのである。モーリス・ナドーが『シュルレアリスムの歴史』をもう一九四五年には書いた。マルセイユのアレクサンドル・トゥルスキーが『南方手帖』の第二七二号に、同年、「ロートレアモン伯の墓」を書いた。

一九四四年にはイタリアのヴィットリオ・オラジが『ロートレアモンと超現実主義』を書き、『ポエジイ』のイタリア語訳を出した。また同年秋、ヘンリー・ミラーは『アクセント』に「三頭の子象で満足しよう」を書いた。これは英語というか、米語である。またフランスではフランソワ・グラヴィエがラジオ番組で、『神秘なロートレアモン』を流した。そして四五年にはライオネル・アベルが『ヴュー』誌に「ロートレアモンのABC」をのせた。

そして一九四六年になると、ジョゼ・コルチ社は、『ロートレアモン伯　イジドール・デュカス全著作集』の新版を出す。序文は初版のエドモン・ジャルーに変わって、『ミノトール』で活躍していたロジェ・カイヨワになったが、口絵のダリの『一九歳のロートレアモンの空想肖像画』は変わることがなかった。このテクストで私は、はじめてロートレアモン＝デュカスに遭遇したのである。私も一九歳だったときに。この年はパリのシャルロ社からも『全著作集』が出ている。解説は一九二〇年代の終わりに除名された元超現実主義者のフィリップ・スーポーである。スイス、ローザンヌのグラン・シェーヌ社からも、なかなか美本の『マルドロールの歌』が出版された。これは私も持っているが、そこそこの解説を書いている人は無署名である。さらにパリのKという出版社からも『マルドロールの歌』が出た。パリのセゲルス社から『ロートレアモン抄』が、これは入門書というか読本のようなもので、小型本である。解説などはフィリップ・スーポーである。イタリア語の『ポエジイ』も出た。この解説もスーポーである。戦後はちょっとしたテクスト・ブームであった。またアンソロジーにもロートレアモンが加えられるようになった。ロンドンから出版された『フランス近代文学』デニス・ソーラット著にもロートレアモンの頁が出来た。トゥールーズ大学医学部のピエール・ヴィーヌという先生の『イジドール・デュカスの天才と作品についての精神病理学エッセー』一〇二頁もある。これは精神病理学者の初の本格エッセイであろう。伝説はよみがえるのか。

もっともこの一九四六年は、イジドール・デュカスの生誕一〇〇年であった。それを期して出たものとして、ブェノスアイレスの医師ピション・リヴィエールは地元の『ナチョン』紙に、おそるべき情報をもたらした。イジドールの母親の、ジャケット・ダヴザックの、イジドールの洗礼後二二日後の死は自殺であると断定したのである。この情報はいまだに完全に否定されてはいない。ちなみに私は自殺説で、ピション・リヴィエール派である。この日のすっかり黄色くなった新聞を、私が持っているのがその理由ではない。そのほうが、私の推論《レゾンヌマン》に合うからである。

そしてこの一九四六年、モーリス・ブランショが最初のエッセー「ロートレアモンからミラーまで」を『ラルシュ』誌に載せた。また満を持していたマルセル・ジャン（超現実主義の作家兼画家）とアルパド・メゼ（精神分析医）はジュネーヴの『ラビリント』誌に、「ロートレアモンの理性的錬金術」を書く。前者はやがて『ロートレアモンとサド』に、後者もやがて『マルドロールの歌　ロートレアモンと彼の作品についてのエッセー』に、日をならずして結実するであろう。

　そしてなによりもこの一九四六年のビッグ・イベントは、マルセイユの『南方手帖』誌の特別号（二七五号）、『ロートレアモンは一〇〇歳じゃない』が出版されたことである。この出版社はピエール－カンの名著『ロートレアモン伯と神』を出したところであるが、今回はなかなか新進気鋭の執筆者を集めてくれた。

　まずはフランシス・ポンジュの「あなたの図書室にマルドロール－ポエジイ装置を置け」、そしてアントナン・アルトーの「ロートレアモンについての手紙」、またピエール・ルヴェルディーの「伯爵L＊＊＊」、さらにジャン・マルスナックの「希望の方向のなかで」、アンドレ・マッソンの「焔の冠の狂王」、リュック・デカンヌ「ロートレアモンまたは想像する詩人」、カミーユ・ブルニケ「ロートレアモンと形状不安時代」、ジャン－ジョエル・バルビエ「少年時代の詩人　透明なロートレアモン」、ジゼル・プラシノス「たのまれて」、ミシェル・ヴァルガー「ロートレアモンの一肖像」、ガストン・マサ「イジドールとの出会い」、ガストン・バシュラール「ロートレアモン　筋肉と絶叫の詩人」、ルイ・パロット「イジドール・デュカスかロートレアモンか」であり、最後は「ロートレアモンの三〇の箴言《マクシム》」である。

　それらは超現実主義者の前衛、そして新《ヌーヴェル》　批評《・クリティーク》のさきがけの観があった。それでもまだ夜明け前、伝説の埃を拭い去るには不充分であった。

　忘れていたがアンティーユ島の雑誌『トロピック』に、エメ・セゼールが「イジドール・デュカス　ロートレアモン伯」を書き、『歌』の一部をのせたのは、一九四三年一月のことである。

　そして一九四七年、マルセル・ジャンとアルパド・メゼが『マルドロールの歌　ロートレアモンと彼の作品についてのエッセー』をパリのニゼ社から出す。これは一九四二年から四六年までの四年がかりでパリとブダペストで書かれたもので、全二二一頁の本である。本文はさほど精神分析にこり固まったものではなく、あっさりしたコンプレックス分析であり、イジドールの全生涯をカバーしながら作品も論じているのであるが、また超現実主義寄りであっても地味なほうの著作である。しかし付録は五〇頁を超え、しかも活字が小さいのであるが、その付録のなかにデンと構えているのが、ハンガリーの医者のA・フェレンジィさんの「偏執性痴呆症患者と偏執症患者の医学的観察」である。それはこのように終わっている。

この偏執性痴呆症患者の特徴は、その主因が心理分析によってたくさんある徴候から解放され、その組み立てが再建されて、彼の迫害妄想者の役割が回復されることに成功する時にしか、弱まらないのである。

とさっぱり埒のあかない、もたもたとした結論でしかない。イジドール・デュカスとは無関係な患者を診た、ハンガリーの医者のそのような資料を、マルセル・ジャンとアルパド・メゼは、なぜ『マルドロール』（本の背にはこのマルドロールの一語と、ニゼ・パリとしか記されていない）のなかに一五五頁から二二一頁までも使い、しかもそこに「記録と正当化のための文書」と銘打って、付録にそんなものを載せたのであろうか？　そして本文末尾に「一九四二—一九四六、パリとブダペストにて」とまで記しているのに、共著である二人の役割分担は明記されていない。おまけに付録として他にあるものは、一八三八年に出版された『ラトレオーモン』（これは「ロートレアモン伯」というイジドール・デュカスのペンネームのスルス（もと）だとごく自然に今日でも考えられている）の作者ユジェーヌ・シュウ自身が書いた、その作品のための序文をながながと載せたり、一八七九年に出版された作者不祥の『ヴェールを取り外した偉大な作品』をながながと紹介したり、一九一一年にパリのボナパルト小路のH・ファルクという人が出版した『テランドロス』（モランディエールのガブリエル・ジュイオ著。作者名はいかにも偽名らしく、題名のテランドロスも造語のようである）の抜粋を、これまたながながと載せている。これは実は星占いの本なのである。そして著者（どちらの人かわからないが）はそのノートに「それはアンドレ・ブルトンが教えてくれた不思議な本であり、それには七つの歌があるが、ストロフ数は五九と『歌』と同じである」と書いている。それがなんだというのであろうか。ほんとうにそれらの付録とノートは、どういう目的で彼らの『マルドロール』に存在しているのであろうか。それこそ精神分析が必要である。この本の著者の二人は、この本、とくにその付録の意図をどう考えていたのであろうか？　私は二年に一度のアプフィッドのコロック（討論会、学会）がパリであったとき、ジャンさんかメゼさんかに会ったことがある。おじいさんがむこうから名乗ってこられた。あのとき訊ねればよかったのである。小柄なおじいさんであった。しかしこの本はいまでもまだ、パリの書店では売られている。本文は超現実主義者にしては温和な内容であるにしても・・・。

この一九四七年には、ジュンヌ・パルク社から『ロートレアモン伯のマルドロールの歌と全著作集』がまた出た。序文はジュリアン・グラックである。これはのちに「いつものロートレアモン」と題されてジョゼ・コルチ社の一九六三年版の『全著作集』に再録された。

また『マルドロールの歌抄』にジャック・ウプランが二七枚のオリジナル版画を描いた。シカゴではラズロ・モホリーナギが『ヴィジョン・イン・モーション』で三八頁もロートレアモンに割く。ロンドンではウォーレス・フォーリーが自著『文学表現における愛の研究』で八頁をロートレアモンに割く。ドイツではハンス・ルドルフ・リンデルが『ロートレアモン』を書いた。グアテマラではベラ・アルケレスが『ロートレアモンとランボー』を書き、アルゼンチンではエンリケ・ピション・リヴィエールの執筆も続く。そのほかロジェ・カイヨワ、モーリス・ナドー、アンドレ・ルソー、アンリ・クルアールたちも書くが、もはや文学史的な取り上げ方である。これもその種の絵画中心のものだが、ジョルジュ・ユニエが『空想の芸術　ダダと超現実主義』でロートレアモンを大きくとりあげ、コロンビア大学のアンナ・バラキアンは『シュルレアリスムの文学上の源泉』で、ロートレアモンをクローズアップしてくれた。

そして一九四八年、ブリュッセルのボエティ社から、ルネ・マグリットのデッサン七七枚入りのマルドロールの歌が出た。これは印刷であるが、なかなかのものである。
マルセル・ジャン、ミシェル・カルージュ、ポール・エリュアール、モーリス・ナドー、ティエリィ・モルニエ、エメ・パトリ、ヘンリー・ミラーたちもがんばってくれたが、特筆すべきは、しばらくなりをひそめていたトゥールーズのフランソワ・アリコがトゥールーズの新聞に四日連続で、その郷土史家としての活躍をしめくくってくれたこと、そしてモーリス・ブランショの登場、『クリティーク』誌に「ロートレアモンとそのスルスの鏡」を書いてくれたことである。そしてワーナー・マルクスがロンドンで『トランジション』誌に、「ロートレアモン、それともハイデガー?・」を書いてくれたことであろう。「トランジション」ではないが、時代の変革近しの感じられた一九四八年であった。

さてつぎの一九四九年、モーリス・ブランショが大活躍する。まず『火の部分《ラ・パール・デュ・フウ》』という評論集をガリマール社から出した。そこに「ロートレアモンからミラーへ」を載せている。そしてロートレアモンの作品を芯に据えて、ヘンリー・ミラーの作品を論じている。これはさほど問題にするほどのものではなかったが、同年に深夜書房《エディション・ド・ミニュイ》から『ロートレアモンとサド』を出す。これは深夜書房の「提案《プロポジション》」シリーズの六冊目であったが、たちまちジョルジュ・バタイユ、フランソワ・カラデック、ピエール・クロソウスキーの三大大御所が書評でとりあげた。とくにロートレアモンの部分の評価は高かった。私もぶったまげた。その自由自在で奔放なえぐり出し批評に。それまでの誰の批評よりも、おそろしいほどダイナミックで、頭のサーカスを見ているようで、誰よりもスピードがあった。もちろんこの本の前半がロートレアモン論で「ロートレアモン」以外のタイトルも何もなく、章も節もなく、ただ二〇五頁の本文がひとかたまりに続くのである（サド論もそうであるが、これは二一五頁からの五〇頁分である）。私はブランショに心臓を抜き取られるような気がしたものである。それは、私がジョゼ・コルチ版の『全著作集』に遭遇したときとほとんど同じ衝撃だった。他のテクストは書き込みを拒んでいる厳しさが感じられたが、このブランショの著作は逆に、書き込みをうながしているようであった。いま見るとそのころの私が茶色のインクを使っていたのがわかる。いたるところにクソとかチキショーとか、日本語とフランス語がチャンポンになった書き込みがある。あまりの思考のあざやかさと速度に、ついて行けないようになったとき、私はそれを書き込んでいたことを思い出す。私は自分がほんとうに恥ずかしかった。私はブランショを殺してやりたくなったほどである。モーリス・ブランショは、他の人が、ではなく、本人のイジドール・デュカスが考えてもいなかったことまで、ずばずばと言いあてててしまうのである。しかし、ピエール＝カンの『ロートレアモン伯と神』ではチラリと数回しか現れないものが、ブランショの『ロートレアモンとサド』では、ほとんど二頁に一度はあって、それがガバッと立ち上がって私を襲うのである。もう全篇そうなのである。興奮した私は阿佐ヶ谷の青柳邸へ走った。この深夜書房の本を握りしめ、玄関で靴を脱いだかどうか？　ドエライ本を見つけたと本を差し出したら、なんだロートレアモンか、ぼくはもう止めたよ、君の仕事だろ、それより今日はいい酒があるんだ、さあノモノモともうなかば踊っている。私はがっくりした。ナンデ阿佐ヶ谷まで走ってきたんヤロカ？　もちろん電車には乗ったが、私の家から目黒駅までと、阿佐ヶ谷から青柳邸までは、ほんとうに走った。その夜、私は発熱した。そしてうなされた。まだ見ぬモーリス・ブランショという人はどんな人だろうと思って眠ることが出来なかった。坂口安吾のように大きな人に違いないと一人で思い込んでいた。

ともかくそのころ私はこの出版物から大きな衝撃を受けたのである。それはすさまじいものであった。イジドール・デュカスが書けなかったところまで、ブランショはその本で書いてしまっていると、私は感じたのである。だから私はのぼせ、うろたえ、批判するどころではまったくなかったのである。ブランショもこれを書いていた時点では絶対に熱くなっていたはずだと私はいまでも判断している。フランシス・ポンジュのころからその傾向は始まっていたが、どんどん遠慮せずに書いてしまうのがよい批評であるという流れ、いわば新批評《ヌーヴェル・クリテイーク》が始まったのであろう。しかし私の熱も醒め、批評は被批評者をどんどん突き抜けてこんな先の先まで行ってしまうことでよいのか、と私もやがて思うようになってきた。

この『ロートレアモンとサド』は、それから二度改訂されている。一度は一九六三年である。そのとき題名は変わらなかったが、本の体裁はガラリと変わり、シリーズも「議論《アルギュマン》」となり、その番号はなくなった。そして「何が批評なのか?」という序文がつき、そのあとがサドだけではなく、「サドの理性」であり、そのあとがロートレアモンではなく、「ロートレアモンの体験《レクスペリアンス》」となり、それぞれの節のはじめに番号はないがタイトルがつけられた。つまり、「分離の欲求」だとか、「明晰、暗黒」だとか・・・。読み易くなってきたのである。本文の変化はない。

そして同年にまた改訂された。「議論」叢書に変わりはないが、体裁がまた変わった。序文はそのままであるが、その表紙にも記されたように「マルドロールの歌の完全無欠のテクスト」がつづいて入る。そして最後が「ロートレアモンの体験」で、目次がなくなったがずいぶん分厚い（全三八〇頁）の出版物になった。しかし、その「完全無欠」と称しているテクストは、『マルドロールの歌』の一八六九年（一八七四年）版であった。ただ最後に二行で「六の歌とマルドロールの歌の終わり」と記されているが、それはロゼス版（一八七四年、ロゼス書店から出版されたもので、中味の印刷はすでに一八六九年にブリュッセルのヴェルベックホーフェン印刷所で印刷ずみのものだった。それは今日では、二度目の初版本《ラ・プルミエール・スゴンド》と呼ばれている）にも、アルベール・ラクロワから譲られたイジドールの手書き原稿から起こされたと言われているジュノンソー版（一八九〇年パリでレオン・ジュノンソーが出版した）のどちらも、末尾は「第六歌終わり」となっているだけで、「マルドロールの歌の終わり」とあるのは、ブランショの『ロートレアモンとサド』のその第二次改訂版に載った『マルドロールの歌』だけである。そのころにはもう『テルケル』誌が創刊していて、テルケル旋風がロートレアモンの世界に吹き荒れはじめていた。そのことにはまたあとで触れる。

しかしこの第二次改訂版であるが、何度目のフランス行きだったか、河盛好蔵さんは、新刊書店でみつけられ、これはむかし前川君がヤイヤイ言っていた本だがずいぶん分厚いなあと購入され、帰国されるとハガキが来て、ブランショの新版があるから荻窪へ来なさいということだったので伺ったら、果たしてアレじゃないかと思っていた第二次改訂版だった。もう持ってますと言い出しにくく口ごもっていると、これ君にやろうと思ったが少し読んだら面白そうなので、やらないことにした。君が済んだら返してくれ、読むのだからと河盛さんのほうから言って下さって助かった。だから仕方なく私は、自分の持っている本を先生から借りたのである。それにしても昔、私がわめいていた本であることをよく覚えていらしたなあと感心した。おそらくあれは河盛先生がはじめて買われたロートレアモン本ではなかったか。いつもそのうちにと言い訳していたマルドロールの歌の訳を、さっさとせんかという催促だったのかもしれない。

さてモーリス・ブランショの『ロートレアモンとサド』の二度にわたる改訂版の話で横道にそれたが、これが作品論の名著であると高く評価する人は多い。とくにわが国、日本では。私はそうは思えなくなった。いくら鋭い名句に満ちていても、やはり作家や作品を突き抜けて、はるか先まで行ってしまうというのは、伝記や批評の外道であると私は思うようになった。『テルケル』の人たちはこの著者に勇気づけられて、とんでもないところまで行ってしまい、また伝説を造るのだが、このブランショの著書もやはり、新たなロートレアモン伝説の役に立ったと言わなければならない。

そしてモーリス・ブランショは一九五〇年、彼自身の編集で、ロートレアモン伯の『全著作集』をフランス読書クラブから出す。イジドールの手紙もついたなかなか凝った本である。その本にはブランショのピカピカの序文「ロートレアモンまたは一つの頭脳への期待」がついていた。

では話を一九四九年に戻そう。

一九四九年には、イジドール・デュカス著『未来の書へのまえがき』（これは『ポエジイ』のことである）にジャン・デヴァスンという画家が一六枚のオリジナルのリトグラフの挿絵を入れたものが、パリのデニーズ・ルネという人の手で出版された。『ポエジイ』に挿絵を入れるなんて可能なのであろうか？　じつに不思議な出版物である。しかし私はこの出版物の（おそらく限定出版であろう）入手にまだ成功していないので、なんと言うことも出来ない。だが一九七〇年にハンス・ベルメールがイジドールの同じ著作に一〇枚のオリジナル・リトグラフを入れた、一〇〇部限定の出版物を手に入れた。これは製本されておらず印刷された紙が立派な箱に入っていた。その版元はやはりパリの人で、ピエール・ベルフォンという個人であった。これもやはりじつに不思議な印刷物であった。しかし一〇〇部限定とはいえ、実在していたのである。私が持っているのは一〇〇分の四四番目のものである。ああそれは『ポエジイ』の原文とは無関係なリトグラフだが、すぐれたものであった。一九四九年のものはどうだったのであろうか？　見たいものである。一九七〇年のものは布張りの箱の背に、「HANS BELLMER」の金文字だけがあった。

さてまた一九四九年に戻ると、ジャン・カルベという人が『フランス文学の挿絵マニアル』を出したが、それがロートレアモンをとりあげている。また文学史の権威、フィリップ・ヴァン・ティゲムが彼の『フランス文学史』でロートレアモンを、二頁弱であるが扱ってくれた。ブェノスアイレスのエンリケ・ピション・リヴィエール博士が現地の『シクロ』誌にまた書いていてくれる。アンドレ・ジッドは、メルキュール・ド・フランスから出た『秋の落葉』にまたロートレアモンについて書いてくれた。マルセイユの『南方手帖』の「フランスの小ロマン主義」というエッセイで、フランシス・デュモンはロートレアモンを小《プティ》ロマンティクに入れ、ピエール-ジョルジュ・カステックスは同じ『南方手帖』に「狂熱のロマン《フレネジイ・ロマンテイク》」を書いてくれた。そのほかイタリア、イギリスで抄訳やロートレアモン論が出た。

一九五一年、アンドレ・ルソーはその著作、『古典的世界《ル・モンド・クラシイク》』でロートレアモンをとりあげ、前年『南方手帖』で書いてくれたピエール-ジョルジュ・カステックスは、『ノディエからモーパッサンまでのフランス幻想小説』をジョゼ・コルチ社から出版し、そこに『南方手帖』に書いたものを収録した。

また『南方手帖』の一九五一年の三〇七号に、アルベール・カミュは「ロートレアモンと平俗」を書き、それは同年単行本となったガリマール社の『反抗的人間《ロム・レヴォルテ》』の一部となるが、アンドレ・ブルトンが『芸術《アール》』誌上で「黄色の砂糖《シュクル・ジョーヌ》　ロートレアモンの場合」でそれに反論し、論争になるかと思ったが、ブルトンの一度の反論のみに終わった。

アルベール・カミュの『反抗的人間』は、ジャン・グルニエ（一八九八年生まれの思想家。哲学教授として、各地で教えた。アルジェでも教え、カミュの人間形成に大きな影響を与えた）に捧げられ、一九五一年、ガリマール社から出版された。この本は「序説」に始まり、第一章「反抗的人間」から第五章「正午の思想」まである。その第二章「形而上的反抗」は、やはり序説に始まり、「カインの末裔たち」「絶対的否定」「文学者」（これはサド論である）「ダンディたちの反抗」「救いの拒否」「絶対的肯定」「唯一者」「ニーチェとニヒリズム」「反抗的ポエジイ」とつづく。ここでカミュは超現実主義とロートレアモンとランボーを名指して言う。「シュールレアリスムの鼓吹者ロートレアモンとランボーは、いずれの場合でも、見せかけの不合理の欲望が、どんな径路を辿って、自由をもっとも圧殺する行動形式へと、反抗者を導きうるかを教えている」。そして、その次の節が「ロートレアモンと平俗」であり、さらにその次が「シュールレアリスムと革命」なのである。第一章はまだまだ続くが、そのような体系のカミュの言に、ブルトンは勝てるわけがなかったのである（このカミュの『反抗的人間』に関しては、『カミュ全集6　反抗的人間』佐藤朔・白井浩司訳、新潮社、一九七三年から引用）。

さて「ロートレアモンと平俗《ロートレアモン・エ・ラ・バナリテ》」の問題の節でカミュはこう書く。

ロートレアモンの冒瀆も、順応主義も、同じように、この不幸な矛盾を明らかにしているが、その矛盾は何者にもなりたくないという意志のなかに彼とともに消えてしまう。普通には前言取消しのように考えられるが、それどころか、この絶滅の狂気は、マルドロールの巨大な原始的な夜に対する呼びかけと、『詩集』の苦心惨憺《さんたん》たる平俗を説明する。

ロートレアモンとともに、反抗が青年期に達したことがわかる。爆弾とポエジイを手にしたわれらの大テロリストたちは、ようやく少年期を脱したのである。マルドロールの歌は、天才と言ってもいいくらいの高校生の著書である。

創造に対立して反逆者やダンディの、堂々たる像を建てようとはせずに、彼は人間と世界を同一の壊滅のなかにごっちゃにしようとした。人間と世界の境界そのものに襲いかかったのだ。

事実、ロートレアモンの不明の生涯には、罪か、罪の幻（男色か?・）がある。『歌』を読む者は、この本には『スタヴローギンの告白』が欠けている、と思わざるをえない。

『マルドロールの歌』は絶対的否《ノン》を称揚したが、これに絶対的諾《ウィ》の理論がつづき、容赦のない反抗に、完全な順応主義がつづいている。彼は正気でそうしているのだ。

「ぼくは生れたという恩寵《おんちょう》だけしか知らぬ」と、ロートレアモンが出し抜けに書くとき、人を感動させる。だが「公平な精神は、それで完全だと考える」と言い足すときの彼は歯をくいしばっていることが見抜ける。生死を前にしては、公平な精神などは存在しない。ロートレアモンとともに、反抗者は砂漠に逃れる。だが、この順応主義の砂漠は、アラル［このアラルの砂漠は、アフリカへ逃亡したランボーが行ったところである］と同じくらい陰惨だ。しかも絶対への嗜好と、強烈な絶滅欲が、反抗者を不毛にする。マルドロールが、完全な反抗を望んだように、ロートレアモンは、同一の理由によって、絶対的平俗を宣言する。なにかになることを拒否するか、それとも、なにになることでも承知するかして、もはや存在しないことが問題だ。いずれにせよ、これは夢想の上での約束である。平俗もまた一つの姿勢だ。

創造者にとっては、彼自身の平俗、すべて創りだされるべき平俗が問題である。天才はすべて、奇異であると同時に、平俗である。どちらか一方だけだったら、なにほどのこともない。反抗を考えるとき、このことを忘れてはならない。反抗にはダンディや従僕がいるが、彼らを嫡出子と認めることはできないのだ。

カミュは冷静である。冷たいと言ってもいい。圧倒的第三者として、この上もなく客観的に、地上現象として彼岸から眺めている。これではブルトンも歯の立てようがなかっただろう。

そして次の節である「シュールレアリスムと革命」は、つぎの文で終わる。なかなかひねりも利いている。これではブルトンも幕を下ろすしかなかったであろう。

「われわれは現代の彼岸を望み、それを得るだろう」とブルトンはいみじくも叫んだ。理性が行動に転じ、その軍隊を世界に散開させている間、ブルトンが楽しんでいるすばらしい夜は、事実、まだ明けきらぬ夜明けと、現代のルネサンス詩人ルネ・シャール［詩人。一九〇七—一九八八。シュルレアリストだったが、のちに離れた。カミュは彼を尊敬していた。未亡人と娘さんがリュクサンブールの公園の近くで古本屋をいとなんでいて、ぼくにギョ・ムノス兄弟の『ロートレアモンとラフォルグ』を売ってくれたが、それはかつて、ルネ・シャール所蔵の本だった］の言う早起きの人物の到来を告げている。

さて一九五二年には、超現実主義とは無関係な画家ベルナール・ビュッフェがなんと一二五枚ものポワン・セーシュ方式によるオリジナル版画を入れた上下二巻の『マルドロールの歌』をレ・ディス社から出してくれた。一二五枚といっても二枚は口絵であり、一八枚がテクスト外、六つは花文字だったので、挿絵は実質九九枚であった。私はこれを発売時に買うことが出来なくて、銀行からまた借金をしたが、それは驚くべきものだった。描いている方式はビュッフェそのものだったが、描いているのはテクストの表現、つまり『歌』の「現象のあらわれ」にみじんの狂いもなく沿っている、ある意味では熱くないものなのだが、シュルレアリストの想像力豊かな挿絵がつまらなく見えてくる。ビュッフェはジョゼ・ロワ時代に、一九世紀にわれわれを舞い戻らせてくれた。超現実主義の画家それぞれが、ロートレアモン伯はもうどうでもよいという構えで勝手に描いていたのである。その際たるものはハンス・ベルメールである。彼はもう『歌』の著者を無視している。彼らも文字によってではなく、ロートレアモン伝説を創った側の人たちということになるであろう。

一九五三年には、ジョゼ・コルチ社が『ロートレアモン伯全著作集』の新版を出した。ずいぶん分厚くなったが、これまでの序文のほとんど全部、レオン・ジュノンソーをはじめ、八人のものを集め、おまけにダリの空想肖像画に、それとは全く対照的な一九世紀のフェリックス・ヴァロトンの伝聞による人相書きを口絵に並べたからである。

それから、教科書状のテクストや最初のポケット本(ペーパーバック)も出版されるようになってきた。

また、モーリス・サイエが一九五四年、「マルドロールの発明者たち」をまず雑誌『レ・レットル・ヌーヴェル』に展開しはじめた。やがてこれは、ロートレアモン伝説の打ち消し専門書に発展するであろう。

さらにとうとう『歌』の古き大洋のストロフがジャズになった。一九六〇年、ニューヨークでのことである。

そして、一九六〇年四月、パリのスイユ社で雑誌『テルケル』が創刊された。名付けたのは、ポール・ヴァレリーである。ダダイストの機関誌として出発したときの『文学』のように。その出発のとき、黒幕といわれていたジャン・ケイロルとロラン・バルトはともに控え目で長く考え込んでいたりした。しかし『テルケル』は大変な波乱を、ロートレアモン論の世界に巻き起こすであろう。一九二〇年代の超現実主義者たちのように。しかし一九六〇年の前半は、『テルケル』はロートレアモンに関してはおとなしかったのである。

一九六二年にはローラン・プティのバレエ団がシャイヨー宮劇場でバレエ『マルドロール』を上演した。そして共産党系の新聞『リュマニテ』がフランス共産党に残った元超現実主義者たちを使ってロートレアモンをとりあげるようになる。

一九六三年にはペーパーバックのシリーズでは定評のあるパリのリーヴル・ド・ポッシュが、『イジドール・デュカス全著作集』を出す。プーレ=マラシとヴァレリー・ラルボーの序文、責任監修モーリス・サイエで。『マルドロールの歌』もしだいに普通の作品に近づいてくるようである。

しかし一九六四年、ジャン=ピエール・スーリエが『ロートレアモン、天才か狂人か?』をジュネーヴのドロッツ社から出す。これはいままでになく本格的な精神病理学者によるものであり、レオン・ブロワ、レミ・ド・グールモンの余計なロートレアモン伝説をよみがえらせるかというものでもある。困ったことにこの本はその増補版を一九七八年に、こんどはパリのミナール書店から出すことになる。

一方ではもう文学史の一角に、ロートレアモンはしっかりと席を占めるようになったというのに。真面目で偏りのないすぐれた批評も出てきたというのに。その代表はパスカル・ピアとモーリス・サイエである。女性の論者も現れた。マルグリート・ボネとエメ・パトリである。

一九六五年にはニューヨークのニューダイレクション社から『マルドロール』が出る。これはマルドロールの歌の全訳英（米）語版である。しかしギィ・ウェルハムの訳はあまり出来の良い翻訳とは思えない。そしてフランシス・ポンジュは『テルケル』の人たちを刺激しつづけているようである。また一九六六年になるとルイ・プランテという人は、やはり郷士史家らしいが、ピレネー高原地方のフランソワ・アリコの跡を襲って活動する。地元新聞『ピレネー新共和国』に一週間も、『イジドール・デュカス　ロートレアモン伯』を連載した。

その一九六六年、『テルケル』の主要メンバーであるマルスラン・プレネは『テルケル』誌二六号（夏号）に「マルドロールとロートレアモンの歌」を発表し、同じ出版社のスイユから翌六七年には『彼自身によるロートレアモン』を出版する。プレネは初版のときにはそれをフランシス・ポンジュに捧げていたが、あとで版を重ねるときにその献辞を消してしまった。そして『テルケル』ロートレアモン騒動が始まる。一九六七年一〇月、『テルケル』の主幹フィリップ・ソレルスが「ロートレアモンの学《ラ・シアンス》」を『クリティーク』誌の二四五号に発表する。

一九六六年からフランス共産党は『テルケル』のメンバーをマルクス化しようとして、彼らの批評活動を形式主義《フォルマリスム》化しようとしていた。そして新批評《ヌーヴェル・クリティーク》に取り込もうとしていたのである。ところが中国の文革にのめり込むメンバーも多くいて、分裂が始まったのである。ちょうどそのときである。プレネの『彼自身によるロートレアモン』が出版され、ソレルスの「ローレアモンの学」が『クリティーク』誌に発表されたのは。

ところで前者の内容は、こうしたわけで、パラドクサル（逆説的、道理に合わない）とか逆転とか反転という言葉がキーワードとなり、E・R・クルティウスがしばしば引用され、『マルドロールの歌』は無意識の《ミイト・レトリク・》修辞学神話《アンコンシイアン》となり、『ポエジイ』は作者と作品の消滅であるということになっていき、最後の「新しい学《ラ・ヌーヴェル・シアンス》」の章がやってくる。ここでプレネはジャック・ラカンの「人間学というものはない。人間の学などというものは存在しないからだ。ただ在るのはその主題《ソン・シュジェ》だけである」を引き、プレネ自身が「この学《シャンス》の名前の問題は、それこそが『文学』の名前の問題なのであり、それが未来、来たるべき現在なのである」とこの本は終わるが、プレネ自身、屁理屈を並べた堂々めぐりで申し訳ないと思ったのか、そのあとにカステックスとシレールの本から、ロートレアモンの項目を一頁転載し、さらにそのあとに二二の先人のロートレアモンについての言葉をそえ、それはレオン・ブロワ、レミ・ド・グールモン、アンドレ・ジッド、カミュ、ブルトン、グラックにまで及ぶが、その最後をフランシス・ポンジュの有名な言葉でしめる。その「ロートレアモンを開いてみろ！　するとたちまち、すべての文学がコウモリ傘のように、裏返しにされてしまう。ロートレアモンを閉じてみろ！　するとすべて、たちまち元通りになる」で、このプレネの『彼自身によるロートレアモン』は終わり、そのあと一八四六年四月四日から一八七〇年一一月二四日までの史実の年譜と、これ以上はないというほど簡略な書誌がつき、目次があってこのスイユ社の「永遠の作家叢書」七四番、プレネの書いた『ロートレアモン』という名のポケット版は完了する。初版にはタイトルに、「彼自身による《パール・リュイメーム》」がついていたが、次の版ではもう取れてしまった。

ここで『テルケル』の象徴でもありドンでもあったフィリップ・ソレルスに、フランス・ド・アース氏がインタビューした「ロートレアモン再論」(『テルケル』誌四六号、一九七一年夏号)を紹介する。それでプレネのことも、ソレルスと『テルケル』のこともわかってくるであろうから。このインタビューについては、冬樹社の『カイエ』一九七九年第六号に掲載された岩崎力氏の日本語訳によることとする。なおフランス・ド・アース氏は、真面目なロートレアモン研究者であり、私も知るロートレアモン論の歴史的探究者である。

アース　フィリップ・ソレルス、およそ文学批評と称するものすべてにとって、ロートレアモンの作品がいまなお躓きの石であることは周知の通りです。作品だけではなく、ロートレアモンという名前そのものが、一連の大胆な、いやそれどころか錯乱としか言いようのない解釈を産み出すようになって、間もなく一世紀になろうとしています。さまざまな解釈以上に、私たちが突き当るのは、相互に矛盾する、誇張されたもろもろの《価値判断》です。シュルレアリストたちに言わせれば、「ロートレアモンの出現によって一挙に、彼の天才をまえにしてなお色褪せない天才は存在しなくなった」（ブルトン）ことは人も知る通りです。しかし一方では、同じころ、ジャン・イチエとかいう御仁が、怒り心頭に発したとでも言わんばかりの勢いで『マルドロールの歌』を「気障な駄弁」だと告発し、《天才の猿真似、まったく無価値な作品》ときめつけていました。一九七一年の今もまだ、ロベール・フォーリソンが《NRF》でまたしてもデュカスの作品を一種の陽気な悪ふざけにすぎぬと見なしている一方、マルスラン・プレーネによれば《もっとも知的《アンテリジャン》な書物のひとつ、もしかしたらわれわれの文明の産み出した明瞭《アンテリジーブル》な書物》かもしれないということになります。あなたにとって、こういった評価や解釈の執拗な食い違いはなにを意味しますか。

なかなかバランスのとれた公正な展望でスタートし、いささが刺激性もあるアースの問いに、ソレルスは誘い出され、のっけから激しい考えを伝える。

フィリップ・ソレルス　矛盾ないし食い違いがあるというのは確かにその通りですが、もっとも興味深いのは、ロートレアモンのテキストを受け容れるか、拒否するか、極端な相違、というよりは完全な対立という両極に別れていることです。

そしてソレルスはながくしゃべらされてしまい、本音を吐いてしまうのである。ここでは要点のみとさせていただく。

［ソレルスのつづき］そういったことすべてにあって、とくに強調しなければならないのは、ブランショの論考以前、さらにはプレーネの書物（『彼自身によるロートレアモン』）以前には、ロートレアモンのテキスト

自体への反応が、このテキストに含まれる妄想、いやそれ以上に、無名性のなかに消え去った作者の妄想以外には、決してなにも見てとっていなかったという事実です。（中略）私はここで、最近プレーネが《テル・ケル》の理論研究グループで、「政治的ロートレアモン」と題して行なった発表のことを思い浮べます。それはロートレアモンに関する論議の繁殖というか、その飽和状態を批判したものでした。（中略）プレーネが彼の書物からさらに一歩踏みこんで、ロートレアモンの読み方を非常に明確に弁証法的唯物論との関連に位置づけたのは正しかったと思います。（中略）ロートレアモンのテキストがマルクス主義や弁証法的唯物論から直接産み出されたものだなどと言うつもりはありませんし、またそんなことは全然ありえませんが、それにもかかわらず、今日このテキストに厚みと豊かさを余すところなく付与し、このテキストをまえにしてなんらかの幻覚に身をゆだねるのを避けるための唯一の方法は、弁証法的唯物論から出発してこのテキストを検討し研究することなのです。（以下略）

そしてアースは話を次に進める。

アース　『ロートレアモンの学《シアンス》』と題されたテキストのなかで、あなたは「まるで規則でもあるかのようなこの盲目状態のなかで、例外的な論考がひとつある。モーリス・ブランショの『ロートレアモンとサド』だ」と書いておられます。先ほど仰言ったことはわかりましたが、今度はこの論考の長所と限界を明らかにしていただけますか。

ソレルス　長いあいだ無視されてきたブランショの論考が、ロートレアモン解釈のうえで支配的位置を占める時が、おそらくついに来たのだと私は思います。ブランショの批評作業は、文学について人の持ちうる理解への影響をますます強めようとしています。この現象はプラスとマイナスの両面を伴っています。ブランショは文学的現象の全体を、したがってその全体の限界の周縁というか、例外からなる周縁を、もっと正確に、かつもっとも深く理解した人だという意味で、それはプラスです。その意味において、ブランショの解釈が支配的位置を占めることはプラスの働きをします。なぜならそれは、文学的テキストに関する大学人の《駄弁》の足場を完全に取り払い、きれいに片付けてくれるからです。それは、手段自体から言って深く弁証法的なアプローチです。それがプラスの面です。マイナスと呼べるのは次のような点です。つまりその激越さにもかかわらず、ブランショの解釈が観念論的であることに変りはないということ。しかし私はここで、「聡明な観念論は、愚かな唯物論よりも、聡明な唯物論に近い」というレーニンの言葉を思い浮べます。ブランショはまさしく観念論的文学観の限界を具現しており、私たちは、レーニンがヘーゲルを研究したように彼を研究する必要があります――とはいってもこのたとえとのあいだにある差異を忘れてはなりませんが。全体性を目ざすブランショの意図は、サドとロートレアモンに適用された観念論的解釈の究極の尖端を示していると思います。ブランショを《引っくり返す》のではなく、唯物論的・弁証法的分析に彼を組み込むことから成る作業は、すでにかなり進んでいます。ということは、もうひとつの足場、別の言説、別のエクリチュール、複数の、重層的な別の方法が想定されるということです。

このあとでソレルスは、ルクレチウスへ逃げ込みを図る。

ソレルス　ルクレチウス／ロートレアモンという、歴史上非常に遠く隔ったケースをわざと取りあげるのは、あるテキストの背後に誰かある人を見出したいという欲求を抱く瞬間から、それはあるイデオロギーの表現にほかならないことを理解していただきたいからです。

議論は堂々めぐりし始める。アースは言う。

アース　またしても私たちは『ポエジー』に至りつくというわけですね。『ポエジー』は『マルドロールの歌』によって開かれた空間に書き込まれる、そしてそれは表現の線を消してしまった空間だとあなたは仰言る。そういう空間への『ポエジー』の記入をどう読むべきなのでしょうか？

ソレルス　まさにそれこそが《これまでの》すべてのロートレアモン解釈の弱点なんですよ。

アース　『ポエジー』は愛読者をもたないというわけですか？

ソレルス　愛読どころか、人は『ポエジー』を全然読まないんです。これは並外れて重要な、複雑なテキストだというのに。

もうソレルスは、その教条主義に逃げ込むしか方法はない。そしてこの「ロートレアモン再論」（アンコール・ロートレアモン）は、このように終わってしまう。

［ソレルスのつづき］つまり唯物弁証法の基本概念は矛盾であり、もしこの概念をわがものとしていなければ、ロートレアモン＝デュカスとデュカス＝ロートレアモンのすぐれて矛盾する言語操作をそもそも理解できるはずがないということです。それはまさしく、弁証法的唯物論という基盤に立たないかぎり理解できないような意味作用の実践のなかへの矛盾の位置づけの、目も眩むような証明なのであって、私が自分のテキストの最後に、弁証法に関するレーニンの言葉を引いたのはそのためでもあるのです。（中略）哲学と言語のあいだには、新しいやり方で明らかにされなければならない関係があり、繰返しになりますが、ロートレアモンは、そのような領域でこそ分析すべき矛盾のテキストを形作っているのです。

プレネといい、ソレルスといい、『テルケル』たちは、大勢で襲いかかったにしても何一つ決定的結論に至ることなく、ただいたずらにロートレアモンは難解であるという、役立たずの新たな伝説のゴミの山を築くだけであった。そしてこの公正さと鋭さの光るフランス・ド・アースからインタビューを受けたあと、ソレルスはじめ『テルケル』の「われわれ（nous《ヌウ》）」は、毛沢東主義《マオイスム》へと雪崩をうつ。そしてさまざまな論争の後、ソレルスは『テルケル』を離れ、そのあとを襲ったプレネも進退きわまって、やがて舞台を去り、『テルケル』は『アンフィニィ（無限）』誌に一九八三年、引き継がれることになる。出版社はスイユからガリマールに変わるであろう。

『テルケル』の始祖ともいうべきロラン・バルトは、六二歳になった一九七七年一月、コレージュ・ド・フランスでの記念すべき開講講演を、つぎのような言葉で突然うち切ったのである。

> 一生のうちには、自分の知っていることを教える時期がある。しかしつぎには、自分の知らないことを教える別の時期がやって来る。それが研究と呼ばれる。いまはおそらく、もう一つの経験をする時期がやって来たのである。つまり、学んだことを忘れてゆくという経験。自分が経てきたさまざまな知や文化や信念の堆積に、忘却がほどこす予期しない手直しを自由におこなわせてゆくということ。この経験には、輝かしくも時代遅れの名前がつけられていると思う。ここではあえてその名前を、まさに語源的意味の分かれ目において、劣等感なしに採用することにしよう。すなわち「叡知」(Sapientia)。なんの権力もなく、少しの知《サヴォワール》、少しの知恵《サジエス》、そして可能な限り多くの味わい《サヴール》をもつこと。
>
> （ロラン・バルト『文学の記号学』、花輪光訳、みすず書房、一九八一年）

バルトはもともと転位が伝説的な人であったが、ここでついに決定的転位を遂げたようである。というよりも、みずからの過去を捨て去った。そしてその弟子たち、まるで一部の日本人のように私とは言わず、いつもわれわれと言いつのるのを好んだ『テルケル』たちは、勝手気儘に切り刻んだロートレアモンを（私が触れたもののほか、めぼしいものとしては、ジャック・デリダの『書物外《オー・リーヴル》』、スイユ社、一九七二年。あるときはソレルスの女であった、ジュリア・クリステヴァの『詩的言語の革命』、スイユ社、一九七三年がある）を、解剖台に残したまま散りぢりになってしまった。

なんのことはない。またしても「革命に奉仕する《オウ・セルヴィス・ド・ラ・レヴォリション》テルケル」だったのである。彼らはまことに、超現実主義者と相似だったのである。彼らの教条的で劇画風の硬直した脳の動きと語法によるロートレアモンの、文学的政治病に感染したミスティフィカションに過ぎなかったのである。それが彼らの愛読書、あの赤表紙のフランス語の毛沢東語録よりも、はるかに難解だったというだけのことである。

どだいロートレアモンはその短い生涯を、まったく個として、その反抗にだけ生きた人なのである。自分のことをわれわれと呼ぶテルケル向きではなかったのである。もともと集団で利用できない人だったのである。その意味でシュルレアリストも同罪であった。

この一九六〇年代は、文学史家パスカル・ピアの活躍が目立つ。ユイスマンスの『ジュール・デストレへの未公開書簡』がジュネーヴで出版されたり、ブリュッセルの『若きベルギー人』誌の残党が『マルドロールの歌』ロゼス版の発見当時のことを書いたり、振り返っての思い出や再検討が多く発表された。

一九六七年にはルイ・アラゴンが『レットル・フランセーズ』紙に『ロートレアモンとわれわれ』を連載し、フィリップ・スーポーは「思い出すことども《スーヴニイル》」を『NRF』誌に書いた。そして同年、エクサンプロヴァンスの『ラルク』誌が「マルドロール一〇〇年祭」という特集号を出した。これには『天才か狂人か』のスーリエ氏がまた書いているが、主眼は超現実主義者たちのロートレアモン論のとりまとめであり、ルネ・マグリットの八枚の絵のうち、五枚は『歌』の挿絵であった。
また論客としてジョルジュ・バタイユ、レーモン・クノー、ジュリアン・グラックが加わってきた。
そして一九七〇年、ガリマール社はついにプレイヤード叢書の一冊にロートレアモンを加えた。ただし、ジェルマン・ヌーヴォーと抱き合わせの一冊である。これでようやくロートレアモンも古典として公式に認められたのである。

そしてこの年には、フランソワ・カラデックがターブル・ロンド社（円卓社）から、『イジドール・デュカス、ロートレアモン伯』を出す。これはカラデック氏がアルバノ・ロドリゲスの協力を得たと明記しているが、南米でのイジドール・デュカスの身辺調査を集大成しながら、見事に全体像を見直してみせた、伝記としては刮目すべきものであった。私はこれをきっかけとして、デュカスの実像を探る動きが一段と活発になってきたと思っている。それにターブル・ロンド社は、ロートレアモンの作品の六八年版と七四年版両方のファクシミリを添えた『全著作集』を出した。こちらはユベール・ジュアンの監修である。この二本の出版で、ターブル・ロンド社も第一線に躍り出た。

しかしこの年は儲け主義も姿を現した。エドアール・ペルーゼの『ロートレアモンの生涯』（グラッセ社刊）である。これはいたずらに誇張された読み物伝記でしかなかった。

またトゥールーズのシュペルヴィというところから出た『対話《アントルテイアン》』誌の三〇号と称するロートレアモン特集号は、じつに驚くべきシロモノであった。編集長のマックス・シャレイユという人が、二五頁ものくだらない長い序文を書き、二三七頁もの特集号の約半分の一一一頁が、そっくりあの『緑の円盤《ル・ディスク・ヴェール》』誌の「ロートレアモン事件」の復元なのである。はじめにフランツ・ヘレンの協力に感謝と記してはいるが、当時の副編集長アンリ・ミショーの名はどこにもない。そしてこの『対話』の特集号には協力できないとの断りの手紙八人分をそのまま載せてしまった頁がそれに続く。ルイ・アラゴンに始まりフィリップ・スーポーに終わる、そうそうたる八人の断りの手紙が！

それからやっと本文になるが、J・M・G・ル・クレジオの「別人ロートレアモン」も、フランス・ド・アースの「言語のインフレーション　超現実主義。テルケルのロートレアモン」も怪しい。ともに書き下ろしではなく、どうも無断転載のようである。それにこの特集号には目次がいっさいなく、末尾には書誌がついているが、そこにはカプレッツの『ロートレアモンのいくつかのスルス』、フランス・ド・アースの『ロートレアモンのイマージュ』、そしてプレイヤード版『全集』から集めたと記されている。それも無断転載に違いない。挿絵や図版もけっこう入っているが、それらはどうであろうか？　イヤな感じばかりが伝わってくる、変な特集号である。

一九七五年、イジドール・デュカスの写真やジョルジュ・ダゼットの写真までも掘り当てた、タルブ市出身の好運な医学生、ジャン＝ジャック・ルフレールは、フランソワ・アリコが投げ出していたピレネー高原地方での再調査を敢行し、一九七七年、それらの写真と再調査の結果を一冊にまとめ、『ロートレアモンの顔《ヴイザージュ》』をパリのピエール・オレイ書店から出してくれた。これがそのころ萎えかかっていた私のロートレアモン探究心に大きな灯をともしてくれた。私が写真に弱いこともわからせてくれた。そのとき私はもう五〇歳に近づいていたが、年下のルフレールさんの『ロートレアモンの顔』のおかげで、私の人生はまた始まったと言っても、けっして過言ではない。

ここでことのついでに私の思い出を二つばかり・・・。

ひとつは画家・岡本太郎氏のことである。一九三〇年代、パリに一人残っていた岡本氏は、母かの子にこのような手紙を書いていた。

今読んで打たれてゐるコント・ド・ロートレアモン（本名イジドル・デュカス）作の『マルドロー［ママ］の唄』

を送ります。お母さんに読んでもらひたいのです。お母さんの、ぼくが不安に思ふ半面が、それで多少なほされやしないかと希望を持つてをります。

（岡本かの子『母子叙情』創元社、一九三七年）

私は気晴らし読書のさいに、これを見つけた。もちろん偶然である。てにをはがわかりにくく、これがかの子の問題なのか、太郎の問題なのかよくわからないし、そのいずれかの「不安に思ふ半面」というのが、どのような性質の半面なのかもわからない。まず私は河盛さんに相談した。あの人のレトリックは、よくわからんことを言うのに適しているからなあ、というのが河盛さんの第一声であった。君はどう考えているのかと問われたので、私はこれを太郎さんの、強いマザー・コンプレクスを多分原因としている同性愛を指していると思うが、そうではないという気もするので困っていると答えると、河盛さんは「君ねえ、この種の問題は本人に訊ねるのがいちばん、じゃあ紹介状を書いてやろう。早く行ってすっきりしたほうがいい、本人はその種の質問を嫌がる人とも思えないしなあ」とおっしゃった。私はもう一度考えてみて、わからなかったらお願いしますと答えた。そしてそれきりになった。岡本太郎は母かの子への手紙のあと『傷ましき手』を描き上げ、一九三八年一月、二月とパリのボザール画廊での国際超現実主義展に出品し、高い評価を得た。戦後、大森商店街の薄暗い飲食店の二階で、私はその絵とバッタリ出くわして、思わず「なんでや！」と叫んで腰を抜かしてしまったことがある。私はかねて好きだった絵の現物に、はじめて出くわしたからである。ほんとうにあのとき、本人に訊きにいけばよかった。

もうひとつも画家がらみの話である。私が東京教育大学の英米文学科から新設された仏文科に転じたのは一九五〇年春のことである。そしてその年の夏の終わりにロートレアモンにめぐりあい、とりこになってしまった。そして三年生の夏休みが始まってすぐ、私は卒業論文をロートレアモンに決めたと宣言してしまった。主任教授の河盛さんは「止めとけ、あれは三文文士やで」とおっしゃったが、私が「ぜったいロートレアモンや、ボードレールはもう止めました」と言い張ると、仕方なく、それじゃあぼくは面倒見てやれないからと、慶応の佐藤朔先生と阿佐ヶ谷会の青柳瑞穂さんへのていねいな紹介状を書いて下さった。そこでお二方と面識が出来、さらに教育大に講師として来ておられた西脇順三郎さん（こちらには英米文学科時代にもう教わっていた）は転科した学生の噂を耳にされて、ロートレアモンやるのだったらウチへも来なさい、とおっしゃって下さった。

そして翌年の夏のはじめごろだったか、佐藤さんと青柳さんからほとんど同時に急ぎの用があるのですぐ来なさいという連絡が入った。それがまったく同じ要件だったのである。木馬社のプロデュースで、青柳さんの一二ストロフの『マルドロオルの歌』抄訳に駒井哲郎という若い銅版画家に挿絵を描かすということにからんでいた。木馬社の社長に言わせると、駒井さんはもたもたと仕事がおそい、このままだと大変なことになる、なんとかせねば、ということなのであった。つまり、私が督促役兼連絡係になれ、という話なのであった。私には卒論もあり、映画関係の仕事もあって大変だったが、もう駒井さんがらみのその話は断るわけにはいかなくなっていた。私は世田谷新町の駒井邸の庭に建ったばかりの五畳ほどの、プレス器が入ったばかりでゴチャゴチャの駒井哲郎アトリエに通うようになったのである。

駒井さんの仕事ぶりは、私の想像していたものと大きく違っていた。彼には挿絵の観念がまったくなかった。すべてが銅板画であり、銅板画に差別がまったくなかったのである。ともかくイメージが浮かび上がってくるまではデッサンにも手をつけないし、鉛筆によるその下絵がこれでよしと本人が納得するまでは本番に移ろうとしないのである。そして本番になっても気に入らないところがあると（それは駒井さんにしかわからない）、すぐ作業を中断する。ほんとうに井戸のそばで銅板磨きばかりしていたり、ロウを引き直していたりする。そして腐蝕にかかっても、またすぐ止める。プレス機を動かす時は、なかなかこないのである。ともかくやり直しの好きな人なのである。どうせ挿絵でしょ、くよくよせんとさっさとやったら、と言うと激怒する。それは佐藤先生の考えを、私が大阪弁で言っているだけなのに。夜中になると終わりとなる。この調子だと、やるだけ無駄だそうだからである。それからよく関野準一郎さんのところへ酒を飲みに行って朝帰りなのである。関野さんも大迷惑だったろう。酔っぱらうと、君は芸術のわからぬ大阪の人、などと変な節回しで歌い、君はシアワセな人だよ、などとブツブツ言う。私は駒井さんにはほんとうに降参した。ともかく駒井さんにはいつも酒の香りもあったが、芸術の香りが濃厚にする人であった。結局青柳さんの一二ストロフに対して駒井さんの銅板画五枚で手打ちとなった。佐藤、青柳の御両人は不満のようだったが、木馬社の大沢さんだけは私に御苦労さんと言ってくれた。この豪華な『マルドロオルの歌』三五〇部限定の出版記念会は、一九五二年のたしか二月に、当時としては立派な新宿の飲み屋の二階であった。版画家は恩地孝四郎さんはじめ多数出ておられたが、翻訳側はパラパラで、佐藤さんも出ておられなかったように思うし、出席者は堀口大學さんと青柳さんと私だけではなかったろうか・・・。版画家たちの祝福を受けている駒井さんは、ハリガネのように痩せた背の高い青年で、私はその駒井哲郎の姿に、なんとなくパリ時代のイジドール・デュカスを見ていた。駒井さんがパリに出発したのは、その二年ほどあとのことであるが・・・。申しそえておくが駒井さんの五枚の挿絵はかなり具体的なエッチングで、ダリのものとも違い、ベルメールのものとは大きく違い、駒井さんのそれまでの作品とも違っていた。それは立派な挿絵だったのである。

しかし画家たちのものは、言葉でとやかく言うよりも、まず見ていただくのが正道であろう。

なんやかやで私のロートレアモン伝説も一九七七年までたどりついた。ということは、今日から見るとあと三〇年残っているが、それからは、ロートレアモンに関して大きな動きはあまりなかった。地道な研究や貴重な思い出は語られていたが。一九七〇年代の後半に参入してきたJ・M・G・ル・クレジオの、いかにもこの作家らしい奔放な想像にあふれるエッセーがあったにしても・・・。

ところが一九八七年、月刊文芸誌『ヨーロッパ《ユウロープ》』が、その年の八、九月号にロートレアモン特集号をやってくれた。もちろんル・クレジオも「マルドロールと妖精たち」を寄せているが、そこには外国人の寄稿者の名もあり、見なれぬ若手の名前もあった。ミシェル・ピエルサンスと、一〇年前の写真発掘者の医学生、ジャン＝ジャック・ルフレールの名である。

けれどもその前年に「アプフィッド」（過去、現在、未来にわたるイジドール・デュカスの友の会）という組織が出来ていて、一九八七年になるともう、その年のはじめから、機関誌『ロートレアモン手帖《カイエ・ロートレアモン》』を出していた。そのガリ版刷りの『カイエ・ロートレアモン』は、パリのオデオン通りの、超現実主義者たちゆかりの店、アドリエンヌ・モニエさんの開いた「本の友の家《メゾン・デ・ザミ・デ・リーヴル》」（現在はアンベールさんがその店を引き継いでいる）で売られていたのである。そこがアプフィッドの事務所のようになっていたのだ。設立メンバーはフィリップ・スーポー、ユベール・ジュアン、モーリス・ナドー、ジャン＝ジョゼ・マルシャン、フランソワ・カラデック、クロード・ピショワであり、前出のジャン＝ジャック・ルフレールとミシェル・ピエルサンスも加わっていたのである。

私たち日本人の知らないままに、一九八七年―一九九一年までの四年間、アプフィッドは輪を広げながら、その『ロートレアモン手帖』で、ついに本腰を入れて積極的に、ロートレアモン伝説の破壊に取り組み、イジドール・デュカスの実像と、彼の作品のあったがままの実像のあぶり出しに取り掛かっていたのである。

そして一九九二年一〇月、アプフィッドのメンバーたちはモンテビデオへ行った。現地調査のためとラフォルグ学会との合同討論会（二〇、二一、二二日）に参加するためである。アプフィッドの代表団はカラデック、デボーヴ、ルフレール、ピエルサンス、ラサールである。彼らはパリに戻ったその翌年、一九九三年早々のことだが「本の友の家」の一階の奥の部屋で、モンテビデオ行きの成果ともいえる資料を中心に、ロートレアモン小展示会と発足パーティーを開いた。その時のことである。当時岡山大学で教えていた藤井寛君が丁度留学していて、オデオン通りを歩いているときに、その「本の友の家」書店に飛び込んだのは。彼は興奮のなごりの覚めない手紙を、日本にいる私にくれた。「アンベール氏とルフレール氏に日本の状況を話した、こんどパリに行ったらアンベール氏を訪ねて、ルフレールさんに連絡をとってもらいたい」と。私はその年の春、商用でパリに行く予定だったので、アンベールさんが店番をしている「本の友の家」を訪ね、その日の夜には、ルフレールさんにも会うことが出来たし、別の日に藤井君にも会うことができた。こうして私はアプフィッドのメンバーとなり、ロートレアモン伝説の霧をすべて晴らすために、固い握手を交わしたのである。そしてまた、一九九四年にタルブとポオであると予定されていた討論会には、日本人のロートレアモン研究者を集めて参加することにした。

その時もやはりジュール・ラフォルグ研究会と合同だったが、さまざまな文書の発掘はピークを迎え、ラフォルグ研究会を圧倒していたのである。私はこの討論会のときに、私が日本語にした『マルドロールの歌』の一節を、日本語で朗読させられた。マドリッド大学の先生をしていたフランス人のゴージョンさんは日本語はスペイン語とよく似ていると感心していた。われわれのコロックは二年ごとに開かれるが、第三回からは（それはパリだったが）、アプフィッドの単独開催となり、私はロートレアモン伝説撲滅の日の近いことを確信するようになった。

そして一九九八年、ジャン＝ジャック・ルフレールは、アプフィッドの中心メンバーの支えのもとに、『イジドール・デュカス』（ファイヤール社刊）六八六頁の大著をまとめた。これは伝記としては、今日可能な限り完璧なもので、おそらくこれまでのかずかずの伝説に完全にとどめを刺してくれるであろうエポック・メーキングな著作であった。作品論もがんばらなくては。正直に言って、その本が本書の第一部の出発点になってくれたのである。

あとがき

『ロートレアモン論』を書き了えて

本名イジドール・デュカス、そして筆名でロートレアモン伯と呼ばれた青年は何者だったのか？　彼は異形の詩人であり、死ぬまでをパリに暮らし、生き、書きつづけたが、パリの当時の文化に同化するのを拒みつづけ、それらに抗いつづけた、若く過激な「外地人《エトランジェ》」でありつづけたのである。

私がそのロートレアモン＝デュカスにとりつかれたのは一九歳のときのことだから、いまではもう半世紀以上が過ぎてしまった。私はかたときも彼を忘れたことはなかったが、彼の主作品『マルドロールの歌』の、まずまず満足できる日本語訳を仕上げたのは、一九九〇年のことであり、それは私がその作品の一八七四年版、つまり「第二の初版本《ラ・プルミエール・スゴンド》」とも言われているロゼス版を、奇跡的に入手してからのことで、ずいぶんのんびりしていたのだなと言われても仕方がない。

そして一九九一年春、アプフィッド（AAPPFID＝過去、現在、未来にわたるイジドール・デュカスの友の会）が活発に動き始めたのを知らせてくれたのは、当時岡山大学で専任講師をしていた故藤井寛君である。私はすぐパリに行き、連絡所になっていたオデオンの「本の友の家《メゾン・デ・ザミ・ド・リーヴル》」を訪ね、すぐにジャン－ジャック・ルフレール氏にも会え、日本のデュカシアン（ロートレアモン研究者）もどうぞ、ということになった。こうして私は、日本の研究者とともに第二回のアプフィッドのコロック（学会）に、日本人の最年長として参加し、それは二年毎であったので、二〇〇二年に東京で開催されるまで皆勤だった。

ところが二〇〇三年春に私は発病し、それから二度のコロックにも欠席した。病気がそこそこおさまったとき、私はロートレアモン＝デュカス論をもうまとめなければいけないと思い、パリのルフレール氏に相談した。彼からは、すぐやってくれという返事がきて、たちまち出版社を決めてくれた。彼の要求は、専門家向けに強い調子のものをということだったが、私はそれを専門家向けにしようとは思っていなかったし、フランス語の強い調子の表現にも自信がなかった。

そこで出来上がったのが本書である。

一九九一年以来、極度の多忙のためすでに健康ではなかった私を、いつもあたたかく迎えてくれ、つぎつぎに発掘される新事実などで私を励ましてくれていた人たちがいた。アプフィッドの人たちである。ここに改めて感謝させていただきたい。

ジャン－ジャック・ルフレール夫妻と子供さんたち、フランソワ・カラデック夫妻、ジャン－ルイ・デボーヴさん、ジャン－ピエール・ラサール夫妻、ミシェル・ピエルサンスさん、リリアーヌ・デュラン－デセールさん、エリック・ヴァルベックさん、ジャン－ポール・ゴージョンさん、ジャック－アンドレ・デュプレさん、日本人会員の故藤井寛君、早稲田大学の立花英裕君、慶応大学の築山和也君、長野の滝沢忠義君である。それに病後の私にがんばれと声をかけてくれた友人たちにも礼を言いたい。また面倒な本書の出版をやってくれた、国書刊行会の礒崎君、萩原君にも礼を言わねばなるまい。

二〇〇七年一〇月　前川嘉男

著者紹介
前川嘉男
一九三〇年大阪生まれ。一九五三年東京教育大学卒。一九五六年慶応義塾大学院修士課程修了。二〇〇二年まで株式会社私の部屋リビング、前川株式会社、各代表取締役。現在、前川株式会社取締役。訳書にロートレアモン伯『マルドロールの歌』（集英社文庫、一九九一年）ほか。日本フランス語フランス文学会会員。アプフィッド（AAPPFID＝過去、現在、未来にわたるイジドール・デュカスの友の会）会員。

I　ロートレアモン論　扉図版

第一章＝一の歌だけの『マルドロールの歌』。著者名は「＊＊＊」。一八六八年。**第二章**＝ジョルジュ・ダゼット。少年期。**第三章**＝ロゼス版『マルドロールの歌』。一八七四年。**第四章**＝ジュノンソー版『マルドロールの歌』、口絵。一八九〇年。**第五章**＝GLM版『マルドロールの歌』。一九三八年。**第六章**＝ラ・ボエティ版『マルドロールの歌』。一九四八年。挿絵＝ルネ・マグリット。**第七章**＝レ・ディス社版『マルドロールの歌』。一九五二年。ビュッフェによる挿絵が入った、六の歌の最終頁。**第八章**＝ラクロワが印刷させた『マルドロールの歌』の、出版されなかった扉。一八六九年の年号が入っている。**第九章**＝ガブリ書店『ポエジイI』。一八七〇年。**第十章**＝ガブリ書店『ポエジイII』。一八七〇年。**最終章**＝ジョゼ・コルチ版『マルドロールの歌』、口絵。ダリによるロートレアモン伯の空想肖像画（一九三七年）。

ロートレアモン論

二〇〇七年一〇月二六日初版第一刷発行

著者　前川嘉男

発行者　佐藤今朝夫
発行所　株式会社国書刊行会
郵便番号一七四―〇〇五六　東京都板橋区志村一―一三―一五
電話番号〇三―五九七〇―七四二一　FAX番号〇三―五九七〇―七四二七
印刷所　明和印刷株式会社
製本所　有限会社青木製本
ISBN978-4-336-04977-3